Len Deighton

K A I R O

Len Deighton

KAIRO

Roman

Deutsch von Dietlind Kaiser

ECON Verlag
Düsseldorf · Wien · New York · Moskau

Titel der amerikanischen Originalausgabe: City of Gold. Originalverlag: Harper Collins Publishers, New York. Übersetzt von: Dietlind Kaiser.

Die Deutsche Bibliothek – CIP-Einheitsaufnahme

Deighton, Len: Kairo: Roman / Len Deighton. [Aus dem Amerikan. von Dietlind Kaiser]. – Düsseldorf; Wien; New York; Moskau: ECON Verl., 1994. ISBN 3-430-12034-9.

Lektorat: Bettina Foulon. Gesetzt aus der Garamond, Berthold. Satz: Dörlemann-Satz, Lemförde. Papier: Papierfabrik Schleipen GmbH, Bad Dürkheim. Druck und Bindearbeiten: Mohndruck Graphische Betriebe GmbH, Gütersloh. ISBN 3-430-12034-9.

KAIRO

PROLOG

Seit den letzten Monaten des Jahres 1941 erhielt General Erwin Rommel – Befehlshaber der deutschen Panzergruppe Afrika – Geheimnachrichten über die britische Armee, die ihm gegenüberstand. Rommel kannte die Quelle dieser Geheiminformationen nicht. Der Inhalt der an ihn geschickten Nachrichten wurde sorgfältig umformuliert, damit niemand erraten konnte, von wem die Informationen stammten und wie sie beschafft worden waren. Aber es war verblüffend, wie detailliert diese Nachrichten waren: Sie umfaßten die Ankunftsdaten der Versorgungsschiffe samt ihrer Fracht, die Stellungen der Truppen sowie der Luftwaffe der Alliierten; sie gaben Auskunft über die moralische Verfassung, Ausrüstung und sogar über mögliche nächste Operationen. All das wurde unverzüglich und regelmäßig an Rommels Geheimdienstoffizier weitergeleitet.

Ein auf diesem Gebiet spezialisierter Historiker schrieb: »Und was für Informationen das waren! Sie lieferten Rommel zweifellos das vielschichtigste und genaueste Bild feindlicher Truppen und Vorhaben, das während des ganzen Krieges einem Kommandeur der Achsenmächte zugänglich war . . . Im Hin und Her des Nordafrikakrieges war Rommel von den Briten in die Wüste zurückgedrängt worden . . ., aber vom 21. Januar 1942 an schlug er so heftig zurück, daß die Briten innerhalb von siebzehn Tagen 450 Kilometer zurückweichen mußten.«*

* (David Kahn: The Codebreakers. Weidenfeld & Nicolson, London 1966)

1

Der Spieß, so heißt es, ist wirklich nett,
drum soll er besungen sein!
Er gibt uns Urlaub für Samstag nacht,
das Fahrgeld noch obendrein.
Mit frechen Sprüchen, an Wände geschmiert,
hat mancher Soldat ihn betrübt.
Beförderung gibt's nicht, das macht ihn ganz hitzig,
doch bei uns sind die Spieße beliebt!
MARSCHLIED

Kairo, Januar 1942

Ich begleite gern Häftlinge«, sagte Captain Albert Cutler, lehnte sich zurück und streckte die Beine auf den leeren Sitzen aus. Er trug einen cremefarbenen Leinenanzug, der während der Fahrt zerknittert war. »Wenn ich eine lange Bahnfahrt vor mir habe, versuche ich, das zu deichseln.«

Er hatte eine kräftige Gesichtsfarbe und einen ausgeprägten Glasgower Akzent. Es war unverkennbar, woher er kam. Es war eindeutig, sobald er den Mund aufmachte.

Der zweite Mann war Jimmy Ross. Er trug Khaki, mit den Streifen eines Corporal am Ärmel. Er war ein Schotte von ganz besonderem Schlag, stammte aus dem Hochland, aus einem Dorf in Wester Ross. Aber sie waren stillschweigend übereingekommen, die regionalen Unterschiede für die kurze Spanne ihrer Bekanntschaft zu begraben. Ross' Taschen-

schachspiel hatte ihre Beziehung gefestigt. Sie waren etwa gleich gute Spieler. Während der Fahrt hatten sie wohl fünfzig Partien gespielt. Mindestens fünfzig. Und dabei waren die kleinen Vorführungen, mit denen ihn Cutler pedantisch bedacht hatte, noch gar nicht mitgerechnet: Eröffnungen und Endspiele aus den großen Partien der Schachmeister. Er konnte sich daran erinnern. Er hatte ein wunderbares Gedächtnis. Er sagte, das mache ihn zu einem so guten Kriminalpolizisten.
Es war ein alter Zug, mit den kunstvollen Schnörkeln und Laubsägearbeiten, wie sie die Edwardianer geliebt hatten. Die Gepäckablage war aus poliertem Messing mit Quasten auf beiden Seiten. Sogar ein kleiner Spiegel mit geschliffenen Kanten in einem Mahagonirahmen war vorhanden. An der Decke hing ein Ventilator, der nicht besonders gut funktionierte. Je nach Windrichtung und Fahrtrichtung des Zuges stieß der Ventilator rußigen Rauch von der Lokomotive aus. Das tat er jetzt wieder, und Ross hustete.
Sie hörten die Geräusche von Fahrgästen, die sich über den Gang schoben. Sie stolperten vorbei mit ihren Tornistern, ihrem Gepäck, ihren Gewehren, ihrer Ausrüstung. Sie sprachen mit den müden Stimmen von Männern, die nicht geschlafen hatten; der Zug war überfüllt. Sie konnten nicht hereinsehen. In diesem Abteil waren alle Rollos zugezogen, aber durch das Leinen drang genug Sonne. Das ergab ein seltsames, schattenloses Licht.
»Warum tun Sie das gern?« sagte Jimmy Ross. »Häftlinge begleiten. Warum tun Sie das gern?« Er hatte einen leichten schottischen Akzent, den man nur bemerkte, wenn man darauf achtete. Jimmy Ross war schlank und dunkel und athletischer als Cutler, aber die beiden Männer glichen sich trotzdem. Die Ähnlichkeit ihrer Herkunft – intelligente Abiturienten aus der Arbeiterschicht ohne genügend Geld für ein Studium – hatte sie mehr als einmal veranlaßt, Blicke zu wechseln, die sagten: Ich habe mich durchgebissen.
»Ich trage meine angenehmen Zivilklamotten und bekomme ein Abteil für mich. Platz, die Füße hochzulegen. Platz zum Ausstrecken und Schlafen. Niemand hat uns belästigt, oder? So habe ich es gern, vor allem in solchen Zügen.« Cutler zog am Rollo und öffnete es eine Handbreit, um auf die Landschaft hinauszuschauen. An der Scheibe klebte wie an den Fenstern zum Gang Papier mit dem königlichen Wappen,

verschmierten Gummistempeln, der gekritzelten Unterschrift eines Stellvertreters des Kommandeurs der Militärpolizei und den Worten RESERVIERTES ABTEIL in großen schwarzen Buchstaben. Niemand, der bei Sinnen war, hätte sie gestört.

Heller Sonnenschein fiel in das Abteil, als Cutler das Rollo hochzog. Außerdem drang der Geruch nach Exkrementen herein, mit denen die Felder gedüngt wurden. Cutler blinzelte. Das Land draußen war grün: natürlich staubig wie alles in diesem Teil der Welt, aber sehr grün. Das war Ägypten im Winter: die fruchtbare Region.

Der Zug ratterte und ächzte. Er fuhr nicht schnell; ägyptische Züge fuhren nie schnell. Knochige, dunkelhäutige Männer, die an den Gleisen entlang auf Eseln ritten, schauten die beiden Männer im Abteil an. Auf den Feldern bückten sich Frauen beim Jäten. Sie rückten wie Soldaten im Gleichschritt vor. Cutler erklärte nach einem Blick auf seine Uhr: »Es dauert noch lange.« Er ließ das Rollo wieder herunter.

Wenn der Zug Kairo erreichte, würden sich die beiden Männer trennen. Cutler, der Militärpolizist, würde seine schöne neue Stelle beim Hauptquartier für Sonderermittlungen, Naher Osten, antreten. Jimmy Ross würde in ein stinkendes »Treibhaus« der Armee gesperrt werden. Er wußte, daß er sich auf eine harte Zeit gefaßt machen mußte, während er auf die Verhandlung vor dem Kriegsgericht wartete. Das Militärgefängnis in Kairo hatte einen schlechten Ruf. Falls er bei der Verhandlung schuldig gesprochen wurde, würde er möglicherweise in ein Armeegefängnis in die Wüste verlegt. Ross lächelte traurig, und er tat Cutler leid. Es war keine schlechte Fahrt gewesen; zwei Schotten können immer etwas Gemeinsames finden.

»Sind Sie nie angegriffen worden?« fragte Ross.

»Angegriffen?«

»Von Häftlingen. Drehen die Leute nicht durch, wenn sie unter Arrest stehen?«

Cutler gluckste. »Sie würden mir doch nichts tun, oder?« Im Alter und im Körperbau gab es keine großen Unterschiede zwischen ihnen. Cutler hatte keine Angst vor dem Häftling. Trotz seines Spitzbauches fühlte er sich ihm körperlich überlegen. In Glasgow, als junger Streifenpolizist, hatte er gelernt, wie man eine Schlägerei mit heiler Haut überstand.

»Ich bin nicht gewalttätig«, sagte Ross.
»Ach nein?« Cutler lachte. Ross stand unter Mordanklage.
Jimmy Ross las seine Gedanken und sagte: »Er hatte es sich selbst zuzuschreiben. Er war ein mieses Schwein.«
»Ich weiß, Junge.« Er merkte Jimmy Ross an, daß er im Grunde ein anständiger Kerl war. Er hatte seine Aussage und die der Zeugen gelesen. Ross war dort der einzige Unteroffizier gewesen. Der Offizier war ein Idiot, der sie alle in den Tod geschickt hätte. Und er hatte seine Männer mit der Waffe bedroht. Das war nie eine gute Idee. Aber Cutler war versucht, hinzuzufügen, es werde keine Rolle spielen, daß sein Opfer ein Schwein gewesen war. Ross gehörte zur Mannschaft, und er hatte einen Offizier getötet. Das würde den Ausschlag geben. Als aktiven Kriegsteilnehmer würden sie ihn mit gnadenloser Härte bestrafen. Er hatte noch Glück, wenn er mit zwanzig Jahren Zwangsarbeit davonkam. Großes Glück. Vielleicht wurde er zum Tode verurteilt.
Jimmy Ross las wieder seine Gedanken. Er saß in Handschellen da und schaute auf seine Khaki-Uniform hinunter. Er befingerte den groben Stoff. Als er aufsah, fiel ihm das verzerrte Gesicht des anderen auf. »Fühlen Sie sich nicht wohl, Captain?«
Cutler fühlte sich überhaupt nicht wohl. »Haben Sie auch das kalte Huhn gegessen, Junge?« Cutler hatte es sich angewöhnt, andere Männer mit »Junge« anzureden. Als Detective-Inspector bei der Glasgower Polizei war es seine Lieblingsanrede gewesen. Er redete Häftlinge nie mit dem Vornamen an, dadurch machten sie sich nur Illusionen. Andere Glasgower Polizisten sagten in der Öffentlichkeit meistens Sir, aber so ehrerbietig war Cutler nicht.
»Sie wissen, was ich gegessen habe«, sagte Ross. »Ein Käsesandwich.«
»Ich habe von irgendwas Magenschmerzen«, sagte Cutler.
»Das muß an der Flasche Whisky liegen.«
Cutler grinste wehmütig. Er hatte seit fast einer Woche keinen Alkohol mehr getrunken. Das war der Nachteil, wenn man einen Häftling begleitete. »Holen Sie meinen Koffer herunter, Junge.« Cutler rieb sich die Brust. »Ich nehme zwei von meinen Tabletten. Ich will mich nicht gleich krank melden, wenn ich eine neue Stelle antrete.« Er streckte sich auf dem Sitz aus, machte die Beine so lang wie möglich. Sein Gesicht hatte plötzlich einen grauenhaften Grauton angenommen. Auch seine

Lippen waren bleich. Seine Stirn war schweißnaß, und er sah aus, als müsse er sich übergeben.
»Es ist eine gute Stelle, nicht wahr?« Jimmy Ross tat, als fiele ihm nichts auf. Er stand auf und holte, die Hände immer noch in Handschellen, den Lederkoffer herunter. Er beobachtete Cutler, während er ihn aufmachte.
Cutlers Hände zitterten so, daß er Mühe hatte, den Schlüssel ins Schloß zu stecken. Als der Deckel offen war, langte Ross hinüber, griff nach dem Röhrchen und schüttelte Tabletten heraus. Cutler hielt ihm die Handfläche hin und fing zwei auf. Er steckte sie in den Mund und schluckte sie ohne Wasser. Er schien die zweite nur mit Mühe hinunterzubekommen. Sein Gesicht verhärtete sich, als werde er daran erstikken. Er runzelte die Stirn und schluckte mühsam. Dann rieb er sich die Brust und lächelte kurz und trostlos, um zu zeigen, alles sei in Ordnung. Er hatte gesagt, er habe oft Magenbeschwerden; das liege an den beruflichen Sorgen. Ross stand einen Augenblick lang da und beobachtete ihn. Es wäre leicht gewesen, ihm einen Schlag auf den Kopf zu versetzen. Er hätte den Schlag mit den Stahlhandschellen ausführen können. Das hatte er einmal auf der Bühne gesehen.
Ein paar Augenblicke lang schien es Cutler besser zu gehen. Er versuchte, gegen den Schmerz anzukämpfen. »Ich soll in Kairo einen Spion finden. Natürlich werde ich ihn nicht finden, aber pro forma will ich's versuchen.« Er machte den Lederkoffer zu. »Lassen Sie ihn hier stehen. Ich wechsle die Hose, ehe wir ankommen. Das ist das Ärgerliche an Leinen; es knittert. Und ich will so gut wie möglich aussehen. Es kommt auf den ersten Eindruck an.«
Ross setzte sich und musterte ihn mit der Art von Neugier und besorgter Distanz, mit der die Gesunden die Kranken stets beobachten. »Warum werden Sie ihn nicht finden können?« Daß er unter Arrest stand, hatte nichts an seiner zuversichtlichen Hoffnung geändert, Großbritannien werde den Krieg gewinnen, und dieser Cutler sollte sich größere Mühe geben. »Sie haben gesagt, Sie sind Kriminalpolizist.«
»Ah! Ja, das war ich, in Glasgow vor dem Krieg. Ein verdammt guter Kriminalpolizist. Deshalb habe ich meinen Rang, unmittelbar aus dem Polizeidienst heraus, von der Armee bekommen. Ich habe keinen Offizierslehrgang gemacht. Ihnen fehlten ausgebildete Ermittler. Sie

haben mich zum Korps der Militärpolizei in Mytchett geschickt. Ich habe vierzehn Tage lang marschieren und salutieren gelernt und bin über Militärrecht und Kriegsgerichtsverfahren belehrt worden. Das war alles. Ich bin direkt hierhergekommen.«

»Aha.«

Cutler ging in die Defensive. »Was habe ich denn für eine Chance? Was für eine Chance könnte irgend jemand haben? Sie können ihn mit Funkabhörgeräten nicht finden. Sie glauben nicht, daß er ein Flüchtling ist. Sie haben alle üblichen Ermittlungsmethoden ausgeschöpft.« Cutler sprach so offen, wie er seit langem mit niemandem mehr gesprochen hatte. Mit jemandem, den man nie wiedersehen würde, konnte man so reden. »Eine fremde Stadt, voller Araber. Und dort, wohin sie mich schicken, in die Bab-el-Hadid-Kaserne – dort ist niemand ... Ich meine, ich kenne dort keinen Namen, und ich kenne die Namen aller guten Polizisten. Es sind lauter Soldaten.« Er sagte es angewidert; er hielt nicht viel von der Armee. »Wehrpflichtige ... ein paar Anwälte. Dort gibt es überhaupt keine richtigen Polizisten; jedenfalls habe ich diesen Eindruck. Und ich kann nicht einmal die Sprache. Arabisch: bloß jede Menge Kauderwelsch. Wie soll ich da eine Aussage zu Protokoll nehmen oder irgend etwas unternehmen?« Sehr langsam und vorsichtig verlagerte Cutler die Beine und stellte die Füße wieder auf den Boden. Er beugte sich vor und seufzte. Er schien sich etwas besser zu fühlen. Aber Ross merkte, daß Cutler jetzt bereute, einem Fremden sein Herz ausgeschüttet zu haben.

»Und warum sind Sie dann hinbeordert worden?« fragte Ross.

»Sie wissen doch, wie es bei der Armee ist: Ich bin Kriminalist, das ist alles, was die wissen. Für die großen Tiere sind Kriminalisten wie Artillerieschützen, Bäcker oder Walzblecharbeiter. Der eine ist wie der andere. Sie verstehen nicht, daß Ermittlungsarbeit eine Kunst ist.«

»Ja. In der Armee ist man nur eine Nummer«, sagte Ross.

»Die glauben, das Aufspüren von Spionen ist wie das Finden von Dieben oder von verlorenen Brieftaschen. Es hat keinen Zweck, denen zu sagen, daß es nicht so ist. Diese Armeetypen glauben, sie wissen alles.« Ihm kam jäh ein Gedanke. »Sie sind doch kein Berufssoldat, oder?«

»Nein.«

»Nein, natürlich nicht. Was haben Sie vor dem Krieg gemacht?«
»Ich war beim Theater.«
»Schauspieler?«
»Ich wollte Schauspieler werden. Dann habe ich mich mit dem Posten eines Inspizienten begnügt. Davor war ich Angestellter in einer Anwaltskanzlei.«
»Ein Schauspieler. Jeder ist ein Schauspieler, das kann ich Ihnen aus persönlicher Erfahrung sagen«, sagte Cutler. Er verzog plötzlich wieder das Gesicht und rieb seine Arme, als hätte er unvermittelt Schmerzen bekommen. »Aber das wissen sie nicht . . . Mann, o Mann!«, und dann, leiser: »Das Huhn muß verdorben gewesen sein.« Seine Stimme war ganz heiser geworden. »Hören Sie, Junge . . . O Gott!« Er hatte die Schultern ganz eng zusammengezogen und hob die Füße vom Boden hoch wie eine alte Frau, die sich vor einer Maus fürchtet. Dann schlang er die Arme um sich, mit halb offenem Mund, sonderte Speichel ab und stieß eine Reihe von Ächzlauten aus.
Jimmy Ross saß da und beobachtete ihn. War das ein Herzinfarkt? Er wußte nicht, was er tun sollte. Es gab niemanden, den er zur Hilfe hätte rufen können, denn sie hatten sich von den anderen Fahrgästen ferngehalten. »Soll ich die Notbremse ziehen?« Cutler schien ihn nicht zu hören. Ross sah nach oben, aber da war keine Notbremse.
Cutler hatte die Augen weit aufgerissen. »Ich glaube, ich brauche . . .« Er umklammerte sich eng und schwankte von einer Seite zur anderen. Der ganze Lebensmut hatte ihn verlassen. Jetzt war die Beziehung zwischen Häftling und Wärter verschwunden: Er war ein Bittsteller. Es war jämmerlich, ihn so am Boden zerstört zu erleben. »Laufen Sie nicht weg.«
»Ich laufe nicht weg.«
»Ich brauche einen Arzt . . .«
Ross stand auf und beugte sich über ihn.
»Aaaah!«
Immer noch mit Handschellen griff Ross nach ihm. Aber inzwischen war es zu spät. Der Polizist schwankte leicht, schlug mit einem lauten Knall mit der Stirn gegen die Holzverkleidung, und dann blieb sein Kopf am Fenster liegen. Seine Augen starrten blicklos vor sich hin, und sein Gesicht war vom Licht, das durch die Leinenrollos kam, grün verfärbt.

Ross packte ihn am Ärmel und hinderte ihn daran, ganz umzukippen. Immer noch mit Handschellen berührte er Cutlers Stirn. Sie war kalt und feucht, wie es immer in Kriminalromanen geschildert wurde. Cutlers Augen blieben weit offen. Der Tote sah uralt und ganz klein aus.

Plötzlich war Ross' Mitleid verbraucht. Er empfand einen Stich der Angst. Sie würden behaupten, er sei es gewesen, er habe diesen Militärpolizisten, Captain Cutler, ermordet. Sie würden behaupten, er habe ihm Gift verabreicht oder ihn so verprügelt, wie er das feige Schwein verprügelt hatte, das von ihm getötet worden war. Er versuchte, seine Furcht zu beschwichtigen, sagte sich, zweimal könne man nicht gehängt werden. Sagte sich, er freue sich auf ihre Gesichter, wenn sie ihn mit einer Leiche ertappten. Es nützte nichts – er hatte Angst.

Er schaute auf die Handschellen hinunter. Seine Handgelenke waren aufgescheuert. Er konnte die Handschellen jetzt geradesogut aufschließen. Das mußte er als erstes tun, und dann konnte er vielleicht Hilfe holen. Cutler bewahrte den Schlüssel in der rechten Jackentasche auf, und es war leicht, ihn zu finden. Am selben Ring hingen weitere Schlüssel, darunter auch die kleinen Schlüssel für Cutlers weiteres Gepäck im Gepäckwagen. Er rieb sich die Handgelenke. Es war ein gutes Gefühl, die Handschellen loszuwerden. Das mit den Handschellen konnte er Cutler nicht verübeln. Einem Mörder gegenüber mußte man Vorsichtsmaßnahmen ergreifen.

Als er die Handschellen abgelegt hatte, war Jimmy Ross ganz anders zumute. Er jonglierte die Schlüssel in der Handfläche, schloß aus einem Impuls heraus Cutlers Lederkoffer auf und öffnete ihn. Papiere waren darin; offizielle Papiere. Ross wollte lesen, was die Behörden über seinen Fall geschrieben hatten.

Es war erstaunlich, was die Leute mit sich herumschleppten: eine Flasche Shampoo, ein Silbermedaillon mit dem Foto einer älteren Frau, eine Haarbürste mit Silberrücken und ein Brief von einer Glasgower Filiale der Royal Bank of Scotland, in dem bestätigt wurde, er habe das Konto seiner Mutter bei ihnen aufgelöst. Der Brief trug das Datum von vor einem Vierteljahr. Jetzt, wo die Post aus Großbritannien um Afrika herumgeschickt wurde, war sie alt, wenn sie ankam. In einem grünen Aktendeckel ging es um Cutlers Stelle in Kairo. »Albert George Cutler . . . mit Wirkung vom 1. Dezember 1941 zum Major ernannt.« Die neue Stelle hatte ihm also ebenfalls eine Beförderung eingetragen. Natürlich nur auf dem Papier und ohne den entsprechenden Sold; Beförderungen waren meistens so, wie er aus der Arbeit im Ordonnanzzimmer wußte. Aber ein Major: ein Major stellte etwas dar.

Er sah die anderen Papiere im Koffer durch, konnte aber nichts über sich finden. Reiseantrag, Stellungsbefehl, ein brauner Umschlag, der sechs große weiße Fünfpfundscheine und sieben Einpfundscheine enthielt. Ein winziger Taschenkalender mit genopptem Ledereinband und einem kleinen Stift in einer Schlaufe in der Mitte. Dann entdeckte er den verblüffenden Ausweis, den alle Sonderermittler bei sich trugen, einen rosafarbenen Berechtigungsschein. Er hatte Gerüchte über diese Ausweise gehört, glaubte aber nicht, je einen in den Händen halten zu werden. Es war ein Freibrief. Die dem Träger dieses Ausweises zugestandenen Rechte waren allumfassend. Captain Cutler konnte nach Wahl jede beliebige Uniform oder Zivilkleidung tragen, jeden Rang annehmen, gehen, wohin er wollte, und tun, was er wollte.

Ein solcher Ausweis mußte auf dem Schwarzmarkt tausend Pfund wert sein. Er sah sich Cutlers Foto an. Es war schlecht, hastig von irgendeinem dienstverpflichteten Fotografen aufgenommen, und unzureichend fixiert, so daß der Abzug schon gelb wurde. Es zeigte zweifellos Cutler, hätte aber das Bild von tausend anderen Männern sein können.

Da kam ihm der Gedanke, er könne sich als Cutler ausgeben. Cutlers Haar war glatt, und Ross hatte welliges Haar, aber beim kurzen Armeehaarschnitt war kein großer Unterschied zu sehen. Im Leben hatte Cutler einen rötlichen Teint gehabt, während Ross gebräunt war und gesünder aussah. Aber das schwarzweiße Foto verriet nichts davon. Sie waren unterschiedlich groß, Cutler war fünf Zentimeter kleiner, aber es wirkte unwahrscheinlich, daß sich ihm jemand mit einem Zollstock nähern und die Größe überprüfen würde. Er stand auf, schaute in den kleinen Spiegel und hielt das Foto zum Vergleich daneben. Die Ähnlichkeit war nicht besonders stark, aber wie viele Leute verlangten schon von einem Major der Militärpolizei, daß er seine Identität unter Beweis stellte? Nicht viele.

Ihn verließ der Mut, als ihm bewußt wurde, daß ihn die Kleidung verraten würde. Er mußte in dem weißen Leinenanzug ankommen.

Es war zuviel verlangt, mit einer Leiche die Kleidung zu tauschen; dem war er nicht gewachsen. Er machte Cutlers zweites Gepäckstück auf. Es war eine schöne grüne Segeltuchtasche, wie sie auf Safaris zur Ausrüstung gehörte. Darin, ganz oben, lag eine weiße Segeltuchhose. Ross vergewisserte sich, daß die Rollos heruntergelassen waren, und probierte die Hosen an. Verdammt! Sie waren fünf Zentimeter zu kurz.

Dann fiel ihm etwas anderes ein. Er würde in seiner Uniform eines Corporal aus dem Zug steigen und den Ausweis der Sonderermittler benützen. Aber dann blieb die Leiche in Zivil zurück. Ob sie glauben würden, daß ein Corporal der Armee in Zivilkleidung ankam? Warum nicht? Sie hatten Ross in der Uniform eines Corporal, die er jetzt trug, festgenommen. Wenn er Zivilkleidung getragen hätte, hätten sie ihm für die Fahrt doch bestimmt keine Uniform gegeben, oder?

Er sah sich wieder an. Das mit den weißen Hosen ging auf keinen Fall. Mit einem Mantel hätte er den Hosenbund so weit herunterlassen können, daß die Hosen normal aussahen. Aber ohne Mantel hätte er ausgesehen wie ein Clown. Scheiße! Am liebsten hätte er vor Enttäuschung geschluchzt.

Gut, die Uniform des Corporal oder gar nichts. Er sah sich in dem kleinen Spiegel an und versuchte, Cutlers Glasgower Akzent nachzuahmen. Das war nicht schwierig. Er sagte zu seinem Spiegelbild: »Das ist die Chance, um die du immer gebetet hast, Jimmy. Der Star ist zusammengebrochen, und du sollst ihn vertreten. Sorg nur dafür, daß du den verdammten Text auch richtig kannst.«

Einen Versuch war es wert. Aber die Stimme würde er nicht brauchen. Er wollte nur aus dem Zug aussteigen und in der Menge verschwinden. Ein Versteck für ein paar Tage würde er schon finden. Dann würde er sich überlegen, wohin er wollte. In einer Großstadt wie Kairo hatte er die Chance, unbehelligt davonzukommen. Den Gerüchten nach wimmelte es in der Stadt von militärischen Kriminellen, Deserteuren und Schwarzmarktgangstern. Wie sah es mit dem Geld aus? Falls er irgendwo in der Wüste eine kleine Armee-Einheit auftreiben konnte, würde er dort vorsprechen und Sold verlangen. Er wußte, wie das ging; Mannschaftsmitglieder auf Zeit wollen immer Sold. Bis dahin hatte er fast vierzig Pfund. An einem Ort wie Kairo würde das für ein bis zwei

Wochen reichen, vielleicht für einen Monat. Er würde ein Hotel finden müssen. Unterkünfte wie der Christliche Verein junger Männer, die Jugendherbergen und andere Einrichtungen wurden regelmäßig auf Deserteure überprüft. Das eigentliche Problem war der Bahnhof und die Schwierigkeit, an den Streifen der Militärpolizei vorbeizukommen. Diese Mistkerle mit den roten Mützen hingen an Bahnhöfen herum wie Wespen an einem Marmeladenglas. Er hatte Cutlers Ausweis, aber würden sie ihm glauben, daß er ein Offizier von der Abteilung für Sonderermittlungen war? Es war wahrscheinlicher, daß sie glaubten, er sei ein Corporal ohne Urlaubsschein.

Er setzte sich und versuchte, objektiv zu sein. Als er aufsah, erschrak er, weil Cutlers tote Augen ihn direkt anstarrten. Er streckte die Hand aus und berührte sanft Cutlers Gesicht, halb darauf gefaßt, daß der Tote lächelte oder etwas sagte. Aber Cutler war tot. Zum Teufel mit ihm! Jimmy Ross stand auf und ging zu einem anderen Platz. Er mußte nachdenken.

Etwa fünf Minuten später fing er an. Er mußte sehr gründlich vorgehen. Als erstes würde er seine Taschen leeren und dann Cutlers Taschen. Sie mußten die Identitäten ganz und gar wechseln. Er durfte den Siegelring nicht vergessen, den seine Mutter ihm geschenkt hatte; es war ein Jammer, ihn zu verlieren, aber er könnte ihn vielleicht verraten. Er mußte die Leiche ausziehen. Er mußte in Hemden und Socken nach Namensschildern und Wäschereizeichen Ausschau halten. Offiziere erledigten ihre Wäsche nicht selbst; es war wahrscheinlich, daß noch auf dem letzten Stück ihr Name stand. Es gab eine Geschichte von Agatha Christie, in der ein Wäschereizeichen der belastendste Hinweis war. Ein Ausrutscher konnte zur Katastrophe führen.

❖

Als der Zug ratternd über die Weichen in den Bahnhof von Kairo einfuhr, löste Ross den schweren Lederriemen, der das Fenster unten hielt. Alle anderen im Zug schienen auf denselben Gedanken zu kommen. Aus jedem Abteil tauchten Köpfe auf. Der Geruch des Lokomotivenrauchs war stark, aber nicht so kräftig, daß er den Geruch der

Stadt überdeckt hätte. Andere Städte rochen nach Bier, Knoblauch oder abgestandenem Tabak. Der typische Geruch Kairos hatte nichts dergleichen an sich. Die Mischung war faszinierender: Jasminblüten, Gewürze, Abwasser, brennende Holzkohle und Wüstenstaub. Ross beugte sich vor, um besser sehen zu können.
Er hätte sich nicht die Mühe zu machen brauchen. Sie hätten das Abteil in jedem Fall gefunden; sie hielten Ausschau nach dem auffälligen Hinweis RESERVIERT. Es waren zwei Militärpolizisten samt roten Mützen, sauber gebleichten Stoffgurten und Revolverhalftern. Bei ihnen war ein Captain in seiner besten Uniform: gestärktes Hemd, Strickbinder und adrette Schirmmütze. Ein Offizier der Militärpolizei! Er hatte bis jetzt nur einmal einen zu Gesicht bekommen, als er offiziell festgenommen worden war.
Es war der Offizier, der sah, daß sich Ross aus dem Fenster beugte, und ihm zurief: »Major Cutler! Major Cutler!«
Der Zug kam mit einem Riesenausstoß von Dampf und kreischenden Bremsen zum Stillstand. Die Geräusche hallten in der großen Bahnhofshalle wider.
»Major Cutler?« Der Offizier wußte nicht, ob er diesem Mann in der Uniform eines Corporal salutieren solle.
»Ja. Ich bin Cutler. Eine Ermittlung. Ich hatte keine Gelegenheit mehr, mich umzuziehen«, sagte Ross so beiläufig wie möglich. Er war nervös; konnten sie das seiner Stimme anhören? »Im Augenblick bin ich auf diese Uniform angewiesen.« Er fragte sich, ob er seine Ausweise vorzeigen solle, meinte aber, das hätte merkwürdig gewirkt. Er hatte nicht damit gerechnet, daß er abgeholt wurde. Das war ein Schock gewesen.
»Gute Reise gehabt, Sir? Ich bin Captain Marker, Ihre Nummer eins.« Marker lächelte. Er hatte gehört, daß etliche dieser Kriminalpolizisten, die eigentlich Zivilisten waren, gern vorführten, wie exzentrisch sie waren. Er nahm an, dazu gehöre es, eine Unteroffiziersuniform zu tragen. Ihm wurde klar, daß er sich möglicherweise an seinen neuen Herrn erst würde gewöhnen müssen.
Jimmy Ross blieb am Fenster, ohne die Zugtür aufzumachen. »Wir haben ein Problem, Marker. Ich habe einen Häftling bei mir. Ihm ist schlecht geworden.«
»Darum kümmern wir uns, Sir.«

»Sehr schlecht«, sagte Ross hastig. »Sie werden eine Bahre brauchen. Er ist auf der Fahrt krank geworden.« Während Marker immer noch fragend zu ihm aufschaute, improvisierte Ross. »Sein Herz, glaube ich. Er hat mir gesagt, daß er herzkrank ist, aber mir war nicht klar, wie schlimm es ist.«
Marker stieg auf das Trittbrett und senkte den Kopf, um sich die auf dem Ecksitz zusammengesackte Gestalt anzusehen. Zivilkleidung: ein weißer Leinenanzug. Warum wollten diese Deserteure immer unbedingt Zivilkleider tragen? Khaki war die beste Tarnfarbe. Dann sah Marker seinen neuen Chef an. Einen Augenblick lang fragte er sich, ob er den Häftling geschlagen habe. Nirgends waren Blut oder Spuren von Tätlichkeiten zu sehen, aber Männer, die Häftlinge schlugen, sorgten dafür, daß es keine solchen Beweise gab.
Ross sah, was er dachte. »Nichts dergleichen, Captain Marker. Ich schlage keine Männer, die Handschellen tragen. Außerdem war er ein vorbildlicher Häftling. Ich will nicht, daß der Armee vorgeworfen wird, er sei mißhandelt worden. Ich glaube, wir sollten streng nach Vorschrift verfahren. Legen Sie ihn auf eine Bahre, und bringen Sie ihn zur Untersuchung ins Lazarett.«
»Darüber brauchen Sie sich keine Sorgen zu machen, Sir.« Marker wandte sich an einen der Militärpolizisten. »Einer von Ihnen bleibt bei dem Häftling. Der andere ruft im Lazarett an.«
»Er trägt noch Handschellen«, sagte Ross, der dem Toten die Stahlhandschellen angelegt hatte, um seine Identität als die des Häftlings zu erhärten. »Sie werden den Schlüssel brauchen.«
»Überlassen Sie das nur meinen Polizisten«, sagte Marker, nahm ihm den Schlüssel ab und gab ihn dem verbleibenden Mann mit der roten Mütze. »Wir sollten uns lieber beeilen und um Ihr Gepäck kümmern. Die Diebe in dieser Stadt können einen Zehntonnenlaster in Luft auflösen, und dann kommen sie zurück und verlangen das Fahrtenbuch.« Marker sah ihn an; Ross lächelte.
Milliarden von Staubpartikeln in der Luft fingen an jenem Nachmittag das Licht der untergehenden Sonne ein, so daß die schrägen Strahlen wie Goldbarren glänzten. Auch der Rauch, der Dampf und die in alle Richtungen eilenden Gestalten glänzten im Gegenlicht. Marker war von dem Anblick beeindruckt.

»Sie wird die Goldstadt genannt«, sagte er. Ein Zug fuhr ab. Er kreischte und pfiff im Hintergrund, während sich eine Menge von Soldaten und Offizieren an den Bergen aus Tornistern, Kisten und Schrankkoffern zu schaffen machten, die sich auf dem Bahnsteig stapelten.
»Ja, ich habe einmal ein Gedicht darüber auswendig gekonnt«, sagte Ross. »Ein wunderschönes Gedicht.«
»Ein Gedicht?« Es überraschte Marker, daß dieser Mann ein Lyrikliebhaber war. Er fand es sogar erstaunlich, daß sich ein Major für Sonderermittlungen, noch dazu einer, der bei der Polizei von Glasgow Karriere gemacht hatte, überhaupt etwas aus Gedichten machte. »Was war das für ein Gedicht, Sir?«
Ross war plötzlich verlegen. »Ach, ich erinnere mich nicht genau. Etwas über die Gebäude und Lehmhütten von Kairo, die aussehen wie das gehämmerte Gold, das Plünderer aus den alten Gräbern stehlen.« Er hatte das Gedicht schon rezitieren wollen, aber plötzlich blieb ihm die Luft weg, als ihm einfiel, daß sein Tornister auch dabei war. Sein erster Impuls war, ihn zu ignorieren, aber dann wäre er ins Fundbüro gekommen und zu einem Häftling namens James Ross zurückverfolgt worden. Was sollte er tun?
»Ich hätte drei Männer mitbringen sollen«, sagte Marker entschuldigend, als sie in der Nähe des Gepäckwagens standen, und sah den Gepäckhaufen an. »Ich habe nicht damit gerechnet, daß wir Ihre Sachen heraussuchen müssen.«
»Nur noch eine Tasche«, sagte Ross. »Grünes Segeltuch, mit einem Lederriemen darum. Da ist sie.« Dann sah er seinen Tornister. Zum Glück war er in den Monaten seit seiner Einberufung ziemlich ramponiert worden. Der aufgedruckte Name ROSS und seine Regimentsnummer waren verblaßt. »Und der braune Tornister.«
»Träger«, rief Marker einem Einheimischen mit einem Wägelchen zu. »Nehmen Sie diese Taschen.« Er trat mit dem Zeh dagegen. »Folgen Sie uns.« Seinem Vorgesetzten erklärte er: »Sie müssen immer einen mit einer Metallmarke nehmen und sich seine Nummer merken.« Er nahm Cutler höflich den Lederkoffer ab. »Es lohnt sich nicht, mit dem Auto herzukommen«, erklärte Marker. »Wir sind in der Bab-el-Hadid-Kaserne. Direkt auf der anderen Seite des Midan.«

Marker ging weiter, durch die Fahrkartenschranke, durch die belebte Eingangshalle und hinaus auf den Bahnhofsvorplatz. Der Träger folgte. Außerhalb des Bahnhofs herrschte der Betrieb einer Großstadt. Es war ein Tag, wie ihn Europäer genießen. Es war Winter, die Luft war seidig, und die Sonne ging an einem dunstigen blauen Himmel unter.
Das war also Kairo. Ross sah sich nach einem Fluchtweg um, aber Marker war entschlossen, den perfekten Untergebenen zu spielen. »Sie werden feststellen, daß Sie ein ziemlich gutes Team haben«, sagte Marker. »Und was für Vollmachten! Wir dürfen überallhin, dürfen jedermann verhören, so gut wie jedermann festnehmen. ›Sie sind eine Art britische Gestapo‹, hat der Brigadier neulich zu uns gesagt. Der Brigadier ist ein ganz anständiger alter Kauz; Sie werden ihn mögen. Er wird Sie bis zum Schluß unterstützen. Ihre einzige Sorge ist, Rommels Spion zu fangen.«
Ross knurrte zustimmend.
Marker erstarrte. Plötzlich ging ihm auf, daß die Armee mit einem neu eingetroffenen Vorgesetzten vermutlich nicht so umging. Marker war Juniorpartner in einer Anwaltskanzlei gewesen, ehe er sich freiwillig zur Armee gemeldet hatte. So ging er zu Hause mit seinen Kollegen um, aber vielleicht erwartete dieser Cutler ein förmlicheres und militärischeres Verhalten.
Sie gingen schweigend weiter, schoben Menschengruppen beiseite. Alle schienen etwas zu verkaufen. Sie schwenkten Tabletts, auf denen Schnürsenkel, Fliegenklatschen, süße Kuchen, Bleistifte und Reiseführer angeboten wurden. Auf dem großen Bahnhofsvorplatz wimmelte es von Händlern. Und er hatte außerdem etwas Englisches an sich: kleine Bäume, saubere kleine Blumenbeete und sogar grüner Rasen.
»Das ist die Kaserne«, sagte Marker. »Nicht mehr weit.«
Ein Stück entfernt sah Ross eine grimmig wirkende Kreuzfahrerburg. Die tiefen Sonnenstrahlen fielen auf den Sandsteinturm, so daß auch er glänzte wie Gold.
Ross sah sich um. Er wollte nicht in die Kaserne; er wollte weg. Es waren zu viele Polizisten zu sehen, als daß er hätte weglaufen können. Ein halbes Dutzend Männer der Polizei von Kairo ritten auf gepflegten Pferden vorbei. Die britischen Armeepolizisten waren nicht zu Pferd unterwegs. Sie standen paarweise mit ihren roten Mützen da, die Füße

leicht auseinander und die Hände lose auf dem Rücken gefaltet. Sie waren überall, und alle waren bewaffnet.

❖

Im Zugabteil warteten die beiden Militärpolizisten auf den Arzt. Der Ältere übernahm das Kommando. Er trug Ordensbänder aus dem Ersten Weltkrieg auf der Brust. Er hatte sich in das Abteil gebeugt, den Toten zweimal angesprochen und keine Antwort bekommen. Jetzt sagte er: »Tot.«

»Bist du sicher?«

»Eiskalt. In Frankreich habe ich mehr Tote gesehen, als du zählen kannst.«

»Was machen wir?«

»Was wir machen? Nichts. Der Offizier sagt, er ist krank, also ist er krank. Soll der Arzt feststellen, daß er tot ist. Dafür wird er bezahlt, nicht wahr?«

Er stieg aus, und beide standen neben der offenen Zugtür und warteten. Der jüngere Polizist war nicht begeistert von der Aussicht, die Leiche transportieren zu müssen. Er wechselte das Thema und sagte zu seinem Partner: »Ich nehm' an, das ist der, den sie als Ersatz für den Major mit dem riesigen Walroßschnurrbart geschickt haben.«

»Ja, den Mistkerl haben sie degradiert und nach Aden oder sonstwohin abgeschoben.«

Sie beobachteten einen Zivilisten, der durch die Menge kam. Sie hofften, es sei der Arzt, aber als er beim Anblick der Schlangenbeschwörer einen Augenblick stehenblieb, wußten sie, daß er es nicht sein konnte. Nur Touristen und Neuankömmlinge blieben stehen, um sich die Zauberer, Schlangenbeschwörer und Akrobaten anzusehen. »Ich hab' gehört, daß der neue Typ heute kommt. Den Gerüchten zufolge irgendein Kriminalbeamter aus der guten alten Heimat.«

»Der wird's nicht lange machen«, sagte der Ältere. »Der kann Kairo offensichtlich nicht von einem Loch im Boden unterscheiden. Wie will er denn hier einen verdammten Spion finden?«

»Das mit der Verkleidung war aber nicht übel.«

»Die Uniform?«

»Ja, die Nummer mit dem Corporal.«
»Du hast's kapiert, nicht wahr?« sagte der Ältere bitter. »Wenn Captain Marker uns nicht hergebracht hätte, damit wir ihn raussuchen, wäre der Mistkerl zur Kaserne geschlendert, und wenn er in dem Aufzug durchgekommen wäre, ohne daß ihn jemand nach seinem Urlaubsschein gefragt hätte, wären wir alle dran gewesen wegen Dienstversäumnis und so.«
»Kann schon sein. Wo bleibt der verdammte Arzt?« sagte der Jüngere. Er hatte angerufen. »Sie haben gesagt, sofort. Wir haben heute nacht wieder Dienst, nicht wahr?«
»Da hast du leider recht. Heute nacht in el-Birka, alter Kumpel. Ich hoffe, du fühlst dich dem gewachsen.«
»Mir graut vor dieser miesen, runtergekommenen Gegend. Dort stinkt's. Ich hab' darum gebeten, wieder zur Verkehrspolizei versetzt zu werden. Ich hab' die Nase voll vom Streifendienst in Hurenhäusern.«

❖

Ross war in der Uniform eines Corporal völlig akzeptiert worden. Marker war nicht das geringste Mißtrauen anzumerken. Aber es schien unmöglich zu sein, seiner liebenswürdigen Freundlichkeit zu entkommen.
Als sie das Tor der Bab-el-Hadid-Kaserne erreichten, stand dort ein bewaffneter Posten. Der Träger stellte das Gepäck ab, und Marker bezahlte ihn. Ross hielt dem Posten seinen Ausweis hin, aber der Mann nahm ihn nicht zur Kenntnis. Er schaute geradeaus, als er beiden Männern korrekt salutierte.
»Der gesamte Stab weiß, daß Sie kommen«, erklärte Marker. Er schlug den von der Ermittlungsabteilung Naher Osten ausgestellten Sonderausweis auf, damit sein Vorgesetzter einen Blick darauf werfen konnte. »Ihr Ausweis nützt Ihnen hier nichts. Wir lassen niemand mit gewöhnlichen Papieren herein oder hinaus, nicht einmal Leute unserer Abteilung. Ich glaube, wir sollten Sie heute fotografieren lassen, Sir, wenn Sie die Zeit erübrigen können. Es ist schwierig, die Posten auf Zack zu halten, wenn wir nicht mit gutem Beispiel vorangehen.«

»Ja, selbstverständlich«, sagte Ross.
»Dann bekommen Sie morgen Ihren neuen Passierschein und Ihren neuen Ausweis.« Er ging ihm voraus die Steintreppe hinauf.
»Sehr tüchtig«, sagte Ross. Seine Stimme hallte wider. Das Gebäude war genau wie eine alte Burg, und im Sommer war der kühle Stein zweifellos angenehm.
Marker reagierte nicht auf das Kompliment. »In Kairo ist es üblich, alle Büros von eins bis fünf Uhr nachmittags zu schließen. Ich habe Ihren Stab gebeten, zeitig an den Schreibtisch zurückzukommen. Ich habe gedacht, Sie möchten sie kennenlernen. Dann könnten Sie Ihr Quartier besichtigen.«
»Ich werde Ihren Rat beherzigen, Marker.«
»Falls Sie sich nicht die Akten ansehen möchten, Sir. Ich habe Ihrem Sekretär gesagt – falls Sie den Sekretär Ihres Vorgängers behalten möchten –, er soll alle aktuellen Akten für Sie zur Durchsicht bereitlegen. Ich könnte Ihnen den Stand der Dinge auch mündlich vortragen.«
»Sind Sie immer so, Marker?«
»Was meinen Sie mit *so*, Sir?«
»So verdammt supertüchtig.«
Marker sah ihn an und versuchte, sich schlüssig zu werden, ob das sarkastisch gemeint war. Er bekam es nicht heraus. Dieser Neue verstand sich darauf, ein unergründliches Gesicht zu machen. »Im Zivilleben war ich selbständig, Sir.«
»Sie jagen mir einen Minderwertigkeitskomplex ein, Marker. Wissen Sie das?«
»Tut mir leid, Sir.« Was war Witz bei Major Cutler? Schwer zu sagen. Sie gingen die offene Galerie entlang, mit Blick auf den Paradeplatz. Ein Dutzend Rotmützen waren zur Inspektion angetreten, ehe sie auf den Straßen der Stadt Streife gingen.
»Hier entlang, Sir. Das ist Ihr Büro.«
Die Abteilung, der Cutler zugeteilt worden war, hatte ihre Büros in diesem Stockwerk. Dieser Teil des Gebäudes war schmal, nur ein Zimmer tief. Die Büros, die von der Galerie aus erreicht wurden, gingen auf den Midan und den Bahnhof dahinter hinaus.
Sie waren alle angetreten und warteten auf ihn: einfache Soldaten, Corporals, ein Sergeant, dazu vier Funker mit ihrem diensthabenden

Corporal. Auch ein verschlagen aussehender alter Soldat war dabei, der ihm als sein Sekretär vorgestellt wurde.
»Treiben Sie sofort einen Fotografen auf«, sagte Marker zu einem der Mitarbeiter. »Ausweisfoto für den Major, bißchen plötzlich.«
»Wir werden uns bald richtig kennenlernen«, sagte Ross und versuchte, sich an weitere Klischees zu erinnern, die er beim Dienst im Ordonnanzraum aufgeschnappt hatte. Marker stellte jeden einzelnen vor, schilderte ihre Aufgabenbereiche, ihre Fähigkeiten und ihre Zivilberufe, falls vorhanden. Keiner war ein ehemaliger Polizist. Der arme alte Cutler hatte richtig vermutet.
»Sind das alle?«
Marker zögerte.
»Sind es alle?« fragte Ross.
»Ein Mitglied Ihres Stabs ist noch nicht hier«, sagte Marker. »Eine Sekretärin: Alice Stanhope. Ich bin mir sicher, daß sie gleich kommt.«
»Wo ist sie?«
»Sie hat ihre Mutter in Alexandria besucht.«
»Ist sie krank?«
»Ihre Mutter? Nein. Nein, nicht daß ich wüßte.«
»Warum ist sie dann nicht bei der Arbeit?«
Marker zögerte. Es war schwierig, das mit Alice Stanhope zu erklären.
»Ihre Mutter ... das heißt, ihre Familie ist eng mit dem Brigadier befreundet. Das ist der Grund, warum sie hier arbeitet.«
»Aha.«
»Oh, verstehen Sie mich nicht falsch, Sir. Alice Stanhope ist eine hochintelligente junge Frau. Sie spricht mehrere Sprachen und weiß mehr über dieses jämmerliche Land als jeder andere Europäer, den ich getroffen habe.«
»Aber?«
»Ihre Mutter kennt alle Welt. Ich meine, Gott und die Welt.« Er ging zur Tür und schaute über die Galerie. Dann kam er zurück. »Ja, ich habe mir schon gedacht, daß das ihr Auto ist. Es ist ein MG-Sportwagen, ich habe ihn am Motor erkannt.«
»Soll das heißen, sie parkt ihr Auto auf dem Paradeplatz?« fragte Ross ungläubig.
»Ihre Mutter hat das mit dem Brigadier abgesprochen«, sagte Marker.

In gewisser Hinsicht genoß es Marker, seinem Chef die Lage zu erklären, bloß um sein Gesicht zu sehen.
»Ich kann es nicht erwarten, sie kennenzulernen«, sagte Ross.
»Sie werden nicht enttäuscht sein«, sagte Captain Marker.
Er vermutete natürlich, die große Überraschung stehe noch bevor, deshalb sah er besonders aufmerksam hin, als Alice Stanhope über die Außengalerie kam und die Tür aufmachte. »Tut mir leid, daß ich zu spät komme, Sir«, sagte sie. Dann fiel ihr ein, daß sie hätte salutieren müssen, und sie nahm Haltung an und setzte die Mütze wieder auf.
»Das ist schon in Ordnung«, sagte Ross. Bis zu diesem Augenblick hatte er die feste Absicht gehabt, in jener Nacht sein Quartier zu verlassen und zu verschwinden. Jetzt hatten sich seine Pläne, hatte sich sogar sein Leben geändert. Er mußte morgen früh ins Büro zurückkommen.
Alice Stanhope war die schönste Frau, die er je gesehen hatte. Er mußte sie wiedersehen, und sei es nur ein einziges Mal.

2

Die Gegend namens el-Birka, in der viele Bordelle Kairos zu finden waren, erstreckte sich vom Bahnhof bis nahe zum Esbekija-Garten. Dieses Sperrgebiet – als solches markiert mit runden Schildern, auf denen schwarze Kreuze standen – wurde ständig von rotbemützten Militärpolizisten patrouilliert. Die Hauptstraßen waren Clot Bej, benannt nach einem Arzt, der sich um die Bekämpfung der Geschlechtskrankheiten verdient gemacht hatte, und Waghel-Birka, nach der das ganze Birka-Viertel hieß. Seit Jahrhunderten war dieses vielbestaunte Vergnügungsviertel in der ganzen arabischen Welt bekannt, von Casablanca bis Sansibar.

Der äußerste Westrand von el-Birka war ein Labyrinth aus engen Gassen, die sich zwischen niedrigen Gebäuden aus Lehm und Ziegeln hindurchschlängelten. Die Gegend war Tag und Nacht überfüllt, gewalttätig und räuberisch. Früher waren hier Musiker, Zauberer, Wahrsager und Tänzer gemeinsam mit den Huren ihren Geschäften nachgegangen. Jetzt, im Januar 1942, dominierten die Revuen, die Peep-Shows und die Nutten. Dort bekam man Frauen jeder Hautfarbe, in allen Größen, allen Formen und jeder Nationalität. Es gab Frauen für die Armen und Frauen für die Reichen. Sie saßen auf den winzigen Balkonen und riefen Männern auf der Straße darunter etwas zu. Sie waren in Etablissements zu haben, die von mit Vorhängen verschlossenen Nischen bis zu geschmückten Zimmern in palastähnlichen Häusern variierten.

Eines der teureren Etablissements in el-Birka war das Bordell, das die Soldaten das Haus von Lady Fitzherbert nannten, nach der Heldin eines aufmüpfigen Marschlieds. Die Frau, die sie Lady Fitz nannten, war eine fünfzigjährige griechische Zahnärztin, die 1939 mittellos nach Kairo gekommen war. Der Krieg und der Aufbau der Armee hatten sie reich gemacht. Sie gehörte jetzt schon zu den einflußreichsten Leuten in Kairo. Lady Fitz leitete ihr Etablissement mit dem Geschick eines Schweizer Hoteliers. Sie schickte den Ministern Goldmünzen, lieferte den Polizeiinspektoren Kairos die erlesensten jungen Frauen und den britischen Rotmützen literweise Whisky.

Für Lady Fitz war es eine Grundregel, daß sie nur mit Leuten Geschäfte machte, die sie kannte. Sie kannte die beiden Soldaten, die ihr bestes Zimmer im ersten Stock benützten. Sie kamen regelmäßig. Sie kannte sie als Sergeant Smith und Sergeant Percy. Es war ihr gleich, wie sie mit richtigem Namen hießen; das Geld, mit dem sie bezahlten, war echt, und sie machten ihr nie Ärger. Sie schaute auf die Uhr. Die teure Armbanduhr von Longines war eines ihrer wenigen Zugeständnisse an den Luxus, denn ihr Haar war schlicht frisiert, sie war nur wenig geschminkt, ihr dunkelblaues Baumwollkleid war einfach, und die Schuhe mit den flachen Absätzen hatte sie auf dem Suk gekauft. Jetzt war es fast soweit: Sie gab einem ihrer Mädchen ein Zeichen.

Die beiden Soldaten waren seit fast einer Stunde oben. Bald würde ihnen Lady Fitz das Mädchen hinaufschicken. Es war ein schönes, halb tunesisches Kind, das sein Geburtsdatum nicht kannte. Die Kleine wußte nur, daß ihre ganze Familie bei den Kämpfen in Sidi Barrani im Dezember 1940 getötet worden war. Von dort aus war sie die etwa fünfhundertfünfzig Kilometer nach Kairo zu Fuß gegangen. Lady Fitz hatte sie beim Betteln vor der großen el-Azhar-Moschee angetroffen. Sie hatte gut für die Kleine gesorgt und sie für einen besonderen Mann aufgespart, was hieß, für einen Mann, der zahlen konnte.

Sergeant Percy zahlte immer für alles weit im voraus, ohne Streit oder Beschwerde. Er trug ein südafrikanisches Abzeichen, aber sie war nicht überzeugt davon, daß er aus Südafrika war. Sie forschte nicht nach. Für sie war wichtig, daß er ruhig, nüchtern und höflich war. Er lächelte selten, machte niemals einen Witz und wollte jedesmal ein anderes Mädchen. Das war die Art von Verhalten, das Lady Fitz von Männern erwartete, und sie mochte ihn. Der andere, Smith, war auch nüchtern, aber dick, auffällig, arrogant und hatte allzu schnell sarkastische Witze parat. Er kommandierte alle herum, als ob sie seine Untergebenen wären, aber in den Augen von Lady Fitz war sein schlimmster Fehler, daß ihm ihre Mädchen völlig gleichgültig waren. Manchmal fragte sie

sich, ob er homosexuell sei. Sie hätte ihm Jungen anbieten können, Männer, alles, was er wollte, aber er zeigte kein Interesse an ihren Angeboten. Sie wurde nicht schlau aus ihm.
»Mach dich jetzt fertig«, sagte sie zu dem Mädchen. »Koch den Tee. Es wird bald Zeit, zu ihnen zu gehen. Mach genau das, was ich dir gesagt habe.«
Das Mädchen hatte die ernste Miene, mit der viele Kinder die Erwachsenenwelt mustern. Sie sah zu Lady Fitz auf und nickte feierlich.

❖

Der rauhe Stoff der Khakiuniformen der beiden Soldaten und sogar ihr gebräuntes Fleisch wurde vom Licht der Öllampe in Gold verwandelt. Das große Messingbett glitzerte wie Gold, und ein Spitzenschal war darüber drapiert worden. Die polierten Metallbeschläge der Kommode funkelten, und im schwenkbaren Kosmetikspiegel, der das Zimmer widerspiegelte, war die Flamme der Öllampe noch einmal zu sehen. Für einen flüchtigen Beobachter hätten die beiden Männer alte Freunde sein können, die sich gemeinsam betranken, aber beim näheren Hinschauen wäre die Anspannung deutlich geworden, die beim Streiten und Handeln entsteht, denn wenn sich die beiden hier trafen, ging es um Geschäfte, nicht ums Vergnügen. Ein Bordell ist ein diskreter Treffpunkt für Männer, die ihre Zusammenkünfte geheimhalten wollen.
Sergeant Smith lag auf dem Bett. Zunächst waren seine Füße auf dem großen Orientteppich gewesen, aber nachdem er seine Zigarette ausgedrückt hatte, band er die Schnürsenkel auf, streifte die Stiefel ab und schwang die bestrumpften Füße auf das Bett. »Ahh!« sagte er, wackelte mit den Zehen und genoß das Gefühl, ausgestreckt auf dem frisch gewaschenen Bettzeug zu liegen.
Smith war dreiunddreißig. Sein fröhliches Gesicht war durch einen gewachsten Schnurrbart mit gezwirbelten Spitzen einprägsam. Der Drillsergeant der Grenadier Guards, der ihm und seinem Rekrutenjahrgang das Marschieren beigebracht hatte, hatte einen solchen Schnurrbart gehabt, und Smith hatte sofort beschlossen, sich für die Dauer des Krieges auch einen wachsen zu lassen.
Smith warf einen Blick in den Spiegel, um sich und das große Bett darin

zu sehen, dann trank er einen Schluck Limonade. An seinem achtzehnten Geburtstag hatte er seinem Vater versprochen, nie Alkohol anzurühren, und er hatte sein Versprechen gehalten. Selbst bei seiner Hochzeit hatte er nur Limonade getrunken. Das war lange her. Jetzt wohnten seine Frau und seine beiden Töchter im ersten Stock des Hauses seiner Schwiegermutter in der Nähe des großen Eisenbahndepots in Crewe in Cheshire, England. Obwohl ihm seine Familie fehlte, grübelte Smith nicht über Dinge nach, die er nicht ändern konnte. Vor dem Krieg hatte er als Lagerverwalter für die Eisenbahn gearbeitet, und sie hielten die Stelle für ihn frei. Im Augenblick verdiente er eine Menge Geld und war bei seiner Arbeit weder feindlichen Bomben noch Kugeln ausgesetzt. Wie Smith immer wieder nach Hause schrieb, hatte er großes Glück gehabt.

Der zweite Soldat, Percy, saß in einem großen Korbsessel. Er war jünger, siebenundzwanzig, und äußerst adrett und gepflegt. Er hatte sich die Knöpfe, die südafrikanischen Schulterstücke und die weißen, spiralig verschlungenen Einheitsabzeichen mit derselben gewissenhaften Sorgfalt angenäht, mit der er den Motor seines Lastwagens wartete und seine Schußwaffen ölte. Der enge Stoffgurt, den er trug, war sauber gebürstet, und die Messingbeschläge daran waren peinlich genau so poliert, daß der Stoff keine Flecken bekommen hatte. Das einzige, was nicht ganz zu Percys uniformierter Erscheinung paßte, war der Dolch an seinem Gürtel. Es war ein deutscher Offiziersdolch. Manche Leute sagten, Percy habe seinen früheren Besitzer getötet.

Percy war nicht sein richtiger Name. Er hatte den Namen Percy angenommen, als er vom Schlachtfeld desertierte. Deshalb nannte er ihn gern seinen *»Nom de guerre«*. Er war sehr anpassungsfähig. Jedem, der es hören wollte, erzählte er, den Übergang vom Zivilisten zum Soldaten habe er mit derselben Anstrengung bewerkstelligt, die er auch darauf verwendet hatte, beim Studium gute Prüfungsnoten zu bekommen. Percys ganzes Leben war geprägt von seiner Bereitschaft, neue Umstände hinzunehmen und sich ihnen anzupassen. Einer von Percys Dozenten hatte gesagt, der Homo sapiens habe nur überlebt und sich die Erde untertan gemacht, weil er sich besser und schneller als andere Arten an veränderte Klima- und Umweltbedingungen angepaßt habe. Percy hatte diese Lektion beherzigt.

Jetzt sah er Sergeant Smith ohne Bewunderung an. Smith hatte dunkles, welliges und leicht zerzaustes Haar; Percys Haar war blond, von der Sonne ausgebleicht und nach militärischer Art kurz geschnitten. Der Sergeant hatte mindestens zehn Pfund Übergewicht; Percy war schlank und athletisch. Percys Khakihemd war gestärkt und gebügelt; Smiths Hemd hatte Limonadeflecken. Für Smith bedeutete die reichlich vorhandene einheimische Arbeitskraft, er könne sein Hemd wechseln, sooft er wolle, und solche Flecken seien nicht wichtig. Aber Percy war pingelig, was seine Kleidung anlangte, und bügelte sie oft selbst. Ein langes Schweigen war entstanden. Sergeant Smith sagte: »Alles Gute nimmt einmal ein Ende, Percy.« Und als genieße er seinen scharfen Verstand, ließ er ein kurzes Lächeln sehen.

»Sie haben dabei etwas zu verlieren«, sagte Percy. Seine Stimme war kehlig, und sein Englisch hatte den harten Akzent, der sich nicht sehr von dem vieler Südafrikaner unterschied, vor allem dem jener, die von Farmen kamen. »Ich habe gedacht, ein Familienvater wie Sie hätte gern einen Notgroschen für die Zeit nach dem Krieg.«

»Wer hat Ihnen gesagt, daß ich Familienvater bin?« sagte Smith, als wäre ein finsteres Geheimnis ans Licht gekommen.

»Das war nur so eine Redensart«, sagte Percy. Er blieb ganz gelassen, und sein Rohrstuhl knarrte, als er sich behaglich zurücklehnte, die Beine ausgestreckt, als ginge ihn nichts auf der Welt etwas an.

»Es macht Ihnen also nichts aus?«

Percy fuhr mit der Hand in sein Hemd. Nachdem er eine Geheimtasche aufgeknöpft hatte, die von ihm dort angebracht worden war, schwenkte er ein Bündel Geldscheine. »Was schulden wir Ihnen, neunhundert ägyptische Scheinchen? Ich habe es irgendwo aufgeschrieben.«

»Was spielt es für eine Rolle, wieviel Geld es ist?« sagte Smith, und in seiner Stimme schwang eine Spur Angst mit. »Ich kann das verdammte Zeug nicht nach England schaffen. Ich schwimme in ägyptischem Geld. Der Sergeant im Büro des Zahlmeisters hat mir versprochen, er kriegt das schon hin, aber plötzlich macht er sich vor Angst in die Hosen.«

»Liegt da das Problem? Das Geld nach England zu schaffen?« Percy beugte sich vor und reichte Smith das Geld.

Smith nahm es. »Ich habe es Ihnen doch gesagt. Ich will keine Geschäfte mehr machen. Wir haben einen neuen jungen Offizier. Statt das Inventar einfach auf der punktierten Linie abzuzeichnen, will er alles sehen, wofür er unterschreibt.« Smith mischte das Geld zwischen den Händen, als zähle er es. Dann schob er es in sein Soldbuch, steckte es aber nicht ein. Er schob das Geld in den Seiten des Soldbuches herum, als vergleiche er beides miteinander, wog das Geldbündel ab, als versuche er immer noch, sich schlüssig zu werden.
»Vielleicht könnte ich Ihr Geld nach England schaffen.«
Smith hob jäh den Kopf. »Haben Sie mir denn überhaupt zugehört, Sie Arsch? Jedes Stück! Mein Offizier will jedes Stück sehen, ehe er unterschreibt. Wenn er mein ganzes Lager durchstöbert, wird er bald merken, daß die Hälfte fehlt.«
»Aber das ist kein Problem. Sie können es als beschädigt abschreiben, als Verlust an den Feind, als hier im Lande irreparabel oder was auch immer.«
Jetzt war Smith wütend. »Doch nicht tonnenweise Kriegsmaterial – jedenfalls nicht in der Woche, die ich Zeit habe, bis er das Inventar abzeichnet!«
»Reißen Sie sich zusammen, Smith!«
»Sagen Sie mir nicht, ich soll mich zusammenreißen, Sie mieses kleines Schwein. Ich will einfach mit Leuten wie Ihnen keine Geschäfte machen, das steckt dahinter. Ich traue Ihnen nicht. Wo geht denn das ganze Zeug hin? An wen verkaufen Sie?« Er schnüffelte und streckte auf dem Bett die Beine noch weiter aus. »Sie sind Südafrikaner, ja? Für mich klingen Sie wie ein Scheißdeutscher.« Er hielt das Geld immer noch im Schoß, hielt es so fest, daß deutlich wurde, er sei ihm gegenüber nicht so gleichgültig, wie er tat.
Percy sagte nichts.
Percys Schweigen machte Smith noch wütender. Er glaubte, er sehe im Gesicht des Jüngeren amüsierte Verachtung. Für eine Beförderung hätte er den Kerl körperlich angegriffen und das Leben aus ihm herausgeprügelt. Obwohl der Wohlstand Smith zum Zunehmen verleitet hatte, war es noch nicht so lange her, daß er in der Boxmannschaft der Eisenbahner Schwergewichtler gewesen war. Bei einem denkwürdigen Anlaß hatte er den amtierenden Meister der Lokomotivführer k. o.

geschlagen. Die Lokomotivführer waren kräftige, muskulöse Männer, und Smiths Gegner war sieben Pfund schwerer gewesen als er.
»Ich will Ihnen mal ein kleines Geheimnis verraten«, sagte Smith. »Als wir uns letztes Mal getroffen haben, kam ich ein bißchen zu spät, wissen Sie noch? Der Grund war, daß ich mir Ihren Lastwagen mal ein bißchen näher angesehen habe. Ich habe die Fahrgestellnummer aufgeschrieben. Sie haben die Nummernschilder ausgetauscht, aber an die Fahrgestellnummer haben Sie nicht gedacht, nicht wahr? Im Depot habe ich meinen Corporal dazu gebracht, diese Nummer in den Akten nachzuschlagen. Gestohlen: schön, das hatte ich erwartet. Als der Wagen gestohlen wurde, war er mit kleinen Generatoren beladen. Generatoren sind hier wie Goldstaub, das weiß jeder. Aber ich war nicht darauf gefaßt, daß der Fahrer getötet, ermordet worden war; der Lastwagen hat ihn einfach überfahren.« Er sah Percy direkt in die Augen. »Überfahren! Auf dem Totenschein stand als Todesursache ›Unfall‹, aber niemand hat erklärt, wie er sich selbst auf die Straße gelegt und überfahren hat. Irgendwelche Ideen?«
Percy erwiderte nichts.
Smith bleckte die Zähne. »Jetzt begreifen Sie vielleicht, warum ich mit Ihnen keine Geschäfte mehr machen will.«
»Sie haben lange gebraucht, bis Sie sich darüber klargeworden sind«, sagte Percy. Die verschiedenen Einwände, die Smith vorgetragen hatte, hatten Percy nicht überzeugt; da war noch etwas. »Was ist der wahre Grund? Vergessen Sie den ganzen Quatsch für den Augenblick. Sagen Sie mir den wahren Grund.«
Smith knirschte mit den Zähnen. Er hatte die ganze Zeit darauf gebrannt, den wahren Grund zu nennen, und jetzt konnte er nicht länger widerstehen. »Sie verkaufen das ganze Zeug an die Juden, nicht wahr?« Sein Lächeln war starr und herausfordernd.
»Juden?«
»Schluß damit, Sie kleines Schwein. Die ganzen Sachen gehen an die Juden in Palästina. Die bereiten sich auf die große Kraftprobe mit den Arabern vor. Dort ist das große Geld, und ihr Typen wißt, wie ihr an die Knete herankommt.« Er schaute auf die Scheine und sagte noch einmal: »Sie wissen wirklich, wo das Geld ist. Was ich bekomme, ist vermutlich nur Spucke im Ozean.«

Percy sah ihn gelassen und ausdruckslos an.
»Ich war in dem beschissenen Haifa stationiert, Kumpel«, sagte Smith. »Ich weiß, was die vorhaben. Diese Juden sind schlimmer als die Scheißaraber. Die ziehen einem für eine Handvoll Kleingeld lebendig die Haut ab. Lügen Sie mich nicht an; ich habe gehört, wie die reden. Eine Bande von denen hat einen Kumpel von mir zusammengeschlagen –«
Es klopfte zögernd an der Tür. »Herein!« rief Percy. Der Augenblick war gekommen, in dem er sich entscheiden mußte. Konnte er Smith zur Vernunft bringen, oder hatte er völlig durchgedreht? Ein bösartiges Plappermaul konnte sie alle verraten.
Die junge Tunesierin kam mit einem Messingtablett herein. Darauf waren eine Kanne Pfefferminztee und eine Auswahl orientalischen Gebäcks, übergossen mit Rosenwasser und verdünntem Honig. Sie trug bestickte Pantoffeln und ein bunt gemustertes, um sie geschlungenes Baumwolltuch, das sich an ihren Körper schmiegte. Sie musterte die beiden Männer mit gelassener Neugier. Sie wirkte weder verängstigt noch eingeschüchtert. Bei der Arbeit für Lady Fitz hatte sie Männer in all ihren Launen und Stimmungen kennengelernt. Es war nicht leicht, sie zu überraschen. Sie stellte das Tablett auf den Nachttisch und goß zwei Tassen Tee ein. Eine reichte sie Percy. Er nickte ihr zu, und sie reagierte mit einer leichten Kopfbewegung auf das Signal. Dann bot sie Smith die zweite Tasse Tee an, wedelte den Dampf mit der Hand in seine Richtung, lud ihn ein, den Duft der Minze zu riechen. Smith schnüffelte, wie es von ihm erwartet wurde, die Füße weiterhin auf dem Bett ausgestreckt, den Kopf entspannt gegen das Kissen gelehnt.
»Ich glaube, sie mag Sie«, sagte Percy. »Spielen Sie doch ein bißchen mit ihr. Davon bekommen Sie bessere Laune. Wir reden später weiter.« Er stand auf, als wollte er die beiden allein lassen.
»Nein, nein. Bleiben Sie, wo Sie sind«, sagte Smith, aber Percy entdeckte in seiner Stimme mangelnde Bestimmtheit.
Das Mädchen streichelte sanft Smiths Arm und fuhr mit den Fingern über seinen Körper. Smith erschauerte. »Was haben Sie denn zu verbergen, Smith? Sie will ins Bett mit Ihnen, das sieht man ihr doch an.«

Das Bett knarrte, als Smith sich schwerfällig aufsetzte und die Hand des Mädchens wegschob. »Sie geben nie auf, nicht wahr, Percy?«
»Was reden Sie denn da? Haben Sie noch nie die volle Behandlung bei Lady Fitz bekommen?« sagte Percy mit gutmütigem Interesse. »Das ist nicht der hastige Galopp, an den Sie von zu Hause gewöhnt sind. Die Kleine wird Sie mit parfümierten Ölen salben, ein bißchen Haschisch mit Ihnen rauchen, damit Sie in die richtige Stimmung kommen, und danach wird sie Sie baden. Eine Stunde im Paradies; so wird das im Osten gemacht. Sie sollten es ausprobieren. Bei Gott, sie ist ein wunderschönes junges Geschöpf!«
»Sie ist noch ein Kind. Sie kann nicht älter als fünfzehn sein.«
»In einem Land mit einer Lebenserwartung von dreißig Jahren ist fünfzehn ein mittleres Alter. Sehen Sie ihr Gesicht an, sie begehrt Sie.«
»Und sie muß Sie eine Stange Geld gekostet haben«, sagte Smith.
Das Mädchen hatte sich von Smiths abweisenden Worten nicht entmutigen lassen, sein Hemd aufgeknöpft und die Hand an seine Brust gelegt. Smith saß reglos da. Sein Verstand sagte ihm, das Verhalten des Mädchens gehe auf Percys Anweisungen zurück, aber sein Ego, genährt vom Verlangen, wurde stärker als diese Überzeugung. Er konnte die lieblichen Duftöle riechen, die das Mädchen benützt hatte. Nach Monaten der Enthaltsamkeit war die Versuchung überwältigend.
Percy ging zum Tablett und nahm sich ein Stück Gebäck. »Lokum wie das hier bekommt man nur in Kairo«, sagte er im Konversationston. Er hob es hoch, um es Smith zu zeigen: es war mit Puderzucker überzogen und leuchtete im Lampenlicht. Percy steckte es in den Mund und kaute es mit einstudiertem Genuß.
Als hätte sie Percys Worten folgen können, nahm die junge Tunesierin ein Stück Lokum vom Teller und hielt es Smith an die Lippen. Sie hatte sein Hemd jetzt ganz aufgeknöpft, seine haarige Brust entblößt und streichelte ihn sanft mit der linken Hand.
»Mund auf und Augen zu, Sie glücklicher Mistkerl«, sagte Percy liebenswürdig.
Smith roch das Rosenwasser und schmeckte den Puderzucker, als er kräftig auf etwas biß, was sich als ein Würfel aus Hammelfett herausstellte. »Igitt!« Aber das lauwarme Fett klebte an seinen Zähnen. Er konnte nicht schreien. Es verstopfte Mund und Zunge und bewegte

sich nicht von der Stelle. Ehe er es ausspucken konnte, spürte er eine kräftige Hand, die sein Gesicht umklammerte. Weil er nicht durch den Mund atmen konnte, schnaubte er heftig wie ein erschrecktes Pferd.
»*Imschi!*« sagte Percy.
Das Mädchen wich zurück. Als sie von der liegenden Gestalt wegschlüpfte, stieß Percy den Dolch mit Wucht in Smiths nackte Brust. Smith bäumte sich gewaltig auf, aber weil sein Herz durchbohrt war, pumpte die heftige Bewegung nur Blut und beschleunigte sein Ende. Percy, der den um sich schlagenden Körper nach unten drückte, sah das Mädchen an. Sie hielt sich die Hand vors Gesicht, mit der Handfläche nach außen, die Finger weit gespreizt, damit sie hindurchsehen konnte. Ihre Lippen bewegten sich, und er fragte sich, ob sie schreien werde. Selbst wenn sie es getan hätte, wäre das an einem Ort wie diesem, wo Schreie, Stöhnen und Keuchen etwas Alltägliches waren, nicht weiter aufgefallen.
Aber sie schrie nicht. Sie beobachtete die Szene hinter den gespreizten Fingern, während Percy den Dolch leicht drehte und Smiths Gesicht mit der anderen Hand weiter nach unten drückte.
Der Sterbende atmete durch die Nase aus, sein Brustkorb wölbte sich, er bäumte sich noch einmal auf, übergab sich heftig durch Percys Finger, konnte sich aber nicht losreißen. Er wand sich, schien zu schrumpfen und rührte sich dann nicht mehr. Percy wartete ein paar Augenblicke, ehe er ihn losließ. Einen Moment lang stand er da und sah auf die Leiche hinunter. Das Bettzeug war befleckt mit Blut und stinkendem Erbrochenen. Dutzende von winzigen Blutspritzern bildeten ein Muster auf der Bettdecke, den Kissen und der Wand. Bei seiner militärischen Ausbildung hatte er gelernt, Posten schnell und lautlos zu töten, aber er hatte keine Ratschläge bekommen, wie man es vermied, ein Blutbad zu hinterlassen. Er fragte sich, wieviel Blut sprudeln werde, wenn er den Dolch herauszog. Für den Augenblick ließ er ihn stecken. Als hätte das Mädchen seine Gedanken gelesen, brachte es ein Handtuch und wickelte es um den Dolchgriff. Dann nahm es die Kissen vom Bett.
»Sobald ich gegangen bin, holst du schnell die Männer«, sagte er zu ihr. Sie würden wissen, was zu tun war. »Hörst du mich?« Er merkte, daß die gespreizten Finger und die anderen Gesten ihrer Hand vor dem

bösen Blick schützen sollten. Sie bewegte die Lippen, rezitierte tonlos Verse aus dem Koran. Er lachte sie nicht aus, denn ihm war danach zumute, denselben Schutz zu suchen.
Nach einem Augenblick zum Luftholen hob er Smiths schwere Leiche vom Bett und legte sie dankbar auf den Teppich. Er schlug die Teppichzipfel über Smiths sterbliche Überreste.
In diesem Moment ging die Tür auf. »Alles erledigt, Percy, altes Haus?« Ein schmächtiger junger Mann stand auf der Schwelle. Er war barhäuptig, trug ein Khakihemd und khakifarbene Gabardinehosen im Stil eines Offiziers, ohne Rang- oder Einheitsabzeichen. Der Ton der Stimme, der Akzent und die selbstbewußte Art waren unverkennbar das Produkt einer exklusiven englischen Schule.
»Es ist erledigt«, sagte Percy, ohne ihn anzusehen. »Er war übergeschnappt. Er hat sogar die Fahrgestellnummer des Lastwagens überprüft. Und er hat von den Juden angefangen. Es wäre nur noch eine Frage der Zeit gewesen, bis er uns verraten hätte.«
Percy sammelte das auf dem Bett verstreute Geld ein. Er blätterte das Bündel ägyptischer Scheine durch. Sie hatten Blutflecken, aber Geld war Geld. Er nahm zwei Scheine aus dem Bündel und hielt sie dem Mädchen hin. Sie nahm sie, ohne die Miene zu ändern, steckte sie ein und machte mit dem Wechseln des Bettzeugs weiter. Gereizt darüber, daß sie sich nicht bedankte, steckte Percy den Rest des Geldes in die Innentasche.
»Alle für einen und einer für alle«, sagte der Neuankömmling. Er sagte es feierlich, als wiederhole er einen Eid. Dann: »Pfui, was für ein Gestank!« Er sah den Toten an und dann das junge Mädchen, während es das besudelte Bettzeug entfernte. Sie schlug die Augen nieder, als sie seinen Blick spürte. »Wow! Jetzt verstehe ich, was Sie mir von der Puppe erzählt haben: Was für ein schönes Stück Fleisch.« Und dann sagte er mit forscherer Stimme: »Geben Sie mir das Geld, alter Junge. Das dürfen wir doch nicht vergessen, nicht wahr?« Er nahm es und stopfte es in seine Tasche, ohne es zu zählen. »Gehen wir. Mahmuds Männer erledigen den Rest.«

3

Bei Kairo teilt sich der Nil und macht die Insel Dschesire zum kühlsten und begehrtesten Wohngebiet der Stadt. Die Anlegestellen auf der Westseite der Insel waren 1942 von Hausbooten überfüllt. Meistens waren sie an Besucher vermietet, denen die lautstarken Partys und die unkonventionelle Atmosphäre gefielen. Auch das gehörte zur Goldstadt.

Mit einer leichten Anstrengung der Phantasie wurden sogar die braunen, glänzenden Wellen im träge fließenden Nil auf einer Unterschicht aus Bronze vergoldet. Auch die Musik hatte etwas Goldenes an sich: raffinierte, durchdringende arabische Dissonanzen, die über das Wasser kamen, vermischten sich mit dem Verkehr, den Rufen auf der Straße und anderen Stadtgeräuschen zu einem Summen wie dem eines Bienenschwarms. Kairo im Krieg glich tatsächlich einem Bienenkorb, dachte Peggy West: einem goldenen, hektisch ausschwärmenden Bienenkorb, überlaufend mit Honig, stets bereit, tausendfach zuzustechen. Ein rauher Lebensraum für eine Frau ohne Beschützer. Peggy hatte kein anderes Zuhause; wenn sie die Stadt so sah, abends über den Nil hinweg, fühlte sie sich einsam und hatte Angst.

»Mein Herr wird Sie bald empfangen, Madam. Darf ich Ihnen Kaffee bringen?«

»Ja, bitte.«

»*Sukkar ziada*, Madam?« Nur die reichsten Einwohner Kairos konnten sich Dienstboten leisten, die verständliches Englisch sprachen. Der hier – Jusef – konnte es, aber er beharrte auf arabischen Wendungen, als wolle er Peggy auf die Probe stellen.

»Nein, danke, keinen Zucker; *saada.*«

Der Diener starrte sie an und grinste unverschämt. Er war sehr mager. Er hatte ein hartes Gesicht mit hohlen Wangen und großen braunen

Augen. Er hinkte leicht, aber ihm fehlte die verkrümmte Haltung, die ein Ergebnis der Unterernährung ist. Früher mußte er sehr gut ausgesehen haben. Jetzt beeinträchtigte eine gebrochene Nase das Aussehen des Dieners und verlieh seinem unfreundlichen Gesicht etwas Grimmiges, das Peggy beunruhigte.

Sie hatte ihm bei früheren Besuchen auf dem Hausboot gesagt, sie möge den süßen Kaffee nicht, wie er Frauen immer serviert wurde. Aber Frauen zählten in Ägypten nicht. Mädchen waren unerwünschte Kinder. Frauen trugen den Schleier, hielten den Mund und blieben außer Sicht; Frauen gehörten ihren Männern und tranken süßen Kaffee. Der Diener verbeugte sich vor Peggy und brachte ihr bald den Kaffee, in einer winzigen Porzellantasse mit Blumenmuster. Er stellte ihn auf ein Messingtablett, das die Platte des Beistelltisches bildete, an dem sie saß. »Der Herr wird Sie nicht mehr lange warten lassen«, sagte er. Er verbeugte sich wieder und ging, ohne auf Antwort zu warten. Es gab nichts zu sagen. Frauen – auch gebildete Europäerinnen wie Peggy West, eine hochgeachtete Schwester im Lazarett – konnten nicht damit rechnen, wie Männer behandelt zu werden. Wenn Peggy West auf das Boot kam, mußte sie oft hier auf dem Oberdeck warten und Kaffee trinken. Das wurde so eingerichtet. Wichtige Männer ließen die Leute warten.

Sie griff zur Kaffeetasse. Noch ehe sie die Tasse zum Mund führte, konnte sie den starken Zuckersirup riechen, mit dem der Kaffee zubereitet worden war. Sie fluchte und beschloß, sich über den verdammten Diener zu beschweren. Aber sie trank den Kaffee trotzdem, was der Diener gleich gewußt hatte. Während sie kleine Schlucke nahm, sah sie auf den Fluß hinaus. Als sie über die Brücke auf die Insel gekommen war, hatte sie bemerkt, daß das alte Hotel Semiras voll beleuchtet war. Das früher vornehme Semiras war jetzt von den britischen Truppen in Ägypten als Hauptquartier übernommen worden. Das elektrische Licht machte gelbe Rechtecke aus den Fenstern. In allen Zimmern brannte Licht; es war fast noch nie vorgekommen, daß die britische Armee noch so spät arbeitete. Rommel war wieder auf dem Marsch. Die Armee, die von den Briten in die Wüste gejagt worden und zum Stillstand gebracht worden war, hatte sich plötzlich wiederbelebt und stürmte voran. Kairo war in Gefahr.

Sie knöpfte sich den Mantel zu. Ein Grollen war zu hören, das Artilleriefeuer hätte sein können, und dann kam ein Lastwagen mit eingeschalteten Scheinwerfern scheppernd über die Brücke in der Nähe, und zwei weitere folgten ihm, als versuchten sie, ihn einzuholen. Peggy erkannte, daß es Morris Squads waren, seltsam aussehende, buckelige Fahrzeuge, die zum Ziehen schwerer Feldgeschütze benutzt wurden. Die Artilleristen hatten es eilig und waren in den Westen der Wüste unterwegs. Rommels Soldaten eilten ihnen entgegen. Niemand wußte, wo die große Schlacht stattfinden würde.

Es war einfach, hier zu sitzen und sich einzubilden, sie könne das Artilleriefeuer hören oder die trostlose Wüste riechen, die ein paar Kilometer weiter anfing, aber das waren die törichten Phantasien, denen Neulinge nachhingen: auffällige englische Reporter und rosagesichtige Offiziere direkt von der Schulbank, die sich verzweifelt wünschten, die Helden zu werden, von denen sie eben erst in den Comic-Heften gelesen hatten.

Peggy dachte immer an ihren Mann Karl, wenn sie hierherkam, um Solomon zu besuchen und ihr Geld abzuholen. Es lag nahe, daß sie das Tat: Solomon war ein enger Freund ihres Mannes; das behauptete er jedenfalls. Sie seufzte, als sie daran dachte. Hier war kein Verlaß darauf, daß einem jemand die Wahrheit sagte. Die Armee, die Araber und sogar die BBC logen wie gedruckt, wenn es ihnen ins Konzept paßte. Sie lebte schon lange in diesem Teil der Welt. Sie hatte sich zu ihrer Zufriedenheit bewiesen, daß eine junge Engländerin von durchschnittlicher Vorortherkunft genauso sorglos durch die Welt schweifen und arbeiten konnte, wie es Männer häufig taten. Sie kannte die südliche Mittelmeerküste bis nach Tunis, wohin sie zuerst gekommen war, mit nichts in der Tasche außer ihrem Schwesterndiplom und dem Versprechen, eine Stelle in einem Krankenhaus zu bekommen, das dortige europäische Obstfarmer unterstützten. Sie stellte bald fest, daß eine erfahrene Krankenschwester mit europäischem Diplom so gut wie überall an jener Küste Arbeit bekommen konnte.

Auch als sie sich verliebte und heiratete, waren ihre Reisen nicht zu Ende. Ihr Mann witzelte gern über seine italienische Mutter und seinen kanadischen Vater; so seien Spaghetti mit Fleischbällchen erfunden worden, sagte er. Karl war Ingenieur und arbeitete für eine Ölgesellschaft. Im Herbst 1937 war er mit ihr zu den lange verschobenen Flitterwochen in die Cyrenaika gefahren. Er hatte dort enge Freunde und sprach ein wunderbares Italienisch. Sie nannten die Gegend Little Italy. Ihren Hochzeitstag feierten sie mit süßem einheimischen Sekt und *Paradiso*-Kuchen aus Mandeln. Die Landschaft war atemberaubend, das Mittelmeer war noch nie so strahlend blau gewesen wie an jenem Tag unter dem Balkon ihres Zimmerfensters. Sieben herrliche Tage, und dann waren sie mit ihrem geliebten V8 Ford bis nach Kairo zurückgefahren. Vielmehr fast bis nach Kairo. Das arme alte Auto hatte ihnen treu gedient, gab aber ohne Vorwarnung den Geist auf. Das Getriebe versagte, und sie ließen das Auto tieftraurig stehen. Sie schleppten ihre Koffer zum nächsten Dorf – nicht viel mehr als eine Bahnstation und ein Dutzend primitive Häuser – und tranken gekühltes Bier und unzählige Tassen Kaffee, während sie fünf Stunden auf den Zug nach Kairo warteten.

Sie waren so verliebt gewesen, daß ihnen die Gelegenheit zum Reden wie ein Himmelsgeschenk erschien. Sie sprachen über Gott und die Welt. Sie hatte Karl ihre ganze Lebensgeschichte erzählt, von ihren liebevollen und ständig besorgten Eltern in England, von ihrer Reiselust. Sie erinnerte sich so lebhaft an diesen Aufenthalt: an die Bahnstation bei El Alamein, die von Flöhen wimmelnde Ecke, in der sie die halbe Nacht verbracht hatten. Diese Flitterwochen waren lange her: vier oder schon fünf Jahre? Jetzt erfüllte Karl einen Fünfjahresvertrag bei einem Ölsucherteam, das die Wüsten des Irak durchstreifte. Seit seinem letzten Urlaub waren anderthalb Jahre vergangen. Sie fragte sich, ob er soviel an sie denke wie sie an ihn. Er schickte regelmäßig Geld; er liebte sie doch bestimmt? In gewisser Hinsicht mußte sie dankbar sein. Nach der Heirat mit ihr hatte Karl einen britischen Paß bekommen. Wenn sie in England geblieben wären, hätte er jetzt vielleicht in einem dieser Lastwagen gesessen, die zum Schlachtfeld fuhren. Viele Männer, die in die Wüste gingen, kamen nicht zurück. Manchmal hatte sie Alpträume, in denen sie zuschaute, wie Karl auf dem Operationstisch zusammengeflickt wurde.

Sie fröstelte. Januar war in Kairo immer der kälteste Monat. Sie hatte nachts zwei Decken über dem Bett. Sie fragte sich, warum Solomon, der Mann, den sie besuchen wollte, keinen festen und bequemeren

Wohnsitz hatte. Er hatte ausweichend geantwortet, als sie ihn danach gefragt hatte. Solomon nannte sich gern Solomon al-Masri – Solomon, der Kairoer, oder Solomon, der Ägypter –, auf ägyptisch war das kein Unterschied. Es klang wie ein angenommener Name, aber das galt auch für viele echte Namen. Der Mann war geradezu krankhaft von Geheimhaltung besessen. Zur Verabredung der ersten Besuche bei ihm hatte sie einen österreichischen Zahnarzt in Alexandria anrufen und sagen müssen, sie brauche einen Behandlungstermin. Sie hatte nicht widersprochen. Sie wußte, daß manche Männer aus allem, was sie taten, ein Geheimnis machen wollten. Karl war auch so. Anfangs hatte sie geglaubt, er habe eine Geliebte, aber später meinte sie, das sei einfach sein übliches Verhalten. Vielleicht hing es mit seiner Erziehung zusammen; vielleicht waren alle Männer so, wenn man mehr über sie erfahren wollte.

Sie sah sich um. Gelbe Lichter aus den an diesem Stück des Flußufers vertäuten Booten warfen Muster auf das Wasser. Auf einem Boot in der Nähe waren die Fenster offen, um die Nachtluft hereinzulassen. Laute Stimmen waren aus ihnen zu hören, mit vornehmem englischen Akzent, und eine zerkratzte Platte auf einem Grammophon zum Aufziehen: Bing Crosby sang »Schöner Gigolo«.

Sie schaute auf die Uhr: es war fast Mitternacht. Sie fragte sich, wie lange Solomon sie warten lassen würde. Es war jemand bei ihm. Das wußte sie, weil sie im Vorbeigehen in der Kombüse ein Silbertablett mit halbgegessenen Sandwiches, benutzte Teller und Kaffeetassen gesehen hatte. Nach den Resten zu urteilen, mußte es eine lange Sitzung gewesen sein: irgendwelche Verhandlungen. Er hatte ihr gesagt, er habe Spaß am Handeln. Ich bin in einem Basar geboren, hatte er gesagt. Sie wußte nicht, ob er das wörtlich meinte, denn einmal hatte er ihr erzählt, sein Vater sei ein reicher Bürger Kairos gewesen. Wie es bei seiner Geburt auch zugegangen sein mochte, Solomon war Jude, aber daraus machte er kein Geheimnis. Sonst wußte sie wenig, bis auf das Offensichtliche: daß er ein hochintelligenter, weitgereister Geschäftsmann war, der ein Dutzend Sprachen sprach, darunter ausgezeichnetes ägyptisches Arabisch und Englisch, das in Syntax und Aussprache eindeutig amerikanisch war. Sonst wußte sie nichts über ihn, und sie gab sich Mühe, nicht neugierig zu wirken. Solomon hatte ihr angeboten, das Geld bringen zu lassen, das ihr abwesender Mann ihr jeden Monat aus dem fernen Osten schickte. Die britischen Einschränkungen des Geldtransfers während des Krieges waren so strikt, daß sie sich fragte, wie sie ohne Solomons inoffiziellen Kurierdienst zurechtgekommen wäre. Das Geld, das sie im Lazarett der britischen Armee verdiente, reichte nicht einmal für ihren bescheidenen Lebensstil. Fast alle anderen waren junge, unerfahrene Armeeschwestern aus England, die in Militärunterkünften wohnten und froh über die Gelegenheit waren, in einer Stadt voller Schürzenjäger zu leben. Sie brauchten kein Geld. Aber Peggy wohnte im Hotel und hatte bis jetzt den Versuchungen und Anträgen widerstanden. Peggy brauchte Karls Geld, deshalb war es nötig, Solomons Marotten und Absonderlichkeiten hinzunehmen.

Solomon hatte das Boot umgetauft auf *Medina al Dahabija*: Goldstadt. Es war ein Wortspiel. *Dahabija* bedeutet sowohl flaches Nilhausboot als auch Gold. Ehe er es übernahm und renovierte, war es nicht viel mehr als ein Wrack gewesen, das einem versoffenen südafrikanischen Piloten gehörte und passenderweise *Fliegender Fisch* hieß. Seit Kriegsbeginn waren die auf der Westseite der Insel Dschesire vertäuten Hausboote schick geworden. Es gab sie in allen Formen und Größen; manche – wie das hier – waren in gutem Zustand, während andere Lecks hatten und baufällig waren. Alle Welt kannte schillernde Geschichten über diese seltsame Flotte. Angeblich wohnten hier Schwarzmarkthändler, Deserteure der britischen Armee und sogar italienische Kriegsgefangene und gaben umwerfende Partys, auf denen alle Arten von Getränken und Drogen großzügig angeboten wurden. Aber Kairo liebte Gerüchte, je abenteuerlicher, desto besser.

»Kommen Sie hier entlang, Madam.«

»Ja.« Sie nannte ihn nie Jusef, er gab sich ohnehin schon vertraulich genug.

Als sie schließlich in den gut eingerichteten Salon auf dem Deck darunter gebeten wurde, begrüßte Solomon sie herzlich. Die Gereiztheit verschwand, die sich während des Wartens aufgebaut hatte. Sie geriet in seinen Bann. Falls Solomon al-Masri reich war, gehörte er dennoch nicht zu den wohlerzogenen, gepflegt sprechenden, kultivierten Gestalten, die in Kairos besten Hotels, Bars und Nachtclubs so häufig anzutreffen waren. Solomon sah gut aus, auf die abgebrühte

Weise, die Hollywood vor kurzem bei Cagney und Bogart entdeckt hatte. Er war klein und muskulös, mit einem gebräunten, verwitterten Gesicht, buschigen Augenbrauen und welligem schwarzen Haar, das seinen Anstrengungen mit Kamm und Bürste Widerstand leistete. Das maßgeschneiderte Seidenhemd und die Hose saßen perfekt, ganz im Gegensatz zu den meisten Kleidungsstücken, die Kairos Schneider herstellten. Jeder konnte sehen, daß er ein Mann war, der verlangte, daß alles genauso erledigt wurde, wie er es wollte. In allem, was er tat, erkannte Peggy die zielstrebige Beharrlichkeit, die sie bei anderen Männern, die es aus eigener Kraft zu etwas gebracht hatten, wie beispielsweise ihr Vater, erlebt hatte.

Jetzt bot ihr Solomon einen Platz an und bemühte sich um sie, als wäre das der Augenblick, auf den er sich den ganzen Tag gefreut habe. »Trinken Sie einen Whisky?« Er erinnerte sich genau daran, wie sie ihn mochte – Soda und Whisky in gleichen Mengen, kein Eis –, und wählte ein schweres, geschliffenes Glas dafür aus. Er schwenkte die Flasche Johnnie Walker, als wollte er beweisen, daß es nicht der unechte Fusel war, den es jetzt in solcher Fülle gab.

Er beobachtete sie, als sie sich setzte und die Beine übereinanderschlug, dann reichte er ihr den Drink. »Ist Ihnen kalt, Peggy?« Jetzt fühlte sie sich besser. Sie erhaschte einen Blick von sich im Spiegel: glatte Haut, rötliches Haar und große grüne Augen. Sie war beruhigt. Sie sah immer noch frisch und jung aus; nur wenige der jüngeren Schwestern konnten sie ausstechen.

Der Raum war warm und dunstig von Zigarrenrauch. »Nein, jetzt nicht mehr«, sagte sie. »Aber auf Booten ist es nie warm, nicht wahr? Ich weiß nicht, wie Sie es im Winter auf dem Wasser aushalten.«

»Man gewöhnt sich daran, Peggy. Mein Vater hatte hier auf der Insel ein schönes Haus. Jeden Morgen, wenn er seine Gebete gesprochen hatte, sah er auf das vorbeifließende Wasser. Der Nil ist lang, sagte er immer zu mir, so lang wie das Exil unseres Volkes.«

»Und was haben Sie gesagt?« Sie fragte sich, wie viele der Araber, mit denen er Geschäfte machte, ihn als Juden erkannten. Vielleicht war es ihnen gleichgültig, wenn es ein guter Handel war und Geld zu verdienen gab. Geld spricht alle Sprachen – so hieß es auf den Suks von Kairo.

»Ich habe meinem Vater gesagt, er soll nach Norden sehen und daran denken, daß wir hier in Kairo fast am Ende des Nils sind«, sagte Solomon. Er lächelte kurz, als ihm plötzlich einfiel, daß er ihr diese kleine Parabel schon einmal erzählt hatte; er liebte Parabeln. Sie hatte ihm pflichtschuldig das Stichwort geliefert.

»Sie sind Jüdin, Peggy.« Es war keine Frage, es war eine Feststellung, eine Mahnung.

»Mein Vater war –«

»Ich will nichts über Ihren Vater wissen. Ich will etwas über Sie wissen.« Er sagte es entschieden, setzte sich auf das Sofa und sah sie an, als erwarte er eine lange Antwort.

Sie wußte, was er erwartete. In manchen Dingen war er Karl sehr ähnlich, und Karl sprach liebend gern über seine Wurzeln und das Wesentliche an Rasse und Religion: das jüdische Heimatland und die Pioniere, die dafür kämpften, es zu schaffen.

»Ich glaube schon, daß ich Jüdin bin«, sagte sie. Sie war in einer Familie aufgewachsen, in der nie über Religion gesprochen wurde. Ehe Solomon sie unterbrach, hatte sie sagen wollen, ihr Vater sei Atheist gewesen. Ehe sie Karl kennenlernte, hatte sie wenig oder nichts über Religion gewußt. Ihr Vater hatte ihr gesagt, die jüdische Abstammung vererbe sich über die weibliche Linie, und Peggy war es ohnehin schwergefallen, an irgendeine Art von Gott zu glauben. Ihre Arbeit im Lazarett, bei der sie in letzter Zeit so viele junge Männer bluten und sterben gesehen hatte, hatte sie eher weniger religiös als religiöser gemacht. Aber sie wollte keinen Streit. »Karl ist Jude. Einmal, das ist lange her, habe ich ihm versprochen, falls wir Kinder bekämen, würden sie nach Karls Wünschen erzogen.«

»Genau. Das hat Karl mir auch gesagt. Karl hat gesagt, Sie hätten ihm das gesagt.«

»Wann kommt Karl zurück?«

»Noch nicht so bald. Er hat noch viel Arbeit vor sich.« Solomon stand auf, ging zu dem elektrischen Ventilator und drehte ihn so, daß der Luftstrom den Vorhang zum Wehen brachte. Es war stickig im Raum, und der Geruch von Zigarrenrauch hing schwach in der Luft. Solomon hätte für frische Luft sorgen können, wenn er ein Fenster aufgemacht hätte, aber Peggy wußte, er wollte nicht riskieren, daß jemand mithörte. Zweifellos gehörte auch der laute Ventilator zu seinem Wunsch, ungestört zu bleiben. Solomon wandte sich ihr zu und sagte beiläufig: »Karl hat übrigens Ärger mit den britischen Behörden in Bagdad. Bis wir das für ihn beilegen können, ist es besser, wenn er an einem Ort ist, an dem er nicht erkannt wird.«

»Was soll das heißen?« Sie konnte den Schreck nicht aus ihrer Stimme heraushalten. »Was hat er getan?«

Solomon gluckste. In seinem Lachen lag eine gewisse Brutalität, die Peggy nicht zum Einstimmen ermunterte. Er sah auf die Uhr. »Wie kommen Sie auf die Idee, er hätte irgend etwas getan haben können? Karl wird nichts passieren.« Er stand wieder auf und schaltete das Radio ein. Er hatte den Zeitpunkt genau getroffen: er war ein methodischer Mann. Das Zeitzeichen ertönte, und dann kamen die BBC-Nachrichten. In London war es eine Stunde früher 23.00 Uhr. Peggy konnte sich nie an die Tatsache gewöhnen, daß der Mann, der die Nachrichten verlas, danach hinausging und auf dem Langham Place stand, die Londoner Luft einatmete und die roten Doppeldeckerbusse sehen konnte, die über den Oxford Circus fuhren.

Sie hörten sich die Nachrichten an. Die Stimme des BBC-Sprechers war trocken und ernst. Auf Rommels Vormarsch wurde nur beiläufig hingewiesen. Bald sprach der Mann über die tapferen Gegenangriffe der Roten Armee, aber selbst bei diesem Thema konnte sein vager Ton nicht über die Tatsache hinwegtäuschen, daß die Deutschen kurz vor der Besetzung von Moskau und von Leningrad standen. Die japanischen Angriffe im Pazifik wurden unvermindert fortgesetzt. Die ganzen Nachrichten waren unheilverkündend. Nach einer Weile schaltete Solomon das Radio aus und setzte sich neben Peggy. Sie konnte sein Eau de Cologne riechen und sah das Talkumpuder auf seinem Kinn. Er trank irgendeinen Sprudel mit einer Zitronenscheibe darin. Sie hatte ihn noch nie Alkohol trinken sehen.

»Ich liebe den Geruch in der Luft. Können Sie es auch riechen, Peggy?«

Sie hatte keine Ahnung, worüber er sprach. Sie merkte, daß er erregt war, und vermutete, es habe etwas mit seiner Arbeit zu tun. »Die Wüste?«

»Die Wüste, ach was. Sie Romantikerin. Ich rede vom Gestank des Verrats.« Er lehnte sich zurück. »Siebenunddreißig in Madrid habe ich denselben Gestank gerochen. Dieser Gangster Franco stand vor den

Toren, wie Rommel bald vor den Toren von Kairo stehen wird. Ein anarchistischer Trupp hatte einen Kommunistenführer namens Cortada ermordet. Die Kommunisten gaben der Polizei Befehle; die Polizei fälschte Beweise, um die Falangisten zu überführen. Die russischen Geheimpolizisten ermordeten die trotzkistischen Aktivisten, und die Radikalen und anderes Gesindel bekämpften sich gegenseitig. Es war einfach; die Faschisten brauchten nicht zu kämpfen. Sie brauchten nur einzumarschieren und den Krieg zu gewinnen.«
Sie hatte von ihrem Mann zuviel über den Spanischen Bürgerkrieg gehört. Für diese Männer, die auf der Verliererseite gewesen waren, war er zur Obsession geworden. »Ja, ich weiß. Wir haben verloren, Franco hat gewonnen.«
»Spielen Sie mir gegenüber nicht das dumme kleine Frauchen, Peggy. Dazu kennen wir uns schon zu lange. Sie wissen, was hier gespielt wird.«
»Junge ägyptische Hitzköpfe wollen die Briten stürzen. Meinen Sie das?« fragte sie. Ihrer Stimme war anzumerken, daß sie soweit Britin war, ihre Erfolgschancen verächtlich zu sehen.
Er bereute, daß er seinen Gefühlen freien Lauf gelassen hatte. Jetzt antwortete er ihr in einem spöttischen, schleppenden Ton, als wäre er nur ein unparteiischer Beobachter der hiesigen Ereignisse. »Zum Teil, ja. Etliche junge ägyptischen Offiziere planen einen Putsch. Diese wunderbare Stadt ist voller Leute, die sich das eigene Nest auspolstern, während Rommel sich darauf vorbereitet, seine Panzer zu schicken, damit sie die Stadt übernehmen.«
»Rommel wird nie hierherkommen. Er ist weit weg.«
»Ja. Und falls er hierherkommt, wird Rommel seine Trophäe auf keinen Fall verrückten jungen Ägyptern übergeben. Genau. Schon die Tatsache, daß sie das von ihm erwarten, zeigt, wie naiv sie sind. Aber meine Auftraggeber fragen mich immer wieder, was sich eigentlich hier abspielt.«
»Ihre Auftraggeber?«
»Und Karls Auftraggeber. Ja.« Jetzt schwang Ernst in seiner Stimme mit.
Sie wollte ihn fragen, wer seine Auftraggeber seien, aber statt dessen sagte sie diskret: »Wie passe ich ins Bild?«

»Sie wohnen in dem kleinen Hotel, in dem dieser faschistische alte Mistkerl Fürst Pjotr hofhält. Trinken Sie aus.«
»Ja?«
»Um Himmels willen, Peggy, wachen Sie auf! Wollen Sie mir erzählen, daß Sie Pjotr nicht kennen?« Er goß ihr Whisky nach.
»Natürlich kenne ich ihn ... Danke, das reicht ... Jeder in Kairo kennt ihn. Er ist ein weißrussischer Fürst, der einfach begeistert darüber ist, was Hitlers Armeen Stalin antun. Hier in Kairo hat er gute Freunde im Palast ... Manche sagen, er spielt mit Faruk Karten. Was wollen Sie wissen?« Sie schenkte sich Wasser nach.
»Ich bin nicht dumm, Peggy. Die Nachrichten, die ich nach Tel Aviv schicke, enthalten keine Geschichten, die ich von den Klatschmäulern auf den Suks gehört habe. Ich will wissen, was unser fürstlicher Freund tatsächlich denkt, was er tut, mit wem er sich trifft und worüber er spricht. Halten Sie das für sinnvoll?«
»Nein. Niemand, der ihn auch nur flüchtig kennt, würde das für sinnvoll halten. Er ist ein von sich eingenommener alter Snob, der mit berühmten Namen angibt, voller langweiliger Geschichten, die eine Ewigkeit her sind. Er ist kein Vermittler für Hitler und Faruk auf hoher Ebene, falls Sie das unterstellen wollen.«
Solomon lächelte grimmig; er hatte Spaß an kleinen Wortgefechten. »Ich unterstelle gar nichts. Ich bitte Sie lediglich, ihn sich etwas genauer anzuschauen, damit wir sicher sein können.«
»Ich kenne ihn kaum.«
»Sie haben mir gesagt, Sie gehen jede Woche auf einen Drink zu ihm.«
»Das tun alle; seine Wohnung ist ein offenes Haus.«
»Ein offenes Haus, so? Für einen Nazispion wäre das ein schlauer Schachzug.«
Sie sah ihn an. Eine Zeitlang hatte sie geglaubt, diese ernsten Blicke seien ein Zeichen dafür, daß sie ihn anziehe. Aber inzwischen war sie zu dem Schluß gekommen, Solomon sei zu egozentrisch, als daß er sich überhaupt verlieben könne. Die Blicke, mit denen er sie bedachte, mochten Aufforderungen zu Respekt und Bewunderung sein, aber sie waren nicht die maskulinen Bitten um Respekt und Bewunderung, die ein Vorspiel der Liebe sind. Solomon war ein Einzelgänger. »Ich habe Sie für intelligenter gehalten, Solomon«, sagte sie.

»Gehen Sie nicht mit tauben Ohren hin«, sagte er.
»Ich werde ihnen noch den letzten betrunkenen Wortwechsel melden, den ich zu hören bekomme.«
»Fürst Pjotr erzählt aller Welt, daß er ein amerikanisches Kurzwellenradio hat. Ich möchte, daß Sie es sich genau ansehen und mir sagen, wie es heißt und welche Frequenzen es empfangen kann.«
»Warum?«
»Jeder in dieser Stadt weiß, daß es ein großes Sicherheitsleck gibt. Die hohen Tiere bei den Briten drehen sich im Kreis herum bei ihrem Versuch herauszubekommen, woher Rommel die Informationen über die britische Truppenstärke und ihre Stellungen bekommt.«
»Wie sollte Fürst Pjotr an solche Geheimnisse herankommen?« sagte sie verächtlich.
Er hatte nicht vor, mit ihr zu diskutieren. »Wir müssen an die Zukunft denken, Peggy. Was sich auch zwischen den deutschen und den britischen Armeen abspielen mag, wir Juden werden uns in jedem Fall gegen die Araber verteidigen müssen. Dazu brauchen wir Waffen. Gewalt ist die einzige Sprache, die die Araber verstehen. Wenn es soweit ist, wird es keine Verhandlungen geben. Es wird ein Kampf bis zum Tod.«
»Wessen Tod? Wissen Sie, wie viele Millionen Araber es hier gibt?«
Er tat das mit einem Fingerschnippen und einem tiefen Zug an seiner Zigarette ab. Sie fragte sich, wieviel von dieser aufwühlenden Rhetorik er glaubte. »Kennen Sie das Wort *tzedaka*, Peggy?«
»Barmherzigkeit?«
»Mein Vater hat immer gesagt, es bedeute, wenn wir Juden uns nicht umeinander kümmern, können wir sicher sein, daß es sonst niemand tut.« Er blies den Rauch auf einstudierte Weise aus, als wolle er demonstrieren, er habe seine Gefühle völlig im Griff. »Sie sind eine Veteranin, Peggy. Wir wissen beide, daß Kairo eine Schlangengrube aus Verschwörung und Verrat ist. Hier gibt es so viele Splittergruppen, die um die Macht vor der eigenen Haustür kämpfen, daß niemand das ganze Bild sehen kann.«
»Bis auf Sie?« Sie versuchte, sich ihre Verärgerung über die Art, wie er sie eine Veteranin nannte, nicht anmerken zu lassen. Er tat es nur, um sie aus der Ruhe zu bringen.
»Bis auf Tel Aviv.«

Es klopfte an der Tür. Viermal in schneller Folge und in einem Rhythmus, der in jeder Sprache Dringlichkeit signalisiert.
»Ich bin beschäftigt!«
Trotz dieser Antwort kam der dünne Diener herein und sagte sofort: »Hier sind Soldaten, Sir, die alle Hausboote durchsuchen.«
»Britische Soldaten?« fragte Solomon ruhig.
»Ja, britische Soldaten.«
»Ja, britische Soldaten«, sagte eine andere Stimme, und ein Mann in der Uniform eines britischen Captain schob den Diener mit einer energischen, geübten Bewegung beiseite. Er war Mitte Dreißig, ein sauber rasierter Mann mit flinken Augen. »Und außerdem ägyptische Polizisten. Das ist mein Kollege, Inspector Khalil, falls Sie mehr wissen wollen.« Er ließ einem schlanken jungen ägyptischen Polizisten den Vortritt. Der Ägypter trug die schwarze Winteruniform aus Wolle mit glänzenden Knöpfen. Trotz der Achtung, die ihm erwiesen wurde, war er nur anwesend, um die juristischen Feinheiten zu wahren.
Solomon stand auf. »Ich heiße Solomon al-Masri.« Er setzte ein gelassenes, schmeichlerisches Lächeln auf. »Darf ich Ihnen einen Drink anbieten, Major?« Khalil fragte er nicht, in der höflichen Annahme, er halte das moslemische Alkoholverbot ein.
»Captain, genau gesagt. Captain Marker. Militärpolizei. Nein, danke, Sir.«
»So, Captain? Wie dumm von mir. Ich kann mir Ihre britischen Rangabzeichen nie merken. Ihr Gesicht kommt mir bekannt vor. Habe ich Sie schon einmal im Turf-Club gesehen, Captain Marker?«
»Nein, ich bin kein Mitglied«, sagte Captain Marker, ohne einen Zentimeter Boden preiszugeben. Markers Stimme war leise und gebildet, aber seine Augen waren hart und starr. Solomon hatte einen großen Teil seines Lebens unter britischer Herrschaft verbracht, aber im Augenblick war er sich nicht sicher, ob dieser Mann zu den Soldaten der BTÄ gehörte, der britischen Truppe in Ägypten, der Besatzungsarmee im Frieden, oder einer der ranghöheren britischen Polizisten war, die in Khaki gesteckt und an alle möglichen Orte geschickt worden waren, um die Welle von Schwerverbrechen einzudämmen, die der Krieg im Nahen Osten ausgelöst hatte.
»Vielleicht im Sweet-Melody-Club?« sagte Solomon. Das war ein

Witz; der Melody-Club war ein berüchtigtes Lokal, in dem das Programm jede Nacht mit der ägyptischen Nationalhymne endete, von den britischen Soldaten mit obszönen Worten begleitet. Darauf folgte immer ein Krawall. In letzter Zeit war die Kapelle mit Stacheldraht geschützt worden.
Marker sah ihn einen Augenblick lang an und schnüffelte. »Inspector Khalils Männer werden Ihr Boot durchsuchen.« Durch die Holzschotten und die Decks kamen die Geräusche von Männern, die Schränke und Behälter öffneten und schlossen. Solomon erkannte, daß die Geräusche von Polizisten stammten, die eigens dazu ausgebildet waren, vorsichtig und gründlich zu suchen. Manchmal brachten die Briten Männer mit, die dazu ermutigt wurden, Möbel und Porzellan zu zerschlagen und soviel Schaden wie möglich anzurichten.
»Selbstverständlich«, sagte Solomon. »Suchen Sie. Ja. Ich bestehe darauf. Bitte behandeln Sie dieses Boot genau wie jedes andere. Ich will keine andere Behandlung. Es ist mir eine Ehre, mit den Sicherheitsbehörden auf jede mögliche Weise zu kooperieren.«
»Kann ich Ihre Papiere sehen, Miss?« sagte Captain Marker. Er sah Peggy an.
Solomon antwortete. »Ich kann für Peggy West bürgen. Sie gehört zu Kairos erfreulichstem und festestem Inventar.«
Captain Marker sah Peggy immer noch an, als hätte er Solomon nicht gehört. »Gehört der unter den Bäumen geparkte 1938er Studebaker Ihnen, Miss West?«
»Mrs. West. Nein, ich habe kein Auto. Ich bin zu Fuß hergekommen.«
»Eine kühle Nacht für einen Spaziergang. Haben Sie Ihren Paß dabei, Mrs. West?«
»Nein. Er ist im Hotel Magnifico. Ich wohne dort.«
Solomon sagte: »Sie kommt einmal pro Woche bei mir vorbei. Ich gebe ihr englische Zeitungen neueren Datums. Wir haben uns eben gute Nacht gesagt.«
»Zeitungen neueren Datums?« sagte Marker und hob den Blick, richtete seine ganze Aufmerksamkeit auf Solomon.
»Die Flugzeuge kommen via Gibraltar – manchmal auch Schiffe. Ich bekomme die Zeitungen von einem Zollbeamten.«
Solomon drehte sich weg aus dem Blick des Engländers. Er holte aus

einer Schublade seinen Paß und reichte ihn dem Captain. Auf dem Deckel war zu lesen, daß es ein US-Paß war.
»Wir sind jetzt gemeinsam im Krieg, Captain«, sagte Solomon, als er ihm den amerikanischen Paß übergab. »Wir sind jetzt Freunde und Verbündete, stimmt's?«
Marker musterte den Deckel, dann das Foto, dann sah er Solomon an. Der Paß war auf den Namen Solomon Marx ausgestellt. »Das waren wir immer, Mr. Marx.« Er gab den Paß zurück. »Danke, Sir. Meine Männer werden nicht lange brauchen. Da Sie sich eben gute Nacht gesagt haben, bringe ich Sie ins Hotel zurück, Mrs. West. Dann können Sie sich formell ausweisen.«
Sie zögerte, war dann aber einverstanden. Es gab keine Alternative. Es war Krieg. Ägypten war ein souveräner Staat und auf dem Papier neutral, aber jeder Befehl der britischen Militärpolizei war hier Gesetz.

❖

Als Peggy West, Captain Marker und die ganzen Polizisten fort waren, nahm Solomon mit einer großen Flasche Bier Platz. Sein Diener ließ einen Teil der Ehrerbietigkeit fahren. »Was sollte das alles?« fragte er Solomon. Der Diener war in Wahrheit sein Partner, ein palästinensischer Jude namens Yigal Arad. Er hatte sein ganzes Leben unter Arabern verbracht und nicht die geringsten Schwierigkeiten, als Araber durchzugehen. Über ein Jahr lang war er Offizier bei der Hagana gewesen, einer bewaffneten jüdischen Truppe. Er hatte eine Belobigung von der britischen Armee und eine Schußverletzung aus einem Châtel-leraut-Maschinengewehr ins Knie bekommen, als er im letzten Sommer britische Truppen zum Angriff auf die Vichy-Franzosen über die syrische Grenze geführt hatte. Die 7,5-Millimeter-Kugel, jetzt ein verbogener Talisman, hing an einer Schnur um seinen Hals.
»Was das alles sollte?« wiederholte Solomon, während er über die Frage nachdachte. »Die Briten wollen uns nur zeigen, daß sie uns im Auge behalten.«
Solomon war der Kopf dieser Zweimännermission in Kairo. Solomon al-Masri – oder für diejenigen, die ihn gut kannten oder einen Blick in seinen US-Paß werfen konnten, Solly Marx – war auch in Palästina

geboren, als Sohn eines russischen Juden. Sein Vater hatte alle Angehörigen bei einem Pogrom verloren und hatte sich nie mit dem fremden, sonnigen Land abfinden können, in das er entkommen war, abgesehen davon, daß er eine junge Araberin geheiratet hatte, die Solomon und fünf weitere Kinder zur Welt gebracht hatte. Als sein Vater bettlägerig wurde, war es Solomon, der Mittel und Wege fand, die Familie zu kleiden und zu ernähren. Etliche dieser Mittel und Wege hatte er mittlerweile lieber vergessen. Deshalb hatte er die erste Gelegenheit ergriffen, sein Heimatland zu verlassen. Er war jetzt nicht mehr bereit, über seine Jugend zu sprechen, und doch lag der Schlüssel zu allem, was Solomon dachte und tat, in dem Mitleid und Abscheu, die er für das Kind empfand, das er einmal gewesen war.

»Das ist alles?« insistierte Yigal.

Solomon gähnte. Das war vorgetäuscht, genau wie seine gelangweilte Attitüde und die erfundenen Geschichten über seinen Vater und die luxuriöse Villa in Kairo, von der er gern behauptete, sie sei der Sitz seiner Familie gewesen. »In dieser Stadt gibt es nicht mehr viele echte Geheimnisse. Wir müssen den Briten gestatten, ein paar unserer kleinen Geheimnisse zu entdecken, damit die großen Geheimnisse gewahrt bleiben.«

»Sie will immer Kaffee ohne Zucker.«

»Vielleicht will sie nicht dick werden.«

»Zu Hause trinken wir ihn süß. Kaffee ohne Zucker wird nur bei Beerdigungen serviert.«

»Weil deine Leute Bauern sind«, sagte Solomon ohne Bosheit. »Hier in Kairo sind die Leute kultivierter.«

»Wirst du dich der Frau anvertrauen?« Er goß sich ein Bier ein.

»Peggy West? Vielleicht muß ich es.«

»Und sie mitnehmen, wenn wir gehen?«

»Du weißt, daß das unmöglich ist.«

»Sie wird reden.«

Solomon sah ihn an, erwiderte aber nichts.

»Sie wird reden, Solomon. Die Briten werden sie ausquetscchen, und sie wird ihnen alles sagen, was sie weiß.«

»Immer mit der Ruhe, Yigal. Ich sage ihr gar nichts, ehe ich nicht sicher weiß, daß sie nicht schon für die Briten spioniert.«

»Peggy West?«
»Rechne dir das doch selber aus. Die Briten müssen aus denselben Gründen wie wir neugierig auf den Fürsten sein. Peggy war schon vor dem Krieg hier. Sie muß bei der Botschaft gemeldet sein, mit dem Hotel Magnifico als Dauerwohnsitz. Es wäre vernünftig von ihnen, Peggy darum zu bitten, daß sie meldet, was der Fürst bei seinen Partys sagt.«
»Du hast einen verschlagenen Verstand, Solomon.«
»Ich denke logisch. Deshalb hat mir Tel Aviv diesen Auftrag gegeben.«
»Du bist zynisch, und das ist etwas ganz anderes.«
»Alle Menschen dienen zwei Herren – das liegt in der menschlichen Natur.«
»Zwei Herren?«
»Wir kennen beide britische Soldaten, die der britischen Flagge salutieren und außerdem Juden sind. Ich kenne britische Soldaten, die die Loyalität zu ihrem König sogar mit dem Glauben an den sowjetischen Kommunismus vereinbaren können. Fürst Pjotr liebt zweifellos Mütterchen Rußland, aber er verabscheut Väterchen Stalin und könnte durchaus den Deutschen helfen. Wir kennen stolze Ägypter, die den Briten treu gehorchen. Wer nur einem Herrn dient, ist ein glücklicher Mensch.«
»Du magst Rätsel, ich mag klare Antworten.«
»Es gibt keine klaren Antworten, Yigal.«
»Du bist meiner Frage ausgewichen. Schließlich wirst du dich Peggy West anvertrauen müssen. Was tust du, wenn wir gehen?«
»Ich weiß, wie man solche Dinge erledigt, Yigal.«
»Soll das heißen, du bringst sie zum Schweigen?«
»Es wird geregelt.«
Trotz Solomons zornigem Ton insistierte Yigal. »Sie ist eine von uns. Sie ist Karls Frau. Ich werde mich nicht daran beteiligen, sie zu töten. Sag nicht, ich hätte dich nicht gewarnt.«
Solomon bedachte ihn mit einem kalten Lächeln. »Lehre uns, Herr, der Feindseligkeit zu begegnen, aber nicht, ehe es dazu kommt.«
»Erspar mir deine Lektionen aus dem Talmud.«
»Warum verschmähst du die Lehren des Talmud?« fragte Solomon umgänglich. Er freute sich über eine Gelegenheit, das Thema zu wechseln.

»Könnte ich daraus erfahren, was für verschlagene Pläne du für Peggy West hast?«
Solomon trank einen Schluck Bier. Einen Augenblick lang sah es so aus, als werde er nicht antworten. Dann sagte er: »Vor vielen Jahren lebte ein Gelehrter, der einen alten Rabbi fragte, was man aus dem Talmud lernen könne. Der Rabbi erzählte ihm von zwei Männern, die in einen Kamin gefallen waren. Ein Mann kam schmutzig unten an, der andere sauber. Ist das die Lehre des Talmud? fragte der Gelehrte. Nein, erwiderte der alte Rabbi, hör mir zu: Der Schmutzige sah den Sauberen an und hielt sich für sauber. Ist das die Lehre des Talmud? fragte der Gelehrte. Nein, erwiderte der Rabbi, denn der Schmutzige sah seine Hände an, und als er sah, daß sie rußig waren, wußte er, daß er schmutzig war. Ist dann das die Lehre des Talmud? fragte der Gelehrte. Nein, sagte der Rabbi. Was lerne ich dann aus dem Talmud? fragte der Gelehrte. Der Rabbi sagte zu ihm: Du wirst nichts aus dem Talmud lernen, wenn du glaubst, daß zwei Männer in einen Kamin fallen können, ohne beide schmutzig zu werden.«

4

Sie hatten Jimmy Ross das Quartier seines Vorgängers gegeben. Er war in der riesigen Zitadelle Muhammed Alis mit Blick auf die ganze Stadt untergebracht. In dieser alten Festung hatte sich die britische Garnison schon lange eingerichtet. Innerhalb der Mauern gab es ein Lazarett, einen Swimmingpool, Tennisplätze, Ställe und ausgedehnte Paradeplätze. Jimmy Ross war in dem Bereich, der – bis die Familien evakuiert worden waren – die Unterkunft verheirateter Armeeangehöriger gewesen war, ein bequemes Schlafzimmer mit vollgestopftem Wohnzimmer zugewiesen worden.

Jimmy Ross aß an jenem Abend allein auf dem Zimmer. Das war nichts Ungewöhnliches. Hochrangige Offiziere von der Sonderermittlung standen unter eigenen Gesetzen, das wußte jeder. Viele andere gingen diesen »Geheimpolizisten« sogar aus dem Weg. Er bekam eine anständige Mahlzeit aus geschmortem Huhn, Reis und einem warmen Auflauf mit Marmelade. Dann ging er systematisch Cutlers Gepäck und seines durch. Er mußte den Tornister loswerden. Mit dem immer noch schwach leserlichen Namen Ross darauf war er ein belastendes Beweisstück. Ein paar andere Dinge kamen hinzu. Er riß die Seiten, auf die er seinen Namen geschrieben hatte, aus seinen Büchern und spülte sie im Klo hinunter. Er kratzte seinen Namen von einer Schuhbürste und trennte das Namensschild Ross aus seiner Unterwäsche.

Der schlimmste Schock kam, als er den Kampfanzug aus Cutlers Koffer anprobierte. Er hatte nicht damit gerechnet, daß Cutler so lange Arme hatte. Der Kampfanzug war für alle Ränge gleich, deshalb war er davon ausgegangen, er könne Cutlers Feldjacke zu seiner Hose tragen. Aber die Khakijacke paßte ihm nicht. Es ließ sich nicht leugnen, es sah absurd aus. Natürlich konnte er weiterhin die Uniform des Corporal

tragen, aber es war jederzeit möglich, daß ein schlauer Polizist auf die Tatsache stieß, daß der tote Häftling aus dem Zug zufällig ebenfalls ein Corporal gewesen war. Er schlief über seinen Problemen ein und wachte ausgeruht auf. Es war ein wunderbarer sonniger Morgen. Er gab ihm neue Kraft und neue Hoffnung.
Er wollte sich nicht allein in die Bab-el-Hadid-Kaserne wagen. Es war durchaus möglich, daß ein neuer Posten einem Mann in der schäbigen Uniform eines Corporal Schwierigkeiten machte. Er rief in seinem Büro an und sprach mit Marker. »Ich habe etliches in der Stadt zu erledigen«, sagte er überheblich. »Geben Sie der Stanhope meinen neuen Ausweis, sie soll ihn mir gegen Mittag bringen. Ich bin in der Bar bei Groppi.« Das berühmte Groppi war das einzige Restaurant in Kairo, von dem er je gehört hatte.
»Bestens, Sir«, sagte Marker. »Ich glaube nicht, daß es dort eine Bar gibt, also im Restaurant gegen eins. Meinen Sie das Groppi Rotunda oder das Groppi Garden?«
Einen Augenblick lang war Ross ratlos. »Welches empfehlen Sie?«
»Alice kommt natürlich mit dem Auto. Sie könnte Sie abholen und Sie zu dem in Sulim Pascha fahren, dort esse ich lieber.«
»Gut, gut«, sagte Ross, »also das Groppi in Sulim Pascha.« Marker hatte voreilig gefolgert, Ross wolle die junge Frau als Fremdenführerin und Fahrerin einsetzen. Eigentlich eine gute Idee. Möglicherweise kam ihm das sehr gelegen.
»Sagen Sie ihr, sie soll mich um zwölf hier abholen«, sagte Ross. »Etwas vom Brigadier gehört?«
»Er ist verreist, zum Entenschießen. Kommt nächste Woche zurück«, sagt sein Büro.
»Okay.«
»Da ist noch etwas, Sir.«
»Ja?«
»Der Mann ist gestorben.«
»Der Häftling?«
»Ja. Ich habe im Augenblick seinen Namen vergessen. Jedenfalls der Mann, den Sie begleitet haben. Er ist gestorben.«
»Woran?«
»Herzinfarkt. Ich kenne das Routineverfahren bei so etwas nicht. Ich

nehme an, es kommt zu einer Obduktion und zu einer Art Ermittlung. Vermutlich wird Ihre Aussage benötigt.«

»Ist er im Lazarett gestorben?« sagte Ross. Er hörte, daß er zu laut atmete, und deckte die Muschel ab.

»Das werden die Typen von der Pathologie schon alles rauskriegen«, sagte Marker.

Ross gefiel gar nicht, wie das klang.

»Noch etwas, Sir. Hatte der Häftling keinen Tornister?«

»Er ist auf der Flucht festgenommen worden«, sagte Ross. »Deshalb trug er Zivil.«

»So etwas habe ich mir schon gedacht«, sagte Marker. »Ich wollte bloß kein Risiko eingehen. Manchmal machen die Angehörigen wegen persönlicher Sachen ein Riesentheater. Kann sehr lästig sein.«

»Ja, natürlich.« Angehörige! Wegen seiner Angehörigen brauchte er sich keine Sorgen zu machen; er hatte keine. Aber was war mit Cutler? Angenommen, in Cutlers Leben gab es irgendein ungelöstes Problem, das ihm zum Verhängnis werden konnte, einen losen Faden? Dann kam ihm ein so naheliegender Gedanke, daß er sich einen Tritt versetzte, weil er ihm nicht früher eingefallen war. Die Armee versah jeden mit einer »Nähliesel«, einem Päckchen Nadeln und Stecknadeln mit diversen Knöpfen und Garn. Sein Nähzeug mußte noch im Tornister sein. Ja. Er nahm eine Rasierklinge und schnitt die Kronen von Cutlers Uniformjacke ab.

❖

»Wenn Sie meine Assistentin sind, sollten wir uns näher kennenlernen«, sagte er.

Alice Stanhope lächelte ihn an, als wäre er der erste Mann, der Interesse an ihr zeigte.

Einen Augenblick lang war Jimmy Ross beunruhigt. Sie schien ihn zu durchschauen. Er nahm an, daß ihr jede Menge Männer den Hof machten, denn sie war einfach bezaubernd. Schön, aber nicht auf die auffällige Weise, die überall um sie herum in dem schicken Restaurant zu sehen war. Alice Stanhope war groß, hatte langes blondes Haar und einen klaren Teint. Ihr Gesicht hatte eher etwas Gelassenes als etwas

Lebhaftes, aber ihre Augen verrieten einen spielerischen Sinn für Humor und einen schnellen Verstand. Nur eine sehr schöne Frau konnte in der strengen Kleidung, die sie trug, strahlend wirken. Das war die Art von Aufmachung, dachte Ross, die eine englische Mittelschichtsmutter für passend gehalten hätte, wenn sich ihre Tochter in die böse Welt hinauswagte: ein kariertes Wollkostüm und ein blaßblaues Twinset mit Perlen. Am Handgelenk trug sie eine teure goldene Uhr – zweifellos ein Geschenk zum einundzwanzigsten Geburtstag –, aber sie hatte keine Ringe an den Fingern.

»Ich muß Ihnen etwas sagen«, sagte sie, beugte sich zu ihm und sprach in einem leisen, vertraulichen Ton. »Ihr Vorgänger im Büro hat mich auf eine verdeckte Ermittlung angesetzt.«

»Hat er das?«

Sie wurde rot. »Ja.«

Ross meinte, sie übertreibe etwas, aber er trank einen Schluck Tee und signalisierte ihr, sie solle ihm mehr darüber sagen.

»Ich soll mir ein Zimmer im Hotel Magnifico nehmen und dort verdeckt ermitteln.«

»Warum?« sagte er, obwohl er im Kopf schon einverstanden mit dem Vorschlag war. Es war zu seinem Vorteil, wenn sie aus dem Büro wegblieb, konnte sie ihm einen Vorwand zum Verschwinden liefern.

»Wir haben einen anonymen Tip bekommen, daß ein Gast im Hotel Magnifico ein deutscher Spion ist.«

»Sie klingen skeptisch.«

Sie beschloß, ihm die Wahrheit zu sagen, auf entwaffnende Weise; das war ihre Art. »Bin ich auch. Er ist ein alter Russe. Meine Familie und ich haben ihn schon vor dem Krieg gekannt. Jeder in Kairo sagt, er sei ein deutscher Spion. Solche Gerüchte kommen und gehen wie Hutmoden. Der arme alte Mann, er ist ganz harmlos.«

»Wozu dann die Mühe?«

»Im Büro hatten alle das Gefühl, wir sollten jeder Spur folgen.«

»Ist das eine höfliche Formulierung dafür, daß niemand im Büro auch nur einen Anhaltspunkt hat?«

»Nein«, sagte sie, aber ihr Gesicht sagte ja. »Das Magnifico ist sehr unbürgerlich. Ich bin mir sicher, daß wir dort etwas Brauchbares finden können.« Er fragte sich, was sie unter unbürgerlich verstand, aber ehe

er sich danach erkundigen konnte, sagte sie: »Haben Sie sich die Kronen selbst angenäht?«
»Was stimmt daran nicht?« sagte er etwas eingeschüchtert. Einen schrecklichen Augenblick lang glaubte er, er habe Cutlers Rangabzeichen verkehrt herum auf die Schulterstücke genäht. Er hatte die Kronen auf seiner alten Kampfuniform angebracht. Er mußte sie tragen, damit die Ärmel leicht verschmutzten und die Stellen, an denen die Streifen gewesen waren, nicht mehr zu sehen waren. Aber er kam sich in ihr unter all den »Gabardinepinkeln« bei Groppi fehl am Platz vor.
»Sie sind ganz in Ordnung. Aber . . . ich bin mir sicher, eine der Frauen im Büro könnte es sauberer machen. Wenn Sie wollen, mache ich es. Aber warum besorgen Sie sich keine neue Uniform? Keine hundert Meter von hier in Kasr en-Nil ist ein ausgezeichneter Schneider. Mein Vater hat sich dort Anzüge machen lassen.«
»Ja, das ist eine gute Idee.«
»In zwei bis drei Tagen hat er sie fertig, aber Sie müssen ihm Beine machen.«
»Kommen Sie lieber mit.«
»Es ist also in Ordnung? Die verdeckte Ermittlung? Im Magnifico?«
»Ich glaube schon.«
»Wie ermutigend«, sagte sie bitter und vergaß plötzlich, daß sie eine Untergebene war.
Er lächelte. »Ich begleite Sie.«
»Vielleicht ist das eine Hilfe. Tragen Sie die Corporaluniform«, sagte sie.
»Kommandieren Sie mich nicht herum«, sagte er. »Aber ja, ich trage sie.«
»Es wird nicht leicht, dort ein Zimmer zu bekommen. Wir müssen ihnen eine herzzerreißende Geschichte erzählen.«
»Wir denken uns etwas aus.« Schon jetzt war Vertrautheit zwischen ihnen. Jedenfalls hatte er das Gefühl. Vielleicht wirkte sie so auf jeden Mann, den sie kennenlernte.
»Darf ich Ihnen noch etwas bringen, Sir?« sagte der Kellner.
Ross hatte Hunger. Vielleicht sollte er noch ein paar Tage bleiben, ehe er verschwand. Nicht länger. Auf keinen Fall wollte er bei einer Ermittlung wegen seines Todes eine Aussage machen.

5

Nach ihrer Schicht im Lazarett kam Peggy West in das Hotel zurück, in dem sie wohnte, und dachte nur noch an ein heißes, parfümiertes Bad. In der Hotelhalle stieß sie auf einen Corporal der Armee und eine große, langhaarige Zivilistin. Der Soldat stritt sich mit Ahmed, einem großen Araber mit gefärbtem roten Haar, der auf die träumerische Weise, die alle Hotelangestellten bei der Arbeit anzunehmen schienen, den Fliesenboden fegte. Der Soldat schien bis auf das halbe Dutzend Wörter, das jeder Ausländer in den ersten beiden Tagen lernt, kein Arabisch zu sprechen. Er erreichte nichts. Peggy mußte einspringen. »Sie können hier kein Zimmer bekommen, weil es kein Hotel ist«, erklärte sie.

»Auf dem Schild draußen steht Hotel«, protestierte der Soldat.

Peggy sah ihn an. Seine Uniform bestand aus den schlecht sitzenden Hosen und der ausgebeulten Khakijacke, wie sie die Briten im Winter trugen. Der Corporal war Mitte bis Ende Zwanzig, älter als die meisten Soldaten, die auf der Straße zu sehen waren. Die Schulterstücke stammten von einer Einheit, die ihr hier noch nie aufgefallen war. Die schweren Stiefel, so gewissenhaft geputzt, ließen Peggy vermuten, er sei aus einem der neuen Durchgangslager, die an der Canal Road gebaut worden waren. Zu seinen Füßen stand ein Krokodillederkoffer mit den Etiketten exklusiver Hotels: Lotti, Gritti Palace, Bayerischer Hof. Er gehörte offensichtlich der jungen Frau.

»Meine Cousine braucht unbedingt einen Platz zum Schlafen«, sagte er und wies auf die junge Frau neben ihm. »Überall sind die Zimmer requiriert.«

»Es gibt doch bestimmt jede Menge Möglichkeiten«, sagte Peggy. Die junge Frau war sehr schön, auf eine Weise, wie reiche Engländerinnen es manchmal waren. Ihr Gesicht war gelassen und distanziert. Sie sagte nichts. Es war fast, als wäre sie taub.

»Wenn sie in der Armee wäre, dann wäre es ganz einfach«, sagte der Corporal. »Aber keiner von diesen verdammten Clubs und Wohnheimen nimmt Zivilisten auf. Nur der CVJM, und dort ist es voll.« Peggy sah ihn sich genauer an. Ein zäher Bursche. Trotz des leichten schottischen Akzents meinte sie, er sei wie ein englischer Fuchshund, Hunde, die für ihre Schnelligkeit, ihre Nase und ihr Durchhaltevermögen berühmt sind.

»Dieses Haus war vor langer Zeit einmal ein Hotel«, sagte Peggy im Gefühl, eine Erklärung sei nötig. »Jetzt haben die Gäste hier einen festen Wohnsitz. Hier ist nie etwas frei – jeder hätte gern ein Zimmer.«

Der Corporal sah sich in der Halle um, und Peggy sah sie mit seinen Augen. Sie sah nach einem Hotel aus. Da war der unbesetzte Rezeptionstresen, dahinter ein langes Postgestell, jedes Fach mit einer Nummer und einem Haken versehen. Unter einem großen Messingskarabäus lag ein Stapel nicht abgeholter Post, mit Briefmarken aus Großbritannien, Südafrika und Australien. Etliche Briefe waren völlig eingestaubt. An den Haken hingen die Zimmerschlüssel mit den schweren Messingschildern, auf denen Hotel Magnifico stand. Vor der Wand zur Rechten waren vier hohe Amphoren aufgebaut. Darüber hing ein alter Kupferstich mit einer Ansicht Kairos von der Zitadelle aus. Ein eindrucksvoller Mahagonikasten in der Ecke mit einer geriffelten Glasscheibe darin trug auf englisch, italienisch und arabisch die Aufschrift »Telefon«. Eine grüne Anschlagtafel direkt hinter dem Haupteingang war übersät mit maschinegeschriebenen Hinweisen und Plakaten in allen Formen, Größen und Farben: Bälle und Konzerte, Whistpartien und Flohmärkte, Ausflüge und Vorträge, Pflegedienste und Sprachunterricht. Kairo war nie aktiver gewesen.

»Auf dem Schild steht Hotel Magnifico«, sagte der Soldat noch einmal.

»Ich weiß«, sagte Peggy. Der verstorbene Signor Mario Magnifico – dessen Tochter Lucia das Haus geerbt hatte – hatte das Schild in Auftrag gegeben, nachdem er gehört hatte, wie ein Gast, den er nicht mochte, sein Etablissement mit Recht als Pension bezeichnete.

»Können wir uns wenigstens einen Augenblick setzen? Ich muß mit meiner Cousine reden«, sagte der Corporal. »Es ist eine vertrauliche Angelegenheit und äußerst dringend.«

Stühle waren nirgends zu sehen. Peggy sah sich um. Wo die Halle am

Fuß einer Treppe endete, führten verglaste Türen zur Bar. Eine Tür war angelehnt, und Peggy sah einen der Dauergäste – Captain Robin Darymple –, der die übliche Runde unterhielt. Darymple drehte sich eben um und sah, daß Peggy ihn anschaute. Er bedachte sie mit einem wunderbaren Lächeln, das sein Gesicht aufhellte. Sie lächelte zurück. Robins Charme war unwiderstehlich. Sie wußte, daß es nicht der richtige Augenblick war, zwei Fremde in die Bar zu führen. »Vielleicht könnten Sie sich in das Restaurant setzen«, sagte Peggy.

Netzvorhänge verdunkelten die ovalen Glasscheiben in der dunklen Mahagonitür. Peggy stieß sie auf und führte die beiden hinein. Das Restaurant war düster, nur eine Glühbirne brannte. Sonst war niemand dort.

Durch die Tür hörte Peggy Schritte auf dem Marmorboden, als jemand aus der Bar kam und die Tür weit offen ließ. Darymples hohe Stimme war jetzt deutlich zu hören. Es war der Ton, in dem er seine Geschichten erzählte. »Und da sagt er, er hat die ganze Nacht mit steifen Kameraden verbracht. Ich sage: Mit Langweilern? Nein, sagt er, mit steifgefrorenen Kameraden. Ich denke, o Mann, er meint Leichen. Ich sage: Und das alles ist in Belgravia passiert? Und der Hüne mit dem Bart sagt: Nein, in Belgrad.« Anerkennendes Gelächter aus Kehlen, in die viel Alkohol geflossen war. Sie kannte diese Geschichte Darymples. Sein Talent als Geschichtenerzähler war in den Clubs und Bars von ganz Kairo berühmt.

Peggy führte die beiden Fremden an einen kleinen Tisch am Fenster. Wieder waren in der Halle Schritte zu hören und die Schwingtür, die sich schloß und Darymples Stimme abschnitt. Der Corporal stellte den braunen Lederkoffer ab und sah sich um. Alles war ruhig, so ruhig, wie es nur ein sauber gefegtes, sorgfältig vorbereitetes, leeres Restaurant sein kann. Er sagte: »Bestens. Können wir eine halbe Stunde hier sitzen?«

Peggy nickte.

Die junge Frau beobachtete ihren Corporal. Sie setzte sich erst, als er es zu billigen schien.

»Sie kommen bald zum Abendessen herein«, sagte Peggy. »Es gibt keine freien Tische, deshalb –«

»Wir verstehen«, sagte der Corporal. »Nur für Offiziere, nehme ich an.«

Peggy West war zu müde, als daß sie sich zu einem Streit hätte provozieren lassen. Sie sagte: »Sagen Sie, Peggy habe gesagt, es gehe in Ordnung. Peggy West.«
»Danke«, sagte die junge Frau. »Ungeheuer nett von Ihnen.« Sie sagte zum erstenmal etwas. Sie hatte eine weiche Oberschichtstimme. Vielleicht, dachte Peggy, erklärte das etwas an ihrer Beziehung, erklärte, warum der junge Corporal so bissig auf Offiziersprivilegien reagierte.
»Ich heiße Alice Stanhope«, sagte die junge Frau.
Der Corporal streckte die Hand aus, und Peggy schüttelte sie. »Bert Cutler.« Er fügte hinzu: »Corporal Albert Cutler, wenn wir förmlich sein wollen.« Peggy stellte fest, daß der schottische Akzent kaum zu hören war. Vielleicht hatte er es für zweckmäßig gehalten, ihn sich abzugewöhnen. Oder Peggy war vielleicht schon zu lange weg aus Großbritannien. Cutler hatte einen selbstbewußten Händedruck, ein gebräuntes Gesicht, ein angenehmes Lächeln und klare blaue Augen. Er war ein attraktiver Mann. Es war leicht, sich in einen solchen Mann zu verlieben, dachte Peggy, aber nicht leicht, ihn zu behalten. Englische Fuchshunde wurden nie auf Hundeausstellungen gezeigt, und sie hatte noch nie gehört, daß jemand einen als Haustier hielt.
»Peggy West. Ich wohne hier. Im zweiten Stock.«
»Nochmals vielen Dank, Miss West.«
Peggy lächelte und überließ sie sich selbst. Sie glaubte nicht, daß sie Cousin und Cousine waren. In der Halle sah sie hinter dem Tresen nach, ob ein Brief von ihrem Mann Karl oder von ihrem Bruder aus Kanada da war, aber das Fach war leer. Das überraschte sie nicht. Die Post brauchte Monate und kam jetzt, da alles um das Kap herumgeleitet werden mußte und viele Schiffe versenkt wurden, auch nicht zuverlässig an.
Sie war ein paar Stufen hinaufgegangen, als ihr ein Gedanke durch den Kopf ging. Sie kehrte um und machte vor dem Restaurant so viel Lärm, daß sie sich voneinander lösen konnten, falls sie sich umarmten. Sie hätte sich die Mühe sparen können; sie saßen züchtig da und sahen sich über den kleinen Tisch mit der Marmorplatte hinweg ernst an.
»Tut mir leid, Sie zu stören« – sie sah die junge Frau an –, »aber ich habe mich plötzlich gefragt, ob Sie maschineschreiben können.«
»Maschineschreiben?« Die junge Frau sah sie an, als wolle sie eine Irre

nicht reizen. »Ja, ein bißchen. Jedenfalls habe ich es letztes Jahr noch gekonnt.«
»Sie suchen nicht zufällig Arbeit?«
Der Corporal sagte: »Sie sucht ein Zimmer.« Er schaute auf die Armbanduhr. »Ich muß heute abend zu meiner Einheit zurück.«
»Wo ich arbeite – im Lazarett –, brauchen wir eine Schreibkraft. Das heißt, wir brauchen jemand, der Ordnung ins Büro bringt«, sagte Peggy und sah von einem zum anderen. »Wir sind schon ganz verzweifelt, wirklich verzweifelt.« Ihre Stimme war kräftig. Das war die Peggy West, die in der Schule Hockeykapitän gewesen war, die Peggy West, die auf den Basaren hemmungslos feilschte.
»Ich weiß nicht, wo ich schlafen soll«, sagte die junge Frau.
Peggy schloß die Augen. Wer sie kannte, wußte, daß solche Gesten ein Zeichen starker Gemütsbewegung waren. »Ich besorge ihr einen Schlafplatz, wenn sie für uns arbeitet.« Sie sagte es zu dem Corporal. Er war derjenige, der die Entscheidungen traf, und er würde den Ton eines feierlichen Versprechens nicht verkennen.
Die junge Frau und der Corporal sahen sich an. Sie lächelte ihn an. Es war ein liebevolles, beruhigendes Lächeln.
»Hier? Ein Zimmer hier?« sagte der Corporal, der vielleicht den Verdacht hatte, Peggy wolle die junge Frau in eine flohverseuchte Unterkunft auf der anderen Seite der Stadt schicken.
»Sie müßten sich das Bad mit mir und einer anderen Frau teilen«, sagte sie. »Das Zimmer, das Sie benutzen könnten, steht rechtmäßig einem Offizier an der Front zu ... Seit November ist er in der Wüste, aber er kann jederzeit zurückkommen.«
Die junge Frau lächelte, als hätte sie etwas ganz Erstaunliches geleistet, und als sie sich dem Corporal zuwandte, hatte ihr Gesicht denselben Ausdruck.
Peggy fügte hinzu: »Ich hoffe, Sie haben nicht zuviel Gepäck. Es ist so eng, daß man sich kaum umdrehen kann.«
»Nur der eine Koffer. Das ist alles, was ich habe«, sagte die junge Frau und schaute auf ihn hinunter. Für einen Koffer, der die ganze weltliche Habe eines Menschen enthielt, war er klein. Die junge Frau lächelte traurig, und Peggy hatte Mitleid mit ihr. »Ich habe schon gedacht, ich muß die Nacht im Bahnhofswartesaal verbringen.«

Peggy fragte sich, ob sie eine Ahnung habe, wie eine Nacht im Wartesaal des Hauptbahnhofs von Kairo war. Die junge Frau war wie eine Porzellanpuppe. Es war schwer zu erraten, was für ein Mensch hinter der schüchternen Fassade steckte. Peggy hoffte, sie komme mit den anderen im Lazarett zurecht.
»Jetzt lasse ich Sie allein«, sagte Peggy. »Kommen Sie in den zweiten Stock. Mein Zimmer ist links von der Treppe. An der Tür ist eine Fatimahand aus Messing als Klopfer.« Sie lächelte. »Gehen Sie nicht weiter hinauf. Das oberste Stockwerk gehört einem russischen Fürsten. Der frißt Sie lebend, wenn Sie in sein Heiligtum eindringen.«
»Danke, Peggy«, sagte Alice leise.
Als der Corporal nicht reagierte, sah Peggy ihn an. Er starrte ins Leere. Einen kurzen Augenblick lang sah Peggy in seinem Inneren einen anderen Menschen. Peggy lächelte ihn an, aber er reagierte nicht. Sie hatte das Gefühl, er sehe sie gar nicht. Dann veränderte sich plötzlich sein Gesicht, und er war wieder entspannt und lächelte, als wäre der Augenblick nie gewesen.
»Ja, danke, Peggy«, sagte Cutler. »Vielen Dank.«

❖

Peggy West schlief in jener Nacht nicht gut. Sie ging zu Bett und machte die Augen fest zu, aber ihr machte immer noch Sorgen, was sie getan und was sie versprochen hatte. Angenommen, Lieutenant Anderson kam ohne Vorwarnung zurück und wollte sein Zimmer? Lieutenant Anderson war kein Mann, den man verärgern durfte. Andy, ein ungehobelter Panzerzugführer aus Leeds, legte großen Wert darauf, alle Welt wissen zu lassen, daß er bis zum Beginn des Wüstenkriegs ein Sergeant gewesen war. Seither hatte er Orden gescheffelt und ein Offizierspatent bekommen. Andy war an sich ein netter, freundlicher Kerl – trotz seines Mopsgesichts und der Narben auf seiner Wange –, aber ihr graute davor, wie er sich aufführen würde, wenn er zurückkam und sein Zimmer belegt vorfand, mit abgeschlossener Tür, und seine Sachen in der Abstellkammer.
Um halb fünf Uhr morgens gab Peggy den Versuch zu schlafen auf. Sie schlüpfte aus dem Bett, setzte den Kessel auf und kochte sich leise eine

Kanne Tee. Wenigstens war Tee hier reichlich erhältlich – nur Zucker und Petroleum waren Mangelware –, und in gefährlichen Zeiten hielt Tee die Briten aufrecht. Sie schaltete nur die Nachttischlampe ein und setzte sich an den Frisiertisch, der ihr auch als Schreibtisch diente. Während der Tee zog, fuhr sie sich mit dem Kamm durchs Haar und sah plötzlich, wie ihre Mutter sie schockiert anstarrte, mit aufgerissenen Augen und mütterlich besorgt, wozu Peggy sie so oft provoziert hatte. Ihre Mutter hatte sie natürlich geliebt, genau wie sie ihr Vater geliebt hatte. Aber Mutters tiefste Liebe war den verdammten Hunden vorbehalten gewesen, die sie im Zwinger hielt, pausenlos bellend und jaulend, was Peggy zum Wahnsinn trieb. Wenn einem Hund etwas fehlte, blieb Mutter die ganze Nacht auf, aber wenn Daddy krank war, zog sie ins Gästezimmer. Peggy hatte ihr das nie verziehen.
Peggy goß sich eine Tasse Tee und etwas Milch ein. Tee munterte sie auf und beschwor Erinnerungen an ihre Kindheit in England herauf. Aber andere Gedanken drängten sich dazwischen. Angenommen, die junge Frau konnte nicht maschineschreiben? Was war, wenn sich herausstellte, daß sie ein übellauniges Ungeheuer war, das von den anderen im Büro verabscheut wurde? Angenommen, sie wollte zuviel Geld?
Und was war mit dem Soldaten? Cutlers Gesichtsausdruck war der eines Mannes gewesen, der unter äußerster Belastung stand. Sie hatte solche Symptome im Lazarett erlebt. Als er gemerkt hatte, daß sie ihn ansah, hatte er sich natürlich alle Mühe gegeben, zu lächeln und sich zu entspannen, und die Anspannung war verschwunden. Aber das änderte nichts an dem, was sie gesehen hatte, und was sie gesehen hatte, machte ihr angst.
Bis Karl fortgegangen war, hatte sich Peggy nie über irgend etwas Sorgen gemacht. Jetzt, wo sie wieder allein lebte, war es anders geworden. Ihre finanzielle Lage war prekär. Würde Karl je wieder zu ihr zurückkehren? Bei ihrem ersten Treffen hatte ihr Solomon einen Brief in Karls Handschrift gegeben. Seitdem waren die kurzen Briefe von Karl mit der Maschine geschrieben gewesen, und Solomon hatte jeden Gedanken daran, mit ihrem Mann zu telefonieren, schroff zurückgewiesen. Sie hatte das böse Gefühl, sobald Solomon es so wollte, bekomme sie kein Geld von Karl mehr. Sie traute Solomon nicht. In seiner Bitte, den jämmerlichen alten Fürsten im Stock

darüber im Auge zu behalten, hatte etwas unverkennbar Erpresserisches gelegen.
Ohne Karls Geld reichte ihr Lazarettgehalt nicht weit. Ohne ein zusätzliches Einkommen würden ihre Ersparnisse höchstens für zwei Monate reichen. Jeden Tag kamen immer mehr Männer an: Briten, Südafrikaner, Australier, Soldaten und Zivilisten, alle mit Geld zum Ausgeben. Die Preise stiegen stark. Im letzten Jahr waren die Zimmerpreise im Magnifico zweimal erhöht worden.
Sie goß sich Tee nach. Durch das lange Ziehen war er dunkel geworden. Sie mochte ihn so: auch Karl trank ihn immer so. Sie wünschte sich, er hätte den Auftrag im Irak nicht angenommen. Im letzten Jahr hatte es dort einen Versuch gegeben, die britische Herrschaft zu stürzen. Jetzt sagte Solomon, Karl habe in Bagdad Schwierigkeiten. Es war so weit weg. Sie machte sich Sorgen um ihn.
Sie war überzeugt davon, daß Karl West kein liebloser Mann war, aber warum besorgte er sich keine feste Arbeit, warum kam er nicht zur Ruhe und gründete mit ihr ein richtiges Zuhause? Im letzten Jahr hätte sie fast die Hoffnung aufgegeben, ihn wiederzusehen, und beinahe beantragt, nach England zurückzukehren. Die britischen Behörden in Ägypten hatten die Zwangsevakuierung der Ehefrauen und Kinder von Armeeangehörigen angeordnet. Aus Kummer und Zorn wurde Empörung, als etliche Frauen höherer Offiziere von dem Befehl entbunden wurden. Auf den Schiffen gab es Platz für andere britische Zivilisten. Anfangs war Peggy versucht gewesen, einen Antrag zu stellen, aber jetzt war sie froh, es nicht getan zu haben. Ihre Aussichten hatten sich verändert, als ihr Solomon die guten Nachrichten von Karl überbrachte. Es lag nicht am Geld; jetzt hatte Peggy etwas, worauf sie hoffen, wofür sie planen konnte. Das sagte sie sich jedenfalls.
Sie hörte die Rufe der Müllabfuhr, und die Hintertür der Küche schlug zu, als die Abfallsäcke hinausgeschleppt wurden. Der Verkehr kam in Gang. Sie machte die Vorhänge nicht auf. Sie wußte, daß die kräftige Frau auf der anderen Straßenseite jetzt Wäsche an eine Leine auf dem Dach hängte. Sie war Italienerin. Ägypterinnen legten die Wäsche immer zum Trocknen in die Sonne auf den Boden.
Sie sah wieder ihr Spiegelbild an. Alles, wovor Mutter sie gewarnt hatte, war eingetroffen, jedenfalls so gut wie alles. Wenn ihre Mutter noch am

Leben gewesen wäre, hätte Peggy ihr geschrieben, daß sich ihre alten Ängste bestätigt hatten. Ihre Mutter hatte immer grimmige Befriedigung empfunden, wenn ihre apokalyptischen Vorhersagen wahr geworden waren. Ihre Mutter hatte gesagt, Ägypten sei kein Ort, ein Kind zu bekommen. Obwohl es eindeutig unvernünftig und irrational war, hatte Peggy ihrer Mutter diesen Brief nie verzeihen können. Wenn das Kind am Leben geblieben wäre, hätte sich vielleicht alles verändert. Karl liebte Kinder. Vielleicht hätte er sich eine andere Arbeit besorgt, bei der er nicht ständig hätte reisen müssen.

Peggy kämmte sich das Haar sorgfältig und steckte es mit Klemmen fest. Sie war noch keine Dreißig und immer noch sehr attraktiv. Weshalb sollte sie sich Sorgen machen?

6

Peggys Ängste, weil sie Alice Stanhope ins Lazarett mitgenommen und ihr dort eine Stelle verschafft hatte, legten sich bald, nachdem sie am nächsten Morgen dort angekommen waren. Alice gab sich alle erdenkliche Mühe, sich anzupassen.

Der Oberstabsarzt, Colonel Hochleitner, dem die Verwaltungsprobleme aufgebürdet worden waren, war schon vor dem Krieg in Kairo gewesen. Er begrüßte Alice herzlich, er mochte sie, und das war alles, worauf es im Grunde ankam. Als Alice in sein Büro geführt wurde, sah sie sich das Aktenchaos an – und den Stapel aus hingekritzelten Notizen, unter denen die Schreibmaschine fast verschwand –, zog die Strickjacke aus und setzte sich an den Schreibtisch, mit dem gelassenen Blick, mit dem sie außer Corporal Cutler alles zur Kenntnis nahm. Sie beschwerte sich nicht einmal über die uralte Adler-Schreibmaschine, die wie eine Dampflokomotive ratterte. Sie war nicht die schnellste Maschinenschreiberin der Welt, aber sie konnte lange Wörter – sogar medizinische Fachausdrücke und Latein – richtig schreiben, ohne im Wörterbuch nachzuschlagen, und das getippte Ergebnis war sauber und leserlich.

»Jetzt können die Ärzte in diesem verdammten Lazarett vielleicht mehr Zeit auf den Stationen verbringen und weniger Zeit damit, sich durch den Papierkram für das Heeresministerium zu arbeiten«, sagte »Hoch« anerkennend.

Peggy freute sich, aber das hielt nicht lange an. Bald war es Zeit für die Inspektion. Sie verabscheute es, durch die Stationen zu gehen, die sich in der Erwartung neuer Verwundeter geleert hatten. Die leeren Betten mit den frisch gestärkten Laken und Kissen und den fachmännisch zurechtgezogenen Decken waren genau wie Reihen aus frischen Gräbern und die weißen Grabsteine, unter denen so viele Verwundete schließlich den Transport von der Front beendeten.

Sie sah auf die Uhr. Nicht mehr viel Zeit, sich fertigzumachen; dann würde es sein wie gestern, wie vorgestern und am Tag davor. Der Boden der Operationssäle schlüpfrig von Blut, die Leichenhalle überfüllt. Verbrannte Panzerbesatzungen, Minenräumpioniere mit abgerissenen Beinen und all die grauenhaften »Mehrfachverwundungen«, Soldaten, die von Granatsplittern und vom Geschützfeuer verstümmelt worden waren. So weit hinter den Linien waren Schußwunden weniger häufig; diese Männer starben, ehe sie hierhergebracht wurden. Sie nickte anerkennend und zeichnete die Pflegeberichte ab. Sie würde die Operationssäle überprüfen, die übliche Runde machen und sich dann einen Augenblick setzen, ehe die Neuankömmlinge eintrafen. Gedankenverloren ging Peggy weiter und bemerkte die Schwester nicht, ehe sie fast mit ihr zusammengestoßen wäre.

»Schwester Borrows, was ist denn –?«

»Oberschwester West, Ogburn, der Junge mit der Beinverletzung, ist heute nacht gestorben.«

Peggy sah sie an. Sie hatte Tränen in den Augen. Sie hatte sie unterdrückt. Aber jetzt, als Peggy gekommen war und sie es ausgesprochen hatte, die schrecklichen Worte ausgesprochen hatte, verlor sie die Beherrschung. »Reißen Sie sich zusammen, Schwester.«

»Bei der Visite gestern ging es ihm gut: Puls, Herz, Temperatur normal. Und er hat über etwas im Radio gelacht –«

»Wie oft habe ich Ihnen gesagt, Sie sollen keine Briefe für die Patienten schreiben?«

»Es war bloß der eine Brief an seine Mutter.« Sie hieß Borrows, und ihre kinoverrückten Eltern hatten sie nach irgendeinem exotischen Hollywoodstar Theda genannt. Aber im Augenblick hatte Schwester Borrows nichts Exotisches an sich. Ihre Augen waren gerötet, genau wie ihre Nase, die sie sich ständig mit einem winzigen Taschentuch abwischte.

»Es gibt Besucher, die das für sie erledigen. Besucher, die mit ihnen sprechen, ihnen beim Puzzlelegen helfen, ihre Probleme herausfinden.«

»Ich habe meinen Dienst nicht vernachlässigt, Oberschwester. Es war in meiner Freizeit. Er wollte, daß ich den Brief schreibe. Er hat gesagt, meine Handschrift gefalle ihm.« Schwester Borrows war ein häßliches, farbloses Geschöpf, aber wie so viele Schwestern in dieser Stadt, in der

Europäerinnen so rar waren wie Gold, war sie plötzlich Florence Nightingale geworden.
»Wie lange arbeiten Sie schon hier?« Peggy wartete nicht auf die Antwort. »Haben Sie denn noch nie Männer sterben sehen? Mein Gott, als ob wir in der letzten Woche nicht genug verloren hätten.«
»Er war noch ein Junge.«
»Sie sind Schwester«, sagte Peggy, dieses Mal sanfter. »Wissen Sie, was eine Schwester ist?«
»Ich hab' gedacht, ich wüßte es.«
»Sie sind keine Frau, sie sind kein Mann. Sie sind kein Soldat und kein Zivilist. Sie sind kein Laie und kein Arzt. Sie sind keine Liebste und keine Mutter: sie sind Schwester. Das ist etwas Besonderes. Diese Männer glauben an uns. Sie glauben, wir können sie heilen ... Ja, ich weiß, das ist dumm, aber Patienten glauben das gern, und wir können sie nicht daran hindern.«
»Er war aus Lancashire, aus meiner Gegend.«
»Hören Sie mir zu, Schwester. Diese Patienten sind nirgendwoher. Sobald Sie auf diese Weise an sie denken, zerreißt Ihnen die Arbeit das Herz. Sie sind Patienten, nur Patienten. Wunden, Amputationen, Schmerzen; das ist alles, was sie sind.«
»Er ist verwundet worden, als er die deutschen Panzer aufhalten wollte. Sie haben ihn für einen Orden vorgeschlagen.«
Es war, als hörte sie nichts, was ihr gesagt wurde. Peggy sagte zornig: »Es ist mir gleich, ob er wegen fortgeschrittener Syphilis behandelt wurde, er war ein Patient. Nur ein Patient. Kriegen Sie das endlich in Ihren törichten Kopf.«
»Ich habe ihn geliebt.«
»Dann sind Sie eine dumme Frau und eine inkompetente Schwester.«
Der Kopf der jungen Frau ruckte hoch, und ihre Augen blitzten. »Das stimmt, Oberschwester. Ich bin eine törichte Schwester. Mir liegt etwas an meinen Patienten. Nach jeder Schicht schluchze ich um sie alle. Aber das können Sie nicht verstehen. Sie sind eine kompetente Schwester. Sie schluchzen nie. Sie interessieren sich nicht für Männer, das wissen wir alle, aber manche von uns sind schwach. Manche von uns sind Frauen.« Peggy hatte jetzt ihre Aufmerksamkeit, aber nur um den Preis, sie zu verletzen.

»Ich versuche, Ihnen zu helfen«, sagte Peggy.
Die Schwester hatte ihre Emotionen verbraucht und war einen Augenblick lang erschöpft. Sie sagte: »Sehen Sie in den Patienten denn niemals Männer, die alles für uns gegeben haben? Wollen Sie sie denn niemals küssen, im Arm halten, ihnen sagen, wie großartig sie sind?«
»Manchmal«, sagte Peggy. Das Eingeständnis kam ihr über die Lippen, als spräche sie mit sich selbst. Sie war überrascht, als sie es sich sagen hörte, aber es war die Wahrheit.
Schwester Borrows schniefte laut und unternahm eine übermenschliche Anstrengung, sich zusammenzureißen. Sie stand aufrecht da wie ein Soldat beim Appell. »Es tut mir leid, Oberschwester. Ich habe es nicht so gemeint.«
»Nehmen Sie doch eine Stunde frei. Legen Sie sich eine Weile hin, oder gehen Sie unter die Dusche. Hier gibt es nichts zu tun, bis der Ambulanzkonvoi kommt.«
»Die Anspannung war so furchtbar, daß ich es nicht mehr aushalten konnte.«
»Das geht uns allen manchmal so«, sagte Peggy. Sie schaute sich um, um sich zu vergewissern, daß nicht auch andere Schwestern weinten. Es war nichts Ungewöhnliches. Es gab viele Todesfälle, wenn Verwundete vom Schlachtfeld hergebracht wurden. Manche kamen an, ehe sich der Schock voll ausgewirkt hatte, und die strapaziöse Fahrt verkürzte das Leben vieler schwerer Fälle. Die meisten Armeeschwestern waren zu jung für solche Aufgaben, aber es herrschte ein solcher Mangel an Pflegepersonal, daß keine von ihnen mit anderen Pflichten beauftragt werden konnte. Deshalb hatte die Armee Zivilisten wie »Hoch«, Peggy und Alice zum Lazarettpersonal hinzugezogen.
Sie ging nach unten und über den Hof, um zu sehen, wie Alice in der Verwaltung vorankam.
»Alles in Ordnung?«
Alice schaute auf und lächelte grimmig. »Jemand hat mir Tee gebracht. Ich nehme an, das ist ein Zeichen der Anerkennung.«
»Und ob«, sagte Peggy.
»Und Blanche war sehr hilfsbereit.«
»Gut«, sagte Peggy.
Alice Stanhope unterbrach die Arbeit nicht, aber sie sah einen Augen-

blick lang auf, um Peggy mit dem Plakat HILFE FÜR RUSSLAND zu vergleichen, das an der Wand hinter Peggy klebte. Es gab wenig Zweifel daran, daß es wegen der verblüffenden Ähnlichkeit zwischen der auf dem Plakat abgebildeten russischen Schwester und Peggy West ausgesucht und hier angebracht worden war. Peggy hatte mit dieser idealisierten slawischen Schönheit die hohen Wangenknochen und den großen Mund gemeinsam. Aber da war noch etwas. Peggy West verfügte ebenfalls über die anderen Eigenschaften, die aus dem Bild sprachen: Autorität, Entschlossenheit und Kompetenz, dazu Mitleid und Sanftheit. Von allen Schwestern wurde erwartet, daß sie in einem gewissen Maß über diese Eigenschaften verfügten – das gehörte zum Beruf –, aber Peggy hatte sie überreichlich.

»Ich trinke später Tee«, sagte Peggy. »Ich wollte nur sehen, ob Sie zurechtkommen.«

Auf dem Rückweg zum Hauptgebäude begegnete Peggy der Stieftochter von Colonel Hochleitner, Blanche, und stellte fest, daß Alices Ankunft nicht auf allen Seiten mit uneingeschränkter Freude begrüßt worden war. Blanche war beunruhigt, weil sie ihre Rolle als Maschinenschreibmeisterin im Lazarett verloren hatte. Jetzt befürchtete sie, ihre Stellung als Hochleitners Sekretärin einzubüßen, und dieser Posten bedeutete ihr viel. Natürlich beschwerte sie sich nicht. Blanche war eine blonde, dreißigjährige geschiedene Frau. Sie hatte eine Menge über das Leben gelernt. Sie lächelte und gratulierte Peggy dazu, ein solches Juwel gefunden zu haben. Sie machte abfällige Bemerkungen über sich und sagte, sie hätten Glück, Alice Stanhope bei sich zu haben. Aber Peggy kannte Blanche zu gut, als daß sie das zähneknirschende Lächeln und die schulmädchenhaften Lobhudeleien für bare Münze genommen hätte. Blanche würde auf eine Gelegenheit warten, mit ihrem Stiefvater zu reden; sie wußte genau, wie sie Hoch um den kleinen Finger wickeln konnte.

Blanche war nicht die einzige, die Vorbehalte gegen Alice hatte. Eine magere, rothaarige Schwester namens Jeannie MacGregor – die Tochter eines Tabakpflanzers aus Nordrhodesien – nahm Peggy West beiseite, um ihren Sorgen über die Neue Luft zu machen.

»Was wissen wir denn über sie?« Jeannie MacGregors Großvater hatte in einem Schloß gewohnt, und Jeannie behauptete, er stamme direkt

von Rob Roy ab, dem berühmten schottischen Banditen. Den schottischen Akzent und die Leidenschaft für Romane von Sir Walter Scott hatte sich Jeannie während der Besuche bei ihrem Großvater zugelegt.
»Ich verstehe Sie nicht«, sagte Peggy West.
»Und ihr ganzes Gehabe und daß sie ihren roten Sportwagen direkt vor dem Eingang parkt.«
»Das ist nur für heute«, sagte Peggy. Das Parken von Autos vor dem Krankenhaus war eine Quelle endloser Streitereien. »Ich sorge dafür, daß sie das erfährt.«
Jeannie nickte, zufrieden mit ihrem kleinen Sieg. Sie war eine Kriegsfreiwillige. Durch harte Arbeit und Intelligenz war sie eine tüchtige OP-Schwester geworden, fast gleichrangig mit Peggy West. Man mußte den Verlauf jeder Operation genau kennen, um die richtigen Instrumente für die Chirurgen bereitzuhalten. Vielleicht hätte Jeannie Medizin studieren und Ärztin werden sollen. In ihrem gegenwärtigen Beruf wurde sie zu einer streitlustigen Besserwisserin, über die sich alle ärgerten. Aber gute OP-Schwestern wurden verzweifelt gesucht, und Peggy behandelte Jeannies Wutanfälle mit vorsichtiger Sorgfalt.
»Ich habe in der Teepause gesehen, wie sie in den Akten von Hoch herumgeschnüffelt hat«, sagte Jeannie.
»Ja, sie versucht, das Büro in Ordnung zu bringen. Es ist ein schreckliches Chaos. Sie wissen doch, daß Blanche nie etwas ablegt.«
»Ehe sie zu uns gekommen ist, hat diese Alice in einem großen Gebäude der Militärpolizei gearbeitet, dem gegenüber vom Bahnhof«, sagte Jeannie und sah Peggy mit einem triumphierenden Lächeln an. »Sie hat es zugegeben.«
»Ja, sie hat es mir erzählt. Und?«
»Haben Sie denn nicht gelesen, was über Polizeispitzel, die überall herumschnüffeln, in der Zeitung gestanden hat? Ist sie ein Polizeispitzel?«
»O Jeannie, ich habe keinen leichten Morgen hinter mir. Sie glauben doch bestimmt nicht den ganzen Quatsch, den die Zeitungen drucken?«
Jeannie wollte von ihrer Theorie nicht lassen. »Und Hochleitner ist ein deutscher Name, nicht wahr?« Sie biß sich auf die Lippe und starrte Peggy an.
Peggy West holte tief Luft. »Jeannie, Sie sind Stationsschwester. Wollen

Sie im Ernst behaupten, daß Alice eine Spionin ist, die hierhergeschickt worden ist, um herauszufinden, ob Hoch ein Nazi ist?«
»Ich weiß, es klingt weit hergeholt«, räumte Jeannie ein. Der gesenkte Ton ihrer Stimme deutete an, sie wolle sich aus der früheren Position zurückziehen, aber es gefiel ihr nicht, daß Peggy ihr das Gefühl geben wollte, sie sei blöd. »Aber die Spione sind überall, das wissen Sie.«
»Ich weiß nichts dergleichen«, sagte Peggy. »Ich weiß nur, daß es überall *Geschichten* über Spione gibt! Wie ich mir wünsche, daß sich alle beruhigen und vernünftig sind. Wir sind Engländerinnen, Jeannie, lassen Sie uns versuchen, ein Gefühl für Proportionen zu wahren.«
»Ich bin keine Engländerin, ich bin Schottin«, sagte Jeannie mürrisch.
Peggy lachte. »Das ist keine Entschuldigung«, sagte sie.
Jeannie MacGregor hielt ihre Wut nur mit größter Mühe im Zaum. Ihre Ermahnung war leise, aber bitter. »Sonst waren Sie doch immer so vernünftig.«
»Ich wollte nicht unhöflich sein. Aber Sie haben so furchtbar dick aufgetragen. Alice ist ein nettes Mädchen ... und sie schreibt gut Maschine. An der Front sieht es nicht so gut aus. Jetzt ist es jeden Tag möglich, daß wir in den Vororten von Kairo gegen Rommel kämpfen müssen, also muß die Polizei die Leute wohl im Auge behalten. Und in der Zwischenzeit müssen wir Briten uns alle gegenseitig helfen.«
Ein langes Schweigen entstand. Dann sagte Jeannie: »Ich habe bei Menschen einen Instinkt, und dieses Mädchen bedeutet Ärger. In solchen Dingen habe ich immer recht, Oberschwester. Sie werden noch an meine Worte denken.«
Das war also wieder einmal Jeannies »Instinkt«? Großer Gott, dachte Peggy. Ihr Instinkt war eine weitere Kostbarkeit, die sie von ihrem Großvater geerbt hatte. »Hoch hat sie eingestellt«, sagte Peggy. »Daran ist jetzt nichts mehr zu ändern.«
»Das werden wir ja sehen«, sagte Jeannie gehässig. »Die Frau ist eine Viper, das sehe ich ihrem Gesicht an. Die werde ich los. Der mache ich Beine, und wenn es das letzte ist, was ich tue.«
»Ach, zum Teufel mit Ihnen!« sagte Peggy und wandte sich ab. Sie bereute es sofort. Hätte sie fünf Minuten länger mit ihr verbracht, wäre es ihr vielleicht gelungen, sie zu einem freundlicheren Standpunkt zu bewegen. Jeannie MacGregor hatte die ganze Hartnäckigkeit einer

Schottin. Falls sie Alice oder sonst jemand das Leben schwermachen wollte, fand sie auch Mittel, das zu tun.

»Die Meldefahrer sind da«, rief jemand aus dem Fenster. »Meistens heißt das, daß die Ambulanzen gleich dahinter kommen.«

»Es ist zu früh«, sagte Peggy.

»Ich habe gehört, daß es zwei Konvois sind«, rief Jeannie. »Ich gehe lieber zu meinen Mädchen zurück und vergewissere mich, daß sie bereit sind.« Jetzt, wo es Arbeit gab, war sie positiver eingestellt.

»Ja«, sagte Peggy mit einem Seufzer. Vielleicht konnte sie Schwester MacGregor in eines der neuen mobilen Lazarette versetzen, wo Notoperationen so nahe wie möglich am Schlachtfeld durchgeführt wurden. Sie hörte die Ambulanzen kommen. Es ging los. »Zeit, unser Geld zu verdienen«, sagte Peggy laut. Das sagte sie immer, wenn die Ambulanzen kamen.

7

Niemand konnte sich daran erinnern, wann, wie oder warum die kleinen Zusammenkünfte angefangen hatten, aber es war üblich geworden, daß den Bewohnern des Magnifico samt Anhang am frühen Freitagabend im obersten Stock kostenlos gekühlter Weißwein und verlockende Häppchen serviert wurden.
Peggy West nickte dem Fürsten zu, als Sammy, sein ägyptischer Diener, der eine lange schwarze Galabija mit kunstvollem Goldbesatz trug, ihr Wein nachschenkte. »Was halten Sie von Ihren Nachbarn, Alice?«
»Es ist so nett, daß Sie mir das Zimmer überlassen haben«, sagte Alice und nahm ebenfalls ein zweites Glas Wein.
Peggy lächelte und sah sich um. Captain Robin Darymple, in Hemd und Hose aus gestärktem Khaki, traf immer als einer der ersten ein. Er sprach mit einer geschmeidigen, schönen jungen Ägypterin, Seinab el-Schasli, und ihrem Bruder Sajed. Fremde waren auch da. Etliche von ihnen mußten am Nachmittag mit dem Trinken angefangen haben, denn es wurde laut geredet und gelacht.
Peggy lächelte den beiden Ägyptern zu. Sie erzählte Alice kurz von ihnen. Sie studierten beide an der amerikanischen Universität und wohnten im ersten Stock des Magnifico. Sajed war ein attraktiver junger Mann. In Kairo hieß es, seine helle Haut und die klaren blauen Augen seien das Erbe tscherkessischer Konkubinen, Frauen, die wegen ihrer Schönheit berühmt waren. Captain Darymple hielt Vorträge über den japanischen Angriff auf Pearl Harbor und benutzte die freie Hand, um sein Weinglas zu bombardieren. Amerikas Kriegseintritt war seit Wochen *das* Gesprächsthema. Sajed, Reserveoffizier der ägyptischen Armee, hörte Darymple geduldig zu. Peggy schob sich an ihnen vorbei, prostete dem Fürsten zu und sagte: »Danke, Pjotr.«

Alice sah ihn an. Das war also der Mann, von dem behauptet wurde, er sei Rommels Spion in Kairo.
Der Fürst überragte alle im Zimmer. Er war ein großer, grobknochiger Mann, der ein Smokingjackett aus schwarzem Samt und eine weiße Hose trug. Um den Hals hatte er ein gemustertes Seidentuch mit einer goldenen, diamantenbesetzten Nadel befestigt. Seit der Krieg angefangen hatte, nannte sich Pjotr Nikolajewitsch Tichmaibrasow Oberst Pjotr. Wenn das angezweifelt wurde – wie einmal von Captain Darymple, der im zweiten Stock wohnte –, wies er ruhig auf das Foto eines adretten Infanterieregiments, das während der Unruhen in St. Petersburg im Januar 1913 an der Rossiskaja-Baumwollfabrik vorbeimarschierte. Dieses Regiment hatte mit allem Drum und Dran seinem Vater, dem Fürsten Nikolaj, gehört. Als sein Vater 1916 im Kampf gefallen war, hatte Pjotr Nikolajewitsch das Regiment geerbt, samt riesiger Ländereien, Bauernhöfen und Dörfern, dem prächtigen Stadthaus und dem Sommersitz am Meer auf der Krim. Unter diesen Umständen war der Titel »Oberst außer Dienst« geradezu bescheiden.
Als sein Vater fiel, hatte Pjotr Nikolajewitsch in Oxford Archäologie studiert. Während der Revolution kurz darauf, war er dort geblieben. 1925 besuchte er russische Freunde in Kairo und beschloß, sich dort niederzulassen. Etliche der Kostbarkeiten, die in seiner Wohnung zu sehen waren, stammten aus den siebenundzwanzig Packkisten mit Kleidung, Möbeln, Teppichen, Ikonen und Schmuckgegenständen, die seine Mutter ausgewählt und ihm als Grundausstattung nach England geschickt hatte, als er dort studierte. Er sprach gern über seine Zeit in Oxford und nannte sich in letzter Zeit oft einen »Studenten der Weltangelegenheiten«. Damit begründete er, daß er die meisten Vormittage mit der Lektüre von Zeitungen und viele Nachmittage in Cafés und auf Basaren verbrachte, wo er mit einer großen, kosmopolitischen Sammlung von müßiggängerischen Bekannten Kaffee trank.
»Peggy, Liebling, Sie brauchen mir gar nicht erst zu sagen, daß das unsere neue Nachbarin ist. Ich habe gehört, daß jetzt eine hinreißende junge Dame hier wohnen soll.« Der Fürst sprach mit dem ätzenden, übertriebenen Oxforder Akzent von vor langer Zeit.
Alice lächelte schüchtern.

»Guten Abend, meine Liebe. Wie wunderbar, daß Sie es ermöglichen konnten, meiner kleinen Zusammenkunft beizuwohnen.«
Peggy hatte in ihm immer einen riesigen, kuscheligen Bernhardiner gesehen, aber heute abend, als er mit dieser verblüffenden englischen Stimme sprach, erinnerte er sie eher an einen afghanischen Windhund.
»Alice Stanhope«, erklärte Peggy. »Ich habe ihr eine Stelle im Lazarett besorgt.«
Der Fürst nickte. »Das habe ich gehört.« Er war eine Spur gekränkt. Er nannte Peggy seinen »Verbindungsoffizier« zu den alltäglichen Vorgängen im Hotel. Sie hätte es ihm sofort erzählen müssen. Der Fürst kam nicht mehr gut aus mit der Besitzerin, Lucia Magnifico. Sie war heute nachmittag hier oben gewesen, hatte ein Riesentheater gemacht und war erst kurz, ehe die ersten Gäste kamen, gegangen. Trotz seiner zur Schau getragenen Fassung wußte Peggy, daß er Angst vor Lucia hatte und vor dem, was sie möglicherweise tat, um an diese Zimmer heranzukommen. Besonders verängstigt war er, wenn sie in Begleitung ihres winzigen armenischen Anwalts erschien, der ihr auf den Fersen folgte wie ein knopfäugiger Chihuahua.
Lucia Magnifico wollte, daß der Fürst auszog. Sie hatte schon einen Architekten damit beauftragt, Baupläne anzufertigen, um das oberste Stockwerk in sieben Einzelzimmer umzuwandeln. In Kairo wimmelte es von Stabsoffizieren, Zivilberatern, amerikanischen Geschäftsleuten und australischen Einkäufern: allesamt mit dem Geld ihrer Regierungen in den Taschen. Alle suchten eine Unterkunft. Lucia war eine Frau von Welt. Sie wußte, daß solche Männer nicht in einem großen Hotel oder in einem offiziellen Quartier absteigen wollten, wo ein Wächter in der Halle ihr Kommen und Gehen beobachtete. Sie wollten einen kleinen, diskreten Schlupfwinkel in einer vornehmen Gegend in der Nähe des Flusses, ein freundliches, anonymes Pied-à-terre wie dieses Hotel. Lucia konnte es sich nicht mehr leisten, dem russischen »Hochstapler« das ganze Obergeschoß zu überlassen, ganz gleich, was ihr törichter Vater ihm damals im Frieden versprochen haben mochte.
»Das Leben muß weitergehen«, hatte Lucia mit schlichter Direktheit zu ihm gesagt. »Ich muß meine Rechnungen bezahlen.« Sie war eine schlanke Frau, die schönen Schmuck und Kleider aus Paris zu schätzen wußte. Sie war ein Musterbeispiel für die Tatsache, daß die in Kairo

lebenden Italiener von allen Ausländern am besten angezogen und am kultiviertesten waren. Weil das so war, umgab sich der ägyptische König mit italienischen Höflingen. Alle Welt wußte, daß die Briten häßlich, derb und schlecht angezogen waren. Ihre Soldaten – in riesigen, ausgebeulten Shorts, fadenscheinigen Wollpullovern und mit schiefsitzenden Mützen – sahen wie Clowns aus. Am schlimmsten war, wie sie dem Fürsten an jenem Nachmittag gesagt hatte, daß sie sich immer auf ihre Armut beriefen.

Als sie das gesagt hatte, sah Lucia an ihrem schwarzen Seidenkleid hinunter und zupfte ein Haar vom Stoff. Sie runzelte die Stirn. Sie hätte sich nicht auf dieses Sofa setzen dürfen. Sie hatte genug von seinen Perserkatzen, genug davon, daß er mitten in der Nacht das kostbare heiße Wasser verbrauchte, versuchte, sein antiquiertes Rundfunkgerät auf Radio Moskau einzustellen, und davon, daß ihm die Sicherungen durchknallten, so daß das ganze Gebäude verdunkelt war.

Der Fürst schloß die Augen, um die Erinnerung an diesen Nachmittag zu verdrängen. Er lächelte Peggy und Alice an. Er hatte gern attraktive Frauen auf seinen Partys, obwohl er sich nicht zu ihnen hingezogen fühlte. Und Peggy war eine alte Freundin. Ihre Beziehung beruhte auf dem Umstand, daß sie beide schon vor Kriegsbeginn in Kairo gelebt hatten. Robin Darymple betraf das ebenso, weil er im Frieden zum Offizier ernannt worden war. Sie waren richtige Einwohner, durften den Fürsten Pjotr nennen, die anderen waren nur Kriegstouristen.

Alice wurde von einem jungen Stabsoffizier entführt, der behauptete, sie aus Alexandria zu kennen. Während der Fürst ihr nachsah, wandte er sich an Peggy und sagte mit ernsterer Stimme: »Sagen Sie mir, wie Sie die verführerische Alice Stanhope kennengelernt haben, Liebling.« Er bot ihr eine Messingschale mit Pistazien an, aber nur aus der Ferne, weil er wußte, daß sie ablehnen würde.

»Ihr Vater ist eine Art politischer Berater am Golf«, sagte Peggy, die auf den kurzen, hektischen Fahrten zum Lazarett, erst in einem vollen Bus zum Midan Ismail und dann in einer noch volleren Straßenbahn, äußerst wenig herausbekommen hatte. »Ihre Mutter hat irgendeine lästige Krankheit und mußte deshalb nach Ägypten kommen. Mummy lebt in Alexandria.« Die letzten beiden Sätze waren eine passable Imitation von Alice Stanhopes vornehmem englischen Akzent.

Pjotr würdigte den Scherz mit einem winzigen Lächeln. »Ja, die Mutter ist in der besten Gesellschaft eine bekannte Gastgeberin. Die Stanhopes kennen jeden, den zu kennen sich lohnt.« In seiner Stimme schwang eine Spur Neid mit. »Spielt Alice Bridge?«
»Ich frage sie.«
»Wir brauchen so dringend jemand zum Bridge«, sagte er wehleidig.
»Dann fragen Sie Alice doch selbst.«
»Nein, Sie. Sagen Sie nicht, daß es um Geld geht«, sagte er. »Einfach um das reine Vergnügen am Spielen.«
Er bildete sich ein, er spiele gut Bridge. Tatsächlich verlor er meistens. Zum Glück zahlte er seine Spielschulden gutwillig. Hätte er das nicht getan, wäre Robin Darymple nicht mehr gekommen. Darymple war ein besessener Spieler und führte Buch in einem kleinen schwarzen Notizbuch, besorgt darüber, auch Gewinne zu machen.
»Ich glaube, das hängt alles von ihrem Freund ab«, sagte Peggy und beobachtete Alice, während sich eine Gruppe junger Männer um sie versammelte. »Sie treffen sich oft.«
»Spielt er Bridge?« fragte der Fürst.
»Sprechen wir über den Corporal?« sagte Robin Darymple, der im Offizierskasino gelernt hatte, zwei bis drei Gespräche gleichzeitig zu verfolgen. Er kam näher. »Ein bekloppter Kerl mit ausgebeulten Hosen? Ich habe ihn gesehen . . . Es wäre verdammt peinlich, einen Abend mit einem Unteroffizier beim Kartenspielen zu verbringen.« Darymple sorgte dafür, keinerlei gesellschaftlichen Kontakt mit »niederen Rängen« zu haben, nicht einmal mit weiblichen.
»Warum?« sagte Peggy. »Ich habe gedacht, der Krieg wird geführt, um Klassenunterschiede und diesen ganzen Quatsch abzuschaffen.«
»Liegen bei Ihnen Soldaten und Offiziere auf denselben Stationen?« fragte Pjotr, der immer gern einen Streit auslöste.
»Corporals sind die allerschlimmsten«, sagte Darymple und lächelte provozierend. »Sie vertragen den Alkohol nicht so gut wie die Sergeants, und es fehlt ihnen an der kriecherischen Unterwürfigkeit der einfachen Soldaten. Ich würde niemals mit einem Corporal eine Partie Bridge spielen.«
»Ich hoffe, er spielt Bridge und schlägt Sie haushoch«, sagte Peggy.
Darymple lachte höhnisch.

»Was höre ich da, Sie wollen uns verlassen, Robin?« fragte der Fürst.
»Ah, das ist alles streng geheim, Pjotr«, sagte Darymple und senkte die Stimme. »Letzte Woche habe ich in der Shepheardbar einen alten Kumpel getroffen, Toby Wallingford, früher bei der Royal Navy. In der Schule habe ich ihn dauernd verprügelt; er sagt, er habe die Narben immer noch. Jetzt ist der Glückspilz bei einer Freischärlertruppe, die draußen in der Wüste Jagd auf die Hunnen macht. Die veranstalten ein Höllenspektakel, dann kommen sie zurück und machen die Stadt unsicher.«
»Das klingt sehr gefährlich, Robin«, sagte Peggy. Sie wußte, daß das von jeder Frau erwartet wurde, wenn Männer angaben. Sie waren alle so: mit ihren paar Fetzen bunter Bänder und ihrem absurden Ego beschäftigt. Sie mußten einem erzählen, wie tapfer sie waren, und zwar mittels infantiler Witze. Der Krieg schien die lästigsten Seiten der Männer zum Vorschein zu bringen.
Der Fürst sagte: »Wir haben sie jetzt im Griff, glaube ich. Wir werden sie aufhalten, ehe sie weit kommen. Ich tippe auf Bengasi.«
»Ja, und ich bin den ganzen Tag mit Papierkram beschäftigt. Es macht mich rasend, daß ich das alles verpasse. Und schauen Sie sich an, was die Froschmänner der Itaker im letzten Monat gemacht haben! Jetzt kommt allmählich alles heraus. Sind direkt nach Alexandria gekommen und haben der HMS *Valiant* und der *Queen Elizabeth* den Kiel weggepustet.«
»Waren die Schiffe schwer beschädigt?«
»Verdammt noch mal, und ob. Die Dunkelblauen tun so, als ob die Schiffe noch heil wären – salutieren auf dem Achterdeck, hissen die Flaggen und halten jeden Sonntag Gottesdienste –, aber in Wahrheit liegen beide Schlachtschiffe kiellos auf dem Hafenboden.«
»Ja, das habe ich auch gehört«, sagte der Fürst.
»Ich muß mich bald am Kampf beteiligen«, sagte Darymple, griff nach der Schale mit Pistazien und suchte nach den besten. »Ein Mann braucht anständiges Lametta, wenn er in der Nachkriegsarmee Karriere machen will. Wallys Truppe ist meine große Chance.« Er steckte eine Pistazie in den Mund und zermalmte sie.
»Herzlichen Glückwunsch, alter Junge«, sagte der Fürst.

»Und ich werde sofort um einen Rang befördert. Das ist so üblich, wenn man von so einem Haufen genommen wird. Major.«
»Fabelhaft. Wenn ich nur jung genug wäre –«
»Gemischte Waffengattungen: Soldaten, Seeleute und auch die verdammten Flieger, habe ich gehört. Mein Kumpel Wally ist Seemann. Aber so läuft der Krieg nun einmal. Wir müssen denen mal zeigen, wie ihre Blitzkriegspielchen schmecken. So sehe ich das.«
»Was wird aus Ihrem Zimmer?« fragte die stets praktisch denkende Peggy.
»Immer mit der Ruhe, altes Mädchen. Verschachern Sie meine Habe nicht schon jetzt.«
»Ich habe der Neuen – ich meine, Alice – das Zimmer gegeben, das wir für Lieutenant Anderson freihalten sollten. Ich habe Angst, er taucht plötzlich auf.«
»Andy war bei Tobruk dabei«, sagte der Fürst.
»Tobruk?« sagte Darymple. »Das war ganz schön eng.« Darymple empfand keine Bewunderung für den ehemaligen Sergeant Anderson und die Weise, auf die er sich in einem Jahr Kampf die Military Medal, eine Beförderung und dann das Military Cross verdient hatte. Mehr als einmal hatte er einen Grund gefunden, Anderson einen mörderischen Anpfiff zu verpassen. Beim Essen im Hotelrestaurant hatte er den Lieutenant einmal wegen seiner grauenhaften Tischmanieren getadelt. Und in der Nacht, bevor Andy in die Wüste aufbrach, hatte Darymple die Militärpolizei hierhergerufen, um seiner lautstarken, besoffenen Bottle-Party ein Ende zu machen. Viel Gesindel war in jener Nacht durch das Magnifico gestreift, hatte auf der Treppe obszöne Lieder gesungen, in eine der Amphoren gekotzt und auf dem Klo im Erdgeschoß die Kette abgerissen. Darymple hatte für einen jähen Schluß dieses Festes gesorgt und Anderson vor seinen Kameraden heruntergeputzt.
»Ja«, sagte der Fürst. »Er ist bei den Panzerspähwagen, und sie sind immer direkt an der Front. Er hat die Neuseeländer unterstützt. Sie haben El Duda eingenommen und sind zur Garnison gestoßen. Andy hat sich wieder einmal wie ein Wahnsinniger aufgeführt und ist mit seinen Wagen vorgeprescht, ohne auf Befehle zu warten. Er war einer der ersten, die durchgebrochen sind.« Der Fürst sah mit ausdrucksloser

Miene Peggy an, dann wieder Darymple. Alle wußten, wie eifersüchtig er auf Anderson war.
»Woher wissen Sie das?« sagte Darymple bockig. »In den offiziellen Kommuniqués hat nicht gestanden, wer durchgebrochen ist.« Er griff nach einer Handvoll schwarzer Oliven.
»Andy schuldete mir einen Fünfer«, erklärte der Fürst. »Einer seiner Freunde – ein köstlicher junger Lieutenant – mußte erbeutete feindliche Unterlagen ins Hauptquartier in Kairo bringen. Andy hat ihn zu mir geschickt. Er hat mir eine Kiste italienischen Weinbrand und einen ganzen Laib Parmesan gebracht, erbeutet im italienischen Hauptquartier. Herrlicher Käse – er war auf den Keksen, die Sie gegessen haben. Und der Weinbrand ist gar nicht so übel. Sie verstehen zu leben, sogar in der Wüste. Die Italiener wahren ein Gefühl für Proportionen, das habe ich immer schon gesagt.«
Diese Nebenbemerkung sollte beweisen, daß der Fürst von Lucia nichts zu befürchten hatte.
»Und ein hingekritzelter Brief von Andy war dabei, in dem stand, wir seien quitt. Ich habe etwa eine Stunde gebraucht, um seine Schrift zu entziffern, und das habe ich herausbekommen. Andy ist ein guter Junge. Aber ich glaube nicht, daß er so bald wieder ins Magnifico zurückkommt. Vermutlich nimmt er im Augenblick Rommel ganz allein gefangen. Sein Kamerad hat gesagt, Andy sei zum Captain befördert worden – amtierend, vorläufig und ohne vollen Sold –, und sein Divisionskommandant habe ihn für einen Kriegsverdienstorden vorgeschlagen.«
Darymple hatte die Oliven niedergemacht. Jetzt richtete er sich auf und unterdrückte einen entnervten Seufzer. Der Prinz zwinkerte Peggy leicht zu. Peggy lächelte. Pjotr war ein unübertrefflicher Unruhestifter.
»Die Blumen auf Ihrem Balkon sind wunderschön, Pjotr«, sagte Peggy, um das Thema zu wechseln. »Der kleine Orangenbusch gedeiht gut, und die Blüten duften köstlich. Kairo ist um diese Jahreszeit so herrlich.«
»Mir ist ein englischer Winter lieber«, sagte Darymple. »Dieses Wetter ist scheußlich: nicht Fisch und nicht Fleisch. Ich habe heute morgen aus dem Fenster gesehen und mich gefragt, warum ich nicht zu Hause beim Jagen bin.«

»Kairo ist Kairo«, sagte der Fürst mit der übertriebenen englischen Stimme. »Hören Sie nur, was für ein Babel es ist. Atmen Sie ein und riechen Sie den heißen Wüstenwind. Wo bleibt denn Ihre Seele, Darymple? Kairo ist nicht als billigere Version einer englischen Grafschaft gedacht.«
Peggy sah ihn an. Sie war sich nie sicher, wieviel von dem, was er sagte, scherzhaft gemeint war. »Sie haben gesagt, Sie wollen über etwas ganz Besonderes sprechen«, erinnerte sie ihn.
»Ich will nicht, daß es alle wissen«, sagte der Fürst, »nur alte Freunde.« Er sah sich um und vergewisserte sich, daß die Dreiergruppe nicht belauscht wurde. »Mein Geburtstag. Wäre es nicht fabelhaft, uns elegant anzuziehen, in ein tolles Lokal zu gehen und den Geburtstag zünftig zu feiern? Nur unter alten Freunden?«
»Wann?« sagte Peggy.
»Sie laden uns zu einem russischen Essen ein?« fragte Darymple. Ehe er sich festlegte, wollte er genau wissen, daß der Fürst die Kosten übernahm.
»Vielleicht der eine oder andere russische Gang«, sagte der Fürst, der gut wußte, wie Darymple tickte.
»Es ist eine phantastische Idee«, sagte Peggy. »Ich mache eine Liste, und wir alle übernehmen die Kosten zu gleichen Teilen.«
Der Fürst lächelte sie an, und beide sahen, daß Darymple die Stirn runzelte. »Dann ist es abgemacht«, sagte der Fürst. Er mochte Peggy; sie verstand ihn immer schnell. Er berührte sie sanft am Ellenbogen, um sie wegzuführen. »Dürfte ich Sie bitten, sich etwas in der Küche anzuschauen?« sagte er. »Sie sind bei Partys immer so tüchtig.« Er nahm eine Flasche Wein von einem Beistelltisch, schenkte Peggy nach und brachte sie dann weg von Darymple in seine winzige Küche.
Sobald sie in der Küche waren, schloß der Fürst die Tür und sagte: »Peggy, Liebling, ich muß unbedingt mit Ihnen reden.«
»Worum geht es denn, Pjotr?« Mit seinem welligen Haar und der reinen Haut gelang es Pjotr immer, jugendlich auszusehen, aber jetzt strömten die letzten Sonnenstrahlen durch das Küchenfenster und fielen auf sein Profil. Das erbarmungslose Licht verriet sein Alter. Er hatte Ringe unter den Augen, und über dem Kragen zeigte sich loses, faltiges Fleisch. Seine Haut war bleich, fast weiß, wie gepudert. Eine

Locke des welligen Haares war ihm in die Stirn gefallen, und seine sorgfältig gezupften Augenbrauen gingen nach unten, als er sich zu Peggy hinbeugte. Sie fragte sich, ob er Drogen nehme. Im Augenblick war Kairo mit Drogen überschwemmt, und immer mehr Europäer experimentierten mit ihnen. Sie bekam die Ergebnisse im Lazarett zu sehen.
»Wer war der Offizier, der Sie neulich in der Halle durch die Mangel gedreht hat? Ich muß es wissen.«
»Offizier?« Sie wußte, worüber er sprach, aber sie wollte einen Augenblick lang nachdenken. »In der Halle? Hier?« Sie verschob ein Tablett mit Crackers – allesamt dekorativ belegt mit einem Stückchen Käse und einem Schnipsel Anschovis – und verschaffte sich Platz, um ihr Glas abzustellen.
»Ja. Ein Offizier in der Halle«, wiederholte er. »Sie haben ihm Ihren Paß gezeigt.«
»Ach, das hatte gar nichts zu bedeuten. Das war ein alter Freund von mir. Er brauchte meine Paßnummer, um mich auf die Botschaftsliste zu setzen.«
»Botschaftsliste? Was für eine Liste?«
Sie improvisierte. »Er hat gesagt, er besorgt mir eine Einladung zu den Botschaftsempfängen.«
»Sagen Sie mir auch die Wahrheit, liebe Peggy?«
»Captain Marker – Billy Marker«, fügte sie hinzu und erfand einen Vornamen für ihn. »Ich kenne ihn seit einer Ewigkeit.«
»Ihm stand auf der Nase geschrieben, daß er zur Abteilung für Sonderermittlungen gehört.« Und als ihm ein weiterer Gedanke durch den Kopf ging, fügte er hinzu: »Warum sollte ein Captain der Armee Ihren Namen auf eine Botschaftsliste setzen?«
»Das müssen Sie ihn fragen«, sagte Peggy. Sie hatte über ihre Begegnung mit Captain Marker nicht lügen wollen, aber eins hätte zum anderen geführt, und sie wollte nicht damit anfangen, Pjotr das mit dem Hausboot, mit Solomon und mit dem Geld von Karl zu erklären. Das war alles privat, und so sollte es auch bleiben. Jedenfalls im Augenblick.
»Captain William Marker«, sagte Fürst Pjotr, als wollte er sich den Namen einprägen. »Ich werde Erkundigungen über ihn einholen.«
»Warum?«

»Die versuchen, mich zu ermorden, Peggy«, sagte er in einem verzweifelten Flüstern. Er beugte sich über die Spüle, um aus dem Fenster zu sehen, als könnte jemand daran hängen und lauschen. An jedem anderen Ort als in Kairo hätte das komisch wirken können. Aber in Kairo ließ sich die Möglichkeit, daß jemand gefährlich am Sims eines Fensters im obersten Stock hing, um zu lauschen, nicht so einfach abtun.

»Sie zu ermorden? Also wirklich, Pjotr!« sagte sie vorwurfsvoll.

Er langte nach oben, um eine bemalte Blechdose vom Regal zu nehmen. Peggy sah jetzt, daß er ein enges Korsett trug. Sie hatte diesen Verdacht schon früher gehabt, aber als er sich auf die Zehenspitzen stellte, war es eindeutig. Er leerte die Dose auf das Abtropfbrett. Es waren überwiegend alte Brotkrumen und etwas Mehl, aber auch winzige Holzsplitter waren dabei und eine Glasscherbe, deren Rundung darauf schließen ließ, daß sie von einer kaputten Flasche stammte. Er stöberte mit den Fingerspitzen in den Krumen und dem Mehl herum, bis er auf weiteren Abfall stieß: einen Strang Jute, nicht identifizierbare perlenähnliche Tropfen und Pappfetzen. »Das alles ist aus dem Brot herausgekommen«, sagte der Fürst. »Jetzt, wo ich weiß, was sich tut, habe ich meinem Diener gesagt, er soll jeden Laib vorsichtig aufschneiden und alles, was er findet, in diese Dose tun. Ich bewahre das als Beweismaterial auf.«

»Aus Ihrem Brot?«

»Stellen Sie sich vor, ich hätte das geschluckt«, sagte er und trennte mit offenkundigem Abscheu die Glasscherbe mit den Fingerspitzen vom Rest.

»Alle Welt findet von Zeit zu Zeit so etwas im Brot, Pjotr. Ägypten ist nun einmal so. Niemand versucht, Sie zu ermorden.«

»Ich habe Sie für scharfsinniger gehalten, Peggy. Schließlich sind Sie Krankenschwester.« Er schmollte wie ein kleines Kind.

»Wer würde Sie schon ermorden wollen, Pjotr? Und warum?«

»Alle möglichen Leute«, sagte er vage, als bereue er, sich ihr anvertraut zu haben. Er schob die »Beweise« zurück in die Dose und stellte sie wieder auf das Regal. Dann machte er ohne ein weiteres Wort die Tür auf und ging zu seinen Gästen zurück.

Er war zornig, und sie fragte sich, ob er sie jetzt auf seine Liste der

Verdächtigen setzen werde. Sie wartete einen Moment, um Luft zu holen, dann trank sie ihren Wein und schaute eine Weile die Blumen und Pflanzen auf dem Balkon an. Auf der anderen Seite der Tür hörte sie lebhafte Gespräche, Gelächter und Musik aus dem Plattenspieler. Verlor sie den Verstand oder verloren die Menschen um sie herum den Verstand? Alle schienen besessen von Spionen zu sein. Sie kam zu keiner befriedigenden Antwort. Als sie den Wein ausgetrunken hatte, ging sie ebenfalls zur Party zurück und wanderte bald zur Tür.

Alice Stanhope saß von zwei Offizieren flankiert auf dem Sofa. Sie sah nicht so aus, als ob sie gerettet werden wolle. Peggy sah auf die Standuhr. Es war noch früh. Es war ein guter Abend, sich das Haar zu waschen, zeitig zu Bett zu gehen und ein Buch zu lesen.

8

Für den oberflächlichen Beobachter sahen die Soldaten aus, als gehörten sie hierher. Ihr Khaki paßte zu den Straßen, den Gebäuden und der Wüste, die sich weit hinter dem Horizont erstreckte. Die Araber wirkten unpassend: die Frauen, vom Kopf bis zu den Zehen in Schwarz, und die Männer in den knöchellangen weißen Galabijas.
Nur das Verhalten in der Menge zeigte deutlich, wer hier zu Hause war. Die Einheimischen hatten ein Ziel. Es war eindeutig, daß sie hier wohnten. Sie liefen, sprangen, riefen, feilschten, stritten, lachten und schrien. Die Soldaten waren überwiegend jung. In ihren schweren Stollenstiefeln schritten sie langsam und ziellos aus. Sie wußten nicht wohin, streiften die Straßen entlang und kamen lustlos auf demselben Weg zurück. Sie verirrten sich selten in die ruhigeren Gegenden, hielten sich an die belebten Durchgangsstraßen. Sie versperrten sich gegenseitig den Weg und stießen mit anderen Soldaten zusammen, wenn sie vor Schaufenstern stehenblieben, damit sie die Offiziere nicht grüßen mußten. Sie drängten sich defensiv zu Grüppchen zusammen und setzten sich an den Straßenrand, um das intensive Leben um sie herum zu begaffen. Viele betranken sich schwer und übergaben sich.
Denn in Kairo spielte sich das ganze Leben auf der Straße ab. Es war eine nach außen gestülpte Stadt: leere Gebäude, überfüllte Straßen. Bettler gab es in verblüffender Vielfalt: Männer, Frauen, Mütter mit Kindern auf dem Arm, verkrüppelte Bettler, manche alt und gebeugt, während andere erst gehen lernten. Kinder boten auf Tabletts Obst, Schnürsenkel und Fliegenklatschen an. Es gab grell bemalte Karren mit bunten Lebensmitteln und Getränken. Durch die Menge schlängelten sich geschickt die Taschendiebe und lächelnde Fremdenführer, die flüsternd verbotene Bücher, Peep-Shows und käufliche Schwestern anpriesen.
Wer sich die in Khaki gekleideten Gestalten genauer ansah, merkte, daß

sie nicht identisch waren. Manche trugen Tartankilts, manche Turbane. Die Gurkhas hatten gefährlich aussehende Messer, die Militärpolizisten trugen rote Mützen und Pistolen. Die Neuseeländer hatten breitkrempige Hüte auf, die der Australier waren ähnlich, aber auf einer Seite hochgebogen. Diese Hüte hatten schon ihre Väter getragen, als sie eine Generation und einen Krieg davor durch dieselben Straßen gegangen waren.

»So, hier ist es, Sir«, sagte Captain Marker zu seinem neuen Chef, als sie sich in dem aufgetakelten kleinen Restaurant in der Scharia Emad el-Dine an einen Tisch setzten. »Cleos Club. So gut wie jeder Gauner und Schwarzmarkthändler von Kairo kommt irgendwann hierher.«

»Sie sehen alle sehr wohlhabend aus«, sagte Jimmy Ross. Er hatte Marker gebeten, ihn zum Treffpunkt der erfolgreichen Gauner zu bringen.

»Natürlich«, sagte Marker. Sie bestellten Drinks und sahen sich die Speisekarte an. »Dem Kerl am Ende des Bartresens gehört das Lokal. Er wird Zooly genannt und ist einer der reichsten Männer der Stadt. Falls Sie einen Panzer, eine Jungfrau kaufen oder Ihren Feind ermorden lassen wollen, erledigt er das für Sie – gegen Geld.«

Ross sah den Mann an. Er wirkte recht durchschnittlich, aber er würde ihn wiedererkennen. Wenn Ross eine neue Identität annehmen und verschwinden wollte, brauchte er Hilfe. In einem solchen Lokal würde er sie bekommen.

»Gebratenes Huhn«, sagte Ross zum Kellner.

»Für mich auch«, sagte Marker. »Vermutlich stammt es sowieso aus den Beständen der britischen Armee.«

»Können Sie ihn nicht festnehmen?« fragte Ross, als der Kellner gegangen war.

»Wir sind auf gefährlichem Terrain, wenn wir Ägypter unter schwerem Verdacht festnehmen. Sie sind Zivilisten, und Ägypten ist immer noch ein neutrales Land.«

»Nützen unsere Deserteure dieses Schlupfloch nicht aus?«

»Sie meinen, ob sie sich als Araber ausgeben? Das ist nicht einfach. Alle über vierzehn müssen beim Innenministerium registriert sein und eine *rokhsa* haben, eine Arbeitserlaubnis. Darauf sind Fingerabdrücke und ein Foto.«

»Klingt effektiv«, sagte Ross und gab jeden Gedanken daran auf, mit Hilfe eines ägyptischen Passes zu fliehen.

»So überwachen wir die Bordelle«, sagte Marker. »Jeder Nutte, die einen Deserteur versteckt, wird die Arbeitserlaubnis weggenommen, und dann bekommt sie keine Arbeit mehr. Wir haben außerdem ein Foto und eine Beschreibung aller Prostituierten und Animierdamen in der Kartei. Aber Sie glauben doch nicht, es könnte einer von unseren Leuten sein, oder?«
»Rommels Spion, meinen Sie?«
»Das ist alles, woran dem Brigadier im Augenblick etwas liegt. Er wird einen Vortrag darüber halten, sobald er zurück ist.«
Ihr Essen kam, und sie fingen an. An einem Tisch in der Nähe bemerkte Jimmy Ross zwei Offiziere, die eine üppige Mahlzeit verzehrten. Einer sah aus wie ein Typ, den er im Magnifico gesehen hatte. Der zweite trug auf den Schulterstücken der Khakikampfjacke die goldenen, gewellten Ringe der Freiwilligenreserve der Royal Navy. Das schwarze, dreieckige Abzeichen auf seiner Schulter war, wie so viele hier angefertigte Stoffabzeichen, etwas schlampig angenäht. Es zeigte eine zusammengerollte weiße Schlange, zum Zubeißen bereit. Die Buchstaben IDT darunter standen für Independent Desert Teams, unabhängige Wüsteneinheiten, erklärte ihm Marker. Ross hatte davon noch nie etwas gehört.

❖

Lieutenant Commander Toby Wallingford war eine große, hagere patrizische Erscheinung mit welligem Haar, das von der Sonne golden geworden war. Er hatte die knochige Nase und den schmalen, vollkommenen Mund, die den meisten Leuten den Eindruck vermittelt hätten, er sei Engländer, noch ehe sie seine schleppende Stimme hörten. Captain Robin Darymple saß ihm gegenüber. Das besonders dunkle Khaki seiner Uniform unterschied die beiden in ihrer Eleganz. Es verriet denjenigen, die sich mit den snobistischen Feinheiten bei der Armee auskannten, daß er Offizier bei einem Eliteregiment war.
»Du hast also freie Hand?« sagte Darymple mit unverhohlenem Neid. Sie waren beide bei Kaffee und Cognac eines bemerkenswert guten Mittagessens angelangt.
»Keineswegs«, sagte Wallingford, der schon lange herausgefunden

hatte, daß Offiziere mit freier Hand von Freunden gedrängt wurden, alles mögliche zu tun, was sie nicht wollten. »Ich schulde mindestens drei verschiedenen Schreibtischhengsten Rechenschaft. Das ist das Schlimmste daran.«
»Mir war, als hättest du gesagt, du bist befehlshabender Offizier.«
»Aber nur für meine kleine Truppe«, sagte Toby Wallingford. Er drückte den Zigarettenstummel im Aschenbecher aus. »Unabhängige Wüsteneinheiten sind genau das, was der Name sagt. Der maximalen Sicherheit wegen werden wir alle einzeln instruiert und untergebracht.«
»Und wann brecht ihr wieder auf?«
»Sie sagen uns nicht zuviel, Robbin. Bei diesen kleinen Einsätzen kann man es sich nicht leisten, am anderen Ende von den Hunnen erwartet zu werden.«
»Klingt verdammt gut, Wally. Ich würde alles dafür geben, in deiner Haut zu stecken.« Er nannte ihn inzwischen wieder Wally, wie damals in der Schule. Aber in der Schule waren sie keine engen Freunde gewesen, eher Feinde.
»Ich habe gedacht, sie haben dich zurückgeschickt, weil du krank geworden bist«, sagte Wallingford. Dann sagte er ein paar Augenblicke lang nichts mehr. Er schaute auf das Zigarettenpäckchen und das goldene Feuerzeug auf dem Tisch. Es wirkte widerstrebend, als er nach dem Päckchen griff und Darymple eine Zigarette anbot. Darymple lehnte ab, und Wallingford steckte sich eine an. Er war ein zwanghafter Raucher, eines der wenigen Zeichen von Nervosität, die er sich je anmerken ließ.
»Da liegt ja der Hase im Pfeffer«, sagte Darymple, froh über eine Gelegenheit, den Stand der Dinge erklären zu können. »Nächste Woche habe ich meinen Auftritt beim Medizinmann. Es sieht danach aus, als ob ich für tauglich erklärt und wieder ins Feld geschickt würde.«
»Phantastisch!« Wally winkte, und der Kellner brachte unaufgefordert die Cognacflasche und schenkte beiden großzügig nach.
»Oberflächlich betrachtet, ja. Aber solange Rommel auf dem Vormarsch ist, werden alle Offiziere – ohne Ausnahme – in Durchgangslager gesteckt. Ich habe versucht, meine Beziehungen spielen zu lassen, aber es ist nicht einfach.«
Wallingford nickte, ohne echte Anteilnahme zu zeigen. »Nicht so gut.«

»Statt zu meinem Bataillon zurückzukehren, werde ich einfach zu irgendeinem Haufen geschickt, der einen Offizier braucht. Mein Gott, Wally, ich könnte bei einem verdammten Pöbelregiment oder bei der Freiwilligenkavallerie enden. Ich könnte mich in der Gesellschaft von alten, biersaufenden Territorialtruppen oder in einem Kasino voller Proleten wiederfinden.« Er unterdrückte ein Rülpsen und grinste dann, um zu zeigen, daß es ihm peinlich war. Sie hatten beide viel gegessen und eine Menge getrunken.
»Du übertreibst immer, Robbie.« Wally gluckste über das Dilemma seines Freundes. Er sah ihn an und nickte. Er würde ihn zum Schwitzen bringen. Die Schläge in der Schule waren vergeben, aber nicht vergessen, und Robin Darymple hatte eine Menge weitere Sünden auf dem Kerbholz. Er würde dem kleinen Mistkerl einheizen. Er trank einen Schluck Cognac und sagte nichts. Er sah nur hinaus auf die Straße in der grellen Sonne und auf die unglücklichen Jammerlappen, die sich dort drängten, weil sie sonst nirgends hinkonnten.
»Könntest du etwas tun?« sagte Darymple schließlich.
»Was zum Beispiel?«
»Mir einen Posten bei deiner Truppe besorgen.« Jetzt, nachdem Darymple über seine Schwierigkeiten gesprochen hatte, wirkte er angeschlagen. Er konnte die Verzweiflung nicht aus seiner Stimme heraushalten. »Ich habe neulich darüber gesprochen. Du hast gesagt, du willst darüber nachdenken.«
»Bei meiner Truppe? Wie soll das funktionieren?«
»Ich würde alles tun, Wally.«
Wallingford sah ihn an und schürzte die Lippen, als dächte er angestrengt nach.
»Ich würde mich um einen Rang degradieren lassen«, sagte Darymple in einem letzten, verzweifelten Versuch.
»Ich denke immer noch darüber nach«, sagte Wallingford. »Wenn es möglich ist, dich hineinzubringen, mach' ich's. Du kannst dich auf mich verlassen, Robin. Das weißt du.« Er schaute zur Bar, um den Kellner auf sich aufmerksam zu machen.
»Das weiß ich, Wally.«
»Sieht so aus, als wären alle Kellner verschwunden. Macht nichts, sie können es auf meine Rechnung setzen.«

»Das war ein tolles Mittagessen, Wally. Laß mich was beisteuern.«
»Nicht nötig, ich weiß, daß du total abgebrannt bist«, sagte Wallingford. »Ja, es ist gut hier. Ich esse zwischen unseren kleinen Auftritten oft hier. Sie kennen mich.«
»Ist es ein Club?« fragte Darymple. Er hatte die Frauen gemustert; die meisten waren jung und attraktiv. »Ich bin noch nie hier gewesen. Ein paar verdammt umwerfende Bräute – etliche ungebunden, wie's aussieht.«
»Nichts für dich, Robbie. Die ungebundenen Bräute, die du hier zu sehen bekommst, erwarten ein Armband aus massivem Gold unter dem Kopfkissen.«
»Wie hast du das Lokal entdeckt?«
»Ich hatte die Schnauze voll davon, mir den Weg durch die ganzen Stubenhocker zu bahnen, die auf der Veranda im Shepheard's herumsitzen«, erklärte Wallingford. »Das Lokal hier ist was für Kerle von der Front.«
»Wirklich? Ich sehe jede Menge Kaffer.«
»Die Mitglieder sind gemischt, aber die meisten sind gute Typen. Das sind Leute, die was bewirken können, und das ist wichtig in dieser Stadt.«
»Was für Leute sind das?« Darymple schaute sich um. Es war eindeutig eine gemischte Gesellschaft. Obwohl Wallingford gesagt hatte, der Club werde von kämpfenden Truppen frequentiert, waren jede Menge Leute vom Stab hinter den Linien zu sehen. Einheimische waren auch da: wohlhabend aussehende Araber in teuren Anzügen, in der Begleitung hinreißender Frauen. Drei sehr hübsche junge Frauen saßen mit lauten Australiern am langen Tresen. Sie tranken kräftig aus Flaschen, die auf dem Tresen standen, und stritten sich über ein Kartenspiel am Abend davor.
»Mit dem Geld, das jeden Monat über diesen Tresen geht, könnte ich Shepheard's kaufen, Robbie, und Groppi dazu.«
»Wo kommt es her? Meinst du vom Schwarzmarkt?«
»Ich stelle nicht zu viele Fragen, alter Junge. Aber ich will dir was erzählen: Ich kenne einen Brigadier, der monatelang versucht hat, den verdammten Quartiermeister dazu zu bewegen, daß er ihm Funktelefone schickt. Er kam hierher und hat einen Mann gefunden, der ihm

noch am selben Nachmittag ein Dutzend davon beschafft hat ... nagelneu und originalverpackt.«
»Ein Zivilist?«
»Ja, ein Gyppo.«
»Wie ist ein Ägypter an die rangekommen?«
»Frag nicht.«
»Du meine Güte, Wally. Der Brigadier hat sie auf dem Schwarzmarkt gekauft?«
»Wenn man was braucht, um gegen die Hunnen zu kämpfen, muß man es besorgen. So wird heutzutage gearbeitet.«
»Machst du auch solche Sachen?«
»Die Dinge ändern sich, Robbie, und auch wir müssen uns verändern. Wir können nicht warten, während die ganzen verpennten Arschlöcher im Hauptquartier den Burenkrieg noch einmal kämpfen.«
»Aber wie hat dein Freund die Funktelefone bezahlt?«
»Streng mal deinen Grips an, Robbie. Den Papierkram kann man immer manipulieren, damit die Buchhaltung stimmt. Ehrlich gesagt, wenn du zu uns stößt, ist das genau die Arbeit, die du für uns machen mußt.«
»Als Adjutant, meinst du?«
»Du warst lange genug bei den Schreibtischhengsten in Kairo. Inzwischen mußt du ein Fachmann bei der Manipulation von Papierkram sein.« Er stand auf, und Darymple tat es ihm nach.
»Na ja, so muß es wohl sein«, sagte Darymple, im Wunsch, das Expertentum nicht zu leugnen, das ihm möglicherweise den Posten eintrug, den er unbedingt wollte.
Er folgte Wallingford in die Garderobe. Der diensthabende Mann hielt Wally die Marinemütze hin, ohne auch nur einen Blick auf die Garderobennummer zu werfen. »Deshalb ist das Essen so verdammt gut«, sagte Wallingford. »Die Fressalien sind alle vom Schwarzmarkt. Vermutlich haben wir Steaks gegessen, die für den Oberbefehlshaber und die ganz großen Tiere bestimmt waren.« Er sagte es so, als trüge eine solche Herkunft zu seinem Vergnügen bei. Er warf ein paar Münzen auf das Tablett, und der Garderobenmann stieß angemessene Dankeslaute aus. Draußen auf der Scharia Emad el-Dine hatte der Portier Wallingford schon kommen sehen. Er winkte seinem Fahrer, er solle Wallingfords

Wagen bringen. »Und ich darf nichts zu dem Mittagessen beisteuern?« fragte Darymple noch einmal.
»Ich hab' gedacht, du bist der Kerl, der pleite ist und ein Darlehen braucht«, sagte Wallingford.
»Ja, schon«, sagte Darymple, geschmeichelt, weil sich sein Freund die lange Geschichte gemerkt hatte, die er ihm bei ihrem letzten Treffen erzählt hatte.
»Oder ist der Typ zurückgekommen und hat dir das Geld gezahlt, das du gewonnen hast?«
»Soviel Glück hab' ich nicht gehabt«, sagte Darymple.
»Schön, ich hab' dir ein Darlehen besorgt, alter Junge. Fünfhundert Piepen gegen Unterschrift. Okay?«
»Wunderbar!«
»Ich bringe dich zu meiner Bank. Der alte Knabe, der sie leitet, schuldet mir ein paar Gefälligkeiten.«
»Danke, Wally.«
Während sie vor dem Restaurant standen, marschierte eine lange Kolonne Männer die Straße entlang. Das waren deutsche Kriegsgefangene. Sie wurden von müde aussehenden britischen Infanteristen bewacht, mit geschulterten Gewehren, und von ein paar rotbemützten Militärpolizisten in ihren schön sauberen Khakiuniformen. Berittene ägyptische Polizei vorn und hinten stoppte gebieterisch den Verkehr, damit die Kolonne nicht aufgehalten wurde. Sie war vom Bahnhof aus unterwegs zum Aufnahmelager für Kriegsgefangene in der Zitadelle. Die Briten führten feindliche Gefangene gern auf diese Weise durch die Straßen; so machte die britische Macht Eindruck auf die Einheimischen. Und doch wahrte der Feind eine Haltung, die mit dem Kriegsgefangenenstatus nicht vereinbar war. Die zerfetzten, verfleckten deutschen Uniformen waren sorgfältig zugeknöpft, und die Gefangenen marschierten im Gleichschritt und mit hoch erhobenen Köpfen und musterten Kairo mit dem Selbstbewußtsein von Eroberern.
Der Clubportier hielt die Tür von Wallingfords Auto auf. Es war die karge Militärversion einer Familienkutsche mit zwölf PS. Es war kein Nobelfahrzeug, nicht der Typ von Auto, mit dem die Generale durch die Stadt rasten, aber jede Art von Dienstwagen war ein begehrtes Statussymbol. Der Gipfel war, daß Wallingford einen eigenen Fahrer

hatte: einen Mann mit kurzgestutztem Haar, der orangefarbene südafrikanische Abzeichen auf den Schulterstücken trug.
»Wir wollen Onkel Mahmud besuchen«, sagte Wallingford, als er sich im Sitz zurücklehnte.
»Ja. Am Muski«, sagte der Fahrer, womit er Kairos großen Basar meinte.
»Und wir brauchen nur ein paar Minuten. Ich will nicht, daß Sie abhauen, um eine Ihrer Bräute zu besuchen.« Der Fahrer würdigte den Scherz mit einem ernsten Nicken. Zu Darymple sagte Wallingford: »Percy hat Bräute in jeder Straße von Kairo. In allen Formen und Größen. Stimmt das, Percy?«
»Ich bin ein verheirateter Mann, Sir.« Er sprach, ohne den Blick von der Straße zu wenden. Seine Stimme war rauh und guttural.
»Sie sind ein verrückter Kerl«, sagte Wallingford. »Ich weiß nicht, wie Sie das machen. In allen Formen und Größen«, sagte er zu Darymple. »In allen Formen und Größen. Und etliche sind umwerfend!«
»Wo fahren wir hin?« Darymple schaute auf die Straßen hinaus. Er hatte damit gerechnet, zu einer richtigen Bank gebracht zu werden, an einem der großen Boulevards, zu einem Gebäude mit Marmor, Glas und Mahagonitresen, und er hatte gedacht, Onkel Mahmud werde ein Mann in einem gut geschnittenen dunklen Anzug sein.
Statt dessen brachte ihn Toby Wallingford auf Kairos lauten, übelriechenden, überfüllten Basar, der einen großen Teil des mittelalterlichen Viertels namens Gamalija einnimmt. Sie hielten in der Nähe von Feschawi, einem neunhundert Jahre alten Kaffeehaus, in dem sich Ägypter der Mittelschicht trafen und über die Probleme der Welt diskutierten. Nach dem Aussteigen schoben sie sich durch die Menge, vorbei an lieblich riechenden Gewürzsäcken und an Gold- und Silberhändlern, die ihre Armreifen und Broschen feilboten. Wo die enge, staubige Gasse am lautesten, überfülltesten und übelriechendsten war, bog Wallingford in einen schmalen Hauseingang ein, der fast hinter ausgestellten antiken Teppichen verschwand. Die Teppiche bedeckten Böden und Wände und hingen als buntes Fahnenmeer von der Decke. Ein flinker junger Araber machte einen Satz nach vorn und rollte weitere Teppiche zum Besichtigen auf. Sobald einer entrollt war, sprang er zurück und stieß einen anderen in ihren Weg.

»Wir wollen zu Mahmud. Im Hinterzimmer«, sagte Wallingford, ohne im Schritt innezuhalten. Sie gingen durch den Ausstellungsraum zu einer niedrigen Tür. Er machte sie auf und gab den Blick frei auf ein kleines, mit Vorhängen abgeteiltes Hinterzimmer, das voller Rauch zu sein schien. »Mahmud, du alter Mistkerl«, rief Wallingford. »Ich habe einen alten Freund mitgebracht, der dich sprechen will.«

Darymple blieb unvermittelt stehen, als Wally den Perlenvorhang vor dem abgeteilten Zimmer wegzog. Er hielt sich für einen Kenner Kairos, aber an einem solchen Ort war er noch nie gewesen. Blauer, parfümierter Rauch trieb an die dunkle Decke. Üppige Teppiche schmückten die Wände und den Boden des winzigen Raums, in dem sich ein halbes Dutzend Männer drängten. Vier trugen üppig verzierte Galabijas. Sie saßen redend und paffend da und reichten das Mundstück einer Wasserpfeife von einem zum anderen. Hinter dem süßlich riechenden Rauch waren zwei Diener beschäftigt. Sie bereiteten diskret Kaffee zu und steckten kleine Brocken Tabak, mit Honig aromatisiert, in den Kopf der Wasserpfeife, die hier *schischeh* hieß. Als werde ihm der Tabakrauch plötzlich bewußt, wedelte ihn einer der Diener gegen die nikotinverfärbte Decke.

Ein Backgammontisch wurde beiseite geschoben, und zwei goldene Stühle wurden schnell links und rechts neben Mahmud gestellt. Er war ein korpulenter, jovialer Mann mit einer dunklen, modischen Brille und einem weißen Schnurrbart, der sich wie ein Pflasterstreifen über sein dunkles Gesicht zog. *»Allah ma'ak«* (Allah sei mit euch), sagte er.

»Allah yittawil omrak« (Möge Allah dir ein langes Leben schenken), erwiderte Wallingford zungenfertig.

Der alte Mann verbeugte sich. Im typisch arabischen Stil begrüßte er sie mit überschwenglichen Komplimenten und ausladenden Gesten seiner Arme unter dem Umhang.

Auf einem Beistelltisch mit Messingplatte tauchten winzige Täßchen auf. Der Diener – ein Mann, der fast ausschließlich damit beschäftigt war, ständig Kaffee zu kochen und zu servieren – brachte eine langstielige, auf Hochglanz polierte Kupferkanne, eine *kanaka.* Er hielt sie über die brennende Holzkohle, bis der Kaffee aufkochte, und wiederholte die Prozedur noch zweimal. Während die Flüssigkeit noch schäumte, goß er sie in die Porzellantäßchen. Das erste Täßchen wurde Wallingford serviert, um ihn als Ehrengast auszuzeichnen. Zwei kleine Porzellanteller wurden gebracht. Auf jedem lagen vier honigbraune Gebäckstücke, *kunafa* und *baklava*: Blätterteig, gefüllt mit feingehackten Nüssen, und Strudelteig. Der Diener besprengte das Gebäck mit Rosenwasser.

Robin Darymple kannte das Ritual. Er wußte, daß viel Kaffee getrunken und viel Zeit vergehen würde, bis sie zum Geschäftlichen kamen. Das war eine der vielen Eigenheiten der Araber, die er unerträglich fand. Er wurde nicht gern auf die Probe gestellt und prüfend gemustert, schon gar nicht von diesen Männern. Darymple kam sich in der Rolle des Bittstellers erniedrigt vor. Er sah Wallingford an, aber er sprach angeregt und amüsiert mit dem dünnen alten Mann neben ihm, den er Tasin nannte. Sie kannten sich offensichtlich gut. Eigentlich überraschte das Darymple nicht. Schon in der Schule war Wallingford eine Art Außenseiter gewesen. Seine Eltern hatten ihn in den Osterferien einmal abgeholt: ein seltsames Paar. Wallys Vater hatte einen Bart gehabt, und seine Mutter trug zu viel Schmuck. Sie waren sehr auffällig gewesen. Seither hatte sich Darymple immer gefragt, ob Wallingford tatsächlich so englisch war, wie er behauptete.

Als ihm das Mundstück der *schischeh* angeboten wurde, hätte Darymple am liebsten abgelehnt, aber er meinte, eine solche Reaktion könne beleidigend wirken. Ein Diener legte einen neuen Brocken Tabak in den Pfeifenkopf und fachte die Flammen an. Der Rauch mußte durch das Wasser inhaliert werden und war dann kühl und honigsüß. Wenn man so rauchte, mußte man stark inhalieren, und das erhöhte die Wirkung. Man mußte sich erst daran gewöhnen, aber Darymple fand es gar nicht übel. Ehrlich gesagt, es war sogar verdammt gut.

Mahmuds Englisch war langsam, aber fließend. Er erzählte ein paar gute Geschichten darüber, wie er bei den Pferderennen im Dschesire-Sportclub Geld verloren hatte. Alle lachten, obwohl nicht alle Englisch konnten. Vermutlich kannten sie Mahmuds Witze.

Wallingford rauchte nicht. Er sagte, er habe Halsbeschwerden, und der Arzt habe ihm das Rauchen verboten. Der federleichte Tasin sprach perfekt Englisch. Er war in England zur Schule gegangen und hatte einen Sohn in Lancing. Tasins Witze waren mehr im englischen Stil. Nach einer Stunde amüsierte sich Darymple bestens. Er war auch ein

guter Geschichtenerzähler, und als er aufstand und ein Lied über ein altes Kamel aus Bengasi sang, wurde Beifall geklatscht.
»Wir müssen gehen«, flüsterte Wallingford, aber Darymple lief eben erst zu voller Form auf. Er hatte gelernt, daß man mit dem Mundstück signalisieren mußte, wenn das Wasser in der Pfeife warm wurde; dann machte der Diener eine neue Pfeife fertig. Auch das trug ihm Beifall ein.
»Gehen wir«, sagte Wallingford wieder.
»Noch nicht«, sagte Darymple. »Ich habe ihnen das Lied vom Sandsack noch nicht vorgesungen.«
»Ich habe zu tun«, sagte Wallingford gereizt. »Kameraden von mir kommen an.«
»Sei doch kein so verdammter Streber«, sagte Darymple. »Er war schon immer ein verdammter Streber«, sagte er zu den anderen. Sie sahen Wallingford an und nickten weise.
Wallingford lächelte nachsichtig und sagte zu Mahmud: »Hast du die fünfhundert Piepen für ihn besorgt?«
»Ich habe sie hier. Er braucht nur zu unterschreiben.«
»Jetzt hör zu, Robbin. Ich habe sie dazu gebracht, daß sie dir das Darlehen zu denselben Bedingungen geben wie der Armee. Lies es lieber gründlich durch.«
»Wo muß ich unterschreiben?« sagte Darymple. Er wedelte mit dem gedruckten Vertrag und alberte so herum, daß die Männer lachten.
»Eine Seite ist auf arabisch, die andere auf englisch. Mahmuds Kassierer hat unterschrieben. Du mußt deinen Namen, deine Adresse und deine Arbeitsstelle eintragen.«
»Meine Arbeitsstelle?« Darymple lachte und schwenkte einen silbernen Füller. »Ich bin bei der verdammten Armee, oder? Was soll ich schreiben: Hauptquartier Kairo? Oder reicht Gray Pillars?« Er sah die anderen an. Sie lächelten.
»Banken ist eine richtige Adresse lieber. Schreiben Sie Seifeddine-Gebäude, Gartenstadt, Kairo. Was wollen Sie: ägyptisches Geld, englische Fünfer?«
»Fünfer sind bestens, altes Haus.« Darymple unterschrieb die Papiere mit einem Schnörkel.
Tasin, der für Mahmud arbeitete und auch schon für seinen Vater gearbeitet hatte, musterte die Unterschrift und die Adresse. »Ein Ex-

emplar für Sie, zwei Exemplare für die Bank«, sagte er und reichte Darymple ein bedrucktes Blatt. Dann zählte er die großen weißen Fünfpfundnoten ab, und Darymple griff glücklich danach. »Jetzt singe ich das Lied vom Sandsack.«

»Heb' dir das für das nächste Mal auf, Robbie. Geh' immer ab, wenn sie lachen, wie es im Showbusineß heißt. Es ist Zeit, daß wir aufbrechen. Wo soll ich dich absetzen, bei dem kleinen Hotel?«

»Das Magnifico wäre *magnifico*«, sagte Darymple.

»Percy wartet mit dem Auto«, sagte Wallingford, um seinem Freund Beine zu machen.

»Dein Percy ist ein Hunne«, sagte Darymple anklagend. Wallingford packte ihn am Arm und zog ihn auf die volle Straße hinaus.

»Percy ist ein guter Typ«, sagte Wallingford ruhig. »Südafrikaner sind gute Soldaten. Ich habe ein halbes Dutzend Südafrikaner.«

»Verdammter Boche. Ich weiß doch, wann ich einen Hunnen vor mir habe«, sagte Darymple, dessen Stimmung sich jäh verfinsterte. Dann schoben ihn die Passanten voran. Bettler, Männer, die Schnürsenkel verkauften, und zwei Kinder mit langen Stöcken, die schrien, um eine Ziegenherde durch die überfüllte Gasse zu treiben, drängten sich an ihnen vorbei. Darymple wäre fast umgeworfen worden, aber Wallingford nahm seinen Arm und rettete ihn.

»Komm schon, Robin.«

Darymple wurde ruhiger, als sie sich weiter durch den Lärm und das Gewühl auf dem überfüllten Basar schoben. Es wurde jetzt dunkel, und die Glühbirnen waren gelbe Farbtupfer in den winzigen Läden. Die Fenster waren vollgestopft mit Süßigkeiten und Gewürzen, Bohnen, Gemüse in leuchtenden Farben und kunstvollem Goldschmuck. Schließlich tauchte über den Köpfen der Menge ein Minarett der Azharmoschee auf, und Wallingford seufzte vor Erleichterung.

Percy hatte das Auto direkt vor dem Haupteingang der bedeutendsten Lehrmoschee der moslemischen Welt geparkt. Um ihn herum standen Karren, Kamele und Kisten mit Hühnern. Nur mit Mühe und viel Gehupe brachte Percy das Auto auf die Straße. Wallingford hievte Darymple auf den Rücksitz. »Zum Hotel Magnifico«, sagte Wallingford zu seinem Fahrer, als er einstieg.

Robin Darymple sackte auf die Seite und schien zu schlafen. »Ist Ihrem Freund schlecht?« fragte Percy.
»Sie wissen doch, wie Mahmud ist. Sie haben dauernd Haschisch in die *schischeh* gestopft«, sagte Wallingford. »Er ist völlig hinüber. Vielleicht ist er das Zeug nicht gewöhnt. Er war schon in der Schule ein ziemlicher Trottel.«
Der Fahrer drehte den Kopf und warf einen Blick auf Darymple, der auf dem Rücksitz lag, mit geschlossenen Augen und offenem Mund. »Powell und Mogg können jetzt jeden Augenblick zurückkommen«, sagte er.
»Ja«, sagte Wallingford. »Wir müssen unseren Freund im Magnifico abladen und schnell umkehren. Es gibt jede Menge Arbeit, wenn die Jungs zurückkommen.« Ihm fiel auf, daß das Bündel Fünfpfundscheine aus Darymples Tasche herausragte. Er schob es hinein und knöpfte die Tasche zu. »Haben Sie die Kriegsgefangenen gesehen, die am Club vorbeimarschiert sind?« fragte Wallingford mit gespielter Beiläufigkeit.
»Und alle vollkommen im Gleichschritt«, sagte Percy, als hätte er mit dieser Frage gerechnet. Wallingford gluckste. Percy hatte gern das letzte Wort.

❖

Die Wüstenstraße war schmal. Als die Sonne am Himmel sank, schaltete der Fahrer die winzigen Lichtschlitze des Lastwagens ein, die die Verdunkelungsvorschriften erlaubten. Unter der Staubschicht auf dem gelblackierten Lastwagen war schwach eine aufgemalte zusammengerollte weiße Schlange zu sehen. Es war dasselbe Zeichen, das Toby Wallingford an der Schulter trug: das Abzeichen der Independent Desert Teams.
Zwei Männer saßen nebeneinander im Fahrerhaus des Lasters. »Am Samstag wird mein Kleiner fünf«, sagte Samuel Powell.
Er war ein dünner Mann mit eingefallenen Wangen und großen, klagenden Augen. Sein Schiffchen steckte unter der Schulterklappe. Sein rotes Haar war hinten und an den Seiten kurz gestutzt, so daß sein welliger Schopf wie ein billiges Toupet wirkte. Seine launische Art und sein niedergeschlagenes Aussehen hatten die anderen Männer darauf gebracht, ihn Sandy Powell zu nennen, nach einem beliebten BBC-Komiker. Er lehnte sich am Lenkrad des AEC Matador entspannt im

Sitz zurück. Er fuhr ihn gern, es verlieh ihm ein Gefühl von Macht. Der Matador war ein mit Segeltuch verkleideter Lastwagen, der für das Ziehen von Haubitzen mit Kaliberlänge 15 cm gebaut worden war. Bei Fahrten durch die Wüste war es ein gutes Gefühl, daß die strapazierfähigen Reifen, die Winsch und der Vierradantrieb ihn aus so gut wie jeder Art von Sand herausbringen konnten.

Das Fahrerhaus hatte ein Dach aus Segeltuch. Es war zurückgerollt gewesen, um Luft hereinzulassen, aber bei ihrer letzten Rast auf eine Tasse Tee hatten sie es so fest geschlossen, wie es ging.

Neben Powell saß Thomas Mogg. Brauner Wüstenstaub überzog sein Gesicht und seine Arme. Um den Hals trug er einen Seidenschal und eine Schutzbrille gegen den Sand. Er saß in einem Kokon aus grauen Armeedecken, in dem er die Nacht verbracht hatte. Mogg war ein muskulöser Londoner, bekannt dafür, daß er gern aß und trank und ein Alleswisser war. Sein Haar war dunkel, und er hatte einen adretten Schnurrbart, der ihn äußerst attraktiv wirken ließ, bis er den Mund aufmachte und eine Zahnlücke zum Vorschein kam. Mogg hatte ein Gymnasium besucht und die Immatrikulationsprüfungen bestanden. Er gab damit an, die Universität London habe ihn zum Geographiestudium zugelassen. Er behauptete, er habe sich freiwillig zur Armee gemeldet, um gegen Hitler und die Nazis zu kämpfen. Tatsächlich war er zur Armee gegangen, weil ihm das vom Gericht als Alternative zum Verbüßen einer Gefängnisstrafe angeboten worden war: Er hatte bei einem Streit während der Sperrstunde vor einem Pub einen Polizisten geschlagen.

»Fünf Jahre?« sagte Mogg nachdenklich. Er wußte, daß diese Reaktion von ihm erwartet wurde. Die Familienfotos waren ihm schon oft gezeigt worden. »Wie lange ist es her, seit du die beiden gesehen hast?«

»Zwei Jahre und drei Monate«, sagte Powell. Er machte keine Pause zum Nachrechnen. Darüber war er immer auf dem laufenden.

»Kommt deine Frau zurecht?«

»Als ich das letzte Mal was gehört habe, war sie bei ihrer Mutter. Aber sie sucht nach was Eigenem für uns.«

»Da mußt du aufpassen«, sagte Mogg.

»Warum?«

»Ein Vögelchen im eigenen Nest«, sagte Mogg. »Da könnte sie auf alle möglichen Gedanken kommen.«

»Was soll das heißen?« sagte Powell. Er war ein jähzorniger Waliser.

»Gar nichts«, sagte Mogg ruhig. Er war groß und kräftig. Er hatte von keinem der anderen Männer etwas zu befürchten, ganz zu schweigen von einem kleinen Kerl wie Powell, aber er wollte ihn nicht provozieren. »Aber was ist mit der Miete, den Rechnungen und so weiter?«

»Sie meint, wenn alle aus dem Krieg zurückkommen, wird es schwierig, ein Haus zu bekommen. Jetzt ist es leicht, etwas zu finden.«

»Ja, kann schon sein«, sagte Mogg vage, um zu zeigen, daß er sich im Grunde nicht für Powells häusliche Probleme interessierte. Jetzt kam ihnen viel Verkehr entgegen. Er kam aus Kairo, und die andere Straßenseite war ständig dicht befahren. Bald würde sie die Dunkelheit unsichtbar für die Aufklärungsflugzeuge der Luftwaffe machen. Die Nacht war die Zeit für Truppenbewegungen. White-Transporter, Achtzehntonner, trugen behäbig schaukelnd das ungeheure Gewicht von Panzern. Lange Truppenkonvois waren unterwegs. Diese schmutzigen alten Lastwagen – langsam und durchsackend unter dem Gewicht der eng hineingepackten Infanteristen – hatten die Fahrt offensichtlich schon unzählige Male hinter sich. Direkt hinter ihnen kam ein Sanitätskonvoi, vermutlich aus dem Depot: ein halbes Dutzend fabrikneue Ambulanzen und ein mobiler OP, ein Bedford-Dreitonner mit Anhänger. Sogar eine glänzende neue Feldkantine der Kirche war dabei.

»Aber wir bekommen überhaupt keine Post«, sagte Powell. Manchmal, wie jetzt, war der walisische Akzent stark. Er biß sich auf die Lippe, als er ein entgegenkommendes Motorrad sah, einen verdammten Idioten, der sich durch den Verkehr schlängelte, um sein fahrerisches Können zu zeigen. Powell trat auf die Bremse. Blauweiße Armbinde: Fernmeldetruppe. Diese Meldefahrer waren alle gleich. Sie mußten zeigen, wie tollkühn sie waren. Als der Motorradfahrer an ihnen vorbeikam, wich er elegant aus und beschleunigte mit einem lauten Knall. »Blöder Arsch«, sagte Powell mit starker Emotion.

»Du mußt doch gewußt haben, was dich erwartet, als du zu uns gekommen bist«, sagte Mogg. Mogg hatte nicht einmal mitbekommen, wie nahe ihnen der Schwachsinnige auf dem Motorrad gekommen war. Mogg konnte nicht Auto fahren. Er war wie alle anderen, die nicht fahren konnten. Sie plumpsten wie ein Sack Kartoffeln auf den Beifahrersitz und merkten überhaupt nichts von dem, was sich vor ihnen tat.

»Was machen sie damit? Wohin kommt sie?«

»Die Post? Stapelt sich im Feldpostamt, nehm' ich an.«

»Mit den Briefen für die Toten, die Vermißten und die Kriegsgefangenen«, sagte Powell und dachte darüber nach. »So muß es wohl sein.«

»Verdammt kalt, nicht wahr? Was werd' ich froh sein, wenn wir nach Kairo kommen.« Mogg zog den Jackenkragen hoch und zerrte die Decke zurecht. Er versuchte zu dösen, aber dazu war die Straße nicht gut genug und er nicht müde genug.

»Paß auf, Gestapo«, sagte Powell in einem sachlichen Ton, gehorchte dem Signal eines rotbemützten Militärpolizisten und fuhr langsamer. Er hoffte, im letzten Augenblick würden sie ihn durchwinken, aber es sollte nicht sein. Er hielt mit leicht quietschenden Bremsen und einem Zischen der Druckluft, als er den Fuß vom Pedal nahm. Es waren zwei Militärpolizisten in tadellos gebügelten Uniformen und mit geweißten Stoffgurten. Ihre Aufmachung sollte allen Truppenmitgliedern zeigen, daß von diesem Punkt an ostwärts Soldaten wie Soldaten auszusehen hatten. Einer ging um den Lastwagen herum und inspizierte die Rückseite. Der zweite musterte die Papiere sehr langsam und gründlich.

»Bergungsgut von der Front?« las er vor. »Was soll denn das heißen?«

»Der Ordonnanzoffizier hat es unterschrieben«, sagte Mogg, legte den Kopf schief und schaute auf die Ladeliste, als hätte er sie noch nie gesehen. »Zeug, das sich die Eierköpfe mal näher anschauen wollen.«

Auf der anderen Seite des Fahrerhauses stieg Powell auf das Trittbrett hinunter und inspizierte das Segeltuchdach. Er nutzte die Gelegenheit, den zweiten Polizisten zu beobachten, der auf der Rückseite des Lasters an der Segeltuchplane zog, um hineinzuschauen.

»Was für Zeug?« Mogg hörte, daß der zweite Polizist versuchte, die Ladeklappe zu öffnen. Es war Pflicht, die Ladungen gegen Diebstahl zu sichern.

»Deutscher Krempel«, sagte Mogg. »Panzersehrohre, Artillerievisiere. Soll im Depot untersucht werden.«

»Irgendwelche kleine Waffen?« fragte der Polizist. Der zweite Rotbemützte schrieb sich jetzt die Zulassungsnummer auf.

»Nee, glaub' ich nicht«, sagte Mogg. »Es ist alles in Kisten verpackt.

Wollen Sie einen Blick darauf werfen? Sie würden ein Stemmeisen brauchen, um die Kisten aufzukriegen. Und dann will ich ein korrekt unterschriebenes Papier, auf dem steht, daß ihr das getan habt. Von einem Offizier unterschrieben.«

Der Polizist sah Mogg einen Augenblick lang an, ehe er ihm die Papiere zurückgab. »Weiterfahren«, sagte er. »Und nehmen Sie diesen blöden Schal ab, machen Sie die Knöpfe zu, und lassen Sie sich das verdammte Haar schneiden. Sie sind jetzt nicht mehr in der Wüste, Bürschchen.«

Mogg unterdrückte die Entrüstung, die ihn fast zum Explodieren gebracht hätte. Powell startete den Motor und ließ ihn einen Augenblick laufen, ehe sie anfuhren.

»Was für ein reizendes Paar«, sagte Powell, als sie ein gutes Stück vom Kontrollpunkt entfernt waren und gut vorankamen.

»Verdammte Spielzeugsoldaten«, sagte Mogg. »›Was hast du im Krieg gemacht, Daddy?‹ ›Ich habe richtige Soldaten angezeigt, weil sie sich die Stiefel nicht geputzt und das Gesicht nicht gewaschen hatten.‹ Lassen Sie sich das Haar schneiden! Die haben doch bloß Scheiße im Kopf.«

»Diese Straße wird auf jeder Fahrt länger«, sagte Powell. Er sah hinaus, über den Sand hinweg, versuchte, die Pyramiden auszumachen, die den Stadtrand von Kairo markierten. Am Straßenrand tauchten immer mehr handbemalte Schilder auf. Pfeile wiesen die Richtung zu Mülldeponien, Depots, Ausbildungsbataillonen, Divisionshauptquartieren, Feldlazaretten und zu Gräberregistrierungskompanien. Powell sah keine Einheitsnamen, die er kannte. Es war eine turbulente Zeit: Rommel war auf dem Vormarsch, und alles Verfügbare wurde auf ihn angesetzt. Nach dem, was Powell gehört hatte, war die Hälfte der Schilder sowieso falsch aufgestellt, um Spione zu verwirren. Das ganze Land war voll von Spionen.

»*Was soll das heißen*?« sagte Mogg plötzlich. Er ahmte den Akzent des Polizisten so gut nach, daß Powell einen Schreck bekam. »Blöder Arsch.«

»Ich rede mit dem Boß wegen meiner Post«, sagte Powell. »Ich muß wissen, was sich zu Hause tut. Ich will meiner Frau Geld schicken.«

»Freund Wally wird dich ganz schön herunterputzen, wenn er hört, daß du ihn den Boß nennst«, sagte Mogg und gluckste, als er sich

vorstellte, wie Lieutenant Commander Wallingford auf eine solche Anrede reagierte.
»Ich meine es ernst. Ich rede mit ihm«, sagte Powell.
Mogg sah ihn an und sagte nichts. Wenn sich in Sandy Powells walisischem Kopf erst einmal eine Idee festgesetzt hatte, konnte ihn nichts davon abbringen. »Ich habe Hunger«, sagte er im Versuch, das Thema zu wechseln. »Ich frage mich, was es heute abend gibt.«
»Ich kann diese Kameltreibereier nicht ausstehen«, sagte Powell, als er darüber nachdachte, was er zu Abend essen würde. »Ich glaube nicht, daß die von Hühnern stammen.«
»Nein, es sind Bussardeier«, sagte Mogg. »Hierzulande ist ein Hühnerei nicht größer als eine Erbse.«
»Hör mal, Junge! Ist das dein Ernst?« sagte Powell. Er wandte den Blick von der Straße, um Moggs Gesicht zu sehen.
»Klar ist das mein Ernst. Freund Ali Baba zieht jeden Morgen mit dem Bussardgewehr los. Sag' bloß nicht, du hast ihn noch nie gesehen.«
»Du verdammter Witzbold.« Powell lachte erleichtert. »Einen Augenblick lang hab' ich gedacht, das ist dein Ernst.«
»Mann. Schau' dir die verdammten Pyramiden an. Sehen gespenstisch aus.«
Sie hatten den geheimnivollen Übergang von der Wüste ins Niltal hinter sich. Seit über viertausend Jahren war die Gegend berühmt wegen der Pyramiden und der Sphinx. Das schwindende Licht und der Staub in der Luft brachten die Pyramiden in Rottönen, Lila und Gold zum Schimmern. Durch den ständig wechselnden Winkel der Sonnenstrahlen wurden die Formen flach und unwirklich. »Ein Sergeant im Depot meinte, sie kämen von einem anderen Planeten.«
»Die Pyramiden? Quatsch mit Soße. Das waren Königsgräber, das weißt du doch, Mogg.«
»Der Kerl meinte, das sind riesige Steinwürfel, tief in die Erde eingegraben. Er hat gesagt, wenn jemand da graben würde, käme raus, daß die Pyramiden nur die Ecken davon sind, die aus der Erde herausragen.«
Powell nahm kurz den Blick von der Straße und versuchte sich vorzustellen, wieviel Stein unter der Erde das bedeuten mochte. »Himmel, Arsch und Zwirn!«

»Und ich sag' dir noch was, Sandy. Zu Jesu Zeiten kamen schon Leute her, um sich die Pyramiden anzuschauen, denn da waren sie schon zweitausendfünfhundert Jahre alt.«
»Woher weißt du denn das alles?« Diese Andeutung von Respekt vor seiner Bildung spornte Mogg an, noch etwas beizusteuern.
»Und die Sphinx – sie hat den Kopf einer Frau, Löwenpranken und Vogelflügel. Sie gab Rätsel auf und biß allen, die die richtige Lösung nicht wußten, den Kopf ab.«
»Klingt genau wie meine Alte«, sagte Powell und lachte, um zu zeigen, daß das nicht sein Ernst war.

❖

Der Himmel war wie eine grauenhafte Wunde. Die Sonne wurde blutrot und verströmte sich in den Wolkenfetzen. Bald war es stockdunkel. In der Finsternis waren nur die winzigen roten und weißen Konvoilichter zu sehen. Es war anstrengend, unter solchen Bedingungen zu fahren. Aus der Nacht tauchten plötzlich Fußgänger, Kamele und Pferdekarren auf. Als sie sich den Vororten Kairos näherten, kam das immer häufiger vor. Der einheimische Verkehr war ganz unbeleuchtet. Hin und wieder riß Powell das Steuer herum und fluchte.
Mogg sagte: »Du hast doch gewußt, daß du keine Post bekommst, Sandy. Du hast das von Anfang an gewußt. Wenn du ein Theater machst, kastriert dich der verdammte Wallingford. Das ist mein Ernst. Er hat zwar eine vornehme Stimme, aber er kann ganz schön unangenehm werden. Sehr unangenehm. Letzten Monat habe ich gesehen, wie er Percy niedergeschlagen hat, als er ihm widersprochen hat. Nur ein Schlag«, sagte Mogg mit einer Stimme, die das Ausmaß seiner Bewunderung nicht verbarg. »Er hat den verdammten Percy direkt am Kinn erwischt. Er machte die Augen zu und ging zu Boden: wumm. Das hättest du sehen sollen!«
»Percy ist ein Hunne«, sagte Powell mürrisch. Er verabscheute Percy.
»Na ja, Percy kann Sprachen, nicht wahr? Und er ist ein kaltblütiges Arschloch. Ich habe gesehen, wie er in die Nähe der Hunnen gekrochen ist, als Wally unbedingt ein besonders kostbares Beutestück haben wollte. Falls Wallingford je zwischen dir und Percy

wählen müßte, wäre es aus mit dir, Kumpel. Mach dir bloß keine Illusionen darüber.«

»Ich hasse die verdammten Hunnen. Die haben doch damit angefangen, oder?«

»In unserer kleinen Truppe sind wir alle gleich, das weißt du doch.«

»Bis auf Wallingford«, sagte Powell.

»Ja, natürlich, bis auf ihn. Er ist der Boß, wie du gesagt hast.«

Sie fuhren eine lange Zeit weiter. Sie waren beide müde und hatten die Wüste satt. »Ein Würfel hat drei Seiten«, sagte Sandy Powell unvermittelt.

»Was meinst du damit?«

»Ein Würfel hat drei Seiten, du einfältiges Arschloch.«

»Worauf willst du hinaus, Sandy?«

»Die Pyramiden haben vier Seiten, aber die Ecke eines Würfels hat nur drei . . .«

»Was?«

»Der Typ im Depot, von dem du gesprochen hast. Pyramiden von einem anderen Planeten: Quatsch mit Soße!«

Mogg lachte. »Du nimmst alles wörtlich, Sandy. Das ist dein Problem, mein alter Kumpel. Du hast keine Poesie in der Seele.«

Als sie nach el-Dokki kamen, entspannten sie sich. Das war Kairo und im Augenblick ihr Zuhause. Auf der Englischen Brücke dirigierte ein Polizist den Verkehr. Er hielt die entgegenkommenden Fahrzeuge auf und winkte Mogg und Powell durch. »Wir sind pünktlich«, sagte Powell. »Jetzt ganz langsam. Halt Ausschau nach einem Signal mit einer Taschenlampe.«

»Da ist er.«

Wallingford stand dort, wo die Brücke in die Insel Deschire mündete, am Straßenrand. Er schwenkte eine kleine Taschenlampe. Selbst in der Dunkelheit war er in seinem gestärkten weißen Royal-Navy-Hemd leicht auszumachen.

»Guten Abend, Commander«, sagte Powell.

Wallingford schwang sich auf das Trittbrett und beugte sich in das Fahrerhaus. »Haben Sie alles?«

»Lief alles glatt, Sir.«

»Die Maschinengewehre?«
»Wir haben ihn mit Schnaps bezahlt, und er war quietschvergnügt.«
»Und kein Ärger auf der Straße?«
»Wir haben Ihrem zahmen MP-Sergeant das Geld gegeben, und er hat die Stempel und den anderen Kram erledigt. Auf der Straße wurden Stichproben gemacht, aber die Rotmützen schienen mit den Papieren zufrieden zu sein.«
»Haben Sie Ihre Revolver dabei?«
»Wetten«, sagte Mogg. Powell nickte.
»Laden und umschnallen. Ich gehe unbewaffnet hinein. Ich glaube nicht, daß dieser Kunde unangenehm wird, aber man kann nie wissen.«
»In Ordnung.«
»Und behalten Sie seinen Diener im Auge. Der ist viel zu höflich, als daß er echt sein könnte.« Die beiden Soldaten sagten nichts. Wallingford war oft derart nervös, wenn ein heikles Geschäft bevorstand. Sie warteten, und Wallingford lächelte und sagte: »Okay. Fahren Sie weiter, Sandy. Sie wissen, wo die Hausboote sind. Die Straße geht in einen Lehmpfad über, aber der Boden ist fest. Sie kommen gut durch. Ich gehe voraus und zeige Ihnen, wohin wir wollen. Parken Sie den Laster unter den Bäumen in der Nähe der Anlegestellen. Und bringen Sie dann die drei italienischen Gewehre auf das Boot. Haben Sie einen Wagenheber, ein Bajonett oder sonstwas zum Aufstemmen der Kisten?«
»Klar«, sagte Powell.
»Ja, Sir«, verbesserte ihn Wallingford. »Ich will vor dem Kerl eine Schau abziehen. Wenn er diese Spaghettigewehre kauft, kriegen Sie einen kleinen Bonus.«
»In Ordnung, Sir. Danke, Sir«, sagten beide Soldaten.
»Und reißen Sie sich zusammen. Machen Sie die Knöpfe zu und versuchen Sie, wie richtige Soldaten auszusehen. Wenn er Sie an Bord einlädt, lassen Sie die Finger vom Schnaps, ganz gleich, was er Ihnen anbietet. Sie brauchen einen klaren Verstand.« Er sprang ab und ging weg.
»Wer ist denn dieses Arschloch, wegen dem er so nervös ist?« fragte Mogg, als Wallingford ein Stück weg und außer Hörweite war.
»Ein Waffensammler«, sagte Powell. »Ein Museumstyp, sagt Wally.«
Mogg lachte verächtlich. »Der und sein verdammtes Seemannsgarn.

Was ihm wohl als nächstes einfällt? Auf einem von diesen verdammten Hausbooten? Ein Typ vom Museum? Scheiße, das ist wirklich der Gipfel.« Er lachte wieder, ohne allzuviel Energie darauf zu verschwenden.

❖

»Und was ist in der anderen Kiste?« fragte Solomon. Er ließ sich mit einem zufriedenen Seufzer auf das chintzbezogene Sofa fallen. Er machte liebend gern Geschäfte und hatte es nie eilig, den Handel abzuschließen. Lieutenant Wallingford, ausgezeichnet mit dem Kriegsverdienstorden der Freiwilligenreserve der Royal Navy, saß entspannt und lächelnd bequem zurückgelehnt im besten Sessel und war es gleichermaßen zufrieden, sich Zeit zu lassen. Nur die beiden Soldaten auf dem Oberdeck warteten ungeduldig darauf, daß das Geschäft dieses Abends abgeschlossen wurde.

Der Salon der *Goldstadt* war billig und überladen in einem Stilmischmasch eingerichtet, von dem Wallingford sagte, er sei wie das Landhaus einer Revuetänzerin. Die Vorhänge waren zugezogen, und durch die schweren Lampenschirme fiel goldenes Licht. Wallingford musterte Solomon mit dem neutralen Interesse, das ein Patient für jemanden aufbringt, mit dem er im Wartezimmer eines Zahnarztes sitzt. Und wie zwei Patienten in einem Wartezimmer die Aussicht auf Schmerzen gemeinsam haben, hatten die beiden Männer gemeinsam, daß sie es nicht eilig hatten, zur Sache zu kommen. »Die andere Kiste?« sagte Wallingford mit großen Augen und hochnäsig, als sähe er sie zum ersten Mal. »Ach, die. Die hätten sie gar nicht hereinbringen sollen«, sagte er. »Das interessiert Sie bestimmt nicht. Da ist etwas für mich drin.«

Solomon sah ihn an: diesen bleichen Engländer mit dem langen welligen Haar. Er sieht wie eine Frau aus, dachte Masri. Wie er die Engländer haßte. Er versuchte, sich darüber klarzuwerden, ob es zu Wallingfords geschickter Verkaufstaktik gehörte, daß er die dritte Kiste so beiläufig abtat. Er beschloß, die Kiste zu ignorieren. »Wir haben noch nicht über Zahlen gesprochen«, sagte Solomon. »Wie viele solche Stücke gibt es?«

»Ein ganzes Lagerhaus ist voll mit dem Zeug. Letztes Jahr beim großen Vormarsch erbeutet. Die Deutschen haben sich nicht die Mühe gemacht, Bestände aus italienischen Waffenlagern zu retten.« Er brach unvermittelt ab und trank einen Schluck. Er hätte fast hinzugefügt, das mangelnde Interesse der Deutschen rühre daher, daß ihre Standardwaffen andere Kaliber hatten, aber er wollte nicht von Komplikationen, den Mängeln italienischer Munition, anfangen. »Wir sprechen über Hunderte«, fügte Wallingford hinzu.

»Sehr gut«, sagte Solomon, »dann kommen wir auf das Modello 37 zurück.« Zwei Breda-Maschinengewehre waren auf dem Salonboden des Hausboots aufgebaut worden. Sie wirkten auf absurde Weise groß, ließen den Couchtisch und das Sofa winzig erscheinen. »Beide sind nicht neu«, sagte Solomon und strich über den Lauf des Modello 37, das wegen der schweren dreibeinigen Lafette, auf der es stand, höher aufragte.

»Direkt aus der Fabrik«, insistierte Wallingford. Das hatten sie schon einmal durchgekaut. »Jedes Gewehr wird von der Armee getestet, ehe es verpackt und verschickt wird. Von den Probeschüssen abgesehen, sind sie neu, nagelneu. Ich habe die Begleitpapiere; jedes Gewehr ist numeriert.« Wallingford trank noch einen Schluck Whisky. »Es ist ein schönes Gewehr. Deshalb haben die Italiener ihre Panzer und Flugzeuge damit ausgerüstet. Mündungsgeschwindigkeit: achthundert Meter pro Sekunde.«

»Ja, besser als das andere Stück Schrott«, sagte Solomon und deutete auf das zweite Maschinengewehr: ein Breda Modello 30.

»Das hängt ganz davon ab, was Sie wollen«, sagte Wallingford ruhig. »Das Modello 30 gibt fünfhundert Schuß pro Minute ab und ist nur halb so schwer.«

»Und hat nur die halbe Reichweite und nur 6,5 Millimeter«, sagte Solomon. Aber er griff danach und musterte es. »6,5 hat nicht genug Durchschlagskraft.«

»Dafür fällt der Schütze weniger auf«, sagte Wallingford. »Das ist der Vorteil des Zweibeins: er kann im Liegen schießen. Außerdem ist es nicht zu schwer. In Abessinien haben die Italiener sogar aus der Hüfte damit geschossen.«

»Und in Abessinien ist der Staub ins Öl geraten und hat die Gewehre

blitzschnell verschlissen«, sagte Solomon. »Und es gab Probleme mit der Vibration und der Streuung gezielter Schüsse.«
Wallingford lächelte.
Solomon sagte: »Ich zeige Ihnen eine Kopie des offiziellen italienischen Berichts, der 1936 nach Rom geschickt wurde. Können Sie Italienisch lesen?«
Was ist das doch für ein ernsthafter Kerl, dachte Wallingford. Er war nicht wie ein Araber und nicht wie ein Europäer. Diese palästinensischen Juden waren nüchterne Menschen. »Machen Sie sich damit keine Mühe«, sagte Wallingford. »Mir steht der Papierkram bis hier.« Er berührte mit der Handkante seine Stirn. »Geben Sie mir noch einen Schuß von diesem Fusel. Einheimisch?«
Wider Willen mußte Solomon über Wallingfords Unverschämtheit grinsen. »Es ist der beste Scotch, der in dieser Stadt zu haben ist, und Sie wissen es.« Er holte die Flasche aus dem Schrank und stellte sie auf den Beistelltisch, neben dem Wallingford saß. Dann setzte er sich, aber dieses Mal auf das Ende des Sofas, seinem Gast näher. Es war eine Geste, die Solomons Ungeduld zeigte, und ihre Bedeutung entging Wallingford nicht.
Solomon wollte raffiniert sein. Er war entschlossen gewesen, Wallingford nicht darum zu bitten, daß er die dritte Kiste öffnete. Es war der älteste Trick der Welt, mit etwas anzukommen, von dem man behauptete, man wolle es nicht verkaufen. Und doch hatte er das Gefühl, Wallingford sei zum Bluffen ebenso entschlossen wie er.
»Beide Waffen taugen nichts für meinen Zweck«, sagte Solomon nach einem langen Schweigen.
Wallingford zuckte die Achseln. »Ich weiß nicht, für welchen Zweck Sie sie brauchen.« Er goß sich reichlich Whisky ein. »Haben Sie Eis?«
Solomon rief: »Jusef! Eis! Und ein kaltes Bier.«
Der Diener brachte Eis in einem Glaskübel und ein helles Bier in einem schönen, geschliffenen Glas. Er blieb gelassen, aber es überraschte ihn, daß Solomon von seinen Grundsätzen abwich. Er trank selten Alkohol und hatte bei Verhandlungen noch nie welchen angerührt.
»Gut. Sehen wir uns das andere an«, sagte Solomon.
»Das ist nicht –«
»Zeigen Sie es mir!«

Wallingford stemmte sich auf die Beine, ging durch den Raum und bückte sich, um die dritte Kiste zu öffnen. Man mußte die schön gearbeiteten Kisten, in denen die Italiener ihre Waffen verschickten, einfach bewundern. Er machte den Deckel auf, griff in das Sägemehl und brachte stolz eine kleinere Waffe zum Vorschein, mit poliertem Holzkolben und Luftlöchern im Metallgehäuse des Laufs.

»Eine Beretta 38!« sagte Solomon. »Das habe ich doch gewußt, Sie Mistkerl.« Er gluckste mehr befriedigt als erheitert und konnte den Blick nicht von der Waffe wenden. Er streckte beide Hände danach aus. Wallingford reichte ihm die Waffe nicht. Er sah auf sie hinunter. Mogg und Powell hatten es genauso gemacht, wie er es gewollt hatte. Gute Jungs. Er hatte verlangt, diese Waffe solle etwas neuer und sauberer sein als die beiden anderen. Sie glänzte wie ein Juwel. Es war eine wunderschöne Waffe. Er gab sie Solomon. »Werfen Sie einen Blick darauf.« Die Beretta war ganz anders als die beiden Maschinengewehre, die sitzend oder liegend abgeschossen wurden. Sie war eine Maschinenpistole, mit der man aus dem Stand feuern konnte. Solomon war ein Waffenliebhaber: er hielt die Beretta wie eine Mutter ein neugeborenes Kind. Er versuchte nicht länger, seine Leidenschaft zu verbergen. »Das ist ein Entwurf von Tullio Marengoni«, sagte Solomon.

Wallingford nickte, obwohl er noch nie etwas von Tullio Marengoni gehört hatte.

»Das ist eine handgefertigte Waffe. Sehen Sie sich die Automatik an. Sehen Sie sich den Holzkolben an. Sie ist schön. Wunderschön.«

»Neun Millimeter«, sagte Wallingford. »Und ich liefere sie, wohin Sie wollen.«

»Nach Palästina?«

»Wohin Sie wollen.«

»Könnten Sie mir fünfhundert davon besorgen?«

»Aber natürlich. Mehr.«

Solomon lächelte. *»Hallet-el baraka. Hallet el-baraka.«* Möge wahrer Segen darauf ruhen.

Wallingfords kosmopolitische Aktivitäten hatten ihn gut auf solche arabischen Höflichkeiten vorbereitet. *»Mabrouk aleik.«* Möge Segen auf *Ihnen* ruhen! sagte er.

9

Ich mag sie. Ich glaube, die beiden sind die nettesten Leute, die im Magnifico wohnen«, sagte Alice Stanhope. »Ich hoffe, sie kommen bald.« Sie sah auf die Uhr. Dann sah sie den Mann an, den sie als Bert Cutler kannte, und lächelte. Es war ein herrliches Lächeln, ein schüchternes, verträumtes Lächeln, das eine verliebte Frau dem angebetenen Mann vorbehält. War es möglich, daß sie in einen Mann verliebt war, den sie eben erst kennengelernt hatte? Die Antwort lautete ja.
Das Lächeln schien an ihn verschwendet zu sein, als er das Sieb benutzte und sorgfältig Tee für sie beide eingoß. Ross war immer noch als Corporal unterwegs. Er hatte sich die kurze Warmwetterperiode zunutze gemacht, um ohne Jacke auszugehen, in seinem Khakihemd mit den Corporalstreifen. Sie saßen im Garten hinter Aschrafs Garten, einem Tearoom in der Scharia Ibrahim Pascha, gegenüber vom Eingang zum Esbekija-Garten. Der Tearoom war voll, das war er um diese Tageszeit immer. Die vielen Bürogebäude, die von der britischen Armee benutzt wurden, waren während der Nachmittagshitze geschlossen. Alle fanden einen Platz zum Dösen bis zur Teestunde, und dann suchten sie nach kühleren Orten wie dem Lokal hier, wo man heißen englischen Tee mit Milch trinken und Kuchen essen konnte. Die Leute, von denen Alice sagte, sie möge sie, waren Sajed und Seinab el-Schasli, die beiden jungen Ägypter. »Warum sollten sie auch anders sein«, sagte Ross bissig. »Sie sind reich, jung und schön.«
»Ich weiß, Sie sind mein Vorgesetzter«, sagte Alice bescheiden. »Aber es gibt so vieles, was Sie über Ägypten nicht verstehen . . . darüber, wie Ägypten nun einmal ist.«
»Dann klären Sie mich auf.« Er goß Milch in ihren Tee. Er hatte sie nicht gefragt, ob sie Milch wolle; das war nicht sein Stil.

Sie hätte den Tee lieber mit Zitrone gehabt, nahm ihn aber dankbar von ihm entgegen. »Die Schaslis gehören zur Mittelschicht. Die meisten Ägypter sind arme Fellachen, die sich für einen Hungerlohn auf den Feldern plagen. Einem reichen Ägypter können um die hundert Feddans fruchtbares Land gehören –«

»Feddan?«

»Etwas mehr als vierzig Ar. Ein Ägypter mit hundert Feddans hat dicke Autos, macht Ferien an der französischen Riviera und hat Dutzende von Dienstboten. Seine Kinder werden von englischen Kindermädchen und französischen Gouvernanten erzogen, damit sie fließend Französisch und Englisch sprechen. Manchen Familien hier gehören tausend Feddans fruchtbares Land, was ihnen unerhörte Reichtümer einbringt. Aber die Schaslis sind keine solche Familie. Der Vater war nur Offizier bei der Armee – gesellschaftlich bedeutet das nicht viel. Sie stammen vermutlich von einem Mittelschichthändler ab, der sich aus der Gosse hochgearbeitet hat. Sie sind keine Bauern. Daß sie Englisch und Französisch sprechen zeigt, wie sehr sie sich angestrengt haben, nicht, daß sie entsprechende Kindermädchen hatten. Aber Leute wie die Schaslis würden niemals in den Häusern der reichen Ägypter empfangen werden. Niemals!«

»Ich verstehe«, sagte er. Hätte er Alice nur mitnehmen können. Sie stach jede Frau völlig aus, der er je begegnet war. Sie war schön und doch schüchtern. Sie war unendlich zurückhaltend und wußte doch so viel. Was für ein übler Streich des Schicksals, daß er sie zu einem solchen Zeitpunkt kennengelernt hatte.

»Sie haben kein leichtes Leben«, sagte Alice. »Der Krieg hat sie isoliert.«

»Isoliert?«

»Vor dem Krieg haben sich solche Ägypter an die Rockschöße der Briten geklammert. Jetzt merken sie, daß das, was für Großbritannien gut ist, nicht unbedingt gut für Ägypten sein muß. Reiche Ägypter brauchen sich keine Sorgen zu machen, sie können ins Ausland reisen und machen, was sie wollen. Aber Leute wie die Schaslis sind besorgt und verwirrt.«

»Warum?«

»Weil sie diesen Krieg nicht begreifen. Einerseits machen ihnen die

Kriegsparolen Sorgen und die Ansprüche der Briten, anderseits das Schimpfen und Toben der vielen verschiedenen ägyptischen Nationalisten.«

»Sie treffen sich oft mit den Schaslis?«

»Ich spreche gern mit ihnen. Ich versuche, mein Arabisch aufzupolieren, und sie haben eine Engelsgeduld.«

»Schön, Alice, Sie haben sich die Bestnote verdient. Ihre Vermutungen über die Schaslis passen zu dem, was Marker aus den Akten ausgegraben hat. Der Vater ist ein bestens bekannter Agitator gegen die Briten.«

»Es fällt mir schwer, das zu glauben. Sie sind beide so höflich und so sanft.«

»Vielleicht ist Agitator nicht das richtige Wort. Er schreibt in den Zeitungen und Zeitschriften Schmähreden, in denen steht: Raus mit den Briten!«

Alice lächelte ihn an. »Oh, das machen sie doch alle, Bert. Als Ägypterin würde ich vermutlich auch solche Artikel schreiben.«

»Das glaube ich gern«, sagte er überzeugt. Er hatte erlebt, wie entschieden ihre Ansichten waren. In etlichen Punkten, zum Beispiel, was die britische Monarchie anlangte, war sie von unnachgiebiger Loyalität. Für Ägyptens König Faruk empfand sie nur Verachtung. Den Ägyptern galt ihr besonderes Mitgefühl und ihre Zuneigung. Es fiel ihm nicht schwer, sich vorzustellen, daß sie als ägyptische Nationalistin wiedergeboren würde. »Sind die beiden praktizierende Moslems?«

»Jedenfalls sind sie keine Christen. Aber sie machen Kompromisse, wie das alle Moslems in ihrem Alter und aus ihrer Schicht machen müssen.«

»Zum Beispiel?«

»Ich denke mir, sie beten morgens und abends. Sie behält in den Vorlesungen das Kopftuch auf. Er geht vermutlich freitags in die Moschee und ißt in der Mensa keine Würstchen.« Sie lächelte wieder. Alle Ausländer waren sich einig, es sei Selbstmord, ägyptische Wurst zu essen, in welcher Form auch immer.

»Manchmal können Sie ganz schön zynisch sein, Alice.«

»Das war nicht meine Absicht«, sagte sie mit echtem Bedauern. »Ich frage mich, wie ich mit einer solchen Situation zurechtkäme. Es ist so

gut wie unmöglich, zur ägyptischen Mittelschicht zu gehören und zugleich ein frommer Moslem zu sein.«
»Und er spielt jede Woche Bridge mit unserem falschen Fürsten? Ist er ein guter Bridgespieler? Spielen sie um Geld?«
»Kein besonders guter Spieler: durchschnitt. Aber man braucht nicht gut zu sein, um Fürst Pjotr zu schlagen. Sie spielen um winzige Einsätze: fünf Piaster, nichts.«
»Fünf Piaster sind ein Tageslohn für einheimische Arbeiter im Dienst der Armee.«
Alice überhörte den Rüffel. »Ist er denn ein falscher Fürst? Oder ein falscher Russe? Vor der Revolution gab es etwa zwei Millionen Russen mit Adelstiteln. Er wirkt echt und verkehrt in den besten Kreisen. Ich habe mich bei Mummy über ihn erkundigt. Mummy sagt, er stammt aus einer vornehmen alten zaristischen Familie und lebt seit einer Ewigkeit hier.«
»Ihre Mutter? Ich hoffe –«
»Beruhigen Sie sich, Bert. Ich erzähle Mummy nie etwas, was Ihnen Ärger machen könnte.«
Er sah sie an. Er hätte ihre Mutter gern kennengelernt. Es hieß, sie sei ein typisches Mitglied der spießigen englischen Gemeinde in Ägypten. In ihrer Wohnung am Meer in Alexandria sei sie umgeben von unschätzbaren Antiquitäten und orientalischem Kunsthandwerk, Dinge, an die einflußreiche Leute wie ihr Mann früher so leicht herangekommen waren. Von dort aus halte sie Kontakt mit ihren Freunden, tausche Klatsch mit ihnen aus, lasse ihren Einfluß spielen und gebe gute Ratschläge, wo keinerlei Ratschlag nötig sei. Er konnte sich nicht vorstellen, daß Alice je so wurde. Er sagte: »Sind die beiden wirklich Geschwister?«
Sie lachte. »Wie mißtrauisch Sie sind, Bert.« Sie fragte sich, ob dieser Mann je merken werde, wie verliebt sie in ihn war. Alle, die sie in den letzten Tagen mit ihm gesehen hatten, schienen es erraten zu haben. Ganz gleich, wieviel Mühe sie sich gab. Alice konnte es vor niemandem geheimhalten, außer vor ihm. Er ließ sich nicht anmerken, ob er sie zur Kenntnis nahm, wenn sie in seiner Nähe war, oder ob sie ihm fehlte, wenn sie nicht da war. Verriet ihre Stimme sie? Vielleicht waren die plötzlichen Bitten ihrer Mutter, Alice solle nach Alexandria zurück-

kommen und wieder bei ihr wohnen, ein Zeichen dafür, daß Mummy es auch erraten hatte. »Ja, sie sind Geschwister. Wollen Sie sich die beiden deshalb gründlicher ansehen?«
»Er macht mich neugierig ... ehrlich gesagt, beide machen mich neugierig. An der amerikanischen Universität gibt es verdammt merkwürdige Studenten.«
»Eine bunte Mischung«, sagte Alice. »So soll eine Universität doch sein, oder?«
Er trank einen Schluck Tee. »Haben Sie gesagt, daß Captain Darymple in Gray Pillars arbeitet?« So wurde das Hauptquartier Naher Osten genannt.
»Nicht mehr lange. Er erzählt aller Welt, daß er von einer dieser Nacht-und-Nebel-Truppen ausgewählt worden ist. Er wird bald aufbrechen.«
»Ich habe gedacht, er ist dienstunfähig.«
Sie sah ihn an, fragte sich, ob er das Gefühl habe, er solle bei der kämpfenden Truppe sein, statt in Kairo am Schreibtisch zu sitzen. Nichts in seinem Gesicht gab ihr Aufschluß darüber. »Beim Vormarsch im letzten Jahr haben Darymple und zwei seiner Kameraden Wasser aus einem vergifteten Brunnen getrunken. Einer wäre fast gestorben. Darymple hatte chronische Ruhr. Jetzt ist er mehr oder weniger geheilt und hofft, als voll tauglich eingestuft zu werden.«
»Das deutsche Gift kann nicht viel getaugt haben«, sagte er.
»Wie schrecklich, so etwas zu sagen, Bert.« Trotzdem grinste sie. »Die Verwendung von Gift ist gegen die Genfer Konvention, glaube ich jedenfalls. Sie machen das Wasser nur ungenießbar.«
»Und Darymple hat es überlebt. Gut für ihn«, sagte er emotionslos. Er sah sie an, versuchte, aus der Sorge schlau zu werden, die er in ihrem Gesicht sah. Sie war eine komplizierte Frau. »Pst! Was ist das?« Über das Stimmengewirr im Tearoom hinweg hörten sie die Rufe einer Menge, einer großen Menge. Es war nicht der Lärm von Studenten, die Ärger machen wollten, es klang anders. Die Laute waren tief und fast musikalisch wie das Dröhnen einer Dampflokomotive.
»Die Protestkundgebungen werden immer größer«, sagte Alice. »Können Sie hören, was sie rufen?«
»Vermutlich dasselbe wie gestern: ›Heil Rommel! Wir sind Rommels Soldaten! Briten raus!‹«

»Klingt, als kämen sie die Scharia Ibrahim Pascha entlang«, sagte sie und legte den Kopf schief, um den Lärm auszumachen. Die Leute im Garten – überwiegend Briten – waren still geworden. Er hatte einen Tisch in einem Raum unmittelbar vor dem Garten ausgesucht. Hier war es dunkel und kühl, aber sie sahen alles: die Sonnenschirme, die runde Schatten warfen, und die Teetrinker, deren Silhouetten sich gegen den von der Sonne ausgebleichten Garten und die leuchtend grüne Vegetation abzeichneten. »Es klingt nach einer riesigen Menge.«

Die Rufe wurden lauter und gezielter, als es bei solchen Demonstrationen üblich war. Die harmlosen Proteste Anfang 1941 hatten sich verschärft, seit Rommel und seine Panzerarmee nach Afrika gekommen waren und Sieg um Sieg errungen hatten. Als die Baumwollpreise sprunghaft anstiegen, pflanzten viele Landbesitzer Baumwolle an, was den Brotpreis ständig in die Höhe trieb. Dadurch hatte die Unzufriedenheit eine neue Dimension bekommen. König Faruks Regierung war offen prodeutsch, und jetzt, wo Rommel näherkam, waren die ägyptischen Protestkundgebungen organisiert, bitter und entschlossen.

Die wütende Menge war jetzt in der Nähe. Aschrafs Tearoom war ein beliebter Treffpunkt der Briten, und der Pöbel wußte das. Die Gartenmauer verbarg zwar die Straße, aber die Demonstranten schrien, damit sie gehört wurden. »Ich sorge dafür, daß Ihnen nichts passiert, Alice«, versprach er leise. »Sie sind nicht in Gefahr. Machen Sie sich keine Sorgen.« Ihr Blick ging zu ihm. Lag in diesen Worten eine Spur Zuneigung?

Noch während er das sagte, kam es zum Tumult am Eingang vom Teegarten. Beleidigungen wurden gebrüllt, dann kam ein giftiger Wortwechsel, der bald zu einer Schlägerei ausartete, als sich Demonstranten am Portier vorbeidrängten. Inmitten der Teetrinker entwickelte sich ein Handgemenge, und die Rufe im Eingang wurden zu einem zornigen Gebrüll. Nachdem sie den Portier und die Kellner abgeschüttelt hatten, bahnten sich zwei besonders gewalttätige Männer den Weg zu dem kleinen verzierten Brunnen in der Mitte des Gartens und kletterten darauf. Ein Kellner lehnte an der Wand und umklammerte seinen Bauch. Zwei weitere Gestalten – knochige Teenager – stolperten durch

den Eingang, richteten sich auf und schauten sich um. Sie hatten weitaufgerissene Augen und schwitzten, trugen zerfetzte alte Kurzarmhemden und zerknitterte Khakihosen. Einen Augenblick lang standen sie nur da, überrascht darüber, wie leicht es gewesen war, in dieses verbotene britische Heiligtum einzudringen. Einen Augenblick lang starrten sie die Gäste nur an. Dann brüllten sie Parolen, auf arabisch. Nur wenige der Briten verstanden alles, aber bei *Bissama Allah, fi alard Hitler* schüttelten etliche die Köpfe. Diese Parole - im Himmel Allah, auf Erden Hitler - war zum Schlachtruf der militanten Nationalisten und Revolutionäre geworden. Die Eindringlinge warteten nicht, bis sie hinausgeworfen wurden. Sie warfen unzählige Flugblätter in die Luft und liefen mit lautem Triumphgeheul durch das Tor hinaus. Schadenfroher Jubel begrüßte sie, als sie auf die Straße entkamen. Vielleicht wären weitere Eindringlinge hereingekommen, aber in diesem Augenblick waren Pferde zu hören: die berittene Polizei rückte an, um die Straße zu räumen. Ein tiefes, verängstigtes Geheul, dann die schrillen Schreie bei der Flucht in einem wütenden Gedrängel. Die Pferde trabten vorbei, weitere folgten. In der Ferne gingen die Rufe weiter, während die Menge sich der Straße zum Palast näherte.
Niemand sagte etwas. Die Briten waren betäubt von dem Zwischenfall. Die Schnelligkeit, mit der er sich abgespielt hatte, war schockierend. Wer zum Teetrinken hierherkam, wollte vor allem eine Weile vergessen, daß ringsherum Millionen schmutziger, kranker Ägypter waren. Jetzt fühlten sich die Teetrinker bedroht: schlimmer, sie fühlten sich verletzlich.
Die ägyptischen Kellner wußten, was zu tun war. Einer sammelte schnell die antibritischen Flugblätter ein, während andere mit frisch aufgebrühtem Tee aus der Küche eilten. Ihr breites Lächeln und ihre fröhliche Dienstbeflissenheit wirkten beruhigend, und allmählich wurde die Atmosphäre fast wieder normal. Alice sah Ross an und lächelte. Er lächelte nicht zurück.
»So! Ich ertappe zwei Verschwörer! Sitzen im Schatten!« sagte eine Frauenstimme hinter ihnen. »Worum geht es denn heute, Waffenschmuggel oder Haschisch?«
Sie sahen mit großen Augen auf, fragten sich, was von ihrem Gespräch mitgehört worden war. Es war Peggy West.

»Hallo, Peggy«, sagte Alice. Jimmy Ross stand auf. Peggy sah mitgenommen aus. Ihr blauer Strohhut war verbeult und ihr Gesicht rot angelaufen.
»Ich will kein Tête-à-tête stören«, sagte sie atemlos. Trotz dieser Erklärung wirkte sie sehr erregt. Sie stellte ihre Einkäufe ab und blieb stehen, bis Ross sie einlud, sich zu ihnen zu setzen.
Peggy setzte sich und schlug die Speisekarte auf. Ihre Hände zitterten. Sie schob die Speisekarte weg, ohne hineinzuschauen. »Es kommen noch Tausende die Ibrahim Pascha entlang«, sagte sie. »Vermutlich wollen sie sich alle wieder auf dem Abdinplatz versammeln.« Peggy kannte wie alle Stammgäste Aschrafs Speisekarte auswendig. »Damit legen sie die Straßenbahnlinie siebzehn lahm, und nach Deschire oder in die Gartenstadt gibt es keine andere Straßenbahnverbindung.« Sie lächelte, weil das die Ziele waren, zu denen die Briten wollten. Diese Linie fiel immer als erste aus; manche Leute sagten, das werde nur gemacht, um die Briten zu bestrafen.
»Fehlt Ihnen auch nichts, Peggy?« fragte Alice und wußte nicht, ob sie eine Bemerkung über Peggys offensichtliche Verstörung machen sollte. Seit sie Peggy in ihrer unangefochtenen Autorität im Lazarett erlebt hatte, sah Alice zu ihr auf wie zu einer Mentorin und zu einer Art Ersatz für die große Schwester, die Alice nie gehabt hatte. Das hier war eine neue Seite an Peggy. Wer hätte vermutet, daß sie sich über einen Straßenaufmarsch so aufregen konnte?
»Mir tun nur die Füße weh, und ich bin müde«, sagte Peggy mit einem Lächeln. Sie war mitten in die antibritische Menge geraten. Ihre Fröhlichkeit sollte ihre Verstörung überspielen. Zum erstenmal in Kairo, hatte sie Angst vor dem Mob gehabt. Ein Mann hatte sie angespuckt, sein Gesicht würde sie nie vergessen: zerfurcht vom Alter, geschwächt von der Sonne und verzerrt von boshaftem Haß. Nur das Einschreiten eines berittenen Kairoer Polizisten, der ihre Notlage gesehen hatte und in vollem Galopp in die Menge geritten war, den Schlagstock schwenkend, hatte sie davor bewahrt, daß sie verletzt wurde. Jetzt verstand sie etliche der Greuelgeschichten, die sie über die Krawalle von früher gehört hatte. Sie mußte mit ihresgleichen zusammensein. Sie brauchte Trost. Sie brauchte eine Tasse Tee. Aber sie sagte nichts davon. Sie zwang sich zu einem Lächeln. »Ich konnte einfach keinen Schritt mehr

laufen, und ich werde zu alt für das Gedrängel um die Straßenbahnen am späten Nachmittag.«

»Essen Sie ein Eis«, sagte Alice, um Peggy zu zeigen, daß sie wirklich willkommen war. »Das mit dem Kaffeegeschmack ist köstlich.«

Peggy schüttelte den Kopf. »Nur Tee, bitte.« Ross gab dem Kellner ein Zeichen, der Peggys Bestellung gehört hatte. »Was wird der König unternehmen, Corporal Cutler? Er steckt in der Klemme, nicht wahr?«

»Es geht nicht, daß irgendein prodeutscher Typ die Regierung übernimmt«, sagte er. Es war kein Thema, das er gern im Detail erörtern wollte.

»Wir warten auf Sajed und Seinab«, erklärte Alice. »An der amerikanischen Universität ist heute ein freier Tag. Sie haben gesagt, sie trinken Tee mit uns, aber sie haben sich verspätet. Vielleicht hat die Demonstration sie aufgehalten. Bert muß bald weg. In seinem Büro ist die Siesta kurz.«

»Was für ein Jammer«, sagte Peggy.

»Sonst bekommt er von seinem Sergeant einen Tritt in den Hintern«, sagte Alice und grinste über ihren heimlichen Scherz. Er lächelte wehmütig, winkte dem Kellner und bestellte Kuchen. Es war besser, ihn jetzt zu bestellen, ehe ihre Gäste kamen. Wegen der Mehlknappheit verschwand der beste Kuchen schnell.

»So ungezogen sind sie nun einmal, die Schaslis. Ich meine, sie kommen immer zu spät«, erklärte Peggy. »Die Ägypter haben kein Zeitgefühl. Mein Mann hat immer gesagt, ihre Uhren sind aus Gummi.« Sie lachte traurig.

»Wie lange wohnen Sie schon im Magnifico?« fragte er.

»Ich könnte Ihnen ein paar Geschichten über das Hotel erzählen«, sagte Peggy. Aber sie schien es sich anders zu überlegen, als sie sich im Tearoom umschaute. »Es muß ewig her sein, seit ich zum letzten Mal hier war«, sagte sie. »Letztes Jahr – als Griechenland vor die Hunde ging – wurde es ein Treffpunkt für hochgestellte Griechen. Eines Tages habe ich hier die Geliebte von König Georg gesehen. Sie sah jämmerlich aus, die Arme. Sie ist Engländerin, wissen Sie. Ich wäre fast hinübergegangen und hätte mit ihr gesprochen, aber im letzten Augenblick hat mich der Mut verlassen. An einem anderen Tisch saß die halbe griechische Regierung, eine unhöfliche, laute Clique, und hat die arme Frau betont übersehen. Um Ihnen die Wahrheit zu sagen, von denen halte ich nicht viel. Davor war das Lokal ein Treffpunkt der Polen. Ich frage mich, wer als nächstes kommt.« Als ihr klar wurde, das könne klingen, als denke sie, es könne ein Treffpunkt für Rommels siegreiche Deutsche werden, lächelte sie nervös und schaute in den Garten, musterte die Blumen und die Kletterpflanzen an den Wänden.

Jetzt, wo sie mit Leuten zusammen war, die sie kannte, fühlte Peggy sich besser. Die Vertrautheit tröstete sie. Sie spielte mit dem Gewürzständer, sah wieder auf die Speisekarte, bekannt wegen ihrer verblüffenden Grammatik und der Schreibfehler, und auf den Messingkrug mit Blumen, die in der Tageshitze verwelkt waren. Jetzt war es Nachmittag. Wenn die Siesta zu Ende ging und die Stadt kühler wurde, gingen die Leute in ihre Büros zurück, während andere in die Cafés und Tearooms gingen. Aschrafs Tearoom galt als eine Art Privatclub für die wenigen verbliebenen britischen Zivilisten. Der Haupteingang war schmal und trist, und die arabischen Schilder schreckten die Scharen von Männern ab, die auf dem Weg zum Tipperary Club ein paar Häuser weiter daran vorbeikamen.

»Ich habe mich noch gar nicht richtig bei Ihnen bedankt«, sagte Alice zu ihr. »Für alles: das Zimmer und die Stelle im Lazarett.«

»Ihnen das Zimmer zu besorgen war nicht so einfach. Aber ich wußte, daß Hochleitner sich die Gelegenheit im Lazarett nicht entgehen läßt. Er ist schon vor dem Krieg in Pension gegangen und ist unser bester Chirurg. Er muß über siebzig sein, aber die Armee hat ein Auge zugedrückt.«

»Alle sind sehr freundlich«, sagte Alice.

Peggy lächelte und fragte sich, ob Alice wußte, welche Abneigung Blanche und Jeannie MacGregor gegen sie hegten. »Wir haben zwei wirklich gute Sekretärinnen verloren, als die Armee die Ehefrauen weggeschickt hat. Natürlich wollten sie nicht weg. Eine hat dem Oberbefehlshaber ein wütendes Telegramm geschickt. Es hat ihr wenig genützt. Sie war erst ein halbes Jahr verheiratet. Die eigene Frau hat der Oberbefehlshaber natürlich nicht weggeschickt. Alle haben sich darüber geärgert.«

Der Tee kam mit einem Teller Kuchen. Lauter Lieblingsgebäck der Engländer: Obstkuchen mit Zuckerguß und Marzipan – zweifellos von

Weihnachten übriggeblieben –, Kümmelkuchen, Biskuitrolle, Brautjungfern, Sahneéclairs und Rosinenhäufchen. Peggy nahm die Kanne und schenkte Tee ein, sagte, wie gut er rieche. Sie war eine hübsche Frau, um nicht zu sagen schön, wußte alles zu schätzen, was sie gern mochte, und war dann auch begeisterungsfähig. Und sie genoß es, aus dem Einschenken von Tee eine Zeremonie zu machen. »Wieviel Stück Zucker?«

Alice nutzte die Gelegenheit, sich die Frauen im Garten anzusehen. Auf den ersten Blick wirkten sie wie die gut angezogenen Frauen, die sie vor dem Krieg in eleganten Tearooms in Paris, Wien oder London gesehen hatte. Aber bei näherer Betrachtung erwiesen sich die Frauen als eine gemischte Gesellschaft: Ägypterinnen, Palästinenserinnen, Koptinnen, Italienerinnen und Griechinnen. Sie waren alle verlockend, gepflegt, Haar und Make-up perfekt. Sie wurden von den Stabsoffizieren und Geschäftsleuten, die hier regelmäßig auf Beute lauerten, gemustert. Es gab überreichlich Männer in dieser Stadt, ungebundene Frauen waren Mangelware. Peggy sprach immer über ihre Ehe, als wäre das eine vergangene, abgeschlossene Angelegenheit. Warum machte sie nicht die Augen auf? Jede attraktive Europäerin in dieser Stadt, die jetzt keinen Mann finden konnte, gab sich einfach keine Mühe. Und Peggy West war sehr attraktiv und außerdem klug.

Alice sah sich nach den Schaslis um. Spiegel an den Wänden der dunklen, leeren Innenräume reflektierten den lebhaften Betrieb im sonnenbeschienenen Garten wie Kinoleinwände.

»Der Tee ist gut hier«, sagte Jimmy Ross, als hätte er das Gefühl, es sei nötig zu erklären, daß er mit Alice hier war. »Und sie kochen die Milch ab.«

Er hatte das kaum gesagt, als Sajed und Seinab el-Schasli hereinkamen und im Garten nach ihnen Ausschau hielten. Einen Augenblick lang verstummten alle Gespräche im Tearoom. Die beiden waren wie Filmstars. Seinab, Anfang Zwanzig, hatte glatte helle Haut, große braune Augen und eine vollkommene Figur, die ihr Kleid aus cremefarbener Seide nicht verbarg. Ihr Bruder Sajed war nicht weniger aufregend. Er hatte breite, gerade Schultern und dunkles, schimmerndes Haar, glatt zurückgekämmt. Seine Haut war eine Nuance dunkler als die seiner Schwester, und er hatte einen kurzen Schnurrbart und ganz

weiße Zähne, die sein Gesicht aufhellten, wenn er lächelte. Der einzige Makel in seinem vollkommenen Gesicht war die leicht dunkler werdende Haut unter den Augen, aber selbst das war wesentlicher Teil seines exotischen Charmes. Er trug ein weißes Hemd mit dunkler Krawatte und dunklen Hosen. Seine goldene Uhr hatte ein Lederarmband – schlecht geeignet für heißes Klima, aber sehr englisch –, und seine teuren Schuhe, sorgfältig poliert und mit korrekt gebundenen Senkeln, waren aus Leder in zwei Farbnuancen.
Sajed eilte voraus und zog einen Stuhl für seine Schwester heran, als wäre sie eine königliche Hoheit. Dann zupfte er an seiner Hose, um sie zu glätten, als er sich setzte. Er erklärte die Verspätung nicht, entschuldigte sie auch nicht. Beide ließen sich auch keine Überraschung darüber anmerken, daß Peggy da war. Sie bestellten bei einem Kellner, der eilig zu ihnen gekommen war und geduldig gewartet hatte, Pfefferminztee. Dann winkten und lächelten sie einen Augenblick lang Leuten zu, die sie kannten.
»Sie haben hier eine Menge Freunde«, sagte Jimmy Ross.
»Bekannte«, sagte Sajed. »Etliche sind Leute, mit denen mein Vater Geschäfte macht.«
»Was für Geschäfte macht Ihr Vater?« fragte Ross ganz beiläufig.
»Er ist Journalist«, sagte Sajed, »aber er beschäftigt sich außerdem mit anderen Dingen.« Er sah Peggy und Alice an. »Heute nicht bei der Arbeit?«
»Ich habe Nachtschicht«, sagte Peggy.
Zu Alice sagte er: »Antworten Sie auf arabisch, Miss Stanhope.«
Alice lächelte. Sie hatte zwei Stunden Sprachunterricht bei den Schaslis hinter sich. Sie hatten große Geduld mit ihrer falschen Aussprache.
»Ihr Arabisch macht Fortschritte«, sagte er zu ihr, »aber Sie brauchen Übung.«
Ihr Tee kam. Er wurde in Gläsern mit versilberten Haltern serviert, und beide waren voller Pfefferminzblätter. Sajed nahm viel Zucker und rührte so heftig um, daß die Pfefferminzblätter Pirouetten drehten. Er beobachtete das mit eindeutigem Vergnügen.
»Wie gefällt Ihnen Kairo, Miss Stanhope?« fragte er mit ernster Förmlichkeit. Er bot den Damen und dann Ross den Kuchen an, der ein Sahneéclair nahm. Peggy fragte sich, warum er solchen Wert auf ein

Lokal legte, in dem die Milch abgekocht wurde, wenn er dann Sahnegebäck aß. Aber sie machte keine Bemerkung darüber.
»Kairo ist herrlich«, erwiderte Alice. »Nach Alexandria wäre das vermutlich so gut wie jeder Ort auf der Welt.«
»Was haben Sie gegen Alex?« sagte Sajed und kürzte den Namen so ab wie die Briten. Das und sein herausfordernder Ton zeigten jugendliche Streitlust.
»Nichts. Aber es ist so langweilig und grau«, sagte Alice. »Die Gebäude, die Straßen, das Meer – so leblos.«
»Ich habe nie dort gelebt«, sagte Peggy, die sich fragte, ob Alice Stanhopes Meinung über Alexandria ein Urteil über das Leben mit ihrer Mutter sei. »Aber wenn ich dort Freunde besucht habe, ist es mir immer wie ein Badeort außerhalb der Saison vorgekommen. Hat Ihre Mutter denn keine Angst vor den Bombenangriffen?«
»Mummy hat vor nichts Angst«, sagte Alice.
»Alex wirkt immer sehr viel angenehmer, wenn es in Kairo heiß wird«, sagte Sajed. »Sind Sie schon einmal im Sommer in Kairo gewesen?«
»Nein, noch nicht«, sagte Alice.
»Den Engländern ist es zu heiß«, sagte er. »Aber wir sind daran gewöhnt.« Er trank einen Schluck Tee und wischte sich behutsam die Lippen ab. Zu Ross sagte er höflich: »Wo stehen denn im Augenblick Rommels Angriffsspitzen?«
Alle am Tisch wandten den Blick Jimmy Ross zu, der unverbindlich sagte: »Wir werden ihn aufhalten. Rommel ist kein Übermensch.«
»Es freut mich, daß Sie das meinen«, sagte Sajed und brachte ein graues, grobes Blatt Papier der billigsten Sorte zum Vorschein, eines der Flugblätter, die von den Eindringlingen verstreut worden waren. »Ich möchte gern Ihre Meinung darüber hören, Corporal Cutler.« Es war eine unbeholfene Zeichnung der umkämpften Fronten. Ein großer roter Pfeil brachte Rommel zum Suezkanal und darüber hinaus. Ein zweiter solcher Pfeil trug die in Südrußland kämpfende deutsche Armee bis zum Kaukasus. Die Spitzen der beiden Pfeile vereinigten sich in der an Ölvorkommen reichen Region oberhalb des Persischen Golfes. Der Graphiker hatte den Treffpunkt der Pfeile als zackige Explosion dargestellt. Ringsherum lagen dutzendweise zu Boden gestreckte, grob gezeichnete britische Soldaten.

Sajed hielt dem anderen Mann das Flugblatt hin. »Ein bißchen überholt«, sagte Ross. »Die deutschen Armeen in Rußland sind zum Stillstand gekommen. Und die Karte der nächsten Woche wird zeigen, daß Rommel nach Tunesien zurückgedrängt worden ist.«
Sajed grinste, als wolle er andeuten, im umgekehrten Fall hätte er gleichermaßen ausweichend geantwortet. «Aber würden Sie als Soldat nicht meinen, Corporal Cutler, falls das hier das strategische Ziel wäre« – er legte die Hand mit der Innenseite nach oben auf die Karte, so daß seine manikürten Nägel leicht gegen das Papier schlugen –, »würde es dann nicht bedeuten, daß die Alliierten weniger Männer gegen einen deutschen Angriff vom Kaukasus aus aufbieten könnten, weil ihre Armeen immer tiefer in die westliche Wüste hineingezogen würden?«
Ross sah noch einmal auf die Karte.
Als seine Antwort auf sich warten ließ, sagte Sajed: »Die Deutschen waren immer Experten in hervorragender Strategie. Geopolitik ist ein deutsches Wort, nicht wahr?«
»Ich bin mir nicht sicher, ob ich dieses Wort kenne«, sagte Ross. »Darf ich die Karte behalten?«
»Ich werde sie lieber vernichten«, sagte Sajed, nahm sie an sich und zerknüllte sie, ehe er sie in die Tasche steckte. »Mit derart subversiver Literatur könnten Sie Ärger bekommen.« Er trank einen Schluck Tee und attackierte die Zitronenquarktorte mit der Kuchengabel. Er zerteilte das Stück, kostete den Zitronenquark von der Gabelspitze und verlor dann das Interesse daran. Deshalb blieb er so schlank, dachte Peggy.
»Ich würde keinen Ärger bekommen«, sagte Ross. »Wir führen diesen Krieg für die Freiheit, zu sagen, was wir denken, und zu tun, was wir wollen.«
»Tatsächlich? Sie überraschen mich, Corporal. Was für Freiheiten haben wir Ägypter unter Ihrer Herrschaft? Ihre Soldaten singen obszöne Lieder über unseren König und unsere Königin. Ihre Männer demolieren regelmäßig unsere Hotels und Restaurants, und die Inhaber werden nie entschädigt. Sie benutzen unser Land für Ihre Schlachten, aber Ägypten ist ein neutrales Land, mit niemandem im Krieg. Sogar die englischsprachigen Zeitungen werden so heftig zensiert, daß nie etwas Wichtiges darin steht.«

»Und was ist mit der persönlichen Freiheit?« sagte Ross und rutschte unbehaglich auf dem Stuhl herum.
»Ja, was ist damit? Nehmen wir Ihren Fall, Corporal. Nur Offiziere dürfen in die besten Hotels wie das Shepheard oder das Continental. Als Corporal sind Ihnen Clubs versperrt wie der Turf, der Trocadero oder der Dschesire, um nur drei zu nennen. Was für eine persönliche Freiheit ist das für Männer, die einen Krieg für die Freiheit führen?«
»Das kann Ihnen doch egal sein.«
»Ist es mir auch«, sagte Sajed. »Aber es ist mir nicht gleichgültig, wenn Ihre Regierung einen Flegel aus einer Eliteschule hierherschickt, der meinen König herumkommandiert und damit angibt, daß er ihn ›Junge‹ nennt.«
»Sie meinen Botschafter Lampson?«
»Sie wissen, wen ich meine«, sagte Sajed.
»Schluß damit, Sajed«, sagte Seinab lächelnd und gab ihm einen spielerischen Klaps auf den Arm. Sie sah die anderen an. »Wir hätten nicht mit der Politik anfangen sollen. Mein Bruder regt sich zu sehr auf und stößt Leute vor den Kopf.« Sie sah Jimmy Ross an.
»Es war nicht beleidigend gemeint«, sagte Sajed. »Wenn Corporal Cutler das Sagen hätte, wäre alles besser, da bin ich mir sicher.«
»Ja, dann würde ich bestimmt Corporals in das Shepheard lassen«, sagte Jimmy Ross mit Nachdruck.
»Aber keine Offiziere?« sagte Sajed.
»Auf keinen Fall Offiziere«, sagte Ross ernst. Alle lachten, und Peggy fiel auf, daß Alice die Hand ihres Corporal berührte. Er war ein gutaussehender junger Mann, aber es war schwer zu ergründen, warum diese junge Frau aus der Oberschicht mit einem derart niedrigrangigen Soldaten liiert war. Sie hätte nur eine Augenbraue heben müssen, und Colonels und Brigadiers hätten sich um sie gerissen. Na ja, dachte Peggy, alle Frauen halten bei dem Mann, den sie sich aussuchen, nach etwas anderem Ausschau. Vielleicht war Cutler sehr sportlich, hatte ein Vermögen geerbt oder ein Herz für streunende Tiere.
»Was haben Sie im Zivilleben gemacht, Corporal Cutler?« fragte Sajed.
»Ich war Büroangestellter«, sagte er vage.
»Und jetzt?«
»Ich bin Infanterist, falsch eingesetzt als Armeeschreiber.«

»Vermutlich sind Sie zu wichtig«, sagte Peggy diplomatisch. »Eine Menge Soldaten draußen in der Wüste würden alles darum geben, wenn sie in der Bab-el-Hadid-Kaserne mitten in Kairo arbeiten dürften.«
»Das stimmt«, sagte Alice.
»Dort arbeiten Sie, Bert?« sagte Sajed. »Gleich um die Ecke? Was sind Sie doch für ein Glückspilz. Ist das nicht das Hauptquartier der Militärpolizei? Was machen Sie dort?«
»Ich bin bloß Sekretär. Ich arbeite für den Kommandeur der Militärpolizei. Meistens lege ich seine Akten ab. Ich schreibe Briefe und nehme die Anrufe entgegen.«
»Den Kommandeur«, sagte Sajed. »Das ist ein wichtiger Job, Bert. Ist er nicht der Mann, der Ägypten regiert?«
»Er kommandiert nur die Militärpolizei.« Er trank einen Schluck Tee, als müsse er seine Worte abwägen.
»Und natürlich die Abteilung für Sonderermittlungen und etliche Geheimdienste dazu«, sagte Sajed. »Klären Sie uns auf. Was tut sich in der Unterwelt?«
»Ich habe Geheimhaltung geschworen«, sagte Ross. Sajed wußte also, wer in der Kaserne arbeitete; nicht viele wußten das.
»Du könntest ihnen doch das mit dem Haschisch erzählen, oder?« sagte Alice. »Die Betroffenen sind alle hinter Gittern.« Ross sah sie an. Sie war klug. Sie spielte ihre Rolle mit dem ganzen Geschick einer Schauspielerin. Und nichts sprach dagegen, diese Geschichte zu erzählen, sie würde nächste Woche in den Zeitungen stehen.
»Da gibt es nicht viel zu erzählen«, sagte er. »Es war ein Bericht, den ich abgetippt habe. Syrische Matrosen haben gepreßtes Haschisch in Schiffsrümpfen versteckt und beim Ablegen ins Wasser geworfen. Nach Einbruch der Dunkelheit haben Ruderer das Haschisch eingesammelt.«
»Wie ist das herausgekommen?« fragte Sajed.
»Wir bezahlen Spitzel«, sagte Ross. »Meistens gibt es jemanden, der solche Banden verrät. Das Problem ist, daß es so viele davon gibt.«
»Ihre Arbeit klingt sehr aufregend«, sagte Seinab. Sie sah ihn mit neuem Interesse an.
»Ich tippe bloß die Berichte, lasse sie unterschreiben und lege sie ab«, sagte er. »Es ist langweilig.«

»Haben Sie gewußt«, sagte Alice, als wollte sie nicht, daß das Interesse nachlasse, »daß Schwarzmarkthändler für einen Hochleistungsreifen hundert Pfund bekommen? Hundert Pfund!«
»Ich muß gehen«, sagte Ross. »Ich bin heute nachmittag ganz allein im Büro. Jemand muß dasein, falls das Telefon des Kommandeurs klingelt.« Er stand auf und griff nach der Rechnung.
Sajed schnappte ihm die Rechnung weg. »Das geht auf mich«, sagte er. »Gestern sind die Pferde gut für mich gelaufen.«
»Danke«, sagte Ross.
»Ich hoffe, ich habe Sie nicht gekränkt, Bert. Ich darf Sie doch Bert nennen?«
»Sie haben mich nicht gekränkt.«
»Mit dem Flugblatt, meine ich. Es war nicht persönlich gemeint«, sagte Sajed.
Ross legte Alice die Hand auf die Schulter. »Bleib bei deinen Freunden, und geh den Demonstrationen aus dem Weg! Sehen wir uns heute abend?«
»Natürlich«, sagte Alice.
»Bei uns ist sie in Sicherheit«, sagte Sajed. »Sie können mir vertrauen. Ich passe auf die Damen auf.«
»Danke, Sajed.«
Als Jimmy Ross gegangen war, bestellte Sajed Tee nach. Während er mit dem Kellner sprach, beugte sich Seinab dicht zu Alice heran und sagte: »Er ist großartig, Ihr Freund!«
Sie sagte es so inbrünstig, daß Alice überrascht war. Die Überraschung mußte ihrem Gesicht anzusehen gewesen sein, denn Seinab fügte hinzu: »Haben Sie denn nicht gesehen, wie seine Augen vor Zorn blitzten? Ich mag solche Männer.«
Es war schwer zu erraten, ob Sajed hörte, was seine Schwester sagte. Vielleicht wußte er auch nur, daß sie gern solche Bemerkungen machte. Er sagte zu Alice: »Bringen Sie ihn heute abend mit?
»Wohin?«
»Zu Fürst Pjotr. Spielt er Bridge?«
»Ja, ich glaube schon.«
»Es spielt keine Rolle. Es ist eine Party. Bridge wird erst gegen Ende gespielt.«

»Gibt er jeden Freitag eine Party?« fragte Alice.
»Pjotr wird sich liebend gern mit Corporal Cutler streiten. Der Streit mit uns anderen langweilt ihn, und Captain Darymple ist so dumm.«
»Ich muß schon sagen, so dürfen Sie nicht reden«, sagte Peggy West. Es war ein milder Tadel, als verbessere sie Sajeds Grammatik.
»Warum darf ich das nicht sagen?« fragte Sajed interessiert. »Ist es ein Militärgeheimnis?«
»Er zieht in den Krieg«, sagte Peggy. »Vielleicht fällt er.«
»Ihr Engländer«, sagte Sajed. »Wie könnt ihr nur derart skandalöse Heuchler sein?« Er brachte das Wort »skandalös« maximal zur Geltung, ließ es über die Zunge rollen, als wäre es ein arabisches Wort.
Peggy schenkte Tee nach. »Warum bewirbt sich Corporal Cutler – ich meine, Bert –, warum bewirbt er sich nicht um eine Beförderung?«
»Dann würde er zur Ausbildung weggeschickt«, improvisierte Alice hastig. »Er könnte in Ostafrika stationiert werden oder im Pazifik, um gegen die Japaner zu kämpfen.«
»Ja, Sie haben recht. Es ist besser, wie es ist«, sagte Peggy, die Alices Ängste verstand.
»Sie haben ihn hier«, sagte Seinab. »Darauf kommt es an.« Sie grinste leicht, als hätte sie etwas Anzügliches gesagt.
»Sie bringen ihn mit?« fragte Sajed.
Alice sah Peggy forschend an. Peggy sagte: »Pjotr hätte nichts dagegen. Viele Gäste, frohe Feste, das ist Pjotrs Motto.«
Sajed musterte sie, wägte die Worte ab. »Woher stammt Pjotrs Geld?« fragte er. Peggy galt als Autorität für alles, was das Magnifico und seine Gäste anlangte.
»Seine Familie hatte Suezkanalaktien. Deshalb hat er ein Visum bekommen. Aber seit Kriegsausbruch bekommt er die Dividenden nur noch in ägyptischen Pfund. Sie erlauben ihm nicht, das Geld umzutauschen. Deshalb sitzt er in der Falle.«
Sajed nickte.
»Jedenfalls habe ich das gehört«, sagte Peggy in dem Gefühl, sie habe vielleicht zuviel gesagt.
»Seinab hält ihn für einen Spion . . . ein Spion für die Russen.«

Als Peggy sie ansah, sagte Seinab: »Sajed lacht mich aus. Aber dieses starke Kurzwellenradio in seiner Wohnung ... und dann hat er jede Menge Geld und arbeitet nicht.«
»Für die Russen? Ich kann mir nicht vorstellen, daß er Stalin viel zu verdanken hätte«, sagte Peggy.
»Er hat so seltsame Augen«, sagte Seinab, als wäre seine Schuld damit eindeutig bewiesen.
»Ich glaube, er hat irgendwo eine Geliebte versteckt«, sagte Sajed. Er schaute Alice an, um zu sehen, wie sie auf diesen Gedanken reagierte. Alice konnte ein Grinsen nicht unterdrücken. Eine kurze Begegnung mit Pjotr hatte genügt, sie davon zu überzeugen, daß Frauen bei seinen fleischlichen Gelüsten keine Rolle spielten.
»Ich habe ihn sehr gern«, sagte Peggy. »Pjotr ist großzügig, locker und witzig. Denkt doch, wie sicher wir uns alle sind, daß er Bert willkommen heißen wird, einen Fremden. Wie viele Menschen wie Pjotr gibt es schon? Wenn Lucia ihn hinauswirft, sind wir alle ärmer.«
Peggys Schilderung von Pjotrs Gastfreundschaft ermutigte Alice Stanhope. Sie sagte: »Meinen Sie, ich könnte noch jemand mitbringen?« Sie sprach sehr leise. Sajed mußte sich über den Tisch beugen, um sie zu hören. »Selbstverständlich«, sagte er. »Lebt sie in Kairo?«
»Es ist ein Er«, sagte Alice. »Ein amerikanischer Journalist. Er ist ein Freund meiner Eltern. Meine Mutter sagt, er will ›die richtigen Leute‹ kennenlernen, was auch immer das heißen soll. Sie erwartet von mir, daß ich ihn ein paar Tage herumführe. Wo kann ich schon mit ihm hin? Für Zivilisten ist das so schwierig.«
»Bringen Sie ihn mit«, sagte Sajed. »Meine Schwester wird schamlos mit ihm flirten.«
Seinab wandte das Gesicht ab, um ihre Verlegenheit zu verbergen. »Bitte, sag nicht solche Sachen, Sajed«, flüsterte sie.
»Wir sind unter Freunden«, sagte Sajed. »Peggy und Alice wissen, daß ich nur Spaß mache.« Zu Alice sagte er: »Bringen Sie ihn mit. Viele Gäste, frohe Feste. Ich muß mir diesen englischen Spruch merken: Viele Gäste, frohe Feste.«

❖

Nur zwei Stunden später wurde Jimmy Ross durch eine der schmutzigsten Gassen von el-Birka geführt. Die Sonne war untergegangen, und es war plötzlich kühl. Er hatte seine alte Kampfuniform mit den Majorskronen angezogen. In dieser Gegend schien das klug zu sein.
»Was für ein verdammter Schweinestall«, sagte er, als der MP-Sergeant ihn an zwei Militärpolizisten und zwei uniformierten Kairoer Polizisten vorbei in einen schmalen Eingang führte. Im Licht der Taschenlampe eines anderen Polizisten ging er eine Steintreppe hinauf. Draußen war es noch hell, aber das Treppenhaus hatte keine Fenster, und an solchen Orten gab es nichts, was gestohlen werden konnte. Schon eine Holztreppe war eine Einladung an Diebe, die alles mitnahmen, was sich für ein paar Piaster verkaufen ließ.
»Warten Sie ab, bis Sie ihn gesehen haben«, sagte der rotbemützte Sergeant der Militärpolizei, der vorausging. »Das stinkt vielleicht!«
Das Zimmer war so klein, daß kaum Platz genug für die beiden Männer war. Es war eine fensterlose Zelle, beleuchtet von einer schwachen Glühbirne, die an der Decke hing. Der Rotbemützte stand auf der Schwelle und genoß die leichte Luftbewegung auf dem Treppenabsatz. Jemand hatte gesagt, die Leiche des Sergeant Major sei so liegengelassen worden, wie sie die MP-Streife gefunden habe. Aber hier waren so viele Leute herumgetrampelt, daß dieser Behauptung nicht viel Glauben zu schenken war.
Jimmy Ross war bewußt, wie sie ihn beobachteten. Man hielt ihn für Albert Cutler, den fachmännischen Kriminalpolizisten, der alles über solche Dinge wußte. Er sah auf die Leiche hinunter und schaute dann den Militärpolizisten an, der sich ein Taschentuch vors Gesicht hielt. Er versuchte, sich daran zu erinnern, was sie im Kino sagten. »Waren die Fotografen schon da?«
Der MP-Sergeant sah ihn an. »Ja, Sir. Sie sind fertig.« Ja, blöde Frage, das hätte er sich denken können.
Ross war danach, sich zu übergeben, aber er versuchte, beim Anblick der verwesenden Leiche ein unbeeindrucktes Gesicht zu machen. »Haben Sie die Leiche durchsucht?«
»Nein, Sir.«
»Und Sie haben gesagt, Sie haben ihn gefunden?« sagte er zu dem Sergeant. Auf dem Weg hierher hatten sie sich unterhalten. Er war

erst zweiundzwanzig. Er war vor dem Krieg Büroangestellter bei einem Anwalt gewesen, und die Armee hatte ihn zu einem Sergeant der Militärpolizei gemacht. Er war ein intelligenter junger Mann, aber viel zu jung für die Straßen Kairos. »Erzählen Sie es mir noch einmal.«

»Ein Araberjunge ist auf der Straße zu uns gekommen und hat gemeldet . . . er hat uns gesagt, hier ist ein Soldat, dem übel ist. Wir haben ihn so gefunden. Niemand scheint etwas zu wissen. Und natürlich habe ich nichts angerührt«, fügte er hinzu.

»Und die Fotografen haben alles, was sie brauchen?«

»Das haben sie jedenfalls behauptet. Sie konnten es nicht erwarten, hier rauszukommen. Genau wie der Sanitätsoffizier. Er konnte keinen Todeszeitpunkt feststellen, zu lange her, hat er gesagt.«

»Ja, das hat er am Telefon auch gesagt«, sagte Ross. Er hatte das Gefühl, er müsse etwas Sachkenntnis zeigen. »Das ist schwierig, wenn Leichen in einem heißen Klima verwesen. Und manche Sanitätsoffiziere der Armee verstehen nichts von Polizeiarbeit.«

»Ja, Sir«, sagte der Sergeant respektvoll.

Ross nahm sich zusammen und sah sich das Bettgestell aus Metall und die Leiche darauf, deren Kopf und ein Arm den Boden berührten, genauer an. Das Gesicht des Toten war dunkellila verfärbt und zu einer Grimasse mit offenem Mund erstarrt. Die Hände waren angeschwollen, so daß sich die Finger zu dicken Würsten ausgedehnt hatten. Der einzige Schmuck im Zimmer war ein ungerahmter Farbdruck von König Faruk. Seine Anwesenheit in diesem verdreckten Zimmer hatte etwas Zynisches.

»Ein Bordell, haben Sie gesagt?«

»Ja, Sir, ein Bordell«, sagte der junge Sergeant.

Ross beugte sich über die Leiche. Die Abzeichen wiesen den Toten als einen Sergeant Major aus, gekleidet in die rauhe Khakiuniform, die im Winter in Kairo manchmal gebraucht wurde. Ross stählte sich für die Aufgabe und fing an, die Taschen des Toten zu leeren. Er hoffte, der Sergeant werde gehen, aber statt dessen beobachtete er das Vorgehen mit grimmiger Faszination. Ross versuchte, sich dem Grauen gegenüber gleichgültig zu geben. Seit er sein Quartier in der Zitadelle bezogen hatte, suchte er in der Leihbücherei nach Sachbüchern über Poli-

zeiarbeit. Er hatte »Die Geheimnisse von Scotland Yard« zweimal gelesen. »So, schauen Sie sich das an«, sagte er. In den Taschen steckte jede Menge Beweismaterial: zwei Soldbücher auf verschiedene Namen, zwei bis auf Unterschriften und Blankostempel leere Ladelisten. Dann machte er den Kampfanzug auf, zog das dreckige Unterhemd hoch und untersuchte die Brustwunde.
»Hm«, sagte er, obwohl ihm danach zumute war zu schreien. Er richtete sich auf. »Sie können ihn wegbringen, Sergeant«, sagte er. Ihm drehte sich der Kopf, während er tief Luft holte. Was hätte der arme alte Cutler daraus geschlossen? Plötzlich wußte er es. »Ich glaube, wir müssen nach einem Soldaten suchen . . . vielleicht von einer Kommandotruppe oder einer mit Spezialausbildung.«
»Ein Soldat?«
»Schauen Sie sich die Wunde an. Haben Sie keine Nahkampfausbildung bekommen? Das Messer ist fachmännisch direkt ins Herz gestochen worden. Die Armee bildet zu viele Männer dazu aus, schnell und lautlos zu töten, Sergeant. Es darf uns nicht überraschen, wenn sie sich das für eigene Zwecke zunutze machen.«
»Die Araber lieben Messer«, sagte der Sergeant.
»Hm. Aber nicht so. Wie auch immer, er ist nicht hier getötet worden.«
»Woher wissen Sie das?«
»Kein Blut. Aus einer solchen Wunde spritzt Blut. Ich möchte wetten, daß sein Blut an die Decke gespritzt ist, als er erstochen wurde.« Ross sah die Leiche wieder an, als er darüber nachdachte. »Nein, er ist anderswo umgebracht worden, von Mördern, die seine Leiche hier abgeladen haben.«
»Warum? Was hätten sie davon?«
Ross biß sich auf die Lippe und dachte nach. »Sie wollten ihn einfach loswerden. Vermutlich wollten sie den Tatort säubern. Vielleicht ist er in einem anderen Bordell umgebracht worden. Haben Sie mir nicht erzählt, daß hier in der Nähe ein sehr schickes ist – Lady Fitz?«
»Ja. Ein Stück weiter die Gasse entlang.«
»Ja. Sagen Sie mir, wie viele britische Soldaten benutzen diese einheimischen Bordelle?«
Der Sergeant sah ihn an, ehe er sich schlüssig wurde, was er antworten sollte. Er war etwas eingeschüchtert. Übertriebene Geschichten über

Albert Cutlers Fähigkeiten waren Ross' Ankunft in Kairo vorausgegangen. Und in den wenigen Tagen, seit denen er hier war, hatten die orthodoxeren unteren Ränge in der Polizeikaserne Bab-el-Hadid Ross mit seiner Corporaluniform und seiner geringen Achtung vor der Armee und ihren Methoden schon als gefährlichen Exzentriker abgestempelt. Der Sergeant wählte seine Worte sorgfältig. »Ich weiß, worauf Sie hinauswollen, Sir ... aber manche Typen, die knapp bei Kasse sind, gehen überallhin. Und manche haben natürlich einen eigenartigen Geschmack, was Frauen und Bordelle anlangt.«
»Da haben Sie recht, Sergeant. Aber der hier nicht.« Nachdem er sich innerlich auf eine Theatervorstellung vorbereitet hatte, bückte sich Ross, packte Jacke und Hose und hievte die Leiche auf das Bettgestell. Dann drehte er sie vorsichtig um. Der junge Sergeant taumelte bei dem Gestank rückwärts. Ross lächelte ihn an, als hätte er schon weit schlimmeren Verwesungsgestank gerochen. Er durchsuchte die Hosentaschen des Toten und holte einen Schlüsselbund heraus. Etliche Schlüssel gehörten eindeutig zu Armeeschlössern.
»Holen Sie den Mann, der den Laden leitet.«
Der Sergeant trat auf den Treppenabsatz und rief seinem Kollegen zu, er solle den Mann nach unten bringen.
»Er ist eigentlich nicht der Leiter. Er ist sein Schwager.«
»Ach, tasächlich?« sagte Ross und lachte so höhnisch, wie Bogart lachte.
Der Mann, den sie hereinführten, war ein junger Araber, etwa zwanzig, in westlicher Kleidung: zerlumpte Hosen und ein rotes Hemd, das zu einem hellen Rosa verschossen war.
Ross sah ihn einen Augenblick lang an. »Wer hat die Leiche hergebracht?«
»Effendi ...«
Ross packte ihn an der Hemdbrust und schüttelte ihn, ehe er ihn gegen die Wand schleuderte. Der Mann flog mit einem Krachen dagegen und riß entsetzt die Augen auf. Ross schlug ihm mit der flachen Hand so heftig ins Gesicht, daß er vor Schmerz aufschrie. »Wer«, sagte Ross, »hat« – er schlug ihn wieder, aber nicht mit allzuviel Wucht – »die Leiche hergebracht?«
»Ich spreche nicht ...«

Ross boxte ihm heftig in den Magen. Der Rotbemützte war erschrokken und wollte eingreifen. »Augenblick«, sagte er.
»Halten Sie sich raus!« sagte Ross so wütend, daß der junge Mann Angst bekam.
Er packte den Araber wieder am Kragen und zog so heftig daran, daß der Stoff, alt und ausgefranst, vom Hals bis zur Taille riß.
»Okay! Okay!« sagte der Araber. »Männer haben ihn hergebracht.«
»Wer?«
Er zögerte, aber Ross holte wieder mit der Faust zum Schlag aus, und er sagte: »Zwei Männer. Sie arbeiten für Mahmud, den Bankier.«
»Das ist besser«, sagte Ross. Zum Sergeant sagte er: »Schicken Sie jemand her, der diesen Idioten in die Kaserne bringt und einsperrt. In eine Einzelzelle. Dann sorgen Sie dafür, daß die Leiche abgeholt wird.«
»Sie hatten recht«, sagte der Rotbemützte mit tiefem Respekt. »Ich war mir sicher, daß er kein Englisch kann; wir waren uns alle sicher. Woher haben Sie das gewußt?«
»Das sind Dinge, die ein Kriminalpolizist in Glasgow schnell lernt«, sagte Ross.

10

Haben Sie gehört, daß es in der Wüste geregnet hat?« sagte Fürst Pjotr Nikolajewitsch Tichmaibrasow zu einer Gruppe von Gästen. Es war eine seiner wöchentlichen Einladungen, und er hatte sich in Schale geworfen: ein burgunderrotes Smokingjackett aus Samt und ein cremefarbenes Seidenhemd mit passender Fliege. Auch seine Gäste waren elegant gekleidet. Die übliche Runde war vollzählig versammelt, dazu zwei Außenseiter: Alices Freund und Toby Wallingford, ausgezeichnet mit dem DSO, Freiwilligenreserve der Royal Navy, der dem Anlaß zu Ehren seine dunkelblaue Uniform mit den Goldtressen angezogen hatte.

Alices amerikanischer Gast hatte sich als eine gewisse Überraschung erwiesen: er war ein selbstbewußter Mann namens Harry Wechsler, ein Beweis für den weitreichenden Einfluß ihrer Mutter. Wechslers Berichte wurden vom Zeitungsverlag Hearst groß herausgestellt und von vielen anderen Zeitungen in ganz Amerika nachgedruckt. Er war eben von einem kurzen Vorstoß in die Wüste zurückgekommen, in »die Dünen«, wie er sie hartnäckig nannte. Seine Hände waren rot und sahen wund aus, vom Sand verkrustet. Sein gebräuntes Gesicht hatte um die Augen herum die bleichen Stellen, die Sandschutzbrillen hinterließen. Er war Mitte Dreißig, jung von seiner Art her und im Gesicht, aber fast kahl. Er ahmte die zwanglose Kleidung nach, die in der britischen Armee üblich geworden war. Seine Buschjacke war zwar verfleckt und ramponiert, aber frisch gewaschen und gebügelt. Dazu trug er Cordhosen und Wildlederstiefel. Er hatte ein rotes Seidenhalstuch um, und aus der obersten Jackentasche ragten Füller, Bleistifte und ein Pfeifenstiel heraus. »Verdammt schlechter Stil«, hatte Darymple erklärt, als Wechsler in dieser Aufmachung auf der Party erschien. »Es ist ein Wunder, daß er nicht auch noch seine Maschinenpistole mitgebracht hat.«

»Er kämpft mit dem Mund, alter Junge«, hatte Wallingford erwidert. »Dem geht nie die Munition aus.«
Peggy West fand Harry Wechsler amüsant. Er nannte sich einen »zwanghaften Schriftsteller«. Er war zur ärztlichen Behandlung in Kairo, weigerte sich aber, die Arbeit einzustellen. In den letzten Wochen hatte er den US-Mililtärattaché auf vielen Besuchen bei britischen Armee-Einrichtungen in der Wüste begleitet. In Wechslers Erzählungen waren der Attaché und er eng befreundet. Wechsler hatte zu allem eine Meinung. »Klar, Schreibkurse an der Uni lähmen Schriftsteller. Aber sie lähmen viel zu wenige.« Er hatte eine laute Lache und einen rauhen Charme, der von seiner Selbständigkeit herrührte. Dazu kam ein Selbstbewußtsein, das dem Wissen entsprang, mehrere Millionen Leser zu erreichen.
Peggy hatte die Runde gemacht, um mit so vielen Leuten wie möglich zu sprechen. Am Nachmittag war sie zum ersten Mal seit Monaten beim Friseur gewesen. Sie hatte ihr Kleid und ihr Make-up mit besonderer Sorgfalt ausgewählt. Sie sah bezaubernd aus. Sie war Karl treu geblieben, aber die zornigen Worte von Schwester Borrows hatten sie erschüttert: Sie interessieren sich nicht für Männer, das wissen wir alle. Glaubten die anderen Schwestern das tatsächlich? Und falls sie es glaubten, hatten sie recht? Es gab so viele interessante Männer in Kairo. Heute abend war der weltmännische Gentleman Darymple da, so korrekt und adrett, in einer Uniform von einem Londoner Schneider, das Taschentuch in den Ärmel gesteckt. Sein Freund Wallingford lehnte lässig auf dem Sofa, gelangweilt und selbstsicher wie die Dichter aus dem ersten Weltkrieg, die sie auf Fotos gesehen hatte. Alices Corporal war da, ein wachsamer Mann, zäh, mit knochigem Gesicht und athletisch. Und Sajed war wie der schöne Valentino, bei dessen Anblick in alten Stummfilmen die Frauen in Ohnmacht gefallen waren. Sogar Fürst Pjotr hatte auf das augenblickliche Klima reagiert und sich mit Kleidungsstücken aus seiner umfangreichen Vorkriegsgarderobe ausstaffiert.
Es war Alice Stanhope, die auf Pjotrs Frage antwortete. »Regen in der Wüste. Ja, Mummy hat das auch gehört, aber wo?« Alice trug ein teures, hochgeschlossenes Kleid der Art, wie sie überängstliche Mütter für hübsche junge Töchter aussuchen. Trotz des strengen Schnitts sah

sie auf strahlende Weise attraktiv aus, wie immer, wenn Jimmy Ross bei ihr war. Peggy hatte das auch ausgesprochen, und heute abend war Alice entschlossen, sich ihre Gefühle für ihn nicht allzusehr anmerken zu lassen.

»Eine wahre Sintflut. Menschen sind ertrunken.« Sein Diener hielt still, während Pjotr sich ein Glas Wein von dem Messingtablett nahm.

»Aber wo? Niemand scheint zu wissen, wo«, sagte Alice in die Runde.

Harry Wechsler lächelte. Er wußte es. »Es hat an der ganzen Via Balbia geregnet, von Tobruk bis zum Halfajapaß. Mitte November, bevor ich hierherkam. Ein kleines Dorf namens Gambut hat es am schlimmsten erwischt. Ich bin darüber hinweggeflogen. Das Unwetter hat Lastwagen und Menschen bis an den Rand der Ebene gespült. Der Regen kam nachts und hat einer deutschen Offensive den Garaus gemacht. Ich habe einen Artikel darüber geschrieben.«

»Der erste Regen dort seit sechzig Jahren, habe ich gehört«, sagte Toby Wallingford vom Sofa aus.

»Höhere Gewalt«, sagte Pjotr ernst und trank einen Schluck Wein. Die Anwesenheit von Toby Wallingford machte ihn nervös. Sie hatten sich noch nie zuvor gesehen, aber das schöne Gesicht und das lange, wellige Haar erinnerten ihn an einen Jungen, in den er sich im College verliebt hatte. Pjotrs Verlangen war nie erloschen, es schwelte noch. »Ja«, sagte er nachdenklich mit einem verstohlenen Blick auf Wallingford, »der Regen hat den deutschen Plänen den Garaus gemacht.«

»Jemand hat mir erzählt, der König von Italien verrät den Briten die Schlachtpläne der Achsenmächte«, sagte Alice zurückhaltend. Es war eine Geschichte, die sie Pjotr zum Kommentieren anbot. Er vermittelte gern den Eindruck, seine hochadelige Geburt verschaffe ihm auf rätselhafte Weise ein Entrée in die Angelegenheiten aller Königshäuser.

Aber die Antwort kam von Wechsler. »Ich war in Rom. Ich bin erst drei Wochen vor Pearl Harbor dort abgereist. Ich gebe Ihnen mein Wort, der italienische König haßt Mussolini und würde alles tun, damit die Briten siegen.«

»Genau«, sagte Pjotr mit tiefer Befriedigung. Ihm war dieses Gerücht lieb und wert, weil es, als er es am Tag davor Lucia Magnifico gegenüber erwähnt hatte, Lucia vor Zorn fast die Sprache verschlagen hätte. Lucia verabscheute die italienische Monarchie. Weil Rommel auf dem

Vormarsch war, hatte sie ihre Hoffnung ausgedrückt, Mussolini werde bald an der Spitze einer Eroberungsarmee in Kairo einmarschieren.
»Und hier in Kairo«, sagte Robin Darymple boshaft, »haben wir einen ägyptischen König, der möchte, daß die Achsenmächte siegen. Was für eine verkehrte Welt, nicht wahr?«
Sajed ließ eine solche Bemerkung nicht unangefochten durchgehen. »So etwas dürfen Sie nicht sagen, Captain Darymple.«
»Nicht beleidigend gemeint, alter Junge, aber ich habe geglaubt, alle wissen, daß Fettsack Faruk und seine Spaghettikumpel jede Nacht Radiofunksprüche an unsere Feinde in Rom schicken.« Darymple sah sich um, wartete auf eine Reaktion.
»Das glaube ich nicht«, sagte Sajed.
Harry Wechsler beobachtete den Wortwechsel. Er sagte: »Es wäre wohl kaum ein Schock, wenn König Faruk die Briten haßt, oder? Ich meine, es wäre kaum ein journalistischer Knüller. Ihr Briten behandelt ihn mit bewußter Verachtung, sogar in der Öffentlichkeit.«
»Immer mit der Ruhe«, sagte Darymple milde. »Die Ägypter haben ihr Leben lang noch nie soviel Geld gehabt, und alle drehen hier krumme Dinger. Erzählen Sie mir bloß nicht, daß der König und seine ganzen königlichen Bankerte nicht klauen, was sie können.«
»Was für eine widerwärtige Art, über unseren König zu reden«, sagte Sajed.
Darymple lachte kurz auf. »Ruhig Blut, Sajed. Alle stecken doch die Hände in die Taschen der britischen Armee. Das erhält Kairo am Leben, nicht wahr?«
Sajed, der vor Empörung aufgestanden war, beschloß, nicht aus dem Zimmer zu stürmen. »Sie sagen solche Sachen nur, um mich wütend zu machen«, sagte er. Er gruppierte die Kissen anders, als wäre das der Grund gewesen, aus dem er aufgestanden war. Dann setzte er sich wieder.
Darymple bedachte Wechsler mit einem kurzen Lächeln. »Ich sage solche Sachen, weil sie wahr sind, Sajed, alter Sportsfreund. Beruhigen Sie sich und trinken Sie noch was.« Er prostete Pjotr zu. »Heute abend ist der Stoff ja echt, Pjotr. Eine nette Abwechslung nach der üblichen Eulenpisse.«
»Es freut mich, daß es Ihnen schmeckt, Captain Darymple. Es wider-

strebt mir, Ihnen meinen besten Scotch zu servieren, damit Sie nicht denken, ich hätte ihn aus Ihren Militärbeständen gestohlen.«

»Touché«, sagte Darymple, während er Sajed beobachtete, der immer noch sichtlich erregt war. Er zog an den Quasten eines Kissens. Seine Schwester sah, was er machte, versuchte, seinen Blick einzufangen und ihn davon abzubringen. Aber er schaute nicht in ihre Richtung.

Um ihn zu beruhigen, sagte Darymple: »Nicht die britische Armee haßt Ihren König, es sind diese ganzen schwachsinnigen Bürohengste in der britischen Botschaft. Die Armee wünscht sich ein ruhiges Leben. Das kann ich Ihnen ohne Angst vor Widerspruch sagen. Niemand, vom Oberbefehlshaber bis zum einfachen Soldaten, will hier auf den Straßen von Kairo Ärger. Ich hätte gedacht, das liegt auf der Hand. Wir versuchen nicht, Ärger zu machen, wir haben genug Ärger mit Rommel und seinen Leuten draußen in der Wüste.«

»Und ob Sie den haben«, sagte Wechsler.

Sajed sah Darymple an. Einen Augenblick lang schien er antworten zu wollen; dann nickte er nur und ließ es auf sich beruhen.

Darymple sagte: »Das gilt auch für die Polizei in Kairo, das kann ich Ihnen sagen. Wir alle haben diese Botschaftstypen satt, die den König in den Hintern treten. Warum können diese Arschlöcher vom Außenministerium die Dinge nicht ruhen lassen, damit wir alle mit dem Krieg weitermachen können?«

Toby Wallingford sagte: »Da ist schlicht und einfach eine Frage der Politik. Die Leute in der Botschaft haben Angst davor, was passiert, wenn sie diesen antibritischen Gyppos die Regie überlassen. Wir hätten die Regierung übernehmen und Ägypten auf unsere Weise regieren sollen, als der Krieg anfing.«

»Vielleicht. Aber es ist nicht nötig, deshalb dem armen alten Fettsack die Nase in den Dreck zu reiben, oder?« sagte Darymple und wandte sich seinem Freund zu, der das ganze Sofa für sich beanspruchte, den Kopf in die Hand gestützt und einen bestrumpften Fuß unter den Kissen begraben. »Ich meine, Lampson oder eines seiner Stehaufmännchen könnten sich doch mal ganz diskret mit dem König unterhalten, stimmt's?«

Wallingford sagte spöttisch: »Lautet so das offizielle Urteil im Hauptquartier, oder stammt diese brillante Analyse von dir, Robbie?«

Darymple lief knallrot an. Er wußte, daß Wally versuchte, ihn vor allen zum Narren zu machen.
»Sie waren also in den Dünen, Mr. Wechsler?« sagte Wallingford in seinem hochnäsigsten Ton. »Wurde es Ihnen da draußen ein bißchen zu laut?« Es war eine eindeutige Unterstellung, Wechsler sei vor Rommels Offensive davongelaufen.
»Es hat keinen Sinn, dort zu bleiben, wo Ihre britischen Zensoren meine Artikel zerfetzen.«
»Was haben Sie denn geschrieben, worüber die sich so aufgeregt haben?« fragte Darymple.
»Ich habe die Wahrheit geschrieben statt ›Für Heim und Herd, hipphipphurra!‹ Darüber haben sie sich aufgeregt.«
»Was ist denn die Wahrheit?« sagte Darymple milde. »Nach einem Tag im Hauptquartier möchte ich ganz gern ein bißchen davon hören.«
»Die Wahrheit ist, Captain, daß Rommel Kreise um eine Menge unfähige britische Generäle zieht, die ihren Hintern nicht von ihrem Ellbogen unterscheiden können. Die Wahrheit ist, daß es so bleiben wird, während Ihre Befehlshaber achtzig Kilometer hinter der Front in ihren Schlupflöchern sitzen, ›Rule Britannia‹ singen, sagen, es wird am Ende schon gut werden, und ihre Wäsche nach Kairo schicken. Und die Wahrheit ist, daß die britischen Mannschaften das satt haben und verdammt zynisch werden.«
»Vielleicht liegt das daran, daß Sie ihnen das ständig erzählen«, sagte Darymple.
»Kann schon sein. Ich komme aus einem Land, in dem die Bürger das Recht haben, die Wahrheit zu lesen, auch wenn sie Khaki ohne Goldtressen tragen.«
»Ich habe gedacht, wir sind Verbündete«, sagte Darymple.
»Hören Sie, Kumpel, Onkel Sam führt diesen Krieg nicht, um das britische Empire zu retten, damit Sie es ausbeuten können. Im Pazifik bezahlen wir Yankees den Preis für Ihre tyrannische Kolonialherrschaft. Es ist an der Zeit, daß ihr Briten damit anfangt, euren Krieg selbst zu führen. Sogar hier in der Wüste erleiden die Australier, die Neuseeländer und Südafrikaner die meisten Verluste, während die Briten hinter den Linien dösen, im Hauptquartier herumsitzen und sich Sorgen um ihre nächste Beförderung machen. Das ist

die Wahrheit, und daran gibt es nichts zu rütteln, Zensor hin oder her.«

Darymple sah in der Erwähnung des Hauptquartiers einen direkten Angriff auf sich. Selbst der träge Wallingford ließ sich zu einer Reaktion auf Wechslers temperamentvolle Attacke bewegen. »Es ist nicht die ganze Wahrheit«, sagte er. »Das Empire hat immer kämpfende Regimenter rekrutiert. Die Briten bestücken die Artilleriedepots und sorgen für Leitungen und Nachschub. Es ist unvermeidlich, daß die Aussies und die Regimenter aus den Dominions einen höheren Anteil an den Verlusten haben.«

»Dann holen Sie doch ein paar von diesen Briten aus diesen gottverdammten Artilleriedepots und Nachschubkolonnen heraus, mein Freund«, sagte Wechsler mit schwerem Sarkasmus. »Machen Sie den Pennern in Khaki in den Kairoer Büros Beine. Geben Sie diesen Drückebergern Gewehre und schicken Sie sie an die Front. Dann können Sie Rommel vielleicht aufhalten – vielleicht könnten Sie sogar damit anfangen, den Krieg zu gewinnen.«

Darymple brachten Wechslers harte Worte ganz durcheinander. Er stand auf. Darymple begriff, daß er das Ganze mit seinen Indiskretionen ausgelöst hatte. Es war immer ein Zeichen schlechten Stils, sich auf eine solche politische Diskussion einzulassen. Außerdem wäre ein Streit mit dem Amerikaner eine dumme Fehlentscheidung und würde möglicherweise den alten Pjotr aufregen, der so guten Schnaps servierte. Noch wichtiger war, daß er sich im Beisein von Wallingford, der ihm einen Posten bei seiner Wüstentruppe verschaffen konnte, nicht aus der Ruhe bringen lassen wollte.

Pjotr glättete die Wogen. Er bot eine Kiste Zigarren an, die er gehortet hatte, und sagte: »Und an was für einem Artikel arbeiten Sie jetzt?«

»Ich habe mir irgendeinen Virus geholt. Ich muß mich regelmäßig im Krankenhaus untersuchen lassen, deshalb habe ich mich entschlossen, einen Artikel über die US-Botschaft in Kairo zu schreiben. Mit den Tabletten und der Arznei in der Tasche habe ich unseren Militärattaché begleitet. Für die Yankees rollt ihr Briten ganz schön den roten Teppich aus: Ich habe in drei Tagen mit ihm mehr gesehen als im ganzen Monat davor. Wir sind überallhin geflogen, das ist Krieg à la mode. Sogar die hohen Tiere bei den Briten setzen den Arsch in Bewegung, wenn er

auftaucht. Vermutlich hat ihnen jemand von ganz oben gesteckt, daß Onkel Sam blecht.«
»Blecht?«
»Habt ihr Jungs denn nichts vom Waffenhilfeabkommen gehört? Euch Leuten ist letztes Jahr das Geld ausgegangen. Jedes Gewehr, jeder Panzer, jede Bombe, jede Kugel, die ihr abschießt, sind ein Geschenk von Onkel Sam.«
Er schaute sich um, wollte die Reaktion sehen, aber Darymple und Wallingford unterhielten sich miteinander. Nur der Corporal hörte aufmerksam zu. Pjotr trank gelassen einen Schluck Wein und sagte: »Und worum geht es in dem nächsten Artikel?«
»Die Behandlung ist jetzt abgeschlossen. Sieht so aus, als müßte ich in die Dünen und Rommel für euch finden.«
»Keine Artikel mehr über Kairo?«
»Ich sitze nicht im Bett und schlucke Aspirin. Ich komme ganz schön herum. Eben habe ich eine tolle Story abgeliefert, aber die Zensoren machen mir Schwierigkeiten.«
»Uns können Sie es erzählen« sagte Pjotr.
»Warum nicht?« sagte Wechsler, der gern Publikum hatte. »Hört mal, Jungs«, sagte er, klopfte Darymple auf den Arm und machte auch Wallingford auf sich aufmerksam. »Das ist eine Story, die in den Geschichtsbüchern stehen wird, wenn Namen wie Rommel und Auchinleck schon lange vergessen sind.«
»Erzählen Sie«, lieferte ihm Pjotr das Stichwort.
»Die Erschaffung des Staates Israel«, sagte Wechsler. Mehrere Köpfe wandten sich ihm zu, und Gespräche brachen unvermittelt ab. »Die Juden in Palästina bilden eine Armee aus, bewaffnen sie und rüsten sie aus, um ihren rechtmäßigen Platz in der Welt einzunehmen. Viele dieser Männer sind vor den Nazis in Europa geflohen. Sie werden kämpfen für das, was ihnen gehört. Das ist die Story.«
»Ist das eine raffinierte Methode, ein Märchen über Waffenschmuggel zu verkaufen?« sagte Wallingford mit sonorer, spöttischer Stimme.
Wechsler grinste. »Ja, das gehört auch dazu. Eine Armee braucht Waffen, und im Augenblick liegen Waffen in der Wüste herum, die man nur einzusammeln braucht.«
»Ich verstehe, warum Sie Ärger mit dem Zensor hatten«, sagte Pjotr.

»Ich habe noch nie einen Artikel abgeliefert, der ein Militärgeheimnis enthüllt hätte«, sagte Wechsler.
Darymple beschloß, sich diesem Gespräch zu entziehen. Das waren beunruhigende Themen, an die er nicht denken wollte, vom Darüberreden ganz zu schweigen. Als er durch das Zimmer ging, hörte er, wie Wallingford schallend über etwas lachte, was Pjotr gesagt hatte, als er außer Hörweite war. Darymple fragte sich, ob der Witz seinem plötzlichen Abgang gegolten habe, aber er drehte sich nicht um, um zu sehen, ob sie ihn anschauten.
Für Wally ging das in Ordnung, dachte Darymple. Er arbeitete nicht mit den ganzen Größen im Hauptquartier. Wallingford war es gleichgültig, was für skandalöse Sachen Wechsler sagte. Wally sagte häufig Sachen über die Generale im Hauptquartier, die Darymple schockierten und kränkten. Heute abend versprühte Wallingford seinen Charme. Er mußte meinen, Fürst Pjotr könne ihm nützlich sein. So war Wally schon in der Schule gewesen: kriecherisch gegenüber der Autorität. Er war ein widerliches kleines Schwein. Eines Tages würde Darymple ihm die Wahrheit sagen, aber nicht jetzt.
Darymple ging ins Bad und wusch sich die Hände. Das war seine Methode, sich dem Gespräch zu entziehen. Er hoffte, daß sie das Thema gewechselt hatten, wenn er zurückkam.
Darymple ließ sich beim Händewaschen und Abtrocknen viel Zeit. Auch danach ging er nicht gleich zur Party zurück. Er bewunderte Pjotrs erstaunliches Badezimmer. Eine riesige Marmorwanne mit silbernen Hähnen, zwei wunderschöne alte Spiegel in Barockrahmen und schwere Wandbehänge aus rosa Damast. Den Boden belegten Seidenteppiche. Ein Beistelltisch mit einer Garnitur silberner Haarbürsten und diversen Ölen und Lotionen. Es war das Badezimmer eines finsteren alten Perversen, schloß Darymple, nicht zum ersten Mal.
Als Darymple ins Wohnzimmer zurückkam, spielte der Corporal auf Pjotrs altem Bechstein Gershwin. Er war zum Flügel gegangen, um sich dem Gespräch zu entziehen, das Darymple so beunruhigt hatte. Er spielte ein paar Akkorde, die »*Willow Weep for Me*« einleiteten. Sogar Darymple mußte zugeben, daß der Corporal Klavier spielen konnte. Wenn man sich schon mit der Gesellschaft eines Unteroffiziers abfinden mußte, war es weniger belastend, wenn er am Flügel saß.

Plötzlich sah Jimmy Ross zu Darymple auf und zwinkerte. Darymples Gesicht wurde steif, als er sich zu einem kurzen Lächeln zwang und schnell wegging. Das war genau die Art von Peinlichkeit, zu der es kommen mußte, wenn sich die Dienstränge bei gesellschaftlichen Treffen mischten.

Alice hatte herausgefunden, daß Peggy West eine begabte Amateursopranistin war. Jetzt, wo sie plötzlich einen wunderbaren Pianisten hatten, war sie entschlossen, sie zum Singen zu bewegen. Peggy wollte nicht, aber Alice Stanhope war hartnäckig. Sie wußte, daß Peggy Ablenkung brauchte.

»Es ist ein schönes Lied, aber zu schwierig für mich«, sagte Peggy. Sie sagte es mechanisch, als wäre sie mit den Gedanken woanders.

Peggy West war nicht sie selbst, seit sie am Nachmittag in die große politische Demonstration geraten war. So etwas war ihr noch nie zugestoßen. Sie lebte seit Jahren hier und kam gut aus mit vielen ägyptischen Freunden, Männern wie Frauen. Heute war es jedoch anders gewesen. Die Menge hatte sie umzingelt, und sie hatte Angst gehabt. Es war lähmend und klaustrophobisch gewesen. Sie hatten laut gebrüllt, ohrenbetäubend, und ihr war der Schweiß auf den Gesichtern und der üble Körpergeruch bewußt geworden. Etliche hatten sie von einem zum anderen gestoßen, grinsend, spuckend, und die ganze Zeit hatten sie ihre antibritischen Parolen gebrüllt.

Zu Hause war sie ins Bad gegangen und lange dort geblieben. Heute abend sah sie wirklich strahlend aus. Das gehörte zu ihrem Versuch, sich aufzuheitern, aber es war ihr nicht ganz gelungen. Peggys Ego, ihre Seele, hatte irreparablen Schaden genommen. Bis heute nachmittag hatte sie sich als gebildete Liberale gekannt, die alle Bewohner dieser Welt für gleich hielt. Sie war stolz auf die Beziehungen gewesen, die sie bei der Arbeit und überall sonst zu ägyptischen Freunden aufgebaut hatte. Alle hatten immer gesagt, Peggy West verstehe die Ägypter und liebe sie. Jetzt wußte sie, daß das nicht wahr war. Sie hatte diese Demonstranten mit ganzem Herzen verabscheut. In jenem Augenblick, als diese Leute sie zu Tode quetschen wollten, hätte sie alles darum gegeben, wieder zu Hause in England zu sein. Und dieses Gefühl war nicht ganz von ihr gewichen. Das hier war ein fremdes Land, und sie wollte nicht hier sterben.

Während sie am Flügel stand und die Hände auf den Tasten beobachtete, sagte sie sich immer wieder, die ägyptischen Demonstranten seien relativ harmlos gewesen. Ihre Stöße waren nicht gewalttätig gewesen, sie war nicht ernsthaft verletzt worden. Sie sagte sich, nicht Gewalttätigkeit habe die Gesichter verzerrt; es seien einfach die Gesichter schreiender Männer gewesen. Und trotzdem: Peggy wollte nach Hause.

Jimmy Ross wechselte die Tonart und sagte: »Wir finden etwas für Sie.« Er intonierte: »A Nightingale Sang in Berkeley Square.«

Sie sah, daß Blicke auf sie gerichtet waren. »Singen Sie, Peggy«, sagte Alice. »Das wäre so schön.« Von den anderen Gästen kamen zustimmende Gesten.

»Ich habe Pjotr versprochen, daß ich Kaffee koche. Sein Diener kommt mit europäischem Kaffee nicht zurecht.«

»Das übernehme ich, Peggy. Sie singen.«

Peggy war sich immer noch nicht sicher. »Nehmen Sie die große blaue Kanne; drei Meßbecher Kaffee und einen halben Liter kochendes Wasser.«

»Ja, ja – singen Sie.«

Peggy ließ sich die Melodie durch den Kopf gehen. Sie hatte dieses Lied beim Weihnachtskonzert für den Empire Service Club gesungen, so gut gesungen, daß sie zu einem Dakapo gedrängt worden war.

»Könnten Sie es in Es-Dur spielen?«

Entgegenkommend ging er in die gewünschte Tonart über und spielte ein paar Akkorde zum Auftakt. Mit einem Lächeln signalisierte sie ihm, sie sei bereit.

»›*I may be rihgt; I may be wrong*‹«, sang Peggy. Die Stimme war fest und klar. Sobald sie angefangen hatte zu singen, hob sich ihre düstere Stimmung etwas.

Alice hörte die Musik, während sie wartete, bis das Wasser kochte. Harry Wechsler war ihr in die Küche gefolgt. Die Diskussionen hatten ihn in Fahrt gebracht, und als die Musik anfing, war er in die Küche gekommen, um ein neues Publikum zu finden. Jetzt war er voll in Schwung.

»Als neununddreißig der Krieg in Europa ausbrach, habe ich über die japanische Armee berichtet, beim letzten Schlag am Jangtse, wie alle

Welt sagte. Meine Agentur hat mich nach Berlin geschickt. Was passiert? Durch die Luftschlacht um England bekommt unser Korrespondent in London die ganzen Titelseiten. Als ich meine, Rommel ist die große Story, braucht das deutsche Propagandaministerium Wochen, um mir eine Akkreditierung in Rommels Hauptquartier zu verschaffen. Während ich Däumchen drehe, marschiert Hitler in Rußland ein. Inzwischen bin ich auf dem Weg nach Rom. Und als ich in Rom auf ein Flugzeug nach Tripolis warte, was passiert? Die Japaner bombardieren Pearl Harbor. Am besten wäre ich bei den Japsen am Jangtse geblieben. Das ist die Geschichte meines Lebens, Schätzchen.« Sie schob sich an ihm vorbei zum Herd. Er trank einen Schluck Wein.

Über die Schulter sagte Alice spöttisch: »Und dann, als Ihnen die Kairoer Größen endlich erlauben, einen Blick auf die Front zu werfen, holen Sie sich einen Virus und landen wieder hier.«

Er legte ihr den Arm um die Taille. »Genau. Was mache ich Ihrer Meinung nach falsch?«

»Sie strengen sich zu sehr an, Mr. Wechsler«, sagte sie, schlüpfte aus der versuchten Umarmung und wärmte die Kaffeekanne vor.

Er nahm die Zurückweisung mit guter Miene hin.»Ich heiße Harry! Vielleicht haben Sie recht. Bloß eines ist sicher: während die Japaner gegen amerikanische Jungs kämpfen, regen sich Mr. und Mrs. Amerika nicht besonders darüber auf, daß sich die Briten irgendwo in Afrika ein paar Wüstendörfer von den Krauts wegschnappen lassen.«

»Heißt das, Sie wollen versuchen, in den Pazifik zu kommen?«

»Nein.« Wechsler beugte sich vor und schnupperte an den Blumen. »Wie ich gesagt habe, hier gibt es eine große Story: arabischer Nationalismus, britischer Kolonialismus, das jüdische Heimatland und der Expansionismus der Nazis. Jeder kämpft gegen jeden. Ich glaube, das könnte eine endlose Story werden.«

»Das will ich nicht hoffen, Mr. Wechsler.

»Grundsätzlich ist es eine Frage der richtigen Perspektive. Sagen Sie mal, diese Blumen duften ja alle nicht.«

»Ich weiß.«

»Aber alle haben Dornen.«

»Beklage dich nicht, weil der Rosenbusch Dornen hat; freue dich, daß der Dornbusch Rosen trägt.«

»Hören Sie, das ist hübsch. Ist Ihnen das eben eingefallen?«
»Es ist aus dem Koran«, sagte Alice.
»Wirklich? Es gefällt mir. Ich werde versuchen, es in meinen nächsten Artikel einzubauen.« Es war äußerst unwahrscheinlich, daß sich das machen ließ, aber er hatte festgestellt, daß die Leute so etwas gern von ihm hörten.
Während Alice mit Harry Wechsler in der Küche war, ging Pjotrs Diener an die Tür und fand dort einen Soldaten vor, der eine Nachricht für »Corporal Cutler« brachte. Er wurde unten in der Hotelhalle verlangt. Es war ein Notfall, er müsse sich beeilen. »Du meine Güte«, sagte Pjotr.
Als das Lied unter höflichem Beifall zu Ende ging, übermittelte der Fürst die Nachricht. »Die Pflicht ruft, Corporal. Ein Sergeant ist gekommen und entführt Sie uns. Ich hoffe, Sie kommen nächste Woche wieder und geben uns die Ehre. Ich bedauere den Zustand des Flügels, aber heutzutage ist es so schwierig, ihn stimmen zu lassen.«
»Danke«, sagte Jimmy Ross. Eine so plötzliche Abberufung erschreckte ihn, aber er versuchte, sich nichts anmerken zu lassen. »Es war wunderbar, wieder einmal auf einem wirklich guten Flügel zu spielen.«
»Was können Sie denn angestellt haben?« fragte Peggy besorgt. Sie wußte, daß Corporals, die abgeholt und in die Kaserne zurückgerufen wurden, selten etwas Angenehmes erwartete.
»Sagen Sie Alice, sie soll sich keine Sorgen machen. Ich bringe das bald wieder in Ordnung«, sagte er zu Peggy. Zu sich sagte er, es könne nichts wirklich Ernstes sein, sonst wären sie heraufgekommen und hätten ihn festgenommen. Andererseits war möglich, daß sie unten warteten, im sicheren Wissen, daß es keinen Fluchtweg gab.
»Haben Sie die Farbbänder unbeaufsichtigt gelassen?« rief Darymple spöttisch. »Machen Sie sich keine Sorgen, Corporal. Ich kümmere mich für Sie um Alice.«
Ross lächelte. Er sah sich um und entdeckte Alice nirgends. Aber alle beobachteten ihn, deshalb winkte er und ging.
Er war zwei Treppen hinunter, als Peggy auffiel, daß er seinen Silberbleifstift auf dem Flügel liegengelassen hatte. Sie hörte die Metallstollen seiner Stiefel auf der Treppe, als sie ihm nachlief.
Aber Ross ging schnell und wurde schon von einem MP-Sergeant

begrüßt, als Peggy den letzten Treppenabsatz erreichte. Der Sergeant stand in der Halle und hielt die Kampfjacke eines Offiziers über dem Arm.
»Was ist, Sergeant?«
»Es sieht nicht gut aus, Sir«, sagte der Sergeant. »Der Captain wartet draußen im Auto. Er hat die neuesten Informationen. Er wird es Ihnen erklären.« Sie redeten weiter und schoben sich durch die Eingangstür.
»Bert!« rief Peggy. Aber als sie unten war und auf der Straße stand, war er schon hundert Meter weit weg. Er stieg hastig auf den Vordersitz eines Austin-Lieferwagens. Der Sergeant sprang auf den Rücksitz und umklammerte immer noch die Armeejacke, während der Fahrer auf das Kupplungspedal trat und in den Verkehr einbog.
Peggy stand einen Augenblick lang im abendlichen Dunkel da. Der arme Bert Cutler, dachte sie, was werden sie mit ihm machen? Der Fahrer sah genau wie jener Captain Marker aus, der Solomons Hausboot durchsucht und sie hierhergebracht hatte, um ihre Papiere zu überprüfen. Aber es war fast Nacht, vermutlich irrte sie sich.

11

Der Ballon ist geplatzt«, sagte Lionel Marker, als er auf das Gaspedal des Austin-Lieferwagens trat und in den Verkehr einbog. Marker fuhr gern auf diesen vollen Straßen. Es war für ihn ein Spiel geworden. Jimmy Ross ächzte und klammerte sich am Sitz fest. Er hatte von Markers Fahrweise gehört.

»Bis jetzt ist noch nichts über den Fernschreiber gekommen, Sir. Es klingt, als ob der König aufgefordert worden wäre, die Regierung umzubilden, darauf unangenehm reagiert hätte und gestürzt worden wäre. Der Brigadier ist hierher zurückgeflogen. Er hat gesagt, im Hauptquartier gebe es eine Riesenaufregung. Er wartet vor dem Palast. Er will dort mit Ihnen reden, hat er gesagt.«

»Ich habe Ihre Jacke mitgebracht, Sir«, sagte der Sergeant auf dem Rücksitz. »Der Schneider hat sie heute morgen geliefert.« Er reichte die neue Kampfjacke mit den Majorskronen auf den Schulterstücken nach vorn.

»Ja, es ist besser, wenn ich sie trage«, sagte Ross mit einem erleichterten Seufzer. Er würde also den Brigadier kennenlernen. Es war gut, daß er ihm nicht in der Uniform eines Corporal entgegentreten und erklären mußte, er brauche sie für eine Ermittlung, die es gar nicht gab. Er nahm die Jacke unbeholfen entgegen, verrenkte sich, als er die Arme durch die Ärmel schob, und knöpfte sie dann zu. Sein Sergeant reichte ihm seinen Stoffgurt mit einem Revolver in dem Halfter.

»Schußbereit«, sagte der Sergeant. »Ein Offizier sollte seine Waffe griffbereit haben.« Sergeant Ponsonby war dem Major als Assistent und Sekretär zugeteilt. Er sah wie ein verschlagener alter Teufel aus, war aber sehr tüchtig.

»Danke, Sergeant.«

»Ich habe gewußt, daß das passiert«, sagte Marker. »Ich habe es gewußt. Lampson ist entschlossen, die Wafd-Partei wieder an die Macht zu bringen.« Die Straßen waren überfüllt. Aus einer Seitengasse trottete ein Esel heraus. Er wieherte wütend, als Marker ihn fast überfahren hätte. »Ich habe es vorhergesagt.«

Ross hielt einen Augenblick den Atem an. Drei alte Männer packten den Esel und riefen ihnen etwas nach. Ihre heftigen Flüche gingen in einer Abgaswolke unter. »Wirklich?« sagte Ross mit gespielter Ruhe. »Dann wäre ich Ihnen dankbar, wenn Sie es mir in kurzen Worten erklären könnten.«

Marker holte tief Luft. »Diesen Ärger haben wir dem Arschloch Lampson zu verdanken. Die Leute im Außenministerium in London haben nie begriffen, was sich hier tut. Sie leben immer noch in dem Zeitalter, in dem man Kanonenboote hingeschickt hat. Sie wollen nicht auf den Oberbefehlshaber hören und kriegen es nicht in die begriffsstutzigen Schädel, daß die Armee auch ohne die Folgen ihrer chronischen diplomatischen Fehler genug damit um die Ohren hat, Rommel aufzuhalten. Wir können mit unserer kleinen Garnison nicht ein paar Millionen empörte Ägypter in Schach halten und gleichzeitig Krieg führen.«

Deshalb regte sich Marker also so auf. Gut, das ging in Ordnung. Wenigstens war nicht herausgekommen, daß Major Cutler tot war. Marker wollte nur seinem Zorn über die seltsamen Aktivitäten des britischen Botschaftspersonals Luft machen. Das war eine Tirade, die Ross verstand – und in die er hätte einstimmen können, falls es nötig war.

»Haben Sie eine Zigarette für mich, Sir?«

Ross holte ein Päckchen heraus und reichte ihm eine. Er hatte in den letzten Tagen viel über Ägypten gelesen und außerdem Alice angezapft. »Aber wo liegt das Problem? Lampson will, daß die Wafd-Partei wieder an die Macht kommt, und die Wafd-Partei ist populär – das sind die Nationalisten, die größte politische Partei im Land.«

»Die Wafd-Partei wird nicht mehr so verdammt populär sein, wenn ihr mit britischen Bajonetten wieder zur Macht verholfen wird«, sagte Marker und nahm ein Feuerzeug aus der Tasche.

»Ich kapiere es nicht«, sagte Ross. Wenn ihm peinliche Fragen gestellt wurden, hatte es Ross für die beste Antwort gehalten, er sei in Schottland Kriminalpolizist gewesen, und dort habe Polizeiarbeit immer bedeutet, sich aus der Politik herauszuhalten. Aber wie Alice ihm gesagt hatte, spielte die Politik hier in Ägypten in alles hinein, was die Abteilung tat. Es war unmöglich, die Politik außer acht zu lassen. Laut Alice hatte Marker einen Instinkt für die hiesige Politik. Er war immer auf dem laufenden und schien die politische Lage richtig einzuschätzen. Sie sagte, sogar der Brigadier, der umgeben war von den Experten im Hauptquartier, bitte Marker manchmal um seine Meinung zu den Vorgängen.

Marker zündete sich die Zigarette geschickt mit nur einer Hand an. »Die offizielle britische Politik in Ägypten hat immer darin bestanden, einen Keil zwischen den König und jede starke politische Bewegung zu treiben. Das ist die ganze Theorie hinter der britischen Macht hier.«

»Und was wird der König jetzt tun?«

»Lampson ist ein geisteskrankes, rachsüchtiges Schwein. Es ist ihm zu Kopf gestiegen, daß er einen König herumkommandiert hat. Nachdem er Faruk vom Thron gestoßen hat, wird Lampson jetzt den Kaiser spielen. Ich glaube, wir sollten uns auf das Schlimmste vorbereiten.«

»Aufstände?«

»Ich hoffe nur, daß jemand die ägyptische Armee im Auge behält. Sie ist schwer bewaffnet.«

»Heiland! Wird es dazu kommen?«

»Warum nicht? Ganz gleich, was die Soldaten insgeheim von ihrem König halten, die Gyppo-Armee wird es als Beschmutzung ihrer Ehre sehen, daß wir ihren König vor die Tür gesetzt haben. Sie wissen doch, wie diese Hitzköpfe sind: Lang lebe Rommel und dieser ganze Scheißdreck.«

»Und der König hat der Armee die kräftige Solderhöhung verschafft. Das war schlau.«

Marker warf ihm einen anerkennenden Blick zu. Sein neuer Major hatte ein paar Hausaufgaben gemacht. »König Faruk ist kein Trottel«, sagte Marker. »Der Fettsack ist so gerissen wie eine Wagenladung Affen. Lampson will das einfach nicht kapieren.«

Sie bogen jetzt auf den Midan Abdin ein, den riesigen Platz vor dem Abdin-Palast. Soldaten und Polizisten bildeten Grüppchen und unterhielten sich. Bis auf drei britische Panzerspähwagen, die mit ausgeschalteten Scheinwerfern unauffällig außerhalb des Palastvorhofes parkten, wirkte alles ganz ruhig. Das einzige, was die Szene ungewöhnlich machte, war das Licht, das in allen Palastfenstern brannte. Durch ein Fenster waren Diener zu sehen, die Möbel umräumten.

Die Polizei mußte alle Zugänge zum Platz gesperrt haben, aber trotzdem boten zwei Araber Schmuck feil. Sie konnten immer hindurchschlüpfen: Selbst im Hauptquartier, mit bewaffneter Militärpolizei an jeder Tür, trafen sie auf den Fluren der oberen Stockwerke Araber an, die ihre Waren verkauften. Welch undankbare Aufgabe für einen Sicherheitsoffizier.

Die drei Männer sahen sich nach ihrem Brigadier um, aber ohne Erfolg. Sie fuhren weiter zur Ecke der Scharia el-Bustan. Dort standen zwei khakifarbene Fahrzeuge des Stabs mit den Abzeichen der britischen Truppen in Ägypten und ein Bedford-Laster, in dessen dunklem Inneren ungewöhnlich stille britische Infanteristen saßen. Der Laster parkte ggenüber den Straßenbahngleisen, an der Stelle, wo sie um die Ecke bogen.

Auf dem Abdin-Platz, in der Nähe des hohen Zauns, stand ein halbes Dutzend britischer Offiziere in Zweiergruppen und redete miteinander. Alle trugen Revolver. Am Palasttor standen neben den üblichen Posten der ägyptischen Armee ägyptische Polizisten in der Winteruniform aus schwarzer Wolle.

»Sehen Sie«, sagte Marker. »Der schlaksige Lieutenant dort heißt Spaulding. Er arbeitet im Büro des Brigadiers im Hauptquartier. Ehemaliger Universitätsdozent oder so was in der Richtung, hab' ich gehört. Verdammt übereifrig. Nehmen Sie sich vor ihm in acht: Er ist ein kriecherischer kleiner Schleimscheißer, und der Brigadier glaubt, aus seinem Arschloch scheint die Sonne.« Der Gegenstand von Markers Beschreibung stand neben einem Stabsfahrzeug mit den Abzeichen des Brigadiers. Sie fuhren zu ihm hinüber.

Ross stieg aus und sagte so beiläufig wie möglich: »Was für ein herrlicher Abend. Was ist denn eigentlich los, Mr. Spaulding?«

Der Lieutenant hatte einen Stahlhelm auf und trug in einem Segeltuchhalfter um die Hüfte eine Pistole. Er strahlte Eifer aus. Manche Männer paßten sich dem militärischen Leben ganz natürlich an, dachte Ross.

Vielleicht war es nicht allzu verschieden von der abgehobenen Welt der Universität.
Lieutenant Spaulding salutierte mit der Energie und Präzision eines Sergeant der Guards und sagte: »Ja, ein wahrhaft denkwürdiger Abend, Sir. Sind Sie über die Lage im Palast auf dem laufenden, Sir?« Spaulding meinte, ob sein Major darüber auf dem laufenden sei, was er und alle anderen im Hauptquartier von der Lage im Palast hielten.
»Nein, der Teufel soll mich holen, wenn ich auf dem laufenden bin«, sagte Ross. Es war herrlich, ein Major zu sein. Er redete genauso, wie er als Corporal geredet hatte, aber jetzt wurde er von seiner Umgebung ernstgenommen.
Vielleicht setzte dem Lieutenant plötzlich die Schönheit der Nacht zu – die Luft kühl und seidig, der dunkle Himmel gesprenkelt mit zahllosen Sternen –, denn er lächelte und sagte mit normalerer Stimme: »Botschafter Lampson hat dem König ein Ultimatum gestellt. Es ist um achtzehn Uhr abgelaufen. Der König ist jetzt im Palast, mit einer Clique von Politikern. Er hat sich zum Abdanken entschlossen, aber niemand ist sich ganz sicher, wer die Macht übernimmt.«
»Was für ein Ultimatum?« Ross sah Spaulding an. An seiner Uniform war alles in Ordnung, die Qualität war gut, und sie saß bestens, aber Spaulding gehörte zu den Männern, die allen Anstrengungen zum Trotz nie wie Soldaten aussehen würden.
»Der König ist aufgefordert worden, die Wafd-Partei mit der Regierungsbildung zu beauftragen. London hat genug von dieser Clique.«
»Und falls sich der König weigert?«
Spaulding ließ ein ironisches Dozentenlächeln sehen. »Das habe ich Ihnen doch eben gesagt: Er hat sich schon geweigert. Das Ultimatum ist um sechs abgelaufen.«
»Und was jetzt?«
»Lampson hat eine Audienz verlangt und muß jeden Augenblick zurückkommen. Soweit ich es verstanden habe, ist General Stone oder sonst jemand vom Stab bei ihm. Sie werden den König zwingen, die Abdankung zu unterschreiben.«
»Und dann?«
»Sie wollen, daß ihn die Armee sofort zum Flughafen eskortiert. Die

Royal Air Force hat ein Flugzeug bereitgestellt. Ich bin mir nicht sicher, wohin er geflogen wird. Vielleicht in den Sudan.«
»Was für ein Durcheinander«, sagte Ross. »Sind das unsere Leute?« Er nickte in die Richtung des Bedford mit den Männern darin.
»Nein. Bis auf uns ist niemand von unseren Leuten hier. Der Brigadier hat gesagt, unsere Leute sollen aus dieser Sache herausgehalten werden: zu öffentlich. Ich habe einen Trupp Rotmützen aus der Kaserne entführt, damit sie die Drecksarbeit machen. Motorradeskorte und das ganze Drum und Dran. Sie sind außer Sichtweite in der Scharia el-Bustan, bis sie gebraucht werden.« Er nahm den Stahlhelm ab und wischte sich die Stirn mit dem Taschentuch ab. Spaulding wünschte sich, er hätte den Helm nicht mitgebracht, aber weil er ihn nirgends ablegen konnte, hatte er keine andere Wahl, als ihn aufzubehalten.
»Gut«, sagte Ross ohne Begeisterung. »Klingt, als ob es eine lange Nacht wird.«
»Sie haben nie ein wahreres Wort gesprochen«, sagte eine tiefe, sonore Stimme. Das war der Geheimdienstbrigadier aus dem Hauptquartier. Er hatte die Abordnung der Militärpolizei inspiziert, die Spaulding auf der Nebenstraße versteckt hatte. Das war also der Mann, von dem Ross gehört hatte; er wirkte onkelhaft. Es war ein Bär von einem Mann, dessen langer Dienst in den Tropen sein Blut verdünnt zu haben schien. Selbst an diesem ungewöhnlich milden Abend trug er einen Mantel, der über einem dicken Wollschal bis zum Hals zugeknöpft war. Er erwiderte das Salutieren seiner beiden Offiziere mit einem Schwenken seines lederbezogenen Offiziersstöckchens. »Endlich lernen wir uns kennen, Major Cutler. Das hier haben uns die verdammten Zivilisten eingebrockt. Vergessen Sie das nicht.« Er sah auf seine Armbanduhr.
»Nein, Sir.«
»Und dieser verdammte Lampson spricht nicht einmal arabisch. Ich kann mir nicht vorstellen, warum Winston ihn hierbehält.« Er sah wieder auf die Uhr. »Wann soll Lampson zurückkommen?« fragte er Spaulding.
»Um einundzwanzig Uhr, Sir.«
»Das ist es jetzt fast«, sagte der Brigadier verdrossen. »Heute sind alle

im Hauptquartier verdammt nervös. Im Kartenzimmer gehen die Stecknadeln aus.« Er grinste, um zu zeigen, daß es ein Scherz war. »Wenn sie Rommel nicht bald aufhalten, sitzt er bald auf der Veranda des Hotels Shepheard und macht das letzte Stella-Bier nieder.«
Fast jeder in Kairo machte denselben Scherz. Ross war sich nicht ganz sicher, wie er auf einen Brigadier in dieser Stimmung – wir beide Schulter an Schulter gegen den Rest der Welt – reagieren sollte. Wurde von ihm erwartet, daß er ja oder nein sagte? Ross nickte und räusperte sich.
»Sieht danach aus, daß Auk Ritchie hinauswirft«, sagte der Brigadier, weil er den niedrigeren Rängen zeigen wollte, an was für Gesprächen auf hoher Ebene er beteiligt war.
»Werden wir es schaffen, sie aufzuhalten?« fragte Ross.
»Bei Gazala? Ich hoffe es. Ritchie sollte wirklich gefeuert werden. Niemand glaubt mehr an ihn.«
Ross sah Spaulding an, aber Spaulding wartete raffiniert auf eine Antwort von ihm. Ross sagte: »Wird es die Moral verbessern, wenn der Armeebefehlshaber entlassen wird?«
Der Brigadier sah ihn an und lächelte. Der neue Major war schlau, manche dieser Zivilisten waren intelligent. »Genau das wird sich der Alte auch denken, was?«
»Ja, Sir.«
»Da kommen sie. Wenigstens ist der Mistkerl pünktlich.«
Lampsons Wagen bog auf den Platz ein, begleitet von einem Wagen mit Botschaftsangehörigen. Dann kamen vier Panzerspähwagen und drei Laster, beladen mit Infanterie in voller Gefechtsmontur samt Gewehren.
Das Palasttor war abgeschlossen. Die kleine Prozession kam davor zum Stillstand. Die ägyptischen Posten hielten sich fern vom Zaun. Ein britischer Offizier trat vor und packte das Tor. Er rüttelte heftig daran, stellte aber fest, daß es abgeschlossen war. Er ging zum Auto zurück, um sich Instruktionen zu holen, und offenbar bekam er sie, denn er machte sich sofort wieder auf den Weg. Mit seinem Webley-Revolver schoß er das Schloß vom Tor. Die Schüsse hallten auf dem leeren Platz wider. Metall quietschte, als er das Tor weit aufriß. Als erstes Fahrzeug fuhr ein Panzerspähwagen hindurch. Der Fahrer nahm die Kurve zu

steil, und ein lautes Kreischen entstand, als die Panzerung ein Stück Metall vom Tor abriß.
Lampsons Wagen folgte, hielt an, und die Männer darin stiegen aus. Lampson ging an dem Panzerspähwagen vorbei und voraus über die Zufahrt zum Haupteingang des Palastes. Die Tür ging auf, als er dort ankam, und er ging hinein. Die Panzerspähwagen und die Laster blieben am Zaun stehen. Niemand stieg aus.
Der Brigadier sah schweigend zu, bis Lampson im Palast verschwunden war. »Heute nacht wird Geschichte gemacht, meine Herren.« Nachdem er diese gewichtige Erklärung abgegeben hatte, um Eindruck zu schinden, ging er weg, um sich mit jemandem in einem der Panzerspähwagen zu besprechen.
Lieutenant Spaulding sagte: »Das Groteske daran ist, daß sich Sir Walter Monckton gerade in Kairo aufhält. Das war der Mann, der die vom Herzog von Windsor unterschriebene Abdankung aufgesetzt hat. Jetzt setzt er Faruks Abdankung auf.«
»Warum ist er hier?« fragte Ross.
»Reiner Zufall. Er hat einen Stuhl in einem der Büros abgewetzt, in denen der wahre Krieg gekämpft wird. Ich glaube, sein voller Titel lautet Generaldirektor der britischen Propaganda- und Nachrichtendienste.«
»Habe ich da einen zynischen Unterton gehört, Mr. Spaulding?«
»Keineswegs, Sir. Es dient auch, wer sich propagierend müht.«
Ross lächelte über das verballhornte Miltonzitat. Als Major bekam man nicht nur besseres Essen und eine bessere Unterkunft, sondern auch bessere Witze zu hören.
Der Brigadier kam mit guten Nachrichten zurück. »Lampson scheint es abgeblasen zu haben. Keine Abdankung. Der König ist damit einverstanden, die Wafd-Partei wieder an die Macht zu bringen. Wir können also alle gehen und ausschlafen. Natürlich bis auf die Militärpolizei. Urlaub ist gestrichen: Alle Truppen sind in die Kasernen zurückbeordert. Sie werden die Straßenstreifen verdoppeln und in den gängigen Puffs hart durchgreifen. Mit ein bißchen Glück bleibt es heute nacht friedlich. Was uns das Morgen bringt, können wir alle nur raten.«
Er klopfte Ross mit dem Offiziersstöckchen auf die Schulter und wedelte dann mit dem Stöckchen in der Luft herum, als er wegging, um

Ross zu zeigen, er solle ihm folgen. Gerüchte wollten wissen, er habe seine Militärlaufbahn als Subalterner in einer Meldetruppe begonnen, in den Tagen der Winkflaggen.
»Ein Wort unter vier Augen, Major Cutler.«
»Ja, Sir?«
»Ich weiß, Sie haben eigene Methoden. Nacht-und-Nebel-Aktionen... falsche Bärte und Klettereien auf Minarette.«
»Nur wenn es unbedingt notwendig ist«, sagte Ross.
Der Brigadier sprach weiter, als hätte er ihn nicht gehört. »Ja! Genau was dieser Lawrence von Arabien im letzten Krieg gemacht hat. Großartig! Liegt in der Westminster Abbey begraben, hab' ich gehört. Oder in St. Paul's oder sonstwo. Aber bei Ihrer gegenwärtigen Aufgabe gibt es ein paar Aspekte, von denen ich möchte, daß Sie sie sich hinter die Ohren schreiben.«
»Ja, Sir?«
»London, manchmal sogar Winston persönlich, hat den Alten in letzter Zeit ziemlich gebeutelt. Winston wird es allmählich ziemlich leid, daß er dauernd mit dem Rücken zur Wand Reden halten muß, obwohl er das so gut kann. Er scheint sich ein feurigeres Thema zu wünschen: ein paar wichtige Siege auf dem Schlachtfeld, gewonnene Seeschlachten. Etwas, was seinem leicht gestelzten Prosastil besser entgegenkommt.« Der Brigadier lachte, um deutlich zu machen, seine Kritik am Premierminister beschränke sich auf die literarischen Anstrengungen des großen Mannes.
Ross sagte nichts. Er versuchte zu erraten, was kam, aber bis jetzt hatte sich der Brigadier an diesem Abend als ein Mann ständiger Überraschungen erwiesen.
»Es ist eine Tatsache, Cutler, alter Junge, daß ich in diesem Fall zur Eile angetrieben werde. Ich weiß, daß Sie keine Wunder vollbringen können, aber« – er senkte die Stimme, um die Vertraulichkeit zu unterstreichen – »London hat irgendeine Mithörmöglichkeit, so daß sie wortwörtlich wissen, was unser Freund Rommel an Geheimsignalen aus Berlin erhält. Verdammt, wortwörtlich!«
Der Brigadier machte eine Pause, bis Ross ihn anschaute, um herauszubekommen, was als nächstes kommen könnte. Als er sich der ganzen Aufmerksamkeit seines Majors sicher war, fuhr der Brigadier fort.

»Tut mir leid, daß ich nicht früher mit Ihnen sprechen konnte, aber ich habe gewußt, daß Sie sich mit den vertraulichen Akten Ihres Vorgängers befassen werden. Also wissen Sie, daß Rommel von jeder Anordnung des Alten erfährt, noch ehe sich der Staub gelegt hat. Von jedem Panzerbataillon, von jeder Infanteriebewegung, in allen Einzelheiten bis zu den mobilen Bade- und Entlausungseinheiten.« Er machte eine Pause und nickte vor sich hin.
Ross sagte nichts. Marker hatte ihm gesagt, er solle die Vorträge des alten Mannes nicht unterbrechen. Er sagte alles gern doppelt und dreifach, bei der Armee war das üblich.
»Ja«, sagte der Brigadier. »Rommel erfährt jede Einzelheit über unseren Befehlsweg und unsere Marschbewegungen. Und wer auch immer es ihm verrät, er liegt richtig. Er muß aus Kairo kommen: es sind Sachen dabei, von denen London nichts weiß. Wenn wir ihn nicht bald knacken, habe ich den Kopf in der Schlinge, wenn Sie wissen, was ich meine?«
»Ja, Sir.« Das war genau die Instruktion, die er den Akten entnommen hatte, und genau das, was der Brigadier Markers Ansicht nach sagen würde.
»Guter Mann. Typen von der Gyppo-Armee, was?«
»Wie bitte, Sir?«
»Von der ägyptischen Armee. Daher kommt das alles. Ich meine, das liegt doch auf der Hand.«
»Da bin ich mir noch nicht sicher, Sir.«
»Sie sind der Kriminalist, Cutler. Ich bin nur Soldat. Aber Ihnen ist doch sicher klar, daß es jemand sein muß, der sich mit dem Papierkram der britischen Armee auskennt. Es ist keiner von uns. Wir haben im Hauptquartier jeden unter die Lupe genommen, der Zugang zu dieser Art von Material hat, und haben nichts gefunden. Es muß jemand von außen sein. Es sind zu viele Informationen, als daß ein einzelner Spion sie sammeln könnte, es ist ein Netz. Wer sonst als diese Kerle von der Gyppo-Armee? Sie wollen, daß Rommel gewinnt, das wissen wir. Wir haben es oft genug von ihnen gehört.«
»Ich bleibe dran, Sir.«
»Sie haben so einen Hitzkopf von der Gyppo-Armee im Visier?«
Natürlich: Sajed. Ross fragte sich, was sonst noch während der Enten-

jagd zu dem Alten durchgesickert war. »Ja, Sir. Aber wenn wir zu schnell etwas unternehmen, taucht er unter, und wir sind wieder ganz am Anfang.«
Der Brigadier peitschte mit seinem Stöckchen die Luft. »Wir brauchen keine Beweise bis zum I-Tüpfelchen, Major. Sie stehen nicht im Old Bailey und müssen sich nicht auf ein Kreuzverhör von irgendeinem bösartigen Verteidiger gefaßt machen. Wenn Sie mit dem Finger auf den zeigen, den Sie für den Schwätzer halten, räumen wir ihn aus dem Weg, und der Fall ist erledigt.«
»Ich weiß, Sir.«
»So werden die Dinge hier geregelt.«
»Ja, Sir.«
Der Brigadier wollte es nicht dabei bewenden lassen. Er hatte das Gefühl, er habe seinem Untergebenen noch nicht ausreichend deutlich gemacht, wie es hierzulande zuging. »König Faruk hat sich zu dem entschlossen, was für ihn das beste ist. Morgen wird die alte Regierung hinausgeworfen, und die Wafd-Minister werden vereidigt. Die neuen Männer werden sich mit einer Wildheit auf die alten stürzen, die keine Grenzen kennt. Etliche werden im Knast aufwachen, etliche werden als Fischfutter im Kanal enden. Bis Ende nächster Woche sind alle Bestechungsgelder auf neue Bankkonten eingezahlt, und Ägypten wird sich wieder an eine stabile Regierung gewöhnen, während wir mit dem Krieg weitermachen.« Wieder ein heftiger Schlag mit dem Stöckchen. »Trotzdem, durch diesen plötzlichen Umsturz bekommen Sie vielleicht eine Chance, die Kerle zu schnappen, nach denen wir suchen. Falls wir irgendwelchen Leuten ein dickes fettes Schmiergeld zahlen müssen, damit sie ihre Pflicht tun, sei's drum.«
»Ja, Sir.«
»Sie wissen, was ich meine?«
Ross hatte den Verdacht, der Brigadier wolle, daß er falsche Zeugen bezahle, war sich aber nicht sicher. »Die Korruption hier gehört zu den Dingen, die meine Arbeit schwierig machen.«
»Unsinn, Cutler. So dürfen Sie nicht denken. Wenn man die ägyptische Korruption mit den Augen eines Engländers sieht, ist das so irreführend wie englischer Alkoholkonsum in den Augen eines ägyptischen Moslems.«

»Das werde ich mir merken, Sir.« Er beschloß, dem Brigadier nicht zu sagen, er sei Schotte, kein Engländer. Solche Verbesserungen, ganz gleich wie sanft sie auch vorgebracht wurden, regten Engländer immer auf.
Der Brigadier schnüffelte und attackierte ihn direkt. »Sie glauben nicht, daß es die Gyppos sind, nicht wahr.«
»Ich bemühe mich um Unvoreingenommenheit, Sir.«
»Es muß ein Netz sein. Geben Sie das zu.«
Ross hatte Stunden damit verbracht, noch die letzte Akte im Büro durchzuarbeiten. »Das heißt nicht unbedingt, daß es die ägyptische Armee sein muß, Sir. In dieser Stadt gibt es viele Spionagenetze. Die Italiener, die Vichy-Franzosen, die Griechen und die Juden aus Palästina haben alle eng verbundene nationalistische Gemeinden, hier in Kairo und in Alex. Manche klein, manche groß. Manche öffentlich, manche weniger. Sie alle sammeln Informationen und koordinieren sie. Man könnte fast sagen, sie alle haben ein Netz.«
Der Brigadier war sich sicher gewesen, seine Theorie über die ägyptische Armee sei unanfechtbar. Jetzt machten ihn diese weiteren Verdächtigen weniger sicher. Er blinzelte, als hätte er einen Schlag bekommen, erholte sich aber schnell von seinem Verdruß. »Und Sie behalten diese ganzen Mistkerle im Auge?«
»Ja, Sir.«
»Kopf hoch, Cutler. Sie könnten sich keinen verständnisvolleren und unkonventionelleren Vorgesetzten wünschen als mich, was?«
So also sah der Brigadier sich selbst. »Nein, Sir. Wirklich nicht.«
»Ah, schauen Sie sich das an! Lampson und seine Witzbolde kommen aus dem Palast. Was muß es doch für ein Gefühl sein, neben Königen zu schreiten und doch ein Mann des Volkes zu bleiben!«

12

Die Bab-el-Hadid-Kaserne war ein seltsam aussehendes dreistökkiges Gebäude, die Nachahmung einer kleinen Kreuzfahrerburg samt zinnenbewehrten Wällen und viereckigem Turm. Weil sie direkt gegenüber der Anlagen und Plätze des Kairoer Hauptbahnhofs lag, wurde sie täglich von Hunderten gesehen, die ankamen oder abfuhren. Und doch bekamen nur wenige Menschen, mit Ausnahme der Sonderermittlungsabteilung der Armee, des Sicherheitsstabs, der Militärpolizei und der Häftlinge, den exotischen Bau an der Scharia el-Malika Nasli je von innen zu sehen.

Das Büro, in dem Jimmy Ross jetzt herrschte, war ein großer, hoher Raum mit einem elektrischen Ventilator und zwei großzügig bemessenen Fenstern. Das eine ging auf den Bahnhofsvorplatz hinaus. Aus dem zweiten konnte man die Dächer des Bulak sehen, eines schmutzigen Viertels, in das Europäer selten gingen. Unterhalb lag ein Paradeplatz mit Geschützstellungen vor dem Wachhaus, die mit Sandsäcken gesichert waren. Im Erdgeschoß war ein Zellentrakt mit seit Juni des Vorjahres verstärkten Türen. Damals hatten fünf mit Handschellen gefesselte australische Soldaten einfallsreich die Türschrauben entfernt und waren mit einem Müllwagen geflohen. Im Augenblick war der Hof leer bis auf eine große Humber-Limousine mit Ballonreifen und zwei Austin Tillys: Mehrzwecklieferwagen mit Segeltuchdach. Einer davon war Major Cutler zugeteilt, und Jimmy Ross erfreute sich am Luxus, ihn zu benützen.

Er sagte sich immer wieder, er solle fliehen, aber er genoß seine Situation so sehr, daß er sich nicht losreißen konnte. Jeder Augenblick, den er mit Alice verbrachte, war kostbar; sie brachte ihn dazu, Dinge an sich zu entdecken, die er nicht gekannt hatte. War das ein Symptom für das Verliebtsein? Aber es war nicht nur sein Faible für Alice Stanhope,

das ihn hier festhielt. Jedenfalls versuchte er, sich das einzureden. Vielleicht lag es an dem Schauspieler in ihm. Oder an dem infantilen Vergnügen, das es ihm bereitete, alle zu täuschen. Oder an der Freude darüber, nach einem Leben als Niemand der Chef zu sein. Was auch der Grund sein mochte, er baute die Täuschung aus, spielte seine Rolle weiter und verfeinerte sie. Nur ein Schauspieler konnte die Herausforderung verstehen. Der eigentliche Erfolg bestand nicht darin, den authentischen Albert Cutler zu verkörpern, sondern gekonnt den Menschen zu erschaffen, für den sie alle Cutler hielten.
Er lehnte sich im Stuhl zurück und runzelte leicht die Stirn, während ihm Captain Marker den täglichen Bericht erstattete. Es war ein Riesenglück für Jimmy Ross, daß sein unmittelbarer Vorgesetzter, der Brigadier, sein Büro im monolithischen Hauptquartier »Gray Pillars« in der Gartenstadt auf der anderen Seite Kairos hatte. Er konnte schalten und walten, wie er wollte. Es war eine hübsche Vorstellung, was passieren würde, falls ihm das Unmögliche gelang und er Rommels Spion fand. Manchmal, wenn er ganz in seiner Rolle aufging, hatte er das Gefühl, er sei im Begriff, es zu schaffen.
»Und was halten Sie davon, Captain Marker?« fragte er, als Markers Bericht zu Ende war.
Es war Markers tägliche Aufgabe, das neue Material durchzuarbeiten, so unterschiedliche Quellen zu sichten wie Informationen aus der Botschaft und die ganz gewöhnlicher arabischer Spitzel. Es war ein langer Morgen für ihn gewesen. Seit die Briten mit Panzerspähwagen gekommen waren, um den König in seinem Palast unter Druck zu setzen, war die Atmosphäre in Kairo bedrohlich. In der Stadt wimmelte es von Gerüchten und Geschichten. Die üblichen Polizeispitzel standen Schlange und meldeten endlose Varianten über eine Verschwörung, die britische Besatzungsmacht zu stürzen.
Marker fügte ein paar Zusatzbemerkungen hinzu: »Es hat Demonstrationen gegeben, aufgespalten und unorganisiert. Die Amr-Moschee ist mit antibritischen Parolen und Flaggen dekoriert worden. Es streift immer noch Pöbel herum und hält Ausschau nach Ärger. Alle Armeeeinheiten sind alarmiert, und wir haben alle Europäer davor gewarnt, sich auf die Straße zu begeben, es sei denn, sie hätten etwas Wichtiges zu erledigen.«

»Spaulding hat angerufen und gesagt, der königliche Automobilclub sei geschlossen worden«, sagte Ross. »Ich nehme an, er wollte dort zu Mittag essen.«
»Und der Vorsitzende, Fürst Omar Faruk, ist festgenommen worden. Die neue Regierung behauptet, der Club sei ein Treffpunkt gefährlicher politischer Splitterparteien geworden.«
»Spaulding hat gesagt, dem König habe der Club gefallen.«
»Ja, es wird ihn wütend machen, daß der Club geschlossen ist.« Marker putzte sich die Nase.
»Sie bekommen eine Erkältung.«
»Es ist nur der Staub.«
»Falls der meiste Lärm und die meiste Aufregung auf der Straße schlicht und einfach Unterstützung für den König sein soll, kommen wir damit zurecht.« Jimmy Ross gab sich Mühe, das kompetent klingen zu lassen.
»Unterstützung für den König ist oft eine gerissene Art auszudrücken, werft die Briten raus«, sagte Marker.
»Ich nehme an, es ist besser, sie lassen da Dampf ab, wo wir es sehen können. Aber können wir die neue Regierung nicht daran hindern, die Politiker und Gewerkschaftsfunktionäre einzusperren? Das klingt danach, als könnte das echten Ärger auslösen«, sagte Ross. »Wem geben sie die Jobs?«
»Kind und Kegel. Brüdern, Söhnen, engen Freunden, Leuten, die bereit sind, den Kuchen zu teilen. Die wollen schnell Geld in die Pfoten bekommen. Die Wafd-Partei muß sich für fünf magere Jahre in der Opposition entschädigen.«
»Ich nehme an, das gehört alles zum Spiel.«
»Diese Leute spielen unfair«, sagte Marker. »Es hat schon eine Menge Unfälle mit Todesfolge gegeben.«
»Was hört man denn heute morgen so von den Leuten in der Botschaft?« fragte Ross.
»Den üblichen Stuß. Die Wafd-Partei war seit 1936 der verläßlichste Verbündete der Briten . . .«
»Wir lassen sie also machen, was sie wollen?« fragte Ross.
»Es ist ihr Land.«
»Geben Sie sich darüber nur nicht zu blasiert, Captain Marker. Und

was soll das ganze Theater um dieses Arschloch Abdel-Hamid Scherif?«

»Die Wafd-Partei versucht, den Stabschef der Armee zu entlassen. Sie will die Streitkräfte politisieren. Das könnte ein Dorn im Auge für uns werden. Lampson und die Leute von der Botschaft wissen nicht, wie sie damit umgehen sollen.«

»Mhm«, sagte Ross und dachte an einen Bericht, den er eben erst zu Ende gelesen hatte. »Und ich nehme an, die Wafd-Partei wird dasselbe bei den Berufungen an die al-Azhar-Universität versuchen. Sie werden versuchen, alles mögliche zu politisieren, aber die Studenten werden sich dagegen wehren.« Marker hob die Augenbrauen. Ross kam zum Schluß, er mache seine Sache gut. »Aber Sie haben meine Frage nicht beantwortet. Was ist mit Abdel-Hamid Scherif?«

»Er greift uns an. Er arbeitet an einer politischen Petition über faschistische britische Einmischung in die ägyptische Demokratie. Er droht damit, eine Kopie an alle neutralen Botschaften in Kairo zu schicken.«

»Ein kluger Schachzug. Sie sollten mehr herausfinden. Der Brigadier wird mich bestimmt danach fragen.«

»Danke, Major.«

»Tut mir leid, Lionel, aber jemand muß es machen, und der Brigadier heizt mir wegen Rommels Spion ein. Setzen Sie Abdel-Hamid Scherif auf Ihre Liste und halten Sie mich auf dem laufenden. Was wird Ihrer Meinung nach als nächstes passieren?«

Captain Marker seufzte. »Alles, was Lampson angeblich verhindern will. Die Wafd-Partei wird die Unterstützung der *effendija* verlieren, der Studenten und der jungen Armeeoffiziere. Die Bourgeoisie wird noch entschiedener gegen die Wafd-Partei eintreten. Andererseits erfreut sich Faruk jetzt einer Beliebtheit, die er sich nicht hätte träumen lassen.«

»Noch etwas?«

»Leider ist es für ein Schottenfest am Geburtstag von Burns schon zu spät«, sagte Marker und legte ein Blatt Papier vor ihn hin. Als er den verwirrten Blick sah, fügte er hinzu: »Die Männer schottischer Abstammung. Sie haben um eine Liste der Männer gebeten, die nördlich der Grenze geboren sind.«

»Ah, ja«, sagte Ross. Aus Angst, zufällig einem alten Freund oder Kollegen von Albert Cutler über den Weg zu laufen, hatte er einen seiner Mitarbeiter gebeten, aus den Dienstakten eine Liste zusammenzustellen. Marker wußte also darüber Bescheid; es war nicht einfach, Marker etwas zu verheimlichen. Er sah ängstlich auf das Blatt. Nur zwei Männer waren aus Glasgow, und beide waren nicht bei der Polizei gewesen. »Wie schade«, sagte Ross, schob die Liste beiseite und heuchelte Enttäuschung. »Macht nichts. Wir versuchen es vor dem Andreastag wieder. So, ich will Sie nicht aufhalten, Mr. Marker. Ich weiß, Sie sind ganz wild darauf, Abdel-Hamid Scherif aufzuspüren.« Ross bedachte ihn mit einem kleinen Lächeln. Er mochte Marker.

»Genau«, sagte Marker. Das Gefühl beruhte auf Gegenseitigkeit. Marker hatte zu seinem vorherigen Chef keine enge Beziehung gehabt. Er mochte den Neuen und seine unorthodoxen Methoden. Er war immer noch nicht ganz über die Überraschung hinweg, als er von Major Cutlers erstaunlichem Auftritt beim Zusammenschlagen des Arabers in dem Bordell gehört hatte. Das war eigentlich nicht das, was man von ihm erwartete. Wenngleich Marker bei seiner Arbeit im Anwaltsbüro in England gelernt hatte, Menschen nicht vorschnell einzuschätzen. Er hatte das Gefühl, Major Albert Cutler sei eine vielschichtige Persönlichkeit. Wenn er ihn ansah, konnte Marker ein gewisses Zögern ausmachen, Zurückhaltung ... fast Ängstlichkeit. Aber worüber hätte sich ein derart zäher Mann Sorgen machen sollen?

Marker griff nach seinen Notizen. »Auf bald, Major. Übrigens würde ich in den nächsten Tagen nur bewaffnet ausgehen.«

Ross lächelte ihn an.

Als Marker ging, brachte der Sergeant, der Major Cutlers Sekretär war, ihm eine Tasse Tee und sagte: »Der Brigadier ruft Sie um halb zwölf an, Sir.« Sergeant Ponsonby war über vierzig, ein dünner, unergründlicher Mann aus Yorkshire, dessen kurzärmeliges Hemd Tätowierungen bis zu den Handgelenken sehen ließ.

»Wie lange sind Sie schon im Nahen Osten, Sergeant Ponsonby?«

»Seit dem fünfzehnten April 1936, Sir.«

»Mein Gott! Und Sie waren nie zu Hause?«

»Nein, Sir. Keine Angehörigen, niemand, den ich besuchen könnte.«

»Mit welchem Regiment sind Sie gekommen?«

»Ah, die Infanteristen kehren mit der Zeit alle nach Hause zurück. Ich bin mit dem Bautrupp gekommen. Pioniere schicken sie nicht so regelmäßig nach England zurück wie andere Truppen.«

»Wissen Sie, was der Brigadier von mir will, Sergeant?«

»Nein, Sir. Dringend und wichtig. Mehr hat sein Büro nicht gesagt. Danach wird der Brigadier zwei bis drei Tage verreisen.«

Zwei bis drei Tage hieß normalerweise, daß der Brigadier zur Entenjagd fuhr. Die Botschaft und das Hauptquartier veranstalteten jede Woche eine Entenjagd. Einmal hatte ein Mann von der Sicherheitsabteilung am Hafen die Nase in die Diplomatensendung aus London gesteckt und zehntausend Patronen gefunden.

»Es ist ein verdammt seltsamer Krieg, Sergeant.«

Sergeant Ponsonby sah ihn an und nickte. Ponsonby hatte jede Menge Kämpfe mitgemacht. Er hatte sich seinen dritten Streifen verdient, als er unter Beschuß Minenfelder räumte. Er hatte in Äthiopien gegen die Italiener gekämpft und in Griechenland gegen die Deutschen. Die Abteilung für Sonderermittlungen hatte ihn angefordert, weil er ein passables Arabisch gelernt hatte, außerdem Hindi und ein paar andere indische Sprachen. »Man muß es nehmen, wie es kommt, Sir«, sagte der Sergeant. »In Kairo konnte man schon immer eine ruhige Kugel schieben.«

»Ja. Danke, Sergeant. Haben Sie das hier gelesen?« Ross klopfte gegen einen Bericht über den Tod des dreiunddreißigjährigen Sergeant Major vom Feldzeugwesen.

»Ja, Sir.«

Ross ging mit dem Sergeant vorsichtiger um als mit den anderen. Ponsonby hatte die ganze Schläue und den Instinkt des alten Soldaten. Falls Ross eine falsche Bewegung machte, hätte Ponsonby es vor den anderen gemerkt. »Wunderbar, nicht wahr? Das dreckigste Bordell in el-Birka und nur ein paar Schritte vom Hotel Shepheard entfernt.«

Der Sergeant schaute ihn an. Inzwischen hatten alle im Gebäude gehört, wie knallhart ihr Major beim Verhör des Bordelleiters vorgegangen war. »Messerstiche waren die Todesursache«, sagte Ponsonby, der erpicht darauf war, die Akte zu schließen und abzulegen. »Armes Schwein.«

»Sie und ich, Sergeant, müssen mit nur einem Soldbuch pro Nase auskommen. Dieser Sergeant Major hatte zwei. Und eine ganze Menge entscheidend wichtige Armeepapiere.« Er schlug die Akte auf, um seine Erinnerung aufzufrischen. Der Sergeant Major war Lagerverwalter im Militärdepot in Abbasija gewesen, hatte ausgegeben, was die Armee verniedlichend »kriegsbezogene Güter« nannte. In letzter Zeit hatte das Depot viel durch Diebstahl eingebüßt. Nicht nur Stiefel und Reifen, sondern Gewehre, Signalzubehör und Sprengstoffe, Dinge, wie sie der Tote verwaltet hatte. Ross sah Sergeant Ponsonby an. »Was ist aus den Soldbüchern geworden, die ich in die Schublade gelegt habe, Sergeant?«

»Fort, Sir.«

»Das weiß ich. Das sehe ich. Wo sind sie?« Ross hatte vorgehabt, die Blankosoldbücher für sich zu behalten. Sie wären nützlich gewesen, wenn er seine Identität änderte. Er erinnerte sich an ein Buch von E. Phillips Oppenheim, in dem der Spion seine Identität dreimal kurz hintereinander verändert hatte. Zweimal hatten seine Verfolger es gemerkt, aber mit der dritten Identität war er entkommen. Es klang nach einer guten Methode.

»Beweise für die Ermittlung, Sir. Ich hab' gewußt, Sie wollen, daß ich denen alles schicke.«

»Aha.« Die echten Blankosoldbücher der Armee waren auf dem Schwarzmarkt vermutlich ein Vermögen wert. Er hatte Ponsonby im Verdacht, er habe sie für sich eingesteckt, aber es wäre gefährlich gewesen, ihn herauszufordern. Es war besonders beunruhigend, daß die Soldbücher in einem Aktendeckel unter einem Stapel anderer Papiere in seiner Schreibtischschublade gelegen hatten. Das ließ darauf schließen, daß Ponsonby regelmäßig alles sichtete und keine Angst davor hatte, es ihn wissen zu lassen. Plötzlich machte sich Jimmy Ross Sorgen wegen der Armee-Dienstboten – und des arabischen Putzpersonals –, die in sein Quartier in der Zitadelle gingen. Hatten sie seine Sachen durchsucht? Was wußten sie über ihn?

Er musterte den Sergeant. Ponsonby nahm die Dinge also, wie sie kamen? Viele Veteranen waren wie Ponsonby. Sie nahmen das Leben, wie es kam, hatten nichts gegen den Luxus, den die Truppen im Hinterland genossen, während die Männer an der Front ständig unter Entbehrungen litten und ihr Leben riskierten. Vielleicht mußte man so mit allen Problemen im Leben umgehen: jeden Tag so nehmen, wie er

kam. Er warf einen Blick auf die Wanduhr. Der Brigadier würde also um halb zwölf anrufen. Alle großen Tiere hielten es so: sie vereinbarten Termine, damit man keine Chance hatte, nicht da zu sein. Ross verabscheute solche Befehle; er verabscheute es, nach der Pfeife eines Vorgesetzten zu tanzen.
»Sie haben die Antworten auf Ihre zusätzlichen Fragen gelesen, Sir? Und meinen Bericht?« fragte Ponsonby. Er beugte sich über den Schreibtisch und berührte die maschinegeschriebenen Seiten, die vom Armeepathologen, der die Autopsie durchgeführt hatte, gekommen waren.
»Ja, ich habe es gelesen«, sagte Ross. »Spuren von Hammelfett im Mund, aber keine im Magen. Interessanter ist, daß an der Leiche weder an der Unter- noch an der Oberbekleidung Spermaspuren gefunden wurden. Was wollte er dann in einem Bordell?«
»Man kann nie genau wissen, warum ein Mann in ein Hurenhaus geht«, sagte Ponsonby. Ross warf ihm einen Blick zu. Ponsonby hatte heute also seinen philosophischen Tag.
»Wäre ein Bordell denn nicht ein praktischer Ort für ein heimliches Treffen?« schlug Ross vor, wie ein Lehrer, der einem Kind eine Antwort entlocken will. »Ziemlich unwahrscheinlich, daß es auffällt.«
Ponsonby hatte schon erkannt, daß Ross recht hatte, aber falls sein Chef eine Bestätigung brauchte, sollte er sie bekommen. »Und unsere MP, fast lauter einfache Soldaten, ist nicht so scharf darauf, sich mit einem Sergeant Major anzulegen, der sich in der Gegend auskennt«, sagte Ponsonby nachdenklich. Dann, als hätte er sich plötzlich entschlossen, ein Geheimnis zu enthüllen, sagte Ponsonby: »Ich bin gewissermaßen mit dem Ort vertraut, an dem die Leiche aufgefunden wurde.«
Ross schaute auf. »Sprechen Sie weiter«, sagte er.
Ponsonby hatte die Worte gewählt, um seinem Herrn deutlich zu machen, er sei nur im Rahmen seiner Pflichterfüllung in el-Birka gewesen, aber jetzt verfiel er wieder in seine normale Syntax. »Das ist ein dreckiger Araberschuppen. Nur wenige Soldaten würden in ein solches verlaustes Rattenloch gehen, ganz zu schweigen« – er zögerte – »von einem Treffen dort.«
»Hören Sie, Sergeant. Ich weiß alles über den Fundort der Leiche.

Ich habe die Leiche untersucht, ehe sie weggebracht wurde: Wo habe ich denn Ihrer Meinung nach die Soldbücher gefunden? Und wir haben schon einen Augenzeugen dafür, daß diese beiden Männer Stammgäste bei Lady Fitz waren. Lassen wir also den ganzen Unsinn, ja?« Es war, als hätte die ganze verdammte Armee ein Faible für Lady Fitz. Sie war bei der kämpfenden Truppe eine Art Legende geworden, wie Lili Marleen und Rommel. Selbst Männer, die nie auf die Idee gekommen wären, in ein Bordell zu gehen, äußerten sich positiv über sie.

»Aber wir haben keinen Augenzeugen, der sie an dem Abend gesehen hat, von dem wir glauben, daß es der Mordabend war.«

»Da haben Sie natürlich recht, Sergeant.« Es war nicht nötig, ihn an diese Tatsache zu erinnern. »Gestern habe ich Lady Fitz besucht, wie sie sich inzwischen tatsächlich nennt. Sie hat sich keine größe Mühe gegeben, mich davon zu überzeugen, daß es nicht dort passiert ist. Sie saß da mit einem Gin Tonic in der Hand, hat mir direkt in die Augen gesehen und mir erzählt, sie wisse nicht, was ihre Kunden im ersten Stock machen. In den exklusivsten Hotels in London und in Paris seien schon Morde vorgekommen, hat sie gesagt.« Ross schäumte bei der Erinnerung an ihre hochnäsige Art.

»Und ist das wahr?« fragte Ponsonby.

»Natürlich ist das wahr. Diese alte Kuh! Am liebsten würde ich sie eine Woche lang in eine Zelle für Einheimische sperren und ihr Bordell schließen, und zwar für immer, aber Mr. Marker sagt, sie habe zu viele hochgestellte Freunde.«

»Ja, Sir, und ob sie die hat«, sagte Ponsonby voller Nachdruck, um seinen Herrn von einer derart überstürzten Handlungsweise abzubringen.

»Aber haben Sie aus Nummer dreiundzwanzig noch etwas herausbekommen?« Er schlug Blatt um Blatt von Ponsonbys grauenhaft inkompetenter Tipperei um. Die Kairoer Informanten wurden alle als Nummern geführt. Am Anfang war das ein Versuch der Briten gewesen, mit arabischen Namen zurechtzukommen, aber als die Stadt gefährlicher wurde, bedeutete das außerdem einen Schutz für die Informanten. Nummer dreiundzwanzig berichtete regelmäßig. Weil sie Prostituierte war, mußten sie keine heimlichen Treffen mit ihr vereinbaren. Sie kam genau wie die anderen Mädchen zur Polizeikaserne. Sie

war Türkin, die sich mit Erfolg als Französin ausgeben konnte, außer bei französischen Kunden.
Ponsonby nickte. »Nummer dreiundzwanzig hat gesagt, Lady Fitz hat sich plötzlich entschlossen, ein Zimmer renovieren zu lassen. Es hatte gar keine Renovierung nötig. Vermutlich war es blutbespritzt, wie Sie angenommen haben. Nummer dreiundzwanzig hat bestätigt, daß der Sergeant Major immer mit einem anderen Soldaten dort war. Da steht das alles maschinenschriftlich«, sagte Ponsonby und zeigte stolz auf den mühsam getippten Bericht über das Gespräch.
»Ich weiß. Ich habe es gelesen. Sie hat gesagt, er sei mit einem Deutschen dort gewesen.« Er machte eine Pause. »Sie schreiben, mit einem Südafrikaner. Haben Sie da nachgehakt?«
»Südafrikanische Abzeichen. Sie hat seine Uniform beschrieben.«
»Ich rede nicht über verdammte Abzeichen«, sagte Ross, der am Überkochen war. »Warum hat Nummer dreiundzwanzig gesagt, daß der Mann ein Deutscher war?«
Ponsonby war vom jähen Wutausbruch seines Herrn unbeeindruckt. »Weil er manchmal mit Lady Fitz deutsch gesprochen hat.«
»Dieses verdammte Weib!«
»Spielt es eine Rolle, ob er deutsch gesprochen hat? Oder wo er den Mord begangen hat? Es ist nicht wahrscheinlich, daß er sich nach dieser Nummer wieder dort blicken läßt, oder?«
Ross schlug den Aktendeckel zu. »Ich will über den genauen Umfang dieser Stichverletzung Bescheid wissen und dann herausfinden, ob jemand rauskriegt, was die Mordwaffe gewesen sein könnte. Für ein Bajonett oder ein Schnappmesser der Armee hat sie weder die richtige Form noch die richtige Größe.« Er reichte Ponsonby den Aktendeckel zum Ablegen. »Ich möchte wissen, ob das ein Messer sein könnte, wie es arabische Bauern tragen. Ich habe so das Gefühl, daß hinter dieser Geschichte etwas Wichtiges steckt, Ponsonby. Wir haben einen Mörder, der fließend deutsch spricht. Und wenn Sie mal in unsere Akte über Nummer dreiundzwanzig schauen, werden Sie feststellen, daß ihr zweiter Mann Deutscher war. Sie erkennt einen Deutschen, wenn sie einen vor sich hat. Und dieser Kerl, wer immer das auch sein mag, hat soviel Einfluß, daß der Bankier Mahmud seine Leute schickt, um die Leiche wegzuschaffen. Wir haben es mit einer Starbesetzung zu tun.«

»Ich setze jemand darauf an, Sir«, sagte Ponsonby. Er hatte den Aktendeckel genommen, hielt ihn aber vor sich. »Aber im Augenblick warten die Zuständigen auf unsere Antwort.«
»Weshalb ist das so eilig?« sagte Ross.
»Sie wollen wissen, was in unserem Bericht stehen wird. Ich kann dort anrufen, wenn Sie wollen. Seine Einheit will den Papierkram erledigen: Angehörige und so weiter.«
»Was hindert die daran?«
»Sie wollen wissen, was wir sagen werden.«
»Bin ich heute morgen besonders begriffsstutzig, Sergeant?«
»Seine Einheit möchte gern schreiben, daß er im Dienst gestorben ist. Sie wollen seinen Angehörigen erzählen, daß er ein tapferer Mann war, der sein Leben für sein Land gelassen hat, daß alle ihn geliebt haben . . . Sie wissen doch, was die denen schreiben, Sir.«
Ponsonby war also ein eingefleischter Zyniker. »Na und?«
»Wenn sie das alles schreiben und später rauskommt, daß er in einem Bordell erstochen worden ist . . .«
»Oh, ich verstehe.« Ross seufzte. Er hatte sich nie daran gewöhnt, wie die Armee Dinge erledigte. Es war gut, daß er Ponsonby hatte, der ihn auf dem nicht besonders geraden, aber äußerst schmalen Weg der Armeeformalitäten führte. »Ich denke darüber nach.«
»Heute, Sir?«
»Vielleicht. Warum?«
»Er liegt unten in unserer Leichenhalle, Sir, und die Kühlanlage hat eine Menge Ärger gemacht. Sie versuchen jetzt, sie wieder einmal zu reparieren, aber das System ist uralt. Er stinkt ganz schön«
»Großer Gott! Geben Sie die Leiche frei und lassen Sie ihn beerdigen. Von mir aus können die behaupten, daß er im Kampf gefallen ist.«
»Sehr gut, Sir. Im Kampf gefallen. Ich sage denen, sie sollen das behaupten.«
»Und nehmen Sie das dreckige Grinsen aus dem Gesicht, Ponsonby.«
»Ja, Sir. Soll ich den Häftling freilassen?«
»Den Bordelleiter? Ja, ich glaube schon. Hat das arme Schwein die ganze Zeit in Einzelhaft verbracht?«
»Ja, Sir.«
»Geben Sie ihm einen Tritt in den Hintern und schicken Sie ihn nach

Hause. Ach, und noch was, Ponsonby: Was gibt es Neues über den armen Kerl, der im Zug gestorben ist?«
»Haben Sie das nicht gesehen, Sir? Ich hab's auf Ihren Schreibtisch gelegt.«
»Was gesehen?« Ross spürte, wie die Angst in ihm aufstieg und ihm körperlich schlecht wurde.
»Quatsch, ich hab's Mr. Marker gegeben. Tut mir wirklich leid, Sir. Es hat geheißen, ich soll es Ihnen sofort sagen. Meine Schuld, Sir.«
»Ponsonby! Was reden Sie da?«
Ponsonby verwechselte seine Angst mit Wut. »Ich kann mich noch ganz gut daran erinnern: natürliche Todesursache. Der Häftling ist eines natürlichen Todes gestorben, deshalb gibt es keine weiteren Ermittlungen. Ich weiß nicht, was ich mit den Unterlagen gemacht habe, aber ich werd' sie schon finden.« Unter gemurmelten Klagelauten ging er hinaus.
Ponsonby war kaum im Vorzimmer verschwunden, da war er auch schon wieder da.
»Ein Anruf auf der Amtsleitung, Sir«, sagte er, den Kopf durch die Tür gesteckt.
»Wer?«
»Miss Stanhope, Sir.«
»Hallo«, sagte Ross, als er den Hörer abnahm. Sein Herz schlug heftig, und er versuchte, ruhig zu klingen.
»Bert?«
»Ja.«
»Hier ist Alice Stanhope.«
»Ja, sprechen Sie.«
»Heute morgen geht hier etwas sehr Seltsames vor. Im Magnifico, meine ich. Wir müssen reden. Können Sie sich irgendwo mit mir treffen?«
»Sind Sie jetzt dort?« Er sah auf die Uhr. Es blieb nicht viel Zeit, und der Brigadier war trotz seiner guten Seiten kein Mann, der begreifen würde, daß es wichtigere Pflichten gab, als am Telefon zu sein, wenn er anrief.
»Ich rufe aus dem Parfumgeschäft an der Bulakbrücke an.« Sie konnte schlecht sagen, das Geschäft gehöre einem Spitzel, der ihnen regelmä-

ßig meldete, was sich im Bulak tat, einem der gesetzlosesten Viertel Kairos. »Ich bin heute morgen nicht ins Lazarett gegangen. Ich habe das Auto nicht dabei.«
»Bleiben Sie, wo Sie sind. Ich komme hin. Sagen Sie unserem Freund, ich will meinen Lieferwagen in eine abschließbare Garage stellen.« Wer ein Fahrzeug auf den Straßen von Bulak parkte, lieferte es den fachmännischsten Dieben der Welt aus.

❖

Das Parfumgeschäft hatte eine schmale Fassade. Die Tür führte in einen winzigen Raum mit einem langen Sofa und einem Spiegel voller Fliegendreck an der Wand. Auf verspiegelten Regalen, die um den ganzen Raum herumliefen, waren Flaschen in allen möglichen Formen aufgebaut: Kugeln, Zylinder, Flügel, Gitarren, Autos, Jachten, Knoten und Blumen. Die Spiegel vervielfältigten ihre Fülle. Die Parfums – bunte Flüssigkeiten in knalligem Grün, Schwefelgelb und fleischfarbenem Rosa – funkelten in rechteckigen Flakons in einem abgeschlossenen Schrank mit Gittertür.
»Haben Sie sich Ihr Parfum schon ausgesucht?« fragte Jimmy Ross, als er hereinkam und sich auf das grüne Samtsofa setzte.
Sie lächelte über seinen schwachen Scherz, aber ehe sie erwidern konnte, kam der Besitzer mit zwei Kaffeetassen auf einem Tablett herein. Er war ein korpulenter Araber mit pockennarbigem Gesicht und einer teuer aussehenden Hornbrille. Er trug grüne Leinenhosen und ein Hemd mit Stehkragen. Er goß aus einer langstieligen Messingkanne starken Kaffee ein.
»Ich bringe Ihnen süßes Gebäck mit Honig.«
»Nein danke, Vittorio.«
»Nur eine Probe der Backkunst meiner Frau, *khawagga*, Bert.« Während er das sagte, zauberte er einen Teller Gebäck aus dem Nichts und stellte ihn mit einem schwungvollen Schlenker seiner riesigen Hände auf den Tisch. Vittorio hatte zusammen mit seinem neuen italienischen Namen viele italienische Gesten übernommen, nachdem er ein paar Jahre in Bengasi gelebt hatte. Jetzt war er Polizeispitzel geworden, um zu beweisen, daß er kein Agent der italienischen Feinde war. »Jetzt lasse ich Sie allein.«

»Gut«, sagte Ross, stand auf, ging zur Tür und vergewisserte sich, daß sie zu war. »Wenn er mich bloß nicht *khawagga* Bert nennen würde. Was, zum Teufel, heißt das eigentlich?«
»Bert mit einem westlichen Hut«, erklärte Alice. »Mit anderen Worten, ein respektierter Ausländer.«
Ross lächelte wider Willen. »Wie, zum Teufel, hat er meinen Vornamen rausgekriegt?«
»Das ist reine Höflichkeit. Wie Effendi«, fügte sie hinzu, weil sie nicht wollte, daß der arme alte Vittorio Ärger bekam.
»Haben Sie gehört, was passiert ist?«
»Haben die Japaner Singapur eingenommen?«
»Nein. Ich habe das mit Lampson und dem König gemeint.«
»Ach, das. Für uns läuft alles schief, nicht wahr?«
»Sie haben gesagt, sie müssen mit mir reden. Worum geht es?« Sie sah, daß er nicht allerbester Laune war. Sie fragte sich, ob der Brigadier Schwierigkeiten mache; ihre Mutter sagte, der Brigadier sei unberechenbar. Ihre Mutter fragte sie ständig danach, worin ihre Arbeit für ihn bestehe.
Alice sagte: »Es geht um Sajed ... Sajed el-Schasli. Ich bin mir sicher, daß er etwas vorhat. Heute morgen ist er nicht zur Universität gegangen. Seine Schwester ist allein hingegangen. Sajed hat eine Uniform angezogen.«
»Eine Uniform?«
»Ein Khakihemd und Khakihosen.«
»Das ist keine Uniform.«
»Ich weiß, daß ich recht habe, Bert. Wenn Sie sehen, wie er sie trägt, werden Sie merken, daß es eine Armeeuniform ist. Und er hat ein Schiffchen unter dem Schulterriemen stecken. Außerdem parkt ein großer Bedford-Laster mit ägyptischen Armeeabzeichen hinter dem Magnifico. Der Laster muß für Sajed sein.«
»Armeeabzeichen? Welche Einheit?«
»Fernmeldetruppe.« Sie hatte die Antwort parat.
Er klopfte gegen den Tisch und ging dann durch den Raum. Schließlich sagte er: »Vermutlich haben Sie recht. Wo ist er jetzt?«
»Er ist im Magnifico. Erst wird er zu den Gebeten gehen. Ich habe das Auto heute nicht. Kann ich Ihren Tilly nehmen?«

Er war in seinem Austin-Lieferwagen hierhergefahren. Falls Sajed el-Schasli einen Bedford-Laster benutzte, brauchte sie ein Fahrzeug, um ihn im Auge zu behalten. »Okay.«

»Danke, Bert.«

Sie wartete darauf, daß er ihr gratulierte und ihr sagte, wie zufrieden er mit ihr sei, aber er war so geistesabwesend, daß er ihre Existenz nicht zur Kenntnis nahm. Schließlich brachte sie sich in Erinnerung. »Sie haben gesagt, er ist Mitglied im Verband der Freien Offiziere. Sie haben gesagt, wenn der richtige Zeitpunkt kommt, wird er von seinem Studium abberufen, damit er bei ihren Verhandlungen mit den Deutschen als Sprecher fungiert.«

Er sah sie an. Sie war eine bezaubernde junge Frau. Wenn er mit ihr zusammen war, fiel es ihm schwer, den Blick von ihr zu wenden. Ja, das hatte er alles gesagt. Er wußte es von Marker. Aber er hatte nicht damit gerechnet, daß sie sich so genau daran erinnerte. Er fragte sich, was er sonst noch gesagt habe und was sie zukünftig zu einem ungelegenen Zeitpunkt zur Sprache bringen könne. »Aber ist das der Fall? Ich meine, ist der richtige Zeitpunkt gekommen?« Er sah auf die Uhr. Er mußte zurück ins Büro, um den Anruf des Brigadiers entgegenzunehmen.

Sie sagte: »Lampsons Zusammenstoß mit dem König hat alle Ägypter wütend gemacht, Bert. Auch diejenigen, die den König am liebsten gehängt hätten, sind wütend darüber, wie er behandelt worden ist.«

»Sie sind wunderbar, Alice.« Er streckte die Hand aus und berührte sie am Arm. Wenn er nur ein freier Mann gewesen wäre. Aber er war kein freier Mann, und der Brigadier würde bald anrufen.

»Kosten Sie den Kaffee. Er ist köstlich.«

»Mir ist nicht danach«, sagte er.

Sie sah, daß er beunruhigt war, und fragte sich, ob sie ihn mit irgend etwas verärgert habe. Er sah immer wieder auf die Uhr, als vergeudete er zuviel Zeit mit ihr.

»Hier ist die Antriebswelle für den Tilly. Achten Sie darauf, sie jedesmal herauszunehmen, wenn Sie den Wagen unbeaufsichtigt lassen. Es macht einen schlechten Eindruck, wenn uns Fahrzeuge gestohlen werden.«

»Ja, Bert.«

Einen Augenblick glaubte sie, er wolle sie küssen, aber dann war der Moment vorbei, und er lächelte nur und sagte: »Und seien Sie vorsichtig. Die Araber sind im Augenblick verdammt nervös, kein Wunder nach dieser Geschichte mit dem König und mit Rommel auf dem Vormarsch. Marker glaubt, es wird noch eine Weile so bleiben.«

❖

Ohne seinen Austin ging Ross zu Fuß zur Bab-el-Hadid-Kaserne zurück. Die Innenstadt war ein geometrisches Muster aus langen, breiten Boulevards, die hier und da einen eindrucksvollen Etoile im Pariser Stil bildeten. Aber gleich außerhalb dieses Rasters wurde Kairo ein Zickzacklabyrinth aus mittelalterlichen Gassen: die älteste noch existierende Stadt der Welt.

Das Bulak war ein solches Viertel, und Ross durchquerte es, um auf direktem Weg zur Polizeikaserne zurückzugehen. Als er die Bulakbrücke hinter sich gelassen hatte, tauchte er bald in die Nebenstraßen und Gassen ein. Der Gestank wurde übel, aber Ross kehrte nicht um. Vielleicht war er noch nie zuvor in den armseligsten Stadtteilen gewesen, vielleicht lag es an der Tageszeit oder an der Stimmung, in der er war, aber der Gang durch das Bulak schockierte ihn.

Das Grauen ließ ihn danach tage- und nächtelang nicht mehr los. Die Krüppel und Bettler, die kranken Kinder und hungernden Frauen, die Haut straff über den Knochen gespannt, belästigten ihn nicht. Auf diesen Nebenstraßen war es unwahrscheinlich, daß ein Fremder etwas zu verschenken hatte. Er kam an Kindern vorbei, die in Mist und menschlichen Exkrementen hockten, die Körper entstellt von offenen Wunden, um die sich Fliegenschwärme stritten.

Er warf Blicke in Eingänge und sah Gesichter, die angesichts des Scheiterns großäugig und leer waren. Selbst die Katzen und Hunde, die an ihm vorüberschlichen, waren nicht wie die anderen Tiere, die er in Kairo gesehen hatte. Hier gab es Häuser ohne Türen, Fenster ohne Glas, Böden, die nur aus Erde bestanden. Die Treppen zu den flachen Dächern dieser Lehmhütten waren aus Stein und Erde, weil alles aus Holz Gebaute sofort gestohlen worden wäre. In den mit toten Ratten übersäten Müllhaufen war nichts zu finden, was sich noch hätte gebrauchen lassen.

Er war froh, als er auf die Bulakijastraße kam. Selbst die verrußte alte Bab-el-Hadid-Kaserne war eine Erleichterung nach den üblen Gassen, durch die er gekommen war. Er sah auf die Uhr. Es war fünf vor halb zwölf. Der Posten am Tor salutierte ihm.
Er ging die Treppe hinauf, in sein Zimmer, setzte sich, schloß die Augen und seufzte tief. Er machte die Augen auf. Wie mit Zauberhand tauchte eine Tasse Tee vor ihm auf, in den ein Löffel Kondensmilch hineingerührt worden war, damit er hell und süß wurde. Es schien wenig zu nützen, daß er Ponsonby und allen anderen im Büro gesagt hatte, er mache sich nichts aus dieser widerlichen Mischung. Sie glaubten alle, mit der Zeit werde er Geschmack daran finden.
Der Anruf kam um Viertel vor zwölf.
»Major Cutler?«
»Ja, Sir?«
»Ich muß Ihnen bestimmt nicht sagen, wie wichtig es ist, daß Ihr Abteilungspersonal in keiner Weise gefährdet wird.«
»Nein, Sir. Natürlich nicht.« Er fragte sich, was, zum Teufel, der Alte ihm dieses Mal sagen wollte. Der Brigadier drückte sich im allgemeinen nicht ganz so obskur aus.
»Vor allem Zivilisten.«
»Ja, Sir.«
»Armeeangehörige werden dafür bezahlt, Risiken einzugehen; Soldaten verdienen damit ihren Lebensunterhalt.«
»Ja, natürlich.«
»Verstehen Sie mich, Major Cutler?«
»Da bin ich mir nicht ganz sicher, Sir.«
»Ich kenne die Mutter. Eine wunderbare Frau: kultiviert, gebildet, elegant und charmant und hochintelligent.«
»Wer ist das, Sir?«
»Sie hat Jura studiert und dann – Was haben Sie gesagt? Wer? Mrs. Angela Stanhope. Wachen Sie auf, Cutler. Es ist fast Mittag.«
»Mrs. Angela Stanhope?«
»Es darf Sie nicht wundern, daß sie sich Sorgen um ihre Tochter macht. Sie hat mich diese Woche schon ein halbes dutzendmal angerufen. Sie hat den Eindruck, ihre Tochter werde für irgendeine verdeckte Ermittlung eingesetzt. In diesem Punkt habe ich sie beruhigt.«

Jimmy Ross sagte nichts. Hatte er nicht schon genug Probleme ohne eine solche Behelligung durch den Brigadier? Nicht zum ersten Mal kam Jimmy Ross zu dem Schluß, er hasse die Armee.
»Ich habe ihr gesagt, es ist völlig ausgeschlossen, daß Sie ihre Tochter für eine Arbeit einsetzen, die in irgendeiner Weise gefährlich werden könnte. Ich wollte Ihnen nur sagen, daß ich ihr mein feierliches Ehrenwort gegeben habe.«
»Ja, Sir.«
»Sorgen Sie also dafür, daß auf die junge Dame gut aufgepaßt wird.«
»Ja, Sir.«
»Denn falls dem Mädchen irgend etwas zustößt – und wenn es auch nur ein Schreck wäre –, wird die Mutter zur Furie.«
»Ja, Sir.«
»Daran, wie Sie ›ja, Sir‹ sagen, merke ich, daß Sie keine Ahnung haben, was Angela für ein Höllenspektakel veranstalten kann, wenn sie sich das in den Kopf setzt. Verdammt noch mal, Cutler, die Stanhopes nennen das halbe Kabinett beim Vornamen, und mit der anderen Hälfte sind sie verwandt. Falls ihrer Tochter irgend etwas passiert, würde es mich nicht überraschen, wenn Angela sogar Winston an den Apparat bekäme. Sie und ich würden am Spieß gebraten werden.«
Jimmy Ross schluckte. Er sah auf die Uhr und fragte sich, wo Alice Stanhope in diesem Augenblick war. Der Brigadier war emotional völlig aufgewühlt. Ross versuchte, sich an einen Film oder an ein Theaterstück zu erinnern, das ihm in dieser Klemme hätte helfen können, aber ihm fiel nichts ein. Dieser Situation am nächsten kam der Umgang mit Schauspielern, die sich wegen der Größe ihrer Namen auf den Plakaten Sorgen machten. Er hatte festgestellt, daß es in solchen Krisen die klügste Taktik war, kategorisch zu lügen. »Sie können Mrs. Stanhope versichern, daß ihre Tochter ausschließlich mit Sekretariatsarbeit beschäftigt ist. Von Gefahr kann überhaupt keine Rede sein.«
Der Brigadier ließ sich nicht so schnell beruhigen. »Sie war entsetzt, als sie erfahren hat, daß ihre Tochter in der Bab-el-Hadid-Kaserne arbeitet. Sie hatte noch nie etwas davon gehört, ehe ihre Tochter erzählte, sie arbeite dort. Die Mutter war vor kurzem in Kairo und hat sich das Gebäude angesehen. Sie ist im Auto daran vorbeigefahren. Sie war entsetzt. Entsetzt, Cutler.«

»Ja, Sir.«
»Sie verstehen, warum?«
»Allerdings, Sir.«
»Sie müssen zugeben, daß das Gebäude kein schöner Anblick ist.«
»Ich gebe es zu, Sir.«
»Und sie hat herausgefunden, daß wir dort Kriminelle aus dem Militär festhalten. Sie hat gesagt, sie will nicht, daß ihre Tochter in einem Gefängnis arbeitet.«
»Ja, Sir.«
»Es ist eine vornehme alte Familie, Cutler.« Der Brigadier war jetzt gefaßter.
»Da bin ich mir sicher, Sir.«
»Ja ... Es freut mich zu hören, daß Sie in Ihrem Bereich alles im Griff haben. Tut sich irgend etwas in der anderen Sache?«
»Ein paar Anhaltspunkte, Sir.«
»Oh, gut. Ich verziehe mich ein paar Tage. Ich muß mit ein paar Typen von der Botschaft sprechen, und die Entenjagd ist die einzige Gelegenheit, sie zum Stillsitzen zu bewegen und dazu zu bringen, daß sie sich unsere Ansichten anhören.«
»Viel Glück, Sir.«
»Was war das? Oh, ich verstehe. Ja. Danke, Major Cutler. Nett von Ihnen. Auf Wiedersehen.«
»Auf Wiedersehen, Sir.«
Ross legte den Hörer auf und hielt ihn mit beiden Händen fest, als wollte er den Brigadier daran hindern, noch einmal anzurufen. Dann stieß er einen langen, tiefen Seufzer aus. »Ponsonby!«
»Ja, Major.«
»Ich kann eine zweite große Tasse von dem widerlichen Tee brauchen, den Sie da draußen brauen.«
»Das habe ich mir schon gedacht, Sir. Ich habe ihn schon fertig, hat schön gezogen, muß nur noch eingeschenkt werden.«
Ponsonby hatte recht. Es gab Zeiten, in denen eine große Tasse kochendheißer, süßer Tee, der nach Kondensmilch schmeckte, die einzige Alternative dazu war, sich von der Galerie zu stürzen.

13

Alice Stanhope hatte mit fünfzehn Jahren gelernt, den großen Brough Superior ihres Vaters zu fahren. Sie hatte keine Probleme mit dem Austin-Lieferwagen auf dieser Wüstenstraße. Die Schwierigkeit bestand darin, den Bedford-Laster im Auge zu behalten, ohne daß Sajed oder sein arabischer Fahrer merkten, daß sie verfolgt wurden. Bestimmt mußte er sie jetzt sehen, während sie hinter einem langen Konvoi aus Armeelastern hingen und quälend langsam über ein flaches Stück Wüstenstraße fuhren.

»Ich bin so froh, daß Sie bei mir sind, Peggy«, sagte Alice, nicht zum ersten Mal. Peggy war es gewesen, die sie darauf hingewiesen hatte, Sajed verhalte sich merkwürdig, und gesagt hatte, er müsse beobachtet werden. Sie hätte Bert sagen sollen, daß Peggy an der Aktion beteiligt war, aber er war heute so empfindlich gewesen, daß sie sich dagegen entschieden hatte. Außerdem hatte sie keinerlei Bedenken, Peggy für diese Eskapade zu rekrutieren. Peggy war so britisch, wie man es nur sein konnte.

»Ich hätte Sie nicht allein fahren lassen«, sagte Peggy West. »Das ist gefährlich für eine Frau. Selbst zu zweit –«

»Sie glauben doch nicht etwa dieses ganze dumme Zeug, Peggy? Weißer Sklavenhandel . . . die ganzen Geschichten sind erfunden worden, damit die Frauen zu Hause bleiben und sich unterdrücken lassen.«

»Ich hoffe, Sie haben recht.«

»Ich habe recht.«

Peggy West schaute ihre Begleiterin an. Alice Stanhope war nicht das eingeschüchterte Geschöpf, als das sie sich manchmal gern gab. Es hatte Mut und Entschlossenheit erfordert, ihrer Mutter zu entkommen. Seit sie zu Hause ausgezogen war, hatte sie die Freiheit gekostet und blühte dadurch auf.

»Wo fährt er Ihrer Meinung nach hin?« fragte Alice. Beide Frauen hatten es nicht für möglich gehalten, daß Sajed die Stadt verließ. Sie hatten damit gerechnet, daß er zu einem heimlichen Treffen in Kairo fuhr. Jetzt, während die Zeit verstrich und er weiter auf der Wüstenstraße fuhr, wußten sie nicht recht, was sie tun sollten.
»Ich kenne diese Straße nicht«, sagte Peggy. Sie fuhren an einem riesigen Schild vorbei: VORSICHT – SEITENSTREIFEN UNBEFESTIGT. Ein Witzbold hatte »SEIDENSTRÜMPFE« darüber geschrieben.
»Wir müssen auf den Benzinstand achten. Vielleicht läßt uns die Armee nicht tanken.« Und dann sagte Alice wieder: »Ich bin froh, daß Sie bei mir sind.« Sie wollte nicht, daß Peggy glaubte, sie tue die Gefahren ab, weil sie damit sagen wollte, sie brauche keine Begleiterin.
»Ich bin mir sicher, daß Sajed irgend etwas vorhat.« Peggy war unbehaglich zumute. Falls Sajed sich mit seinen arabischen Freunden traf, würden sie kurzen Prozeß mit zwei Engländerinnen machen, die ihm nachgefahren waren.
Alice sagte nichts. Sie klopfte gegen den Benzinstandsmesser und hoffte, er werde »voll« anzeigen. Er tat es nicht. Sie seufzte.
Sie hatten ihr Tempo dem Armeekonvoi angepaßt und fuhren jetzt sehr langsam. »In dieser Jahreszeit ist es so schön hier«, sagte Peggy. »Es nützt nichts, das Leuten zu schildern, die nicht hier waren. Meine Freunde in England wollen unbedingt glauben, Ägypten bestehe nur aus Sanddünen. Wie kann man eine solche Landschaft beschreiben? Schauen Sie sich die Farben der Felsen an, das seltsame staubige Licht, die wilden Blumen.«
»Steigern Sie sich nicht zu sehr hinein«, sagte Alice. »Das ist keine Spritztour, Peggy.« Die Soldaten auf dem Lastwagen vor ihnen hatten bemerkt, daß Frauen hinter ihnen waren. Sie beugten sich weit über die Heckklappe, lachten und winkten. Alice und Peggy trugen beide die Khakitwillröcke und die braunen Blusen, die vom Lazarett gestellt wurden. Sie sahen zwar nicht wie Armeemitglieder aus, aber wenigstens zogen sie nicht die Art von Aufmerksamkeit an, die Frauen in Zivilkleidung auf dieser Straße gegolten hätte.
Peggy sagte: »Vermutlich sind es die Freien Offiziere, diese revolutionäre Partei, zu der die Armeeoffiziere gehören. Aber es ist schwer zu glauben, daß Sajed etwas tun könnte, was uns schadet, nicht wahr?«

»Er verhält sich so verdächtig, Peggy. Warum sollte er plötzlich diese Uniform anziehen, sich einen Bedford-Armeelaster besorgen und hierherfahren?«

»Wir werden ewig hinter diesem Konvoi kleben«, sagte Peggy. »Früher oder später muß er uns bemerken.« Die Straße war sehr schmal. Was für Pferde und Kamele breit genug gewesen war, reichte nicht für zweispurigen motorisierten Verkehr. Alle Fahrer wichen sorgfältig den unbefestigten Randstreifen aus, in denen sie stundenlang steckengeblieben wären. Militärpolizisten auf Motorrädern rasten hin und her, gestikulierten und riefen den Fahrern Warnungen zu. Schließlich kam der ganze Konvoi stoßweise zum Stillstand. Sajeds Laster steckte ein Stück weiter vorn fest. Ein behelmter Motorradfahrer sprang ab und winkte. Sajeds Laster reagierte darauf, scherte aus und fuhr auf der anderen Straßenseite weiter. Der MP winkte Alice, sie solle auch weiterfahren, auf die gebieterische Weise, die Verkehrspolizisten kultivieren.

Alice scherte aus. Jetzt waren keine Fahrzeuge mehr zwischen ihrem Tilly und Sajeds Bedford, als sie an der langen Schlange von Armeefahrzeugen vorbeikrochen. Alice ließ soviel Platz wie möglich zwischen ihnen und betete, daß Sajed sie nicht im Rückspiegel sah.

»Verdammt!« sagte sie. »Jetzt sieht uns Sajed ganz bestimmt.«

Aber es gab kein Anzeichen dafür, daß den Männern im Bedford etwas Ungewöhnliches aufgefallen war. Weil Alice zu langsam fuhr, wurde der Verkehrspolizist ungeduldig. Er dirigierte sie wieder in die Schlange der geparkten Fahrzeuge, während drei entgegenkommende Laster vorbeifuhren. Alice seufzte. Nachdem sie befürchtet hatte, sie sei Sajeds Laster zu nahe, hatte sie jetzt Angst, ihn zu verlieren. Erst als der entgegenkommende Verkehr an ihr vorbei war, konnte Alice wieder ausscheren und weiterfahren.

Weiter vorn war die Ursache des Staus zu sehen. Aus der Gegenrichtung kam ein weiterer Armeekonvoi. Die Lastwagen standen. Neben ihren Fahrzeugen saßen dutzendweise Männer am Straßenrand und kochten Tee über Benzinfeuern in sandgefüllten Dosen.

Es war eine Erleichterung, den Konvoi hinter sich zu lassen und auf der freien Straße Gas zu geben. Vielleicht empfand Sajed das auch so. Als Alice den Stau hinter sich hatte, war der Bedford nirgends zu sehen. Kein Verkehr bis auf eine Kamelkarawane, die schwer mit Kalkstein-

blöcken beladen war und von kleinen Jungen mit Stöcken angetrieben wurde.
»Könnte er abgebogen sein?« fragte Peggy.
»Das glaube ich nicht. Diese unebenen kleinen Wege führen nur zu einzelnen Dörfern und Brunnen.«
»Da sind sie!« sagte Peggy, die den Bedford weit vor ihnen sah. Der Fahrer verlangsamte und hielt nach einer Abzweigung Ausschau.
»Und sie biegen tatsächlich ab! Wenn wir ihnen nachfahren, sehen sie uns, Peggy. Was soll ich machen?«
An der Straße zog sich ein Bewässerungsgraben entlang, erkennbar am hohen Ried. Auf der anderen Seite waren ein Fußweg, etwas staubige Vegetation und hin und wieder ein paar Bäume. Sie sahen den Bedford, als er über einen schmalen Weg holperte, der einem weiteren Bewässerungsgraben folgte. Der Weg führte zu einer Baumgruppe und ein paar Lehmhütten. Dahinter wellte sich das Land leicht, und in der Ferne waren Hügel.
Bei der Sicht, die das Gelände bot, war es unmöglich, dem Bedford zu folgen, ohne daß der Tilly gesehen wurde. »Was soll ich machen?« fragte Alice wieder, als sie sich der Abzweigung näherten. Als Peggy nicht antwortete, sagte Alice: »Ich parke an der Abbiegung, wo die Bäume stehen. Sie bleiben im Wagen, Peggy. Ich gehe zu Fuß den Weg entlang und sehe mir an, was dort ist.«
»Sie können nicht allein gehen.«
»Seien Sie nicht albern, natürlich kann ich das.« Alice verlangsamte. Der Weg, den Sajed eingeschlagen hatte, war nur ein unbeschilderter Kamelpfad: loser Kies, übersät mit Steinen. Alice fuhr über die Abzweigung hinaus bis zu einer nahen Gruppe verkümmerter Palmen. Sie fand einen schattigen Sandstreifen, auf dem sie parken konnte.
»Ich komme mit«, sagte Peggy tapfer. Sie war nicht begeistert davon, in ein arabisches Dorf einzudringen, und Alice hörte das ihrer Stimme an.
»Es ist besser, wenn Sie beim Tilly bleiben«, sagte Alice. »Sie wissen doch, wie die Araber immer aus dem Nichts auftauchen. Sie haben in fünf Minuten die Räder abmontiert und den Wagen auseinandergenommen, wenn wir ihn unbeaufsichtigt lassen.«
»Ich nehme an, Sie haben recht, aber seien Sie vorsichtig. Haben Sie eine Waffe?«

»Eine Waffe?« Alice lachte. »Wozu sollte ich denn eine Waffe haben?«
»Wozu sollten Sie Sajed in einem geliehenen britischen Armeefahrzeug hinterherfahren?« sagte Peggy.
Alice sah Peggy an. Sie fragte sich, wieviel Peggy erriet, aber es war nicht der richtige Zeitpunkt, sich danach zu erkundigen. Alice lächelte und musterte wieder den Weg, den Sajed eingeschlagen hatte. Dort war eine Art Dorf. Den Bedford konnte sie nicht sehen.
Alice stieg aus. Hier, wo sie geparkt hatte, war früher einmal eine Art Versorgungsstation der Armee gewesen. Ein Schld auf arabisch stand da und ein paar Blechfässer. Von einem Militärwegweiser war nur ein zersplittertes, in ein Faß einbetoniertes Holzstück übriggeblieben.
»Falls jemand wissen will, was wir hier machen, sagen Sie, wir haben eine Panne. Sagen Sie, wir warten auf einen Mechaniker, der das Auto repariert.«
»Bleiben Sie nicht lange weg, Alice. Allein ist mir hier nicht wohl.«
»Niemand wird Ihnen etwas tun, Peggy. Unter dem Sitz liegt ein großer Schraubenschlüssel. Falls jemand den Kopf ins Auto steckt, geben Sie ihm damit eins über den Schädel.«
Peggy lächelte grimmig. Sie hatte nicht damit gerechnet, daß die Fahrt in die Wüste ein Ausflug diesen Stils wurde. Seit über einer Woche war die Arbeit in den Operationssälen fast pausenlos weitergegangen. Sie brauchte Ruhe, kein Abenteuer. »Ich komme schon zurecht«, sagte sie.
»Natürlich kommen Sie zurecht.« Alice holte aus ihrer großen Ledertasche ein Schiffchen der Armee. Sie setzte es sorgfältig auf und steckte es mit Haarklemmen fest. Sie warf im Rückspiegel schnell einen Blick auf sich, dann drehte sie sich um und lächelte Peggy an. »Wie gut, daß ich Schuhe mit flachen Absätzen mitgebracht habe. Ich bin bald zurück.«
»Passen Sie auf, Alice.« Peggy konnte sich nicht vorstellen, daß es ein Schutz war, eine Armeemütze zu tragen, aber Alice war eindeutig der Meinung, das Schiffchen schütze sie. Peggy erwiderte das Lächeln und sah sich dann ängstlich um. Wie aus dem Nichts hergezaubert hockte jetzt eine Handvoll Araber an der Stelle, wo der Bewässerungsgraben in einen Kanal überging. Die Männer sahen den Lieferwagen und die beiden Frauen an. Ihre Gesichter hatten die ausdruckslosen Mienen, die Araber so häufig im Beisein von Besatzungsarmeen aufsetzten.
Alice schlug die Autotür zu und sah die Männer nicht an. Sie warf sich

den Riemen der Tasche über die Schulter und ging absichtlich zielgerichtet an den Männern vorbei, den unebenen, steinigen Pfad zum Dorf entlang, auf dem der Bedford verschwunden war. Sie trat gegen die Erde, machte beim Gehen soviel Lärm wie möglich. Am Ufer solcher Bewässerungskanäle wimmelte es meistens von Schlangen, und ihre tief ausgeschnittenen Laufschuhe boten wenig Schutz vor Bissen. Sie blieb einen Augenblick stehen, um Luft zu holen; sie hatte noch einen langen Weg vor sich. Es raschelte im Ried, aber sie redete sich ein, es sei keine Schlange: vielleicht ein Frosch oder eine Kröte. Sie ging weiter. Das Grüppchen aus Lehmhütten war weiter von der Straße entfernt, als Alice geschätzt hatte, und die Sonne stand inzwischen hoch am Himmel. Alice sah sich um, aber die struppigen Bäume verbargen den Lieferwagen. Auf der Hauptstraße war kein Verkehr; die Konvois hielten an wie immer gegen Mittag. Sie wischte sich das verschwitzte Gesicht mit dem Taschentuch ab. Von den Feldern auf beiden Seiten des Wegs wehte der beißende Gestank von Mist herüber. Mit verblüffender Hartnäckigkeit schwirrten massenweise Fliegen um sie herum. Als Alice sie mit der Hand abschütteln wollte, spürte sie, wie sie gegen ihre Handfläche stießen. Sie sah sich um. Hier und dort konnte sie jetzt ein paar Menschen sehen. Sie bückten sich, kümmerten sich um irgendwelche verkümmerte Ackerpflanzen, deren staubige braune Blätter es fast unmöglich machten, sie von der sandigen Erde zu unterscheiden, in der sie wuchsen.

Sie mühte sich weiter, jetzt langsamer, und war vor Anstrengung außer Atem, als sie die Lehmhütten erreichte. Ihr Mund war trocken, ihr Herz schlug schnell. Ihre Bluse war naß vom Schweiß. Als sie ins Dorf kam, ging sie eine schmale Straße entlang, um den Platz zu finden, der in solchen Dörfern meist das Zentrum bildete. An der Ecke, ehe sie in den Sonnenschein trat, machte sie eine Pause und schaute sich um. Die Hütten umstanden einen unbebauten Platz. Männer luden schwere Säcke auf einen Ochsenkarren. In der Nähe hockten weitere Männer und sahen ihnen zu. Zwei schwarzgewandete Frauen kauerten auf dem Boden und sortierten einen Haufen Bohnen. Alice sah nirgends den Bedford-Laster. Jetzt wünschte sie sich, sie hätte Peggy erlaubt mitzukommen, und es darauf ankommen lassen, was aus dem Lieferwagen wurde. Die Leute hatten sie gesehen, schauten sie aber nicht direkt an. Sie musterten sie mit verstohlenen und unfreundlichen Blicken. Sie nahm ihren Mut zusammen und ging über den zentralen Platz. Die Sonne war heiß, und es wurde noch heißer, als sie vom staubigen Boden wieder aufstieg. Sie grüßte die Männer, die den Karren beluden. *»Assalamu aleikum!«* Friede sei mit euch.

Die Männer taten, als hörten sie nichts. Sie schleppten weiter Säcke aus einer der Hütten und sahen nicht in Alices Richtung. Es war, als existiere sie nicht.

Sie ging weg von ihnen und folgte der hohen, lehmfarbenen Mauer, die am Rand der Hütten verlief. Wo die Mauer endete, standen ein paar Palmen, ein paar Tiere und eine Gruppe Frauen mit Wassereimern. Hier war der Brunnen, das eigentliche Zentrum des Dorfes und der Grund dafür, daß es das Dorf überhaupt gab. Hier war auch die *mastabah*, die Bank, auf der sich die Dorfältesten trafen.

Falls der große Bedford-Laster nicht ganz verschwunden war, mußte er hinter der hohen Mauer stehen. Alice ging zum Brunnen, um zu sehen, wie weit sich die hohe Mauer erstreckte. Als sie sich den Frauen näherte, brach ihr Geplauder ab. Sie ging um die Ecke und sah, daß die Mauer sich noch hundert Meter oder weiter fortsetzte.

Sie war nicht überrascht. Sie hatte so lange in diesem Teil der Welt gelebt, daß sie wußte, in solchen schmutzigen kleinen Dörfern versteckten sich oft derart große Anwesen. In diese Seite der Mauer war eine große Holztür eingelassen, bewacht von zwei schläfrigen Arabern, die sich aufrichteten, als sie Alice sahen. Sie blieb stehen.

»Bitte, gehen Sie weiter, Madam«, sagte eine Stimme hinter ihr.

Sie fuhr herum und sah einen hellhäutigen Mann vor sich, mit Bürstenschnurrbart und dunklem Kraushaar, das an den Schläfen grau wurde. Er war westlich gekleidet; genau gesagt, er trug die anonyme Kombination aus Khakihemd und Hose, die auch Alice anhatte. Sie erkannte in ihm den Mann, der Sajeds Laster gefahren hatte.

Er lächelte. »Sie wollen zu meinem Herrn?« Seine Geste hieß Alice willkommen, aber in seinem Verhalten und in seinem Ton lagen Kälte. Er zeigte mit dem ausgestreckten Arm auf die Tür. »Bitte, treten Sie ein.«

Die Wächter öffneten mit viel Getöse die hohe Holztür und gaben den Blick auf einen ausgedehnten Hof frei. Er wurde beherrscht von einem vornehmen Haus mit Läden vor den Fenstern und einem eindrucksvollen Portal. Der Hof war nicht leer. Überall standen riesige Töpfe, die von Rosen und Nelken überquollen. Vor der Hausfassade ragten sechs hohe Palmen auf, und in der Mitte des Hofes war ein alter Brunnen, verziert mit buntgemusterten Fliesen. Außerdem waren Fahrzeuge da: nicht nur der Bedford, sondern auch eine Lancia-Limousine und ein großer kanadischer Buick.

»Haben Sie keine Angst«, sagte der Mann in Khaki. »Mein Herr erwartet Sie.«

»Wirklich?«

Plötzlich tauchten zwei Gestalten im Hauseingang auf, als wollten sie Alice begrüßen. Sie ging die Stufen hinauf. Einer aus dem Begrüßungskomitee war eine Art Majordomus. Er verbeugte sich. *»Allah yaateeki el-sihha. Meet ahlan wa sahlan.«* Möge Allah Euch Gesundheit schenken. Hundertfach willkommen.

»Moutta shakkera. Allah yebarek feek«, sagte Alice unsicher. Danke. Möge Allah Euch segnen.

Im Schatten beobachtete Sajed el-Schasli den Wortwechsel mit Vergnügen. Als er ihr vorsichtiges Arabisch hörte, lächelte er, wie ein Musiklehrer lächelt, wenn ein Lieblingsschüler Klavier spielt. »Miss Stanhope«, sagte er, trat ins Licht und verbeugte sich förmlich vor ihr. »Willkommen.«

In der großen Diele war es düster. Sonnenstrahlen hoben Muster der farbenfrohen Teppiche hervor, die den Boden bedeckten. Während sie geduldig wartete, sah sie einen kleinen stämmigen, bärtigen Mann. Er trug einen weißen westlichen Anzug und eine rote Kappe. Er hatte eine große Nase und trug eine Goldrandbrille. An seinen Händen glitzerten Goldringe mit großen, funkelnden Edelsteinen, und um seinen Hals hing eine schwere Goldkette.

Alice versuchte sich zu entscheiden, wie sie ihre Anwesenheit erklären sollte, aber Sajed machte ihr keine Vorwürfe, weil sie ihm nachgefahren war. Sie war ein Gast, und die arabische Kultur erlaubte keine Kritik an Gästen. Vielleicht kam das später.

»Ahmed Pascha, unser Gastgeber, lädt Sie zum Tee ein«, sagte Sajed. Der Mann namens Ahmed akzeptierte bereitwillig den Titel Pascha, der reichen Männern mit gesellschaftlichem Status vorbehalten war. Er winkte träge und deutete auf eine Bank mit eingeschnitzten Blättern

und Rosen. Die Bank war fast verborgen unter üppig bestickten Kissen mit glänzenden Metallintarsien, in denen sich das Licht aus der Tür widerspiegelte.
»Danke«, sagte sie. In diesem Teil der Welt ist es eine Beleidigung, eine Bewirtung abzulehnen. Sie war dankbar für diese Förmlichkeit, dankbar für jede Gelegenheit, ihre Erklärungen hinauszuschieben.
Sie setzte sich mit den Männern. Durch die Öffnung im Türvorhang sah sie, wie sich die Sonne hart in den staubigen braunen Hof bohrte, in die ungepflegten Palmen und die glatt polierten Autos. Über ihr schaukelte ein Stück Stoff, von einer unsichtbaren Hand gezogen, ständig hin und her, sorgte aber kaum für Luftbewegung. Ein schwarzer Diener kam lautlos herein. Er stellte ein Messingtablett mit winzigen Tassen ab. Der Bärtige streckte die Hand aus, machte den Deckel der Kanne auf und rührte den Tee um. Ein dampfender Nebel stieg auf, der die Luft mit dem Geruch von Pfefferminze erfüllte.
Alice nahm den Tee und trank langsam. Ihre Kehle war ausgedörrt, und der süße, aromatische Tee beruhigte und erfrischte sie. Sie lächelte dankbar. »Sie fragen sich, warum ich hier bin«, sagte sie vorsichtig.
»Sie sind hier, weil Allah Ihre Schritte gelenkt hat«, sagte Sajed. »Alles ist vorherbestimmt; das ist unser Glaube. Allah hat Sie hierhergeführt. Allah, Herr der Welt, ich lege mein Schicksal in deine Hände. Wir sind Geschöpfe deines Willens.«
Ihr Gastgeber nickte nachdenklich.
»Das ist das Dorf, in dem mein Vater und auch sein Vater geboren wurde«, sagte Sajed. »Immer wenn ich Rat brauche, komme ich her und konsultiere Ahmed Pascha.«
Alice nickte.
»Sie dürfen bleiben«, sagte Ahmed zu ihr. Sajed verbeugte sich, um zu zeigen, daß er sich dieser Entscheidung freudig fügte. »Fangen wir an.«
Ahmed klatschte in die Hände, und Diener tauchten auf. Einer brachte einen Messingtopf, den er vor die Füße des alten Mannes stellte. Ein zweiter Diener trug eine *mangal*, eine Pfanne mit brennender Holzkohle. Er stellte sie auf einem schmiedeeisernen Gestell vor seinem Herrn ab. Daneben setzte er ein Tablett mit einer Auswahl von Gewürzen, Blättern, Schoten und kleinen Holzstücken ab. Kinder kamen

herein, die kleine Trommeln trugen. Sie setzten sich in eine Ecke und spielten leise, komplizierte Rhythmen.
Ohne Eile stockte Ahmed das Feuer auf, bis jähe, süßlich riechende Rauchwolken aufstiegen. Mit einem gefalteten Blatt fachte er das Feuer an, so daß Flammen das düstere Innere des Raums erhellten. Er beugte sich darüber, als wollte er in die Glut blasen, und murmelte eine Art Beschwörung.
Alice warf Sajed einen Blick zu und meinte, auf seinem Gesicht einen Ausdruck äußerster Sorge zu sehen. Und doch schien er ihre Anwesenheit überhaupt nicht wahrzunehmen. Jetzt wußte sie genau, daß der alte Mann ein Zauberer war und daß ihr gestattet wurde, dabei zuzuschauen, wie Sajed seine magischen Kräfte konsultierte. Sie hörte die leisen Klänge einer Flöte und sah sich nach einem Flötenspieler um, aber es war keiner zu sehen.
Die drei saßen lange da, während das Feuer brannte und parfümierter Rauch den Raum erfüllte. Die sengende Hitze des Tages und der Rauch, der ihre Kehle ausdörrte, machten Alice plötzlich schwach. Der alte Mann wandte sich ihr zu und sagte etwas in schnellem Arabisch. Sie konnte ihn nicht verstehen. Sie sah Sajed an. Der Raum verschwamm.
»Geben Sie ihm Ihre Hand«, sagte Sajed feierlich.
Sie streckte die Hand aus, und der alte Mann griff nach ihren Fingerspitzen und schaute ihre Handfläche an. Dann tauchte er mit einer Bewegung der anderen Hand, der sie nicht folgen konnte, die Finger in den Messingtopf und fuhr ihr dann sanft über die Handfläche. Sie sah, daß er mit rötlichbrauner Farbe aus dem Topf Zeichen auf ihrer Hand machte.
»Es steht geschrieben«, sagte der alte Mann.
Die Musik wirkte lauter und hartnäckiger. Alice schloß die Augen. Wellen von Übelkeit gingen so stark über sie hinweg, daß sie das Gefühl hatte, sie müsse sich übergeben. Nur mit Mühe blieb sie im Gleichgewicht und versuchte, äußerlich ruhig zu wirken.
Als sie halb die Augen öffnete, blitzten die Ringe an den Fingern des alten Mannes im Licht. Er berührte wieder ihre Hand. Dann beugte er sich tief darüber, um die Zeichen auf ihrer Handfläche aus der Nähe zu mustern. Er deutete sie murmelnd, flüsterte, was er entdeckte.
»Der Mond wird einen günstigen Tag für deine Hoffnungen und Ziele

bringen«, sagte der alte Mann feierlich. »Du wirst den Sternen nach Westen folgen und das Ergebnis finden, das du dir wünschst.«
»Wo?« sagte Sajed, dessen erstickte Stimme seine Sorge zeigte. »Wo?«
»Der Mond«, sagte der alte Mann.
Einen Augenblick hatte Alice geglaubt, sie fühle sich besser, aber die Schwäche und die Übelkeit kehrten zurück, so daß sie das Gefühl hatte, sie müsse sich hinlegen. Sie versuchte, ihre Hand dem Griff des alten Mannes zu entziehen, aber er ließ sie nicht los. »Ich muß . . .« Ihre Kehle war ausgedörrt. Sie drehte sich um, wollte Tee vom Messingtablett nehmen, aber als sie danach griff, verlor sie das Gleichgewicht. Der Raum wurde unscharf. Wie in Zeitlupe kippte sie um, bis sie, unfähig, sich dagegen zu wehren, auf das Tablett krachte und Teller, Tassen und Kanne in alle Richtungen flogen. Der Tee war nicht mehr so heiß, daß er sie verbrüht hätte. Er war lauwarm und süß, und sie roch den süßlichen Minzegeruch, als der Tee gegen ihre ausgestreckten Arme und ihr Gesicht spritzte. Sie konnte nur daran denken, wie peinlich ihr das war. Sie wollte sich entschuldigen, weil sie auf dem wunderschönen Teppich eine solche Schweinerei anrichtete. Sie versuchte, sich eine Formulierung auszudenken, die ihnen sagte, wie sehr sie sich schämte, während der Raum kleiner und trüb wurde. Sie begriff, daß sie das Bewußtsein verlor, und sie war entschlossen, sich dagegen zu wehren. Die Musik stockte nicht: Die seltsamen Dissonanzen gingen weiter. Alice wollte schreien, aber sie brachte keinen Ton heraus. Langsam sank sie in die Dunkelheit.

❖

Sie erlangte mit einem Ruck das Bewußtsein wieder. Peggy West hielt ihr ein Fläschchen Riechsalz unter die Nase. Der Geruch war stark und beißend, und Alice stieß es beiseite.
Sie saß auf dem Beifahrersitz des Lieferwagens. Einen Augenblick glaubte sie, das alles sei ein Traum gewesen. Dann sah sie, daß der Lieferwagen jetzt im Hof des großen Hauses parkte. Der glänzende Buick und Sajeds Bedford-Armeelaster waren ebenfalls da. Und der Lancia.
Als sich ihre Augen an das grelle Licht gewöhnten, sah sie Sajed und den alten Mann, Ahmed. Sie standen am Brunnen. Ein britischer Militärpolizist sprach mit ihnen. Sie fragte sich, ob er die beiden

Ägypter festnehme. Als sie noch versuchte, die Antworten mitzubekommen, trat der MP zurück und salutierte Sajed zackig.
»Ich mußte herkommen«, sagte Peggy entschuldigend.
»Ich weiß nicht, was mit mir passiert ist«, sagte Alice.
»Sie sind in der Sonne gegangen. Mittags ist das immer unklug, auch im Winter.«
»Sie haben die Polizisten hergebracht?« Alice war durcheinander.
»Er hätte mich fast festgenommen«, sagte Peggy. »Ich hatte keine Papiere für den Lieferwagen. Er wollte mir einfach nicht glauben, daß Sie in der Mittagshitze ins Dorf gegangen sind. Warum ist sie nicht gefahren? hat er gefragt. Was hätte ich sagen können?«
Der MP winkte den beiden Frauen flüchtig zu und stieg dann auf sein Motorrad. Einen Moment saß er in der Grätsche darauf und befestigte den Kinnriemen seines Helms. Dann zog er sich die Schutzbrille über die Augen und trat den Motor an.
Die große Holztür in der hohen Mauer öffnete sich wie mit Zauberhand, und der Motorradfahrer beschleunigte, wendete in einem engen Kreis und verschwand in einer Staubwolke.
Die arabischen Wachen am Tor beobachteten den Motorradfahrer mit großem Interesse. Als er fort war, unterhielten sie sich aufgeregt.
Sajed kam zu den Frauen herüber. Kein Wunder, daß der MP ihm salutiert hatte. Sajed sah vom Scheitel bis zur Sohle wie ein britischer Offizier aus. Er trug keine ägyptischen Armeeabzeichen, nur zwei Sterne auf jedem Schulterstück. Sein Teint war nicht dunkler als der, den viele Briten in der Wüstensonne bekommen hatten.
Er lächelte ein blitzendes, weißes Lächeln. War es ein triumphierendes Lächeln, oder war das derselbe freundliche Sajed, den sie aus dem Hotel Magnifico kannte?
»Geht es Ihnen wieder gut, Miss Stanhope?« fragte Sajed. Seine Sorge um sie schien echt zu sein.
»Es tut mir leid«, sagte Alice. »Ich habe Ihnen soviel Mühe gemacht.«
»Still. Hier, trinken Sie noch etwas Wasser. Es ist gutes Wasser.« Er reichte ihr das Glas, und sie trank ein paar Schlucke und fühlte sich dadurch besser. »Peggy meinte, an der frischen Luft wird Ihnen besser.«
»Ich bin ohnmächtig geworden.«
»Sind Sie der Rückfahrt gewachsen?«

»Selbstverständlich«, sagte Alice.
»Können Sie den Lieferwagen fahren, Miss West?« Wenn er mit ihr sprach, nannte er sie immer Miss West. Sajed war immer respektvoll.
»Wir kommen schon zurecht, Sajed.«
Er lächelte. »Das ist das Dorf meines Vaters«, sagte er noch einmal. »Hier leben gute Menschen.«

❖

»Sie sind in Sicherheit«, sagte Jimmy Ross mit Nachdruck. »Das ist das einzige, worauf es ankommt.«
»Ich habe es total verpfuscht«, sagte Alice Stanhope. Sie hätte am liebsten geweint, aber sie glaubte, mit einem solchen Gefühlsausbruch würde sie sich ihre Chancen bei ihm für immer verderben.
»Ich hätte Sie nicht darauf ansetzen dürfen.«
»Es war meine Idee.«
»Ich hätte Sie nicht darauf ansetzen dürfen.«
Als er die Worte wiederholte, sah sie mit einem plötzlichen Gedanken zu ihm auf. »Hat Mummy sich wieder eingemischt?«
»Es hat nichts mit Ihrer Mutter zu tun, Alice. Meine Entscheidung war blöd.«
Sie saß einen Augenblick lang schweigend da. »War das ganze ein Trick, Bert?«
Er antwortete, ohne zu zögern: »Das glaube ich nicht.«
»Aber der Zauberer, der Singsang und der magische Bann. Sie glauben doch nicht an Magie?«
»Aber Sajed glaubt daran.«
»Ich nehme es an. Wissen Sie, wer der Zauberer ist?«
Ross lächelte. »Ja, Sajeds Vater. Sie waren in Sajeds Haus.«
»Gütiger Gott! Gehört der alte Mann dazu?«
»Ahmed Pascha?« sagte Ross. »Sicher. Er ist so antibritisch, daß er dem Satan dabei helfen würde, Kairo zu besetzen, wenn er die Gelegenheit dazu bekäme.«
»Das kann ich kaum glauben.«
»Das verdammte Haus da draußen ist ein Zentrum für Intrigen und Verrat. Mein Vorgänger hat versucht, jemanden dort einzuschleusen, aber das ist zwecklos. Der alte Hund sucht jeden Dienstboten sorgfältig aus.«

»Aber worum ist es dabei gegangen? Was hat Sajed dort mit seinem Vater gemacht?«

»Sie haben Abdel-Hamid Scherif geholfen. Er ist Hauptmann der ägyptischen Armee. Marker macht überall Jagd auf ihn. Er hat die Unterschriften aller Oppositionsführer gesammelt. Es ist eine Art Erklärung, in der steht, Großbritannien bekämpfe in Europa den Faschismus, unterstütze ihn aber aktiv in Ägypten. Sie wollen eine Kopie an alle Botschaften in Kairo schicken: die amerikanische, kanadische, französische, holländische und norwegische – jedenfalls können Sie sich vorstellen, was das für Schaden anrichten wird. Es kommt bestimmt in die Zeitungen.«

»Wie haben sie ihm geholfen? Was hat Sajed gemacht?«

»Das liegt doch auf der Hand: Er hilft diesem Abdel-Hamid Scherif.«

»Ich verstehe nicht«, sagte Alice.

»Er hat ihm zur Flucht verholfen. Sajeds Fahrer. Sie haben gesagt, er war mager, etwa einsachtzig groß, mit heller Haut, schwarzem Schnurrbart und schwarzem Kraushaar, das an den Schläfen grau wird. Das war Abdel-Hamid Scherif.«

»Das kann nicht Ihr Ernst sein.«

»Warum nicht?«

»Er hat den Bedford gefahren. Er wirkte so durchschnittlich.«

»Jeder kann durchschnittlich wirken, wenn ein Kopfgeld auf ihn ausgesetzt ist und eine Armee aus Polizisten und Spitzeln Jagd auf ihn macht.«

»Sie sagen das, als täte er Ihnen leid.«

Sie hatte ihn auf dem falschen Fuß erwischt. »Es ist meine Pflicht, Flüchtige zu fangen.«

»Werden Sie in dem Haus eine Razzia machen?«

»Dazu ist es jetzt zu spät. Wenn er erst einmal aus der Stadt heraus ist, kann sich ein solcher Mann in Lumpen hüllen und einfach in Luft auflösen. Inzwischen haben sie ihn vermutlich nach Suez und an Bord eines Schiffes gebracht . . . auf ein neutrales Schiff, von dem sie wissen, daß wir es nicht aufhalten und durchsuchen werden.«

»Es tut mir leid, Bert.«

»Es ist keine totale Katastrophe, aber Sajed weiß jetzt, daß wir hinter ihm her sind. Vielleicht zieht er aus dem Magnifico aus. Wie auch immer, im Augenblick bleiben Sie dort. Sie haben Peggy West doch nichts über . . . über mich gesagt, über das, was wir im Büro machen?«

»Nein, natürlich nicht.«

»Sie wird es sich zusammenreimen.«

»Sie ist Britin, Bert. Sie wird es niemandem sagen, oder?«

Er sah sie an. Er fragte sich, ob er ihr sagen solle, daß Peggy West regelmäßig Kontakt mit Leuten hatte, die er stark in Verdacht hatte, ein illegales jüdisches Spionagenetz zu bilden. Im Moment war es besser, wenn Alice das nicht wußte: vielleicht hätte Peggy eine Veränderung an ihr bemerkt.

»Nein, natürlich nicht. Kommen Sie, gehen wir etwas essen, ja?«

»Da ist noch etwas, Bert. Neulich, auf Fürst Pjotrs Cocktailparty, als Sie gegangen waren, hat einer von den Gästen damit in der Bar im Erdgeschoß Wein gekauft.« Sie schob eine ägyptische Banknote über den Tisch. Ein Muster aus winzigen dunkelbraunen Pünktchen überzog sie. Er nahm sie, schaute sie einen Augenblick lang an und sagte dann: »Verdammt gute Arbeit, Alice. Das Blut ist genauso verspritzt wie auf dem Soldbuch, das wir bei der Leiche des Sergeant Major vom Feldzeugwesen gefunden haben.«

»Ja, ich habe mich an das Soldbuch erinnert. Ich versuche, auf dem laufenden zu bleiben.«

»Von wem kam das Geld?«

»Von dem Marineoffizier. Sie haben ihn gesehen. Ein schlanker Mann mit welligem Haar. Er heißt Wallingford. Er ist mit Darymple befreundet, sie sind gemeinsam zur Schule gegangen.«

»Verdammt gute Arbeit, Alice.«

»Sie nehmen mir doch den Job nicht weg, oder? Ganz gleich, was Mummy sagt?«

»Nein, ganz gleich, was Mummy sagt.« Ihre Hand lag immer noch auf der Banknote. Er berührte ihre Hand. Es war das erste Mal, daß er eine so vertrauliche Geste machte. Lange, wie es schien, saßen sie da, während seine Finger leicht auf ihrem Handrücken ruhten. Sie rührte sich nicht und versuchte, in seinem Gesicht zu lesen, aber er war kein Mann, der sich seine Gefühle anmerken ließ, nicht einmal unter normalen Umständen. Die Umstände waren alles andere als normal. Er hatte Angst davor, eine engere Beziehung zu ihr einzugehen. Er mußte sich darauf vorbereiten zu verschwinden, wie es dieser raffinierte Scherif getan hatte.

14

Harry Wechsler hatte bis zum Aufbruch an Alice Stanhope gedacht. Und jetzt, während das Auto durch die belebten Straßen Kairos holperte, dachte er wieder an sie. Seit er sie auf der Party kennengelernt hatte, dachte er an nicht viel anderes. Sie war schön, auf eine reservierte, zurückhaltende Weise, die ihm nicht aus dem Kopf ging. Und sie war hochintelligent und außerdem gebildet, ohne den Drang, ihn herausfordern zu wollen oder ihm das Gefühl zu geben, er sei ein Vollidiot, wie das bei vielen seiner weiblichen Kollegen der Fall war. Und natürlich spielte als starker Faktor hinein, daß Alice Stanhope nicht das geringste Interesse an Harry gezeigt hatte.

Unter Journalisten, von denen die meisten mehr Bacchus als Aphrodite huldigten, galt Harry Wechsler als eine Art Weiberheld. Seit ihn 1938 seine zweite Frau verlassen hatte, waren Harry Wechslers Liebesgeschichten heftig und emotional, aber von flüchtiger Dauer gewesen. Die Begegnung mit Alice Stanhope hatte eine seltsame Wirkung auf ihn gehabt. Sie brachte ihn auf den Gedanken, es sei ihm immer noch möglich, sich zu verlieben.

»Einen Penny für Ihre Gedanken«, meldete sich der Fahrer. Er hieß Chips O'Grady. Er war ein kleiner, heimlichtuerischer Mann, der das Lenkrad mit weißen Knöcheln hielt und ein dickes Schaumgummikissen unter dem Hinterteil brauchte, damit er über das Lenkrad hinweg eine gute Sicht hatte. Er trug ein britisches Armeebuschhemd und Shorts. Wer glaubte, ein Buschhemd sei wie das andere, brauchte das Hemd, das Chips trug, nur mit dem von Harry Wechsler zu vergleichen, der neben ihm saß. Harry Wechslers Buschhemd gehörte zu einem Dutzend, das ein Hemdenmacher in Rom für ihn angefertigt hatte. Der Farbton war ein gedämpftes Olivgrün, die Nähte waren sauber und die Knöpfe aus Horn.

»Die Packerei. Ich bin nur noch mal alles im Kopf durchgegangen. Damit ich sicher bin, daß ich nichts vergessen habe«, sagte Harry Wechsler, der seine Meinungen mit jedermann, aber seine Gedanken mit niemandem teilte. Vielleicht war es gut, daß er wieder in die Dünen fuhr. Sein Leben lang hatte er sich über Leute lustig gemacht, die von der magischen Faszination der Wüste redeten. Aber obwohl er es niemandem gegenüber zugegeben hätte, begrüßte er die Aussicht, dorthin zurückzukehren.
Er machte es sich für die lange Fahrt bequem. Sein Fahrer, Chips, war Ire, ein notorischer Säufer, der für fast alle Nachrichtenagenturen im Nahen Osten gearbeitet hatte und von allen entlassen worden war. Harry Wechsler war in Tommys Bar, einer der bekanntesten Kairoer Kneipen, über Chips gestolpert. Chips war schon über einen Monat arbeitslos gewesen, und der Geschäftsführer von Tommys Bar drängte wie seine vielen anderen Gläubiger auf Zahlung. Es war, als hätte das Schicksal für ihre Begegnung gesorgt. Harry stellte ihn sofort als seinen Assistenten an. Chips hatte schon einen Presseausweis und eine Akkreditierung, obwohl es über ein Jahr her war, daß etwas, was er abgeliefert hatte, auch gedruckt worden war. Chips konnte Auto fahren, tippen, sprach soviel Französisch, Italienisch und Deutsch, daß er durchkam, und soviel Arabisch, daß er die Art von Transaktionen übernehmen konnte, die auf Journalisten zukommen können. Chips wußte, daß die Arbeit für Harry Wechsler vermutlich seine letzte Chance war, sein Leben wieder ins Gleis zu bringen. Er mußte nur mit dem Schnaps aufhören.
»Sie kennen den Weg?« fragte Harry, dessen Karriere ihn davon überzeugt hatte, es sei besser, Naheliegendes auszusprechen, als die Folgen zu tragen, wenn etwas danebenging, weil man nichts gesagt hatte.
»Und ob ich den Weg kenne!« sagte Chips gekränkt. Er hatte jeden Zentimeter dieser Straße kennengelernt, seit im Sommer 1940 die Kämpfe begonnen hatten. Es gab nur eine Hauptstraße in die westliche Wüste. Das war der Weg zum Krieg.
Es war halb sechs Uhr nachmittags, als sie den Nil überquerten. Die Sonne schien auf die Kuppeln der Moscheen, von denen Allah verlangte, daß sie aus Gold sein mußten. Sonnenuntergang: Zeit zum

Gebet. Von allen hohen Minaretten der Stadt ertönte der Ruf des Muezzin.
Der schwere Ford ratterte auf die Insel Dschesire, über die Englische Brücke nach el-Dokki und fuhr dann die Straße am Fluß entlang. Sie fuhren an der Universität vorbei, ehe sie nach Westen abbogen. In Gise hielten sie Ausschau – denn das tut jeder, ganz gleich, wie abgestumpft – nach der Stelle, wo die Cheops- und die Chefrenpyramide Kerben in den Himmel schnitten, der jetzt rosa war.
Die Chefrenpyramide wirkt höher als ihre Nachbarin, aber das täuscht, wie so vieles andere in Ägypten. Die Chefrenpyramide steht auf höherem Grund.
»Es tut gut, aus diesem Affenstall herauszukommen«, sagte Chips. Bis jetzt hatte er den Alkohol gemieden, wie er es Harry versprochen hatte. Ein halber Liter Bier pro Tag war alles, was er sich gestattete, und ein halber Liter einheimisches Stella-Bier war so dünn, daß er so gut wie niemandem gefährlich wurde. Bis zu einem gewissen Grad war Chips die Abstinenz durch die Hingabe, mit der er das Auto vorbereitet hatte, leichter gefallen. Harry Wechslers Agentur hatte die Kosten übernommen, und mit dieser Art von Blankoscheck hatte Chips etwas ganz Besonderes aufgetrieben. Es war ein gebrauchter, in Kanada gebauter Ford-Kombi mit einem V-8-Motor. Durch diskrete Zahlungen an die richtigen Leute hatte Chips ihn in den Werkstätten der Armee völlig umbauen lassen. Jetzt war er in der Sandfarbe der Armee lackiert, hatte Wüstenreifen und ein verstärktes Chassis wie die Kombis, die die Armee in der Wüste benutzte.
»Er läuft prima«, sagte Chips, als sie Kairo hinter sich ließen. Er empfand persönlichen Stolz auf das Auto und sagte von Zeit zu Zeit ein lobendes Wort, als könnten ein paar solcher ständig wiederholten Worte den Ford zum Weiterlaufen ermuntern. »Wunderbar. Wunderbar.«
Harry nickte. Er fuhr nicht gern, und Chips war ein guter Fahrer, solange er nüchtern war. Harry sah seinen winzigen Begleiter an, mit seinem verhärmten Gesicht, den roten Ohren, der spitzen Nase und den dünnen Lippen. Das Foto auf dem Presseausweis zeigte einen Mann, der mit amüsierter Verachtung in die Kamera sah. Als erstes fiel einem ein, er ähnele einem Nagetier, und seine verhuschten Bewegungen paßten dazu. Und trotzdem hatte Harry bis jetzt festgestellt, daß

Chips ein anständiger, schwer arbeitender Mann war. Er fragte sich, in welchem Ausmaß ein Vorurteil, das dem Äußeren eines Menschen entsprang, ihn sein Leben lang verfolge und behindere.
Ein paar zerstreute Dörfer, ein paar Bohnenfelder, dann endete die Nilebene und die Landschaft wurde unvermittelt sandig und kahl. Als sie an die Stelle kamen, wo die Straße nach Norden abbiegt, winkte Chips dem armen Teufel zu, der Dienst hatte. Der Corporal war dankbar für jedes mitfühlende Zeichen der menschlichen Rasse, die offenbar Militärpolizisten mit entsetzlicher Rachsucht verabscheute. Mehr als einmal hatte er beiseite springen müssen, um den Rädern schwerer Laster zu entgehen. An der Abzweigung war immer Militärpolizei stationiert. Vielleicht glaubten sie, dösende Fahrer könnten weiterfahren und irgendwo draußen in der Libyschen Wüste landen, am Rand der gewaltigen Kattarasenke, dem einsamsten Ort der Welt.
Sie kamen auf der freien Straße gut voran. Es war die richtige Tageszeit zum Fahren. In der Dämmerung sahen sie Wellblechbaracken und die Reihen sorgfältig weiß getünchter Steine, die überall in der Welt ein Kennzeichen der Anwesenheit der britischen Armee sind. »Das ist der Flugplatz von Amirija«, sagte Chips und zeigte darauf. »Sieht so aus, als ob gleich einer startet.«
Harry schaute dorthin, wo das Flutlicht einen Jäger beleuchtete, dessen Motoren auf Touren kamen.
»Schauen Sie sich das an«, sagte Chips. »Die Royal Air Force hat damit angefangen, Haifischrachen auf ihre Jäger zu malen. Da könnte eine amerikanische Geschichte für Sie drinstecken.«
»Wieso?« Harry war immer auf der Suche nach Geschichten mit einem US-Bezug.
»Es sind amerikanische Flugzeuge: Curtiss Tomahawks. Der Rachen mit den Zähnen wäre ein tolles Foto.«
»Nein, nein. Bis wir zurückkommen, haben die hohen Tiere von der Royal Air Force bestimmt befohlen, daß sie wieder mit Tarnfarbe gestrichen werden. Sie wissen doch, was das für Stockfische sind.«
»Sie sind seit September letzten Jahres so gestrichen.«
»Achten Sie auf die Straße, Chips.«
»Die könnte ich blind fahren«, sagte Chips.
»Curtiss Tomahawks?«

»Der hier ist von der Staffel eins-zwölf in Gambut, falls nicht alle anderen Staffeln die Bemalung nachmachen.«
»Ich kenne Gambut. Letzten Monat bin ich hingeflogen.«
»Wir kommen auf dieser Straße daran vorbei.«
»Okay, es könnte eine Story sein. Können Sie mit einer Kamera umgehen?«
»Mit was für einer Kamera?«
»Speed Graphic.«
»Ich komme damit zurecht, aber ich brauche einen Belichtungsmesser.«
»Ich bringe es Ihnen bei.«
»Warum versuchen Sie nicht, eine Leica aufzutreiben ... die haben diese Rollfilme. Für das, was Sie wollen, ist das einfacher. Und in der Nähe der Kämpfe sind immer gute Kameras zu haben, wenn man das nötige Kleingeld hat ... sie nehmen sie den deutschen Gefangenen ab.«
»Was für Aufnahmen brauche ich denn?« fragte Harry.
»Schnappschüsse. Die menschliche Seite. Eine Speed Graphic ist unhandlich, und für diese Art von Berichterstattung geht das Wechseln dieser verdammten Platten zu langsam.«
Chips hatte recht, er war kein Dummkopf. »Dann sehen Sie sich nach einer Leica um.«
»Okay, Boß.« Ein paar Kilometer weiter zeigte Chips auf einen weiteren Flugplatz. »Dekheila. Sieht so aus, als hätten sie Flugzeuge in der Landeschneise.«
»Bomber, hoffe ich. Ich sage Ihnen eins, Chips, Ihre Leute müssen Tripolis in Grund und Boden bomben, wenn sie eine Chance haben wollen, Rommel aufzuhalten. Noch ein paar Schiffsladungen mit diesen schwer bewaffneten Panzern, die er einsetzt, und er fährt durch Ägypten wie ein heißes Messer durch Butter.«
»Immer mit der Ruhe, Boß«, sagte Chips. Er hatte herausgefunden, daß er bei solchen Wortwechseln als Sparringspartner einen Tommy spielen sollte. »Wir haben den Hunnen ganz schön eingeheizt, haben sie zum Stillstand gebracht und ihre halbe Panzertruppe ausradiert. Und die Royal Air Force bekommt sie allmählich auch in den Griff. Geben Sie das zu, Harry!«
»Das Problem liegt darin, daß Ihre britischen Propagandaschreihälse letztes Jahr eine Menge Stuß über die Stärke der britischen Armee

losgelassen haben. Jetzt, wo Rommel sie wieder zurückdrängt, stehen alle ganz schön dumm da.«
»Sie haben recht, Harry.« Chips ließ ihn beim Diskutieren immer gewinnen. Dann sagte er laut zu sich: »Darf mich bei der nächsten Abzweigung nicht verfahren.« Es war wolkig, und der Mond ging an und aus wie eine Taschenlampe.
Bei Alexandria führte die Straße um die Stadt herum, und Chips behielt den Fuß auf dem Gaspedal, als sie die Küstenstraße gefunden hatten und sie entlangfuhren. Als das Mondlicht heller wurde, war deutlich, wie schön die Gegend war.
»Wie heißt dieser Ort?«
»El Alamein: Dort gibt es keinen ordentlichen Ort zum Essen oder zum Schlafen. Zu nahe an Kairo für eine Zwischenstation.«
»Es ist hübsch.« Jetzt sah Chips, daß Harry recht hatte. Auf der einen Straßenseite waren Feigenplantagen, trotz des Krieges immer noch in gutem Zustand. Auf der anderen Seite sah das Meer durch den sauberen weißen Sand dunkel und tief aus. Die Wellen brachen sich wie ein riesiger Spitzenvorhang, so daß das Meer im weißen Sand zu verschwinden schien. Die mondbeschienene Szene war so einladend, daß Harry am liebsten zum Schwimmen angehalten hätte, aber er widerstand der Versuchung. Er hatte Arbeit vor sich.
An der Stelle, wo die Feigenplantagen endeten, verschlechterte sich die Straße zu einem Labyrinth aus Schlaglöchern und Dellen. »Wissen Sie was, Chips? Es war wirklich schlau von euch Briten, eine Bahnlinie an der Küste zu bauen. Und es war eine Riesendummheit von den Italienern, daß sie das an ihrer Küste nicht auch getan haben.«
»Das waren nicht die Briten«, sagte Chips. »Die Araber haben sie im neunzehnten Jahrhundert gebaut.«
»Ach ja? Jedenfalls ist sie im Krieg sehr nützlich. Die Eisenbahn kann die ganzen schweren Sachen transportieren, und die Straße bleibt frei. Rommel hat das noch nicht kapiert. Vielleicht ist Rommel im Endeffekt doch nicht ganz so schlau.«
»Ich kann's nur hoffen.«
»Die Briten haben mit einem blöden General auf ihrer Seite schon genug am Hals, Chips, da ist es besser, wenn sie sich nicht auch noch mit einem schlauen Gegner herumschlagen müssen.«

Chips nickte. Harry Wechsler hatte gern das letzte Wort. Er war wie ein Filmstar, dachte Chips, der in seiner Zeit als Journalist viele Filmstars kennengelernt hatte. Harry legte großen Wert auf seine Kleidung, sein Äußeres, seine Bequemlichkeit. Und er hatte dieses kindliche Bedürfnis nach Anerkennung und Bewunderung, das so oft die treibende Kraft für Erfolg im öffentlichen Leben ist. Harry Wechsler hätte diese Reise ohne weiteres allein geschafft, aber er schien einen Begleiter zu brauchen, einen Resonanzboden, vielleicht ein Publikum. Was auch immer Harry Wechsler brauchte, solange die Bezahlung angemessen war, lieferte Chips O'Grady es mit Freuden.
Die gepflasterte Straße folgte der Küste und der Bahnlinie. Hin und wieder kamen sie an Nachschublagern vorbei, die sich kilometerweit erstreckten. Manchmal wiesen Schilder auf ein Lazarett oder eine Reparaturwerkstatt hin. Manche Schilder waren unecht, zur Irreführung aufgestellt. Dann gab es weniger Hinweise auf menschliche Aktivität. Manchmal sahen sie kilometerweit keinen Verkehr auf der Straße. Südlich von ihnen erstreckte sich die Wüste, aber es waren nicht die wehenden Sanddünen, die in Filmen gezeigt wurden: es war harte, von der Sonne ausgetrocknete Erde mit ockerfarbenen Felsen. El Daba tauchte auf. Chips zeigte darauf und erzählte Harry, der Ort sei berühmt durch ein britisches Soldatenlied. Was sangen die Soldaten? Obszönitäten über Faruk, der auf einem Kamel saß, Schinkenbrote aß und dem der Wind in den Hintern fuhr. Chips konnte sich nicht genau an den Text erinnern, aber El Daba rief ihm stets das Lied ins Gedächtnis, weil in El Daba, passend zum Refrain, stets ein Sandsturm zu herrschen schien. Vielleicht hatten die Briten deshalb dort ein Durchgangslager für Kriegsberichterstatter eingerichtet.
Der Eingang war in einer Wellblechbaracke, erbaut auf einem Betonfundament, ein nach Wüstenmaßstäben luxuriöses Bauwerk. Der Posten war ein Soldat, der auf einem Ölfaß saß und eine Zigarette rauchte. Er winkte sie durch. ALLE BESUCHER SIND VERPFLICHTET, SICH BEIM DIENSTHABENDEN OFFIZIER ZU MELDEN stand auf einem Schild an der Tür. Das einzige weitere Fahrzeug auf dem Hof, auf dem sie parkten, war ein großer AEC Matador, ein segeltuchverkleideter Laster mit Reservekanistern, auf denen WASSER und BENZIN stand, mit Schlafsäcken und gebündelten Tarnnetzen.

In der Baracke fanden sie ein Büro, in dem der diensthabende Sergeant mit einem Untergebenen Darts spielte und Tee trank.
»Das geht in Ordnung. Der diensthabende Offizier sieht sich Ihre Akkreditierung an, dann bringen wir Sie unter«, sagte der Sergeant. »Falls Sie was essen wollen, kümmern sich meine Jungs um Sie.« Er legte die Dartpfeile auf den Schreibtisch und rief den diensthabenden Offizier an. Das war ein älterer Stabsfeldwebel, der aus seinem Quartier geholt werden mußte und der trotz der frühen Stunde in einem Hausmantel aus Kamelhaar erschien und nach Whisky roch.
Als der Papierkram erledigt und das Auto mit Benzin aufgetankt war, gingen sie zum Essen. Der Raum enthielt einen Herd, einen Tresen und ein paar Stühle und Tische. »Frühstücksfleisch mit Ei und Erbsen.«
»Klingt köstlich«, sagte Harry.
Harry hatte dafür gesorgt, daß der Ford mit Vorräten beladen war. Er hatte Tee und Kaffee dabei, Speckstreifen in Dosen, Dosenbohnen und einen Sack Reis. Aber solche Sachen wurden besser für Notfälle aufbewahrt oder für das Erkaufen von Gefälligkeiten bei den Einheiten an der Front. Also gab es Frühstücksfleisch, Ei und Erbsen.
Der konservierte Speck war gebraten, und das Ei bestand aus Eipulver, das ein geschickter Koch in etwas verwandeln kann, was frischem Rührei ähnelt. Dieser Koch war nicht so geschickt. Die Erbsen kamen aus der Dose und waren eine grünlich-gelbe Pampe. Natürlich gab es auch heißen Tee. »Kein Wunder, daß Ihre britische Armee vom Tee abhängig ist«, sagte Harry, während er zuschaute, wie das Essen zubereitet wurde.
Die einzigen anderen Gäste, die zu sehen waren, trugen den schweren Khakikampfanzug, der in Winternächten in der Wüste nötig war. Sie waren beide sauber und adrett, mit gebräunten Gesichtern und den Abzeichen von Kriegsberichterstattern auf den Schulterstücken. Der Jüngere war ein muskulöser Bursche Mitte Zwanzig. Er trug den eckigen Schnurrbart, den sich viele britische Offiziere in der Wüste zulegten: eckig und kurz gestutzt, fast bis auf die Haut. Neben ihm standen zwei Kameras in Ledertaschen und eine größere Tasche, die vermutlich Objektive, Filme und Zubehör enthielt. Der zweite Mann war älter: dünn, magenkrank und abweisend. Er hatte welliges, rot gefärbtes Haar in dem Farbton, den Damenfriseure Tizian nennen.

Sie tranken Tee aus Blechbechern. Der Jüngere beendete die Mahlzeit mit Scheiben eines schweren braunen Obstkuchens, der nach Form und Struktur zu schließen aus einer Dose kam. Beim Kauen war zu sehen, daß ihm ein Vorderzahn fehlte; das verlieh ihm das Aussehen eines Gassenjungen.

Harry setzte sich an den Tisch der beiden, bot ihnen Zigaretten an und bedachte sie mit einem breiten Lächeln. »Harry Wechsler«, stellte er sich vor. »Und das ist Chips O'Grady. Wir sind nach Westen unterwegs.«

»Mogg«, sagte der Jüngere der beiden. »Tommy Mogg.« Der andere – der in Gedanken gewesen war – sah seinen Partner mißbilligend an und stellte sich nicht vor.

Chips ging zum Tresen und wartete, bis der Soldat das Essen auf Tellern anrichtete und Tee einschenkte.

Harry breitete auf dem Tisch eine Karte aus und stellte den beiden Männern Fragen nach Orten, auf die er mit dem Finger zeigte. »Oase Siwa. Was für ein Ort ist das?«

Die beiden Männer – Fotograf und Korrespondent – waren in der Oase Siwa gewesen. Sie sagten, es sei eine Zweitagesfahrt südlich in die Sahara.

»Was gibt es in Siwa zu sehen?« fragte Harry, als Chips das Essen vor ihm abstellte. »Danke, Chips.«

Chips beachtete die anderen nicht. Er setzte sich mit seinem Teller hin und fing zu essen an.

»Ich habe die beiden hier eben gefragt, was mit dieser Oase Siwa ist«, sagte Harry und stocherte an dem Frühstücksfleisch mit Ei herum.

Tommy Mogg, der Jüngere, antwortete. Das war typisch, dachte Harry. Der Fotograf war so kräftig, daß er seine Ausrüstung mit sich herumschleppen konnte, und immer freundlich zu anderen Berichterstattern. Die schreibenden Journalisten, älter, erfahrener und mißtrauischer, hatten immer Angst davor, ihr Berufskapital preiszugeben.

»Wir haben gehört, das ist die Basis der Long Range Desert Group.«

»Was sind das für Leute?« fragte Harry.

Der Jüngere sah seinen Partner an. »Eine von diesen ›Privatarmeen‹, die weite Vorstöße in den Süden der Wüste unternehmen, falls die Spaghettis da Fronteinheiten haben.«

»Haben Sie Aufnahmen machen können?«
»Bloß Scheißdreck. Nur ein paar Kameltreiber. Ich hab' ein paar Palmen fotografiert und einen zerstörten Panzer.«
»Was hat die Armee dazu gesagt?«
»Wir sind ohne Begleitoffizier hingefahren.«
Harry lachte. »Diese Armee kann es nicht leiden, wenn jemand Initiative zeigt, schon gar nicht, wenn es Journalisten sind. Sie haben vermutlich dafür gesorgt, daß dort nichts zu holen war.«
»Kann schon sein.«
»Übernachten Sie hier?« fragte Harry. Sie nickten. »Wie ist es denn so?«
»In Ordnung«, sagte der Jüngere. »Zelte. Duschen. Warmes Wasser. Schnaps. Es ist in Ordnung.«
»Zelte?«
Als er seinen Gesichtsausdruck sah, grinste der Fotograf. »Man hat Glück, wenn man ein Zelt bekommt. Bis zum letzten Monat wurde von einem erwartet, daß man einen Schlafsack mitbringt und unter freiem Himmel schläft.«
»Ich glaube, wir machen uns auf den Weg.« Harry schob das Essen unberührt beiseite und zündete sich eine Zigarette an. »Ist Frühstücksfleisch alles, was Sie in der Wüste zu essen bekommen?«
»Sie werden sich daran gewöhnen«, sagte der Fotograf. »Die Araber essen kein Schweinefleisch, verstehen Sie. Also klauen sie es nicht.« Während er das sagte, streckte er die Hand aus, spießte Harrys Frühstücksfleisch auf seine Gabel und legte es auf seinen Teller.
Chips O'Grady trug wenig zur Konversation bei. Er ließ Harry Wechsler mit den beiden Männern reden. Harry sprach gern mit Fremden. Er nannte das Recherchen. Chips aß das Frühstücksfleisch und wischte die Eireste mit einem Stück Brot vom Teller, aber sogar Chips ließ die Erbsen liegen. Dann holte er weiteren Tee und Obstkuchenscheiben für sich und Harry. Er begriff, warum es Harry Wechsler für selbstverständlich hielt, daß er ihn bediente, wie eine Art Leibdiener, aber er kam sich wie ein Trottel vor. In diesem Land waren Dienstboten Einheimische. Er wünschte sich, es gäbe eine Möglichkeit, diese schlichte Tatsache in Harrys Schädel zu bekommen.
Harry Wechsler legte die Füße auf einen Stuhl, rauchte die Zigarette

und musterte die Karte. »Nein, wir fahren an der Küste entlang weiter«, sagte er. »Für den Augenblick haben wir genug Fotos von Arabern gemacht.«
Der Fotograf lächelte höflich und sagte gute Nacht. Die beiden Männer wollten am Morgen früh aufbrechen.

❖

Als sie wieder im Ford saßen, überlegte es sich Harry Wechsler anders.
»Wie lange würde es dauern, wenn wir einen Ausflug zu dieser Oase Siwa machen, Chips? Schon mal dort gewesen?«
»Ich war dort. Das war, ehe die Kämpfe anfingen. Näher kam man nicht an die italienische Front heran. Die Oase ist direkt am Drahtzaun.« Er sah auf die Uhr. »Es ist eine lange Fahrt. Ich möchte es lieber nicht auf den unbeschilderten Kamelpfaden versuchen. Am Anfang sehen sie ganz ordentlich aus, aber dann ist man hundert Kilometer in der Wüste, und sie verlaufen im Sand.«
»Was dann?«
»Wir sollten von Marsa Matruch aus nach Süden fahren. Das ist der bessere Weg.«
»Schaffen Sie das?«
»Nicht in einem Rutsch. Wenn Sie mich nicht beim Fahren ablösen. Selbst dann würden wir es über Nacht nicht schaffen. Wenn wir nach Süden abbiegen, sind es noch fast dreihundert Kilometer.«
»Diese Typen«, sagte Harry. »Diesen Typen traue ich nicht über den Weg.«
»Den Journalisten? Die waren in Ordnung.«
»In Ordnung? Machen Sie Witze? Ich glaube, die haben da unten in der Wüste eine Story aufgegabelt. Etwas, was sie uns nicht auf die Nase binden wollten.«
Chips war überrascht von dieser Idee. »Warum glauben Sie das?«
»Ich habe einen unfehlbaren Instinkt, was Menschen anlangt, Chips. Meine Mutter war genauso. Diese Typen haben versucht, uns davon abzubringen. Haben Sie gemerkt, wie maulfaul der Ältere war?«
»Ich glaube nicht, daß das stimmt, Harry. Die waren einfach müde.«
»Ich kann Müdigkeit von Verschlagenheit unterscheiden. Ich bin ein

alter Hase in diesem Geschäft. Ich habe es zu etwas gebracht, weil ich weiß, was in Menschen vorgeht. Dort unten in dieser Oase steckt eine Story, oder ich bin ein Chinese.«
»Dort gibt es keine Übernachtungsmöglichkeit«, warnte ihn Chips, der zu dem Schluß gekommen war, Bequemlichkeit spiele bei allen Entscheidungen Harry Wechslers eine große Rolle.
»Zum Kuckuck mit Ihnen! Halten Sie mich für zimperlich?«
»Wie Sie meinen.«
»Wir werden ja sehen, wer als erster nach seiner Mami schreit.«
»Ich habe gar nichts andeuten wollen, Harry. Ich hab' nur gedacht, ich sollte Ihnen sagen, daß wir die Nacht vielleicht im Auto verbringen müssen.« Er warf seinem Chef einen verstohlenen Blick zu.
»Okay, okay.«
»Sie wollen nicht versuchen, von der Armee eine Genehmigung für die Fahrt dorthin zu bekommen?«
»Und Zeit damit vergeuden, noch so einen ›diensthabenden Offizier‹ aus seinem Boudoir zu locken?«
Chips nickte. Er wußte, daß er noch eine Menge über den Stabsunteroffizier zu hören bekommen würde, der in dem Hausmantel aus Kamelhaar erschienen war. Er hatte Harrys ungläubige Miene gesehen.
»Wozu sollten wir eine Genehmigung der Armee brauchen?«
Chips wollte ihm alle möglichen Gründe nennen, von der Möglichkeit, in ein eben gelegtes Minenfeld hineinzugeraten, bis zu der Aussicht, von Jagdflugzeugen der eigenen Seite in die Luft gejagt zu werden. Aber er kam zum Schluß, es sei nicht der richtige Augenblick.
»Wir haben kanisterweise Benzin.« Harry sah auf die Uhr. »Von jetzt an wechseln wir uns alle zwei Stunden am Steuer ab. Ja?«
»Ich bin mir auch dann nicht sicher, ob wir es schaffen, am Morgen in Siwa zu sein, Harry.«
»Geben Sie sich ein bißchen Mühe, Kumpel. Sie sind jetzt nicht bei einer verpennten Tommy-Reporterclique. Versuchen Sie's mal mit der guten alten amerikanischen Methode.«
»Klar, Harry, klar.«
Die Fahrt nach Siwa war spektakulär. Die Straße führte über den harten Sand der Libyschen Wüstenplatte. Im Mondschein war er weiß und verharscht, so weit sie sehen konnten. Anfangs ließen sie eine lange

graue Staubfahne hinter sich, deshalb bog Chips von der üblichen Strecke ab. Er hielt sich etwa hundert Meter seitlich von ihr und fand einen eigenen Weg durch die Wüste. Dann trat er aufs Gas, und trotz des Gewichts der Zelte und Vorräte, auf denen Harry bestanden hatte, fuhr der Kombi stetig achtzig Stundenkilometer oder mehr. Hin und wieder sahen sie Armeelaster, die sich an die vorgeschriebene Strecke hielten und weiße Staubwolken aufwirbelten.

Nur einmal ließ sich Harry anmerken, daß er sich Gedanken über den langen Umweg machte, Hunderte von Kilometern in die Sahara hinein. Selbst da wollte er nur eine kleine Beruhigung hören. »Hätten die sich die Mühe gemacht, uns zu erzählen, da sei nichts, wenn wirklich nichts dort wäre?«

»Ich weiß es nicht, Harry.«

»Fragen Sie sich das selbst«, sagte Harry verärgert.

»Sie meinen, wenn Harry Wechsler in Siwa gewesen wäre und nichts gefunden hätte, dann hätte er aller Welt erzählt, unbedingt dorthin zu fahren?«

»Seien Sie kein Klugscheißer«, sagte Harry gereizt. Dann dachte er darüber nach und lachte. »Vielleicht hätte ich genau das getan«, sagte er und lachte wieder.

❖

Siwa ist eine große Oase, tief in der Wüste und am Nordrand des sich ständig bewegenden Sandmeeres. Wer von hier aus weiter vordringt, muß sich auf Hunderte von Kilometern mit unsicherem, sich ständig bewegendem Sand und auf viele Tage ohne Wasser gefaßt machen.

In Siwa bilden Felsentäler eine flache Senke und bieten Zugang zu den kleinen Seen, von denen die Oase bewässert wird. Die berühmten rosa Felsen schützen Gruppen von Dattelpalmen, von denen die Wüstenstämme sagen, sie brächten die köstlichsten Datteln im ganzen Saharagebiet hervor.

Harry Wechsler und Chips O'Grady waren völlig erschöpft, als sie am frühen Morgen ankamen. Niemand war zu sehen. Sie fuhren vorbei an den anscheinend leeren Lehmhütten und parkten vor ein paar Betongebäuden, an denen auf abblätternden Schildern auf englisch und

arabisch stand: BETRETEN VERBOTEN. ARMEE-EIGENTUM. VORSICHT. Auf einem kleineren, in Rot und Weiß gehaltenen Schild stand: *Sie sind in einem Malariagebiet. Treffen Sie Vorsichtsmaßnahmen!*
Pflichtschuldig griff Harry nach seinem eleganten Segeltuchtornister, fand seine Chinintabletten und nahm zwei. Er schluckte sie ohne Wasser, stieß dabei lautstark auf. »Nehmen Sie Ihre Tabletten, Chips.«
»Mir kann nichts passieren. Den Moskitos scheint mein Blut nicht zu schmecken.«
»Vielleicht lag das daran, daß Ihr Blut vor allem aus Alkohol bestanden hat. Jetzt finden die Moskitos vielleicht Geschmack daran.«
»Mir wird schon nichts passieren, Harry.«
»Falls Sie daran denken, ohne Ihr Gehalt auszukommen, geht das in Ordnung. Aber solange Sie für mich arbeiten, tanzen Sie nach meiner Pfeife. Das heißt, daß Sie den Schnaps lassen und jeden Tag Ihre Malaria- und Salztabletten nehmen.« Er schüttelte zwei weitere Tabletten für Chips heraus.
Chips warf sich zwei Tabletten in die Kehle, schluckte und lächelte. Er fragte sich, wie lange er Harry Wechsler ohne den Trost von ein bißchen Whisky hier und da ertragen würde.
»Was ist das da?« Harry zeigte auf die alten einstöckigen Lehmhütten.
»Gyppo-Armee. Eine Basis von denen, als sie die Grenze besetzt haben. Jetzt sind sie fort.«
»Ich nehme an, daß wir hier ganz in der Nähe der alten Grenze sind. Sie haben sie den Drahtzaun genannt: stimmt's?«
»Wir sind gleich da.« Er zeigte auf eine Stelle zwischen zwei Felsnasen.
»Wenn wir der alten Fahrspur Richtung Westen folgen, kommen wir an den Drahtzaun.«
»Kommen wir durch den hindurch?«
»Wir können es mit der guten alten amerikanischen Methode versuchen.«
»Guter Junge!«
Als sie nach Westen fuhren, sahen sie Beweise der Gefahren des großen Sandmeers. Keine fünfzig Meter vom beschilderten Weg entfernt steckten zwei große Zehntonnenlaster fest. Der Sand verdeckte fast die Räder, und jetzt war es ausgeschlossen, daß sie mechanisch herausgeholt werden konnten. Nicht viele Menschen, ob zu Fuß, auf Kamelen

oder motorisiert, wagten die Reise nach Süden. Die einheimischen Stämme – die Siwans und die Senussis – waren überzeugt davon, es sei ein unheilvolles Gebiet, aus dem nur wenige Reisende zurückkamen. Und doch hatten Männer der Long Range Desert Group dem wehenden Sand getrotzt. Sie waren so weit vorgestoßen, daß sie von Flugzeugen aufgetankt werden mußten. Das war eine Geschichte, die Harry Wechsler gern erzählt hätte, aber die Briten achteten auf Geheimhaltung. Sie waren entschlossen, den Feind nichts darüber erfahren zu lassen, wie, wann und wo die Patrouillen der LRDG operierten.
»Hier ist der Zaun!« sagte Chips. Er hielt und schaltete die Zündung aus. Als der Motor zum Stillstand kam, war das Geheul des Windes plötzlich sehr laut.
»Chips, alter Kumpel, was für ein toller Anblick!«
Die Grenzbefestigungsanlagen, von denen Mussolini verfügt hatte, sie sollten sich an der Grenze zwischen seinem afrikanischen Imperium und Ägypten erstrecken, waren ein wahrer Strom aus Stacheldraht. Stahlstangen, allesamt einbetoniert, stützten den Zaun, der eine etwa drei Meter tiefe Sperre bildete. Der verwickelte, abschreckende Stacheldrahtzaun setzte sich ununterbrochen fast siebenhundert Kilometer lang fort. Harry stieg aus und musterte den Schauplatz aus verschiedenen Positionen, rahmte ihn mit einem L aus ausgestrecktem Daumen und Zeigefinger ein. »Bringen Sie die Kamera, Chips.«
Als Harry sich auf ein Fotomotiv festgelegt hatte, fuhr Chips am Rand der Sperre entlang, bis Harry einen Sandhügel entdeckt hatte, von dem aus sich besser fotografieren ließ. Dann kam ein Foto mit dem Ford-Kombi im Vordergrund und zwei Aufnahmen von Harry mit dem Fuß auf dem Trittbrett. Während sie da in der Sonne des frühen Morgens standen, hörten sie Flugzeuge. Es waren drei zweimotorige Bomber, weit oben und nach Osten unterwegs. Harry versuchte, die Flugzeuge am Himmel zu fotografieren, aber er war zu spät dran, und sie waren zu weit weg.
»Na ja. Hätten sowieso nur wie Fliegenscheiße ausgesehen, nehme ich an. Wir bräuchten ein großes Teleobjektiv, um was aufzunehmen, was druckreif wäre. Vielleicht haben Sie recht: Ich müßte eine Leica haben. Wir bleiben an dieser Story dran.« Er zeigte auf die Stacheldrahtsperre. »Sind da irgendwo Lücken?«

»Kriegen wir's raus«, sagte Chips. Er war todmüde. Er wollte nur noch schlafen, aber Harry Wechsler schien unermüdlich zu sein. »Woher nehmen Sie bloß die ganze Energie?« fragte er, als sie wieder im Auto saßen und im Kriechtempo Ausschau nach einem Weg über die Grenze hielten.
»Vom Geld«, sagte Harry, ohne zu zögern. »Wissen Sie, wie viele Leser ich habe?«
»Ja, Sie haben mir's erzählt.«
»Ist das eine Lücke im Verhau?«
Er zeigte auf eine Stelle, wo der Sand über den Stacheldraht geweht war. »Fahren Sie über das sandige Stück dort drüben«, sagte Harry.
»Sie wissen, was passiert, wenn ein Reifen im Stacheldraht hängenbleibt?«
»Ja. Dann müssen Sie das Rad wechseln.«
»Wir könnten die Ölwanne verlieren.«
»Wir könnten den Krieg verlieren. Fahren Sie.«
Chips gefiel das nicht. Der Ford war ein schweres Fahrzeug. Das verstärkte Chassis und das ganze Gepäck machten ihn noch schwerer. Außer der Gefahr durch den Stacheldraht gab es die Möglichkeit, in einem weichen Sandstreifen steckenzubleiben. Aber Chips tat, was von ihm verlangt wurde, und als sie die andere Seite erreichten, war Harry zufrieden mit sich. »Wir sind in Libyen. Wir haben es geschafft! Wo fahren wir jetzt hin?« Er sah sich um. Er hatte sein Leben lang noch nie das Gefühl gehabt, so weit entfernt von der Zivilisation zu sein.
Durch die Wüste verlief ein Pfad, von dem Chips sagte, er müsse zur Oase Giarabub auf der italienischen Seite der libyschen Grenze führen. Harry holte seinen Kompaß heraus und ging dann ein gutes Stück vom Auto weg, damit sich das Metall nicht auf die Nadel auswirkte. Als er den Kompaß abgelesen und mit der Karte verglichen hatte, fuhren sie im Kriechgang weiter, hielten Ausschau nach Wegmarkierungen. Als sie Siwa hinter sich gelassen hatten, waren sie in der offenen Wüste. Weder Vögel, Ratten oder Schlangen waren zu sehen: alle Lebewesen schienen sich vor der Sonne zu verstecken.
Etwa eine halbe Stunde später sahen sie einen verschwommenen Fleck am Horizont. »Es könnte eine Fata Morgana sein«, warnte Chips. Aber der Fleck war genau an der richtigen Stelle, und bald verwandelte er

sich in die Palmen von Giarabub. »Wir könnten Tee aufbrühen und ein Nickerchen machen, während die Sonne hoch steht.«
»Tee und Schlaf: an was anderes könnt ihr Typen nicht denken«, sagte Harry, aber Chips kannte ihn inzwischen so gut, daß er die Zustimmung in seiner Stimme hörte. Das Dorf Giarabub liegt geschützt unter Felsen in einer Senke. Und in der Nähe war ein See, der tief und groß genug zum Schwimmen war.
Chips kochte auf die traditionelle Weise der Wüstenarmee Tee. Er füllte eine Büchse mit Sand, goß etwas Benzin hinein und zündete es an. Darüber kochte er Wasser. Der Tee schmeckte gut. Sogar Harry mußte das zugeben.
Sie sprangen mit einem Jubelruf ins Wasser. In der Wüste erlangt Wasser seine wahre Bedeutung. Als Harry mit dem Kopf unter die Oberfläche ging, stellte er fest, daß es eine merkwürdige Konsistenz hatte, und es schmeckte nach Salz und Schwefel. Zu Hause hätte er einen solchen Tümpel gemieden, aber in dieser staubigen, schmutzigen, grobkörnigen Welt war es ein unvergleichlicher Luxus, in Wasser einzutauchen. Beide Männer sagten nichts. Sie trieben im tragenden Wasser und schlugen leicht mit den Armen, damit sie mit dem Kopf über dem Wasser blieben.
Während sie im See waren, kam plötzlich der laute Lärm eines Flugzeugs. Sie sahen nach oben. Es war ein Leichtflugzeug, das so tief flog, daß es so aussah, als müsse es gegen die Felsen prallen. Es wendete und kam zurück, aber dieses Mal ging es in Querlage, rutschte seitlich weg und verschwand hinter den Bäumen.
Es war ein abgeschiedener Ort, und eine Zeitlang war es, als hätten sie die ganze Welt für sich allein. Nach dem Baden fanden sie ein schattiges Plätzchen, setzten sich und ließen sich trocknen. Das Salz war klebrig auf der Haut und starr im Haar. Ein Araberjunge entdeckte sie und verkaufte ihnen frische Datteln, die sie aßen. »Sehen Sie sich manchmal ein Ballspiel an, Chips?«
»Nein, nie.«
Harry seufzte, sank in den Sand zurück und schlief ein ...
Er wachte auf, als ihm ein Stiefel heftig in die Schulter trat. Er sah auf und stellte fest, daß ein halbes Dutzend Männer an das Wasserloch gekommen waren. »Hände ausstrecken! Umdrehen!« Die Stimme war

schroff, mit einem englischen Regionalakzent, den Harry schlecht verstand.
Harry zögerte. Er war noch im Halbschlaf und verstand nicht, was von ihm erwartet wurde. Er griff nach dem Schuh, in den er sicherheitshalber seine Brille und seine Armbanduhr gesteckt hatte. Er bekam wieder einen Fußtritt, so gehässig, daß er vor Schmerz aufschrie.
»Du hast mich gehört, du Mistkerl! Umdrehen!« Es war ein Mann, der Khakishorts und ein Buschhemd mit den Streifen eines Sergeant trug, obwohl Harry Wechsler ohne Brille am deutlichsten die schweren Stiefel und die Wollsocken sah. Der Sergeant langte nach unten, packte Harrys Schuhe und untersuchte sie gründlich.
Chips schien zu verstehen, was diese aggressiven Neuankömmlinge wollten. Er streckte die Arme aus, mit den Handflächen nach oben, und drehte sich um, weg von der Stelle, auf der er geschlafen hatte. Sie wollten sich vergewissern, daß die Schlafenden keine Waffen neben sich im Sand versteckt hatten. Als der Stiefel wieder nach ihm ausholte, drehte sich auch Harry um.
Der Sergeant fuhr mit dem Stiefelabsatz durch den Sand, um sich davon zu überzeugen, daß dort nichts vergraben war, und trat dann gegen die Oberfläche, aber er fand nichts. »Wir haben alles in den Ford eingeschlossen«, sagte Harry. »Geben Sie mir meine Brille.«
Der Sergeant reichte ihm seine Schuhe, und Harry setzte die Brille auf. Jetzt sah er, daß der Sergeant ein wettergegerbter Mann von etwa vierzig Jahren war. Seine bloßen Arme waren bis zum Handgelenk mit einem komplizierten Muster aus Tätowierungen überzogen. Der offene Hemdkragen ließ weitere Tätowierungen sehen. Erinnerungsbänder an seinem Hemd wiesen ihn als altgedienten Soldaten aus. Ein Stück weiter hinten stand mindestens ein Dutzend weiterer Soldaten – junge Stabsunteroffiziere –, allesamt in den sauberen, gut gebügelten Uniformen, die, wie Militärpolizisten beigebracht wurde, ein notwendiges Zeichen ihrer Aufgabe waren. »Sie sagen also, das ist Ihr Ford?«
»Wo ist Ihr Offizier?« sagte Harry. »Ich bin amerikanischer Bürger in einem neutralen Land. Ich brauche mir den Blödsinn der britischen Armee nicht gefallen zu lassen.«
Chips wedelte verzweifelt mit der Hand, versuchte, seinen Chef zur Raison zu bringen. Er wußte, daß Männer, die Sergeants der Militärpo-

lizei werden, solche Rüffel vor ihren Untergebenen nicht ohne weiteres einstecken.
Der Sergeant sah die Geste. »Aufstehen. Und ziehen Sie die Shorts und die Schuhe an.« Er stieß Harrys zweiten Schuh in den Sand und sah dann Chips an. »Sie auch, Kumpel! Ich will keinen Ärger mit euch beiden. Kapiert?«
»Ich bin Amerikaner; wir sind beide Zivilisten«, sagte Harry.
»Und Sie stehen beide unter Arrest«, sagte der Sergeant.
»Weshalb?« fragte Chips.
»Unterhalten Sie sich darüber mit meinem Offizier«, sagte der Sergeant. »Er hat das Kommando.«

❖

Jimmy Ross wäre lieber in Kairo geblieben. Er fühlte sich sicherer im Gewühl der Stadt, und er wollte in regelmäßigem Kontakt mit dem Büro bleiben, damit er vor jeder Entwicklung, die ihm schaden konnte, rechtzeitig gewarnt wurde. Es verbesserte seine Laune nicht, als er nach der strapaziösen Fahrt zur Oase nichts außer alten Gewehren und zwei Kriegsberichterstattern vorfand und dann auch noch unerwartet der Brigadier in einem Leichtflugzeug auftauchte. Der Brigadier hatte es eilig, deshalb führten sie ihr Gespräch im Schatten des Tragflügels.
»Ich will nicht, daß Sie glauben, ich sitze Ihnen im Nacken, Major Cutler.«
»Nein, Sir.« Er sah den Brigadier an und dann Lieutenant Spaulding neben ihm. Er hatte Spaulding seit dem Fiasko vor dem Abdin-Palast nicht mehr gesehen. Fuhr Spaulding mit zur Entenjagd des Brigadiers und zu allen anderen Ausflügen, mit denen die hohen Tiere soviel Zeit verbrachten? Spaulding lächelte, als hätte er erraten, was dem anderen durch den Kopf ging.
Der Brigadier schaute von einem zum anderen: Diese beiden Männer hatten nicht viel füreinander übrig; sie hatten sich auf den ersten Blick gehaßt. Sie waren zwei Primadonnen, dachte der Brigadier. Spaulding spielte den Soldaten, wollte aber von der Rolle des Oxforder Dozenten nicht lassen. Cutler: auch verdammt distanziert. Vielleicht war er überzeugt davon, seine Zeit im Polizeidienst mache ihn zum einzigen

Profi unter ihnen. Das war nicht so wichtig; im Krieg mußte die Armee einsetzen, was sie bekommen konnte. »Zwei Gefangene, habe ich gehört?«
»Nicht eigentlich, Sir. Vor ein paar Tagen sind zwei Männer hierhergekommen, die aber verscheucht wurden. Die beiden Festgenommenen von heute sind beglaubigte Kriegsberichterstatter.«
»Sind Sie sich da ganz sicher?«
»Ja, Sir. Einen kenne ich vom Sehen, deshalb gehe ich ihm aus dem Weg.«
»Recht so. Gut für die Sicherheit. Fühlen Sie sich auch wohl, Major Cutler? Ich habe gehört, daß Sie Tag und Nacht in dem verdammten Büro verbringen und alle Akten und Berichte dort lesen. Übertreiben Sie es nicht. Ich will nicht, daß Sie krank werden.«
»Ich bin vollkommen fit, Sir. Mit Respekt, Sir, ich brauche Zeit, um mit der wirklich wichtigen Ermittlung weiterzukommen.«
»Rommels Spion, meinen Sie? Ja, das ist die große Sache, aber in der Armee müssen wir Befehlen gehorchen, ganz gleich, wie unlogisch sie manchmal wirken.«
»Ich muß es nehmen, wie es kommt«, sagte Cutler. »Das hat mein Sergeant zu mir gesagt.«
Dem Brigadier gefiel diese Antwort nicht. Vor dem Krieg wäre eine solche Erwiderung in der Armee als offene Rebellion bestraft worden, aber jetzt war Krieg, und dieser Spezialist war ein besonderer Fall. Und der Brigadier war so scharfsinnig, daß er begriff, die Besessenheit, den Spion zur Strecke zu bringen, könne im Endeffekt ein Riesenvorteil sein. Der Brigadier, der eine Nacht lang gut geschlafen und ein hervorragendes Frühstück intus hatte, sagte mit dem Wohlbehagen eines Menschen, der ein Flugzeug zur freien Verfügung hat: »Ja, ja, ja. Wie ich gesagt habe, der Chef hat mir ein Flugzeug geschickt. Im Korps findet ein Riesenkriegsrat statt. Ich werde mir eine Menge Fragen über diesen kleinen Fund hier anhören müssen, deshalb bin ich vorbeigekommen, um mir anzuschauen, was genau hier gefunden worden ist.«
Jimmy Ross, der die ganze Nacht in einem holprigen Laster wach gewesen war, sagte: »Achthundertfünfzig Beretta-Maschinenpistolen und etwa eine Million Schuß Munition.« Er wiederholte, was er am selben Morgen schon am Telefon zu Lieutenant Spaulding gesagt hatte.

Spauldings Gesicht drückte Überraschung aus, als höre er das zum ersten Mal.
»Hier ist eines davon«, sagte Spaulding. Er war weggeschlendert und nahm eine italienische Maschinenpistole aus der hölzernen Packkiste. Jetzt schwenkte er die Waffe, streichelte die Metallteile und wartete auf eine Gelegenheit, Erklärungen abzugeben.
Es war seltsam, daß Spaulding von Waffen so fasziniert war, dachte Ross. Mit Akademikern brachte man das nicht so recht in Verbindung.
»Ja«, sagte der Brigadier. Er legte den Kopf schief, während er auf Abstand blieb. Er inspizierte höflich die Pistole, die Spaulding ihm hinhielt wie ein Kleinkind, das dem Papst zum Segen gereicht wurde. »Wie lautet das Urteil, Major Cutler?«
Die Antwort kam von Spaulding. »Das reicht für fünf Fallschirmspringerkompanien mit jeweils hundertvierzig Mann.«
»Ich wollte Major Cutlers Meinung hören«, sagte der Brigadier milde, obwohl er innerlich wütend darüber war, daß Spaulding derart schnell eine Antwort gegeben hatte. Dadurch stand er als Trottel da.
Ross schaute zwischen den beiden Männern hin und her. »Das sind italienische Waffen. Haben die Italiener Fallschirmspringerformationen?«
Der Brigadier lächelte nicht, aber die Erwiderung amüsierte ihn. Der Major hatte vermutlich recht: Soweit sie wußten, gab es keine italienischen Fallschirmspringer. Der Brigadier beschloß, sich diese schlaue Antwort zu merken, um heikle Fragen im Hauptquartier zu kontern.
»Niemand würde die nach ihren Pässen fragen«, sagte Spaulding in seiner ironischen Dozentenmanier. »Deutsche, Italiener: wo liegt da der Unterschied? Und überhaupt, die Beretta ist so gut wie das deutsche Gegenstück – die achtunddreißiger MP. Sie könnten durchaus einen logistischen Grund dafür haben, zum Beispiel Munitionsnachschub.«
»Ich bin kein Fachmann für Schußwaffen«, sagte Ross.
»Falls die Hunnen hierher vorstießen und diese Oase erobern würden, dazu die Oase Siwa auf der anderen Seite des Drahtverhaus, wäre das doch ein Stachel in unserem Fleisch, oder?« fragte der Brigadier.
»Die Hunnen bräuchten Essen und Nachschub«, sagte Ross. Er wußte wenig oder nichts über Waffen, Strategie und Taktik.
»Wasser ist das Hauptproblem für eine belagerte Garnison«, sagte

Spaulding autoritär. »Menschen können lange ohne Essen auskommen.«
Ross war versucht hinzuzufügen: Aber nicht ohne Munition. Aber ein Streit mit Spaulding – selbst ein harmloser Streit – war keine gute Idee. Er hatte schon genug Sorgen, auch ohne zusätzlichen Ärger. Und laut Lionel Marker hatte der Brigadier Ehrfurcht vor Spauldings akademischen Qualifikationen und hörte sich seine Theorien über alles an, von der Astronomie bis zum Zionismus.
Spaulding deutete das Schweigen als Zeichen dafür, daß beide Männer mehr über seine Theorie erfahren wollten. »Ich weiß nicht, ob Sie die nachrichtendienstlichen Zusammenfassungen über die Fallschirmspringereinheiten der Hunnen gelesen haben, aber aller Wahrscheinlichkeit nach werden sie ein paar Orte wie den hier einnehmen, ohne daß jemand auch bloß vage mitkriegt, was da passiert. Dann müssen wir uns plötzlich gegen ein deutsches Kontingent in unserem Hinterland wehren, das unsere Nachschublinien ausspioniert.«
Der Brigadier war nicht immun gegen das Vergnügen, das daraus entspringt, Untergebene beim Eindruckschinden zu beobachten. »Was sagen Sie dazu, Cutler?«
»Ich habe in letzter Zeit jede Menge nachrichtendienstliche Zusammenfassungen gelesen. Zu viele. Durch die Invasion auf Kreta sind viele Leute geradezu besessen von den deutschen Fallschirmspringern. Meine Leute glauben, diese Waffen sind nur eine Sendung aus einem der alten italienischen Depots.«
»Gefährliches Spielzeug, Cutler«, sagte der Brigadier, der die Diskussion probte, auf die er sich bei dem Kriegsrat gefaßt machen mußte. »Falls die Hunnen diese Sachen hier hinterlassen haben, dazu Sprengstoffe, Munition und so weiter, könnten sie ihre Männer hier absetzen und in etwa einer Stunde zum Weitermarschieren bereit sein.«
»Nach der nachrichtendienstlichen Zusammenfassung, die ich gelesen habe«, sagte Ross hartnäckig, »passen in ein dreimotoriges Junkers-Transportflugzeug nur zwölf voll ausgerüstete Fallschirmspringer. Wenn sie fünf Infanteriekompanien herbringen wollten, bräuchten sie etwa siebzig von diesen großen Flugzeugen. Das wäre eine Menge Lärm und Aufsehen für eine Geheimoperation. Und sie

würden eine Menge Glück brauchen, wenn sie den ganzen Himmel mit Flugzeugen füllten und trotzdem unserer Radarabwehr und unseren Jägern entgingen.«

»Trotzdem«, sagte der Brigadier. Er wollte den Gedanken, diese Oase sei bedroht, nicht ganz aufgeben. Wenn er die Gefahr so kurz abgetan hätte wie Cutler, wäre sein Auftritt im Rampenlicht der Konferenz ein kurzer gewesen. Er beschloß, die Sache so zu behandeln, wie sie am meisten nützte: eine kleine Gefahr, aber nichts, was seine Männer nicht in den Griff bekommen könnten. »Ich glaube, wir müssen die Berettas hierlassen und eine Wache postieren: Bewachung rund um die Uhr. Das übliche. Suchen Sie ein paar zuverlässige Männer aus, Cutler.«

»Es gibt noch eine Möglichkeit, Sir«, sagte Spaulding. »Die Oase Siwa war früher eine Basis der ägyptischen Armee.«

»Ja, das stimmt«, sagte der Brigadier. Er griff sich ins Gesicht und massierte es. Es war ein Zeichen, daß er Spaulding nicht folgen konnte, und Spaulding erkannte solche Zeichen schnell.

»Könnte das ein Depot unserer Freunde von der ägyptischen Armee sein?« sagte Spaulding, dem es, seit ihm am Tag seiner Ankunft am Kai die gesamte Ausrüstung gestohlen worden war, schwerfiel, irgend etwas, was die Ägypter sagten oder taten, freundlich zu sehen.

»Hm«, sagte der Brigadier. »In letzter Zeit waren sie eindeutig feindselig. Was meinen Sie, Cutler?«

»Es ist durchaus möglich, Sir. In den mittleren Rängen der ägyptischen Armee herrscht starke Verstimmung. Nach unseren neuesten Informationen droht das übliche Dutzend Verschwörer damit, Rommel alles Geheimmaterial zugänglich zu machen, das sie in die Hände bekommen können. Aber eine Kampfeinheit aus ägyptischen Freiwilligen zusammenzustellen, sie so zu bewaffnen und auszurüsten, daß sie Rommel helfen könnte . . . Das wäre eine Riesenarbeit.«

»Ja, im allgemeinen reden sie lieber, als daß sie was tun«, sagte der Brigadier.

»Sie laufen nicht herum und schießen auf britische Soldaten«, sagte Ross, »und ich hoffe, sie fangen nicht damit an.«

»Natürlich, natürlich.« Er sah auf die Uhr. »Ist mein Pilot hier?«

»Er wartet, Sir«, sagte Spaulding.

Der Brigadier starrte einen Augenblick lang die Spitzen seiner hohen

Stiefel an und dachte nach. »Wir sind uns alle einig, Jungs. Die Botschaft lautet: Provoziert die Einheimischen nicht, sonst haben wir einen Bürgerkrieg am Hals. Wie?« Er fragte sie nicht, er teilte es ihnen mit.
»Nur noch eins, Cutler.«
»Ja, Sir?«
»Mir gefällt nicht, daß diese verdammten Maschinenpistolen hier herumliegen und darauf warten, daß ihre Besitzer kommen. Wir sollten ein paar Experten vom Feldzeugwesen herholen, damit sie die Schlagbolzen entfernen oder sonstwas tun, womit man diese Dinger entschärft.«
»Noch besser wäre«, sagte Spaulding, »sie so zu manipulieren, daß die Kugeln nach ein paar Schuß im Lauf explodieren. So werden wir ein paar zusätzliche Hunnen gratis los.«
»Gute Idee, Spaulding. Sorgen Sie dafür, Cutler.«
»Ja, Sir.« Er wußte nicht, ob Spauldings raffinierter Vorschlag praktisch durchführbar war, wollte aber den Aufbruch der beiden nicht verzögern.
Der Brigadier wandte sich dem Flugzeug zu. Spaulding rief nach dem Piloten, machte die Tür auf und vergewisserte sich, daß der gestiefelte Fuß des Brigadiers sicher auf der Stufe stand. Dann nahm er den Arm des Brigadiers und half ihm in die Kabine.
Ross sah gelassen zu. Dann stieg Lieutenant Spaulding, der die Beretta-Maschinenpistole immer noch umklammerte, in das Flugzeug. »Die behalte ich, Major Cutler. Vielleicht will jemand im Hauptquartier sie sehen.«
»Ja, Mr. Spaulding«, sagte Ross. Bei der Aussicht, wieder allein zu sein, fühlte er sich besser. Es gab Momente, in denen er glaubte, er könne diese Rolle ewig weiterspielen. Andererseits war der Gedanke verlockend, seine beste Fluchtmöglichkeit sei, näher an die Kämpfe heranzukommen. Hatten denn nicht schon viele andere Männer ihre persönlichen Probleme dadurch gelöst, daß sie die Identität gefallener Kameraden annahmen? Das Dilemma lief auf die Frage hinaus, ob es besser sei, die Ausweispapiere einer realen oder einer fiktiven Person bei sich zu tragen. Reale Identitäten wurden bezahlt und gehörten einer legalen Organisation an, aber reale Identitäten ließen sich leicht als falsch nachweisen.

Ross salutierte, und der Brigadier winkte gebieterisch. Ross stand da und beobachtete, wie das Flugzeug zum Ende des harten Sandstreifens rollte. Der Pilot brachte den Motor auf Touren, und das Flugzeug heulte mit eingezogenen Klappen gegen den Wind an und schwankte unsicher in der warmen Luft. Im Flugzeug war nicht genügend Platz für das ganze Gepäck des Brigadiers und seines Burschen gewesen. Der arme Spaulding. Vermutlich würde er die Stiefel des Brigadiers putzen müssen. Es war ein tröstlicher Gedanke.

❖

Anderthalb Stunden später war der Ford-Kombi mit Harry Wechsler und Chips O'Grady auf der Wüstenstraße unterwegs, die von der Oase Giarabub an der alten Stacheldrahtgrenze entlang zur Küste führt. Sie kamen nicht so gut voran wie auf der ägyptischen Seite der Grenze, und Chips verlangsamte das Tempo immer wieder, um sich zu vergewissern, daß er sich an die beschilderte Fahrspur hielt. Mehrmals stieg Harry Wechsler aus und ging voraus, um nach Schildern zu suchen, die der Sand zugeweht hatte.

Erst als sie schon weit im Norden waren, kam Harry auf das lange, feindselige Verhör durch einen britischen Captain namens Marker zu sprechen, dem sie unterzogen worden waren, ehe sie widerwillig die Erlaubnis zum Abfahren bekommen hatten.

»Diesen gottverfluchten Major haben wir überhaupt nicht zu sehen bekommen«, beschwerte sich Harry. »Der ist uns aus dem Weg gegangen, nicht wahr? Erst haben sie uns dauernd damit gedroht, was uns der Major zu sagen hat. Dann war er plötzlich nicht aufzutreiben.«

»Ja, das ist seltsam«, sagte Chips.

»Daran ist überhaupt nichts seltsam«, sagte Harry. »Der Mistkerl wußte, daß ich ihm die Hölle ganz schön heiß hätte machen können. Das könnte ich immer noch.«

»Das würde ich nicht tun, Harry. Für diese Sicherheitstypen gelten eigene Gesetze. Wenn Sie diese Arschlöcher in die Scheiße reinreißen wollen, wird Ihnen plötzlich die Akkreditierung entzogen.«

»Das dürfen sie nicht«, sagte Harry wütend.

»Da würde ich nicht drauf wetten«, sagte Chips.

»Wieso?«
»Die würden einfach behaupten, Sie sind ein Sicherheitsrisiko, und plötzlich will Ihre Nachrichtenagentur nichts mehr von Ihnen wissen. Ich habe das schon erlebt. Zeitungen sorgen dafür, daß sich die Armee nicht über sie aufregt, sonst läßt die das vielleicht an allen anderen Reportern aus. Das begreifen Sie doch.«
»Das begreife ich«, knurrte Harry. »Genau wie die Gestapo.«
»Sie führen Krieg, Harry. Die gehen aufs Ganze. Wenn Sie auf die keine Rücksicht nehmen, hauen sie Ihnen eine Eisenstange über den Kopf.«
»Sie wollten mir nicht mal den Namen des Kerls sagen.«
»Sicherheit, Harry. Die sind uns immer über. Niemand ergreift unsere Partei, wenn's hart auf hart kommt.«
»Ich nehme an, Sie haben recht«, sagte Harry.
»Ich habe recht«, sagte Chips.
»Da war irgendwas mit Maschinenpistolen: Berettas. Haben Sie gehört, was der Kleine vor der Tür gesagt hat?«
»Ich habe es gehört. Die ganze Landschaft ist mit Handfeuerwaffen übersät. Falls die Gyppos die einsammeln, können sie eine Menge Ärger machen.«
»Kann schon sein.«
»Keine Story in Siwa«, sagte Chips nachdenklich.
»Daran habe ich eben auch gedacht«, sagte Harry. »Wissen Sie was? Ich glaube, die beiden Typen, die wir gestern beim Abendessen getroffen haben, hatten irgendwas auf dem Kerbholz.«
»Das haben Sie doch nicht denen von der Sicherheit gesagt?«
»Natürlich nicht«, sagte Harry.
»Nein, natürlich nicht. Wenn Sie die beiden erwähnt hätten, wären wir wegen Beihilfe zur Verschwörung – oder so was – eingesperrt worden.«
»Diese Typen waren keine Pressereporter«, sagte Harry.
»Ist Ihnen das erst jetzt aufgegangen?«
»Sie haben das die ganze Zeit gewußt?«
»Nein, aber hinterher – als ich über die beiden nachgedacht hab' –, da habe ich gewußt, daß es keine Journalisten waren.«
»Wie konnten Sie sich da so sicher sein?«
»Hören Sie, Harry«, sagte Chips. »Vielleicht kenn' ich ja nicht jeden

Pressereporter in diesem Teil der Welt. Vermutlich gibt's eine Menge Schwindler, Zuträger und einen ganzen Haufen Schmarotzer, denen ich nie über den Weg gelaufen bin. Aber eins weiß ich verdammt genau: die kennen alle *mich*, kennen meinen Namen. Wenn ich zu einem Journalisten sage, ich heiße Chips O'Grady, kennt er mich. Stimmt's?«
»Verstehe«, sagte Harry.
»Ich meine, der starrt nicht ins Leere und gähnt. Der gafft mich an und sagt zu sich: Das ist also das versoffene Schwein, über das ich so viele Geschichten gehört habe.«
»Und wer waren dann diese Schlawiner?«
»Irgendwelche Ganoven. Vermutlich Deserteure.«
»Die was mit den Berettas zu tun hatten?«
»Die kamen eben aus der Oase Siwa zurück und wollten uns einreden, wir sollen nicht dorthinfahren. Es wäre ein happiger Zufall, wenn sie nichts damit zu tun hätten«, sagte Chips.
»Waffenschmuggler. Wenn ich mir die und ihren Lastwagen nur näher angeschaut hätte. Uns ist eine Story durch die Lappen gegangen«, sagte Harry.
»Ich hätte sie fragen sollen, ob sie eine Leica zu verkaufen haben«, sagte Chips.

15

Das hier war eine andere Welt. In diesem Wüstenstreifen, in dem der Krieg gekämpft wurde, waren die Männer anders. Ihre Kleidung war anders, sie redeten anders, ihre Mienen, die Art, wie sie sich bewegten, alles war anders als in den Gebieten hinter den Linien.

In Kairo wimmelte es während des Krieges von Verbrecherbanden, und die Behörden waren machtlos. Für Toby Wallingford und seine Bande aus Deserteuren war Diebstahl im großen Stil zur normalen Lebensform geworden. Und doch waren die meisten von ihnen perverserweise lieber hier. Sie sprachen es jedoch selten aus. Alle erzählten sich hartnäckig gegenseitig, Wally müsse verrückt sein, weil er sie an die Front bringe, während sie durch den Diebstahl von Armeebesitz hätten reich werden und ihr Geld in den Nachtclubs und für Schnaps und Frauen hätten ausgeben können.

Die Front war eine Soldatenwelt, in der Araber oder andere Einheimische nur selten zu sehen waren. Und doch sahen die kämpfenden Soldaten in keiner Weise kriegerisch aus; sie wirkten eher wie Vagabunden. Ihre Kleidung war fleckig und zerlumpt, ihre Gesichter waren wettergegerbt, ihr Blick schweifte ständig umher. Und wie Vagabunden schienen alle jedes Kleidungsstück zu tragen, das sie besaßen. Selbst in der Mittagshitze steckten Soldaten und Offiziere gleichermaßen in Mänteln über Jacken und Pullovern. Das Tragen der Kleidungsstücke war die praktischste Methode, sie zu transportieren.

Wallingfords zwei Lastwagen waren mit dem Abzeichen der Unabhängigen Wüsteneinheiten, der Independent Desert Teams, versehen. Wallingford hatte diese Geheimeinheit erfunden, und trotzdem war sie nicht exotischer als viele offizielle Geheimeinheiten, zum Beispiel Popskis Privatarmee. Als sie an einem Posten vorbeifuhren, musterte er sie nur mit beiläufigem Interesse. Sie fuhren in eine der »Boxen« ein, die von den Generalen als Teil der neuen Verteidigungsstrategie angeordnet worden waren. Hinter Stacheldraht und Befestigungsgräben warteten Artillerie, Infanterie und, in diesem Fall, Panzerspähwagen auf Rommels nächsten Vorstoß. Riesige Minenfelder waren gelegt worden, um diese Boxen zu verbinden und eine lange Verteidigungsfront zu bilden. In dieser Box standen Panzerspähwagen, Zelte und ein paar baufällige Hütten, die ein italienisches Wüstenforschungsteam lange vor dem Krieg gebaut hatte. Aus der Ferne war wenig zu sehen, denn diese Armee war schon so lange in der Wüste, daß sie gelernt hatte, das Eingraben konnte den Unterschied zwischen Leben und Tod bedeuten. Die Panzerspähwagen und anderen Fahrzeuge standen in ausgehobenen Vertiefungen im harten Sand, und die Zelte waren in ihrem Windschatten errichtet worden. Hier und da waren Unterstände aus erbeuteten italienischen Unterlegeplanen, Wellblechstücken und Holzkisten improvisiert worden. Alles war mit Tarnnetzen abgedeckt, deren Schatten harte Muster auf den sandigen Boden warfen.

»Paßt auf eure Taschen auf! Da kommt Wally, der Seemann!« rief ein Offizier in einem Lederwams und mit einer ramponierten Mütze.

Wallingford winkte und hielt den Lastwagen an. »Hallo, Piggy«, sagte er. Er machte die Runde von Schulfreund zu Schulfreund. Das war nicht schwierig, es gab jede Menge davon.

»Wo hast du denn dieses Mal gesteckt?« Lieutenant Piggy Copeland hatte ein angenehmes Lächeln, einen Sonnenbrand auf Nase und Stirn und einen grotesken Haarschnitt, der ihn stellenweise kahl machte, während am Hinterkopf mehrere große Haarbüschel abstanden.

»Es wird ganz schön heiß, nicht wahr? Wir fahren weiter, sobald es dunkel ist«, sagte Wallingford. Er sprang vom Sitz, bückte sich und griff mit einer Schuljungengeste nach einer Handvoll weichem Sand.

»Und ihr wollt etwas zu essen? Wie viele seid ihr?« Piggy lief der Schweiß über das Gesicht. Er wischte sich ihn mit dem Handrücken von der Stirn.

»Ich und fünfzehn Matrosen.« Wallingford ließ sich den Sand durch die Finger rinnen.

Piggy sagte nichts. Er hatte schon andere Männer ankommen sehen, die den Wüstensand berühren wollten. Aber wer hier lebte und kämpfte, tat das nicht. Piggy hatte für den Rest seines Lebens genug vom Sand.

Piggy ging um die Lastwagen herum und sah das Schlangenabzeichen auf den Heckklappen an. Wie die meisten anderen jungen Offiziere hätte er gern eine Chance bekommen, in einer der verwegenen kleinen Einheiten zu dienen, die überall aus dem Boden gestampft wurden. Er beneidete Wallingford um sein Glück. »Schick deine Männer in das Speisezelt. Vom Mittagessen muß noch eine Menge übrig sein. Wir sind wie immer verdammt knapp mit Trinkwasser dran, aber Essen gibt es tonnenweise.«
»Haben Sie das gehört, Sergeant?« fragte Wallingford Percy. »Die Mechaniker sollen die Lastwagen überprüfen und beide auftanken. Lassen Sie auch die Kanister füllen. Die anderen Männer können was essen oder ein kurzes Nickerchen machen. Wenn Sie mich brauchen, rufen Sie mich einfach. Ich bleibe in der Nähe.«
»Ja, Sir!« Percy salutierte steif und korrekt, und Wallingford erwiderte den Gruß mit einem Fingerschnippen. Die beiden Männer wechselten einen Blick. Percy wußte, wie gefährlich es für Wallingfords Bande aus Deserteuren war, sich unter echte Soldaten zu mischen. Ein blöder Versprecher hätte gezeigt, was sie tatsächlich waren. Aber solange Percy aufpaßte, war eine solche Katastrophe unwahrscheinlich. Dem Vorkriegsjahr, das Percy mit dem Schreiben einer Doktorarbeit in England verbracht hatte, verdankte er tiefe Einsichten in alles Englische, die Art von Einsichten, die nur Außenstehende bekommen.
»Und hängen Sie Netze über unsere Fahrzeuge«, rief Wallingford. »Sie sind jetzt an der Front.«
Wallingford beobachtete, wie Percy seine Männer antreten ließ und dann weiterfuhr. Dann wandte er sich seinem alten Schulfreund zu und lächelte. Das Risiko dieses kleinen Abenteuers verschaffte ihm ein freudiges Kitzeln; wenn Piggy nur seine Geheimnisse gekannt hätte! Da hätte er Bauklötze gestaunt.
»Wohin willst du, Wally?«
»Du weißt, daß ich dir das nicht sagen darf, Piggy.«
»Eine Art Überraschungsangriff?«
Wallingford stieß ein heiseres Prusten aus. »Mit fünfzehn Männern und mir? Was für eine Idee.«
»Im Westen von hier ist so gut wie niemand außer den Hunnen«, warnte Piggy. »Links von uns sind kilometerweit Minenfelder. Sie erstrecken sich bis dorthin, wo die Freien Franzosen Bir Hacheim

halten. Ich bin noch nie so weit im Süden gewesen. Ein indischer Trupp ist vorgestoßen und hat rechts von uns Stellung bezogen – Sikhs, verdammt gute Nachtkampfinfanteristen, Wally. Aber vorgestern nacht haben sie eine Patrouille losgeschickt, in der Hoffnung, Gefangene zu machen, und nur ein Sikh ist zurückgekommen.«
»Klingt schlecht«, sagte Wally.
»Wenn die Hunnen so entschlossen sind, sich nicht beobachten zu lassen, heißt das meistens, sie haben was vor.«
»Ich habe euch eine Kiste Johnnie Walker mitgebracht, Piggy. Das sollte dir helfen, deine Sorgen zu vergessen. Du hast gesagt, der Kommandeur trinkt gern Johnnie Walker.«
»Leider haben wir den Alten verloren«, sagte Piggy. »Vor zwei Wochen. Sein Fahrer ist in ein altes, nicht gekennzeichnetes Minenfeld geraten. Mit den ganzen Minen, die von den Spaghettis und von den Hunnen gelegt worden sind und dann noch von uns, als wir zum ersten Mal hier waren, ist es so gut wie unmöglich, auf dem laufenden darüber zu bleiben, wo sie sind. Du solltest dir die Karte gründlich anschauen, ehe du weiterfährst. Selbst dann könnte es brenzlig werden. Hast du ein Minensuchgerät?«
»Du hast so ein sonniges Gemüt, Piggy. Genau wie in der Schule.«
»Ja, deshalb bin ich am Leben geblieben«, sagte Piggy.
»Und wer hat die Kommandeursmütze gekriegt?«
»Erst hat der Adjutant das Kommando übernommen, bis er einen septischen Zahn bekam. Dann ist es auf Captain Anderson übergegangen.«
»Dieser Bauerntrottel?«
»Vorsicht, Wally.« Er machte eine Pause. »Natürlich weiß niemand, ob Andy bestätigt wird.«
»Hast du nicht gesagt, daß er letztes Jahr noch Sergeant war?«
»Hier draußen geht so etwas schnell, Wally. Das solltest du mit den Ringen eines Lieutenant Commander auf den Schulterstücken eigentlich wissen. Ah, da kommt Andy ja. Keine Witze mehr über Bauerntrottel, Wally. Andy ist in letzter Zeit verdammt empfindlich geworden.«
»Ich reg' ihn schon nicht auf«, sagte Wally, den die Sorge seines Freundes amüsierte. »Ich brauche seine Hilfe, oder?«
Ein großer Offizier war aus einem versteckten Zelt aufgetaucht. Er schwenkte einen Gehstock, den er brauchte, seit er sich bei der Flucht aus einem brennenden Wagen das Knie angeschlagen hatte. Wallingford

erinnerte sich von seinem letzten Besuch hier an ihn und mochte ihn nicht.
Captain Andy Anderson schlenderte zu ihnen herüber. Er war nicht freundlich. Er war mit dem Funker im Zelt gewesen und hatte versucht, die BBC-Nachrichten zu hören. Der Empfang war tagsüber immer schlecht, und er hatte außer Statik und Knacken wenig mitbekommen. Jetzt war das Mopsgesicht finster verzogen, als er sagte: »So, Sie sind wieder hier, Wallingford. Wo haben Sie denn Ihr Schiff vor Anker liegen? Unterwegs, um den verdammten Krieg zu gewinnen, was?« Er tat nichts, um seinen rauhen Yorkshire-Akzent zu mildern. Er strich sich mit der Handfläche das Haar glatt. Sein Haarschnitt war zwar nicht so übel wie der von Piggy, aber am Hinterkopf stufig abgehackt, wo der Friseur das Haar nicht richtig hatte stutzen können.
Um seinen Freund vor einer Antwort auf Andys Unhöflichkeit zu retten, wechselte Piggy das Thema. Er hatte gesehen, wie Wallingford ihren Haarschnitt gemustert hatte. Jetzt sagte er: »Wir hatten einen hier, der früher ein richtiger Friseur auf den Dampfern von Cunard war. Er hatte seine Friseurwerkzeuge dabei, als es ihn erwischt hat. Mit einer Schere kann einem niemand ordentlich die Haare schneiden.« Er lachte.
Wallingford lachte auch, aber Andy stimmte nicht ein. Die Anwesenheit dieser beiden Freunde freute ihn überhaupt nicht.
»Nur eine Routinefahrt«, sagte Wallingford bescheiden. Er nahm die Feindseligkeit hin, die viele Offiziere gegenüber irregulären Trupps zeigten, vor allem dann, wenn der Kommandeur ein Marineoffizier war.
»Im Augenblick sind die Hunnen zum Stillstand gekommen«, sagte Piggy in einem weiteren Versuch, für eine freundlichere Atmosphäre zu sorgen. »Sie scheinen sich an der ganzen Front entlang einzugraben. Das kann uns nur recht sein; wir sind nicht in der Verfassung, einen weiteren starken Angriff abzuwehren.«
Andy hob den Stock wie einen Golfschläger. Dann holte er fachmännisch aus und traf einen kleinen Stein, der ins Gestrüpp flog. Ohne die beiden anzusehen, sagte er: »Rommel wird wieder angreifen, ehe die Hitze anfängt. Er wird alles, was er hat, darauf ansetzen, nach Tobruk zu kommen. Er braucht die Hafenkräne für seine Panzer, die Flakkanonen 8,8 und Munition. Ohne einen Hafen in der Nähe seiner kämpfen-

den Front wird ihm immer das Material knapp, muß er von der Hand in den Mund leben.«
»Wie nahe sind die Hunnen?« fragte Wallingford. »Glauben Sie, daß sie hierher vorstoßen?«
»Nein. Rechnen Sie es sich selber aus«, sagte Andy. »Rommel muß die kürzeste Route nehmen, also die Küstenstraße. Er verlegt sein bestes Material in den Norden. Selbst wenn er uns angreift, wird so weit im Süden nicht viel passieren. Seine Truppen sind dünn gesät und haben sich ein gutes Stück zurückgezogen. Da sind nur noch ein paar Geschütze, die uns davon abbringen sollen, rauszukriegen, was er vorhat.«
»Wally muß wissen, was sich da draußen vor uns tut; er fährt heute nacht weiter. Er will auf den *Trigh* hinaus«, sagte Piggy, der seine Bewunderung nicht verhehlen konnte. »Ich habe ihn zum Essen eingeladen.«
Zunächst gab Andy keine Antwort. Dann sah er auf die Uhr und sagte: »Gehen wir was trinken.« Die drei Männer gingen zu dem Zelt hinüber, das die Offiziere als Kasino benutzten. »Die Sonne ist über den Mast hinweg«, sagte Andy. »Hab' ich die marineblaue Ausdrucksweise richtig getroffen, Wallingford?«
»Haargenau«, sagte Wallingford.
Piggy sagte: »Wally hat 'ne Kiste Johnnie Walker für den Alten mitgebracht.«
»Den Alten hat's erwischt«, sagte Andy mit jener Heftigkeit, hinter der Männer manchmal ihre wahren Gefühle verstecken wollen. »Er war dran, als er versucht hat, im Alleingang eine Kompanie zu retten.«
»Die Hunnen haben ein erstaunliches Geschick beim Aufstellen ihrer Geschütze«, sagte Piggy so beiläufig wie möglich. »Sie graben sie verdammt tief ein und plazieren sie so sorgfältig, daß man die Arschlöcher nicht sieht, bis einem die Flakgeschosse um die Ohren pfeifen. Und selbst dann kann man die Arschgeigen nicht sehen.«
»Du hast gesagt, der Colonel ist in ein Minenfeld geraten«, sagte Wallingford.
»Da war er schon tot«, sagte Andy kategorisch. Der Panzerspähwagen des Colonel hatte lange gebrannt, und Andy wollte nicht daran denken, was sich abgespielt hätte, wenn die Besatzung nicht schon tot gewesen wäre. »Sein Fahrer vermutlich auch. Der Wagen hatte ein Rad verloren

und fuhr im Kreis. Sie haben alle nur auf seinen brennenden Wagen geachtet; so sind wir davongekommen.«
»Wohin wollen Sie Ihre Kiste Whisky?« fragte Wallingford.
Andy antwortete nicht.
Als sie zum Zelt kamen, hob Piggy die Klappe, damit sie eintreten konnten. Die Sonne, die durch das Segeltuch schien, überflutete das Innere des Zelts mit grünem Licht, das sich kräuselnd versprenkelte wie sauberes Wasser in einem Aquarium. Auf der anderen Seite des Zeltes standen fünf Klappstühle und Rationskisten, die als Fußbänke oder als Abstelltische für Getränke dienten. Wo das Zelt am höchsten war, stand ein langer Klapptisch. Ein kariertes Tischtuch lag darauf, und er war mit Bestecken, Gläsern und ein paar erbeuteten Flaschen italienischen Weins gedeckt, der in der Hitze etwas trüb geworden war. Ihr gefallener Colonel hatte immer eifrig darauf geachtet, beim Essen im Kasino die Feinheiten zu wahren, ganz gleich, was für Härten die Umgebung mit sich brachte.
»Legen Sie noch ein Gedeck auf, Corporal«, rief Piggy einem Mann zu, der eine große Dose ohne Etikett gründlich musterte. »Was für einen Dreck servieren Sie uns denn zum Mittagessen?«
»Ich weiß nicht, was in der Dose ist, Sir«, sagte der Soldat. »Muß entweder Corned beef sein oder Speckstreifen.«
»Dosen ohne Etikett«, sagte Andy. »Ja, darüber haben wir eine ständige Dienstanweisung vom Hauptquartier Naher Osten. Wenn Sie den Inhalt einer Dose ohne Etikett herausfinden wollen, Corporal, machen Sie sie auf und schauen hinein.«
»Ja, Sir«, sagte der Corporal trauervoll. Er hörte den Scherz nicht zum ersten Mal.
»Und bringen Sie uns drei verdammt gut eingeschenkte Whisky.«
Die Gedecke nahmen nur den halben Tisch ein. Wallingford wollte schon eine Bemerkung darüber machen, als ihm aufging, das Regiment habe schwerere Verluste erlitten, als irgend jemand erwähnen wollte.
»Ich schicke Ihnen lieber für den ersten Kilometer jemand mit«, sagte Andy zu Wallingford, als bereute er seine Feindseligkeit. »Jetzt, wo wir darum gekämpft haben, ist der *Trigh* nicht mehr so leicht zu finden. An manchen Stellen kommen Sie ohne Hilfe nicht zurecht. Wir bringen Sie etwa einen Kilometer weit auf den Hauptweg. Danach sind Sie auf sich gestellt.«

Wallingford nickte. Es war eine Entscheidung. Er hielt es für besser, nicht zu sagen, nein danke.
Der stets besorgte Piggy sagte: »Sei vorsichtig, Wally. Vielleicht sind die Hunnen hier dünn gesät, aber ihre Schützen haben den Weg im Visier. Wenn die dort was hören, was sich bewegt, brauchen sie bloß auf den Knopf zu drücken, und sie pusten euch den Arsch weg.«
»Da habe ich wenigstens was, woran ich denken kann, während ich durch den weichen Sand zockele«, sagte Wallingford schnodderig.
»Ich will dich doch bloß warnen«, sagte Piggy.
»Ja, du bist ein guter Typ, Porkers. Ich weiß es zu schätzen.« Piggy war in der Schule eine Klasse unter Wallingford gewesen. Obwohl ihr Altersunterschied nicht einmal zwei Jahre betrug, hatte die Schulzeit ihre Beziehung unauslöschlich festgeschrieben.
Die Drinks kamen in versilberten Bechern. Wallingford sagte: »Cheers.«
»Cheers«, sagten die beiden anderen Männer verdrossen und tranken den Whisky ohne Genuß, wie Arznei.
»Du könntest es nicht zu Fuß erledigen?« fragte Piggy.
»Die Sache von heute nacht? Nein, das könnten wir nicht zu Fuß erledigen, alter Junge.«
»Zu Fuß kämt ihr leichter durch. Diese Laster machen nachts eine Menge Lärm.«
»Mehr als tagsüber?«
»Du weißt, was ich meine, Wallingford.«
Irgendwo in der Nähe ertönten kurze Signale aus einer Pfeife. »Luftangriff«, erklärte Piggy und trank weiter, bemüht darum, sich keinerlei Sorge anmerken zu lassen.
Wallingford ging zur Zeltklappe, bückte sich und steckte den Kopf hindurch. Jetzt konnte er in der Ferne Flugzeugmotoren hören. Piggy kam zu ihm, den Drink in der Hand. »Der fliegt um diese Zeit jeden Tag über uns weg«, sagte Piggy.
Es war zu dunstig, als daß das Flugzeug deutlich zu sehen gewesen wäre, aber der Motorenlärm verstärkte sich, als es einen trägen Kreis beschrieb und wieder zu ihnen zurückkam.
»Aufklärungsflugzeug«, sagte Piggy. »Die setzen ein Fotomosaik für ihren Vorstoß zusammen.«
Als er den Satz beendete, kam es ein paar Kilometer zu ihrer Linken zu

einem halben Dutzend Explosionen: Das »Fotoflugzeug« hatte eine Ladung Bomben abgeworfen.
Beide Männer zogen instinktiv den Kopf ein. Sie blieben aufrecht stehen, und Piggy lächelte verlegen.
»Es klang genau wie das Fotoflugzeug«, sagte Piggy. Er trank einen Schluck Whisky, führte den Becher mit leicht zittriger Hand zum Mund. Wallingford warf einen Blick ins Zelt zurück. Andy starrte ihn an, als gäbe er ihm die Schuld an allem Pech, das ihnen widerfuhr.
Wallingford ging zurück, setzte sich und trank den Whisky aus. »Den hab' ich gebraucht.«
»Diese Ladung müssen die Inder abbekommen haben«, sagte Piggy. »Ich nehme an, ihre Tarnung war nicht gut genug.«
»Ja«, sagte Wallingford. Er begriff, daß Piggy einen Grund zu der Hoffnung brauchte, er werde nicht ebenso bombardiert.
Anderson sagte nichts, er trank nur weiter Whisky, als wäre er ganz allein.
Das Mittagessen mit den Offizieren war wie ein Leichenschmaus. Sie waren alle schon zu lange an der Front. Sie waren an den Grenzen ihres Durchhaltevermögens angelangt. Der Verlust eines beliebten Kommandeurs hatte ihrer Moral einen schweren Schlag versetzt. Es war einfach nicht fair, schienen ihre Mienen zu sagen. Sie hatten Rommel durch Afrika nach El Agheila gejagt, und als sie eben glaubten, der Fall sei erledigt, hatte Rommel zu einem überwältigenden Gegenschlag ausgeholt und sie wieder zurückgedrängt. Hier waren sie zum Stillstand gekommen, aber das lag mehr an der Pause, die Rommel eingelegt hatte, als daran, daß sie ihn aufgehalten hätten. Jetzt sah Wallingford um sich herum den unausgesprochenen, aber allgegenwärtigen Eindruck, daß sie die Deutschen beim nächsten großen Angriff, der sicher käme, sobald Rommel seine Truppenstärke wieder aufgebaut hatte, nicht würden aufhalten können.
Es wurde wenig gesprochen. Während des ganzen Essens waren die Fliegen eine Plage. Um diese Jahreszeit war es unvermeidlich, daß man bei einer Mahlzeit Dutzende von Fliegen schluckte. Ganz gleich, wie man mit der Hand über einem Bissen wedelte, die Fliegen blieben darauf sitzen. Die meisten Männer rauchten, aber der Rauch schreckte die Fliegen nicht ab. Ein Offizier zog sich ein Netz über den Kopf und aß

innerhalb seines kleinen Zeltes, aber auch er verzehrte seine Ration Fliegen.

Der Nachmittag verstrich langsam. Die Panzerspähwagen waren vier Nächte hintereinander auf Patrouille gewesen, und nur wenige Männer wollten den Nachmittag nicht schlafend verbringen, um sich damit für die Strapazen der nächsten Nacht zu wappnen. Als es Zeit zum Abendessen wurde, aß Wallingford mit seinen Männern. Es überraschte ihn, daß er sich in ihrer Gesellschaft wohler fühlte.

»Ich war froh, dort rauszukommen«, sagte Wallingford in jener Nacht zu Percy, als seine beiden Lastwagen, beladen mit den Männern, im Kriechtempo auf der Wüstenstraße westwärts fuhren. »Diese Truppe hat die Schnauze voll, ich hab' eine Gänsehaut bekommen.«

Es war dunkel. Der Corporal, der ihnen geholfen hatte, den Weg durch das Minenfeld zu finden, verschwand außer Sicht, als er die andere Seite eines felsigen Abhangs hinunterging und nach Hause zurückkehrte. Sie konnten frei reden. Wallingford stieg in das Heck des Lasters und sagte: »Von jetzt an überlassen wir das Reden Percy. Falls wir angehalten werden, sagt niemand sonst ein Wort. Verstanden?«

»Wenn wir durch die deutschen Linien kommen –«, sagte ein junger Mann.

»Könntet ihr mir vielleicht zuhören?« sagte Wallingford gereizt. »Wir fahren nicht durch die verdammten deutschen Linien. Wir fahren auf diesem Weg zu einem kleinen Dorf. Und wahrscheinlich werden wir mit den Deutschen überhaupt nicht in Berührung kommen. Nach dem, was ich auf der Karte gesehen habe, liegt ein verdammt langes leeres Stück Wüste zwischen der Box, die wir eben verlassen haben, und den nächsten Deutschen. Unser Ziel ist von hier nicht viel mehr als einen Kilometer entfernt, und Percy kennt die Strecke wie seinen Handrücken. Stimmt's, Percy?«

»Ja, Sir. Stimmt.«

»Auf was haben wir es denn abgesehen, Sir?«

Wallingford seufzte. »Hört ihr blöden Schweine denn nie zu?«

»Ich hab's vergessen.«

»Optische Geräte. Percys Optikerladen: Ferngläser, Kameras, Entfernungsmesser: lauter Sachen, die sie uns in Kairo aus der Hand reißen werden. Das ist der große Coup. Kapiert?«

Wallingford sagte immer: »Das ist der große Coup«, aber wenn abgerechnet wurde, war der Anteil nie so groß, wie sie es sich alle erhofften.
»Da sind ein paar Hütten am Weg . . . direkt vor uns, Sir.«
Ende des neunzehnten Jahrhunderts, als diese Region zum erstenmal von Europäern erforscht wurde, hatte das Dorf, das auf den Armeekarten jetzt Bir el Trigh hieß – das Dorf am Weg –, aus fast zweihundert Häusern bestanden. Noch in den zwanziger Jahren war es eine Wasserstelle auf dem langen ostwestlichen Wüstenpfad gewesen. Aber als alle Brunnen bis auf einen versiegten, nahm die Bevölkerung ab. Die kleinen Lehmhütten zerbröselten zu Staub. Aus dem Dorf wurde ein Lagerplatz für Karawanen, und als die Kämpfe anfingen, blieb auch davon nichts mehr übrig.
Percy ging zu Fuß voraus, um einen Blick darauf zu werfen. Die anderen stiegen aus den Lastern, hockten sich in den Sand und warteten. Ein paar Häuser waren noch heil, und Percy näherte sich dem Dorf mit großer Vorsicht. Solche Orte wurden manchmal von beiden Seiten zur Beobachtung benutzt oder für vorübergehend besetzte Außenposten.
Erst als Percy den Weg zurückkam und mit beiden Armen das verabredete Zeichen gab, stieg ein einstimmiger Seufzer der Erleichterung auf. Die Lastwagenmotoren wurden angelassen, und sie fuhren weiter in das offene Rechteck aus flacher, harter Erde, das einmal das Zentrum eines blühenden Dorfes gewesen war. Etliche Lehmgebäude trugen noch Spuren von früher. An den Wänden eines Hauses, in dem einst gehandelt und Geld gewechselt worden war, hingen noch Ladenschilder und Werbetafeln.
Nach einheimischen Maßstäben war es ein großes Haus, über einen Meter höher als seine Nachbarn und von einer niedrigen Mauer umgeben, die früher eine kleine Dattelplantage geschützt hatte.
Percy kannte sich hier aus. Bevor er desertiert war, während seiner Zeit als Leutnant in Rommels Stab, war er als Adjutant eines Obersts aus der Quartiermeisterabteilung im Oberkommando hierhergekommen. Er würde diesen Besuch nie vergessen.
»Hier entlang«, sagte Percy bestimmt. Er stieß ein Stück Wellblech beiseite und stieg auf einen niedrigen Sims, um in eins der Häuser hineinzukommen. »Hier sind keine Minen versteckt«, sagte Percy. Und um seine Gewißheit zu demonstrieren, trat er gegen die leeren

Kisten und alten deutschsprachigen Zeitungen, die den Lehmboden übersäten. Er führte die Männer in ein Hinterzimmer und schob den Abfall mit der Stiefelspitze beiseite. Dann trat er die lose Erde weg, und eine gerade Linie kam zum Vorschein.

»Hier«, sagte Percy. Er langte nach unten, fand einen Metallring und zog daran, bis sich ein Rechteck aus dem Boden löste und eine schwere Holzplatte in einer knarrenden Angel schaukelte. Eine Falltür. »Wo ist die Taschenlampe?«

Eine große Lampe wurde über die schwarze Leere gehalten. Der Strahl wanderte über die kahlen Wände der Grube, zeigte aber nichts auf dem Grund.

»Da ist nichts«, sagte Wallingford und sprach aus, was Percy einen Augenblick lang befürchtete.

»Alles in Ordnung«, sagte Percy. »Ich werd's Ihnen zeigen. Es ist alles versteckt. Es gibt keine Leiter. Halten Sie das Seil, damit ich mich daran hinunterlassen kann.«

Die Männer schauten zu, wie der unerschütterliche Percy sich in die Finsternis abseilte. Als sein Kopf etwa vier Meter weit unten war, berührten seine Füße den unebenen Boden.

»Gebt mir jetzt die Lampe«, sagte Percy.

Sie banden sie an das Seil und ließen sie hinunter. Percy schaltete sie ein und verschwand mit tief gesenktem Kopf in einem grob ausgehauenen Tunnel, der steil nach unten abfiel.

»Sind die Sachen da?« rief Wallingford besorgt. Keine Antwort. »Hören Sie mich, Percy?«

Von Percy kam ein Schreckensschrei – »Scheiße!« –, dann eine Reihe von deftigen Flüchen in schnellem Deutsch. Dann ging Percys Taschenlampe aus, und sie hörten ein Geräusch, das klang, als wäre Percy bewußtlos geschlagen worden, aber Percy kam mit der kaputten Lampe aus dem Tunnel zurück und verlangte eine andere.

»Was, zum Teufel, ist denn los?« sagte Wallingford.

»Eine Schlange«, sagte Percy. »Genau gesagt, drei Schlangen. Sie haben sich zu schnell bewegt. Ich habe die Lampe kaputtgemacht. Tut mir leid.«

»Was für eine Schlange?«

»Ich habe sie nicht nach ihren Papieren gefragt«, sagte Percy gereizt. »Kommen Sie runter und sehen Sie selbst.«

Wallingford hatte kein großes Verlangen, in den Keller zu klettern, aber seine Autorität stand auf dem Spiel. Er nahm das Seil und ließ sich wie Percy daran hinunter.
Er sah die Lampe nicht. »Wo sind Sie, Percy?«
»Alles in Ordnung«, rief Percy. »Ich habe den Generator gefunden.«
Wallingford streckte die Hände ganz vorsichtig in der Dunkelheit aus, berührte das Tunneldach, prüfte das Ausmaß des Tunnels. Dann ging er wachsam in die Richtung, die Percy eingeschlagen hatte.
»Kommen Sie. Alles bestens«, sagte Percy. Seine Stimme hallte leise wider. Von Percys Worten ermutigt senkte Wallingford den Kopf und schob sich durch den immer steiler abfallenden Tunnel nach unten, achtete ständig auf Erdbrocken, die eine Schlange verstecken konnten. Seine Augen gewöhnten sich an die Düsternis. Aus der Taschenlampe, die Percy am anderen Ende des Tunnels benützte, kam ein trübes gelbes Licht.
Percy hatte die Lampe auf den Boden gestellt, und sie warf einen goldenen Schein auf die harte rote Erde der Tunnelwände. Als Wallingford zu ihm kam, hatte er einen an der Wand befestigten Sicherungskasten aufgemacht. Er hantierte an den Schaltern und Sicherungen herum und beugte sich dann über einen kleinen, tragbaren Generator. »Treten Sie ein Stück zurück. Jetzt sollte er funktionieren«, sagte er.
Er zog heftig am Anlasser, aber der Motor sprang nicht an. Er versuchte es immer wieder. Beim fünften Versuch stand der Motor unter Strom. Rauch wirbelte auf, und ein schepperndes Geräusch hallte in dem engen Raum wider, als der Motor in Gang kam.
»Wir werden ersticken«, sagte Wallingford.
»Nein«, sagte Percy und lachte. »Sie werden schon sehen.« Er machte den Sicherungskasten wieder auf und betätigte den Hauptschalter.
Über hundert kleine rote Würmer, die von der Decke baumelten, wurden orange und gelb, und dann brannten die Glühfäden hell und beleuchteten den ganzen Raum.
»Wow!« sagte Wallingford. Es war ein überraschender Anblick. Der kleine Eingangstunnel hatte sie in einen größeren darunter geführt. Die Felsenwände waren speckig. Der Tunnel war gute sechs Meter hoch und an manchen Stellen doppelt so breit. Und er schlängelte sich links und rechts von ihnen aus ihrer Sichtweite.

»Das war das Bett des unterirdischen Flusses, der die Quellen gespeist hat«, sagte Percy. »Jetzt ist es nur noch eine ausgetrocknete Höhle.«
»Sie haben hier unten optische Geräte versteckt?«
Anstelle einer Antwort ging Percy hinüber und berührte eine Packkiste. Sie waren übereinander gestapelt. Mit deutschem Sinn für das Praktische waren sie so aufgebaut, daß die Etiketten zu sehen waren und richtig herum standen.
»Ich meine, sind die Sachen auch noch in einem guten Zustand?«
»Perfekt! Die Luft hier unten ist kühl und trocken. Unser Hauptmann war ein alter Mann, im Zivilleben Bergwerksingenieur – in solchen Dingen hat er keine Fehler gemacht.«
»Warum sind die Geräte nicht hinter die Linien geschafft worden?« fragte Wally, der die Antwort noch einmal hören wollte.
»Das habe ich Ihnen doch gesagt. Sie gehörten der einundzwanzigsten Panzerdivision. Ich war dabei, auf der Fahrt nach Norden. Sie sind alle bei Sidi Rezegh im Kampf gegen die südafrikanische Brigade gefallen. Dort habe ich mir das südafrikanische Soldbuch besorgt und bin nach Osten gegangen, um einen Separatfrieden zu schließen. Der Oberst, den ich eskortiert hatte, ist nach Berlin zurückgekehrt. Glauben Sie mir, außer mir ist niemand übrig. Die Akten sind draufgegangen: alles. Außer mir weiß niemand in Afrika, daß dieses ganze Zeug hier ist.«
»Es ist wunderbar«, sagte Wallingford. Er ging mit der Taschenlampe näher heran und las die Etiketten an den Packkisten.
Percy folgte ihm. »Das meiste Inventar habe ich mir eingeprägt.«
»Wunderbar«, sagte Wallingford und streichelte die Packkisten liebevoll.
»Wir können nicht alles mitnehmen«, sagte Percy. »Sie müssen entscheiden, was wir am leichtesten verkaufen können.«
»Hamburg«, las Wallingford von den Etiketten ab. »Zeiss-Ikon, Dresden; Mauser-Werke AG, Oberndorf; Schneider Optik, Kreuznach; Voigtländer, Ferngläser von Leitz. Ein Mikroskop. Sehen Sie, eine Kiste mit Filmkameras!« Er war erregt. Das waren für ihn magische Namen. Das waren Worte, die Kunden mit einer Schwäche für derart teures Spielzeug in Bann schlagen würden. »Ja, die Luft ist sehr trocken, Percy. Wirklich sehr trocken.« Und Wallingford lachte schrill und mit einem Anflug von Hysterie, so daß Percy einen Augenblick lang erschrocken war.

»Was für eine Tragödie, daß Männer sich gegenseitig töten«, sagte Wallingford, dessen Stimmung plötzlich in Theatralik umschlug, mit gepreßter Stimme. »Was für ein Wahnsinn! Der Mensch sollte die Dinge bauen, die die Welt braucht – Brücken, Schiffe, Straßen, Häuser –, statt sie einzureißen. Deshalb bin ich ausgestiegen.«
Percy hörte nicht zu. Er hatte Wallingfords rührselige Begründungen für seine Desertion und seinen Einstieg in die Verbrecherlaufbahn schon oft gehört. Aber Wallingford war kein Mann, der sich lange von seinen Emotionen überwältigen ließ.
»Verdammt, hier unten steckt ein Vermögen, Percy. Ein Riesenvermögen, verdammt noch mal. Wir müssen es nur noch nach Kairo schaffen.«
»Ja«, sagte Percy nüchtern. »Das ist alles, was wir tun müssen.«

❖

Die beiden Männer stiegen nicht durch die Falltür zurück. Sie folgten den Biegungen des unterirdischen Flußbetts, bis sie an die Stelle kamen, wo dieses Wunderland aus optischen Geräten von den Deutschen angeliefert und abgeladen worden war.
Vor dem natürlichen Tunnel war eine schwere Holztür angebracht worden. Sie schoben die Riegel von innen auf und knackten das Schloß. Dann stemmten die beiden Männer mit ihrer ganzen Kraft und ihrem ganzen Gewicht die Tür auf. Der jähe Zustrom der Nachtluft, der sich an den Wadiwänden brach, war kühl und erfrischend. Hier war der unterirdische Fluß früher herausgekommen. Sie kletterten hinaus und auf den Wadirand. Selbst aus dieser Nähe war es nicht einfach, das Tor zu sehen. Wallingford begriff, warum Percy den Zugang durch das Haus und die Falltür gewählt hatte. Es wäre schwierig gewesen, die Tür bei Nacht zu finden. Der Eingang war mit großem Geschick getarnt worden.
»Schlaue Mistkerle, diese Krauts«, sagte Wallingford.
»Jawohl«, sagte Percy auf deutsch.
Wallingford brauchte einen Augenblick, alles in sich aufzunehmen. Er setzte sich und zündete sich eine Zigarette an, die Flamme vorsichtig mit den Händen geschützt. Dann stieß er Rauch aus und seufzte dankbar.

»Wird Rommel hinkommen?« Er griff nach ein paar Steinchen und warf sie in den Wadi, versuchte, einen kleinen Felsen zu treffen.

»Nach Kairo? Vermutlich.«

»Sie wirken verdammt sicher«, sagte Wallingford.

»Ich war in seinem Stab.« Percys Rang dort war der allerniedrigste gewesen – Fernmeldeleutnant –, aber er war stolz auf die Ernennung.

»Ja, das haben Sie mir erzählt.«

»Er kennt jeden Schachzug der Briten. Ihre Generäle beschließen, eine Panzerbrigade irgendwohin zu schicken, und Rommel kennt das Ziel, ehe die Panzerkommandeure auch nur erfahren, daß sie sich auf den Weg machen sollen. Als Feldherr ist Rommel nichts Besonderes – er ist kein Manstein, kein Guderian –, aber wenn man weiß, was der Feind macht, ist es wahrscheinlich, daß man gewinnt. Ja, Rommel wird es nach Kairo schaffen. Und weiter.«

»Sie wissen ja alles darüber«, sagte Wallingford, ohne viel Interesse zu zeigen. Er warf weiter Steinchen in den Wadi. Schließlich traf eines den Felsen und prallte davon ab. Wallingford wartete darauf, daß Percy etwas über seine Treffsicherheit sagte, aber Percy war in Gedanken versunken.

»Ja, ich weiß alles darüber. Eines Tages werde ich darüber schreiben. Ich werde Ihren blöden britischen Generalen verraten, wer ›Rommels Spion‹ in Kairo war.«

Als er sah, wie ein Stein den Abhang herunterrollte, packte Wallingford eine jähe Furcht. »Kriegen wir die Lastwagen in diesen Wadi?«

»Damals haben wir es auch geschafft«, sagte Percy, aber in seiner Stimme lag eine Spur Skepsis. Er sagte nie etwas ohne die stillschweigende Unterstellung, das Können der Deutschen sei einzigartig. »Wir müssen jetzt zurückgehen und die Stelle finden, wo der Wadi eine Zufahrt bietet.«

Wallingford warf die restlichen Steinchen weg und stand auf.

»Machen Sie die Zigarette lieber aus«, sagte Percy.

Wallingford trat sie aus; Percy vergrub sie mit der Stiefelspitze. Dann gingen sie am Wadirand entlang. Nur in diesen abgelegenen Gebieten der Erde sorgt die klare Luft für einen derart prächtigen Sternenhimmel. Im Norden flackerten gelegentlich Lichter am Horizont: Artilleriefeuer, zu weit weg, als daß es hörbar gewesen wäre. Im Gehen spähte Wallingford in die Dunkelheit vor ihnen, nervös wegen Schlangen und

Tretminen. Plötzlich packte er Percy am Arm und brachte ihn zum Stehen. Percy sah ihn fragend an. Wallingford deutete mit einem Nicken auf eine liegende Gestalt im Gestrüpp am Wadirand.
»Nichts«, sagte Percy. »Nur eine alte Leiche.«
Er ging hinüber und trat mit dem Fuß dagegen. Es war nicht viel mehr als ein Haufen Knochen. Die trockene Hitze hatte das Fleisch ausgedörrt wie das einer Mumie aus den Gräbern. Das Gesicht starrte in den Himmel; die Augen fehlten, die Haut war dunkel und so eng gespannt, daß sich der Mund geöffnet hatte. Die Kleidung war ausgebleicht und zerlumpt. Nur die hochgeschnürten Armeestiefel identifizierten den Mann als Deutschen. »Dem Anblick nach ist das schon lange her«, sagte Percy. Er trat wieder nach der Leiche, sah auf sie hinunter, als wäre er halb darauf gefaßt, daß sie ihn Lügen strafte.
»Sie sind ein kaltschnäuziger Mistkerl, Percy.«
»Ja, bin ich. Deshalb brauchen Sie mich. Die anderen Männer sind ungebildet, unmotiviert und nutzlos für Sie.«
»Wir brauchen einander«, sagte Wallingford herzlich. Es war ein Glück für ihn, daß er den deutschen Deserteur gefunden und für seine Bande angeworben hatte. Den anderen Männern war das nicht recht, aber es war eine kluge Entscheidung gewesen.
»Das glaube ich nicht«, sagte Percy. »Vielleicht verlasse ich Sie nach dieser Sache.«
Wallingford bekam einen Schreck. Percy war seine rechte Hand. Percy war derjenige, der dafür sorgte, daß alles richtig lief, wenn die anderen versuchten, sich durchzumogeln. Wallingford blieb äußerlich ruhig. »Was wollen Sie machen?«
»Ich will weiter nach Palästina ... vielleicht nach Indien. Mit ein bißchen Geld könnte ich ins Geschäft einsteigen.«
»In was für ein Geschäft?«
»Deutschland kann den Krieg jetzt, wo die Vereinigten Staaten gegen uns kämpfen, nicht mehr gewinnen. Deutschland ist erledigt, und ich bin zu alt, als daß ich nach Hause zurückgehe und mir anschaue, wie eine Besatzungsarmee in meinem Heimatland herumstolziert.«
»Wir können noch jede Menge Geld verdienen«, sagte Wallingford, entschlossen, Percy um jeden Preis zu halten. »Noch ein Jahr, und Sie können mit einem Vermögen abhauen.«

»Es wird immer gefährlicher«, sagte Percy. »Eines Tages wird uns die Militärpolizei erwischen; Ihre Männer sind blöd. Sie trinken zuviel und reden zuviel.«
»Immer größere Konvois aus Amerika werden phänomenales Beutegut in die Kanalzone bringen, Percy. Sie haben die amerikanischen Panzer und Lastwagen gesehen – das ist erst der Anfang. Jetzt, wo die Yankees im Krieg sind, werden sie immer bessere Ausrüstung schicken. Ich möchte unsere Bemühungen auf den Hafen konzentrieren, dort wird nächstes Jahr eine Stange Geld zu verdienen sein. Dann können wir mit dieser ganzen Abfallsuche auf den Schlachtfeldern Schluß machen.«
»Für Sie wird das einfach«, sagte Percy. »Englisch ist Ihre Muttesprache. Für mich wird es nicht so einfach. Ich bin blond und habe einen Akzent.«
»Alle für einen, einer für alle, Percy. Wir passen auf Sie auf, das wissen Sie.«
Percy glaubte ihm nicht. Das war Wallingfords übliches Geschwätz zur Aufmunterung. Es unterschied sich kaum von den optimistischen Ansichten, die Wallingford ihm schon anvertraut hatte. Aber als er merkte, wie schlecht Wallingford den Gedanken aufnahm, Percy wolle ihn verlassen, beschloß er, ihn zu beruhigen. »Zunächst einmal unternehme ich gar nichts«, sagte er.
»Nein. Sie brauchen Ihr Geld«, sagte Wallingford.
Jetzt war sich Percy sicher, daß es ein schlechter Schachzug gewesen war, seine Pläne seinem Chef anzuvertrauen. Falls Wallingford meinte, Geld gebe Percy die Freiheit, die Bande zu verlassen, würde Wallingford dafür sorgen, daß er keins bekam. Percy lächelte. »Vielleicht brauche ich nur einen starken Drink«, sagte er.
»Wie lange wird es dauern, die Sachen aufzuladen?« fragte Wallingford.
»Erst müssen Sie genau aussuchen, was Sie mitnehmen wollen.«
»Das ist in fünf Minuten erledigt«, sagte Wallingford.
Percy sah auf die Uhr. »Vielleicht werden wir erst mit Tagesanbruch fertig. Und im Tageslicht werden wir gesehen. Es wäre eventuell besser, ein gutes Versteck zu finden und uns bis morgen nacht nicht vom Fleck zu rühren.«

Wie um zu unterstreichen, wie wichtig solche Vorsicht war, hörten sie in der Ferne Flugzeugmotoren. »Gehen wir zu den anderen zurück«, sagte Wallingford. »Sie werden sich Sorgen machen.«
»Das sind lauter Idioten«, sagte Percy.
»Das sind lauter Individualisten«, sagte Wallingford.
»Individualisten wie Tommy Mogg und Sandy Powell?« sagte Percy bissig.
»Die beiden haben es richtig gemacht«, sagte Wallingford herzlich. »Als sie gesehen haben, daß es in der Oase Siwa von Militärpolizei wimmelt, sind sie schnell abgehauen und haben uns gewarnt. Genau das hatte ich ihnen aufgetragen.«
»Ja, sie haben einen guten Riecher für die Polizei«, sagte Percy. »Ein Vergewaltiger und ein Dieb.«
»Sie beurteilen sie hart: Sandy hätte man die Kasinokasse nie anvertrauen dürfen. Er ist zu den Rennen in Dschesire gegangen und hat Pech mit den Pferden gehabt. Mir tut er leid.«
»Und Mogg tut ihnen auch leid? Und die Frau, die er vergewaltigt hat?«
»In Siwa haben die beiden es richtig gemacht.«
»Na gut. Und was wollen Sie jetzt machen? Sie können nicht hinfahren und die Berettas holen, wenn die Polizei auf Sie wartet.«
»Ich verkaufe die Berettas an die Juden. Selbstabholung. Sie bezahlen mich. Ich sage ihnen, wo sie die Maschinenpistolen finden, und sie übernehmen den Transport selbst.«
»Werden sie darauf hereinfallen?«
»Sie brauchen die Waffen.«
»Man wird die Juden erwischen.«
»Vielleicht, vielleicht auch nicht. Ich bringe diesen Idioten Darymple dazu, daß er Papiere ausstellt. Aber falls das nichts nützt und Solomon geschnappt wird, haben wir wenigstens das Geld. Bleiben Sie bei mir, Percy, alter Knabe. Ich habe einen Kopf fürs Geschäft.«
»Solomon wird Sie verraten, wenn er geschnappt wird. Er wird uns alle der Polizei beschreiben.«
»Warum sollte er uns verdächtigen?« Und als Percy nicht antwortete, fügte Wallingford hinzu: »Solomon wird nicht singen. Ich bin ein guter Menschenkenner: Solomon haßt die Briten. Das ist das Schöne daran. Solomon wird nichts tun, was ihnen hilft.«

16

Peggy West hatte Fürst Pjotr selten zu sehen bekommen, bevor Solomon ihr aufgetragen hatte, ihn zu bespitzeln. Jetzt waren sie Freunde geworden.

»Wenn wir abends einmal einen Bummel durch die Clubs machen, bekommen wir vermutlich den König mit seinem Hofstaat zu sehen«, sagte Pjotr. Er sagte es beiläufig und sprach dann über andere Dinge, aber er wußte, daß Peggy wie so viele Einwohner Kairos fasziniert von König Faruk war und von allem, was er tat.

»Woher sollten wir wissen, welche Clubs die richtigen sind?«

»Das könnte ich von jemandem im Palast herausbekommen. Der König hat seine Lieblingslokale, die ständig wechseln. In gewisser Hinsicht ist er wie ein Kind. Ich könnte herausfinden, wo er aller Wahrscheinlichkeit nach auftaucht.«

»Letzte Woche habe ich ihn an einem Abend gesehen«, sagte Peggy. »Alle wußten, daß er kommt, denn die Polizei hat die Straßen geräumt, wie sie es in letzter Zeit immer macht. Er fuhr in einem großen roten Rolls mit einer Motorradeskorte, dann kam ein Laster mit Infanterie und dahinter Autos mit Polizisten in Zivil.«

»So ein Riesentheater hat er gern«, sagte Pjotr. »Alle Araber lieben Show, das müßten Sie doch inzwischen wissen. Ich hatte früher einen Wraith, schwarz und silbern, ein Kabrio von Mulliner. Ich habe das Auto geliebt, aber der König hat mir bestellen lassen, ich soll es verkaufen. Es gefiel ihm nicht, daß ihm die Show gestohlen wurde.«

»Wie blöd. Sie hätten sich weigern sollen.«

»Ich habe einen französischen Paß«, sagte Pjotr traurig. »Es sind traurige Zeiten. Dieser Paß macht mich den Behörden gegenüber sehr anfällig.«

»Warum?«

»Sie wissen, warum. Die Franzosen haben im letzten Sommer in Syrien gegen die Briten gekämpft. Jetzt haben die Japaner die Briten in Indochina von französischen Stützpunkten aus angegriffen. Die Briten hassen die Franzosen. Sie hätten liebend gern einen Vorwand, mich und alle anderen Inhaber französischer Pässe aus Ägypten hinauszuwerfen. Wo sollte ich dann hin, Peggy? Wo sollte ich hin?«
Peggy war versucht zu sagen, nach Syrien, aber wenn man Pjotrs Rhetorik wörtlich nahm, führte das immer zu noch schlimmeren Anfällen von Selbstmitleid. Das war etwas, was sie in den letzten Wochen auf anstrengende Weise gelernt hatte. »Alle lieben Sie, Pjotr. Ohne Fürst Pjotr wäre Kairo nicht mehr, was es ist. Sie wissen doch, daß man nie von Ihnen verlangen würde, daß Sie gehen.«
Er strahlte. Peggy wußte genau, was sie sagen mußte. »Dann kommen Sie an einem Abend mit zum Tanzen?«
»Ich habe nichts anzuziehen«, sagte Peggy.
»Ich bin enttäuscht von Ihnen, Peggy«, sagte er neckisch. Er war jetzt wieder auf der Höhe, hatte seine Sorgen vorübergehend vergessen. »Ich hätte Sie für eine Frau gehalten, die über Klischees erhaben ist.«
»Sie haben recht, Pjotr. Ich habe jede Menge anzuziehen. Kleider, die ich seit Kriegsbeginn nicht einmal mehr anprobiert habe.«
»Was ist mit dem ausgeschnittenen hellblauen Kleid? Das stand Ihnen so gut.«
Peggy sah ihn an. Er konnte sie immer wieder aufs neue überraschen. Er konnte das Kleid nur ein einziges Mal gesehen haben, als sie es vor über einem Jahr auf einer Party getragen hatte. »Ja, ich könnte das Hellblaue anziehen, wenn Sie meinen, es ist passend. Es ist ein kurzes Kleid.«
»Passend? Sie werden hinreißend aussehen. Niemand trägt in den Clubs noch lange Kleider.«
»Ich habe Schuhe, die dazu passen«, sagte Peggy, während sie sich überlegte, wie sie sich frisieren sollte.
»Ich weiß was! Ich habe doch gesagt, ich will meinen Geburtstag mit Freunden feiern. Begehen wir ihn stilvoll.«
»Das ist eine wunderbare Idee, aber es wird furchtbar teuer.«
»Ich habe nur alle zehn Jahre Geburtstag. Es wird Zeit, daß ich ihn angemessen feiere.«

»Sie sind sehr großzügig, Pjotr.«
»Mit einer Torte und vielen Kerzen. Das wird herrlich.«

❖

Es klappte wie geplant. Sie bekamen sogar den König zu sehen. Sie waren im Tutanchamun, einem eleganten Nachtclub mit großspurigem Namen an der Scharia Muhammad Ali. Die Straße war im Versuch erbaut worden, die Pariser Rue de Rivoli zu kopieren, aber es war kein Vergleich, der sich sofort aufdrängte, schon gar nicht in dem Stück an der Oper, das seit dem Krieg ein illegaler Treffpunkt der Schwarzmarkthändler und ihrer Kunden geworden war. Die Nachtclubs und Bars hier wurden fast alle von arabischen Schutzgelderpressern kontrolliert, vor allem von einem alten Nubier, der die meisten Abende am Spieltisch und die Tage auf der Rennbahn verbrachte.
Pjotr hatte beschlossen, daß seine engsten Freunde sehen sollten, er sei ein Bekannter des Königs. Weil Alices Corporal verhindert war, hatte sich Robin Darymple erboten, sie zu begleiten. Die anderen Gäste waren Sajed und Seinab el-Schasli. Sie waren begeistert über eine Gelegenheit, sich elegant anzuziehen und einen Abend in solcher Gesellschaft zu verbringen. Sajed hatte früher höfliche Zweifel daran geäußert, daß Fürst Pjotr tatsächlich ein Freund der königlichen Familie sei. Heute abend würden sie die Wahrheit erfahren, sagte Sajed zu seiner Schwester, als sie nebeneinander vor dem Spiegel standen, er in einem Smoking, den er sich von einem Freund seines Vaters geliehen hatte. Der Smoking saß nicht perfekt, und Sajed machte sich Sorgen, weil sich die Hosen unter dem Jackett leicht an der Taille bauschten. Aber Seinab versicherte ihm, er sehe ganz englisch aus.
Sie kamen alle so zeitig in das Tut, daß sie das französische »Diner de luxe« einnehmen konnten, für das als eine der Hauptattraktionen des Clubs geworben wurde. Sajed war Vorsicht anzusehen, als er die Speisekarte musterte, in der Befürchtung, er könne etwas vom moslemischen Gesetz Verbotenes essen. Schließlich bestellte er die Spinatsuppe und gebratene Taube. Es war nichts Ausgefallenes, aber unbedenklich. Seine Schwester lachte über Sajeds Widerstreben, neue Gerichte zu probieren. Sie ließ sich von Fürst Pjotr beraten und bestellte tollkühn

Hummer Thermidor und die Lammkoteletts in Senfsauce. Sajed sah sie streng an, er mißbilligte das. Er billigte es auch nicht, daß sie Robin Darymples Angebot annahm, einen Schluck von seinem frisch eingeschenkten Champagner zu trinken. Sajed konnte sich nicht an den Gedanken gewöhnen, daß seine Schwester eine erwachsene Frau war, die nicht pausenlos seinen Rat beherzigen oder seinem Beispiel folgen mußte. Sie versuchte, ihren Bruder zum Lachen zu bringen, aber so einfach ließ er sich nicht von seinem Zorn abbringen. Sie meinte, er mache sich Sorgen wegen der schlecht sitzenden Hosen, wandte sich von ihm ab und rückte ihren Stuhl näher an den Fürsten heran. Wenn ihr Bruder entschlossen war, den ganzen Abend lang schlechte Laune zu haben, war es nicht zu ändern. Sie sah sich um und lächelte. Sie war entschlossen, sich zu amüsieren.

Alle drei Frauen sahen an diesem Abend besonders attraktiv aus. Pjotrs Einladung hatte ihnen die Gelegenheit gegeben, sich so elegant anzuziehen, wie sie es in letzter Zeit selten gekonnt hatten. Peggy trug ein hellblaues Kleid, besetzt mit Hornperlen. Seinab hatte es schon gesehen. Peggy hatte ihr eines Abends, nachdem ihr Seinab angeboten hatte, ihr ein Paar Seidenstrümpfe zu leihen, ihre ganze Garderobe gezeigt. Seidenstrümpfe waren in Kairo rar.

Peggy hatte an diesem Abend alle Register gezogen: ihre Diamantohrringe, ein Halsband, eine kleine goldene Brosche in der Form eines P und dazu eine goldene Armbanduhr. Sie wußte jetzt, daß sie es übertrieben hatte. Immer übertrieb sie alles. Vielleicht hatte sie Karl mit ihren Plänen und Hoffnungen erdrückt. Sie dachte daran, das Halsband und die Brosche abzunehmen und in die Abendtasche zu stecken. Aber wenn sie es jetzt getan hätte, wäre es aufgefallen. Vielleicht hätte sie Pjotr sogar deswegen gehänselt. Peggy sah Alice an. Sie beneidete Alice, nicht um ihre Jugend, sondern um ihre mühelose Zurückhaltung. Alice brauchte nie vor dem Spiegel zu stehen, Sachen an- und auszuziehen, und sich darüber schlüssig zu werden, was richtig war. Alice machte es immer richtig.

Alice trug ein ganz schlichtes Cocktailkleid: schwarze Seide mit einer Seidenborte als Stehkragen. Ihre Mutter hatte es kurz vor Kriegsbeginn per Post bei Harrods bestellt. Ihr einziger Schmuck waren eine doppelte Perlenkette, die ihr Vater am Golf gekauft hatte, und eine schlichte goldene Armbanduhr. Außer hellem Lippenstift trug sie nur einen Hauch Make-up. Für das Fest heute abend hatte sie sich das Haar kürzer als üblich schneiden lassen, so daß ihre Ohren zu sehen waren.

»Diese Araberinnen«, sagte Darymple in einem diskreten Flüstern, bei dem sein Mund ihrem Ohr nahekam, zu Alice. »Vielleicht werden sie später fett und runzlig, aber wenn sie jung sind, können sie fabelhaft sein.« Er hatte Seinab mit großem Interesse beäugt, als sähe er sie zum ersten Mal.

»Sie ruinieren mein Make-up«, sagte Alice, als er der Versuchung erlag, an ihrem Ohr zu schnuppern. Sie streifte ihr Ohr mit der Hand, als wollte sie eine Mücke verscheuchen. Sie beugte sich über den Tisch und sagte: »Das ist ein wunderbares Kleid, Seinab.«

»Es gehört meiner Mutter, nur für heute abend ausgeliehen.«

»Sie sieht wunderbar aus, nicht wahr, Captain Darymple?«

»Robin, bitte. Was? Ja: wunderbar.«

Seinab sah an jenem Abend besonders schön aus. Ihr Kleid war mit einem farbenfrohen einheimischen Muster bedruckt, von der Art, wie es sich nur ganz junge Frauen leisten können. Ihr Make-up war festlich und ziemlich stark. Sie hatte sorgfältig dicke Lidschatten aufgelegt und eine Grundierung gewählt, die ihre Haut sehr hell wirken ließ. Wenn Seinab besonders schön aussah, hatte sie die feierliche Ausstrahlung, die von jungen Ägypterinnen ausgehen kann. Und doch war es leicht, ihr ein schallendes Gelächter zu entlocken, das sie in eine sehr junge Frau verwandelte, um nicht zu sagen, in ein Kind.

Das Restaurant war voll wie alle Kairoer Restaurants in jenem Jahr. Peggy sah mehrere Bekannte, darunter Theda Borrows und Jeannie MacGregor. Sie waren mit zwei verwundeten Kavallerieoffizieren hier, die nächste Woche zu ihrer Einheit zurückkehren sollten. Alle vier kannten Peggy und winkten ihr zu. Vielleicht feierte Jeannie heute abend ihre Versetzung zu einer mobilen Operationseinheit. Dort würde sie den Kämpfen so nahe kommen, wie Frauen das überhaupt möglich war. Peggy hatte für die Versetzung gesorgt, was Jeannie zweifellos erraten hatte, aber sie hatte sich nicht darüber beschwert. Jeannie MacGregor schien den ätzenden Zorn überwunden zu haben, und Theda Borrows hatte sich von ihrer untröstlichen Trauer erholt. Die ganz Jungen sind aus Gummi, dachte Peggy. Vielleicht war es besser, den Gefühlen freien Lauf zu lassen, statt sie ständig unter Verschluß zu halten, wie sie es tat. Und doch, was wäre gewesen, wenn die Schwestern und das leitende Personal schreiend und schluchzend im Lazarett herumgelaufen wären?

»Einen Penny für Ihre Gedanken«, sagte Robin Darymple.

»Die beiden Frauen, mit denen ich zusammenarbeite: sollte ich sie daran erinnern, daß sie morgen beide Frühschicht haben?«

»Das würde ich nicht tun, altes Mädchen. Sie sehen so aus, als hätten sie andere Dinge im Kopf.«

Als das königliche Gefolge eintraf, verscheuchte die Clubleitung mindestens ein Dutzend Gäste von drei Tischen direkt neben der Tanzfläche. Nicht alle Gäste räumten ihre Plätze gutwillig. Vier Offiziere der Handelsmarine nahmen zornig ihre Stühle und setzten sich mitten in die Tanzkapelle.

Der König hatte gern den Raum im Blick. Frische Tischtücher flatterten wie Fahnen, Blumengestecke wurden an den königlichen Tisch gebracht, und Weinkühler – allesamt mit erlesenem Wein bestückt – wurden aufgebaut wie Granatwerfer.

König Faruk traf erst ein, als sich sein Gefolge vollzählig am Tisch versammelt hatte und auf ihn wartete. Sein Auftritt war majestätisch. Er sah sich mit einem grimmigen Lächeln um, genoß offensichtlich jeden tiefen Atemzug und jedes Geschnatter in dem Wirbel, den er verursachte. Ein rauher Akkord erklang, bevor sich die sechsköpfige Kapelle tapfer durch die ägyptische Nationalhymne kämpfte. Dann setzte sich der König.

Peggy sah den König zum ersten Mal aus der Nähe. Durch die Beleuchtung der Tanzfläche bekam sie ihn deutlich zu Gesicht. Sie hatte nicht erwartet, daß er so jung aussah, aber natürlich war er erst zweiundzwanzig. Seine Haut war weich und weiß. Er hatte eindeutig Übergewicht, aber der Abendanzug saß so perfekt, daß ihr erster Eindruck war, er sei ein attraktiver junger Mann.

Als das Gefolge des Königs Essen und Trinken bestellte, versuchten das Orchester und die Revue, das Programm fortzusetzen. Sie spielten *»I Want to Be Happy«*, und ein Mann mit eingeöltem Bizeps, seidenen Pluderhosen und einer Peitsche fing mit zwei jungen Mädchen in

knappen Glitzerkostümen einen akrobatischen Tanz an. Die Nummer hieß Ivans Sklavenmarkt, und auf den Plakaten vor dem Club stand, Ivan komme aus Beirut im Libanon. Jetzt, wo der Krieg Europa und das ganze französische und italienische Nordafrika versperrte, gab es nicht viele Städte für die Tourneen solcher Revueprogramme.
Als Ivan zum hundertsten Mal mit der Peitsche geknallt hatte und ein Jongleur, eine Bauchtänzerin und eine Spanierin mit Kastagnetten aufgetreten waren, wurde die Tanzfläche geräumt. Das Orchester legte die Notenblätter mit der ungewohnten Musik beiseite, die es für die Gastauftritte hatte lernen müssen. Jetzt spielte es die übliche Tanzmusik für die Gäste, und dabei wurden alle viel entspannter. Bald war es möglich, zu vergessen, daß der König nur ein paar Meter weit weg saß.
Der Geschäftsführer brachte Pjotrs Geburtstagstorte persönlich an den Tisch. Die Kapelle spielte *»Happy Birthday to You«*, und Pjotr lächelte und sagte, das sei eine Überraschung. Er schnitt die Torte an, und nachdem Peggy gekostet hatte, sagte sie, niemand könne auf den Gedanken kommen, daß der Zucker in Kairo rationiert sei. Robin Darymple nahm ein zweites Stück.
Auch wenn sein Stil etwas veraltet war, Fürst Pjotr tanzte wirklich ausgezeichnet. Er erzählte Peggy, seine Mutter habe darauf bestanden, daß er Tanzstunden nahm, als er noch sehr jung gewesen war. »Quickstep. Foxtrott. Walzer. Tango. Das kann ich alles«, sagte Pjotr.
»Dann tanzen wir bei der ersten Gelegenheit Tango«, sagte Peggy.
»Abgemacht.«
Als sie sich nach einem Quickstep setzten, kam jemand aus dem Gefolge des Königs an ihren Tisch. Es war ein Mann um die Vierzig, mit militärischer Haltung und dem eckigen, pechschwarzen Schnurrbart, den so viele Offiziere der ägyptischen Armee trugen.
Der Adjutant verbeugte sich vor Fürst Pjotr und übermittelte ihm in kunstvoller Ausführlichkeit die Komplimente des Königs und seine Glückwünsche zum Geburtstag. Pjotr ließ ein befriedigtes Lächeln sehen und schaute sich am Tisch um, vergewisserte sich, daß auch alle die freundschaftliche Geste des Königs mitbekamen.
Der Adjutant verbeugte sich flüchtig vor Sajed und sprach dann mit Seinab. Er stellte sich als Adjutant des Königs vor, sah dann Seinab direkt an und sagte: »Der König schickt Ihnen seine Komplimente. Er

möchte mit Ihnen tanzen.« Er warf Sajed einen Blick zu. Sajed sah ihn mit unveränderter Miene an.
Seinab stand auf.
Der Adjutant sagte: »Nicht hier, in der Öffentlichkeit. Der König möchte allein mit Ihnen tanzen.«
Seinab sah ihren Bruder an. Sajed erstarrte und sah einen Augenblick so aus, als wollte er etwas sagen. Aber obwohl der Adjutant höflich wartete, saß Sajed reglos da und sagte nichts.
»Bitte, danken Sie dem König für die Komplimente, aber ich kann das Fest nicht verlassen«, sagte Seinab. »Ich bin Fürst Pjotrs Gast.«
Der Adjutant war den Umgang mit solchem Zögern gewohnt. »Um halb elf wird der Wagen des Königs draußen warten«, sagte er. Er verbeugte sich vor ihr, vor Sajed und dann vor Fürst Pjotr. Dann ging er zurück an den Tisch und setzte sich. Er sagte nichts zum König, der ein Gesicht machte, als wüßte er überhaupt nichts von dem Gespräch.
Es war schon Viertel nach zehn. Pjotrs Gäste sahen sich gegenseitig an. Lange Zeit sprach niemand; dann sagte Peggy West: »Sagen Sie ihm, er soll sich zum Teufel scheren.«
Fürst Pjotr, der neben ihr saß, legte ihr die Hand auf den Arm, um sie zur Zurückhaltung zu mahnen. Er sagte ruhig: »Wenn sie nicht geht, wird Sajed verhaftet.«
»Ist das Ihr Ernst?« fragte Alice Stanhope. Sie sah sich um, wollte sehen, ob die Schaslis zuhörten, aber sie schauten sich nur an.
»Leider ja«, sagte Fürst Pjotr. Er senkte die Stimme noch mehr. »Kurz vor Weihnachten ist der Frau eines Amerikaners genau derselbe Antrag gemacht worden. Der Amerikaner hat dem König gesagt, er soll in den Kanal springen. Natürlich ist nichts passiert. Der König hatte Angst, es komme in die amerikanischen Zeitungen. Aber Sajed ist leider kein Amerikaner.«
»Das kleine Schwein!« sagte Peggy West und schaute über die Schulter dorthin, wo der König saß. Durch die wirbelnden Bewegungen der tanzenden Paare hindurch konnte sie einen Blick auf ihn erhaschen. Das Orchester spielte *»Smoke Gets in Your Eyes«*. Von der Decke hing eine verspiegelte Kugel und drehte sich langsam. Flackerndes Licht reflektierte sich in ihr und fiel wie Schnee auf die Tänzer. Alle lächelten;

alles schienen sich gut zu amüsieren. Alle bis auf Robin Darymple. Er war aufgestanden und hatte sich ein Stück vom Tisch entfernt. Er sah ungeheuer verlegen aus. Er nahm sein goldenes Zigarettenetui und Feuerzeug aus der Tasche. Er zündete sich eine Zigarette an und blies den Rauch auf eine Weise aus, die seine Erregung zeigte. Gleich darauf schlenderte er weg.

»Aber Sajed ist kein Amerikaner oder Brite«, sagte Pjotr wieder.

»Und was ist mit Seinab?« sagte Alice, die verzweifelt versuchte, das wahre Ausmaß ihrer Wut zu verbergen. »Hat Seinab denn nicht das Recht, zu sagen, ob sie mit diesem blöden König ins Bett gehen will?« Als sie das gesagt hatte, holte sie tief Luft. Noch vor ein paar Augenblikken hätte Alice jeden getadelt, der in der Öffentlichkeit so unhöflich über den Monarchen redete. Jetzt war sie so schockiert und zornig, wie sie es noch nie gewesen war.

»Bitte, sprechen Sie leise«, sagte Sajed. Alle sahen ihn an. Er schien um zehn Jahre gealtert zu sein.

»Ich muß tun, was er will«, sagte Seinab und schaute alle an.

Sajed streckte die Hand aus und berührte ihren Arm.

»Es ist besser, wenn ich zu dem Untier gehe, als meine Familie ins Unglück zu stürzen«, sagte Seinab.

»Ich muß Ihnen leider rechtgeben«, sagte Fürst Pjotr. »Für alle Ägypter ist es sehr gefährlich, sich dem König zu widersetzen.«

»Gehen Sie nicht!« Alice war hartnäckig. Ihre Stimme verriet den anderen, wie ihr zumute war. Pjotr hob eine Augenbraue. Das also war die wahre Alice Stanhope.

Peggy West machte sich Sorgen um Alice, befürchtete, sie werde eine Szene machen. »Wir können ihnen nicht raten, Alice. Das ist ihr Land und ihr König.«

»Aber wir haben hier die Macht«, sagte Alice. »Wir haben die Macht und lassen diese widerliche Korruption blühen und gedeihen: Bestechung, Drohungen und Ungerechtigkeit. Wie können Sie nur sagen, wir sollen uns heraushalten?«

Peggy war ruhig. Sie verfügte über die klinische Zurückhaltung, die zu einer Krankenschwester gehört. »Die Entscheidung liegt bei ihnen, Alice. Lassen Sie Sajed und Seinab selbst entscheiden. Unsere Kommentare machen es ihnen nur noch schwerer.« Die Musik hörte auf,

und die Tänzer verließen die Tanzfläche. Es gab wohlerzogenen Beifall, und das Orchester machte fünf Minuten Pause.
Alice sagte: »Können Sie denn nichts tun, Fürst Pjotr?«
Pjotr sah sie an und schüttelte langsam den Kopf. »Wenn ich es nur könnte. Das wissen Sie doch. Seinab und Sajed sind meine Freunde.«
Alice begriff, daß der König sich eine Frau an Fürst Pjotrs Tisch ausgesucht hatte, um ihn zum Eingreifen herauszufordern. Vielleicht spielte bei der Wahl des Königs eine gewisse Animosität zwischen den beiden Männern eine Rolle. Oder vielleicht steigerten derart persönliche Umstände das sadistische Vergnügen des Königs oder seine Lust.
»Wo ist er?« fragte Peggy.
Das Gefolge des Königs saß noch an der eigens aufgebauten Tafel neben der Tanzfläche, aber der König war nirgends zu sehen. Fürst Pjotr beobachtete Peggy, die sich den Hals verrenkte, um die ganze Tanzfläche zu sehen. »Seine Majestät ist fort«, sagte er. »Ich kenne ihn. Manchmal ist er so. Er kommt herein, um sich umzuschauen.«
»Nach einer Frau?«
Fürst Pjotr lächelte müde. »Ja.«
»Was für ein Schwein!«
»Wollen wir tanzen?« sagte Pjotr.
Peggy wollte schon ablehnen, aber es hatte keinen Sinn, mit Pjotr zu hadern. Robin Darymple war zurückgekommen und hatte Alice zum Tanzen aufgefordert. Offenbar wollte Pjotr den Schaslis die Gelegenheit geben, sich unter vier Augen zu unterhalten. »Liebend gern«, sagte Peggy. Es war ein langsamer Walzer. Peggy sah Alice über die Tanzfläche hinweg mit Darymple, mit entspanntem, schönem Gesicht, als wäre ihr Wutausbruch nie gewesen. Die Schaslis saßen immer noch am Tisch. Sajed hatte seinen Stuhl näher an seine Schwester herangerückt.
»Liebend gern«, sinnierte Fürst Pjotr, als sie langsam über die Tanzfläche glitten. »Warum behalten wir diese absurden Ausdrucksweisen bei? Als ich nach England kam, habe ich immer gesagt: Sehr erfreut, Sie kennenzulernen. Meine Freunde haben mich alle ausgelacht. Aber warum soll ›Wie geht es Ihnen‹ besser sein als ›Sehr erfreut, Sie kennenzulernen‹?«
Als Darymple an ihnen vorbeitanzte, rief er: »Aufgepaßt, Freunde!«

und grinste sie an. Sein Gesicht war rot angelaufen. Er hatte eine Menge getrunken.
»Es ist eine alberne Sprache«, sagte Peggy.
»Nein, es ist die Sprache von Shakespeare, von Milton und von Wordsworth.«
»Ja. Nur die Leute sind albern«, sagte Peggy.
Sie tanzten schweigend. Vielleicht, dachte sie, war es Fürst Pjotr genauso zuwider wie ihr, zu Sajed und Seinab zurückzukehren. Sie machten auch noch den nächsten Tanz mit. Genau wie Alice und Darymple. Als sie an den Tisch zurückkamen, war nur noch Sajed da.
»Sagen Sie nichts«, sagte er. »Ich will nicht darüber reden.«
Alle setzten sich. Fürst Pjotr bestellte noch eine Flasche Champagner, aber trotz des übersprudelnden Temperaments des Kellners saßen sie wie Trauergäste um einen Sarg herum.
Fürst Pjotr schlug bald vor, ins Magnifico zurückzukehren. »Wir nehmen in meiner Wohnung einen letzten Drink«, sagte er.
Aber als sie ins Magnifico zurückkamen, wollte niemand einen letzten Drink. Der Abend war für sie alle niederschmetternd gewesen. Sie sagten sich wortreich gute Nacht und bedankten sich ausführlich, ehe sie höfliche Ausreden vorschützten und in die eigenen Zimmer gingen. Nur Sajed hatte noch etwas zu sagen. Er nahm Alice beiseite und führte sie in den Speiseraum, dorthin, wo sie an jenem Januarabend, als sie mit ihrem Corporal zum ersten Mal ins Magnifico gekommen war, gesessen hatte.
Sajed schaltete das Licht ein. Es roch schwach nach Desinfektionsmitteln. Die Caféhausstühle standen auf den Tischen, als hätte ein verrückter Witzbold den Raum gestaltet. Über jedem Tisch hing eine Lampe – mit einem Schirm aus grünem Glas – mit einem klebrigen Fliegenfänger daran. An der Wand hingen ein stark retuschiertes Foto des verstorbenen Signor Magnifico und eine große, kolorierte Lithographie der Bucht von Neapel in einem dekorativen Ebenholzrahmen. Auf dem Tresen standen in gerader Linie versilberte Salz- und Pfefferstreuer. Außerdem Flaschen mit Tomatenketchup. Die Oberlichter über den Fenstern waren leicht geöffnet, damit die Luft zirkulieren konnte. Von der Straße her waren englische Männerstimmen zu hören, die falsch und betrunken sangen: »Mein Alter ist bei der Müllab-

fuhr ...« Die Stimmen verhallten, als die Soldaten schwankend in Richtung der hellen Lichter in der Scharia Kasr el-Aini abzogen.
Alice stand Sajed gegenüber und wartete darauf, daß er etwas sagte. Sie wußte, daß sie ihm Zeit lassen mußte, seine Gedanken zu sammeln, wie lange das auch dauern mochte.
»Miss Alice«, sagte Sajed förmlich, »ich möchte morgen mit Ihrem Freund Bert sprechen.« Als verlangte ihn nach einem Akt der Unordnung, zog er einen Stuhl vom Tisch herunter. Er stellte ihn auf den Boden, damit Alice sich setzen konnte, und holte sich dann auch einen Stuhl. Als hätte er das Gefühl, er müsse die seltsame Anordnung der Stühle erklären, sagte er: »Die Stühle werden jeden Abend auf die Tische gestellt, damit der Boden gefegt und gewischt werden kann.«
»Ja, ich weiß«, sagte Alice.
Als Alice saß, setzte sich Sajed auf den zweiten Stuhl. Er verschlang die Hände, wand sie in einer Qual, die seine starre Miene Lügen strafte.
»Ich will –« Er brach ab, und ein weiteres Schweigen entstand.
»Ja?« sagte Alice.
»Ich will für ihn arbeiten ... für die Briten arbeiten ... ich mache alles. Alles, was Sie wollen.« Er benetzte sich die Lippen. »Der König! Dieses Vieh! Solche Leute regieren mein Land. Es ist eine Schande. Nicht einmal die Briten tun uns so etwas an.«
Über seinem Kopf hing ein Fliegenfänger von der Decke. Auf der klebrigen Oberfläche schlug eine Fliege zornig mit den Flügeln, versuchte, sich loszumachen. »Vielleicht sollten Sie heute nacht darüber nachdenken, Sajed«, sagte Alice. »Vielleicht sollten wir morgen darüber reden.«
Sajed lachte, als hätte sie einen guten Witz gemacht. »Daß Sie so etwas sagen! So sollten Sie nicht reden. Sie sollten mich willkommen heißen, weil ich heimlich für Sie arbeite und Ihr Agent werde.«
»Ja, das sollte ich wohl.« Sie berührte ihr Perlenhalsband und widerstand nur mit Mühe der Versuchung, es zwischen den Fingern zu drehen. Ihre Mutter setzte ihr immer wegen dieser schlechten Angewohnheit zu.
»Man muß das Eisen schmieden, solange es heiß ist. Sagt man nicht so?«
»Doch. Ihr Englisch ist ausgezeichnet, Sajed.«

»Dann schmieden Sie das Eisen, solange es heiß ist, Miss Alice. Ich weiß, daß Ihr Freund Bert zum britischen Geheimdienst gehört ... Ich stoße zu ihm. Ich sage ihm alles.«
»Nein, nein, nein –«
»Es hat keinen Zweck, nein zu sagen, Miss Alice. Ich sage ja.« Er hatte sich nicht gerührt. Er saß auf dem Stuhl und starrte sie an. »Sie werden es ihm sagen?«
»Ich sage es ihm.« Er saß am Tisch, das Kinn auf die Hand gestützt. Plötzlich begriff Alice, daß das ein wichtiger Augenblick in ihrem Leben war. Für diesen Augenblick hatte sie sich ihrer Mutter widersetzt, sich mit ihrem Vater gestritten und die ganze Familie und Bekanntschaft becirct, damit sie eine interessante und wichtige Stelle in der Verwaltung von Kairo bekam. Jetzt hatte sie erstaunlicherweise tatsächlich die Chance, den Gang des Geschehens zu beeinflussen. Sie rekrutierte einen Mann, der die revolutionäre Bewegung der ägyptischen Offiziere bespitzeln wollte. Sie mußte damit aufhören, das kleine Mädchen zu sein, das ihre Mutter geschaffen hatte, und eine bedeutende Frau werden. Sie mußte professionell vorgehen, eine Polizistin sein, die Bert Cutler anerkennen und respektieren würde.
Mit neuer forscher Stimme sagte sie: »Gut! Ich will nicht riskieren, daß Sie in der Polizeikaserne gesehen und erkannt werden, Sajed. Es ist besser, wenn Bert herkommt. Wann soll ich ein Treffen arrangieren?«
Sajed schien die Veränderung, die Alice durchgemacht hatte, nicht zu bemerken. Er schaute ein paar Augenblicke auf seine Hände, als denke er zum ersten Mal darüber nach, was auf dem Spiel stand. Das war natürlich der Punkt, an dem eine Umkehr ausgeschlossen war. Danach war er nicht mehr in der Lage, es sich anders zu überlegen, zu lachen und zu behaupten, Miss Alice müsse ihn falsch verstanden haben. Er hob den Blick und sah ihr direkt in die Augen. »So früh wie möglich.«
»Ich schicke ihm eine Nachricht. Kommen Sie auf eine Tasse Tee in mein Zimmer. Sagen wir, morgen früh um acht?«
»Um acht«, bestätigte er düster.
Sie stand auf. Sie wollte ihm keine Zeit lassen, seine Entscheidung zu überdenken. »Abgemacht. Gute Nacht, Sajed. Schlafen Sie ein bißchen.«
»Gute Nacht, Miss Alice.« Er stand höflich auf, als sie sich erhob. Sie

hätte ihn am liebsten in die Arme genommen und getröstet. Sie liebte beide. Was konnte sie sagen, was ihre Gefühle angemessen ausdrückte? Sie hatte noch nie etwas so Tragisches erlebt.
Sie standen verlegen da. Er nahm an, Alice erwarte, daß er gehe, damit sie den Nachtdienst in der Kaserne der Militärpolizei anrufen konnte. Er verbeugte sich, drehte sich um und verließ den Speiseraum ohne ein weiteres Wort.
Alice ließ ihm Zeit, nach oben zu gehen, ehe sie das Telefon in der Halle benutzte. Sie schloß die Tür der Zelle sorgfältig, damit niemand mithören konnte. »Hallo? Hallo?«
Es war nie leicht, an einem ägyptischen Telefon durchzukommen. Sie versuchte es mehrmals und suchte dann Hilfe bei der Vermittlung. In der Zelle war eine Zeitung liegengeblieben. Alice warf einen Blick darauf, während sie auf die Verbindung wartete. In der Javasee war es zu einer großen Schlacht gekommen, mit »schweren Verlusten der Alliierten«. Im Zeitungsbericht standen nur wenige Fakten, aber offenbar war die japanische Invasion erfolgreich gewesen. Es sah danach aus, als werde Niederländisch-Indien bald eingenommen werden. Die offiziellen Kommuniqués bereiteten die Öffentlichkeit eindeutig auf die nächsten schlechten Nachrichten vor. Überall verloren die Alliierten den Krieg.
Sie schob die Zeitung beiseite und rüttelte mehrmals an der Telefongabel. Die Vermittlung schien sie vergessen zu haben. Sie wählte wieder die Nummer der Kaserne. Nach zwei weiteren Versuchen hörte sie das Freizeichen. Sergeant Ponsonby hatte Nachtdienst; sie erkannte ihn an der Stimme.
»Diensthabender Offizier.«
Die Polizei und das Militär waren rund um die Uhr alarmbereit. Seit der Nacht, in der, wie es die inzwischen hartnäckig verbreitete Fama wollte, britische Panzer den Abdinpalast umzingelt hatten und der König mit Waffengewalt festgehalten worden war, waren zusätzliche Schichten eingeführt worden.
Alice war bei dem Gespräch vorsichtig. Sie wußte, daß Bert ihre kryptische Nachricht verstehen würde, auch wenn Ponsonby nichts begriff. »Er muß morgen um halb acht mit mir frühstücken. Unbedingt. Sie müssen ihn finden. Sagen Sie ihm, es ist sehr wichtig. Er darf

keine Minute zu spät kommen.« Sie mußte mit ihm reden, ehe er mit Sajed sprach; das war unbedingt erforderlich.
Ponsonby ließ sich von der Dringlichkeit nicht beeindrucken. Trauervoll und langsam sagte er: »Sieben Uhr dreißig. Verstanden. Ich treibe einen Meldefahrer auf und sorge dafür, daß Major Cutler Ihre Nachricht innerhalb einer Stunde zugestellt wird.« Ponsonby war heute nacht besonders wichtigtuerisch. Alice schloß daraus, er habe getrunken.
Als sie nach oben ging, kam sie an der Wohnung von Sajed und Seinab vorbei. Sie glaubte, sie höre jemanden schluchzen, aber vielleicht waren das die Wasserrohre. Die Installationen im Hotel waren sehr alt.

❖

Als Andy Anderson in dem kleinen Zimmer im zweiten Stock wohnte, hatte er Regalbretter angebracht und eine elektrische Kochplatte und einen Wasserkocher installiert. So konnte er mitten in der Nacht Tee kochen und sich morgens rasieren, ohne in das Bad am Flur zu gehen. Die Sonne schien hell, fiel auf den Kartentisch, auf dem Alice ein englisches Frühstück aufgebaut hatte. Andy hatte den Tisch für Pokerspiele benutzt, die oft bis in die frühen Morgenstunden gingen. Andy servierte seinen Freunden Schnaps, aber ihm war Tee lieber. Er war geradezu süchtig nach Tee. Manche sagten, das Teetrinken sei Andys Geheimnis für sein Glück im Spiel. Trotz der alkoholisierten Partys, die er in seinem Zimmer gab, hatte ihn niemand je betrunken oder auch nur leicht beschwipst gesehen.
Seit Alice Stanhope hier wohnte, hatte sie das Zimmer mit bunten Vorhängen und einem neuen Teppich verwandelt. Das Teeservice von Wedgwood, den Marmeladebehälter aus geschliffenem Glas und vieles andere auf dem Tisch hatte sie sich aus der Wohnung ihrer Mutter in Alexandria ausgeliehen.
»Ich habe mich schon immer gefragt, wie es wäre, mit dir zu frühstükken, Alice«, sagte Jimmy Ross. Er trug Khakidrillich mit den weißen Corporalwinkeln auf den kurzen Ärmeln. Er fand es einfacher, sich in der Kleidung eines Unteroffiziers auf der Straße zu bewegen und zu tun, was er wollte. Außerdem wollte er seine Verkleidung nicht plötz-

lich aufgeben; die Bewohner des Magnifico kannten ihn als Corporal Cutler.
Alice musterte ihn scharf, aber sie war sich nicht sicher, ob er das doppeldeutig gemeint hatte. Er lächelte, und sie goß ihm Tee ein.
»Keine Milch«, sagte Sajed und hielt schützend die flache Hand über die Tasse. »Es ist gut, daß Sie gekommen sind, Bert.«
»Ich esse die Grapefruit«, sagte Jimmy Ross zu Alice, »aber Porridge bei einem Frühstück in Kairo geht zu weit.«
»Dann esse ich alles selbst«, sagte Alice. »Zucker?«
»Ich bin für den Geheimdienst zuständig«, sagte Sajed schnell, platzte damit heraus, damit ihm der Rückweg abgeschnitten war.
»Bei den Freien Offizieren?«
»Sie wissen also über uns Bescheid?«
»Es ist kein streng gehütetes Geheimnis«, sagte Ross. »Aber ich habe nicht gewußt, daß Sie der Geheimdienstchef sind.«
»Ich leite ihn. Wir haben keinen Geheimdienstchef.«
»Sie müssen mir Namen nennen«, sagte Ross. Es war vermutlich am besten, mit dem schwierigsten Teil anzufangen. Wenn ein Mann die Namen seiner Freunde preisgab, war die Bündnistreue dahin.
»Ja, ich verstehe.«
»Ich gebe Ihnen einen Codenamen. Ihr richtiger Name wird nirgends schriftlich festgehalten. Von diesem Treffen wird außer uns dreien nie jemand etwas wissen.«
Ehe Sajed etwas sagen konnte, klopfte es leicht an der Tür. Peggy West steckte den Kopf herein und stieß einen überraschten Laut aus. »Alice! Sajed! Und Bert Cutler!« sagte Peggy. »Was tun Sie denn hier?«
»Was gibt's, Peggy?« Alice versuchte, ruhig zu bleiben, aber es war nicht leicht. Sie hatte nicht mit der Möglichkeit gerechnet, daß Peggy in ihr Treffen platzte. Sie traf sich immer unten in der Halle mit Peggy.
»Und was für schönes Geschirr!« sagte Peggy, kam herein und sah sich den gedeckten Tisch aus der Nähe an. »Ich wollte Sie daran erinnern, daß wir Punkt halb neun zur Arbeit fahren müssen. Alle Schichten sind geändert worden.«
»Ich weiß. Ich bin fast fertig«, sagte Alice.
Peggy blieb stehen, als erwartete sie, zum Frühstück eingeladen zu werden. Aber niemand bat sie, sich zu setzen. Sie waren überrascht

worden, und man merkte es ihnen an. »Ich hoffe, ich habe bei nichts Wichtigem gestört«, sagte Peggy.
Alice holte ihren Hut und setzte ihn sorgfältig vor dem Spiegel auf. Einen Augenblick lang fiel ihr keine Erwiderung ein. Sie starrte ihr Spiegelbild an, eine Hutnadel im Mund. Dann erholte sie sich, steckte den Hut fest und sagte: »Überhaupt nicht. Es ist bloß eine kleine Feier für Bert.« Sie machte eine Pause und begriff im folgenden Schweigen, daß alle eine nähere Erklärung erwarteten. Verzweifelt suchte sie in ihrer Phantasie nach einem Grund zum Feiern. »Er ist zum Sergeant befördert worden«, sagte sie.
»Das ist wunderbar, Bert«, sagte Peggy. »Herzlichen Glückwunsch.« Dem Ton ihrer Stimme war nicht anzuhören, ob sie Alices Erklärung glaubte. Peggy fragte sich offensichtlich, warum Sajed an einer solchen Feier teilnahm.
»Seinab kehrt zu ihrer Mutter zurück und bleibt dort. Ich habe Sajed zum Frühstück eingeladen«, erklärte Alice.
Peggy West stand da, sah Sajed an und versuchte, sich angemessene Trostworte auszudenken, aber ihr fiel nichts ein.
»Wir müssen gehen«, sagte Alice. »Ich lasse euch beide in Ruhe zu Ende frühstücken.«
Sobald die Tür hinter ihnen zugegangen war, nahm Ross ein doppelt gefaltetes Blatt Papier aus der Hemdtasche. Er reichte es Sajed, dazu einen Holzbleistift. »Schreiben Sie die Namen auf«, sagte er.

17

Es ist streng geheim. Verdammt geheim, alter Junge.« Wallingford grinste Captain Robin Darymple an. »Ich darf dir nichts darüber erzählen, was ich mache. Oder was wir vorhaben.«
Die beiden Männer saßen mit Percy in einem Büro in Gray Pillars, dem großen Steingebäude, das als Hauptquartier Naher Osten diente. Von hier aus, in diesem seltsamen Beispiel für die faschistische Architektur Italiens, führte Großbritannien Krieg. Von hier aus ergingen Befehle an britische Truppen in Äthiopien, im Irak, in Palästina und an die kämpfende Front in der Libyschen Wüste.
»Ja«, sagte Darymple. In seiner Stimme lag Skepsis. Er fragte sich, wie er erklären sollte, daß Wallingford – ohne jede schriftliche Erlaubnis – Besitz von einem großen Büro neben seinem ergriffen und es mit Stühlen, Schreibtischen, Aktenschränken, Schreibmaschinen eingerichtet und sich auch noch zwei Sekretärinnen besorgt hatte. »Aber was soll ich den anderen sagen?«
Eine attraktive Frau von etwa Mitte Dreißig kam mit ein paar Akten herein. »Geben Sie die Percy, Babs«, sagte Wallingford zu ihr. »Sag denen, was ich mache, ist geheim. G-E-H-E-I-M. Verdammt noch mal, das geht die nichts an. Das ist alles, was sie wissen müssen.« Er zwinkerte Babs verschwörerisch zu. Sie lächelte und reichte Percy die Akten. Dann ging sie mit jener Art übertriebener Sorge – nur ja nicht zu stören – hinaus, die unmöglich zu übersehen war.
Darymple beobachtete sie und dachte über sein Dilemma nach. Er wünschte sich, er hätte Wallingford nie erzählt, ein Büro neben seinem stehe leer. Und er wünschte sich, er wäre so zeitig ins Hauptquartier gekommen, daß er Wallingfords Besetzung des Büros hätte verhindern können. Darymple freute sich gar nicht bei dem Gedanken, der Sorte von Leuten, die danach fragen könnten, erzählen zu müssen, Walling-

fords ungenehmigte Übernahme eines der begehrtesten Büros in Kairo gehe sie nichts an. Und doch, wie die Dinge standen, war er nicht in der Lage, sich Wallingford zum Feind zu machen. »Wie lange brauchst du das Büro?« fragte Darymple.

»Keine Ahnung. So wie es bei uns läuft, könnten wir jederzeit ein Telegramm vom Kriegskabinett in London bekommen und fünfzehnhundert Kilometer weit weg gegen die Japaner eingesetzt werden.«

So weit Darymple es beurteilen konnte, machte Wallingford keinen Witz. »Vom Kriegskabinett?«

»Einmal, vor ein paar Wochen bei einem Sondereinsatz, hat der Boß einen Brief mit Winstons Unterschrift bekommen. Winnie nennt uns seine Piraten.« Wallingford sah Darymple in die Augen und grinste. Er hatte schon lange herausgefunden, daß man im Krieg gar nicht dick genug auftragen konnte. Je absurder und abenteuerlicher die Geschichten waren, die man erzählte, je weniger man preisgab, desto bereitwilliger glaubten einem die Leute und taten, was man wollte. Kriege waren so.

»Die beiden Sekretärinnen, die für dich arbeiten«, sagte Darymple. »Eine davon ist die Frau von Colonel Smythson, einem verdammt hitzigen Colonel beim Stab der britischen Truppen in Ägypten.«

»Ja, natürlich ist sie seine Frau, Alter. Du glaubst doch nicht, ich habe sie wegen ihres Könnens als Sekretärin ausgesucht, oder? Als sie heute morgen ins Büro kam, habe ich sie gebeten, einen Brief für mich zu tippen. Als sie zehn Minuten lang reglos hinter der verdammten Maschine gesessen hatte, habe ich sie gefragt, was los ist. Sie hat gesagt: ›Ich weiß nicht, wie man Großbuchstaben tippt.‹ Kannst du das fassen, Robbie? Sie wußte nicht, wie man Großbuchstaben tippt.« Er lachte. »Wetten, daß sogar du Großbuchstaben tippen kannst, wenn du dir Mühe gibst. Habe ich recht?«

»Hör auf, den verdammten Vollidioten zu spielen, Wally. Angenommen, jemand von der Verwaltung überprüft die Büroräume? Das machen sie manchmal. Wie soll ich erklären, daß du dieses Büro übernommen hast – und die Sekretärinnen –, wenn sich auf demselben Stockwerk drei Majore ein Büro teilen müssen?«

»Hör auf, dir Sorgen zu machen. Wir bringen Mrs. Colonel dazu, die Verwaltung zu verscheuchen. Sie kann ganz schön fuchtig werden. Du

hättest sie am Telefon hören sollen, als sie mir die Schreibtische besorgt hat.«
»Ich hoffe, du weißt, was du tust«, sagte Darymple.
»Hör mal, Robbie, alter Sportsfreund. Ich will dir die Tatsachen des Lebens erklären. Diese Offiziersfrauen haben den Evakuierungsbefehl nicht befolgt. Sie sollten alle per Schiff nach Südafrika oder nach Hause unterwegs sein. Sie können nur bei ihren Männern bleiben, wenn sie Arbeit bei der Armee bekommen. Zum Teufel, ich hatte die Auswahl unter über einem Dutzend Frauen, sobald ich gesagt habe, es gibt Arbeit. Und wen habe ich also ausgesucht, was meinst du? Ich bin nicht bescheuert. Ich habe zwei Frauen ausgesucht, deren Männer soviel Einfluß haben, daß sie uns Ärger vom Hals halten können. Kapiert, alter Junge?«
»Ich verstehe.«
»Und natürlich sind sie begeistert von der Idee, für ein Geheimkommando wie uns zu arbeiten.«
»Ja, natürlich.«
»Also Hände weg von Babs und ihrer Freundin.« Breites Grinsen. »Ich will keine zusätzlichen Komplikationen.«
»Aber ich –«
»Nur ein weiser Rat, altes Früchtchen. Hände weg von meinen beiden Mädchen.«
»Ich werde einfach sagen, der Oberbefehlshaber weiß über dich Bescheid.«
»Wunderbar! Das sollte das Ende aller Nachforschungen sein. Jetzt zieh ab und laß mich weiterarbeiten.«
»Okay. Aber ich möchte noch etwas mit dir besprechen.«
»Wirklich?«
»Dieses Geld, das mir dein arabischer Freund geliehen hat.«
»Mahmud. Er heißt Mahmud. Ist er hinter dir her? Diese Araber geraten wegen Geld manchmal ganz schön in Rage.«
»Ich weiß nicht, was ich machen soll, Wally.«
»Du solltest es ihm lieber zurückzahlen, Robbie. Wie ich mich erinnere, war es nur ein kurzfristiges Darlehen. Nur für ein paar Tage, hast du gesagt. Die können unangenehm werden.«
»Ich habe das Geld nicht.«

»Besorg's dir! Du mußt es ihm zurückzahlen. Du weißt doch, was diese Araber machen, wenn du nicht zahlst.«

»Nein. Was?«

Manchmal konnte Darymple enervierend begriffsstutzig sein. »Er bringt dich nicht vor Gericht, Robbie.«

»Du meinst doch nicht, er ...«

»Doch, er schneidet dir die Eier ab. Zahl's ihm zurück. Leih dir das Geld oder überzieh dein Konto.«

»Ich bin schon in den roten Zahlen bei der Bank. Hör mal, Wally. Er ist dein Freund. Er hat gesagt, er ist dein Freund. Du könntest mit ihm sprechen.«

»Ich trenne immer zwischen Geschäft und Vergnügen. Und wie auch immer, die würden nicht auf mich hören. Was sollte ich denn zu ihnen sagen? Vergessen Sie das Geld, das Ihnen mein Kumpel Darymple schuldet? Da würde ich mir eine schöne Abfuhr einhandeln, nicht wahr?«

»Soll ich hingehen und es ihm erklären?«

»Sei nicht kindisch, Robbie.«

»Ich kann nicht zahlen!«

»Reg dich nicht auf, alter Junge. Wenn du wirklich in der Klemme steckst, könnte ich dir vielleicht helfen.«

»Ich tue alles, Wally«, sagte Darymple feierlich.

»Heute abend setze ich mich hin und mache ein paar Konzepte. Ich überlege mir, ob es eine clevere Methode gibt, wie wir das in Ordnung bringen können. Damit du aus dem Schneider bist.«

»Ich tue alles.«

»Ich halte den Kopf für dich hin, Robbie. Du wirst ihn mir hinterher doch nicht abreißen?«

»Natürlich nicht.« Darymple ging zum Fenster hinüber. Er war im dritten Stock, mit Blick auf die Straße. Es war Mittag, und es wimmelte von Fahrzeugen, Tieren und Menschen. Menschen, die allesamt keine Sorgen hatten außer den eigenen Angelegenheiten. Was für ein Tollhaus! Der ganze Verkehr war durch den Zusammenbruch eines Kamels zum Stillstand gekommen. Das Tier war auf der Stelle notgeschlachtet worden und wurde jetzt zerlegt. Ein Kind, das Schafe über die Kreuzung trieb, hatte angesichts des Schlachtens die Kontrolle über sie verloren. Der Geruch nach Blut jagte die verängstigten Tiere in alle Richtungen. Ein Soldat, der sich aus dem Turm eines Panzers beugte, rief nach jemandem, der nicht zu sehen war, und hinter ihm staute sich der gesamte Verkehr.

Auf der Schwelle eines Samengeschäfts handelte ein schottischer Sergeant, in voller Montur samt Tartankilt, mit einem alten Mann, der sechs schwer beladene Esel aneinandergeseilt hatte. Ein bärtiger Araber, der ein lebendes Zicklein trug, versuchte, wieder auf den Rücksitz eines winzigen, zerbeulten Fiat zu steigen. In jenem Augenblick hätte Darymple bereitwillig mit fast jedem dieser Menschen getauscht.

Als läse er die Gedanken seines Freundes, sagte Wallingford: »Wir sind alle hier, um gegen die Hunnen zu kämpfen, Robbie. Ich umgehe bloß den ganzen Papierkram, damit wir gegen die Bösen kämpfen können. Klar? Daran ist doch bestimmt nichts Verkehrtes?«

Robin Darymple war oberflächlich, aber nicht dumm. Viele seiner Bekannten machten einen Fehler, indem sie diesen feinen Unterschied nicht bemerkten. Darymple wußte jetzt, daß Wallingford nicht daran interessiert war, gegen die Hunnen zu kämpfen. Wallingford war tief verstrickt in irgendwelche äußerst illegalen Gaunereien, mit denen er sich die Taschen füllte. Wally war immer ein Betrüger gewesen. Er hatte sich in der Schule durch die Prüfungen gemogelt. Darymple war sich jetzt sicher, daß Wallingford ihn bei dem Kredit von seinen arabischen Freunden im Suk absichtlich in die Falle gelockt hatte. Wallingford war kein Freund, er war ein hinterfotziger Mistkerl! Aber ganz gleich, wie oft Darymple an die Ereignisse jenes Tages zurückdachte, ihm fiel keine Alternative ein. Er hatte an jenem Tag das Geld gebraucht, sonst hätte ihn Lucia aus dem Magnifico hinausgeworfen.

Darymple hatte immer Geld gebraucht. Schon im Internat hatte er nicht so mit seinem Taschengeld umgehen können, daß es für das ganze Trimester reichte. Schließlich hatte sein Vater veranlaßt, daß ihm die Hausdame wöchentliche Raten gab. Selbst dann hatte er am Ende des Trimesters immer Schulden bei den anderen Jungen gehabt.

»Okay, Robbie. Schieb jetzt ab. Ich muß arbeiten.«

Darymple lächelte. Er wußte, daß Wally absichtlich beleidigend war. Genauer gesagt, Wally baute ihre zukünftige Beziehung auf: Darymple

würde der kleine Junge sein, der »abschob«, während Wallingford Männerarbeit zu tun hatte.
Als Darymple gegangen war, ging Wallingford zur Verbindungstür und rief: »Percy? Kommen Sie mal.«
Percy trug sauberen, gebügelten Khakidrillich. Das war normal für alle Schreibtischsoldaten im Hauptquartier, genannt Gray Pillars.
»Er hat's geschluckt«, sagte Wallingford triumphierend. Er setzte sich hinter den Schreibtisch, lehnte sich im Drehstuhl zurück, fuhr darin hin und her und grinste.
»Es blieb ihm nicht viel anderes übrig«, sagte Percy.
Wallingford sah seinen deutschen Kollegen an. Percy war ein praktisch denkender, pragmatischer Mann. In Darymples Lage hätte Percy nachgegeben, genau wie Darymple nachgegeben hatte. Das Abstempeln und Unterschreiben von Papieren, damit Militärmaterial gestohlen werden konnte, schien eine weniger schwierige Entscheidung zu sein. »Sie haben nicht begriffen, was das heißt, mein lieber alter Hunne. Mit den richtigen Papieren können wir in jedes beliebige Depot fahren und aufladen, was wir wollen. Wir kommen in den Stützpunkt und wir kommen in den Hafen. Diese Bürohengste regieren die Welt, Percy. Und jetzt haben wir einen Blankoscheck für alles, was wir wollen.«
»Ja, ich verstehe«, sagte Percy.
»Sie sind nicht gerade außer sich vor Glück. Sie singen nicht das Horst-Wessel-Lied, Sie rufen nicht Heil Hitler. Was macht ihr Jungs im Krautland denn, wenn ihr glücklich seid?«
»Wir marschieren irgendwo ein.«
»Genau. Und wir sind im Hauptquartier einmarschiert. Also lassen Sie mal ein dickes Lächeln sehen, altes Sauerkraut.«
Percy sah ihn an und lächelte nicht. Obwohl Percy immer versuchte, es zu verbergen, seine Gefühle für Wallingford waren nicht ganz das, was eine Nummer eins im Idealfall für den Chef empfinden sollte. Wallingford war ein hervorragendes Beispiel für die verweichlichte englische Oberschicht, wie sie Percys Geschichtslehrer geschildert hatte. »Ihr Freund Captain Darymple –«
»Spucken Sie's schon aus, Percy. Was ist mit dem noblen Captain?«
»Er ist nicht Ihr Freund.« Als Wallingford verblüfft die Stirn runzelte,

sagte Percy: »Kein guter Freund. Ich glaube, daß er Sie nicht mag. Angenommen, er zeigt uns an?«
»Leute wie wir, Percy, müssen unsere Freunde nehmen, wie sie kommen. Wir können nicht zu wählerisch sein. Aber ich weiß, was Sie meinen. Der noble Captain ist ein bißchen sauer, weil Mahmud wegen des Geldes, das er sich von ihm geliehen hat, hinter ihm her ist. Plus Zinsen: Ich glaube nicht, daß er das schon ganz verstanden hat. Er glaubt, ich sollte deshalb etwas unternehmen.«
»Tun Sie das?«
»Vielleicht später. Aber erst muß er uns helfen.«
Percy nickte.
Wallingford sagte: »Hängen Sie sich an die Strippe zur Polizeikaserne. Sagen Sie diesen Arschlöchern, wir planen einen kleinen Einsatz und müssen eine Ladung Beretta-Maschinenpistolen einsammeln, die bei Giarabub für uns versteckt sind.«
»Und wer sind *wir*?«
»Wie üblich: Independent Desert Teams – Nummer drei. Sagen Sie denen, wir reichen den Papierkram in ein paar Tagen nach.«
»Können Sie das machen?«
»Babs wird was tippen, was auf dem Briefpapier des Hauptquartiers überzeugend aussieht. Dann bringe ich den noblen Captain dazu, es zu unterschreiben, und haue ein paar Stempel darauf. Kein Problem.«
»Irgendwann wird es Probleme geben.«
»Irgendwann sind wir weg von hier. Haben Sie nicht gesagt, das wollen Sie?«
Percy sah Wallingford an, versuchte zu sehen, ob die Frage noch etwas anderes zu bedeuten hatte. Percy war sich sicher, daß Wallingford alles tun würde, um zu verhindern, daß er ging. »Ja, Sie haben recht.«
»Während Sie hier Bewegung in die Dinge bringen, gehe ich zeitig in Cleos Club. Ich war gestern dort. Sie hätten sehen sollen, was die bei der Aussicht auf Kameras und Ferngläser für Stielaugen gemacht haben. Ich habe ihnen gesagt, sie müssen in Gold, US-Dollar oder Schweizer Franken zahlen. Wir müssen diese ganzen Gyppo-Banknoten loswerden, für den Fall, daß wir eines Morgens aufwachen, und Ihr Kumpel Rommel haut im Shepheard auf den Tresen und verlangt ein Zimmer mit Bad.«

»Je früher wir das ganze Zeug aus dem Lagerhaus kriegen, desto besser. Jederzeit kann einer von Ihrer Bande die Kisten aufbrechen und die Kameras Stück für Stück verkaufen. Alle reden dauernd über die Leicas.«

Wallingford fiel auf, daß er *seine* Bande sagte, nicht *unsere* Bande. Percy war ein Außenseiter und entschlossen, einer zu bleiben. »Ja, und jetzt, wo es danach aussieht, als könnten wir die nötigen Papiere beschaffen, will ich auch für die Berettas ein paar weitere potentielle Käufer finden. Falls dieser Solomon über den Preis dieser Spielzeugpistolen Streit anfängt, ist ein Mitbieter was Schönes.« Wallingford setzte die Marinemütze auf, schaute in den Spiegel, als er sie zurechtrückte. Dann salutierte er Percy. »Übernehmen Sie, Percy. Das Büro gehört Ihnen.«

»Seien Sie vorsichtig«, sagte Percy ruhig. Er nannte Wallingford vor den anderen meistens Sir, aber wenn sie allein waren, sah er keinen Grund, das zu tun. Bei Gesetzlosen gab es keine Ränge.

❖

An jenem Morgen war Jimmy Ross besonders früh ins Büro gekommen, um zusätzliche Arbeit zu erledigen. Der Brigadier hatte sich für elf angemeldet. Bei solchen Besuchen wollte Ross gern wahrheitsgemäß sagen, es gebe keine unnötigerweise nicht erledigte Arbeit.

Der Brigadier verspätete sich. Das war zu erwarten. Sein Adjutant, Lieutenant Spaulding, war bei einem Kurs in Palästina. Ohne seinen Adjutanten brachte der Brigadier seine Termine durcheinander und kam überall zu spät.

Als er endlich kam, wurde ein weiteres Symptom der Abwesenheit Spauldings deutlich: der Brigadier, immer etwas schwatzhaft, sprudelte geradezu über. Er warf seine Mütze mit einem sorglosen Schlenker auf einen Stuhl in der Ecke und begrüßte seinen Major mit einem herzlichen Lächeln. Die Mütze rutschte zu Boden.

»Das Geheimmaterial über die Gyppo-Offiziere, das Sie gesammelt haben, ist absolut erstklassig«, sagte er. Er ging zum Aktenschrank und zog eine Schublade auf. Ohne einen Blick auf den Inhalt zu werfen, schob er sie wieder zu. Sie schloß sich mit einem lauten Scheppern. »Haben Sie jemand in diese Kabale eingeschleust?« Er war gutgelaunt,

und wenn der Brigadier gute Laune hatte, neigte er dazu, überschüssige Energie an den Tag zu legen. »Wie nennen die sich, Freie Offiziere oder so?«
Ross beschloß, sich zu setzen. Wenn der Brigadier wie ein geisteskranker Wasserbüffel im Büro herumrannte, war es besser, ihm nicht über den Weg zu laufen. »Wir können nicht absolut sicher sein, daß es keine weiteren Organisationen oder Verschwörer gibt«, sagte er.
»Wer ist der Maulwurf, eine Sekretärin, oder haben Sie eins von den kleinen Arschlöchern bestochen?«
»Es ist eine heikle Angelegenheit, Sir.«
»Kümmern Sie sich um den eigenen Dreck«, sagte der Brigadier mit gemessener Jovialität. »Das haben Sie doch gemeint, nicht wahr?«
»In keiner Weise, Sir.« Ross war vorsichtig. Er wußte, daß diese euphorischen Stimmungen plötzlich umschlagen und durch lautstarke Äußerungen extremer Unzufriedenheit ersetzt werden konnten. Aber wie auch immer die Folgen sein mochten, er hatte nicht die Absicht, dem Brigadier zu erzählen, daß die Berichte von Sajed el-Schasli stammten. Das hätte das ganz reale Risiko nach sich gezogen, daß der Brigadier sich verplapperte, wenn er mit den Leuten von der Botschaft zu Abend aß. Alle wußten, daß der Brigadier manchmal indiskret war, und Ross war zu dem Schluß gekommen, Marker habe recht, was die britische Botschaft anlangte: sie war ein Nest träger alter Klatschweiber.
»Wenn wir wirklich gute Informationen bekommen wollen, müssen wir zum Ausgleich etwas zu bieten haben, Sir. Ich frage mich, ob ich mit Ihnen darüber reden kann?« Ross war nervös, und man merkte es ihm an.
Der Brigadier setzte sich. Diesen verschwörerischen Ton hatte er von seinem Major noch nie gehört. »Schießen Sie los.«
»Da ist ein Verdächtiger, den eine Mordanklage erwartet«, sagte Ross. »Wenn ich ihm eine volle Begnadigung anbieten könnte –«
»Nein, nein, nein«, sagte der Brigadier.
»Oder auch nur einen Handel.«
»Ich habe nein gesagt«, äußerte der Brigadier mit unmißverständlicher Endgültigkeit. »Vergessen Sie einen Handel. Ich weiß, daß so etwas im Zivilleben vorkommt. Aber die wichtigste Aufgabe der Armee besteht

im Wahren der Disziplin. Nicht einmal die Aufklärung von Verbrechen ist wichtiger als das.«
Die Enttäuschung war niederschmetternd für Ross. Mehrere Tage lang hatte er sich an der Vorstellung erfreut, er könne wegen des Mordes, dessen er angeklagt war, begnadigt werden. Er hatte darauf gewartet, den Brigadier gutgelaunt anzutreffen, aber das hatte alles nichts genützt.
»Ich habe gedacht, unter ganz besonderen Umständen wäre es vielleicht –«
»Nein, Cutler. Nein.« Er lächelte unfroh und versuchte, zum guten Einvernehmen von vorhin zurückzukehren. »Habe ich Ihnen schon mal von der Zeit erzählt, in der mein Onkel Chief Constable auf Probe war? Ich habe seine Inspektionsrunden mit ihm gemacht. Ich weiß alles über Polizisten, Cutler. Und außerdem weiß ich, wie eifersüchtig sie ihre Informanten schützen.«
Ross gab die Hoffnung auf Begnadigung auf. »Das Hauptquartier Naher Osten hat die Verantwortung für die Berettas übernommen, die in Giarabub versteckt waren. Haben Sie meine Nachricht gelesen, Sir?«
Der Brigadier knöpfte seine Brusttasche auf, holte den Zettel mit der Nachricht heraus und las ihn noch einmal. »Das war bloß ein Anruf, nicht wahr? Das müssen wir uns schriftlich bestätigen lassen, Cutler. Ich verlasse mich nicht auf Telefonanrufe. Jeder hergelaufene Kerl kann eine Nummer wählen und sagen: Ich rufe aus Downing Street Nummer zehn an, geben Sie meinem Boten fünf Pfund.«
»Das stimmt, Sir.«
»Ja, ich weiß, daß das stimmt, Major. Was ist damit? Was haben Sie gemacht, um den Anruf zu überprüfen?«
»Ich habe den Anruf nicht entgegengenommen, Sir. Mein Sergeant war am Apparat.«
»Sergeant Ponsonby?« Der Brigadier nickte anerkennend. Er hatte vor dem Krieg jahrelang mit Ponsonby in der Armee gedient. Sie waren sich auf Außenposten der britischen Armee in Palästina und im Irak begegnet und im Garnisonsdienst in Kairo während des Friedens. Ponsonby und der Brigadier empfanden eine heimliche Kameraderie füreinander, die ein Soldat im Krieg nie verstehen würde. Ponsonby und der Brigadier gehörten zur wahren, zur »richtigen« Armee. »Und was ist passiert?« Hinter allem, was Ponsonby machte, steckte immer

eine Geschichte. Der Brigadier bereitete sich darauf vor, sie zu genießen.
»Er hat dem Hauptquartier gesagt, auf telefonische Anweisungen hin unternehmen wir gar nichts. Er hat etwas ganz Ähnliches gesagt wie Sie eben: das mit Downing Street Nummer zehn und so weiter.«
»Hm«, sagte der Brigadier. Vielleicht hatte er bei dem anschaulichen Beispiel über Anweisungen am Telefon etwas übertrieben.
»Ponsonby hat seine Skepsis sehr deutlich geäußert. Er hat der Sekretärin gesagt, nach allem, was er wisse, könne sie durchaus eine Spionin sein. Aber die Dame am anderen Ende der Leitung hat Ponsonbys Yorkshireakzent erkannt. Es war Mrs. Smythson, die Frau von Colonel Smythson. Sie arbeitet im Hauptquartier.«
»Um dem Evakuierungsbefehl zu entgehen?«
»Das nehme ich an.«
Der Brigadier verzog einen Augenblick lang das Gesicht, ehe er herzhaft lachte. »Dieses Miststück! Wetten, daß sie Ponsonby zur Schnecke gemacht hat?«
»Und ob sie das gemacht hat, Sir.«
»Er hat Colonel Smythsons Frau gesagt, sie sei eine Spionin!« Als dem Brigadier das ganze Ausmaß dieser Anschuldigung aufging, schlug er sich kurz aufs Knie und lachte wieder. »Das war der Höhepunkt des Tages, Cutler. Der gute alte Ponsonby. Ich habe doch gewußt, daß er mal auf jemanden stößt, der es mit ihm aufnehmen kann. Wenn ich das nur gehört hätte.«
»Sie hat sich furchtbar aufgeregt.«
»Ja, das kann ich mir vorstellen.«
Der Brigadier stand auf und ging zum Aktenschrank. Dieses Mal machte er ihn nicht auf. Er stützte sich mit dem Arm darauf, während er über den Platz zum Bahnhof schaute. Der Platz und die Gärten vor dem Bahnhof – Midan el-Mahatta – gehörten zu den belebtesten Orten in der hektisch belebten Stadt. Vor allem deshalb hatte sich die Militärpolizei in der Nähe des Platzes einquartiert. Nicht alle Menschen auf dem Midan waren Reisende. Es gab Männer in Khaki und Militärpolizisten, aber die Menge bestand überwiegend aus Einheimischen: Gepäckträger und Männer, die Perlen, Souvenirs und farbenfrohe Getränke verkauften, Schlangenbeschwörer, Zauberer, Jongleure, Ta-

schendiebe, Huren und Diebe. Der Anblick war unwiderstehlich, und es fiel dem Brigadier schwer, sich davon loszureißen.
»Was für ein Platz! Er kommt nie zur Ruhe, nicht wahr. Ich weiß nicht, wie Sie überhaupt zum Arbeiten kommen, Cutler.«
»Es ist nicht einfach, Sir«, sagte Ross nachdrücklich.
»Haben Sie sich das Denkmal angeschaut?« sagte der Brigadier und deutete vage in Richtung Bahnhof.
»Das Denkmal? Ich glaube nicht, Sir.«
»Ägypten erwacht. Kitchener wollte die Statue von Ramses dem Zweiten von Memphis hierherschleppen lassen, aber jemand hat das verhindert. Jetzt haben wir statt dessen ein Standbild des erwachenden Ägypten.« Der Brigadier kniff die Augen zusammen, als er in die Ferne schaute. »Eine Frau, die von einem Stuhl aufsteht. Wollen wir, daß sie aufwacht? Das frage ich mich, Cutler. Und was wird sie tun, wenn sie wach ist? Sie wird uns rausschmeißen. Das wird sie tun, Cutler. Sie wird uns alle rausschmeißen.«
Ross beschloß, lieber keinen Kommentar über die Frau auf dem Denkmal abzugeben. Er nickte.
Mit einem seiner unerklärlichen Gedankensprünge sagte der Brigadier: »Haben Sie Töchter, Cutler?« Er drehte sich um und sah ihn an.
»Nein, Sir. Ich bin nicht verheiratet.« Er hatte bei der gründlichen Lektüre des Tagebuches von Major Albert Cutler festgestellt, daß er nicht verheiratet gewesen war.
»Mädchen sind eine Plage, das kann ich Ihnen sagen. Ich bin an einem Punkt angekommen, wo mir fast davor graut, die Briefe von zu Hause aufzumachen. Meine Achtzehnjährige will nicht studieren, sie will in die Armee eintreten – als Schreibkraft. Ich bitte Sie, Cutler. Was, zum Teufel, denkt sie sich dabei?«
»Vermutlich will sie dabei helfen, den Krieg zu gewinnen«, sagte Ross, ohne sich bei der Antwort viel zu denken.
»Genau das hat sie mir geschrieben.« Der Brigadier musterte ihn, verblüfft über seine Hellsicht. »Das dumme Mädchen. Was soll ich ihr bloß antworten? Wenn ich ihr schreibe, sie soll studieren, bin ich nicht patriotisch; wenn ich ihr schreibe, sie soll zur Armee gehen, gibt sie alles auf, wofür sie gearbeitet hat.«
»Sehr schwierig, Sir.«

»Sie sollte Jura studieren. Es macht mich fuchsteufelswild. Gott weiß, wer ihr diesen ganzen patriotischen Humbug in den Kopf gesetzt hat.«
Ross stieß ein mitfühlendes Stöhnen aus.
»Das ist kein Ort für ein anständiges Mädchen«, sagte der Brigadier verdrossen. Dann sah er auf, wechselte wieder unvermittelt das Thema und sagte: »Was tun Sie wegen der Juden, Cutler?«
»Wegen der Juden, Sir?«
»Spaulding ist in Tel Aviv und läßt sich über die Aktivitäten der jüdischen Nationalisten in Palästina informieren: die Hagana, die Stern-Bande und so weiter. Es heißt, sie hätten die ganze Geschichte mit dem jüdischen Heimatland auf die lange Bank geschoben, bis wir die Hunnen geschlagen haben. Aber offenbar sind nicht alle Juden bereit, sich an die Spielregeln zu halten.«
»Die jüdische Bevölkerung hier in Kairo ist klein und gesetzesfürchtig.«
»Das wäre an ihrer Stelle doch jeder. Die Araber sind ihnen im Verhältnis zehntausend zu eins überlegen. Natürlich sind sie gesetzesfürchtig. Aber was ist mit geheimen Aktivitäten?«
Der Brigadier konnte manchmal enervierend sein. »Dann halten sie das mit Erfolg geheim«, sagte Ross.
Der Brigadier sah ihn an, und einen Augenblick wirkte es, als werde er verärgert reagieren. Aber statt dessen zog er an seinem Gürtel und sagte: »Jesus war Jude. Das wissen Sie, nicht wahr?«
»Ja, Sir.«
»Und Jesus hat deutlich geäußert, daß am Gesetz Mose, der Thora, kein Tüttel geändert werden darf. Haben Sie darüber schon einmal nachgedacht, Cutler?«
»Schon lange nicht mehr, Sir.«
»Der heilige Paulus war auch Jude. Er war ein Pharisäer: das ist eine eigene Lehre im Judentum. Paulus war ein Schüler von Rabbi Gamaliel, einem bedeutenden jüdischen Führer. Offenbar war es dieser Paulus, der die ganze Sache mit dem Christentum erfunden hat, das ganze Gedöns.« Der Brigadier brach plötzlich ab. »Sie sind doch nicht religiös, oder, Cutler?«
»Nicht besonders, Sir.«
»Gut. Will Ihnen nicht auf die Zehen treten. Ja, der heilige Paulus hat sich nicht daran gehalten, daß Jesus gesagt hat, die Thora darf nicht

geändert werden. Paulus hat eine Religion zusammengebastelt, die so vielen Menschen wie möglich paßte. Er hat in das Christentum jede alte Sekte und Religion eingebaut, jeden heidnischen Mythos und jede Legende, auf die er gestoßen ist. Er hat gesagt, er will allen alles sein – genau das waren seine Worte.«

»Mir war gar nicht bewußt, daß Sie sich so für Religion interessieren, Sir.« In ihren früheren Gesprächen war dem Brigadier nichts von dieser Leidenschaft anzumerken gewesen.

»Ich habe mir erst ein Bild gemacht, nachdem Spaulding mich darüber informiert hatte.«

»Lieutenant Spaulding, ich verstehe.« Das war die Erklärung.

»Sie mögen ihn nicht, ich weiß, aber er ist ein intelligenter Bursche, Cutler. Die moderne Armee braucht alles an Intelligenz, was sie bekommen kann. Ich war nie einer von denen, die Soldaten das Denken verboten haben.«

»Nein, Sir.« Er glaubte, der Brigadier habe seine Inbrunst verausgabt, aber nach einem Augenblick des Nachdenkens fing er wieder an.

»Jesus hat immer Gottvater gepredigt. Es war Paulus, der den ganzen Nachdruck auf Jesus Christus gelegt hat. Er hat dem Christentum mehrere Götter verpaßt, wie sie die Hindus haben und so weiter. Deshalb sehen die Moslems auf uns herab.«

»Ich habe gar nicht gewußt, daß sie das tun«, sagte Ross. Aus dem Augenwinkel sah er, daß sich die Tür einen Spalt öffnete und wieder zuging – bestimmt Captain Marker auf der Flucht in die Kantine.

»Spaulding sagt das«, sagte der Brigadier, der darin offenbar das ausschlaggebende Wort zur Sache sah. »Spaulding hat mir gesagt, die Juden waren die einzigen, die sich dem Regiment der römischen Besatzungsarmee heftig widersetzt haben. Die Christen machten den Römern nicht viel Ärger, und falls doch, wurden sie den Löwen vorgeworfen, stimmt's?«

»Ich glaube ja, Sir.«

»Als Rom christlich wurde, waren die Juden als die einzigen Gegner der römischen Herrschaft isoliert. *Roma locuta est* – Rom hat gesprochen – bedeutete, daß keine Opposition geduldet wurde. So hat der Antisemitismus angefangen. Hatten Sie Latein in der Schule, Cutler?«

»Deutsch und Französisch, Sir.«

»*Roma locuta est*: Rom hat gesprochen.«
»Ja, Sir.«
»Ich weiß, daß Sie ihn nicht mögen, Cutler. Ich merke das, wenn ich Sie zusammen sehe, aber Sie könnten von Spaulding eine Menge lernen.«
»Diese Sache mit den Juden, Sir. Hatte das einen besonderen Grund?«
»Sie verstehen also, worauf ich hinauswill? Das habe ich mir gedacht.«
Der Brigadier konnte der Aussicht nicht widerstehen, ging zum Fenster zurück und schaute hinaus.
»Ich bin mir nicht ganz sicher, Sir«, sagte Ross, als er begriff, daß es der Brigadier dabei bewenden lassen wollte.
Der Brigadier drehte den Kopf in seine Richtung. »Besatzungsarmee, Cutler. Wir sind die Besatzungsarmee, nicht wahr?« Er lächelte wissend.
»Aber in Kairo gibt es nicht viele Juden, Sir.«
Der Brigadier sah wieder aus dem Fenster, völlig vertieft in das Treiben um den Bahnhof herum. Als er etwas sagte, war es, als stiegen seine Gedanken aus dem Anblick der Menge auf. »Da fragt man sich doch, ob die Juden nicht recht hatten, Cutler. Da fragt man sich, was Paulus mit der Anbetung von Jesus Christus im Sinn hatte, damit, dieses ganze heidnische Zeug und so weiter zusammenzuschustern. Weihnachten ist ein heidnisches Fest, das wissen Sie bestimmt.«
»Hat Spaulding das gesagt?«
»Das weiß doch jeder, Cutler. Kerzen, Tannenbäume und der ganze heidnische Unsinn. Und die Auferstehung ist auch heidnisch: das Kommen des Frühlings nach dem Tod der Erde im Winter. Ostern ist auch ein altes heidnisches Fest.«
»Es ist schwer, sich vorzustellen, daß die Juden eine Bedrohung der Armee hier in Ägypten sein sollen, Sir.«
Der Brigadier kam an den Schreibtisch zurück, klopfte mit dem Finger darauf und sagte traurig: »Wir können es uns nicht leisten, selbstgefällig zu sein, Cutler.«
»Nein, natürlich nicht, Sir.«
»Wenn Spaulding aus Tel Aviv zurückkommt, bringt er die neuesten Informationen mit. Ich beantrage seine Beförderung und übergebe ihm die Leitung einer neuen Abteilung, die diesen Bereich überwacht. Ich werde sie Abteilung für religiöse Subversion nennen.«

Plötzlich sah Ross ein Alarmsignal. Es war, als schaltete der Brigadier eine Sirene ein und aus. Es war eine schlechte Nachricht, daß Spaulding befördert werden sollte. Wenn er eine Abteilung bekam, würde er hierherkommen und in allem herumschnüffeln. Das war gefährlich.
»Er wird Ihnen fehlen, Sir. Spaulding ist ein Organisator mit System und ungeheuer zuverlässig.«
»Hm«, sagte der Brigadier. Er sah fragend auf. »Ich habe es mir noch nicht endgültig überlegt.«
»Ich verstehe, Sir.«
»Ich glaube, ich streiche meinen nächsten Termin, es ist fast Zeit zum Mittagessen.« Er sah auf die Armbanduhr und schüttelte dann das Handgelenk, als frage er sich, ob sie stehengeblieben sei. »Ich esse mit einem General, der nach London zurückkehrt. Ich vermute, daß er einen guten Posten im Kriegsministerium bekommt. Ich will dafür sorgen, daß er weiß, was wir hier brauchen. Manchmal kann man beim Essen mehr erledigen als durch die üblichen Kanäle.«
»Ja, Sir.«
»Wo haben Sie meine Mütze hingetan?«
Ross hob sie vom Boden auf, wo sie durch die Achtlosigkeit des Brigadiers gelandet war, und klopfte den Staub ab, ehe er sie ihm reichte.
»Was hat sie auf dem Boden verloren?« sagte der Brigadier. Er sah die Mütze mißtrauisch an und setzte sie dann auf, als könnte sie explodieren.
»Ich habe keine Ahnung, Sir.«
»Keime sind überall, Cutler. So breiten sich diese Krankheiten aus. An einem solchen Ort kann man nicht vorsichtig genug sein.«
»Ja, Sir.«
»Schön, bleiben Sie an dieser Sache dran und behalten Sie es für den Augenblick für sich. Verstanden?«
»Selbstverständlich, Sir.«
Er begleitete den Brigadier durch die Tür auf die offene Galerie, die alle Büros verband. Der Brigadier blieb stehen und schaute auf den Paradeplatz hinunter. Ein Trupp makellos angetretener Militärpolizisten wurde vom Offizier inspiziert.
»So etwas haben Sie in Glasgow nie zu sehen bekommen, nicht wahr, Cutler?« sagte der Brigadier stolz.

»Nein, Sir, wirklich nicht«, sagte Ross.
Als der Brigadier nach unten ging, kehrte Ross an sein Bürofenster zurück und schaute zu, wie der Brigadier in seinen Wagen stieg und wegfuhr. Er wollte ganz sicher sein, daß er abgefahren war.
»Ponsonby!« rief er laut, als das Auto in den starken Verkehr um den Midan Bab el-Hadid herum einbog.
»Ja, Sir. Ich bringe gleich eine Tasse Tee«, sagte Ponsonby mit dem Kopf in der Tür.
»Wo ist Marker?« schrie er, als Ponsonby sich zurückzog.
»Captain Marker, Sir?« sagte Ponsonby, als er mit einem dampfenden Becher Tee hereinkam.
»Wie viele Markers haben wir denn im Büro?« sagte Ross und ließ an dem unglücklichen Ponsonby seine Wut aus.
Captain Marker kam herein. Er hatte den Wirbel gehört, wo er gewesen war: im Funkraum an der Galerie, um dem Brigadier aus dem Weg zu gehen und mit seinen vielen »Kontaktpersonen« zu telefonieren.
»Zum Teufel, Lionel. Müssen Sie sich immer verdrücken, wenn uns der Alte einen Besuch abstattet? Ich muß Gründe erfinden, warum Sie nicht hier sind.«
»Tut mir leid, Major.«
Ponsonby kam mit einem zweiten Becher süßem Tee herein, stellte ihn vor Marker ab und zog sich wortlos zurück.
»Sie haben ein Plädoyer von monströsen Ausmaßen verpaßt.«
»Ein Plädoyer?« Markers juristische Ausbildung hatte bei ihm die erbitternde Gewohnheit hinterlassen, solche Begriffe wörtlich zu nehmen.
»Das ist nicht das richtige Wort. Er ist im Büro herumgerannt und hat analysiert, was der heilige Paulus bei der Erfindung des Christentums falsch gemacht hat.«
Marker trank einen Schluck Tee. Vom Paradeplatz kamen die Stakkatorufe eines Exerzierfeldwebels. Marker ging zur Tür und zog sie zu, aber das dämpfte die Marschiergeräusche der Männer nur wenig.
»Er ist besessen von den Juden. Er scheint zu wollen, daß wir rauskriegen, was sie machen. Nein, es ist schlimmer«, verbesserte sich Ross, als ihm weitreichendere Aspekte der Pläne des Brigadiers einfielen. »Er hat Spaulding zu irgendeiner Konferenz nach Tel Aviv geschickt, und dieser Lump wird auf uns herumtrampeln, wenn er zurückkommt.«

»Die Juden?«
»Offensichtlich hat ihm jemand einen Floh ins Ohr gesetzt. Spaulding, nehme ich an. Der Brigadier hat gesagt, er soll befördert werden und eine Abteilung aufbauen, die sich mit ›religiöser Subversion‹ beschäftigt.«
»Ich glaube, ich weiß, was passiert ist, Major.«
»Was?«
»Ich habe eben mit Colonel Stevens telefoniert, dem ersten Gei-«
»Dem ersten was?«
»Das Quintett, Major. Wir proben für nächsten Monat ein Mozartquintett, Köchelverzeichnis 516. Stevens sagt, die zweite Geige ist nach Khartum versetzt worden. Es ist furchtbar. Stevens sagt, wir werden ihn nie ersetzen können, und er hat vermutlich recht.« Marker brach ab, als ihm bewußt wurde, daß sein Major sich nur begrenzt für die Probleme der Amateurstreicher des Hauptquartiers interessierte. Er sammelte seine Gedanken. »Ja. Stevens gehört zum politischen Stab des Oberbefehlshabers. Dort gibt es eine Riesenaufregung wegen eines Artikels, der eben in einer Washingtoner Zeitung erschienen ist. Er stammt von diesem Amerikaner, der in Giarabub herumgeschnüffelt hat, Harry Wechsler. Es heißt, er hat in Amerika einen großen Namen. Er schreibt eine Menge Einzelheiten über die Hagana: die geheime jüdische Verteidigungsorganisation in Palästina. In dem Artikel steht, die britische Armee habe Einheiten der Palma, der jüdischen Militärorganisation innerhalb der Hagana seit 1940, lange, bevor wir dort gegen die Vichy-Franzosen gekämpft haben, für Geheimdienst- und Sabotageoperationen hinter den Linien im Libanon und in Syrien benutzt.«
»Ist das wahr?« Ross trank einen Schluck Tee. Allmählich mochte er Ponsonbys starkes Gebräu mit Kondensmilch tatsächlich. Er fragte sich, an wie viele andere Scheußlichkeiten er sich allmählich gewöhnte.
»Vermutlich. Die Palma könnte Leute liefern, die sich als Einheimische ausgeben können. Wo sollten wir solche Leute herbekommen, wenn nicht von den palästinensischen Juden?«
»Regt sich das Hauptquartier darüber auf?«
»Nein. In dem Artikel steht außerdem, die Hagana verlange jetzt für ihre ganze Hilfe Waffen und andere Militärausrüstung. Der Verfasser des Artikels behauptet, die Briten hätten ihr Versprechen nicht ge-

halten. Sie verweigerten den Juden die Chance, sich gegen die Araber zu verteidigen. Deshalb hätten die Juden Männer nach Ägypten geschickt, um deutsche und italienische Waffen zu besorgen, die auf den alten Wüstenschlachtfeldern herumliegen.«

Marker hatte damit gerechnet, daß sein Major demonstrativ auf diese Komplikation reagieren würde – daß er stöhnte oder fluchte –, aber er saß nur da, trank Tee und sagte lange Zeit nichts.

Als er den Mund aufmachte, sprach er ruhig und nüchtern. »Ich richte eine Abteilung für religiöse Subversion ein, und Sie werden sie leiten, Marker.«

»Ja, Sir«, sagte Marker, während er darüber nachdachte, was zu einer solchen Aufgabe gehören mochte.

»Von mir wird erwartet, daß ich mir Sorgen über das Leck bei streng geheimen Informationen mache, wegen ›Rommels Spion‹, wie er überall genannt wird. Ich bin entschlossen, nicht locker zu lassen.«

»Eine Abteilung einrichten, ehe Spaulding zurückkommt? Ist das klug, Sir? Falls der Brigadier –«

»Es wird reichen, Spaulding die Suppe zu versalzen. Selbst falls der Brigadier völlig den Verstand verliert und Spaulding zum Captain befördern läßt, ist nicht daran zu rütteln, daß Sie den Vorrang haben.« Er trank noch einen Schluck Tee. »Und ich werde den Brigadier darum bitten, Sie ebenfalls zur Beförderung vorzuschlagen. Tragen Sie Akten und Nachschlagematerial zusammen. Wenn die eine jüdische Verschwörung wollen, müssen wir ein paar dicke fette Akten parat haben, um zu beweisen, daß wir darüber nachgedacht haben, ehe wir sagen, daß es keine gibt.«

»Es ist nur ein Zeitungsartikel, Sir. Ich bin mir sicher, daß nichts daran ist.«

»Wie hat Wechsler diese Geschichte durch die Zensur gebracht?« fragte Ross.

»Das Hauptquartier sagt, im Zensurbüro schwören sie, daß sie gar nicht vorgelegt wurde. Er muß eine Methode gefunden haben, sie ohne den Telegraphendienst zu verschicken. Es war das, was Zeitungen einen Essay nennen. Da kommt es nicht darauf an, ob bis zur Veröffentlichung ein paar Tage vergehen. Wechslers Name stand darüber, aber kein Datum. Sein Redakteur wird behaupten, der Artikel sei geschrieben worden, bevor Wechsler nach Ägypten kam. Wie auch immer, ich kann mir nicht vorstellen, daß jemand so tollkühn wäre, sich mit einer amerikanischen Zeitung anzulegen, nicht einmal Winston Churchill.«

»Sie sollten diesen Artikel lesen und dann versuchen, Wechsler zu finden. Ich hätte ihn damals, als er in Siwa herumgeschnüffelt hat, durch die Mangel drehen sollen.«

»Ja, Sir.«

»Nehmen Sie keinerlei Kontakt zu jüdischen Religionsführern oder ähnlichen Leuten auf. Falls Sie mit Wechsler reden müssen, seien Sie vorsichtig. Ich habe ihn in Aktion erlebt, er kann ziemlich aufbrausend werden. Falls es hier in der Stadt Leute von der Hagana gibt, gehen sie Wechsler vermutlich aus dem Weg.«

»Ich werde sehr umsichtig vorgehen, Major.« Marker stand auf.

Ross sagte: »Irgend etwas über diesen Kerl von der Marine?«

»Ist Wallingford sein richtiger Name?«

»Muß sein richtiger Name sein. Der andere kleine Schnorrer Darymple kennt ihn seit der Schulzeit.«

»Dann haben wir eine Niete gezogen. Es gibt keinen Lieutenant Commander mit diesem Namen, heißt es. Das kommt davon, daß die Marineunterlagen in Alex sind. Man muß sich darauf verlassen, daß jemand anderes die Suche übernimmt.«

»In Alex. Natürlich. Vielleicht trägt er deshalb so gern eine Marineuniform.«

»Das ist möglich, Sir.«

Als Marker an der Tür war, sagte Ross: »Mir war, als hätten Sie mir erzählt, Sie spielen keine deutsche Musik.«

»Wagner. Ich habe gesagt, daß ich Wagner nicht spiele.« Marker erkannte darin einen weiteren Versuch, ihn zu dem Eingeständnis zu zwingen, er sei ein Heuchler. Obwohl die beiden Männer sich angefreundet hatten, hatte Ross das Gefühl, seine Rolle sei in Gefahr, wenn er sich nicht das gewisse Maß an Verachtung anmerken lasse, die alle Polizisten für Anwälte empfinden.

»Was hat denn Mozart, was Wagner fehlt? Sind doch schließlich beide Deutsche, nicht wahr?«

Marker leckte sich die Lippen. »Die Entscheidung hat etwas mit Musik

zu tun, Major. Für einen Geiger ist Wagner nicht wichtig. Er hat keine großen Werke für die Geige geschrieben: keine Violinkonzerte, keine Kammermusik, nichts, was ich spielen möchte.«
»Ich habe geglaubt, Ihr Embargo gegen Wagner sei eine Entscheidung, die etwas mit Politik zu tun hat«, sagte Ross mit einem Grinsen.
»Wagner war ein Riese in der Musik des neunzehnten Jahrhunderts. Aber seine Musik war eine Sklavin des Dramas auf der Opernbühne. Das hat er selbst gesagt.«
»Ich bin froh, daß Sie mich darüber ins Bild gesetzt haben, Captain Marker. Ich hoffe, Sie finden bald einen anderen Geiger.«
»Danke, Sir. Übrigens, Bert.« Er machte eine Pause. »Vielleicht sollte ich Sie daran erinnern, daß ich Jude bin.« Er machte eine Pause für den Fall, daß diese Enthüllung zu einer Änderung der Pläne führte.
»Genau«, sagte Ross. »Das ist unsere Trumpfkarte, nicht wahr? Die kann dieser Lump Spaulding nicht überbieten.«
Marker nickte und machte die Tür auf. Die Stimme des Exerzierfeldwebels durchbohrte die Luft. Marker sagte: »Sie haben recht. Aller Wahrscheinlichkeit nach schreckt sogar Spaulding davor zurück, sich beschneiden zu lassen.«

18

»Alice sagt, Sie haben daran gedacht, nach Palästina zu fahren«, sagte Captain Lionel Marker.

Peggy West antwortete nicht sofort. Sie sah Alice an und dann wieder Marker, fragte sich, wieviel Alice ihm erzählt hatte. Dann griff sie nach einer schwarzen Olive, glänzend vom Öl, und biß Stückchen davon ab, bis nur noch der Stein übrig war. Sie legte ihn manierlich auf den Tellerrand und wischte sich die Finger ab. »Ich habe von Zeit zu Zeit daran gedacht«, gab sie zu.

Marker lächelte sie an. Er verstand ihre Vorsicht; er war Polizist. »Es gibt kein Gesetz, das einen britischen Staatsangehörigen daran hindert, nach Palästina einzureisen, Peggy.«

»Nein? Man möchte meinen, daß es eines gibt, wenn man als weiblicher Zivilist dorthin will.«

»Wir leiden alle unter den Bürokraten«, sagte Marker. Er hatte dieses kleine arabische Restaurant in der Hoffnung ausgewählt, es gefalle Peggy. Es lag in einer schattigen Gasse am Rand des Viertels Muski. Das Essen und die Einrichtung waren echt arabisch. Trotzdem war es den Lokalen, in die Touristen gern gingen, so ähnlich, daß sich kein Europäer hier fehl am Platz fühlen konnte. Er hatte die einfache Mahlzeit bestellt, die alle Ägypter aßen, falls sie es sich leisten konnten: *tamia* – Kichererbsenpaste mit Knoblauch, fritiert – mit roten Kidneybohnen, schwarzen Oliven, *hummus* und rohen Zwiebeln. Das Beste hier war *aisch balady* – Bauernbrot –, große flache Laibe, stellenweise verkohlt und aufgetrieben von der heißen Luft, die direkt aus dem primitiven Backofen hinten im Restaurant kamen.

»Ja, mein Mann ist in Jerusalem. Jedenfalls glaube ich, daß er noch dort ist. Er ist seit über zwei Jahren fort.«

»Ist er britischer Staatsangehöriger?« Marker brach ein Stück Brot ab

und kaute es. Er hatte beschlossen, abzunehmen, aber morgen war auch noch zeitig genug.
»Kanadischer Vater und italienische Mutter«, sagte Peggy. »Er ist in Palästina geboren.«
»Ich meine, hat er einen britischen Paß?«
»Ja, jetzt hat er einen.«
»Er hat ihn durch die Heirat mit Ihnen erworben?«
»Ja«, sagte Peggy grimmig. Wenn man es so ausdrückte, klang es immer, als hätte Karl sie geheiratet, um einen britischen Paß zu bekommen. Vor allem, wenn jemand ein Wort wie »erworben« benutzte. Solche Worte machten sie wachsam. Und trotzdem wirkte Marker herzlich und freundlich. Vielleicht war sie zu defensiv. Auf sich allein gestellte Frauen wurden so, das hatte Karl gesagt. Sie nahm noch eine Olive und kaute sorgfältig.
»Dann würden Sie also Ihre Stelle im Lazarett aufgeben?« fragte Marker. Er merkte, daß beide Frauen sich nichts aus dem Essen machten, das er bestellt hatte. Er winkte einem Kellner zu und bestellte Lammkebabs. Das war weniger ausgefallen und würde mehr nach ihrem Geschmack sein.
»Ich glaube schon. Ich überlege es mir dauernd anders. Ich mache mir Sorgen, ob ich in Jerusalem Arbeit bekomme. Es heißt, daß das dort nicht so einfach ist.«
»Warum?«
»In Ägypten gibt es viel Arbeit für Krankenschwestern, die auf Chirurgie spezialisiert sind.« Sie sagte es brutal. In der Handtasche hatte sie eine Postkarte von Jeannie MacGregor, die jetzt in einem mobilen OP in der Nähe der Front Dienst tat. *Hier gibt es jede Menge Schwerstarbeit, Peggy*, hatte sie geschrieben. *Das ist echte Chirurgie – man kann ein Bein oder einen Arm retten, manchmal ein Leben. Ich habe noch nie so schwer gearbeitet, aber ich bin begeistert von jedem Augenblick.* Dadurch bekam Peggy ein schlechtes Gewissen, wenn sie auch nur darüber redete, ihre Arbeit aufzugeben.
Marker sah sie an. »Ja, das ist bedauerlicherweise wahr.« Die knallharte Verhörerpose, die er ihr gegenüber eingenommen hatte, als er Solomons Boot durchsuchte, und die Art, wie er sie ins Magnifico zurückgebracht hatte, um sich ihren Paß zeigen zu lassen, arbeiteten jetzt gegen ihn.

»Was sagt Ihr Mann dazu? Dazu, daß Sie dort leben wollen, meine ich.«
»Karl war nie ein großer Briefschreiber.«
»Er erwartet Sie nicht?«
»Wenn ich darauf warte, daß Karl es mir vorschlägt, komme ich nie hin. Ich weiß nicht, wo er ist. Er war im Irak, aber jetzt ist er in Palästina. Ich muß ihn finden. Es geht um meine Ehe, Captain – Lionel, meine ich. Es ist wichtig für mich.«
»Ja. Vergessen Sie den Captain: Lionel. Im Zivilleben war ich Anwalt. Eines Tages werde ich wieder Anwalt sein. Und deshalb bitte ich Sie eindringlich, sich beraten zu lassen, ehe Sie etwas so Drastisches unternehmen, Ihre Stelle und Ihr Zimmer im Hotel aufgeben. Was sagt Ihr Freund Solomon Marx dazu?«
»Ach ja«, sagte Peggy. »Natürlich. Sie kennen Solomon, nicht wahr?«
»Ich bin ihm höchstens zweimal begegnet. Wir müssen alle Boote überprüfen. Was sagt er über Ihren Mann?«
»Ich weiß, daß er sagen würde, ich soll nicht hinfahren«, sagte Peggy.
»Warum sind Sie sich da so sicher?«
Peggy merkte, daß sie kurz davor war, über Solomon zu sprechen und darüber, wie er ihr Geld bringen ließ. »So gut, daß ich das mit ihm besprechen würde, kenne ich Solomon auch wieder nicht.«
Marker bot den Frauen die Platte mit *hummus* an: das war hier besonders gut. Aber sie wollten beide nichts davon. »Tut mir leid, ich habe gedacht, Sie mögen arabisches Essen«, sagte Marker.
»Ich mag es«, sagte Alice.
Peggy lächelte. Sie verabscheute arabisches Essen. Für Marker, der vermutlich im Offizierskasino eine grenzenlose Vielfalt aus der englischen Küche vorgesetzt bekam, war das schön und gut. Für Leute wie Peggy war derartiges Essen in allen möglichen Varianten eine Notwendigkeit, wenn sie mit dem Geld auskommen wollte. Im Lauf der Jahre hatte sie solche Speisen mit ihrem Geldmangel in Verbindung gebracht. Was hätte sie jetzt für eine Scheibe kalten Lachs gegeben, mit Gartentomaten und einem zarten, grünen Kopfsalat, wie ihn ihre Eltern angebaut hatten! Schon der Gedanke an ihre Eltern machte sie traurig. Sie fehlten ihr immer mehr, je älter sie wurde. Und während sie älter wurde, verstand sie ihre Eltern besser, verstand besser, was sie zu ihr gesagt hatten.

Die Kebabs kamen. Sie sahen wunderbar aus: gebräunt und brutzelnd, direkt vom Holzkohlenfeuer. Der Kellner nahm eine Gabel und löste die gebratenen Lammstücke von den Spießen, setzte den Fleischsaft frei und den Geruch nach heißen Kreuzkümmelkörnern.
»Essen Sie«, sagte Marker.
Peggy war hungrig, und das gegrillte Lamm war vorzüglich. Sie brach ein Stück Brot ab, nahm damit ein Stück Fleisch und aß es auf arabische Weise. »Wie schlau von Ihnen, daß Sie dieses seltsame kleine Lokal gefunden haben.«
Marker nickte. Der winzige Raum mit dem Geruch nach backendem Brot und bratendem Fleisch war voller Rauch aus dem offenen Grill. Starkes Sonnenlicht fiel in einem steilen Winkel herein und schuf wirbelnde Streifen aus perlmuttfarbenem Licht. Die Stühle und Tische hatten alle möglichen Formen und Größen, und die Teller und Platten waren alt und angeschlagen.
Marker dachte darüber nach, während er sich *hummus* aufs Brot strich. »Hören Sie, Peggy. Es gibt eine andere Möglichkeit.«
»Was für eine?«
»Die Abteilung, für die ich arbeite, hat einen regelmäßigen Kurierdienst, der am Dienstag morgen hier abfährt. Ein Laster, manchmal ein Auto. Er fährt nach Tel Aviv und im allgemeinen weiter nach Haifa. Manchmal auch nach Beirut, je nachdem, was zugestellt werden muß. Ich glaube, wir könnten mit dem Fahrer regeln, daß er Sie nach Jerusalem bringt.«
»Aber –«
»Eine Flasche Whisky für den Fahrer, und die Sache wäre geritzt. Sie könnten eine Woche bleiben und mit dem nächsten Kurier zurückkommen.«
Peggy sah ihn mißtrauisch an. Sie wußte, daß Marker eine Art Militärpolizist war oder ein Spion oder sonst etwas Mysteriöses bei der Armee. War er ein Mann, der derart spontane Freundschaftsdienste ohne Nebenabsichten anbot? »An der Grenze würde ich trotzdem Papiere brauchen«, sagte sie.
»Nein. Die Papiere, die der Kurier bei sich hat, geben ihm das Recht, die Grenze ohne Inspektion zu überqueren. Wenn Ihr Name auf den Begleitpapieren steht, dürfen Sie ebenfalls einreisen. Sie müssen nur Ihren Paß vorzeigen, um Ihre Identität zu beweisen.«

Peggy strahlte. »Hoch würde mir doch eine Woche freigeben, nicht wahr, Alice?«
Es war eine rhetorische Frage. Peggy kannte den Chefarzt besser als alle anderen. Sie arbeitete jeden Tag mit ihm zusammen. Sie war nur auf Bestätigung aus. »Selbstverständlich«, sagte Alice. »Und ich könnte den Dienstplan ändern, damit Sie ein paar Tage mehr Zeit haben, falls es nötig sein sollte.«
»Sie sind lieb«, sagte Peggy leise und mechanisch, während ihr Verstand die ganze Tragweite durchging. Dann wandte sie sich Marker zu. »Sie haben mich dazu gebracht, daß ich mir wie eine Idiotin vorkomme, Captain – Lionel.«
»Wie habe ich denn das angestellt?«
»Ich sitze hier und rede mit Ihnen, als ob ich keinen eigenen Willen hätte. Sie fragen mich, was mein Mann meint, Sie fragen mich, was Solomon meint. Es ist mein Leben, nicht wahr?«
»Ja, selbstverständlich.«
»Ich will fahren. Wenn meine Ehe am Ende ist, dann ist es besser, wenn ich es jetzt erfahre.«
Marker hörte mit Freude, daß ihre Ehe der Hauptgrund war. Er warf Alice einen Blick zu, aber sie fing ihn nicht auf. Sie beobachtete ihre Freundin. Er versuchte, sich eine passende Reaktion auf Peggys Verzweiflung auszudenken, beschloß aber, sich ein paar Augenblicke lang mit dem Essen zu beschäftigen.
»Waren Sie schon einmal in Jerusalem, Peggy?« fragte Alice.
»Nein. Noch nie.«
»Es ist einzigartig. Mein Vater ist einmal mit uns hingefahren. Es gibt so viel zu sehen. Daddy hat gesagt, jeder Christ sollte mindestens einmal eine Pilgerreise dorthin machen.«
»Mein Vater war Jude«, sagte Peggy.
»Für Juden ist Jerusalem sogar noch wichtiger«, sagte Marker hastig.
»Ja«, sagte Peggy.
Alice war Marker dankbar, daß er sie vor dem gerettet hatte, was ihrem Gefühl nach ein törichter Fauxpas war.
»Ich bin nicht religiös«, sagte Peggy. »Meine Mutter hat mich auf die katholische Schule am Ort geschickt. Sie war in der Nähe: am Ende der Straße. Das Mädchen von nebenan ging dorthin und bekam ein Stipen-

dium für Oxford. Mein Vater hatte Bedenken, aber er hat gesagt, mit Katholiken zur Schule zu gehen sei besser, als mit Heiden eine protestantische Schule zu besuchen.«

Sie machte eine Pause, um sich daran zu erinnern. Alice warf Marker einen Blick zu, aber er streute sich Salz auf das Brot.

»Mein erster Tag war ein Alptraum. Ich hatte noch nie ein lebensgroßes Kruzifix gesehen: den gefolterten Christus und seine klaffenden Wunden, leuchtendrot und blutig. Ich war entsetzt. Ich konnte den Blick nicht davon wenden. Dann sagten die anderen Mädchen, sie müßten den Leib Christi essen, und ich müßte das auch. Ich bin weinend nach Hause gerannt.« Peggy lächelte bei der Erinnerung, aber es war ein trostloses Lächeln. »Jetzt sind alle Religionen nur noch Hokuspokus für mich. Nur eine ritualisierte Methode, den Frauen die schwere Arbeit aufzuladen, während die Männer den ganzen Tag lang beten.«

Marker hatte nicht mit einem solchen Geständnis gerechnet. Und jetzt freute er sich über die Gelegenheit, über ihren Scherz zu kichern.

Alice blies ins gleiche Horn: »Alle Religionen dienen der männlichen Vorherrschaft, Peggy. Die Männer verbringen ihre Zeit damit, über vielschichtige theologische Probleme nachzudenken, während die Frauen den Boden fegen, ihnen das Essen kochen und ihre Kinder bekommen.«

»Macht ihr zwei euch über mich lustig?« fragte Marker.

»Natürlich nicht«, sagte Alice. Peggy grinste sie an.

Die Stimmung hatte sich verändert, dachte Marker. Was auch immer der Grund sein mochte, Peggy war ihm gegenüber entspannter geworden. Er konnte es daran sehen, wie sie ihr Lammkebab aß.

»Ah, das schmeckt gut«, sagte Peggy. »Ja, ich wüßte es zu schätzen, wenn Sie eine Fahrt nach Jerusalem für mich arrangieren könnten. Ich nehme mir frei und melde mich wieder bei Ihnen.«

»Gut«, sagte Marker.

»Ich sage es Hoch. Das Lazarett kann auch mal eine Woche oder zwei ohne mich auskommen. Vor allem jetzt, wo Rommel in der Wüste zum Stillstand gebracht worden ist. Danke. Vielen Dank.«

»Ich kümmere mich darum«, sagte Marker. »Bedanken Sie sich bei Alice. Es war ihre Idee, uns zusammenzubringen.«

❖

Als Captain Marker ins Büro zurückkam, war Ponsonby der Erregung nahe, wie er es noch nie gewesen war. »Volltreffer, Captain Marker!« Er sagte es noch einmal. »Wie haben Sie das erraten?«
»Fangen Sie ganz von vorn an, Ponsonby. Ich habe meine Kristallkugel in der anderen Uniform vergessen.«
Ponsonby ließ ein kleines Lächeln sehen, um den Scherz zu würdigen. »Sie haben beim Feldsicherheitsbüro in Tel Aviv angefragt, ob sie etwas über einen Karl West in den Akten haben.«
»Das ist ziemlich lange her.«
»Die haben es nicht eilig«, sagte Ponsonby. »Sie wissen doch, wie es in der Registratur zugeht.« Als er die Gelegenheit erkannte, die ihm fast entgangen wäre, fügte er hinzu: »Natürlich habe ich denen immer wieder Mahnungen geschickt. Jede Menge Mahnungen, und angerufen habe ich auch.«
»Natürlich.«
Ponsonby blätterte in der ramponierten Akte, die am Vorabend aus Palästina angekommen war. »Sie haben die Akte also schon gelesen?«
»Ich war gestern abend hier, als sie ankam.«
»Und Sie hatten recht, Sir. Er ist einer von diesen Revolutionären. Karl West oder Wieland oder Weiss: er hat eine Menge Namen benutzt. Er wird wegen aller möglichen Verbrechen gesucht. Er arbeitet seit einer Ewigkeit für die Hagana.« Er ging die Papiere fachmännisch durch. »Zweimal ist er verhaftet worden, jedesmal ist er entkommen. Es läuft ein Haftbefehl gegen ihn. Wenn Sie wissen, wo er ist, können wir ihn schnappen.«
»Nein, ich weiß nicht, wo er ist. Ich bin mir nicht einmal sicher, wo er sein könnte.«
»Er war während dem Staatsstreich von Raschid Al Gailani in Bagdad. Tel Aviv glaubt, daß er dort war, um Kontakt zu den Deutschen aufzunehmen.«
Marker konnte einem selbstgefälligen Lächeln nicht widerstehen. Es kam nicht oft vor, daß eine solche Routineermittlung wie diese, die er nach der Durchsuchung von Solomons Boot eingeleitet hatte, zu einem derart verblüffenden Ergebnis führte. »Wir müssen diesen Solomon rund um die Uhr überwachen lassen. Sagen Sie diesem Polizeiinspektor – Khalil –, er soll zwei helle Jungs für mich auftreiben. Er weiß, was wir brauchen.

Sorgen Sie dafür, daß er Sie richtig versteht: rund um die Uhr. Solomon ist nicht der Typ, der ins Bett geht, wenn es dunkel wird.«
»Ich kümmere mich sofort darum, Sir.«
»Können Sie Auto fahren, Ponsonby?«
»Nein, Sir. Darf ich fragen, warum?«
»Wir haben einen regelmäßigen Kurierdienst, der jeden Dienstag hier abfährt. Er bringt Geheimpapiere nach Haifa. Nächste Woche, wenn der Kurier einen Abstecher nach Jerusalem macht, fährt ein Zivilist mit.«
»Ein Kurierdienst? Haben wir einen? Ich habe noch nie etwas davon gehört, Sir.«
»Natürlich nicht. Ich habe eben beschlossen, ihn einzurichten. Ich brauche einen zuverlässigen Fahrer ... Apropos, haben wir zuverlässige Leute in Jerusalem?«
»Natürlich. Wir haben –«
»Ich will es anders ausdrücken. Ich brauche jemand, der wie ein Einheimischer aussieht und auf der Straße im Dreck sitzen und alles beobachten kann, ohne aufzufallen. Jemand, der eine dreckige Galabija tragen kann und alle einheimischen Sprachen spricht.«
»Was für Sprachen sind das?«
Marker beugte sich vor und flüsterte: »Arabisch, Jiddisch, Hebräisch und Deutsch.«
»Ich finde jemand«, sagte Ponsonby.
»Und Russisch. Um eine Frau zu beobachten. Ich frage mich, ob wir einen weiblichen Agenten dafür finden könnten.«
»Um was für eine Frau zu beobachten?«
»Wests Frau. Sie wird uns zu ihm führen, Ponsonby. Lassen Sie sich das gesagt sein. Sie wird ihn aufspüren, wo er sich auch verstecken mag.«
»Wirklich, Sir?«
»Das habe ich in meiner Anwaltspraxis herausgefunden«, sagte Marker nachdenklich. »Eine Frau braucht keine Detektive, die ihr helfen, ihren Mann zu finden.«
»Ja, Sir. Ich finde jemand, der sie beobachtet, Sir.«
In diesem Augenblick kam Jimmy Ross. Sein Gesicht war angespannt, und er biß sich auf die Lippen, wie er das manchmal tat, wenn er sich Sorgen machte.

»Fehlt Ihnen auch nichts, Major?« fragte Marker. Ponsonby sammelte die Papiere ein, machte den Aktenschrank auf und räumte sie sehr langsam weg, wie er das machte, wenn er lauschen wollte.
»Ich komme eben aus Gray Pillars. Der Brigadier und der Kommandeur der Militärpolizei waren da.«
Marker sagte nichts. Sein Major neigte zu Pausen zwischen den Sätzen, und er konnte es nicht leiden, wenn jemand dazwischensprach.
»Die MP-Abordnung zur Bewachung der Waffen in der Oase Siwa ist in eine Schießerei geraten. Araber sind angekommen und haben Papiere aus dem Hauptquartier geschwenkt. Sie wollten diese verdammten Berettas abholen.«
»Aber das Hauptquartier hat diesen Befehl widerrufen«, sagte Marker.
»Mrs. Smythson – die Frau von Colonel Smythson – hat mich angerufen. Sie hat sich ziemlich darüber aufgeregt. Der Befehl war nicht korrekt ausgefertigt oder so.«
Beide sahen Ponsonby an, der weiter Akten ablegte, als hätte er das Gespräch nicht gehört. »Was wissen Sie darüber, Sergeant Ponsonby?« fragte Ross.
»Ich habe ein paar Nachfragen darüber angestellt«, gab Ponsonby zu. »Aber das ist nicht unser Bier.« Ross sah Marker an, der kaum wahrnehmbar grinste. Mrs. Smythson hatte den verhängnisvollen Fehler gemacht, Sergeant Ponsonby zu maßregeln, ein Gründungsmitglied der Geheimgesellschaft aus diensterfahrenen Unteroffizieren, die Kairos militärische Aktivitäten eisern im Griff hatten. Ponsonby hatte die Verantwortung also anderswo abgeladen. Er schien einen sechsten Sinn für Ärger zu haben.
Ross sagte: »Die Araber wollten die Waffen holen und ließen ein Nein nicht als Antwort gelten. Als ihre Papiere nicht akzeptiert wurden, wollten sie sich nehmen, worauf sie es abgesehen hatten.«
»Und?« sagte Marker.
Ross hängte seine Mütze an den Haken. »Diese Jungs sind schon zu lange dort draußen. Ich habe den Verdacht, sie waren schießwütig.«
»Ist das alles, was wir wissen?«
»Das Hauptquartier hat eben erst davon erfahren«, sagte Ross. »Es ist übel. Sechs Tote und acht Verletzte. Zwei von unseren Leuten sind verwundet.«

»Gyppos oder Wüstenaraber?«
»Gyppos«, sagte Ross. »Allesamt Ägypter.«
»Und Ihr Spitzel bei der ägyptischen Armee hat Ihnen keinen Hinweis darauf gegeben?« insistierte Marker.
»Nein, es ist eine Art Rätsel.«
»Wie hat der Brigadier es aufgenommen?« fragte Marker.
»Er hat sich sehr anständig benommen. Er hat zugegeben, daß die Überwachung seine Idee war, deshalb sind wir im Augenblick aus dem Schneider. Aber Spaulding hat ihn dazu überredet, die MP-Abordnung dort zu lassen.«
Ponsonby schloß den Aktenschrank. »Machen Sie sich keine Sorgen, Sir. Es ist doch klar, daß da jemand auftaucht. Waffen haben für Spinner eine verhängnisvolle Faszination, das ist mir schon öfter aufgefallen.«
»Ja«, sagte Marker. »Man nennt diese Spinner Soldaten.«
»Das ist ein ausgezeichneter Witz, Sir«, sagte Ponsonby ernst. »Wie wär's jetzt mit einer schönen heißen Tasse Tee?«
»Ich hasse Ihren verdammten Tee, Sergeant Ponsonby. Sie schütten diese widerliche Kondensmilch hinein.«
»Das ist Sergeant-Major-Tee, Sir. Die britische Armee ist mit solchem Tee großgezogen worden. Der Brigadier verlangt immer mein Spezialgebräu, wenn er herkommt.«
»Aber er trinkt es nicht«, sagte Marker. »Ist Ihnen das noch nie aufgefallen? Er läßt den Tee auf meinem Schreibtisch stehen, und ich schütte ihn in den Ausguß.«
»Der Major läßt ihm vor lauter Gerede keine Zeit dazu, Sir.«
»Aber ich trinke trotzdem eine Tasse.«
»Ja, Sir. Hab' schon alles für Sie vorbereitet. Und für Sie auch, Major.«
Ross sah Marker an. Marker seufzte. Mit Sergeant Ponsonby wurde niemand fertig.

19

»Es wird bald Zeit, von hier zu verschwinden«, sagte Solomon zu seinem Partner Yigal. Er hatte sich entschieden, die Neuigkeit als beiläufige Nebenbemerkung anzubringen, während sie zu einem abendlichen Treffen mit dem alten Mahmud durch Kairo fuhren.

»Warum?« sagte Yigal. Er fragte sich, ob die Entscheidung aus Unruhe, Notwendigkeit oder auf einen Befehl aus Tel Aviv hin getroffen worden war.

»Der Grund geht dich nichts an.«

Solomon war in dem halben Jahr, seitdem Yigal Arad bei ihm in Kairo war, ein anderer Mensch geworden. Trotz seiner ganzen Energie, seines Einfallsreichtums und der Geschichten, die er gern über seinen Vater und das große Haus in Kairo erfand und ausschmückte, waren Solomons stets stärker werdende verzweifelte Stimmungen immer deutlicher geworden.

Trotz Solomons zwanghafter Heimlichtuerei hatte Yigal ihn sehr gut kennengelernt. Es war unmöglich, in solcher Nähe zu leben und die geheime Arbeit zu teilen, ohne eine Menge über den anderen zu erfahren. Er kannte Solomons Launen und seine jähen, unerwarteten Begeisterungsausbrüche. Er erkannte jetzt sogar die schrecklichen Wutanfälle, die Solomon vor den meisten anderen Menschen verbergen konnte. Heute war Solomons Zorn daran zu merken, wie er Auto fuhr. Manchmal konnte er ein vorsichtiger Fahrer sein, der sorgfältig kuppelte und die Gangschaltung mit einer Sanftheit behandelte, die an Ehrfurcht grenzte. Heute abend war er beim Schalten boshaft und rücksichtslos. Auch mit den Fußgängern ging er boshaft und rücksichtslos um, hupte und fuhr direkt auf sie zu, damit sie weglaufen mußten.

Er hatte sich heute über irgend etwas ungeheuer aufgeregt. Yigal wußte nicht genau, was es gewesen war, aber am frühen Nachmittag war ein

Bote gekommen. Es war ein junger Araber, der den rauhen Akzent der Hatay sprach, einer kleinen Küstenregion in Syrien. Yigal vermutete, es sei eine Nachricht aus Tel Aviv. Es war eine mündliche Nachricht, und das war eine weitere Bestätigung, denn die Männer in Tel Aviv gaben wichtige Befehle nicht schriftlich. Das Überqueren der Grenze und die Straßenkontrollen durch die britische Militärpolizei machten den Transport jeder Art Schmuggelware zu riskant.

Aber Yigal hatte keinen Beweis für den Gedanken, ein Umzug sei mehr als eine Laune Solomons. Bei seinen engeren Freunden und Bekannten war Solomon berühmt für seine Intuition. Yigal fragte sich, ob das wieder ein Beispiel dieser nervösen Kunst sei.

»Die Hausboote sind verdammt auffällig geworden«, sagte Solomon. »Alkoholisierte Partys und Schwarzmarkthändler. Die Polizei hängt ständig dort herum. Im Moment behalten wir das Boot noch – wenigstens bis zum Ende des Monats –, aber wir brauchen eine Ausweichmöglichkeit . . . für alle Fälle.«

»Irgendwo in der Stadt?« fragte Yigal.

Er wußte, daß Solomons hochgeschätzte Intuition oft auf Informationen beruhte, die er im Rahmen seiner üblichen Pflichten bekommen hatte. Yigal übernahm den größten Teil der Laufarbeit, besorgte in der Stadt die Berichte und bezahlte die Männer, die Solomon und durch ihn Tel Aviv bestens darüber auf dem laufenden hielten, was in Kairo gedacht und getan wurde. Aber Yigal bekam die Berichte nicht zu lesen. Yigal war die Nummer zwei. Solomon hatte es zu seiner gegenwärtigen Stellung gebracht, indem er seine Untergebenen nicht hochkommen ließ. Und er war bis jetzt am Leben geblieben, weil er nur preisgab, was seiner Meinung nach unbedingt nötig war. Aber Yigal waren die Worte aufgefallen: für alle Fälle.

»Für welchen Fall?«

»Miete irgendwo was«, sagte Solomon. »Du weißt, was wir brauchen. Zwei bis drei Zimmer über einem Laden. Vorder- und Hintereingang. Türen, die sich nicht allzu leicht eintreten lassen. Du weißt schon.«

»Womit rechnest du?«

»Ich weiß es nicht. Nichts.«

»Es ist wegen diesem Schwein Wallingford, nicht wahr? Er weiß zuviel über uns.«

»Er ist ein Deserteur. Er wird dichthalten«, sagte Solomon. »Er wird den Engländern nicht helfen.«
»Er *ist* Engländer. Ein reicher Engländer. Die kenne ich. Deserteur oder nicht, wenn er die Wahl hat, welche Richtung er einschlagen soll, wird er sich auf die Seite seiner Schulfreunde schlagen.«
»Ich habe schon früher mit ihm Geschäfte gemacht«, sagte Solomon. Er wollte Yigals Befürchtungen beschwichtigen. Yigal verabscheute Wallingford. Yigal hatte den utopischen Traum, das jüdische Heimatland lasse sich ohne Geschäfte mit Gangstern, Deserteuren oder Antisemiten aufbauen.
»Das weiß ich.«
»Man muß das Fähnchen nach dem Wind drehen, Yigal. Rommel bereitet seine große Offensive vor. Vermutlich schlägt er los, ehe die Hitze kommt. Dieses Mal wird er es bis nach Kairo schaffen.«
»Das glaubst du?«
»Was soll ihn aufhalten? Du kommst mehr herum als ich. Du warst draußen in der Wüste. Die Soldaten sind demoralisiert, die Offiziere sind unzuverlässig, und die britische Ausrüstung ist nicht so gut, daß sie die Deutschen aufhalten könnte. Das hast du gesagt. Ich habe es nicht erfunden; du hast es gesagt.«
»Du glaubst im Ernst, die Deutschen könnten es schaffen?«
»Kairo einzunehmen? Sicher.«
»Und dann bricht die britische Macht im ganzen Nahen Osten zusammen?«
»Stimmt.«
Yigal dachte über die Konsequenzen nach. »Sie würden ihr Öl verlieren. Sie würden die Routen nach Indien, Burma, Singapur und Australien verlieren. Sie würden ihre Marinepräsenz im Mittelmeer verlieren. Falls den Deutschen danach eine Invasion in England gelänge, wäre es das Ende des Krieges.«
»Allmählich kapierst du es«, sagte Solomon.
»So deprimiert habe ich dich noch nie gesehen, Solly. Wo sollte unser Volk hin? Wie könnte es überleben?«
»Frag mich nicht, Yigal.«
»Glaubt Tel Aviv, daß Rommel Kairo einnehmen wird?«
»Was wissen die schon? Sie sind auf *meine* Berichte an *sie* angewiesen.«

Yigal sagte nichts. Tel Aviv hatte tausend weitere Informationsquellen, aber Yigal wollte Solomon nicht unnötig provozieren.
Um das Schweigen zu brechen, gab Solomon ein Stückchen nach. »Prophezeiungen sind nicht mein Geschäft. Im Kampf spielt das Glück immer eine gewisse Rolle. Aber die Briten werden verteufelt viel Glück brauchen, um Rommel zu schlagen, sobald er sich in Bewegung setzt.«
»Und dann gehen wir?«
Solomon machte ein finsteres Gesicht. »Nein, mein Freund Yigal, dann fängt unsere Arbeit erst richtig an. Ich richte eine Verbindung mit Tel Aviv ein, die wir auch benutzen können, wenn die Deutschen hier sind. Außerdem schicken sie mir ein starkes Funkgerät. Du mußt etwas für uns finden, wo wir leben werden, wenn die Deutschen kommen. Wir werden neue Identitäten haben, neue Papiere, alles neu. O ja, und besorg uns was im Dachstuhl. Wir können über das Dach fliehen, und außerdem brauchen wir es für die Funkantenne.«
»Jetzt verstehe ich, Solly.« Jedesmal, wenn Yigal seinen Vorgesetzten als überschätzte Größe von gestern abtun wollte, bewies er wieder, daß er nichts von seinem Können eingebüßt hatte. »Wir verschwinden.«
»Nein, wir verschwinden eben nicht. Männer, die verschwinden, erregen zuviel Aufmerksamkeit. Auf Männer, die verschwinden, werden Suchtrupps und Spürhunde angesetzt. Unsere Abreise nach Palästina findet vor Zeugen statt und wird dokumentiert. Alle Welt wird wissen, wohin wir gefahren sind.«
»Hast du beschlossen, Wallingfords Waffen aufzugeben?« Er hoffte, sie hätten nie wieder etwas mit Wallingford zu tun.
»Die Berettas? Nein, unsere Leute brauchen sie. Das hält uns auf. Tel Aviv hat in Transjordanien einen Händler mit einer Million Schuß italienischer Munition gefunden, die dazu passen. Nein, die Berettas sind oberste Priorität. Deshalb habe ich die ganze Zeit an dem Hausboot festgehalten.«
»Das verstehe ich nicht.«
»Zum Verschiffen.«
Solomon fuhr langsamer und beugte sich aus dem Fenster, um zu sehen, wo sie waren. Befriedigt bog er in eine enge Gasse ein, steuerte vorsichtig um die tiefen Schlaglöcher herum. Als er wieder sprach, war seine Stimme ruhig, aber er verlieh seinen Worten starken Nachdruck.

»Ich habe mich letzte Woche mit Wallingford getroffen. Wir haben in Cleos Club zu Abend gegessen. Er wollte, daß wir die Waffen holen. Er hat angeboten, den Preis um zehn Prozent zu senken, wenn wir in die Oase Siwa fahren und die Berettas einsammeln. Selbstabholung hat er das genannt. Er hat gesagt, er habe andere dringende Geschäfte und sei knapp mit Fahrzeugen.«
»Zehn Prozent? Mir gefällt gar nicht, wie das klingt, er verschenkt zuviel.«
»Du hättest ihn an dem Abend sehen sollen, übersprudelnd vor Charme und Aufmerksamkeit. Diese wunderbare englische Höflichkeit und der Sinn für Humor. Französischer Champagner und erlesener Burgunder. An der Bar warteten sogar zwei Mädchen auf eine Einladung an unseren Tisch. Wir haben uns beide betrunken. O ja, Yigal, Wallingford hat mich mit allen Schikanen bewirtet. Nach dem Krieg wird Wallingford ein erfolgreicher kapitalistischer Geschäftsmann sein.«
»Er ist ein Schnorrer«, sagte Yigal.
»Ein *Ganeff*«, sagte Solomon. Es bereitete ihm ein gewisses perverses Vergnügen, Yigal zu wütenden Bemerkungen über Wallingford zu provozieren. »Als er völlig blau war, ist er auf dem Klo umgekippt. Ich habe ihm aufgeholfen, und er hat gebrüllt, er wisse alles über Rommels Spion – der, von dem es heißt, daß er unschätzbare Informationen nach Tripolis schleust.«
»Das ist er«, sagte Yigal.
»Was?«
»Der Spion. Rommels Spion. Es muß Wallingford sein. Er treibt sich die ganze Zeit in der Wüste herum. Er ißt und trinkt dauernd mit Offizieren hier in der Stadt. Er scheint alle Welt zu kennen.« Yigal war erregt, als er über seine Theorie nachdachte. »Es paßt alles zusammen, nicht wahr? Wallingford ist ein Spion für die Deutschen. Vermutlich finanzieren sie ihn. Dieser Percy – sein Kumpan, sein Adjutant und sein allgegenwärtiger Assistent – ist vermutlich ein ausgebildeter deutscher Agent. Percy ist sein Agentenführer.«
»Steigere dich nicht hinein, Yigal. Wallingford ist nicht Rommels Spion.«
Yigal war gekränkt. Er war sich sicher, daß er recht hatte. »Warum sagst du das?«

»Schrei mich nicht an, gottverflucht noch mal! Ich sage das, weil ich weiß, daß ich recht habe. Er ist ein Dieb – ein *Ganeff* –, wie ich gesagt habe. Er ist kein Spion. Ich war in der Branche. Ich weiß, wer ein Spion sein könnte und wer nicht. Wallingford ist kein Spion.«
»Percy ist kein Südafrikaner«, sagte Yigal bockig.
»Okay: Percy ist ein Deutscher. Aber das macht Wallingford noch nicht zum Spion, und ganz bestimmt macht es ihn nicht zu dem Superspion, der Rommel bei seinen Schlachtplänen hilft.«
Yigal schwieg lange. Es war immer so. Solomon behandelte ihn immer wie ein dummes, kleines Kind. »Hast du zugestimmt? Wegen der Berettas. Hast du zugestimmt, die abzuholen?«
»Wallingford ist verschwunden, in der Wüste. Niemand weiß, wann er zurückkommt. Wir haben kaum eine andere Wahl.«
»Wann fahren wir?« fragte Yigal.
»Wir fahren nirgends hin. Es ist viel zu riskant. Am Morgen danach habe ich einen Handel mit Mahmud gemacht. Er hat seine Leute nach Siwa geschickt. Für seine Männer war es einfacher. Araber können im Sand versinken und dort draußen verschwinden.«
»Und du hast ihn dafür bezahlt?« fragte Yigal.
»Acht Prozent. Vielleicht werde ich alt, und alte Männer werden mißtrauisch. Ich habe das bei meinem armen Vater erlebt. Unsere Leute in Tel Aviv sagen, ich werde zu vorsichtig. Sie beschweren sich dauernd über das Geld, das ich ausgebe. Dieses Mal bin ich vielleicht verschwenderisch gewesen, aber es ist immer besser, vorsichtig zu sein.«
»Mahmud hat die Waffen geholt?«
»Ja. Alles war so, wie Wallingford gesagt hatte, aber ich traue ihm trotzdem nicht. Vor Tagesanbruch wird unser Schiff beladen sein. Dann können wir aufatmen.«
»Was für ein Schiff? Hast du ein Schiff parat?« Es war enervierend, daß Solomon ihn nicht auf dem laufenden hielt.
»Eine Feluke kommt aus dem Süden her. Mahmuds Männer übernehmen das Beladen.« Solomon hielt vor einem eindrucksvollen alten Torbogen. In die hohe Mauer war eine alte Tür eingelassen, besetzt mit Metallsternen, die an prächtig verzierten Angeln hing. Als sie näherkamen, sprang ein Araber auf, der neben der Tür gekauert hatte, und zog am Klingelseil.

»Wenn wir nur nie wieder Geschäfte mit diesen arabischen Gangstern machen müßten«, sagte Yigal, als er den arabischen Wächter und die Schwelle musterte.
»Unseren Leuten in Tel Aviv ist es recht so«, sagte Solomon.
»Was meinst du damit?«
»Tel Aviv kann kein Gold mehr entbehren, keine US-Dollar oder Schweizer Franken. Sie sagen, das Gold für die Berettas ist das letzte, was sie haben. Sie sagen, ich muß feilschen. Sie wollen nicht begreifen, daß sich die Lage geändert hat. Schlaue Diebe wollen keine britischen Pfund mehr und auch keine ägyptischen Scheine. Sie schaffen ihr Geld aus dem Land und hauen ab, bevor Rommel kommt.«
»Und Mahmud nimmt alles?«
»Ihm gehört eine Bank. Er macht Geschäfte mit den Leuten ganz oben, mit Ägyptern und Briten. Mach keinen Fehler, der alte Mahmud ist in dieser Stadt ein bedeutender, mächtiger Mann. Wir zahlen ihm einen Aufschlag, weil wir mit ägyptischem Geld bezahlen, aber das läßt er sich innerhalb einer Stunde in jede Währung einwechseln, die ihm paßt.«
»Wie?«
»Rabatte für britische Armeekassierer, die den Profit in die eigene Tasche stecken.«
Die große Holztür ging auf. Ein Diener verbeugte sich tief vor ihnen und führte sie hinein. Die Tür öffnete sich auf einen winzigen Hof, dessen Wände wunderschöne alte orientalische Fliesen überzogen, begrünt von Pflanzen in hohen, dekorativen Töpfen. Sie überquerten den Hof und gingen durch eine niedrige Tür in einer dicken Mauer und dann in einen langen, kühlen, weiß getünchten Raum.
Dort waren Mahmud und Tasin: Der Bankier stand dick und grinsend neben der schmächtigen, ernsten Gestalt seines Hauptkassierers. Sie vollzogen höflich das Begrüßungsritual: »Allah sei mit Euch« – »Möge Allah Euch ein langes Leben schenken.« Dann setzten sie sich alle auf die Ansammlung von Kissen, während Diener dampfenden Pfefferminztee und winzige Gebäckstücke brachten.
Der Tee war süß, aber Solomon trank ihn gierig. Der Zucker schien die Anspannung und den Streß zu lindern, die ihn bei der Aussicht auf dieses Treffen gepackt hatten. Erst kamen die Konversation und die

Komplimente. Solomon bewunderte pflichtschuldig die Möbel und die Sammlung von Elfenbeinschnitzereien, die im Zimmer aufgebaut war. Elfenbein gehörte zu Mahmuds vielen Interessen, und der Reihe nach ließ er seine besten Stücke bringen, damit Solomon sie streicheln und würdigen konnte. Die Schnitztechniken mußten erklärt, die Daten und Orte besprochen werden. Die Geschäfte konnten warten.

Mahmud war hier bei sich zu Hause entspannter und eleganter als in dem Teppichladen auf dem Suk. Die laute, extrovertierte Art, die er Wallingford und seinen Freunden immer vorführte, war verschwunden. Hier in seinem Zuhause war er ein kultivierter, wohlerzogener Mann. Seine Galabija war aus schönem Stoff, sein Gesicht war frisch rasiert, seine Hände waren manikürt. Wie immer versteckte er seine Augen hinter einer dunklen Brille, deshalb war es nicht immer einfach, seine Stimmung zu erraten, wenn er etwas sagte.

Mahmud trank einen Schluck Tee und sagte in unbeschwertem Ton: »Haben Sie geglaubt, ich fahre in die Wüste und hole die Waffen für Sie ab?«

Solomon faßte das als einen Scherz auf. »Ja, natürlich. Die Wüste ist um diese Jahreszeit wunderschön.«

»Zu heiß für ein Picknick«, sagte Mahmud.

Tasin beteiligte sich an der Befragung. »Hat Lieutenant Commander Wallingford vorgeschlagen, daß wir die Waffen für Sie holen?«

Solomon witterte Gefahr. »Nein. Das war meine Idee.« Er nahm ein Stück Gebäck und biß hinein, stellte aber fest, daß es mit Dattelpaste gefüllt war. Solomon mochte keine Datteln. Er hatte in seiner entbehrungsreichen, armseligen Kindheit zu viele gegessen. Er legte die ungegessene Hälfte in einen verzierten Silberaschenbecher. Ein Diener kam angestürzt und ersetzte den Aschenbecher mit einem noch aufwendiger verzierten.

»Und was ist mit Captain Darymple?« sagte Tasin mit seiner klaren Stimme in perfektem Englisch. »Hat er uns hineinziehen wollen?«

»Warum? Worauf wollen Sie hinaus?« sagte Solomon.

»Bitte, sagen Sie es uns«, sagte Mahmud. Er stand auf und trat hinter Solomon. Seine Bewegung hatte etwas Bedrohliches an sich, und als Solomon spürte, wie eine Hand seine Schulter drückte, zuckte er zusammen.

»Ich glaube, Darymple hat einen Teil der Papiere besorgt«, sagte Solomon. »Er hat etwas für Wallingford gegengezeichnet. Letzte Woche hat er die Papiere in Cleos Club gebracht. Aber Wallingford ist unabhängig, das wissen Sie.«

Mahmuds Stimme klang jetzt ganz anders. »Captain Darymple schuldet mir eine große Summe Geld, verstehen Sie. Mr. Wallingford hat das eingefädelt. Er hat gesagt, er kauft mir die Schuld ab. Ich glaube, er wollte Macht über Mr. Darymple bekommen.«

»Das hat nichts mit mir zu tun«, sagte Solomon. Er bekam den Verdacht, sie wollten, daß er Darymples Schulden bezahlte und eine Möglichkeit fand, das von seiner Zahlung an Wallingford abzuziehen. Solomon war entschlossen, sich gegen einen solchen Gedanken zu wehren.

Mahmud wartete, bis sich der Gedanke gesetzt hatte, dann sagte er: »Es ist an der Zeit, Schulden einzutreiben. In der ganzen Stadt ist die Zeit gekommen, in der Schulden zurückgezahlt werden müssen.«

Solomon sah ihn an. Was hatten diese Redereien tatsächlich zu bedeuten? Wußte dieses raffinierte Paar, daß er für Tel Aviv arbeitete? Ein kaltes Lächeln in Mahmuds Gesicht deutete an, daß sie es möglicherweise wußten.

Solomon griff nach dem schwarzen Lederkoffer, den er mitgebracht hatte, und legte ihn auf seine Knie. Er machte ihn vorsichtig auf. Er war vollgestopft mit neuen ägyptischen Zehnpfundnoten. »Ich habe mitgebracht, was wir vereinbart haben. Ich habe keine Handelsspanne anzubieten.«

»Handelsspannen gibt es immer, Solomon. Wir müssen mit Unfällen rechnen.« Jetzt wußte Solomon, daß sich an seiner Beziehung zu dem alten Mann etwas geändert hatte. Bisher hatten sie im Geschäftemachen immer eine gemeinsame Basis gefunden. Bis jetzt hatte Solomon diesen Männern keine Feindseligkeit angemerkt. Aber heute abend war es anders. Heute abend wurde Solomon die Tatsache bewußt gemacht, daß er Jude war. Er war ein nackter, ungeschützter Jude in der Goldstadt, dem alten, geheiligten Mittelpunkt des arabischen Lebens. Zum ersten Mal kam sich Solomon verletzbar vor.

»Nehmen Sie das Geld oder lassen Sie es bleiben«, sagte er bitter.

»Wir sind in einer starken Verhandlungsposition«, sagte Tasin traurig, fast mit Bedauern.

Solomon sah sie an. Die Gesichter der beiden Araber waren völlig ausdruckslos. Falls sie die Waffen nicht lieferten, hatte er keine Handhabe. Sie würden die Maschinenpistolen einfach behalten. »Lassen Sie uns nicht streiten«, sagte Solomon.
Die beiden Araber tranken Tee und sagten nichts. Solomon machte den Koffer zu und stellte ihn auf einen Beistelltisch.
»Sie können mich nicht zwingen, die Schulden eines anderen zu bezahlen«, sagte Solomon.
»Geben Sie die Wahrheit zu, Solomon. Sie stecken alle unter einer Decke. Sie, Wallingford, Darymple. Vielleicht noch andere.«
»Nein, Sie irren sich, Mahmud. In dieser Sache bin ich allein.«
»Ich hatte gehofft, Sie wären vernünftig«, sagte Mahmud. Er nahm die dunkle Brille ab und betupfte sich mit einem Taschentuch die Augen. Die Augen waren rot gerändert, die Pupillen geweitet. Das Licht verursachte ihm solches Unbehagen, daß er den Kopf wegdrehte. Solomon kannte die Zeichen der Sucht. Von Mahmud hieß es, er handle mit Drogen, aber jetzt war offensichtlich, daß er die eigenen Waren konsumierte. Das erklärte seine wechselhafte Laune an diesem Abend, und Solomon war mehr denn je auf der Hut.
»Es ist eine Frage der Ehre«, sagte Tasin. »Eine Bank kann einem Kunden nicht gestatten, gegen die Regeln zu verstoßen. Das spricht sich herum . . . Sie verstehen?« Solomon bemerkte, daß Mahmud das Teeglas geleert hatte. Er tat es ihm nach. Niemand schenkte ihm noch etwas ein. Die Minzeblätter, klebrig vom Zucker, blieben im Glas hängen.
»Wallingford und Darymple haben nichts mit mir zu tun«, sagte Solomon noch einmal.
Mahmud stand plötzlich auf. »Vielleicht sollten wir morgen, wenn Ihr Blut sich abgekühlt hat, noch einmal miteinander reden. Dann können wir als gute Freunde scheiden und Sie haben eine Nacht Zeit, über das nachzudenken, was ich Ihnen gesagt habe.«
Solomon stand auch auf. Er war wütend. »Morgen wird die Antwort –«
Tasin legte einen Finger an die Lippen. »Wir sprechen morgen trotzdem darüber. Morgen wird alles gut werden.« Tasin war immer der Schlichter – das war seine Rolle.

Der Diener brachte Solomons Hut und reichte ihm den Aktenkoffer. Mahmud und Tasin brachten sie zur Tür und sagten ihnen mit der ganzen Aufmerksamkeit und Höflichkeit gute Nacht, die zur arabischen Gastfreundschaft gehören.

Erst als die große Außentür sich schloß, sprach Yigal aus, was er dachte. »Die werden die Waffen behalten. Diese Schweine rücken unsere Waffen nicht heraus.«

Solomon erwiderte nichts. Er stieg ins Auto und ließ den Motor an. Als er das tat, beugte sich ein britischer Offizier in das Fenster und sagte höflich: »Ich bedaure, die Herren stören zu müssen, aber dieses Stadtviertel ist für den Zivilverkehr gesperrt. Wir müssen Sie und Ihr Fahrzeug durchsuchen. Würden Sie bitte aussteigen?«

Solomon versuchte verzweifelt zu beschleunigen, aber das Auto schaukelte heftig und fuhr nicht an. Der Motor heulte laut auf und hatte eine Fehlzündung. »Ihre Räder sind mit Bremsklötzen blockiert«, erklärte der Offizier. »Und meine Männer sind bewaffnet. Tun Sie nichts Unüberlegtes.« In der Dunkelheit wurde jetzt deutlich, daß mindestens ein Dutzend Männer – bis an die Zähne bewaffnete Militärpolizisten – die Gasse abgesperrt hatten.

Yigal und Solomon stiegen aus. »Ich nehme Ihren Aktenkoffer«, sagte der Offizier. »Mein Sergeant hilft Ihnen auf den Lastwagen. Wir fahren zur Bab-el-Hadid-Kaserne. Einer meiner Fahrer bringt Ihren Wagen dorthin. Sie werden vermutlich nicht lange festgehalten.«

»Dieses Schwein Mahmud!« Yigal konnte seine Wut nicht unterdrücken.

»Sei ruhig«, sagte Solomon zu ihm. »Ja, selbstverständlich, Captain. Wir tun alles, was Sie sagen. Wir haben nichts zu verbergen.«

❖

Am nächsten Morgen kam Alice, um Jimmy Ross den wöchentlichen Bericht zu erstatten, und traf das Büro für Sonderermittlungen in heller Aufregung an. Solomon und Yigal waren am Vorabend festgenommen worden, und Marker war die ganze Nacht aufgewesen und hatte die beiden Verdächtigen verhört. Unter diesen Umständen waren Alice Stanhopes Aktivitäten kaum der Rede wert: Sajed, das harmlose Ver-

halten des Fürsten und so weiter. Die einzige Neuigkeit war, daß Darymple seine Sachen gepackt hatte und verschwunden war. Sie trug Ross den Bericht schnell vor und fing dann an, ihn zu tippen.
Während sie damit beschäftigt war, kam Captain Marker von einem längeren Verhör zurück.
»Und?« sagte Ross.
»Nicht viel«, sagte Marker.
»Haben Sie ihnen das hier gezeigt?« Er hob eine braune, klebrige, in Zellophan gewickelte Masse auf und legte sie wieder hin.
»Ich habe es ihnen gezeigt. Es hat nichts genützt.«
»Ja?«
»Der Jüngere wußte offensichtlich nicht, was das ist. Der andere – Solomon – hat gelacht und gesagt, Mahmud müsse nicht mehr ganz richtig im Kopf sein, wenn er ihm hundertfünfzig Gramm Opium unterschiebe, wo doch sogar die kleinen Dealer die hundertfache Menge vertreiben.«
»Warum hat Mahmud die beiden Ihrer Meinung nach verpfiffen?«
»Wir wissen nicht genau, ob er das getan hat, oder?« Marker sah Alice an, für den Fall, daß sie Neuigkeiten habe. Sie begegnete seinem Blick und zuckte die Achseln.
Ross saß mit den Füßen auf dem Schreibtisch da, die Hände hinter dem Kopf verschlungen. »Oh, er hat seine Spuren sorgfältig verwischt, aber deshalb bin ich mir ja so sicher, daß es Mahmud war. Es liegt auf der Hand, was passiert ist. Mahmud hat seine Männer nach Siwa geschickt, und auf sie ist geschossen worden. Er sitzt herum, grübelt darüber nach und kommt zu dem Schluß, das gehört zu einer Verschwörung, die Solomon und Wallingford ausgeheckt haben.«
»Während Rommel im Anmarsch ist, passieren eine Menge merkwürdige Dinge«, sagte Marker.
»Aber nichts derart Merkwürdiges. Haben Sie aus dem Jüngeren was rausgekriegt?«
»Wenigstens antwortet er, wenn man mit ihm redet. Das Problem ist, daß er nichts weiß. Er ist durch und durch der Juniorpartner. Er erfährt nicht, worum es sich bei ihrer täglichen Arbeit dreht.«
»Wir halten sie ein paar Tage fest. Einzelhaft. Falls sie nicht reden, müssen wir sie freilassen.«

»Der Jüngere hat etwas gesagt.«
»Ja?«
»Er ist überzeugt davon, daß Wallingford, der Marinedeserteur, Rommels Spion ist.«
Alice hörte auf zu tippen – das wollte sie hören.
»Hat er das gesagt?«
»Ja«, sagte Marker. »Mit diesen Worten. Er scheint zu glauben, daß Wallingford und Mahmud unter einer Decke stecken. Er glaubt, daß Wallingford uns einen Tip gegeben und dafür gesorgt hat, daß wir sie gestern abend festgenommen haben. Er glaubt, das gehöre alles zu Rommels Plänen.«
»Wallingford. Ja, ich würde gern mit Wallingford reden.« Ross schwang die Füße vom Schreibtisch und schlug die Akte Solomon auf.
Marker beobachtete ihn. »Er hat gesagt, Wallingford ist ein Deserteur und leitet eine Bande von Deserteuren. Er ist ständig unterwegs. Es klingt nicht unvernünftig.«
»Gut, soviel mag stimmen. Aber der Brigadier hat Nachrichten abfangen lassen, die an Rommel gehen. Wenn Sie diese Details gesehen hätten, wüßten Sie, daß Wallingford nicht unser Spion ist. Das ist kein Klatsch aus Cleos Club. Das stammt von ganz oben: strategische Überlegungen, Beurteilungen von Waffen, Einschätzungen, Bemerkungen über die Moral der Truppe und Vorhaben. Die Ankunft von Konvois und ihre Ladungen. Die Einheitsbewegungen sind bekannt, bevor sie auch nur angefangen haben. Ein Clown wie Wallingford bewegt sich nicht in diesen Kreisen.«
»Nein. Ich habe ja gewußt, daß es absurd ist«, sagte Marker traurig. Er hatte insgeheim die Hoffnung gehegt, er habe das größte Geheimnis des Kriegs geknackt.
»Gehen Sie zurück und versuchen Sie es weiter«, sagte Ross. »Machen Sie weiter Druck. Falls ein effektives jüdisches Netz operiert, müssen wir alles darüber wissen.«
Marker sah auf die Uhr. Er hatte vorgehabt, sich zu waschen, sich zu rasieren und vielleicht sogar eine Stunde zu schlafen. Aber das war ihre große Chance, Spaulding den Wind aus den Segeln zu nehmen, indem sie zeigten, daß sie über »religiöse Subversion« schon Bescheid wußten.
»Was immer Sie sagen, Major.« Er kippte seinen Tee, stand auf und

ging hinaus. Ross legte die Füße wieder auf den Schreibtisch und lehnte sich im Stuhl zurück.
»Wallingford«, dachte Ross laut. »Wenn ich das nur glauben könnte.«
Alice beobachtete ihn. Sie hatte nicht weitergetippt. »Aber Sie glauben, daß er ein Deserteur ist?« fragte sie.
»Wallingford? Vermutlich. Ich habe Marineakten angefordert, um ihn noch einmal gründlich zu überprüfen. Aber Sie wissen, wie lange es dauert, bis man etwas von diesen Leuten in Alexandria bekommt.«
»Warum interessieren Sie sich so für Wallingford, wenn Sie ihn nicht für den Spion halten?« fragte Alice.
»Ich weiß es nicht.« Er lachte kurz auf, um einzugestehen, daß ihm Wallingford in letzter Zeit zu schaffen machte. »Er ist so etwa der einzige Verdächtige, den wir noch haben.«
»Reicht das Blut auf der Banknote denn nicht als Beweis für eine Mordanklage?«
»Nicht ganz. Es ist lediglich ein Indiz. Aber es reicht, ihn zum Verhör herbringen zu lassen.« Sie sah ihn an. Er sagte: »Sie haben recht, Alice. Vielleicht ist es an der Zeit, Wallingford an den Verhörtisch zu setzen und ihm mit einer starken Lampe in die Augen zu leuchten.« Er beschloß, sich auf die Arbeit der Sonderermittlung zu konzentrieren: das war die beste Methode, sich von unnötigen Sorgen abzuhalten.
»Was werden Sie tun, falls Sie den echten Spion fangen?« fragte Alice. Sie begriff, wieviel besser es gewesen wäre zu sagen, *wenn* Sie den Spion fangen, aber nun war es zu spät.
Er drehte den Kopf, damit er sie sehen konnte. »Das müßte schon etwas Drastisches sein«, sagte er. »Vielleicht poliere ich dem Brigadier die Nase und frage Sie, ob Sie mich heiraten wollen.«
Sie lächelte und tippte weiter. Sie sah, daß er sehr, sehr müde war.

20

Robin Darymple war glücklicher, als er seit Monaten gewesen war. Der Sand knirschte unter seinen Füßen, und es gab saubere Luft zum Atmen. Er genoß die Art von Wohlgefühl, die Männer begrüßte, wenn sie hierherkamen. Darymple konnte sein Glück nicht fassen. Er war wieder bei den Kämpfern in der Wüste. Nicht nur das, er war auch bei einem anständigen Bataillon. Alles war einfacher gewesen, als er je vermutet hätte. Er hatte von Männern erfahren, die sich selbst aus dem Lazarett entließen, zu ihrer Einheit zurückkehrten und dort weiter Dienst taten, ohne unter den Folgen zu leiden. Als er die Papiere für Wallingford fälschte, war ihm eingefallen, er könne sich auch Papierkram verschaffen, mit dem er an die Front kommen könne. Den Gerüchten nach wurden Männer, die loszogen und kämpften, von den Behörden nicht bestraft.

Im Augenblick schien es für ihn eindeutig keinen Grund zur Sorge zu geben. Männer krochen auf den alten Panzern herum, ölten sie, überprüften das Getriebe, die Aufhängung und die Räder. Sie reinigten die Kanonen und stellten die Teleskope ein. Sie brachten die Funkgeräte auf die richtige Frequenz. Sie füllten die Behälter mit Ersatzteilen, Werkzeugen und zusätzlichen Rationen. Überall um ihn herum waren Granaten, Munition für Maschinengewehre, Leuchtkugeln, Wasser und Nahrungsmittel. Sie nannten diese Art des Aufladens »Bombenlegen«. Darymple schaute ihnen voller Stolz und Zuneigung zu. In der Gesellschaft solcher Männer fühlte er sich wohl: einfache, aufrechte Männer, anders als Wallingford und die ehrgeizigen Wichtigtuer vom Büro mit dem scharfen Blick, die er in Kairo kennengelernt hatte.

Natürlich waren sie müde, aber das hier war eine effektive Einheit. Nach Darymples Theorie konnte die Disziplin und die Moral eines Bataillons nach den Tarnnetzen beurteilt werden. Einheiten wie diese

hier zogen die Netze eng zusammen, so daß die Tarnung tief und angespannt war. Schlappe und schlampige Einheiten hatten schlappe, schlampige Tarnnetze, und man mußte ständig den Kopf einziehen, damit man nicht gegen die Netze stieß.
Darymple sah den Panzer an, der neben ihm stand. Er trug auf der Seite den Namen BERYL als Aufschrift. Darymple stieg auf das Antriebsrad und kletterte auf den Panzer. Das Metall fühlte sich heiß an, und er spürte die Hitze durch die Schuhe hindurch. Einen Augenblick lang stand er auf der Verkleidung und sah durch die offene Luke auf den Fahrerstand hinunter. Er erinnerte sich an diesen Panzer namens Beryl. Er hatte ihn kurz kommandiert, als er aus der Werkstatt gekommen war. Er war mit diesem Namen aus England gekommen. Hatte die Frau oder die Freundin des ehemaligen Kommandanten Beryl geheißen? Sie würden es nie erfahren, aber der Name war auf allgemeine Zustimmung gestoßen. Besatzungen glaubten, es bringe Unglück, einen Namen zu ändern. Ja, Darymple kannte Beryl sehr gut, aber wie die Soldaten um sie herum hatte sich Beryl verändert. Schichten aus verkrusteter Farbe waren eingetrocknet und verschorft wie Schminke auf einem alten Gesicht. Die arme alte Beryl; ihr Alter ließ sich nicht verheimlichen. Ihre Panzerung zeigte ein halbes Dutzend Narben, etliche gerissen von Hochgeschwindigkeitsgeschossen, Kaliber 5 oder sogar 7,5, die Beryl, wenn sie auch nur ein paar Zentimeter tiefer eingeschlagen wären, in Schrott verwandelt und ihre Besatzung eingeäschert hätten.
Es war ein heißer Tag. Darymple roch das Panzerinnere. Es war ein Geruch, in dem sich Schweiß, Urin, Exkremente, Öl, Gummi und Kordit ununterscheidbar vermischten. Es war kein angenehmer Geruch, aber er brachte Darymple die Vergangenheit mit einer Plötzlichkeit zurück, mit der er nicht gerechnet hatte. Er streichelte die Metallpanzerung und sah hinunter auf das abgewetzte Leder, die Armaturen – Tachometer, Drehzahlmesser, Druckluftmesser, allesamt hinter angelaufenem, gesprungenem Glas –, den Schaltknüppel und den Bremshebel, von den Berührungen des Fahrers jetzt speckig geworden.
Darymple schlängelte sich um den Turm herum und kletterte auf den kleinen, lederbezogenen Kommandantensitz, auf dem er so oft gesessen hatte. Es war eng. Der Stand des Richtschützen war dicht neben seinem Bein, so daß kaum Platz für einen weiteren menschlichen

Körper war. Jetzt konnte er das verschwitzte Schaumgummikissen riechen, auf das der Richtschütze beim Visieren das Gesicht legte. Darymple langte nach dem Seitenrichtrad und berührte es leicht.
Von seiner Position auf dem Turm konnte Darymple die »dünnhäutigen« Nachschubfahrzeuge sehen. Sie waren mit Reservemunition, Essen und Benzin beladen. Sie kamen jeden Tag mit Nachschub an die Front. Diese Männer hatten eine unangenehme Aufgabe; feindliche Schützen griffen diese anfälligen Fahrzeuge gern an, die meistens nach dem ersten Treffer liegenblieben.
Darymple sah sich nach alten Freunden um, aber von den Soldaten, mit denen er vor einem halben Jahr gedient hatte, waren nur noch wenige hier. Ihn umgaben lauter neue Gesichter, manche fast noch Kinder. Es war jetzt Mai 1942. Der Krieg dauerte schon fast zwei Jahre: Jetzt waren die jungen Männer, die bei Kriegsbeginn eingezogen worden waren, mit der Ausbildung fertig und in der Wüste eingetroffen. Pickelige Jungen, die Gesichter gerötet vom ersten Kontakt mit der grellen Sonne, fuhren Panzer, standen an Geschützen und bedienten Funkgeräte. Viele dieser Kinder hatten sogar Streifen an den Ärmeln. Alle waren laut und aktiv, verbrauchten verwegen die Energie und das Selbstvertrauen, die das Kapital der Jugend sind.
Die Veteranen waren anders. Die Männer, die damals, in der »guten alten Zeit«, wie es jetzt hieß, mit ihm zusammengewesen waren, waren kaum wiederzuerkennen. Fast alle waren auf eine Weise gealtert, die nur der Streß mit sich bringt. Faltige Gesichter, ein dünnes, nicht überzeugend wirkendes Lächeln und sorgenvolle Augen tief in den Höhlen waren genauso ein Zeichen des Frontdienstes wie die dunkle Bräune, die verschossenen Uniformen und Modeerscheinungen wie Wildlederstiefel und auffällige Pullover.
Darymple machte es nicht viel aus, daß das Bataillon, bei dem er sich jetzt befand, so stark reduziert war. Darymple war kein besonders sensibler Mann und schon gar nicht sentimental. Es war die Aufgabe eines Soldaten, zu kämpfen und zu sterben. Es bedrückte ihn nicht im geringsten, daß die Männer des Bataillons das getan hatten. Er bedauerte nur, soviel von den Kämpfen verpaßt zu haben, während er in Kairo hinter dem Schreibtisch gesessen hatte.
Die Wüste war im Mai herrlich, noch nicht unerträglich heiß. Von seinem

Aussichtspunkt auf dem Panzer konnte er ausgedehnte Streifen von Wüstenblumen sehen, die nach dem Regen im Winter aus dem Boden geschossen waren. Zerquetscht von Panzerketten, Lastwagenreifen und Stiefeln verströmten die grünen Stellen den Geruch von wildem Thymian. Die heißen Frühlingswinde hatten sich dieses Jahr verspätet, aber sie würden kommen. Die Blumen würden über Nacht vertrocknen und verschwinden. Endlich sah Darymple jemand, den er kannte: Lieutenant Copeland. »Piggy!« Jetzt war es wirklich großartig, wieder hier zu sein. Sein Freund Piggy schlenderte zu ihm herüber. Der Lieutenant nahm die Mütze ab und kratzte sich am Kopf. »Bist du immer noch in Beryl verliebt?«

Darymple lächelte verlegen. Er wußte, daß er sich zum Narren machte, indem er seine Freude über die Rückkehr zu seinen Leuten so unverhohlen zeigte, aber er konnte sie nicht unterdrücken. Er tätschelte die Panzerung. »Das alte Miststück hat ganz schön Glück gehabt.«

»Stimmt. Beryl scheint immer durchzukommen. Übrigens, habe ich dir erzählt, daß Wallingford neulich hier war?«

»Wallingford?« Darymple spürte einen jähen Stich.

»Er hat gesagt, er hätte dich getroffen. Lieutenant Commander mit einem DSO und so weiter! Wie, zum Teufel, kommt man bloß in so eine unabhängige Einheit? Weißt du noch, Wally war schon in der Schule so ein Glückspilz, nicht wahr?«

»Ich glaube schon«, sagte Darymple vorsichtig. Er rechnete damit, daß er Wallingford heute zu sehen bekam, aber er freute sich nicht darauf. Wenn Wallingford eines Tages geschnappt wurde – und das war unvermeidlich –, wollte Darymple nichts mit ihm zu tun haben. »Ich habe ihn nur ein paarmal gesehen. Er war nicht in meinem Wohnheim.«

»Nein, nicht in deinem Wohnheim, aber du warst mit ihm in der Schulmannschaft. Ihr seid zusammen herumgezogen, nicht wahr?«

»Manchmal. Ich hab's vergessen. Es ist lange her.«

»Lange her, das stimmt. Ich glaube, ich werde den Krieg als verdammter Lieutenant beenden. Weißt du, wie lange ich jetzt schon hier draußen bin?«

»Das liegt vermutlich nur am Papierkrieg«, sagte Darymple. »Deine Beförderungen werden schlagartig hintereinander kommen, und plötzlich bist du General.«

»Kann ich das schriftlich haben?«
»Was ist das?« sagte Darymple. Er zeigte nach Westen. In der Ferne kam eine Wand aus feinem braunen Staub langsam auf sie zu. Sie sah massiv aus, und nur sein gesunder Menschenverstand sagte ihm, das könne nicht sein. Die Wand mußte fünf bis sechs Kilometer weit weg sein und ragte hoch, vielleicht hundertfünfzig Meter, in die Luft. »Das ist doch nicht der Kamsin?« sagte Darymple, der wußte, daß er einen solchen Sandsturm noch nie gesehen hatte.
Piggy folgte seinem Blick. »Nein, das sind die Hunnen. In der letzten Woche haben sie fast jeden Tag Staub aufgewirbelt. Diese Staubwand entsteht, wenn sie ihre Panzer und Fahrzeuge verlegen. Sie müssen südlich von uns eine höllische Menge Rüstung zusammenziehen.«
»Dann wird es nicht mehr lange dauern«, sagte Darymple.
»Nein, nicht mehr lange«, sagte Piggy.
Wie zur Bestätigung dieser Worte hörte Darymple das Dröhnen von Motoren und sah ein einzelnes Flugzeug, das in einer stetigen, geraden Linie über ihre Front hinwegflog.
»Das ist Hermann, der unsere Stellungen fotografiert. Inzwischen muß er reichlich Fotos haben, denn er kommt fast jeden Tag.«
»Vielleicht gehört das zu einem Plan, uns nervös zu machen«, sagte Darymple.
»Dann gelingt ihm das gut«, sagte Piggy. »Ich krieg' das große Zittern, wenn ich daran denke, daß die Hunnen die Stellung von jedem Panzer, Wagen, Laster und Depot feststellen können, die wir hier haben.«
»Sie interessieren sich für die Bahnlinie an der Küste«, sagte Darymple. »Unsere Jungs haben die Bahnlinie bis nach Tobruk verlängert.«
»Ihr Leute in Kairo seid die einzigen, die wissen, was los ist«, sagte Piggy ohne Groll. »Wir hier draußen an der Front erfahren nie etwas.«
»Und eine Wasserleitung gibt es dort auch. Es heißt, das Korps wird mehr Wasser kriegen, als es verbrauchen kann.«
»Dann werde ich mich wieder regelmäßig waschen«, sagte Piggy. »Bei der jetzigen Wasserration reibe ich mich nur trocken ab.«
»Wer, zum Teufel, ist dieser Kerl?« sagte Darymple, und die Dringlichkeit und Entrüstung in seiner Stimme erschreckten Piggy.
»Wer? Wo?«
»Dieser Mistkerl!« Er zeigte auf ihn.

»Ach, das ist irgendein Major aus Kairo, der zu einem Palaver mit Andy hergekommen ist. Streng geheim, hat Andy gesagt.«
»Ich kenne das Schwein«, sagte Darymple. »Das ist ein verdammter Corporal. Ich kenne ihn!«
»Immer mit der Ruhe, Robbie, alter Junge.«
»Ich sag' dir doch, daß ich ihn kenne. Er ist ein verdammter kleiner Corporal. Er rennt mit einer hinreißenden Frau herum, die in dem Hotel wohnt, in dem ich gewohnt habe.«
»Ich muß schon sagen, der hat Nerven«, sagte Piggy, ohne viel Emotion zu zeigen.
»Und was willst du dagegen unternehmen? Er ist ins Offizierskasino gegangen.«
»Es ist fast Zeit zum Mittagessen.«
»Sei doch kein Vollidiot, Piggy. Er kann nicht mit uns essen. Du mußt die Militärpolizei holen und ihn unter Arrest stellen lassen. Er gibt sich als Offizier aus. Im aktiven Dienst und so weiter. Er ist vermutlich auf der Flucht, ein Deserteur. Falsche Papiere und so.« Für sich fügte Darymple leise, aber inbrünstig hinzu: »Ich hab's gewußt. Ich hab's die ganze Zeit gewußt. Was für ein Schuft!«
Piggy sah Darymple an und versuchte, sich darüber im klaren zu werden, ob das einer von Darymples Scherzen sei. In der Schule war er ein ziemlicher Witzbold gewesen. Er hatte vor den unteren Klassen eine Tracht Prügel bekommen, weil er dem Hausmeister des Wohnheims per Post eine der ungenießbaren Fleischpasteten der Schulküche geschickt hatte. Er hatte die Adresse auf den Teigdeckel der Pastete geschrieben und Briefmarken darauf geklebt, und die Pastete war heil angekommen!
Aber das hier war offenbar kein Scherz seines Freundes. Außerdem gab es kein Anzeichen dafür, daß sich Darymples Erregung legte. Und weil Darymple Captain war, mußte Piggy gehorchen. »Was auch immer du sagst, alter Junge. Halt! Corporal!« rief er einem vorbeigehenden Unteroffizier zu. »Gehen Sie zum Sergeant im Ordonnanzraum und sagen Sie ihm, wir haben einen Deserteur identifiziert. Er soll herkommen und eine bewaffnete Eskorte mitbringen.«
»Ja, Sir«, sagte der Corporal. Er lächelte. Das war eindeutig eine Abwechslung im täglichen Einerlei.

»Und zwar ein bißchen plötzlich!« rief Darymple.
»Ja, Sir«, rief der Corporal über die Schulter und rannte los.

❖

Alle, die bei der Festnahme des Polizeimajors auf Besuch dabei waren, erinnerten sich lebhaft daran. Zu dem Zeitpunkt waren drei Offiziere im Kasinozelt. Der Besucher, der auf Khakidrillich Majorskronen aus Stoff trug, trank im Stehen einen Whisky. Drei Lieutenants – darunter ein älterer Offizier vom Feldzeugwesen – saßen am Tisch und verschlangen ein frühes Mittagessen, ehe sie wieder an die Arbeit gingen. Bei Darymple waren Lieutenant Piggy Copeland, ein zum Dienst im Ordonnanzraum abgestellter Sergeant und Sergeant Butcher vom Königlichen Korps der Militärpolizei, ein Mann, den der Ordonnanzsergeant wegen seiner körperlichen Kraft und seines unerschütterlichen Festhaltens an königlichen Vorschriften und den Methoden der Armee mitgebracht hatte.
Darymple gewann den Wettlauf. »Sie!« brüllte er Ross an. »Was fällt Ihnen denn ein, Mann?«
Ross hatte Darymple schon gesehen, hoffte aber, er könne ihm aus dem Weg gehen. Als er jetzt brüllend ins Kasinozelt kam, konnte Ross ein starkes Angstgefühl nicht unterdrücken.
»Cutler, oder wie Ihr Scheißname auch lauten mag, raus hier, ein bißchen plötzlich.« Als Ross seinem Befehl nicht gehorchte, drehte sich Darymple zu dem Sergeant um und sagte: »Das ist der Mann.«
Sergeant Butcher von der Militärpolizei zog seinen Stoffgurt mit dem Revolver hoch, den er in der Eile angelegt hatte, ohne den Schulterriemen korrekt festzuschnallen. Dann zog er sich den Schirm der roten Mütze über die Augen und näherte sich Ross. Als er vor ihm stand, drückte seine Haltung ein gewisses Maß an Unsicherheit aus.
Ross lächelte. Es war eine nervöse Reaktion, wirkte aber nicht so. Sie brachte Darymple noch mehr in Rage und veranlaßte Sergeant Butcher, Cutler um seine Ausweispapiere zu bitten.
Ross überreichte sie mit einem Schlenker, den Darymple für unverschämt hielt. Das und die Tatsache, daß sein Adrenalin in Strömen floß, brachte Darymple dazu, die Papiere an sich zu reißen – »Fälschungen,

Fälschungen, das sieht jeder auf den ersten Blick« – und sie in die Tasche zu stecken. »Das ist wichtiges Beweismaterial. Nehmen Sie ihn fest, Sergeant. Ich will, daß ihm Handschellen angelegt werden.« Zu Ross sagte er: »Dieses Mal entkommen Sie mir nicht«, was den Zuschauern den Eindruck vermittelte, er habe diesen Mann schon einmal festgenommen.

»Reißen Sie sich zusammen, Captain Darymple«, sagte Ross. Sein Herz schlug wild, aber er sagte sich immer wieder, das müsse nicht das Ende sein. Er mußte nur ruhig bleiben. Ross wußte, daß sein Ausweis echt war; er mußte sie dazu bringen, daß sie ihn anschauten. »Sehen Sie sich meinen Sonderermittlungsausweis an. Ich bin Major. Ich bin hier, um mit Colonel Anderson zu sprechen.«

»*Colonel* Anderson?« sagte Darymple laut. Einen kurzen Augenblick verdrängte die Nachricht von Andersons Beförderung zum Colonel alles andere aus seinem Kopf. »*Colonel* Anderson?«

»Ja, Captain Darymple. Ich bin hergekommen, um mit Colonel Anderson zu sprechen.«

»Worüber?« sagte Sergeant Butcher barsch. Er hatte viele militärische Hochstapler gesehen. Sie schienen sich alle am liebsten als Major zu verkleiden. Es war ein guter Rang: die meisten Militärpolizisten machte er so nervös, daß sie ihn nicht anzweifelten, während er andererseits nicht so hoch war, als daß er die falsche Art von Aufmerksamkeit erregt hätte.

»Sicherheit«, sagte Ross und begriff sofort, daß er Butchers Verdacht bestätigte, wenn er ihm so höflich antwortete. Ross hatte in seiner Zeit als einfacher Soldat Dutzende von Männern wie ihn kennengelernt. Butcher war die Art von Mann, der seinen Rang dazu benützte, andere zu schikanieren, und sich nicht vorstellen konnte, daß andere ihren Rang nicht gleichermaßen ausnützten.

»Sie stehen unter Arrest«, sagte Butcher. Er war ein kräftiger Mann und verdrehte Ross den Arm, damit er eine Handschelle zuschnappen lassen konnte. Er zog schnell den zweiten Arm auf den Rücken und legte Ross die zweite Handschelle an, so daß beide Hände hinter ihm gefesselt waren.

»Sehen Sie sich meine Papiere an.« Seine erste schreckliche Furcht war der Entrüstung gewichen, als er begriff, daß die Konfrontation nur

durch Darymples Irrtum verursacht worden war. Ross kam sich wie ein Narr vor, als weitere Offiziere zum Essen ins Zelt kamen, herumstanden und die absurde Szene genossen.
»Erklären Sie mir doch, warum Sie als Corporal herumgelaufen sind. Erklären Sie das«, sagte Darymple triumphierend.
»Ich brauche Ihnen gar nichts zu erklären, Captain Darymple.«
»Aber, aber, Bürschchen. Machen Sie kein Theater. Das kriegen wir schon raus«, sagte Butcher. Er hatte gelernt, wie man Festgenommene mit sanften Worten und abenteuerlichen Versprechungen ruhigstellte. Er packte Ross am Arm und wollte ihn aus dem Zelt ziehen.
»Holen Sie sofort Ihre Leute von der Feldsicherheit«, sagte Ross zu Butcher. »Und nehmen Sie mir auf der Stelle die Handschellen ab. Sehen Sie sich meine Papiere an. Ich bin berechtigt, jede Uniform zu tragen. Und jeden Rang anzunehmen.«
»Beruhigen Sie sich, Bürschchen«, sagte Butcher. »Solche Sachen sagen sie alle.«
»Sie sind ein verdammter Narr, Darymple! Wenn Sie diesem Idioten nicht befehlen, mich sofort freizulassen, sorge ich dafür, daß Sie vor das Kriegsgericht kommen, weil Sie einen Offizier für Sonderermittlungen an der Ausübung seiner Pflicht gehindert haben.«
Teils zur eigenen Beruhigung sagte Butcher: »Wenn Sie wirklich von der Abteilung für Sonderermittlungen wären, hätten Sie eine Karte dabei, auf der steht, daß Sie berechtigt sind, jede Uniform zu tragen.«
»Aber ich trage die Uniform, die meinem tatsächlichen Rang entspricht«, sagte Ross. »Ich bin nicht in irgendeiner Verkleidung hier. Sie haben meine Papiere, und Sie haben sich geweigert, sie anzusehen.«
In diesem Augenblick kam Colonel Anderson ins Zelt. Ihm voraus ging der Ordonnanzsergeant, der beschlossen hatte, als der Streit eskalierte, auf Nummer sicher zu gehen und den Kommandeur zu holen.
»Was ist denn hier los?« sagte Anderson laut in seinem breiten Akzent von Yorkshire. Als niemand antwortete, sagte er: »Was geht hier vor, Major Cutler?«
»Mr. Darymple hat den MP-Sergeant angewiesen, mich festzunehmen«, sagte Ross entschuldigend.
Anderson sah Darymple einen Augenblick lang an. Der aufgestaute

Ärger darüber, wie Darymple ihn früher behandelt hatte, wurde stärker als seine Zurückhaltung. Er sagte, mit einer Pause zwischen jedem Wort: »Sie sind ein blöder Arsch, Darymple. Sie sind ein idiotischer, übereifriger, anmaßender Schwachkopf. Major Cutler ist mein Gast und außerdem dienstlich hier. Verpissen Sie sich aus dem Kasino, ehe ich mich vergesse und Ihnen einen Kinnhaken verpasse.«
»Aber ich kenne diesen Soldaten«, insistierte Darymple, doch seine Entschlossenheit ließ nach.
Anderson sah ihn an, als fragte er sich, was er als nächstes tun solle. »Haben Sie seine Papiere angesehen?«
»Ich habe sie für Fälschungen gehalten«, sagte Darymple und reichte sie Anderson. »Es tut mir leid, Sir.« Er sah Cutler an und versuchte zu sagen: »Es tut mir leid, Major Cutler«, aber die Worte kamen als Krächzen heraus.
»Nehmen Sie Ihre Mahlzeiten anderswo ein, bis ich Ihnen sage, daß Sie wieder im Kasino essen dürfen. Ich kann Ihr blödes Gesicht nicht mehr sehen.«
Inzwischen hatte Sergeant Butcher seinen Gefangenen von den Handschellen befreit und hatte steif Haltung angenommen. Sein Gesicht war knallrot geworden. Butcher begriff, daß er Ärger bekommen würde. Andersons zernarbtes Mopsgesicht konnte furchterregend sein, wenn er finster dreinschaute, und er schaute finster drein, als er sein Gesicht Butchers Nase näherte. »Ich werde Arbeit für Sie finden, Butcher. Ich werde eine Aufgabe für Sie finden, die Sie so beschäftigt, daß Sie keine Zeit mehr haben, Unschuldige festzunehmen und sich skandalöse Gerüchte anzuhören, idiotische Beschuldigungen und unbewiesenes Gerede, statt Beweise zu überprüfen.« Er wedelte mit Cutlers Papieren, ehe er sie ihrem Besitzer zurückgab.
»Ja, Sir«, sagte Butcher.
»Bis dahin stehen Sie unter Anklage.«
»Ja, Sir.«
»Wegen Verstoßes gegen die Militärdisziplin, weil Sie ohne Erlaubnis und ohne triftigen Grund in das Offizierskasino eingedrungen sind. Und nehmen Sie die Streifen ab, bevor Sie mir wieder unter die Augen kommen. Und jetzt scheren Sie sich mit Ihrem Fettarsch hier raus.«
Sergeant Butcher blinzelte und schaute sich um, wollte sehen, ob

untere Ränge gehört hatten, was gesagt worden war. Die beiden Kasinokellner standen mit einem breiten Grinsen im Gesicht hinter dem Kasinotisch. Es gab keinen Zweifel daran, daß Butchers Fehleinschätzung und die Standpauke, die er deshalb bekommen hatte, sich innerhalb einer Stunde zu jedem Soldaten in der Nähe herumgesprochen haben würden.

»Es ist vermutlich besser, wenn wir in meinem Zelt zu Mittag essen«, sagte Anderson und sah Butcher und Darymple beim Abgang zu. »Da sind wir eine Spur ungestörter.« Er winkte einem Kellner und führte Ross hinaus.

»Der verdammte Darymple«, sagte Colonel Anderson, als sie im Kommandeurszelt saßen. »Der kam hier angekrochen mit irgendeiner Geschichte darüber, daß er seinen Einsatzbefehl verlegt hat.«

»Seien Sie nicht zu hart zu ihm, Colonel. Er hat mich in der Kleidung eines Corporal gesehen. Es war vermutlich ein Schock, als er mich in dieser Uniform gesehen hat.«

»Was ist an einem Corporal verkehrt?« sagte Anderson. »Könnten Sie mir im Ernst erzählen, wenn Darymple als einfacher Soldat zur Armee gekommen wäre, hätte er es je auch nur zum Corporal gebracht?«

Anderson sondierte nur das Terrain. Ross sagte nichts. Die Zeltklappe wurde absichtlich lautstark geöffnet, und Andersons Ordonnanz kam mit einem großen Glas Gin und Tonic auf einem Tablett. Anderson nahm es und trank einen Schluck. »Was möchten Sie trinken, Major?«

»Ein Bier wäre mir sehr lieb, Sir.«

Anderson nickte dem Soldaten zu. »Ich schiebe das Arschloch jedenfalls wieder ins Hauptquartier ab, wenn sein offizieller Dienstbefehl nicht bis Ende der Woche eintrifft. Jetzt sagen Sie mir, was Sie wollen, und ich tue für Sie, was ich kann.«

»Ich suche nach einem Marinetypen namens Wallingford«, sagte Ross. Er nahm das Bier, das der Kasinokellner brachte. »Zum Wohl, Sir.«

»Einer von diesen Lumpen vom Independent Desert Team. Ja, er kommt hin und wieder hier durch. Was wollen Sie von ihm?« Während er das sagte, wurden die Motoren eines Tieffliegers hörbar. Anderson regte keinen Muskel. Der Flugzeuglärm wurde immer lauter. Andersons einstudierte Ruhe gehörte zu der Art von Tollkühnheit, die Soldaten an der Front Besuchern aus der Etappe gern vorführten.

Ross hatte Kämpfe erlebt, und am liebsten hätte er sich unter den Tisch geworfen und wäre vor dem, was möglicherweise eine Bombardierung war, in Deckung gegangen, aber er rührte sich nicht, während das ohrenbetäubende Crescendo über sie hinwegging.
»Unsere fliegenden Freunde«, sagte Anderson und lächelte trostlos, als der Lärm sich legte und der Jagdflieger der Royal Air Force den Weg nach Hause einschlug. Eine »Abreibung« für die Armee war ein Lieblingssport von RAF-Fliegern Richtung Heimathafen.
Ross sagte: »Vermutlich haben Sie bemerkt, daß die Hunnen erstaunlich gut über alles informiert sind, was wir haben, über alles, was wir tun, und über das meiste, was wir planen.«
»Wo kriegen die das her?«
»Ich will Ihnen gegenüber völlig aufrichtig sein. Das weiß niemand. Aber dieser Wallingford könnte uns vielleicht helfen. Er ist vermutlich ein Deserteur –«
»Wirklich? Mein Gott!«
»Ja. Er leitet eine Bande von Dieben.«
»Einer von denen«, sagte Anderson müde. Die Armee wurde von Dieben bis auf die Knochen ausgeplündert. »Ja, er ist hier durchgekommen. Ich habe ihm gegen Quittung Essen, Benzin und anderes gegeben. Was bin ich doch für ein Idiot.«
Ross sagte: »Er hat eine glatte Zunge und ist sehr überzeugend. Ich bin ihm einmal begegnet.«
»Er hat im Kasino mit uns gegessen. Ja. Er ist ein Kumpel von Darymple. Er war bei der Marine, ein Lieutenant Commander mit dem DSO.«
»Wir lassen ihn immer noch überprüfen. Es war eine schlaue Idee, eine Marineuniform zu tragen. In der Wüste gibt es nicht viele Polizisten von der Royal Navy. Übrigens auch in Kairo nicht. Er hält sich von Alex fern, wo die Marine stationiert ist.«
»Ist er der Spion, hinter dem Sie her sind?«
»Vielleicht.«
»Nur vielleicht?«
»Wir haben in Kairo zwei Männer festgenommen. Einem gegenüber hat Wallingford damit geprahlt, er wüßte, wer der Spion ist.«
»Reicht das für weitere Ermittlungen?«

»Die Festgenommenen haben mit Wallingford Geschäfte gemacht. Einer hat in seiner Aussage angedeutet, daß Wallingford mit gestohlenen Waffen handelt. Wir haben außerdem Beweise dafür, daß Wallingford anwesend war, als im Januar in el-Birka ein Sergeant Major ermordet wurde. Ich habe eine blutbefleckte Banknote, auf der vermutlich seine Fingerabdrücke sind. Wenn ich Wallingford finden kann, halte ich ihn unter Mordverdacht fest und probiere, was ich aus ihm herausquetschen kann.«
»Sie meinen, er wird reden?«
»Ich werde ihn zum Reden bringen.«
»Wenn ihm eine Mordanklage droht, ist es dann nicht wahrscheinlich, daß er den Mund hält und lieber ein Kriegsgerichtsverfahren in Kauf nimmt?«
»Natürlich würde ich für ihn tun, was ich kann.«
»Für einen Deserteur . . . einen Gangster?«
»Colonel, dieser Spion ist eine reale Bedrohung für uns. Ich würde zugunsten von Adolf Hitler aussagen, wenn das hieße, daß ich den Mann festnageln kann, der unsere Geheimnisse an Rommel verrät.«
»Natürlich tue ich alles, womit ich Ihnen helfen kann.«
»Er ist vermutlich hierher unterwegs. Er hält sich in der Regel immer an dieselbe Route. Wir glauben, daß er Kontaktpersonen hat. Wir haben Einheiten der Militärpolizei alarmiert. Durch die Marinerangabzeichen wird er etwas auffälliger, aber er trägt Khaki und wird zweifellos die Uniform wechseln und verschwinden, wenn er hört, daß wir hinter ihm her sind. Ich habe ein Flugzeug genommen, damit ich vor ihm hier sein konnte. Ich möchte gern herumschnüffeln und ein paar Fragen stellen.« Er sah Anderson an. Es war lediglich eine Formalität, die Erlaubnis des kommandierenden Offiziers einzuholen, und beide Männer wußten das.
Anderson musterte ihn einen Augenblick lang, ohne zu antworten. Ihm gefiel der Gedanke nicht, daß mysteriöse Männer von der Abteilung für Sonderermittlungen hierherkamen und bei seinen Offizieren »herumschnüffelten«, aber er hatte keine andere Wahl. »Ja, selbstverständlich. Sagen Sie mir, was Sie brauchen.«
»Danke, Colonel. Wenn Wallingford mit seiner Bande eintrifft, werde ich Ihre Hilfe brauchen.«

21

»Das ist meine Lieblingszeit im Jahr«, sagte Wallingford plötzlich und ohne ersichtlichen Grund. Wallingford fuhr den großen Matador-Laster. Er holperte über ein paar Felsplatten hinunter zu einem großen Sandsee, so weiß, glatt und faltenlos wie ein frisch gestärktes Tischtuch. Percy, den die Stöße fast vom Beifahrersitz schleuderten, stöhnte nur. Percy ließ sich so leicht nichts vormachen. Er hatte den Verdacht, daß Wallingford gar nichts genoß. Wallingford hatte die Wüste satt. Mit der Zeit weicht die Euphorie durch die klare Luft und die magischen Nächte mit sternenübersätem Himmel einem Gefühl der Mattigkeit, einer Erschöpfung, die sich durch den Mangel an optischen Anregungen einstellt. Diese gesichtslosen Landschaften – ohne Gebäude, Bäume, Straßen oder Gras – stumpften den Verstand schließlich ab und brachten einen Mann dazu, sich in sich selbst zurückzuziehen, wie es Wallingford immer häufiger tat.

»Sie gehen unnötige Risiken ein«, sagte Percy. In seiner Stimme lag keine Bewunderung.

»Nur noch eine Fahrt«, sagte Wallingford mit gezwungener Fröhlichkeit. »Denken Sie an die Kameras.«

»Ich will nicht an sie denken.« Percy war heiß, er schwitzte und dachte nur daran, wie gern er ein kaltes Bier getrunken hätte.

»Dann denken Sie an das Geld«, sagte Wallingford wütend. »Denken Sie daran, reich zu werden.«

»Das versuche ich ja«, sagte Percy. »Aber ich muß immer daran denken, daß ich erschossen oder festgenommen werde.«

»Sie doch nicht, Percy. Sie sind wie ich. Sie sind ein Überlebenskünstler und knallhart.«

»Es ist dumm, unnötige Risiken einzugehen. Diese Frontgebiete sind für Leute wie uns gefährlicher, als es Kairo je sein könnte.«

»Warum?« sagte Wallingford milde. Er sah in Einwänden gegen seine Art, Dinge zu tun, immer das Produkt schwacher Nerven und unterlegenen Muts. Was die Bande zusammenhielt, war Wallingfords starke Persönlichkeit. Er versuchte, sie alle heiter und optimistisch zu stimmen, aber manchmal war das schwierig.
»In den Frontgebieten werden Deserteure erschossen.«
»Seien Sie nicht albern, alter Junge. Die Briten erschießen keine Deserteure; sie sperren sie nur ein.«
»Sie sind ein Idiot«, sagte Percy.
»Wie kommen wir voran?« Sie fuhren an einem der mit Beton gefüllten Fässer vorbei, die in diesem Teil der Wüste aufgestellt worden waren. Percy schaute auf die Karte auf seinen Knien und verglich die Nummer und den Hinweis auf der Karte mit der Markierung des Fasses.
»Es ist okay.« Sie waren auf dem richtigen Weg.
Bald sahen sie einen Panzer. Er stand, war hinter einem Hügel in Stellung gegangen. Sie hielten sich an den gut markierten Weg und näherten sich dem Panzer mit respektvoller Vorsicht. Der Feind benutzte häufig erbeutete Panzer, Laster und Wagen. Es war keine Sicherheitsgarantie, die Fahrzeuge als die der eigenen Seite zu identifizieren. Sie fuhren weiter. Sie sahen zwei weitere Wagen und erkannten die Abzeichen. Es war ein Nachschubverband einer Panzereinheit. Diese Lastwagen fuhren zurück, um Nachschub zu holen, und brachten ihn zu den Einheiten an der Front. Sie arbeiteten nachts. In der Nähe standen die Zelte der Mannschaften, neben denen der Maschinenschlosser, der Sanitäter und daneben zwei mobile Werkstätten. Wenn die Sonne unterging, würden sie die Arbeit wiederaufnehmen. Es war Nachmittag, eine Zeit, in der die meisten Soldaten schliefen. Hier und dort waren Männer zu sehen, die ihre Wäsche wuschen, und andere schrieben Briefe nach Hause.
Sie fuhren direkt in den locker formierten Verband hinein. Die Fahrzeuge waren weit verteilt, wie das tagsüber üblich war; nachts rückten sie näher zusammen. Bald kamen sie an den Ort, nach dem sie suchten: das Hauptquartier des Regiments. Der Boden war hart und uneben. Ein Posten stand auf einem Panzer, damit er alle Seiten der steinigen Ebene überblicken konnte.
Wallingford winkte ihm zu. Der Posten winkte zurück. Es war un-

wahrscheinlich, daß derart dünnhäutige Fahrzeuge wie das hier eine Bedrohung waren. Wenn die Deutschen angriffen, kamen sie mit Panzern.

Der Lastwagen holperte über den harten Boden, als Wallingford Captain Darymple sah. Er stand am Rand des Lagers neben einem Zelt. Er sah in einem gebleichten Hemd und zerlumpten Hosen wie ein Veteran aus, aber seine Nervosität wurde deutlich, als er angerannt kam und sie begrüßte.

»Wally! Wo hast du gesteckt?«

»Ich bin pünktlich. Was ist denn?«

»Wir müssen reden.« Darymple hatte in der heißen Sonne gestanden und sein Hemd war dunkel vom Schweiß und klebte an seinem Körper. Auch sein Gesicht war naß. Ein Staubfilm überzog sein schwitzendes Fleisch, so daß es aussah, als wäre er aus Sand. Er zog sich hoch, schwang sich ins Fahrerhaus und schlug die Tür zu. Dann sagte er: »Fahr weiter. Hau ab von hier.«

»Wir schlafen hier, du Trottel«, sagte Wallingford.

»Nein, Wally. Es ist etwas passiert. Fahr weiter, fahr einfach weiter.«

»Herr und Heiland, Robbie. Du siehst aus, als ob du ein Gespenst gesehen hättest. Was ist los?«

Ein paar Augenblicke lehnte sich Darymple nur auf dem Sitz zurück und holte Luft. Dann sagte er: »Ich *habe* ein Gespenst gesehen, Wally. Genau das habe ich gesehen – ein Scheißgespenst!«

»Spuck's schon aus, Mann. Was gibt's denn?« Die Melodramatik reizte Wallingford. Er war müde. Er wollte einen Drink, einen Schwatz und dann schlafen. Er wollte nicht, daß Darymple Grimassen schnitt und ihm sagte, wohin er zu fahren und was er zu tun habe.

»Es ist dieser kleine Corporal Cutler. Hast du den mal kennengelernt?«

»Schon möglich. Ja, ich glaube, ich habe ihn kennengelernt: Der Pianist. Was ist mit dem kleinen Scheißer? Hat es was mit seiner umwerfenden Freundin zu tun? Du bist scharf auf sie, nicht wahr? Das habe ich gleich gewußt.«

»Laß das, Wally. Hör dir an, was ich dir zu sagen habe. Der kleine Corporal ist kein kleiner Corporal.«

»Nein, er ist Napoleon Bonaparte.«

»Verdammt noch mal, Wally, hör zu. Der kleine Corporal ist ein

Major. Schlimmer, er ist ein Major bei der Feldsicherheit oder irgendeiner Sonderermittlungseinheit der Armee. Du weißt schon. Ein verdammter Gestapomann, Wally.«
»Ist er hier?«
»Und ob. Er ist bei diesem Schwein Anderson. Anderson ist zum Colonel befördert worden, falls du das fassen kannst. Und dieses kleine Arschloch von einem Emporkömmling ist bei ihm. Sie trinken und lachen zusammen.«
»Laß diesen ganzen Scheißdreck weg. Komm zur Sache. Was hat das alles mit mir zu tun?«
Darymple sah Wallingford voller Abneigung an. Es war typisch, daß sich Wallingford nur Sorgen um sich machte. »Ich habe ihn für einen Deserteur gehalten, als ich gesehen habe, wie er mit Kronen auf den Schultern herumstolziert ist, deshalb habe ich ihn festgenommen.«
Wallingford drehte langsam den Kopf, als er die Worte in sich aufnahm. Als er Darymple in die Augen sah, erhellte ein breites Lächeln sein Gesicht. »Du hast ihn festgenommen?«
»Ich habe ihn für einen Deserteur gehalten.«
»Du hast ihn festgenommen? Und er ist ein Major bei der Abteilung für Sonderermittlungen? Das ist stark, Robbie.«
»Ich war im Recht.«
»Natürlich warst du das«, sagte Wallingford. Er lachte wieder und trommelte mit der Faust gegen das Lenkrad.
»Er ist hinter dir her, Wally«, sagte Darymple, damit Wallingford das Lachen verging, weniger aus echter Überzeugung.
Wallingford drehte sich ganz lässig zu Percy um und sagte: »Gehen Sie zurück und sehen Sie nach, ob mit den anderen alles in Ordnung ist. Sagen Sie ihnen, sie sollen nicht aussteigen. Vielleicht fahren wir weiter.«
Percy wußte, daß er ihn loswerden wollte. Er setzte seine Mütze auf und stieg langsam vom Lastwagen.
Erst als er fort war, sagte Wallingford: »Warum sollte er hinter mir her sein?«
»Ich bin ein paarmal am Kommandeurszelt vorbeigegangen. Ich habe gehört, was sie gesagt haben. Er hat eine Gyppobanknote mit Blut und deinen Fingerabdrücken darauf. Er hat gesagt, er kann dich wegen Mord drankriegen.«

»Der kann mich mal!« Dann war er wieder ruhig. »Hast du noch mehr solche Scherze auf Lager, Robbie?«
»Er will rauskriegen, wer diese ganzen Geheimnisse an die Hunnen verrät.«
»Ach ja?« sagte Wallingford nachdenklich.
»O ja, das ist seine eigentliche Aufgabe. Er hat gesagt, er muß das Sicherheitsleck stopfen. Er hat gesagt, wenn ihm Adolf Hitler dabei helfen würde, ließe er ihn mit einem Verweis davonkommen. Oder so ähnlich«, fügte Darymple hinzu, als ihm einfiel, daß er nicht alles gehört hatte.
»Sogar Adolf?«
»Das war natürlich ein Scherz.«
»Ja, das habe ich mir schon gedacht, Robbie.« Wallingford wedelte Fliegen weg.
Darymple beobachtete sein Gesicht, aber er sah ihm nicht an, wie die Neuigkeiten gewirkt hatten.
Wallingford verlagerte das Gewicht im Sitz, bis er Percys ferne Gestalt im Außenspiegel sehen konnte. »Wenn ich diesem Gestapomann sage, was er wissen will, meinst du, er läßt mich dann laufen, Robbie?«
»Du machst Witze«, sagte Darymple und lächelte nervös. »Nein. Hast du eine Zigarette?«
»Du weißt es?« Er fand ein Päckchen Players mit vier Zigaretten. »Du kannst sie behalten, wenn du willst.«
»Stimmt, ich weiß es.« Wallingford zündete sich eine Zigarette an und inhalierte tief, ehe er Rauch ausblies. »Die verdammten Fliegen!«
»Du weißt, wer den Hunnen unsere Geheimnisse verrät?«
»Genau.«
»Heiland! Wie lange weißt du das schon?«
»Das ist doch egal, alter Junge. Ich habe einen zahmen Hunnen, der alle Antworten kennt. Er war früher bei Rommels Fernmeldestab.«
»Percy, dein Hunne?« Jetzt verrenkte sich Darymple, um einen Blick auf den deutschen Deserteur zu erhaschen, der zum zweiten Lastwagen zurückging.
»Die Frage ist, wird sich dein Freund, der Sonderermittler, auf einen Handel mit mir einlassen?« fragte Wallingford.

»Woher soll ich das wissen?«
»Geh hin und rede mit ihm, sei ein guter Junge.«
»Ich bin ihm gegenüber in keiner guten Position. Ich hab' dir doch gesagt, ich hab' den kleinen Mistkerl festgenommen.«
»Sprich mit ihm. Sag einfach, du kennst jemand, der weiß, was er wissen will. Aber ich will dabei völlig ungeschoren wegkommen. Sorg dafür, daß er meine Bedingungen kennt. Tu das für mich, ja, Robbie?«
Darymple wirkte skeptisch.
Wallingford sagte: »Das will er doch unbedingt herausbekommen, nicht wahr? Er wird dich mit offenen Armen empfangen, alter Junge.«
»Das könnte schon sein. Okay, ich rede mit ihm.«
»Selbstverständlich keine Namen. Alle für einen, einer für alle. So war es immer.«
»Und so wird es immer sein, Wally.« Wieder einmal hatte Wallingfords Charme seine magische Wirkung getan. Darymples aufgestauter Groll, seine ganzen Haßgefühle hatten sich verflüchtigt. Wallingford war wieder der Star der Schüler-Kricketmannschaft und Darymple sein treuer Bewunderer. »Was wirst du jetzt machen?«
»Wir fahren weiter zum Bataillon. Weißt du, wo die Box endet?«
»Fahr auf der markierten Spur weiter. Wo die Piste weich wird, siehst du die Reifenspuren der Nachschubfahrzeuge. Dann kommt eine Reihe Fässer und ein Schild. Dort ist Donner zuständig. Er wird sich um dich kümmern.«
»Spring ab, Robbie. Danke für die Warnung, alter Sportsfreund. Und übrigens, geh nicht nach Kairo zurück. Mahmud hat ein Kopfgeld auf dich ausgesetzt.«
»Was?«
»Ich kann dir das jetzt nicht genau erklären. Aber bleib hier draußen in der Wüste, dann kann dir nichts passieren. Ich bringe das in Ordnung, wenn er sich ein bißchen abgeregt hat.«
»Gütiger Gott, Wally. Ist das dein Ernst?«
»Es ist mein Ernst, alter Junge, und Mahmud meint es ebenfalls ernst. Diese Araber reagieren sehr empfindlich, wenn man seine Schulden nicht bezahlt. Das ist nicht so wie bei deiner Bank zu Hause, wenn du in die roten Zahlen gerätst.«
»Kannst du das ausbügeln, Wally?«

»Sieh mal, was du bei Sherlock Holmes für mich tun kannst. Wenn er sagt, ich kann von ihm kriegen, was ich will, schickst du mir eine Nachricht zum Bataillon. Okay?« Wallingford berührte den Anlasser, um zu zeigen, daß er es eilig hatte. Darymple stieg vom Trittbrett.

»Ich tue alles, um dir zu helfen«, sagte Darymple.

»Und ich halte dir Mahmud vom Hals«, sagte Wallingford. »Einer für alle, alle für einen.« Er steckte den Kopf aus dem Lastwagen. »Kommen Sie schon, Percy, ich warte auf Sie!« brüllte er und schnippte die Zigarette weg, so daß sie im Sand landete.

❖

Sie fuhren fünfzehn Kilometer weiter, ehe sie das Bataillon fanden. Es war eine in vorderster Front stationierte Panzereinheit, weit im Westen. Wallingford sah einen Mann, den er kannte. Der junge Lieutenant saß mit einem verrenkten nackten Fuß auf einem Panzer und schnitt sich die Zehennägel. Er trug ein zerlumptes Hemd, ein schmieriges Barett und Shorts. Seine Haut war von der Sonne tief gebräunt, und er hatte sich seit mehreren Tagen nicht rasiert. Er hieß Rodney Benton, aber in der Schule hatten ihm seine Angewohnheiten den Namen Donnerarsch eingetragen. Im Lauf der Zeit war das auf Donner verkürzt worden und der Ursprung fast in Vergessenheit geraten.

Benton gehörte zu den regelmäßigen Kontaktpersonen, mit deren Hilfe sich Wallingford durch die Wüste bewegte. Er ließ sich etwas Zeit, um seine fröhliche Miene aufzusetzen. Dann schwenkte er eine Flasche Scotch aus dem Fenster und rief: »Hallo, Donner. Wie geht's?«

Der Lieutenant strahlte, zog schnell die langen Wollsocken an und schlüpfte in die ramponierten Wildlederstiefel. Wally hatte mit seiner fröhlichen Art, seinen komischen Geschichten, mit Klatsch aus Kairo und umsichtigen Mitbringseln wie Whisky und Weinbrand überall feste Freundschaften geschlossen.

Die Panzer waren sorgfältig verteilt und mit Netzen getarnt. Außer Donner saßen die Besatzungen im Schatten ihrer Panzer unter den Netzen. Es war ein heißer Tag. Die meisten Soldaten hatten die Hemden ausgezogen und trugen nur Shorts und Schuhe oder Stiefel.

Etliche aßen, und andere, die mit dem Essen fertig waren, hatten sich ausgestreckt und schliefen.
Donner begrüßte die Neuankömmlinge und brachte sie zu dem Zelt, in dem das Funkgerät stand. Das Zelt war in den Sand eingegraben, damit es für feindliche Flugzeuge und Patrouillen unsichtbar war. Man mußte sich tief bücken, um hineinzukommen. Drinnen konnte man durch den ausgehobenen Boden stehen. Als er sich aufrichtete, stellte Wallingford fest, daß sie nicht die einzigen Besucher in diesem Frontgebiet waren. Im Zelt waren Harry Wechsler und Chips O'Grady.
»Wir haben noch einen Besucher«, erklärte Donner. »Und er hat Whisky mitgebracht.«
Harry Wechsler war gewaschen und sorgfältig rasiert. Sein Buschhemd war sauber. Er erhob sich von einer Munitionskiste und schüttelte Wallingford mit festem Griff herzlich die Hand. »Freut mich, Sie wiederzusehen, Lieutenant Commander.«
Wallingford nickte, ließ sich aber nicht anmerken, daß er ihn schon einmal getroffen hatte.
»Whisky«, sagte Donner wieder. Harry Wechsler lächelte ihn an und fragte sich, ob das heißen sollte, solche Mitbringsel würden von allen Besuchern erwartet.
»Mr. Wechsler schreibt für amerikanische Zeitungen«, sagte Donner. »Er ist hergekommen, um auf Rommels Angriff zu warten.«
Donners Stimme klang unverkennbar ironisch, aber Wechsler ließ sich nicht anmerken, ob ihm das aufgefallen war. Er sagte zu Wallingford: »Diese Jungs glauben, daß Rommel da draußen auf seinem Arsch sitzt und darauf wartet, bis ihr soweit seid.«
»Und Sie glauben das nicht?« sagte Wallingford und beobachtete, wie Donner Whisky für alle einschenkte. Es war heiß in dem kleinen Zelt, und die Fliegen schwirrten pausenlos um sie herum.
Wechsler sagte: »So wie Rommel bisher gekämpft hat, wird er zeitig zuschlagen und da, wo ihr es am wenigsten erwartet. Das hat er im Januar in El Agheila getan. So hat er es immer gemacht, warum also nicht jetzt?«
»Die Deutschen sind keine Übermenschen«, sagte Wallingford und trug ruhig den offiziellen Standpunkt vor. »Rommel hat sich auf dem Vormarsch verausgabt. Jetzt braucht er Zeit, wieder Kräfte zu sammeln

und sich neu zu formieren. Vielleicht ist er in etwa einem Monat bereit zum Angriff – im Juli oder im August –, aber bis dahin könnten wir durchaus selbst ein paar Angriffe durchgezogen haben.«
»Ich muß zu meinen Jungs zurück«, sagte Donner und kippte den Whisky. »Ich höre die Nachschubfahrzeuge. Sie sind früh dran. Ich muß sie abladen lassen und wieder auf den Weg bringen. Ich überlasse Sie dem Gespräch über Rommel; wenn Sie sich einig sind, was er vorhat, können Sie mir Bescheid sagen.« Er grinste. »Später schicken wir eine Patrouille los, Mr. Wechsler. Sie sind herzlich eingeladen, mitzufahren und einen Blick darauf zu werfen, wie es hier so läuft.«
»Danke, Junge.«
»Sind Sie denn nicht verpflichtet, einen Begleitoffizier bei sich zu haben?« fragte Wallingford, als Donner gegangen war.
»Hin und wieder lassen sie uns von der Leine. Sogar Begleitoffiziere brauchen ein bißchen Ruhe und Entspannung.« Wechsler zwinkerte. »Chips kennt sich hier aus. Das war schon sein Revier, bevor die Kämpfe angefangen haben.«
»Viel Glück«, sagte Wallingford und trank einen Schluck Whisky. Er mochte Männer mit unabhängigem Geist.
»Vielleicht erinnern Sie sich nicht an mich«, sagte Wechsler. »Wir haben uns bei Fürst Pjotr kennengelernt. Er hat eine Party gegeben. Wissen Sie noch?«
»Ja, ich erinnere mich.« Er wedelte sich Fliegen vom Gesicht. In einem gewissen Maß gewöhnte man sich an sie, aber sie setzten sich immer auf die feuchten Stellen, den Mund, die Nasenlöcher und die Augen.
»Einen Mann mit Marinegold auf Khaki vergißt man nicht so leicht.«
»Vermutlich nicht. Und Sie glauben immer noch, der Kampf gegen Rommel ist bloß eine Nebenvorstellung?«
»Habe ich das gesagt?«
»Sie haben gesagt, die eigentliche Schlacht ... die eigentliche Schlacht sei der Kampf um das jüdische Heimatland. Sie haben gesagt, die Juden in Palästina müßten Gewehre bekommen, damit sie kämpfen können.«
»Das habe ich gesagt?«
»Ja.«
Wechsler lachte, ohne zu verraten, ob sich seine Meinung geändert habe. Das Gelächter brach unvermittelt ab, als Donner in das Zelt

zurückkam. Sie drehten sich um und sahen seine gebückte Gestalt, in der offenen Zeltklappe gerahmt vom grellen Sonnenschein. Er schien ihre Aufmerksamkeit zu genießen. »Sie haben den Hauptpreis beim Blick in die Kristallkugel gewonnen, Mr. Wechsler«, sagte er atemlos. »Unser Freund Rommel scheint auf dem Vormarsch zu sein.«

»Was?« sagte Wechsler. »Das ist genau die Entwicklung, die ich gebraucht habe.« In einer instinktiven, nervösen Reaktion auf die Nachricht zog er einen Bleistift aus der Tasche und legte den Daumen auf die Spitze, um zu überprüfen, ob er schreibbereit sei.

»Ich bin froh, daß Sie das freut«, sagte Donner und fügte sofort hinzu: »Aber das bedeutet, daß ich Sie von hier entfernen muß. Zivilisten sollen nicht mit den schmutzigeren, persönlichen Aspekten des Kriegs in Berührung kommen.«

»Sag mir, wieviel du wirklich weißt«, sagte Wallingford ruhig. »Hast du mit dem Bataillonskommandeur gesprochen? Mit der Division?» Als Donner nicht antwortete, sagte er: »Ich glaube, ich bin hier der ranghöchste Offizier.«

»Wir sind nicht auf See, Wally«, sagte Donner verärgert. »Wir sind auf dem Boden der Armee, und ich habe das Sagen.« Als er das gesagt hatte, wurde er versöhnlicher. »Diese Nachschubfahrzeuge, die wir gehört haben. Das war kein neuer Transport. Das waren Fahrzeuge, die heute morgen hier abgefahren sind. Sie sind zurückgekommen.«

»Leer zurückgekommen?« fragte Wallingford.

»Sie sind beschossen worden«, sagte Donner. »Von deutschen Panzern und Feldgeschützen . . . vermutlich Panzerhaubitzen. Sie sind nicht so lange geblieben, bis sie genau feststellen konnten, was es war. Sie haben einen Wassertankwagen verloren. Kann es ihnen nicht verübeln, daß sie schnell umgekehrt sind.«

»Östlich von hier? Könnte das kein Irrtum gewesen sein, Feuer von der eigenen Seite?« fragte Wechsler.

»Es ist nicht wahrscheinlich, daß wir weit hinter den eigenen Linien auf die eigenen Leute schießen, Mr. Wechsler.«

»Es ist schon vorgekommen«, sagte Wechsler.

»Vielleicht. Aber ich glaube, dieses Mal müssen wir den Leuten vom Nachschub die Geschichte abnehmen. Auf der Piste hinter uns sind

Deutsche oder Italiener oder beide. Um so weit zu kommen, muß sich Rommel gestern nacht in Bewegung gesetzt haben.«
»In den Osten?« sagte Wallingford. »Das ist unmöglich. An der ganzen Front sind Minenfelder, bis nach Bir Hacheim im Süden.«
»Wenn es nur unmöglich wäre«, sagte Donner.
»Sie hätten einen weiten Bogen im Süden machen und dann nach Norden vorstoßen müssen«, sagte Wallingford, über die Karte gebeugt, die Wechsler auf dem Boden ausgebreitet hatte.
»Junge, Junge!« sagte Wechsler leise, als ihm aufging, was für Entfernungen das waren und wie schnell Rommels Männer vorgestoßen waren. »Rommel ist beim letzten Mal von Süden gekommen«, sagte er. »Er hat Msus durchquert und Ihre Panzerbrigade in die Flucht geschlagen.«
Donner schaute nicht auf die Karte. Er wollte nicht an diese Katastrophe erinnert werden. Er sagte: »Ich bekomme niemand über Funk, und die Landleitung funktioniert schon seit fast einer Woche nicht mehr.«
»Was willst du also machen, Donner?« fragte Wallingford. »Willst du versuchen, zum Regiment zurückzukommen?«
»Zu viele dünnhäutige Fahrzeuge, als daß wir uns durchkämpfen könnten. Normalerweise würde ich unseren Krempel hier einfach zurücklassen, aber die Anwesenheit Mr. Wechslers ändert alles. Ich kann ihn nicht hierlassen, und dich auch nicht, Wally.«
»Wir ergreifen unsere Chance«, sagte Wallingford. »Wenn wir nach Einbruch der Dunkelheit abziehen, ist es kein Problem, direkt durch die Hunnen hindurchzuschlüpfen.«
»Und das gilt auch für mich, Kumpel«, sagte Wechsler. »Das wird eine tolle Story. Wir kommen schon zurecht, nicht wahr, Chips?«
»Ah! Klar kommen wir zurecht«, sagte O'Grady.
Donner sah den einen, dann den anderen an.
Wallingford sagte: »Ich übernehme die Verantwortung für Mr. Wechsler und Mr. O'Grady, falls du dann aus dem Schneider bist, Donner. Ihr steigt in eure Sardinenbüchsen und helft dabei, die Hunnen zu piesacken. Wir warten hier, bis es dunkel wird. Dann fahren wir leise und langsam die Piste entlang, bis wir zum Regiment kommen. Mach dir keine Sorgen, uns passiert schon nichts.«

Donner starrte sie an und schüttelte dann langsam den Kopf. »Nein. Es ist besser, wenn wir alle gemeinsam aufbrechen. Wir lassen die Nachschubfahrzeuge zurück und alles andere, was wir nicht unbedingt brauchen. Mit dem Dunkelwerden formieren wir meine Panzer mit drei der besten Lastwagen innerhalb der Formation. Wenn sie uns entdecken, lenken meine Panzer ihre Aufmerksamkeit ab, während die Laster weiterfahren.«

Wallingford merkte, daß sich Donner diese Strategie zurechtgelegt hatte, bevor er in das Zelt zurückgekommen war.

Wechsler sagte sanft: »Ich glaube, ohne Ihre Panzer hätten wir eine größere Chance, durchzukommen, Lieutenant. Ich habe einen speziell verstärkten Kombi mit Vierradantrieb. Der kann überall fahren.«

»Das Risiko kann ich nicht eingehen, Sir.«

Als sein sanfter Überredungsversuch scheiterte, wurde Wechsler energischer. »Es gibt keinen vernünftigen Grund, uns mit Ihren verdammten Panzern zu eskortieren. Sie haben nur Angst, einen Anschiß zu kriegen, weil Sie uns zurückgelassen haben.«

»Vielleicht haben Sie recht«, sagte Donner kalt.

Ermutigt sagte Wechsler: »Sie wissen, daß wir allein eine größere Chance haben. Und außerdem, falls Rommels Jungs ihre Artillerie auf uns loslassen, seid ihr in euren Panzern sicherer als wir.«

»Wir könnten Tag und Nacht streiten«, sagte Donner. »Aber es ist eine Tatsache, daß ich das Kommando habe. Es spielt keine Rolle, was Sie meinen. Sie sind beide Zivilisten, und Mr. Wallingford ist nicht in der Armee. Ich habe hier das Sagen. Ich habe meine Entscheidung getroffen, das war's. Machen Sie sich zum Aufbruch bereit, sobald die Sonne untergeht. Wir müssen in alle Panzer und Lastwagen Leute hineinpferchen, deshalb können Sie kein Gepäck mitnehmen bis auf Ihre Schreibmaschine und Ihre Kamera.«

»Meine Jungs brauchen was zu essen«, sagte Wallingford.

»Sag ihnen, sie sollen sich im Küchenzelt was suchen. Wir werfen alles weg, ehe wir aufbrechen. Aber sie sollen nichts warmmachen. Im Augenblick will ich keinerlei Feuer.« In der Ferne war ein lautes, ständiges Grollen zu hören. Sie kletterten aus dem Zelt, damit es deutlicher hörbar wurde.

Wallingford sagte: »Das ist östlich von uns.«

Niemand sagte etwas. Wer noch gehofft hatte, die Nachschubfahrzeuge seien nur in eine feindliche Fernpatrouille hineingeraten, gab diese Hoffnung jetzt auf. Was sich östlich von ihnen abspielte, war eine richtige Schlacht.
In den letzten Tagen hatten Donner und seine Männer so gut wie keine Lufteinsätze gesehen, aber jetzt krochen weit oben zwei Jäger über den tiefblauen Himmel auf das Geschützfeuer zu.
»Ich brauche noch einen Scotch«, sagte Wechsler, während er beobachtete, wie die Flugzeuge am felsigen Horizont verschwanden. »Es könnte lange dauern bis zum nächsten Drink.«
»Was machen sie denn mit gefangengenommenen Kriegsberichterstattern?« sagte Wallingford umgänglich.
»Mit jüdischen Kriegsberichterstattern?« sagte Wechsler und zog den Korken aus der Whiskyflasche. »Ich schreib' Ihnen eine Postkarte und erzähl's Ihnen.«
Wallingford lächelte. Ihm kam plötzlich der Gedanke, Wechslers Freundschaft könne ein wertvoller Vorteil sein, wenn es zu einem Zusammenstoß mit den Behörden kam. »Sie werden schon nicht erwischt werden«, sagte er zu Wechsler. »Bleiben Sie bei mir. Einer meiner Jungs spricht fließend deutsch. In der Dunkelheit mogeln wir uns durch.«
Donner hatte schon zwei Panzer losgeschickt, die das Wüstengebiet um sie herum erkunden, aber den riesigen markierten Minenfeldern, die sich beiderseits von ihrer Stellung erstreckten, ausweichen sollten. Sie beteten, daß die Aufklärungsflugzeuge der Luftwaffe anderswo gebraucht wurden; wenigstens in diesem Punkt schienen ihre Gebete erhört zu werden.

❖

Donners Konvoi war bereits vor Einbruch der Dunkelheit formiert, instruiert und abfahrbereit. Sie brachen zeitig auf, damit alle Fahrer die markierte Piste finden und sich mit dem Kompaß orientieren konnten, ehe es völlig dunkel wurde. Keinerlei Lichter waren erlaubt, und Donner hatte das Teekochen und das Rauchen streng verboten. Es war eine schwierige Fahrt. Nur wenige Veteranen unter den Männern

hatten Erfahrung damit, sich im Sternenlicht in der Wüste zurechtzufinden. Die Fahrzeuge kamen nur langsam voran.
Harry Wechsler saß auf dem Vordersitz seines Ford-Kombis, den O'Grady fuhr. Hinten saßen neun Soldaten, Männer vom Nachschub, die ihre Fahrzeuge stehengelassen hatten. Wechslers gesamte teure Ausrüstung war zurückgeblieben, um Platz für die Männer zu schaffen. Wechsler hatte protestiert und sich beschwert, aber Donner war unerbittlich geblieben. Sein einziges Zugeständnis war das Versprechen, zurückzukommen und Wechslers Sachen zu holen, falls der deutsche Angriff verpuffte.
Sie waren etwa anderthalb Stunden gefahren, als Donner – der die Prozession in seinem Panzer Pingpong anführte – anhielt, um sich mit dem Kompaß zu orientieren. Nach der brütenden Hitze im Panzer war die Wüstenluft kühl und erfrischend.
Sobald seine Füße den Wüstenboden berührten, wußte Donner, wo er war. Es war immer so. Wenn er im Panzer stand und den Kopf aus dem Turm reckte – oder, was noch schlimmer war, wenn er durch die winzigen Sehschlitze schaute –, hatte er immer das Gefühl, er habe sich verfahren. Aber wenn er auf dem Boden stand, war das so beruhigend, daß alle Probleme verschwanden wie verschüttetes Wasser.
Durch sein Fernglas konnte er alles sehen. Der Boden war leicht abschüssig. Die Piste, beleuchtet von dunstigem Sternenlicht, erstreckte sich vor ihm über einen Kilometer weit. Die Reifenspuren waren gut zu sehen, denn die Nachschublaster hatten diesen Weg seit Wochen benützt. Nur dreihundert Meter entfernt stand ein Markierungsfaß, und er wußte, auch ohne auf der Karte nachzusehen, wo er war. Das Faß war mit Farbe bespritzt, was ein nervöser Soldat beim Aufmalen der Verweisnummer verpatzt hatte. Der Spritzer sah aus wie eine Möwe im Flug, jedenfalls in Donners Augen, und deshalb erkannte er das Faß sofort. Von dort aus führte die Piste über einen Felsvorsprung und dann über ein hartes, flaches Kalksteinstück. Dahinter lag der Ort, wo sie warmes Essen und einen Drink bekommen und herzlich begrüßt werden würden. Das Hauptquartier des Regiments war ihr Zuhause. Dort bewahrte Donner seinen Ersatztornister und seinen kostbaren Lesestoff auf: vier Taschenbücher, ein sauber verschnürtes Bündel

Briefe und alte Zeitungen aus seiner Heimatstadt. Inzwischen war vielleicht weitere Post angekommen.
Donner setzte den Konvoi wieder in Marsch und winkte die Begleitpanzer durch. Der Weg war frei, aber es war besser, sich an die Dienstanweisung zu halten: Panzer an der Spitze, dünnhäutige Fahrzeuge geschützt. In der Nachhut der Donnerkolonne, wie einer seiner Sergeants sie getauft hatte, kamen Wallingfords zwei Laster und dann ein letzter Panzer mit Donners bester Besatzung.
Es beruhigte Donner, daß Wallingford bei der Nachhut war. Wallingford hatte Erfahrung und empfand immer ein perverses Vergnügen daran, im Niemandsland herumzufahren. Er schien die Gefahr zu lieben, aber wie die meisten solcher Männer war er außerdem stets auf der Hut. Es war nötig, daß ein erfahrener, wachsamer Mann das »Hinterteil« bildete. 1940 in Frankreich hatten die Schützen beider Seiten immer das Vorhutfahrzeug als erstes ins Visier genommen. Auf den schmalen Straßen und in der Enge Nordeuropas war das eine Methode, die folgenden Fahrzeuge einzuklemmen, so daß sie nach Belieben des Schützen der Reihe nach zerstört werden konnten. Aber der Kampf in der Wüste war anders. Hier schossen die Schützen zuerst auf das hinterste Ziel, in der Hoffnung, der Verlust werde erst bemerkt, wenn noch ein paar andere abgeschossen waren. Deshalb brauchte Donner dort einen zuverlässigen Mann.
Als Wechslers Kombi an ihm vorbeifuhr, winkte Donner. Hinter Wechslers großem Ford kam ein weiterer Panzer, Hundekuchen. Der Panzerkommandant war ein Corporal. Er salutierte Donner so lässig, daß es fast wie ein Winken wirkte.
Donner schlug gegen das Metall seines Panzers, als Signal an seinen Fahrer, und kletterte dann hinauf und schlüpfte hinein. Die dünne Bewölkung riß auf, und der Mond kam in Sicht, als er über den Abhang wanderte. Hier war die Piste markiert. Obwohl die Böschung hart und mit Steinen übersät war, gab es genug Sandstreifen, in die sich Reifenspuren eingegraben hatten. Das war die Stelle, an der sich Nachschubkonvois gern mit dem Bataillon trafen.
Donner blieb auf seinem Aussichtspunkt, musterte den Konvoi, als er an ihm vorbeikam. Aber er sah nicht wie eine Parade aus, eher wie ein Flüchtlingstreck. Selbst die Panzer waren halb verborgen unter

erstaunlich großen Ausrüstungsbündeln und Kisten mit Vorräten, die sie den vorrückenden Deutschen nicht als Geschenk hinterlassen wollten.
Als der große Laster vorbeikam, bedachte Wallingford Donner mit einem breiten Grinsen. Donner winkte ihm zu, griff zum Mikrofon und sagte seinem Fahrer, er solle weiterfahren. »Auf geht's, Jo-Jo.«
Es war ihm nie gelungen, Wallingford zu verstehen. Er war in den Krieg eingetaucht, er sprach nie davon, nach Hause zurückzukehren. Er redete auch nie über seine Familie, sagte nichts über England. Wally war so vertieft in den Krieg, daß er nicht über die Marine reden wollte, über seine Beförderung oder sein Wüstenteam, nicht einmal über Schnaps oder Frauen. Er war ein Außenseiter geworden.
Donners Panzer fuhr mühelos an der Schlange entlang, überholte ein Fahrzeug nach dem anderen. Donner beobachtete mit schnellen Kopfdrehungen ständig den Horizont, wie er es bei der Ausbildung gelernt hatte. Aber im Grunde wußte er, es war ausgeschlossen, daß sich feindliche Truppen auf dem Landstreifen befanden, der das Panzerbataillon auf dem Rückzug jetzt noch vom Regiment trennte.
Der Mondschein kam und ging. In der Düsternis war Donners Fahrer vorsichtig. Der Mann war Donner zugeteilt worden, als er als der beste Fahrer im Regiment gegolten hatte. Jetzt gab es bessere, die aus anderen durch Verluste dezimierten Einheiten hierher versetzt worden waren. Aber Donner war mit Lance Corporal Yeomans zufrieden. Jo-Jo ging mit derselben Sorgfalt und – flüsternd konnte er das eingestehen – Vorsicht vor, die auch zu Donners Charakter gehörten. Wie Donner ging auch Yeomans jedes Risiko ein, das die Pflicht einem Soldaten abverlangte, aber er hatte nicht den Ehrgeiz, sich einen Tapferkeitsorden zu verdienen – schon gar nicht posthum. Er fuhr langsam voran. Als sein Panzer in die Nähe der Vorhut kam, steckte Donner den Kopf aus dem Turm und bewunderte Wechslers Ford. Er hätte liebend gern auch ein solches Auto gehabt. Es fuhr glatt und ruhig. Selbst nachdem sie die zusätzlichen Männer auf den Rücksitz gepfercht hatten, hatte der große V-8-Motor noch geschnurrt, und das Auto war mühelos angefahren.
So kam es, daß Donner den Ford beobachtete, als das Unheil geschah. Der Blitz schien die ganze Landschaft zu erhellen. Donner spürte den

heißen Wind im Gesicht und schwankte unter seiner Wucht. Karosserieteile des Fords flogen an Donners Kopf vorbei, spielten einen dissonanten Akkord, als die scharfkantigen Metallstücke die Luft durchsägten. Erst da drang der Knall der Explosion in Donners Kopf.
Der Panzer hinter Wechslers Kombi scherte aus, um der Rauchwolke auszuweichen, die aufstieg und das Wrack verbarg. »Weiter! Weiter!«
Körper – manche in Flammen – rollten über den Sand, als Männer aus dem Auto geschleudert wurden. »Weiter!«
Was eine qualvolle Entscheidung hätte sein können – ob er weiterfahren und weitere Opfer auf der Piste riskieren sollte –, wurde von Donners Instinkt und seiner mechanischen Reaktion auf die Gefahr getroffen. »Weiterfahren! Weiter!«
Als sich der Rauch verzog, kam die verbeulte Karosserie des Kombi in Sicht. Er hätte natürlich das Opfer von Geschützfeuer sein können, aber nach so vielen Monaten des Kämpfens wußten alle, daß er auf eine Mine gefahren war. Es war eine Tellermine, eine große Stahlscheibe mit einer Zündvorrichtung in der Druckplatte. Die meisten waren so eingestellt, daß sie ein Mann zu Fuß nicht auslösen konnte, nicht einmal ein Motorradfahrer. Nur der Druck von etwas Zerstörenswertem brachte sie zum Explodieren.
Die Deutschen hatten die Tellerminen über die Piste gelegt, vier Meter auseinander, in dem üblichen Muster, das eine Kettenreaktion verhinderte. Dann hatten erfinderische deutsche Ingenieure einen britischen Reifen darübergerollt, damit er deutliche Spuren hinterließ. Es war ein alter Trick, aber wie alle alten Tricks funktionierte er so gut, daß er ständig wiederholt wurde.
Donner sprang aus dem Panzer und lief zu dem brennenden Wrack. Das linke Vorderrad war voll von der Explosion getroffen worden. Die Männer, die zusammengepfercht auf dem Rücksitz gesessen hatten, waren in die Wüste geschleudert worden. Wie durch ein Wunder hatten die meisten überlebt. Es war nicht leicht, sie in der Dunkelheit zu sehen. Alle hatten Verbrennungen, ihre Kleidung war angekohlt und zerfetzt. Sie drängten sich zusammen, wie Männer, die sorgfältig für ein Gruppenfoto aufgebaut werden. Drei saßen im Sand, hielten sich die Beine und stöhnten leise. Zwei standen vor ihnen, in gekrümmter Haltung, wie sie typisch ist bei Armbrüchen und zerschmetterten

Schulterknochen. Alle sahen benommen aus, wie Verwundete in den ersten Augenblicken eines Lebens als Krüppel aussehen.
Donner lief zu dem Auto. Die Flammen waren erloschen, aber das Wrack war heiß, und es stank widerlich nach brennendem Gummi und verbranntem Öl. Die beiden Männer auf dem Vordersitz waren noch da. Sie waren erledigt. O'Grady hatte Glück gehabt - er war tot. Wechslers Unterleib war eingeklemmt vom herausgeschleuderten Motor, und eine Lenkradspeiche hatte seinen Bauch durchbohrt. Sein Kopf hing seitlich herunter, und er stöhnte durch klappernde Zähne hindurch.
»Wir holen Sie raus«, sagte Donner. Er hatte das alles schon erlebt. Sie würden ihn nicht herausholen können; beide Männer waren im verbogenen Metall festgeklemmt. »Halten Sie nur noch ein paar Augenblicke durch.«
Wechsler schien ihn gehört zu haben. Seine Hand bewegte sich leicht, und er stieß einen leisen Schmerzensschrei aus. Ein Sanitätscorporal tauchte aus dem Nichts auf, und Donner trat beiseite. Der Mann war ein Schütze aus einem seiner Panzer. Er war vor dem Krieg Tierpfleger gewesen und ohne richtige medizinische Ausbildung oder Erfahrung zum einzigen Erste-Hilfe-Sanitäter der Einheit geworden. Während er in seiner Schultertasche wühlte, warf er einen Blick auf O'Grady. Das reichte. Ohne zu zögern stieß er die Nadel einer Einweg-Morphiumspritze in Wechslers Arm, quetschte die Ampulle aus, um ihm die größtmögliche Dosis zu geben. Dann wandte er sich Donner zu und zuckte die Achseln.
»Gehen Sie zu Ihrem Panzer zurück, Corporal.«
»Er ist fort, Sir.«
»Dann steigen Sie auf meinen. Jetzt ist es nicht mehr weit.«
»Ich möchte bei den anderen bleiben, Sir, wenn es Ihnen recht ist.«
Donner zögerte. Das hieß, daß ein Panzer keinen Schützen hatte. Andererseits hatten die verwundeten Männer vom Nachschub Erste Hilfe verdient. »Okay. Ich schicke jemand, der Sie holt, bevor es hell wird.«
»Wir kommen zurecht, Sir.«
Donner nickte. Der Schütze riskierte sein Leben, und doch gab er sich sachlich, als wartete er lediglich auf den Bus. Donner fragte sich

manchmal, ob die Männer wirklich begriffen, was für Konsequenzen die Risiken haben konnten, die sie eingingen. Und dabei sah dieser Mann die Risiken unmittelbar vor sich.
»Guter Mann«, sagte Donner. Solche Dinge beutelten ihn mit Schuldgefühlen, die immer stärker wurden. Eines Tages würden sie so stark sein, daß er nicht mehr weitermachen konnte. Donner versuchte das aus seinem Kopf zu verdrängen, als er wieder auf den Panzer stieg. Er schaute sich schnell um und sah Wallingford.
»Es ist nicht deine Schuld, Donner«, sagte Wallingford.
Donner musterte ihn. Wallingford hatte schon immer die unheimliche Gabe gehabt, seine Gedanken zu lesen. Stand ihm immer im Gesicht geschrieben, was er empfand? »Doch, es war meine Schuld«, sagte Donner. »Die Reifenspuren waren zu frisch. Sieh sie dir an. Die verdammten Hunneningenieure haben zwischen den Minen einen britischen Reifen hindurchgerollt. Ich hätte besser aufpassen müssen.«
»Du konntest dir nicht sicher sein. Die Hunnen benutzen gern britische Lastwagen. Jeder weiß das, obwohl ich nie rausgekriegt habe, warum.«
Donner antwortete ihm mechanisch, wie er manchmal Fragen seiner Männer beantwortete. »Die Doppelreifen ihrer Opel blockieren durch den Sand. Sie mögen britische Räder und Reifen, die haben ein offeneres Profil.« Er stieg in den Panzer, griff zum Mikrofon und versuchte, das Schuldgefühl aus seinem Kopf zu vertreiben.
»Man lernt jeden Tag etwas dazu«, sagte Wallingford mit einer amüsierten Heiterkeit, die nicht überzeugend war. Wie Donner konnte sich auch Wallingford nicht dagegen wehren, im Tod von Wechsler und O'Grady ein böses Omen zu sehen.
»Fahren wir, Jo-Jo«, sagte Donner ruhig, und sein Panzer fuhr an. Er verrenkte den Kopf für einen letzten Blick auf den Unglücksort. Er sah, wie der Sanitätscorporal die Verwundungen der zusammengedrängten Männer inspizierte. In das Mikrofon sagte er: »Treten Sie aufs Gas, so gut Sie können, Jo-Jo. Wir sollten die Parade anführen, wenn der Alte uns sieht. Wir müssen jemand zurückschicken, der die Verwundeten einsammelt.«
Der Fahrer nahm den Befehl nur mit einem Klicken der Gegensprechanlage zur Kenntnis. Sie fuhren weiter, stundenlang, wie es ihnen

vorkam. Die Verheißung der Morgendämmerung färbte den östlichen Himmel lila, als sie die Außenposten und die Wachpanzer sahen, die das Regiment schützten.
»Trautes Heim, Glück allein«, sagte Jo-Jo. Mit Donner an der Spitze der kleinen Kolonne gingen die Fahrzeuge langsam in Stellung, kamen in die Paradeformation. Einen Augenblick lang wirkte alles normal und ruhig. Die Panzer waren eng zusammengerückt, wie immer bei Nacht. Ein paar Männer kamen aus den Zelten, blinzelten im Mondschein, als sie den Konvoi kommen sahen. Aber die Männer bewegten sich merkwürdig, und es war nichts von der normalen Aktivität einer Einheit zu sehen, die sich auf den Morgenappell vorbereitet.
Als Donner vom Turm stieg, sah er alles deutlicher. Das Regiment hatte eine Niederlage erlitten. Panzerspähwagen und Panzer, die aus der Entfernung so intakt gewirkt hatten, waren jetzt als Wracks auszumachen. Bei so schlechtem Licht ändert sich das Äußere eines Panzers nicht sehr, nachdem ein Hochgeschwindigkeitsgeschoß direkt hindurchgegangen ist, die Besatzung zerfleischt und den Motor mit Eisen gefüllt hat.
»Gott, mein Gott«, sagte Donner zu sich. Sie sind hinüber. Es ist keiner mehr übrig. Er fühlte sich an Szenen aus Hollywood-Western erinnert, wenn die Indianer alle im Fort skalpiert hatten.
Weitere Männer kamen und starrten sie an. Es war nicht so schlimm, wie es ausgesehen hatte. Die Neuankömmlinge begrüßten ihre Freunde, standen herum und tauschten Berichte aus. Die Verluste waren relativ gering gewesen, aber die deutsche Artillerie hatte viele Panzer kampfunfähig geschossen. Die Depots waren in Rauch aufgegangen. Das Panzerpotential des Regiments war schwer geschädigt.
Stolpernd, schwankend und unsicher, noch taub vom Artilleriebeschuß kamen Männer aus den Unterständen, um sich die Donnerkolonne anzusehen und die Überlebenden, die sie hergebracht hatte. Colonel Andy Anderson, in schmutziger und zerfetzter Uniform, packte Donner, nahm ihn beiseite und hörte sich ungeduldig seine Meldung an. Dann, wie es typisch für Andersons Showtalent war, befahl er seinem Fahrer, auf den Matador zu springen und die in der Wüste Gestrandeten zu holen.
Wallingford sah sich nervös um. Er sah Darymples Panzer, Beryl. Er

hatte den Angriff überlebt und sogar etliche Angreifer festgenagelt. »Was ist hier passiert, Robbie?«

Darymple grinste. Das war Kampf, genau das, was er sich hinter dem Schreibtisch in Kairo so verzweifelt gewünscht hatte. »Die Hunnen sind von der Ostseite der Box gekommen, und wir waren nicht darauf gefaßt. Bis wir auch nur die Motoren angelassen hatten, haben sie uns schon über das Feld gejagt. Sie sind mit ihren Geschützen nahe an uns herangekommen. Wir waren die reinen Schießscheiben. Es war ein Massaker: wie wenn man vor einem verdammten Erschießungskommando steht. Peng! Peng! Reicht dem Herrn eine Schießbudentrophäe! Ich bin mit Beryl losgefahren und habe den Mistkerlen was von ihrer Medizin verpaßt. In einer Stunde war die ganze Vorstellung vorbei, und ihre Panzerbrigade ist Richtung Nordosten abgezogen. In unserem Umkreis sind immer noch jede Menge Hunnen. Infanterie und Panzerabwehrkanonen. Im Augenblick haben sie uns festgenagelt. Wir haben keinen Kontakt mit der Brigade. Funkgerät kaputt, wenig Trinkwasser, und die Munition ist streng rationiert, bis wir Kontakt zum Nachschub aufnehmen. Wir haben die letzten drei Stunden damit verbracht, aufzuräumen und die Toten zu begraben.« Er schaute auf die Armbanduhr. »Ich muß dafür sorgen, daß meine Jungs was Warmes zu essen kriegen.«

Zwei Männer kamen mit einem großen Eimer warmem, süßem Tee für die Neuankömmlinge aus dem Küchenzelt. »Alle mal herhören!« rief Anderson. Er stieg auf eine Munitionskiste, damit er die Männer um ihn herum besser sehen konnte. »Holen Sie sich Tee und vergeuden Sie keine Zeit. Ich will, daß Sie sich innerhalb von fünf Minuten bei Ihren Abteilungen zurückmelden.«

Er wandte sich Wallingford und seinen Männern zu.

»Ihr Männer mit IDT-Abzeichen, kommt näher und hört mir zu.« Die Männer schoben sich nach vorn und umringten ihn. »Wir wissen über euch Bescheid. Ihr seid Diebe und Deserteure. Ihr stinkt! Ihr habt eure Freunde im Stich gelassen, eure Familien und euer Land. Ich verabscheue euch Pack.«

Bei dieser verstörenden Begrüßung drehten sich etliche Männer um und sahen Regimentspolizisten, die Gewehre im Anschlag.

»Ihr habt Glück gehabt. Jetzt bekommt ihr eine Chance, eure Selbstachtung wiederherzustellen. Wir erwarten einen weiteren Angriff der Hunnen, und dann noch einen und noch einen. Ich brauche also alle Männer, die ich auftreiben kann, sogar so widerlichen Abschaum wie euch. Der Feldgeistliche ist hier bei mir. Er wird eure Namen aufschreiben, Rang, Nummer, Einheit und das geschätzte Datum eures letzten Appells. Ich will nicht, daß ihr seine Zeit mit verdammten Märchen vergeudet. Die Märchenstunde ist vorbei, kriegt das in eure Dickschädel! Nennt ihm die korrekten Einzelheiten und holt euch dann beim Waffenmeister ein Gewehr. Ihr werdet an der Randstellung postiert. Wenn ihr euch auch nur einen Zentimeter davon entfernt, werdet ihr von der Feldsicherheitspolizei erschossen. Ich behalte jeden von euch im Auge, und eure Kameraden werden das auch tun.«

Wallingfords Männer nahmen diese Nachricht mit gemischten Gefühlen auf. Etliche waren entsetzt, etliche hatten Angst, etliche waren erleichtert. »Geht das in Ordnung, Mr. Wallingford?« fragte Mogg.

Noch bevor Wallingford eine Chance zum Antworten hatte, sagte Anderson: »Und schneidet sofort diese IDT-Abzeichen von euren Hemden. Ihr steht jetzt unter meinem Kommando. Euer verdammter Mister Wallingford gibt euch keine Befehle mehr. Er ist ein Deserteur, ein Gangster und nicht besser als ihr. Ich bringe ihn zum Verhör. Jetzt tut mal so, als ob ihr wieder richtige Soldaten wärt: bildet eine Schlange vor dem Pfarrer.«

Als sich die Männer vor dem Feldgeistlichen aufreihten, rief Sandy Powell: »Werden Sie ein gutes Wort für uns einlegen, Colonel?« Die anderen drehten sich um, wollten die Antwort hören.

Anderson starrte ihn entrüstet an. »Wenn wir das Funkgerät repariert haben und wieder Kontakt mit dem Hauptquartier bekommen, sage ich denen, daß ich euch Deserteure mit meinen Rationen durchfüttere. Ich nenne eure Namen, damit eure Freunde und Verwandten zu Hause schließlich erfahren, daß ihr hier wart, mit richtigen Soldaten, die wissen, was ihre Pflicht ist. Es ist unser Job, so lange wie möglich durchzuhalten. Das habe ich vor. Das einzige, was ich euch elenden Scheißkerlen versprechen kann, ist ein christliches Begräbnis.«

❖

Ross hatte Wallingford gleich bei seiner Ankunft unter Beobachtung stellen lassen. Er hatte sogar erraten, wie Wallingfords Begrüßung lauten würde: »Können wir ein Geschäft machen, Major?« Aber Wallingfords Vorschlag überraschte ihn. »Einer meiner Männer weiß, was Sie wissen müssen – über den Spion und so weiter –, aber ich glaube nicht, daß Sie es ohne meine Hilfe aus ihm herauskriegen.« Er paffte an seiner Zigarette.

»Es hat lange gedauert, bis Sie begriffen haben, was Ihre Pflicht ist«, sagte Ross.

»Es ist besser, wenn ich erst mit ihm rede. Ich weiß, wie ich ihn nehmen muß. Er nennt sich Percy. Er war bei Rommel im Chiffrierdienst. Er weiß alles über die Geheiminformationen, die Rommel aus Kairo bekommt.«

»Sie sind ein Idiot, Wallingford. Einer Ihrer Fehler war, daß Sie sich selbst den Kriegsverdienstorden verliehen haben. In den Marineakten konnte ich Sie nicht finden, aber als wir die Liste der DSO-Ordenempfänger durchgegangen sind, hatten wir in einer halben Stunde die Bestätigung, daß Sie ein Schwindler sind.«

»Ich kann –«

»Besorgen Sie sich ein Gewehr und seien Sie ein Mann, kein Dieb. Ich brauche Ihre Hilfe nicht, Wallingford. Ich finde Ihren Kumpel Percy. Das ist meine Show.«

❖

Jimmy Ross hatte keine Mühe, Percy zu finden. Er stand in der Schlange, wo die Gewehre ausgegeben wurden. Ross ging zu ihm, packte ihn wortlos an der Kehle und sagte: »Ich will mit Ihnen reden –« Aber Percy merkte, was ihm blühte. Auf diesen Augenblick hatte er sich tausendmal vorbereitet. Er zog den Kopf ein, holte aus und schlug Ross mit dem Handrücken ins Gesicht. Dann rannte Percy. Erst sah es so aus, als wollte er zu dem Zelt, in dem Anderson seinen Kommandeursposten eingerichtet hatte, aber dann lief er auf die deutschen Linien zu und kletterte die sandige Böschung hinauf. Es war eine Düne aus windverwehtem Sand, steil und weich. Er rutschte aus, hangelte sich aber weiter, packte den Sand mit Händen und Füßen, so daß er

kletterte wie eine Spinne. Er schaute sich um, und als er sah, daß Ross hinter ihm herlief, kletterte er noch verzweifelter.
Als er oben ankam, richtete Percy sich auf. Obwohl ein heller Mond die Landschaft beleuchtete, war ihm keine Angst anzusehen. Es war, als hielte er sich für gefeit gegen die Kugeln und Geschosse seiner Landsleute. Er lief auf dem Dünenkamm entlang, voll im Blickfeld der Deutschen, die ihre vorderen Stellungen besetzten. Ross, gleichermaßen exponiert, setzte ihm nach.
Aber jetzt änderte Ross die Richtung. Wenn er eine exponiertere Route wählte, konnte er Percy den Weg abschneiden. Ross sprang über den Kamm der Böschung, rutschte im Sand aus, wankte und wäre fast gestürzt. Schüsse wurden abgegeben. Seine jähe Bewegung zog eine Salve von Maschinengewehrkugeln an. Er hörte, wie sie zischend neben ihm im Sand einschlugen, und rollte sich herum, damit er kopfüber die Böschung hinunterrutschen konnte. Jetzt war er dem deutschen Beschuß völlig ausgesetzt. Vor ihm war ein flacher Kalksteinstreifen, und dahinter war Percy. Ross sprang auf und rannte über die harte, schlüpfrige Oberfläche, während Kugeln Erdstücke losrissen und in alle Richtungen jagten.
Am Ende des flachen Streifens kam er zu einem breiten Graben, geschaffen von einer Felsverwerfung. Er warf sich flach auf den Boden und fühlte sich einen Augenblick lang sicher. Er kroch auf allen vieren durch den Graben, was man Männern, auf die geschossen wird, nicht erst beizubringen braucht. Als der Graben sich verlief, wurde er wieder gesehen, und er hörte, wie Kugeln nahe an ihm vorbeiflogen, als er die letzten Meter rannte.
Jetzt konnte er Percy sehen. Er lief über weichen Sand. Die Gewehre machten eine Pause, während die Deutschen zuschauten und zu verstehen versuchten, was da vorging. Mit berstenden Lungen kam Percy zu einer leeren Maschinengewehrgrube. Von dort aus waren die deutschen Stellungen deutlich zu sehen. Die nächsten waren etwa sechshundert Meter entfernt, gekennzeichnet durch liegende Gestalten, grotesk ausgestreckt wie Flickenpuppen. Das waren tote britische Soldaten, aus den Schützengräben geholt, um Platz für die neuen Besitzer zu schaffen.
Percy rannte wieder, er kam aber jetzt langsamer voran. Jeder Atemzug

brannte ihm in den Lungen. Er stolperte und rutschte die andere Seite der Böschung hinunter und jeder Schritt tat ihm weh. Ross war jetzt auf weichem Sand und stellte wie Percy fest, daß er nur mühsam vorwärtskam. Bei jedem Schritt sank er bis zu den Knöcheln ein und manchmal tiefer, so daß er sich beim Versuch, sich zu befreien, wie eine Fliege auf klebrigem Papier vorkam.

Jetzt waren auch ein paar Deutsche aufgestanden. Einer war auf dem Kamm einer Düne und benutzte ein Fernglas, um besser sehen zu können. Dann eröffnete ein deutscher Scharfschütze das Feuer. Einzelne Schüsse kamen sehr nahe heran. Ross warf sich auf den Boden, Percy ebenfalls. Beide standen auf, aber Percy erholte sich langsamer. Ein halbes Dutzend weitere Schüsse wurde abgefeuert, ehe Ross Percy einholte. Er stürzte sich auf ihn, mit der Schulter voraus, stieß ihn der Länge nach um und landete auf ihm. Die beiden Männer rollten in einer Staubwolke die Böschung hinunter. Als sie zum Stillstand kamen, war Ross obenauf und hatte seinen Gefangenen festgenagelt. Hier waren sie in einem toten Winkel und von niemandem einzusehen. Ross schlug Percy heftig, und Percy wurde schlaff.

Ross hockte auf ihm und sagte: »Ich schwöre bei Gott, ich bringe Sie um...« Er hielt inne und versuchte, Luft zu holen. »Sie werden das mit Ihrer miesen Abhörerei oder was es auch war, ausspucken.«

Es kam keine Antwort. Percy bekam auch keine Luft.

»Hören Sie mich, Percy, verdammt noch mal?« Er schlug ihn, um eine Reaktion zu provozieren. Percy hatte die Augen fest geschlossen. Er stieß ein Ächzen aus, das ja oder nein bedeuten konnte. Der Beschuß hatte aufgehört. Dann kam aus der Ferne das Geräusch eines Motors, der angelassen wurde. Jemand schickte ein Fahrzeug, um nachzuforschen.

Ross drehte Percy grob um, hielt ihn am Hinterkopf fest und schlug sein Gesicht heftig in den Sand. »Sie sind dran, falls Sie nicht reden, Percy. Merken Sie sich das: Sie werden reden. Und reden. Und reden.« Er versetzte ihm einen Schlag gegen den Kopf.

Percy konnte nicht atmen. Dem Erstickungstod nahe wehrte er sich und bekam schließlich das Gesicht aus dem Sand. Er prustete, spuckte Sand und würgte. »Lassen Sie mich los. Bitte! Ich sage es Ihnen.«

Ross gab Percy etwas Bewegungsspielraum und ließ seinen Arm los.

Percy krümmte sich, langte nach oben, rieb sich die Kehle und schüttelte den Kopf, als versuchte er, ihn klarzubekommen.
Weitere Schüsse waren zu hören. Aber die beiden Männer waren von den deutschen Linien aus nicht zu sehen. Die Schüsse gingen über die beiden hinweg, und sie hörten, wie sie Felsen in der Nähe trafen. Die Deutschen waren alarmiert, befürchteten, was sie gesehen hatten, sei der Vorläufer eines Gegenangriffs. Als Ross sein Gewicht von seinem Opfer nahm, landete ein halbes Dutzend Geschosse aus einem Minenwerfer mit einem dumpfen Krachen. In dichter Folge explodierte eines nach dem anderen im weichen Sand, wirbelte hohe Staubsäulen auf, Rauch, riß tiefe Krater. Der Sand und der Rauch wehten um die beiden Männer herum, so daß Ross das Kordit riechen konnte. Ein Stück weiter nördlich war Artilleriefeuer zu hören. Alle waren nervös. Gehörten diese ganzen Zwischenfälle zum Vorspiel? War das eine Aufwärmphase, der bald ein Angriff in voller Stärke folgen würde? Wieder krachten Geschosse aus dem Minenwerfer.
Und dann wurde das Motorengeräusch viel lauter. Ross sah Percy an, und Percy grinste. Aber als das Geräusch näherkam, war es kein deutscher Panzer, der über den Sand holperte und zu ihnen herunterrollte, es war Beryl.
»Der Panzer gibt uns Deckung«, sagte Ross. Das erste Licht der Morgendämmerung warf lange Schatten auf die sandige Landschaft, in der sie sich versteckten. »Während er uns folgt, kriechen wir durch den Graben zurück, klettern die Düne hinauf und kehren in die britische Stellung zurück. Kriechen Sie neben mir her und halten Sie sich an den Panzer. Und machen Sie keine Dummheiten.«

❖

»Erzählen Sie's mir noch mal«, sagte Ross.
Sie saßen im Schatten eines abgeschossenen Panzers auf dem Boden. Es war später Nachmittag, und bis jetzt war es nicht zu dem befürchteten deutschen Angriff gekommen. Es hatte noch ein paarmal falschen Alarm gegeben. Die Deutschen versuchten, sie nervös zu machen.
»Wie viele Jahre waren Sie bei der Fernmeldetruppe?« fragte er Percy. Die Frage sollte überprüfen, ob Percys Geschichte hieb- und stich-

fest war. Ross bekam den Dreh bei diesem Verhörspiel allmählich heraus. Es war wie beim Vorsprechen. Eigentlich leichter, denn niemand konnte besser Lügen erzählen als ein Schauspieler, der eine Rolle wollte.
»Von Anfang an. Ich habe an der Technischen Hochschule in Berlin Elektrotechnik studiert. Ich bin sofort zum Leutnant ernannt und nach Lauf abkommandiert worden, zum Horchposten.«
»In Ordnung. Das brauchen Sie nicht alles zu wiederholen.« Er sah auf seine Notizen. »Die Nachrichten wurden also durchgegeben; was geschah dann?«
»Die abgefangenen Nachrichten wurden von den diensthabenden Kryptologen dechiffriert.«
»Wie lange hat das gedauert?«
»Bei kurzen Nachrichten nicht einmal eine Stunde.«
»Und dann haben Sie sie nach Tripolis geschickt?«
»Nein. Das habe ich Ihnen doch gesagt. Die Nachrichten mußten ins Deutsche übersetzt werden, von jemandem, der die britischen Militärausdrücke verstand, über die Ausrüstung und die Arbeitsweise der britischen Armee Bescheid wußte. Dann wurden sie umformuliert, damit niemand erraten konnte, woher sie stammten.«
»Aber Ihre Leute in Tripolis bekamen sie innerhalb von zwei Stunden?«
»Eher innerhalb von drei Stunden. Es war natürlich unterschiedlich. Der schwarze Code war einfach für uns.«
»Erzählen Sie mir von dem schwarzen Code.« Er bot Percy seine Zigaretten und Streichhölzer an.
Percy nahm eine Zigarette und zündete sie an. »Er wird schwarz genannt, weil die amerikanischen Codebücher schwarz eingebunden sind.« Percy lehnte sich gegen ein Kettenrad des Panzers und zog an der Zigarette. »In Rom hat ein Agent vom Servizio Informazione Militare dem amerikanischen Militärattaché das Codebuch gestohlen. Er hat außerdem die Dechiffriertabelle erwischt. Der SIM hat das alles an uns weitergegeben.«
»Uns?«
»Die Abwehr.«
»Sie haben gesagt, Sie waren nicht bei der Abwehr.«
»Ich war bei der Fernmeldetruppe, die der Abwehr zugeteilt war«,

sagte Percy, erfreut darüber, daß er diesen Schlagabtausch gewonnen hatte.
»Wann haben Sie den Code bekommen?«
»Im letzten Sommer, August oder September.«
»Von Anfang an gute Informationen?«
»Nachschubtransporte, Moral, Bewertung feindlicher Taktiken und Waffen. Alles, was Rommel wissen mußte. Zahlen, Einheiten, Daten. Wunderbares Material.«
»So klingt es.«
»Manchmal verriet es uns die britischen Absichten: ein Stoßtruppunternehmen, einen Angriff oder wie eine bestimmte Einheit eingesetzt werden sollte, wenn der richtige Zeitpunkt kam. Und es gab Kommentare, sehr offene Kommentare über den Ausbildungsstand, die Moral und Kampfbereitschaft der britischen Einheiten.«
»Und dann, als Sie nach Afrika kamen, waren Sie auf der Empfängerseite?«
»Ich habe als Assistent in Rommels Stab gearbeitet. Manchmal war ich in Tripolis, aber Rommel ist gern unterwegs, und meistens war ich dabei.«
»In seinem Panzer?«
»So wichtig war ich nicht. Ich fuhr mit einem unmittelbaren Vorgesetzten, einem Fernmeldeoberleutnant, in einem Lastwagen, mit den Karten, den Funkgeräten und so weiter. Wir haben sogar auf dem Vormarsch gearbeitet. Rommel ist zäh.«
Ross lenkte ihn sanft zu den Nachrichten zurück. »Sie haben also die Nachrichten im Rohzustand zu sehen bekommen?«
»Genau wie sie abgeschickt wurden. Ich konnte Englisch sprechen und schreiben. Manchmal bin ich wegen eines Wortes oder eines Satzes, die den Dolmetschern Kopfzerbrechen bereiteten, nach meiner Meinung gefragt worden. Aber weil die Schwierigkeiten meistens Fachausdrücke der britischen Armee betrafen, konnte ich nicht oft helfen. Das habe ich Ihnen schon gesagt. Ich habe die Originale gesehen. Deshalb weiß ich, woher sie kamen.«
»Erzählen Sie mir das noch einmal.«
»Die Nachrichten kommen aus der amerikanischen Botschaft, vom Militärattaché in Kairo. Sie werden von der ägyptischen Telegraphen-

gesellschaft in Kairo nach Washington D. C. gefunkt. Jede Nachricht trägt den Vermerk MILD WASH: das bedeutet, sie ist für die Military Intelligence Division, den Militärgeheimdienst, in Washington bestimmt.«
»Und wir haben monatelang nach einem Spion gesucht.«
»Ja.«
»Dem amerikanischen Militärattaché wird alles gezeigt«, sagte Ross, der sich an Harry Wechslers Geschichten erinnerte. »Die Armee ist angewiesen, dem Botschaftsstab alles zu zeigen, was er sehen will. Jeder Panzer, jedes Gewehr, bis zur letzten Schraube und Mutter.«
»Rommels Stab weiß alles, was Sie wissen«, sagte Percy schlicht. Er sah die zerschossenen Panzer und die Zelte um ihn herum an, als bekäme er sie zum erstenmal zu Gesicht. »Vor Einbruch der Nacht werden Sie überrollt sein.« Er sagte es ohne Schadenfreude, als wäre es eine Tatsache, die sich von selbst verstehe.
»Ich muß Sie nach Kairo bringen. Ich muß das Generalhauptquartier informieren.«
»Sie müssen mich laufen lassen«, sagte Percy.
Ross starrte ihn ungläubig an. »Sind Sie total verrückt? Wissen Sie nicht, was Ihre Sportsfreunde mit Ihnen machen werden, wenn sie rauskriegen, daß Sie ihr größtes Geheimnis verraten haben?«
»Es ist ein Spiel«, sagte Percy. »Wenn sie die Box überrollen, sind Sie mein Gefangener. Falls sie sie nicht überrollen, bin ich Ihr Gefangener.«
»Ich mache keinen Handel mit Ihnen«, sagte Ross.
Percy erwiderte nichts. Er wußte, daß niemand eine solche Geschichte über Funk durchgeben wollte. Rommels Horchdienst hätte sie bestimmt abgehört. Selbst wenn es nicht dazu gekommen wäre, eine derart sensationelle Geschichte wäre beim britischen Fernmeldestab bestimmt durchgesickert.
Ross sagte: »Colonel Anderson hat sich großzügig erboten, mir einen Panzer mit Besatzung zur Verfügung zu stellen. Ich versuche heute abend, Sie durch die Linien zu bringen. Mit Glück schaffen wir es nach Kairo. Kooperieren Sie, und ich sehe, was ich für Sie tun kann.«
Als er das sagte, hörten sie Pfeifen, und plötzlich kam es zu einer schweren Salve Geschützfeuer. Danach kam das merkwürdige Platzgeräusch von Nebelgranaten. Anderson kam aus dem Kommandeurspo-

sten und rief ihnen zu: »Es ist soweit, Major. Die Hunneninfanterie kommt in offener Schlachtreihe auf uns zu, eine Menge von ihnen. Ein paar Panzer sind auch dabei. Vielleicht können wir sie nicht aufhalten.«

»Ich brauche Ihren Mann«, sagte Ross.

»Er kommt«, sagte Anderson. »Dafür ist Butcher der richtige.« Er ging ins Zelt zurück. Weitere Explosionen und Geräusche von Spandau-Maschinengewehren folgten.

»Was soll das heißen?« fragte Percy.

»Ich gebe meine Notizen von dem, was Sie mir erzählt haben, einem Meldegänger. Er bricht gleich auf. Wir fahren heute abend ab, falls wir bis dahin nicht überrollt worden sind. Falls Ihre Landsleute vorher in die Box eindringen sollten, hat Colonel Anderson einen zuverlässigen Mann abgestellt, der uns beide erschießt.«

22

Alice erfuhr die Nachricht von Peggy West. Peggy hatte eine Viertelstunde damit verbracht, sich auf die Tortur vorzubereiten. Sie ging in das Büro. Alice war allein. Sie dankte dem Himmel dafür; es wäre unerträglich gewesen, es ihr im Beisein anderer zu sagen.

»Alice, ich muß Ihnen etwas sagen«, fing sie an. Ihr Ton war ernst, und sie machte eine Pause, um die Worte wirken zu lassen. »Es ist keine ganz gute Nachricht.«

»Es geht um Bert?«

»Ja, es geht um Bert. Er ist operiert worden. Ich war im Team. Aber er ist kräftig, er wird wieder gesund.«

»Was ist passiert?« Alice war aufgestanden. Ihr Gesicht war blutleer, und sie hielt ein paar getippte Seiten mit beiden Händen, hielt sie so fest, daß sie rissen.

»Er wird wieder gesund.«

»Sagen Sie mir die Wahrheit, Peggy.«

»In erster Linie Verbrennungen. Schock. Außerdem Hitzeeinwirkung. Er war eine Weile bewußtlos. Er lag zwei Nächte und zwei Tage in der Sonne, bevor sie ihn gefunden haben.«

»Wird er ...?« Sie brachte es nicht über sich, Peggy anzublicken. Sie schaute aus dem Fenster. Sie konnte die Kasr-el-Nil-Kaserne sehen. Dort stand immer eine ägyptische Menschenmenge. Sie beobachtete die täglichen Aktivitäten der britischen Soldaten mit der passiven Neugier von Zoobesuchern.

»Nein, er kommt wieder in Ordnung«, sagte Peggy. »In etwa zwei Wochen ist er wieder auf den Beinen. Natürlich werden ein paar Narben zurückbleiben, aber er hat Glück gehabt, daß er durchgekommen ist.«

»Darf ich zu ihm?«

»Der Brigadier war bei ihm. Er hat wichtige Nachrichten mitgebracht.

Er wollte den Brigadier sprechen, bevor er in den OP gebracht wurde, aber Hoch hat keinen Aufschub geduldet.«
»Über Rommels Spion?«
»Ja, etwas in der Richtung. Niemand wurde hineingelassen, während der Brigadier bei ihm war.«
»Sind Sie sicher, daß er wieder gesund wird, Peggy? Wann darf ich zu ihm?«
»Kommen Sie mit mir nach oben. Ich bringe Sie zu ihm, Brigadier hin oder her.«
Alice lächelte nervös. »Ich liebe ihn, Peggy.«
»Natürlich«, sagte Peggy.
Als sie den Flur entlanggingen, begegneten sie dem Brigadier auf dem Weg hinaus. Spaulding war bei ihm, der glänzende neue Captainkronen trug und in Shorts komisch aussah. Es war heiß, und Spaulding litt unter der Hitze. Unter dem Arm hatte er ein dickes Bündel Papiere und ein Notizbuch. Beide Männer blieben stehen, als sie die Frauen sahen.
»Ah, Oberschwester West ... und Miss Stanhope!« sagte der Brigadier. Bei Alices Anblick nahm er die Mütze ab. »Ich habe gestern Ihre Mutter getroffen. Was für eine bezaubernde Dame. Sie war bei einer Cocktailparty in Alex. Wir haben über Sie gesprochen.«
Peggy lächelte. Alice nickte, und Spaulding sah von einer zur anderen. Er stand in der übertriebenen Pose da, die er einnahm, wenn er fotografiert wurde. Er hielt sich sehr aufrecht, die Mütze unter dem Arm. Aber heute verdarb das Bündel Papiere, das er balancierte, die Wirkung.
»Ich habe das mit Major Cutler eben erfahren«, sagte Alice.
Inzwischen war der Brigadier über die erste Überraschung bei ihrem Anblick hinweg und erinnerte sich daran, daß Alice Stanhope zu Cutlers Stab gehörte. »Falls es um diese Spionagegeschichte geht, können Sie beruhigt sein. Spaulding hat während Major Cutlers mündlichem Bericht an mich Notizen gemacht.« Sein Gesicht wurde finster, als er daran dachte. »Das wird der größte verdammte Skandal, den Kairo je erlebt hat.«
»Falls es herauskommt«, sagte Spaulding warnend. Er wischte sich mit einem khakifarbenen Taschentuch die Stirn ab.
Der Brigadier fing seinen Blick auf. »Ganz recht. Es darf nicht herauskommen. Streng geheim.«
»Ich muß zu ihm«, sagte Alice und schob sich vorbei, um weiterzugehen.

»Er hat unter schrecklicher Belastung gestanden«, erklärte der Brigadier. »Er war zwei Tage lang ganz allein in der Wüste.«
»Ja, ich weiß. Oberschwester West hat es mir gesagt.«
Der Brigadier schüttelte den Kopf. »Er war der einzige Überlebende einer Panzerbesatzung. Ein Beerdigungstrupp hat ihn gefunden. Offenbar lagen überall Tote und Sterbende herum. Deutsche und Briten. Die Deutschen hatten ihn als tot zurückgelassen. Der Himmel allein weiß genau, was passiert ist. Mit der Zeit wird Cutler sich daran erinnern, da bin ich mir sicher. Ein toter Südafrikaner war mit Handschellen an ihn gefesselt. Was für eine entsetzliche Geschichte. Der Feldgeistliche beim Beerdigungstrupp hat Cutler zunächst für eine weitere Leiche gehalten. Er hatte schon ein halbes Dutzend beerdigt, ehe er sich Cutler ansah.«
»Ich muß jetzt gehen, Brigadier. Es ist wichtig, daß ich mit ihm rede.«
»Warum?« sagte der Brigadier mit der schlichten Direktheit, die sich ein ranghoher Offizier leisten kann. Er bedachte Alice mit seinem gewinnendsten Lächeln. Er war in bester Verfassung. Bei Hitze blühte der Brigadier auf. »Warum?«
»Ich werde demnächst seine nächste Angehörige«, sagte Alice.

❖

Als sie erfuhren, daß der Brigadier kam, hatten sie Jimmy Ross ein Einzelzimmer gegeben. Er saß dort im Bett. Der Ventilator an der Decke drehte sich langsam, veränderte wenig an der Temperatur, quietschte aber regelmäßig. Durch die Fenster strömte Sonnenschein, streifte eine Khakiuniform, die am Fußende des Bettes hing. Die Kronen waren von den Schulterstücken abgetrennt worden, und neue Corporalstreifen waren an die Ärmel genäht. Diese Handarbeit war das Werk von Sergeant Ponsonby, der neben dem Bett saß.
»Sie haben Ihren Namen als Corporal James Ross angegeben«, sagte Ponsonby und schüttelte traurig den Kopf. »Der Feldgeistliche, der Sie gefunden hat, hat einen Schein auf diesen Namen für Sie ausgestellt. Es war Oberschwester West, die Sie erkannt hat, als Sie für die Operation vorbereitet wurden.«
»Sagen Sie mir das Schlimmste«, sagte Ross.
»Ich habe alle Papiere hier«, sagte Ponsonby. Er machte einen schweren

braunen Umschlag auf, vollgestopft mit offiziellen Unterlagen. Auf dem Umschlag stand ROSS, JAMES. Darüber vermerkte ein großer Gummistempel VERSTORBEN. »Hier ist Ihr Totenschein.« Er hielt ein dünnes Blatt hoch, damit Ross es sehen konnte.

»Sonst nichts?«

»Ich hoffe, Sie haben wegen der anderen Sache nie vor Gericht gestanden?« Ross schüttelte den Kopf. »Gut. Gut. Das habe ich mir gleich gedacht: Sie waren bloß angeklagt, nicht wahr? Sehen Sie, dadurch bekommen Sie eine saubere Akte. Wenn ein Mann stirbt, werden alle Anklagen gegen ihn fallengelassen. Anders geht es nicht. Sie erwachen wieder zum Leben, aber man kann Sie nicht noch einmal anklagen: das wäre ein doppeltes Todesurteil, nicht wahr?«

»Sie meinen, ich erstehe auf?«

»Hier draußen kommt das oft vor. Ein Mann wird gefangengenommen und entkommt Wochen später. Oder er wird als tot zurückgelassen und erholt sich dann wieder.«

»Und alle Anklagen gegen ihn werden fallengelassen?«

Ponsonby grinste raffiniert. »O nein. Die werden alle als vermißt geführt. Sie haben Glück gehabt, für Sie ist ein Totenschein ausgestellt worden.«

»Es ist also alles vorbei.«

»Sie sind nach Indien versetzt worden und werden erst einmal zur Rekonvaleszenz in ein anderes Lazarett verlegt. Erst müssen Sie sich erholen. Sie sollten ein bißchen Krankenurlaub herausschlagen können, dazu die vierzehn Tage Urlaub, die man normalerweise vor der Einschiffung bekommt. Aber die haben es eilig, Sie aus Kairo wegzubringen.«

»Warum?«

Ponsonby machte eine kurze Pause, ehe er es erklärte. »Ich habe mit dem Sergeant Major in der Aktenabteilung gesprochen. Es wäre leichter für sie, wenn Major Cutler vor zwei Tagen draußen in der Wüste gestorben wäre. Der Brigadier ist dafür. Er hat Major Cutler für ein Military Cross vorgeschlagen.«

»Moment mal. Weil er das mit dem Attaché rausgekriegt hat?«

»Ja, ich hab' gewußt, daß Sie sich darüber ein bißchen ärgern werden. Aber wir können nichts an der Tatsache ändern, daß Corporal James Ross nicht dort war, wohl aber Major Cutler.«

»Ich habe mir diesen Orden verdient.«
»Das geht nicht. Das Military Cross ist nur für Offiziere. Sie können als Corporal kein MC-Band an der Brust tragen. Seien Sie vernünftig.«
»Warum können die mich nicht für den letzten Monat als Corporal Ross führen?«
»Weil Sie den Sold eines Majors bezogen haben, mein Junge.«
»Ja, das stimmt.« Ross dachte darüber nach. Noch vor ein paar Tagen hatte er nur gewollt, daß er begnadigt und die Uhr zurückgedreht wurde. Es war schließlich nur ein Stückchen buntes Band. »Corporal Ross, ja, ich verstehe. Keinerlei Anklage wegen unerlaubter Entfernung von der Truppe oder Desertion?«
»Sie waren ja nicht unerlaubt entfernt, oder? Sie waren jeden Tag im Büro und haben schwer für Recht und Ordnung gearbeitet. Jeder, der vor dem Kriegsgericht aussagen würde, Sie hätten sich unerlaubt von der Truppe entfernt, könnte als verdammter Vollidiot dastehen. Ich habe gehört, wie Captain Marker das in einsilbigen Worten einem anmaßenden Juristen aus dem Generalhauptquartier erklärt hat.«
»Haben Sie und Captain Marker das alles für mich eingefädelt, Sergeant Ponsonby?«
»Ich doch nicht. Ich halte mich immer an die Vorschriften. Das wissen Sie.«
»War es dann der Brigadier?«
»Der will es nicht wissen. Ich habe natürlich mit ihm gesprochen. Aber er hat das Gefühl, es ist besser, wenn er offiziell nichts von solchen Einzelheiten weiß.«
»Dann bin ich also ein freier Mann?«
»Nein, mein Junge. Sie sind in der verdammten Armee.«
In diesem Augenblick kam Alice herein.
»Bert!«
»Ich wollte eben gehen, Miss.«
Die Nachricht für Peggy West kam am Spätnachmittag telefonisch in das Hotel Magnifico. Der Anrufer gab den Namen eines österreichischen Zahnarztes in Alexandria an. Von der Gartenstadt war es nicht weit zur anderen Seite der Insel. An einem kühlen Sommerabend war es ein angenehmer Spaziergang.
»Hallo? Hallo?« rief Peggy West mehrmals, ehe sie an Bord ging, aber

es kam keine Antwort. Früher war der Diener ihr immer entgegengekommen, ehe sie auch nur den Fuß auf die Gangway setzte. Heute abend war das Boot still. Die einzigen sichtbaren Lichter waren die gedämpften kleinen Lampen am Deck. Sie beleuchteten die Holzverkleidung und das dunkle Nilwasser, das leicht gekräuselt am Rumpf vorbeifloß.

Sie wäre nicht so vorsichtig gewesen, wenn sie nicht das starke Gefühl gehabt hätte, sie sei nicht allein. Sie sah sich um und rief dann wieder: »Hallo! Hallo, Solomon!« Sie nannte ihn nie Solly.

Inzwischen kannte sie das Boot gut. Sie kannte den schmalen Niedergang, der vom Achterdeck zur Kombüse und zum Unterdeck führte. Sie ging den steilen Niedergang hinunter. Die Tür war nicht abgeschlossen, und sie betrat den Salon, der eher wie ein Wohnzimmer war, mit großen Fenstern mit Blick auf das andere Ufer. Durch die Fenster kam soviel Licht, daß sie die Möbel alle am üblichen Platz stehen sah. Sie fand den Lichtschalter – »Oh!«

Einen Augenblick lang glaubte sie, eine Leiche sitze vor ihr, im großen Sessel neben der gegenüberliegenden Tür zusammengesackt. Peggy hatte viele Leichen gesehen und war zwar überrascht, hatte aber keine Angst. »Solomon! Mein Gott!«

Die Gestalt rührte sich. »Immer mit der Ruhe. Haben Sie keine Angst. Ich bin's. Gehen Sie an die Fenster und ziehen Sie die Vorhänge zu. Tun Sie es ganz unauffällig.«

Sie tat, was er sagte.

»Das Boot wird beobachtet. Ich will, daß die glauben, Sie seien allein an Bord. Ist Ihnen jemand gefolgt?«

Ihr Impuls war, ihm witzelnd zu antworten, zu sagen, nein, mir ist nur nachgepfiffen worden, um sich über sein melodramatisches Gehabe lustig zu machen, aber jetzt, als sie sich nach ihm umdrehte, versiegten die Worte. Sie sah, daß er verletzt war. Der sonst so elegant gekleidete Solomon war nicht wiederzuerkennen. Dieser Mann war schmutzig, der weiße Leinenanzug war fleckig und zerfetzt, und sein Gesicht war vor Schmerzen verzogen.

»Wie spät ist es?«

»Fast zehn. Was ist passiert?« fragte sie.

»Ich habe eine Kugel abbekommen.« Er wischte sich über die Lippen

und tupfte sie dann mit einem blutbespritzten Taschentuch ab. »Yigal ist tot.«
»Wie ist das passiert?«
»Wir haben Mahmud erschossen, den Bankier. Er hat uns verpfiffen.«
»Lassen Sie mich nachschauen.« Sobald sie sein Hemd aufknöpfte, sah sie, daß es eine schwere Verletzung war. Sie fragte sich, wie er es bis hierher geschafft hatte, mit der vom Blut verklebten Brust und dem riesigen Bluterguß, den eine Kugel aus nächster Nähe verursacht.
»Uh!« Er biß sich auf die Lippen, versuchte, sich den Schmerz nicht anmerken zu lassen.
Sie fuhr sanft mit den Fingern über seine Brust, sprach mehr mit sich als mit ihm. »Ohne Instrumente kann ich nicht viel tun. Ich kann die Austrittswunde nicht finden, aber manchmal ist die sehr klein. Ich muß Sie ins Lazarett bringen. Ich brauche –«
»Ich bin schon in Ordnung. Ich habe jetzt keine Zeit, ins Lazarett zu gehen. Ich bin auf der Flucht vor der Polizei. Legen Sie mir einen frischen Verband an.« Er wühlte in seiner Tasche, fand einen neuen Feldverband der Armee und gab ihn ihr. Dann holte er ein Fläschchen Jod heraus.
»Es ist eine offene Wunde. Das Zeug wird höllisch weh tun«, warnte ihn Peggy.
»Sie klingen wie meine Mutter.«
Sie holte Wasser, kniete neben ihm nieder und reinigte die Wunde, so gut sie konnte. In seiner Tasche steckte eine Pistole, aber Peggy tat, als hätte sie das nicht gemerkt. »Die Kugel könnte die Lunge verletzt haben.« Sie wischte ihm den Mund ab und untersuchte das Taschentuch auf frisches Blut. Sie fand keines, aber das war kein schlüssiger Beweis. »Sie müssen so bald wie möglich geröntgt werden.« Sie riß den Verband auf und legte ihn Solomon an. »Sie müssen zum Arzt«, sagte sie, als sie ihm wieder ins Hemd half. »Das ist nur ein Feldverband. Für Schwesternarbeit ist er nicht gedacht.«
»Hören Sie mit dem Theater auf. Ich war beim Arzt. Ich komme wieder in Ordnung.«
»Sie kommen nicht wieder in Ordnung. Sie sind schwer verletzt. Sie haben innere Verletzungen. Und die Wunde wird septisch werden, wenn Sie den Verband nicht täglich wechseln.«

»Kein Theater.« Langsam und vorsichtig nahm er eine Brieftasche aus der Innentasche des Jacketts. »Hier ist das Geld von Karl.«
»Danke.«
»Sie kommen nur deshalb her, nicht wahr?«
Die absichtliche Kränkung gehörte zu seinem Charakter, zu seiner Entschlossenheit, ihr zu zeigen, daß er sie nicht brauchte, daß er niemanden brauchte. »Warum sollte ich sonst herkommen?« sagte sie und stand mit einem Seufzer auf. Sie hatte einen langen Tag hinter sich. Er lächelte.
»Rommel kommt, Peggy. Was wird Ihr Geld dann noch wert sein?«
»Er wird es nicht nach Kairo schaffen.« Sie ging weg von ihm, strich ihr Kleid glatt und faßte sich ins Haar, als sie sich in einen Sessel setzte.
»Ich sage, er schafft es«, sagte Solomon. »Er hat Tobruk eingenommen und die ägyptische Grenze überquert. Hitler hat ihn zum Feldmarschall ernannt, und er ist nur noch ein paar Kilometer weit weg.«
»Er wird Krankenschwestern brauchen«, sagte sie mit einer Ruhe, die sie nicht empfand.
»Wie spät ist es?«
»Warum fragen Sie dauernd nach der Uhrzeit?« Als er nicht antwortete, sah sie auf die Uhr und sagte: »Fünf nach zehn.«
»Ich habe die BBC-Nachrichten verpaßt. Ein Boot holt mich ab.«
»Gehen Sie nach Palästina zurück?«
Ihr fiel auf, wie er ganz leicht die Hand bewegte, damit er den Umriß der Pistole unter dem Jackett spüren konnte. »Ich glaube, sie werden versuchen, mich zu schnappen, wenn das Boot kommt. Aber sie werden mich nicht erwischen.«
»Wer wird Sie nicht erwischen?«
»Mein Boot wird überwacht. Das habe ich Ihnen doch gesagt. Wir werden in diesem Augenblick beobachtet.«
»Reden Sie über die Briten, die Abteilung für Sonderermittlungen?«
»Dieser verdammte Cutler. Er ist wahnsinnig.«
»Sie sind beide wahnsinnig. Aber Cutler ist irgendwo in der Wüste.«
Er schüttelte den Kopf. »Sie wissen, daß das nicht wahr ist, Peggy«, sagte er freundlich. »Nicht mehr. Sie haben ihn heute morgen hierhergeflogen. Den Gerüchten nach war er an jemand angekettet, als sie ihn gefunden haben. Außerdem gibt es ein Gerücht, die Briten hätten bei ihrem Sicherheitsleck eine Art Fortschritt erzielt.«

»Woher wissen Sie das alles?«
»Was glauben Sie denn, was ich in Kairo mache, den ganzen Tag lang Däumchen drehen?«
»Aber woher wissen Sie das mit Cutler?«
»Ich habe überall Agenten.«
»Juden?«
»Manche Ärzte und Schwestern haben die richtige Art von Pflichtgefühl«, sagte er und sah sie an.
»Ich habe getan, was ich konnte, Solomon. Es ist nicht meine Schuld, daß Fürst Pjotr nur ein Windei ist. Ich habe Ihnen das von Anfang an gesagt. Ich habe Ihnen gesagt, es ist Zeitverschwendung, hinter ihm herzuspionieren.«
Er nickte. Was sie sagte, stimmte. Es war nicht ihre Schuld, es war seine.
»Vielleicht habe ich mich in diesem Fall geirrt«, sagte er.
Sie hatte noch nie solche Selbstzweifel von ihm gehört. Vielleicht hatte ihn der ständige Schmerz so deprimiert. »Sie haben getan, was Sie für richtig gehalten haben«, sagte sie vage. »Sie sind nicht in der Verfassung, wichtige Entscheidungen zu treffen.«
Er schien sie nicht gehört zu haben. »Yigal hat immer mit mir gestritten. Er hat dauernd darüber geredet, den Briten zu helfen. Er hat sich gern vorgemacht, der Kampf gegen Hitler und die Faschisten sei die einzige wichtige Aufgabe für jeden Juden.«
»Sie sind nicht dieser Meinung?«
»Es ist komplizierter«, sagte Solomon, als wollte er der Frage nicht nachgehen.
»Juden haben eine reiche Auswahl an Feinden«, sagte Peggy.
Er berührte den Verband, den sie angelegt hatte, als wollte er sich durch den Schmerz auf die Probe stellen. »Vielleicht meinen Sie, ich sollte Rommel aufhalten?«
»In Ihrer gegenwärtigen Verfassung könnten Sie nicht viel dazu beitragen.«
»Die Briten brechen zusammen. Sie sind in der Wüste auf der Flucht. Sie werden nicht kämpfen.«
»Sie werden kämpfen«, sagte Peggy. »Sie kennen sie nicht so gut wie ich. Sie werden kämpfen.«
»Gehen Sie an Deck. Nehmen Sie die Taschenlampe. Halten Sie

Ausschau nach dem Boot ... eine Feluke. Sie werden mehrmals dreimal hintereinander ein grünes Licht blinken lassen. Sie behalten die Taschenlampe an.«
Sie sah ihn an. »Mehrmals dreimal hintereinander ein grünes Licht.« Sie wiederholte seine Worte exakt. Wie präzise und wie kindisch. Immer spielte er den Verschwörer. Es war ein wesentlicher Teil seines Charakters, er hätte Schauspieler werden sollen. »Ich sehe nach.«
Sie war froh über etwas Zeit, ihre Gedanken zu sammeln. Sie stand an Deck, starrte in die Finsternis. Der Einbruch der Nacht hatte einen jähen Temperaturwechsel mit sich gebracht, und ein gespenstischer Nebel lag auf dem Nilwasser. Fledermäuse waren unterwegs. Sie schwebten durch die Lichter anderer Boote, über das Wasser, hinunter in die Nebelschicht und unter der Brücke hindurch. Peggy hatte sich jetzt an sie gewöhnt, aber anfangs hatten die Fledermausschwärme in Kairo zu ihren irrationalen Ängsten gehört. Sie hatte mit Sorgen um so viele Dinge Zeit vergeudet. Erst jetzt, seit ihre Eltern tot waren, konnte sie damit anfangen, ihr Leben in einer realen Perspektive zu sehen. Warum hatte sie sich nicht in England niedergelassen, eine gute Stelle bekommen, einen guten Mann, schöne Kinder und ein gemütliches Haus? Warum hatte sie ihr Erwachsenenleben damit verbracht, mit zweitklassigen chirurgischen Ausrüstungen zu arbeiten und in primitiven Wohnungen in heißen, staubigen Städten zu leben? Hatte sie sich nur gehenlassen, oder war sie einem romantischen Ziel nachgejagt, das nicht existierte?
Solomon mußte das Kommen des Bootes gehört oder gewittert haben. Manchmal war er erstaunlich hellseherisch. Er tauchte neben Peggy auf, um die zweite Signalfolge zu sehen. Sie antwortete mit der Taschenlampe. Es war eine große Feluke mit Lateinersegeln, die Art von Boot, die seit Jahrhunderten afrikanische Gewässer befahren hatte. Aber nach dem leisen Geräusch des starken Dieselmotors zu schließen, war es keine gewöhnliche Feluke. Der Motor wurde abgestellt. Die Feluke trieb in der Strömung und ließ ein Ruderboot zu Wasser, das auf sie zukam. Solomon knöpfte sich die Jacke zu, machte sich bereit, an Bord zu steigen.
»Haben Sie Gepäck?« fragte sie ihn.
Er schüttelte den Kopf. »Ich habe nichts.«

Sie sah ihm ins Gesicht. »Passen Sie auf sich auf. Sie müssen zum Arzt.«
»Sie können das Hausboot haben«, sagte er, als wäre es ein plötzlicher Impuls. »Es ist möbliert. Eine unterschriebene und notariell beglaubigte Verkaufsurkunde liegt in der obersten Schreibtischschublade. Die Liegegebühr ist bis Ende 1943 bezahlt. Verkaufen Sie es, wenn Sie es nicht wollen.
»Danke, Solomon.« Sie wußte, daß es kein Impuls war. Solomon war nie impulsiv. Er war ein Mann, dem das Planen heilig war. Selbst wenn er schwer verletzt war, mußte der Plan – was für einer es auch sein mochte – ausgeführt werden.
»Karl ist tot«, sagte er, als erklärte er das Geschenk.
»Ja, ich weiß.«
»Woher konnten Sie das wissen?«
»Ich habe es erraten. Sie haben mir nie etwas Handschriftliches von ihm gebracht.«
»Es kamen Briefe von ihm.«
»Maschinegeschrieben. Karl konnte nicht tippen.«
»Vielleicht hat er es gelernt.«
»Nein. Karl nicht.«
Sie erwartete, daß er etwas Pathetisches über Karl sagte, etwas darüber, er sei tapfer gestorben oder habe sein Leben für das jüdische Heimatland gegeben. Aber er fügte dem, was er gesagt hatte, nichts mehr hinzu.
Das Ruderboot verfehlte die Fender und stieß gegen den Rumpf, als es längsseits kam. »Ist das die Goldstadt?« fragte einer der Ruderer.
Erst glaubte Peggy, es sei ein Kennwort, aber dann fiel ihr ein, daß das Hausboot *Goldstadt* hieß.
»Ich bin hier«, sagte Solomon. Er stützte sich, indem er Peggys Arm packte. Dann stieg er vorsichtig die Leiter am Heck hinunter. Auf der untersten Sprosse blieb er stehen und musterte das im Wasser schaukelnde Ruderboot. Mit großer Mühe stieg er an Bord. Sein Gewicht brachte das Boot erschreckend zum Kippen. Er schwankte. Einen Augenblick lang sah es so aus, als könnte er ins Wasser fallen. Dann fing ihn einer der Männer auf und legte den Arm um ihn, als er auf die Bank sackte.
»Helfen Sie ihm, er ist krank«, rief Peggy leise. »Bringen Sie ihn zum Arzt.«

Solomon wandte sich ihr langsam zu und sagte mit einem sanften Winken, das auch das Hausboot einschloß: »Wo ich hingehe, sind alle Ärzte. Genießen Sie es!«
Sie winkte zurück, aber er hatte sich schon abgewandt. Sobald er an Bord war, legten die Männer ab. Als das Ruderboot längsseits der Feluke war, halfen bereitwillige Hände Solomon an Bord. Dann, während die Feluke in der Strömung schaukelte, ging der Motor mit einem plötzlichen Lärm an, der allmählich zu einem sanften Schnurren wurde. Nirgends auf der Feluke war Licht, und sogar der Umriß des großen Lateinersegels wurde schnell von der Finsternis geschluckt. Als sie Solomon zum letztenmal sah, saß er zusammengekauert im Heck und wurde in eine Decke gewickelt.
Peggy stand einen Augenblick lang da und schaute in die lila Dunkelheit. Sie war traurig, und doch hatte sie Solomon nie gemocht. Er hatte eine männliche Arroganz an sich, die sie nicht anziehend fand. Manchmal sagte sie sich, sie erwarte zuviel von Männern.
Nur wenige Augenblicke schienen zwischen Solomons Abfahrt und dem Geräusch gestiefelter Füße und der dringlichen Warnung des ägyptischen Polizeiinspektors verstrichen zu sein, der rief: »Werfen Sie nichts über Bord, Madam!«
Sie drehte sich um und sah, wie sie mit Gewehren und Stahlhelmen an Bord kamen. »Ich hatte nicht vor, etwas über Bord zu werfen«, sagte Peggy.
»Ich suche nach dem Besitzer, Madam«, sagte der Polizeiinspektor höflich.
»Ich bin die Besitzerin«, sagte Peggy. »Dieses Boot, die *Goldstadt*, gehört mir. Jemand hat es mir eben geschenkt.«
Immer mehr Polizisten kamen an Bord. Schließlich tauchte Captain Lionel Marker auf und salutierte Peggy fröhlich und lässig. »Guten Abend, Peggy.«
»Was wollen Sie?« sagte Peggy und sah von einem zum anderen.
»Wir wollten uns vergewissern, daß Ihnen nichts passiert ist«, sagte Marker.
»Und Sie waren hinter Solomon her?« unterstellte sie.
»Ja«, gab er zu. »Wir waren außerdem hinter Solomon her.«
»Er ist fort«, sagte Peggy. Ihr war nicht ganz klar, wie froh sie darüber

war, daß Solomon ihnen entkommen war. Sie hatte Solomon nie verstanden. Sie wußte nicht, was er wollte, woran er wirklich glaubte, aber es war gut, daß er entkommen war. Ihr gefiel der Gedanke nicht, daß jemand eingesperrt wurde.
Sie standen einen Augenblick lang da, als hätte es ihre Freundschaft nie gegeben. Der ägyptische Polizeiinspektor kam zu Marker, salutierte und sagte, seine Männer hätten nichts Wichtiges gefunden. »Danke, Inspektor Khalil. Sie können Ihre Männer abziehen lassen. Die Vögel sind ausgeflogen.«
»Das Boot ist flußaufwärts gefahren«, sagte der Polizeiinspektor. »Es war das, auf das ich Sie hingewiesen habe«, fügte er mit einer Spur von Ermahnung hinzu.
»Vielleicht schnappt ihn die Marinepatrouille«, sagte Marker.
Der Polizeiinspektor salutierte wieder. Sein Gesichtsausdruck sagte, er glaube nicht, daß die Marine jemanden schnappe.
Peggy beobachtete die Polizisten, als sie über den Anlegesteg stapften, in den Lastwagen stiegen und abfuhren.
Peggy sagte: »Er hat mir das Hausboot geschenkt.«
»Ja, ich habe gehört, wie Sie es zu dem Inspektor gesagt haben. Gratuliere.«
Sie streichelte die Reling. »Mir hat noch nie zuvor etwas gehört.« Sie sah ihn an. »Ich habe nicht für ihn gearbeitet, falls Sie das denken.«
»Ich habe nur an hübsche Dinge gedacht, Peggy.«
»Wenn Sie nach unten kommen wollen, kann ich Ihnen einen Drink anbieten«, sagte Peggy. Das Boot war fast das letzte in der Reihe nahe der Brücke, so daß sie den Verkehr auf der Straße aus Gise sehen konnten. Jedes Fahrzeug aus der ganzen westlichen Wüste mußte die Englische Brücke überqueren, um nach Kairo zu kommen. Nur Pferde und Maultiere kamen durch das Delta. Jetzt beobachteten sie die blinkenden Scheinwerfer der Lastwagen, die über die Brücke fuhren. Stoßstange an Stoßstange, ein langer Konvoi. Er kam aus der Wüste und bestand ausschließlich aus Armeeambulanzen. Morgen würde es im Lazarett wieder einen harten, schwierigen Arbeitstag geben.
Sie standen beide da und beobachteten den Konvoi, als wäre er eine offizielle Parade, als wäre es respektlos gegenüber den blutenden, verstümmelten Männern von einem fernen Schlachtfeld, ihre Auf-

merksamkeit einem Drink zuzuwenden. Sie rührten sich erst, als die letzte Ambulanz einer lautstarken Demonstration Platz machte, Studenten, die Rommel mit gebrüllten Parolen willkommen hießen.
»Haben Sie etwas von einem Drink gesagt?« fragte Marker schließlich. Im komfortablen Salon entspannten sie sich etwas. Marker warf seine Mütze auf den Kleiderständer und sank in einen weichen Sessel, während Peggy Wasser aufsetzte und eine Kanne Tee kochte. Marker war etwas Stärkeres lieber.
Sie ging die Flaschen durch. »Whisky, Cognac, Gin oder Wodka, Captain Marker?«
»Lionel. Einen kleinen Whisky mit Wasser bitte, Peggy. Halb und halb.« Sie schenkte sorgfältig ein, als messe sie in der Lazarettapotheke etwas ab, und reichte ihm das Glas. Er hob es und brachte einen Trinkspruch aus: »Herzlichen Glückwunsch, Peggy. Auf die *Goldstadt.* Gott segne alle, die auf ihr fahren.«
»Die *Goldstadt.*« Peggy lächelte, setzte sich und schenkte sich Tee ein. »Eigentlich ist es eine Messingstadt. Das habe ich immer gedacht. Die Messingtabletts, die Vasen und die billigen Schmuckgegenstände, die sie auf den Suks verkaufen – die meisten in Birmingham hergestellt –, die Messinghörner, die alle jeden Morgen wecken, und die Messingknöpfe auf den Uniformen der britischen Soldaten und der hohen Tiere, die sich benehmen, als ob ihnen das ganze Land gehört.«
»Wo mein Vater zu Hause war, war Messing ein Wort für Geld«, sagte Marker.
»Es glänzt wie Gold, aber es ist nur eine Legierung. Wenn man es nicht jeden Tag poliert, wird es grün, nicht wahr?«
Marker beobachtete sie. Sie war heute abend ungewöhnlich philosophisch. Mit maskuliner Einfalt schloß er, sie fühle sich zurückgewiesen.
»Wollten Sie mit Solomon weggehen?«
»Ja.« Es war nicht wahr, aber sie wollte sehen, wie er das aufnahm.
»Nach Palästina?«
»Um meinen Mann zu besuchen.«
»Ich habe gedacht, Sie wollen mit unserem Kurier dorthin.«
»Sie haben keinen Kurier. Ich habe Nachforschungen angestellt.« Tatsächlich hatte sie Alice gefragt, und Alice hatte unschuldig die Wahrheit zugegeben: sie hatten keinen Kurier, nirgendwohin.

»Sie haben recht.« Er hob die Hände in einer Geste der Kapitulation. »Sie haben keinen Kurier, und ich habe keinen Mann mehr. Es hat keinen Sinn, daß ich irgendwohin fahre.«
»Es tut mir leid.« Er wußte, daß Karl tot war. Sie sah das daran, wie er reagierte. Er mußte es auf offiziellem Weg durch die Polizei erfahren haben.
»Es braucht Ihnen nicht leid zu tun, Captain Marker«, sagte sie. »Das ist alles schon so lange her. Er ist tot. Ich glaube, er wollte nur den britischen Paß. Vielleicht bin ich eine Närrin gewesen.«
»Nennen Sie mich Lionel. Kann ich etwas tun? Ich bin jetzt außer Dienst. Dieses Gespräch ist also streng vertraulich.«
»Lionel, ja. Können Sie mir ein gutes Lokal empfehlen, in dem ich mich betrinken kann?«
»Sich zu betrinken ist nichts, was ich empfehlen kann«, sagte Marker ernst.
»Fällt Ihnen an einem Samstagabend in Kairo etwas Besseres ein?«
Er sah sie lange an. Sie war eine sehr attraktive Frau – das hatte er vom ersten Augenblick an gedacht. »Ich plädiere«, sagte Marker, der in Augenblicken der Anspannung gern zu juristischen Formulierungen Zuflucht nahm, »ich plädiere für ein gutes Abendessen mit einer Flasche Wein. In diesem Fall könnte ich durchaus etwas empfehlen.«
Sie lachte zum erstenmal seit langer Zeit. Jetzt begriff sie, daß Marker Solomon mit Absicht hatte entkommen lassen. Marker war ein unabhängiger Mann. Das gefiel ihr.
Morgen würde sie wieder im Dienst sein. Sie hörte das Holpern weiterer Ambulanzen auf der Englischen Brücke. Es würde jede Menge Schwerarbeit für die Chirurgen und die OP-Schwestern geben, viele Tage und viele Nächte lang. Sie würden Rommel aufhalten, daran zweifelte sie nicht, aber sie würden schwer dafür bezahlen müssen.
Er beobachtete sie gründlich. Er sah ihr Stirnrunzeln und sagte: »Was ist, Peggy?«
»Vielleicht trinke ich einen Whisky mit Ihnen«, sagte sie. Sie stand auf und schenkte sich Whisky mit Wasser ein. Kein Eis, sie mochte kein Eis darin. Sie sah Marker an und hob das Glas. Heute abend konnte sie tun, was sie wollte. Plötzlich fühlte sie sich frei. Morgen würde sie den Namen des verdammten Bootes ändern. Die *Messingstadt*, so würde sie es nennen.

POSTSKRIPTUM

Der amerikanische Militärattaché in Kairo wurde im Sommer 1942 plötzlich nach Washington zurückbeordert. »Und als der neue Militärattaché den M-138-Code benutzte, der allen Versuchen der Achsenmächte, ihn zu knacken, widerstand, war Rommel von den strategischen Geheiminformationen abgeschnitten, auf die er sich so lange verlassen hatte. Zu diesem Verlust kam es, als er eben die Grenze Ägyptens überquert hatte und die Pyramiden und der Sieg schon fast in seiner Reichweite zu liegen schienen. Die britische 8. Armee zog sich in ihre befestigten Stellungen bei El Alamein zurück.«*

Rommel und sein Afrikakorps kamen also nie nach Kairo. Als er seiner wertvollsten Informationsquelle beraubt war, ging Rommel in die Defensive. Im Oktober begann die britische Offensive. Sie kam für die Deutschen völlig überraschend. Sie erlitten eine Niederlage, die zu einem Wendepunkt des ganzen Krieges wurde. Rommels Afrikakorps fing mit einem Rückzug an, der mit seiner Vertreibung aus Afrika endete.

Churchill sagte: »Vor El Alamein haben wir nie gesiegt – nach El Alamein sind wir nie wieder geschlagen worden.«

* David Kahn: The Codebreakers. London, Weidenfeld & Nicolson, 1966.